Über den Autor:

Charles Palliser ist ein Meister des historischen Mystery-Thrillers. Er unterrichtete Moderne Literatur und Creative Writing an Universitäten in den USA, in Glasgow und London. Seit dem Erscheinen seines internationalen Bestsellers *Quincunx* (Knaur Taschenbuch 63146) lebt er in London und widmet sich ausschließlich dem Schreiben.

Charles Palliser

Die schwarze
Kathedrale

Roman

Aus dem Englischen übersetzt
von Sigrid Langhaeuser

Knaur

Die englische Originalausgabe erschien unter dem Titel
»The Unburied« beim Verlag Phoenix House, London.

Besuchen Sie uns im Internet:
www.knaur.de

Vollständige Taschenbuchausgabe 2002
Droemersche Verlagsanstalt Th. Knaur Nachf., München
Copyright © 1999 by Charles Palliser
Copyright © 2000 der deutschsprachigen Ausgabe bei
Droemersche Verlagsanstalt Th. Knaur Nachf., München
Alle Rechte vorbehalten. Das Werk darf – auch teilweise –
nur mit Genehmigung des Verlages wiedergegeben werden.
Umschlaggestaltung: ZERO Werbeagentur, München
Umschlagabbildung: Photonica, Hamburg
Satz: Ventura Publisher im Verlag
Druck und Bindung: Clausen & Bosse, Leck
Printed in Germany
ISBN 3-426-61995-4

1 2 3 4 5

Für E. R.

Danksagung

Den folgenden Personen habe ich für die Lektüre dieses Romans und für ihren Rat während seiner Reifeperiode zu danken: Helen Ash, James Buxton, Jane Dorner, Mary Dove, Roger Elliott, Lorna Gibb, John Hands, Tom Holland, Hunter Steele und Janet Todd.

Inhalt

Vorwort des Herausgebers 11

Der Courtine-Bericht 21

Die verzauberte Prinzessin 421

Nachwort des Herausgebers 431

Personenregister 475

Vorwort des Herausgebers

Nur wenige Bücher haben in letzter Zeit eine so heftige Kontroverse hervorgerufen wie »Das Geheimnis von Thurchester«, das vor drei Jahren veröffentlicht wurde. Häufig habe ich in den Häusern von Freunden in der Stadt miterlebt, wie ganze Familien sich über unterschiedlichen Theorien dazu entzweiten und erbittert darüber stritten. Ich wurde regelmäßig nach meiner Meinung gefragt, habe es aber stets abgelehnt, mich dazu zu äußern.

Obwohl der Fall zur damaligen Zeit als gelöst betrachtet wurde, kreisten weiterhin Gerüchte, und die Anschuldigungen, selbst gegen die angesehensten Persönlichkeiten, die in die Angelegenheit verwickelt gewesen waren, wurden im Laufe der Jahrzehnte immer grotesker. Die Veröffentlichung des vorliegenden Werkes dürfte jedoch all diesen Streitigkeiten ein Ende bereiten, denn der Bericht, der den Hauptteil des Buches ausmacht, das Sie in den Händen halten, ermöglicht eine völlig neue Deutung der Entdeckungen von Miss Napier.

Die Umstände, durch die der Courtine-Bericht zugänglich gemacht wurde, beschreibe ich in meinem Nachwort, in dem ich auch darstelle, warum ich eine Reise nach Genf unternehmen mußte, bevor das Dokument entsiegelt werden konnte; diese liegt nun bereits acht Monate zurück. Ich unternahm diese Reise zum frühestmöglichen Zeitpunkt, zu dem der Kontinent wieder besucht werden konnte, wenngleich unter großen Schwierigkeiten. Meine Reise war zeitraubend und unbequem; erst zwei

Tage nachdem ich das Haus verlassen hatte, erreichte ich mein Ziel.

Ein Taxi brachte mich vom Bahnhof zu einem großen Haus am See, das von einem mit düsteren Fichten bestandenen Park umgeben war, der um so bedrohlicher wirkte, als der Himmel von einem heraufziehenden Sturm verdunkelt wurde. In meinem eingerosteten Französisch wies ich den Fahrer an zu warten.

Obwohl mir die Hausangestellte, die mir die Tür öffnete, zu verstehen gab, daß sie meinen Namen kannte, war ich nicht sicher, ob ich empfangen werden würde. Einige Tage zuvor hatte ich von England aus geschrieben, um mitzuteilen, daß ich genau zu dieser Stunde eintreffen würde und hoffe, der Zeitpunkt sei angenehm; aber ich hatte nicht genug Zeit für eine Antwort gelassen. Dennoch war ich optimistisch, denn ich hatte meinen Brief mit Sorgfalt so formuliert, daß er mir Zutritt verschaffen würde.

Die Hausangestellte führte mich in die Halle, forderte mich auf, mich zu setzen, und verschwand. Das Haus war kalt, und mir ging durch den Kopf, daß Brennmaterial hier wohl ebenso knapp sein mußte wie in England. Es fiel mir ein, daß dies wohl der Grund war, warum etliche Bäume im Park gefällt worden waren. Während ich die trostlose Szenerie betrachtete, verblaßte das Licht am Himmel über der grauen Wasserfläche. Ich wartete vierzig Minuten und hatte die Hoffnung schon fast aufgegeben, als die Frau wieder erschien und mich durch eine Tür in ein imposantes Treppenhaus führte. Oben angekommen, dirigierte sie mich in einen riesigen Raum, dessen eine Wand von einem sehr großen Fenster mit zurückgezogenen Vorhängen eingenommen wurde, durch das man den bedrohlichen Himmel und die dunkle Fläche des Sees erkennen konnte. Auf einer Seite des Fensters stand ein schwarzer Flügel mit geschlossenem Deckel. Auf der anderen Seite, so plaziert, daß der größtmögliche Effekt erzielt wurde, saß eine Gestalt in einem hochlehnigen Sessel. Ich bewegte mich wie ein Zuschauer im Theater, der auf seinen Sitz zustrebt, und wie auf ein Stichwort zuckte ein Blitz über den Himmel.

Die Hausangestellte entzündete eine Lampe neben ihrer Herrin und hob ein Tablett mit schmutzigem Teegeschirr hoch. Die alte Dame bedeutete mir, Platz zu nehmen. Während sie der Bediensteten bei der Arbeit zusah, hatte ich einen kurzen Moment lang Gelegenheit, ihre Züge zu studieren: eine hochrückige Nase und leuchtendblaue Augen in einem intelligenten, mißtrauischen Gesicht. Nachdem die Hausangestellte sich entfernt hatte, begann ich, Konversation zu machen, und sagte, daß es sehr liebenswürdig von ihr sei, mich, einen Fremden, zu empfangen.

Sie unterbrach mich, als hätte ich nichts gesagt: »Sind wir uns schon einmal begegnet?«

Für eine Frau Anfang Neunzig war ihre Stimme überraschend fest und erstaunlich tief – wenngleich ich das erwartet hatte. Ihre Frage brachte mich aus dem Konzept. Ich hatte gehofft, sie durch Schmeicheleien dazu zu bringen, das zu sagen, was ich hören wollte, aber nun erkannte ich, daß ich es mit einer anderen Strategie versuchen mußte.

»Nein, nicht im eigentlichen Sinn. Aber ich habe Sie vor vielen Jahren einmal gesehen.«

»Unter welchen Umständen?«

»Es war in Thurchester.«

Sie sah mich forschend an, doch ich konnte kein Anzeichen von Unbehagen erkennen. »Sie irren sich. Das ist vollkommen unmöglich.«

»Ich habe Sie an dem Tag gesehen, an dem Sie die Vorstellung Ihres Lebens gaben.«

Sie lächelte dünn. »Ich kenne das armselige kleine Theater in der High Street. Früher einmal habe ich es sogar sehr gut gekannt. Aber ich bin dort niemals selbst aufgetreten.«

»Ich habe auch nicht gesagt, daß ich Sie auf der Bühne gesehen hätte.«

Sie musterte mich prüfend. »Sie können frühestens zwanzig Jahre, nachdem ich die Bühne aufgegeben hatte, geboren sein.«

»Die Bühne, ja.« Als ich ihr überraschtes Gesicht sah, fügte ich noch hinzu: »Wenn ich Ihnen gebe, was ich Ihnen mitgebracht habe, werden Sie verstehen, was ich meine.«

Mein Herz klopfte heftig, als ich diese Worte aussprach. Ich wünschte mir den Beweis so sehr. Wenn sie doch nur etwas sagte, das mich davon überzeugen würde, daß sie die Frau war, nach der ich gesucht hatte. Ich meine nicht einen gesetzlichen Beweis, denn den hatte ich ja bereits. Es war mir gelungen, über die Jahrzehnte hinweg eine Folge von Besitzübertragungen und den Wechsel von Wohnsitzen von Land zu Land zu verfolgen, so daß die dahingehenden Erfordernisse bereits erfüllt waren. Aber das hatte mein Bedürfnis nicht befriedigt zu erfahren, daß sie es wirklich war. Ich mußte von ihren eigenen Lippen irgend etwas hören, das die Frau, die hier vor mir saß, mit der Gestalt in Verbindung brachte, auf die ich zwar nur einen kurzen Blick hatte werfen können, die mich aber dennoch in meinen Erinnerungen verfolgt hatte.

Es war offensichtlich, daß ihr meine Bemerkung nicht gefiel, und sie sagte, offenbar in der Absicht, unser Gespräch zu einem raschen Abschluß zu bringen: »In Ihrem Brief haben Sie angekündigt, daß Sie etwas in Ihrem Besitz haben, das mir gehört.«

»Und was ich persönlich in die Hände des rechtmäßigen Besitzers legen möchte, um ein altes Unrecht wiedergutzumachen.«

Sie nickte. »Das waren Ihre Worte. Worum handelt es sich? Erwarten Sie eine Bezahlung dafür?«

»Nicht mit Geld. Und ich habe auch nicht die Absicht, zu handeln. Es ist Ihr Eigentum.« Mir wurde klar, daß ich damit den wichtigsten Punkt meiner Reise überstürzt und früher erreicht hatte, als es eigentlich sinnvoll war. Ich zögerte einen Augenblick und fügte dann hinzu: »Ihr Eigentum und das Ihres Sohnes.«

Sie fuhr unwillkürlich auf. Zum ersten Mal sah sie mich mit unverhohlener Neugier an und, wie mir schien, auch mit Zorn. Doch schon einen Augenblick später trug sie wieder ihre spröde Maske zur Schau.

Ich fuhr so sachlich wie möglich fort: »Ich habe versucht, ihn zu finden, weil ich es vorgezogen hätte, Sie nicht mit dieser Angelegenheit zu behelligen. Ich habe große Anstrengungen unternommen, Verbindung zu ihm aufzunehmen, doch sind meine Bemühungen ohne Erfolg geblieben. Wenn Sie mir sagen, wie ich ihn erreichen kann, will ich Sie nicht länger belästigen und die Angelegenheit mit Ihrem Erben erledigen.«

»Mit meinem Erben?« Der Ton, in dem sie diese Worte aussprach, kam mir spöttisch vor.

»Ich nehme doch an, daß Ihr Sohn Ihr Erbe ist?«

»Für Ihre Vermutungen bin ich nicht verantwortlich.«

»Ob er nun Ihr Erbe ist oder nicht, diese Angelegenheit betrifft ihn ebenso wie Sie.« Als sie keine Antwort gab, stellte ich die brutale Frage: »Würden Sie mir sagen, ob er noch am Leben ist?«

Sie zeigte keine erkennbare Reaktion. Nach einer kurzen Pause erwiderte sie: »Seien Sie so freundlich und geben mir das, was Sie für mein Eigentum halten.«

Ich erhob mich von meinem Stuhl, zog ziemlich theatralisch einen Umschlag aus der Tasche und reichte ihn ihr.

Sie griff danach und riß ihn auf. Man meint im allgemeinen, daß sehr alte Menschen in ein Stadium gelangen, in dem sie sich schrittweise von der Welt der Eigensucht, der Emotionen und der Gier entfernen. In ihrem Fall konnte ich jedoch kein Anzeichen erkennen, daß sie dabei war, sich aus dem Leben zurückzuziehen. Im Gegenteil, als ich ihr zusah, wie sie begierig den Briefumschlag aufriß, hatte ich das Gefühl, daß ich mein Ziel zumindest zum Teil erreicht hatte: Ich verstand nun so manches über Motive und Skrupel, das ich vorher nicht voll erfaßt hatte.

»Was ist das? Was soll das heißen?« Sie ließ den Inhalt des Päckchens verächtlich auf ein kleines Tischchen neben ihrem Stuhl fallen.

»Es sind die Schlüssel zu einem Geheimnis.« Diese Antwort konnte ich mir nicht verkneifen. »Möchten Sie sie nicht an sich nehmen?«

»Ich habe keine Ahnung, wovon Sie reden.«

»Erkennen Sie sie denn nicht?«

»Wie sollte ich?«

»Es sind die Schlüssel zu einem Haus in Thurchester, einem Haus, das Sie sehr gut kennen.« Sie sah mich mit einem Anflug von Neugier an, doch das war auch alles, was sie an Gemütsbewegung zeigte. Ich versuchte, sie aus der Reserve zu locken: »Ich habe sie in Sicherheit gebracht, als sie beinah für immer verlorengegangen wären.« Als sie immer noch schwieg, fügte ich hinzu: »An jenem Tag – ich meine an dem Tag, der Ihr Leben ebenso dramatisch veränderte, wie er das meine berührte – folgte ich Ihnen von der Hintertür des Hauses aus. Sie haben mich nicht bemerkt, und wenn doch, dann hielten Sie mich für ungefährlich.«

Sie zeigte keine Reaktion. Etwa eine Minute lang saßen wir schweigend da. Dann zog sie an einer Klingel neben ihrem Stuhl. Fast augenblicklich trat die Hausbedienstete ein; sie mußte vor der Tür gewartet haben. Die alte Dame sagte in gutem Französisch: »Der Herr möchte gehen. Würden Sie ihn bitte hinausbegleiten?«

»Versteht Ihre Hausangestellte Englisch?« fragte ich. Sie antwortete nicht und starrte nur aus dem Fenster. »Ich muß Ihren Sohn unbedingt finden. Welchen Namen benutzt er?«

Jetzt endlich wandte sie sich um und sah mich mit einem Ausdruck so nackter, ungeschminkter Feindschaft an, daß mir klar wurde, daß sie mir meine Fragen niemals beantworten würde. Ich stand auf.

»Ihre Reise war zwecklos«, sagte die alte Dame. »Aber das können Sie mir nicht zum Vorwurf machen.«

»Sie war keineswegs ohne Erfolg. Mehr als alles andere habe ich nach Aufklärung gesucht.«

Sie ließ sich nicht anmerken, ob meine Bemerkung sie irgendwie interessierte.

Ich fuhr fort: »Die Begegnung mit Ihnen hat mich in die Lage versetzt, manches zu verstehen, das mir mehr als vier Jahrzehnte lang absolut rätselhaft schien.«

Ich ging zur Tür und hatte sie fast erreicht, als sie plötzlich ausrief: »Mr. Barthram, Sie haben Ihre Schlüssel vergessen!«

Ich drehte mich um und ging wieder auf sie zu. »Ich habe sie nicht vergessen; ich kann Ihnen versichern, daß ich sie an keinem einzigen Tag meines Lebens je vergessen habe. Sie gehören Ihnen, und es ist mir eine unbeschreibliche Erleichterung, sie hier bei Ihnen zu lassen.« Ich blieb etwa zehn Schritte von ihr entfernt stehen. »Erinnern Sie sich an den Namen Perkins?« Sie zeigte sich unbeeindruckt.

Es war mir nicht klar gewesen, wie drohend ich gewirkt haben muß, bis die Hausangestellte mit Entsetzen in der Stimme fragte: »Soll ich Pierre holen, Madame?«

Die alte Dame bedeutete ihr ungeduldig, still zu sein, ohne mich aus den Augen zu lassen.

»Denken Sie gelegentlich an einen jungen Mann namens Eddy Perkins?« wiederholte ich meine Frage.

Zu meiner Überraschung lächelte sie. »Ich kann mir vorstellen, daß Sie das tun. Warum kommen Sie erst jetzt?« Sie nickte in Richtung auf den kleinen Tisch. »Wenn Sie rechtzeitig Gebrauch davon gemacht hätten, hätte selbst der Dümmste die ganze Angelegenheit durchschauen müssen. Waren Sie zu ängstlich?«

»Ich war noch ein Kind«, antwortete ich.

»Als ich ein Kind war, habe ich mich vor nichts gefürchtet. Oder vielleicht wäre es ehrlicher zu sagen, daß meine Angst mich nie daran gehindert hat zu tun, was ich mir vorgenommen hatte. Das ist der Unterschied zwischen Menschen, die durch ihr ganzes Leben gehen und immer nur ihren Text wiedergeben, und solchen, die ihre Rolle selbst erfinden, während sie sie spielen.«

»Das gelang Ihnen sehr gut.«

»Ich war großartig.«

»Geben Sie das zu?«

»Zugeben? Lieber Mann, ich prahle damit. Die größten Schauspieler können ein menschliches Wesen vor den Augen der Zuschauer erschaffen, anstatt ihnen wie eine Puppe etwas Vorgefertigtes zu zeigen. Auf die Bühne zu gehen und in einem dramatischen Augenblick die Person zu werden, die man darstellt, zu sprechen, ohne zu wissen, was man sagen wird, bis zu dem Moment, in dem man die Worte ausspricht! Die Gefahr herauszufordern und zu triumphieren, das ist das große Abenteuer, das das Leben uns bietet. Das unvergleichliche Abenteuer. Verstehen Sie das nicht?«

»Ich war nie Schauspieler.«

»Ich spreche nicht nur vom Theater. Ich spreche davon zu leben. Ohne das ist man tot, ohne auch nur mit Anstand begraben worden zu sein.«

»Sie bereuen nichts?«

»Nur, daß ich bald sterben werde.«

Ich konnte nichts damit gewinnen, sie noch einmal nach Perkins zu fragen, der gestorben war, weil er nicht genug Vorstellungskraft besessen hatte, in einem anderen als dem gegenwärtigen Augenblick zu leben. Deshalb wandte ich mich um und verließ den Raum.

Es stellte sich heraus, daß meine Reise sich doch auch auf konkretere Weise gelohnt hatte. Als die Eisenbahn sich langsam und notgedrungen auf Umwegen in Richtung Küste bewegte, erschienen auf den Bahnhofsschildern die Namen von flämischen Städten und Dörfern, die uns in England in den letzten vier Jahren auf so abscheuliche Weise vertraut geworden waren. Ich mußte an die trauernden Mütter so vieler meiner Schüler denken, für die ich keine Worte des Trostes hatte finden können. Und dann dachte ich an das unwillkürliche Auffahren der alten Frau bei dem Wort »Sohn«; und als ich sie wieder vor mir sah, sah ich auch den schwarzen Flügel mit dem geschlossenen Deckel, und in diesem Augenblick kam mir eine Idee, wie ich vorgehen könnte.

Durch den Tod der alten Dame vor zwei Monaten wurde das letzte Hindernis für die Veröffentlichung des vorliegenden Berichts beseitigt. Ich will nur noch vorausschicken, daß der folgende Kommentar außen auf dem Umschlag geschrieben stand, der das Dokument enthielt – geschrieben als Folge meines Eingreifens, obwohl mir das erst viele Jahre später bewußt wurde:

Soeben habe ich erfahren, daß ich mich bezüglich der Rolle von Ormonde getäuscht habe, der, wie ich nun weiß, schon viele Jahre vor den hier geschilderten Ereignissen verstorben war. Dennoch werde ich diesen Bericht als treue Wiedergabe dessen, was ich erlebt habe, stehenlassen, ebenso die Schlüsse, die ich später aus dem Erlebten gezogen habe, selbst wenn einige davon falsch gewesen sein müssen. E. C.

Der Courtine-Bericht

Dienstag abend

In diesem Bericht möchte ich, solange meine Erinnerungen noch frisch sind, genau beschreiben, was ich vor knapp einer Woche gesehen und gehört habe, als ich nämlich einem Mann begegnete, der, trotz seines Mißgeschicks, auf brutale Weise umgebracht worden zu sein, herumging wie Sie und ich.

Mein Besuch begann wenig verheißungsvoll. Wegen des Wetters, das schon seit zwei Tagen einen Mantel gefrierenden Nebels über die südliche Hälfte des Landes gebreitet hatte, traf der Zug verspätet ein, und ich verpaßte den Anschluß. Als ich endlich – mit zwei Stunden Verzögerung – an meinem Bestimmungsort ankam, war ich bereits seit mehreren Stunden durch die früh hereingebrochene Nacht gefahren. Ich saß allein in dem schlecht beleuchteten Waggon und hielt ein Buch auf dem Schoß, machte jedoch kaum einen Versuch zu lesen und starrte hinaus in die verschleierte Landschaft, die zunehmend fremdartig und verschwommen wirkte, je mehr die Dunkelheit sich herabsenkte und der Nebel sich verdichtete. Langsam setzte sich in mir die Vorstellung fest, daß der Zug mich nicht vorwärts, sondern rückwärts trug und mich aus meinem eigenen Leben und meiner eigenen Zeit in die Vergangenheit entführte.

Unversehens wurde ich in die Wirklichkeit zurückgerufen, als der Zug mit einem plötzlichen Ruck seine Fahrt verlangsamte und schließlich, nach einer Reihe von Erschütterungen, in der Dunkelheit, die vom trüben Licht der Waggons kaum durchbrochen wurde, zum Stehen kam. Wir hatten soviel Verspätung, daß ich keine Ahnung hatte, ob dies bereits meine Station war. Als ich in der Tür stand und versuchte, im bräunlich-gelben Licht einer fernen Gaslaterne das Bahnhofsschild zu entziffern, hörte ich, wie weiter vorn am Zug ein Fenster heruntergelassen wurde und ein Mitreisender mit lauter Stimme fragte, ob wir bereits an der Endstation seien. Vom Perron her antwortete eine Stimme, die die Frage verneinte und erklärte, dies sei die letzte Haltestelle vor der Endstation. Dann fiel der Name meines Bestimmungsortes.

Ich nahm meine Tasche aus dem Gepäcknetz und verließ den Zug, zusammen mit nur drei oder vier weiteren Reisenden, die ich aus den Augen verlor, als ich, wie unter Schock durch die Kälte, kurz auf dem Bahnsteig stehenblieb, mit den Füßen aufstampfte und die Arme um mich schlug. Ich versuchte, die übelriechende Luft nicht einzuatmen, in der sich der beißende Geruch von scharfem Frost mit dem Rauch der tausend Kohlefeuer der Stadt mischte.

Austin hatte mir mitgeteilt, daß er mich nicht vom Bahnhof würde abholen können, weil Verpflichtungen ihn daran hinderten, und daß ich aus diesem Grund direkt zu ihm nach Hause kommen sollte. Diese Regelung war mir angenehm, weil mir eingefallen war, daß ich ihn womöglich nicht erkennen würde und es daher günstiger wäre, ihm erst an seiner eigenen Haustür zu begegnen. Ich wußte nicht so recht, was mich mehr beunruhigte: die Aussicht, festzustellen, daß er sich verändert hatte oder daß er ganz der alte war. Ich glaube allerdings, daß ich mich weniger vor den Veränderungen fürchtete, die ich an ihm entdecken könnte, als davor, am Gesicht meines alten Freundes abzulesen, wie sehr der Zahn der Zeit an mir selbst genagt hatte.

Der Zug pfiff und dampfte aus dem Bahnhof, und ich stand keuchend in dem rußigen Rauch, den er hervorgestoßen hatte – einem dunklen, mineralischen Geruch wie aus dem Inneren der Erde. Es wurde stockdunkel, und das einzige, was man noch erkennen konnte, war eine flackernde Gaslaterne an der Stelle, wo der Ausgang des Bahnsteigs sein mußte. Dorthin lenkte ich nun meine Schritte. An der Sperre nahm ein Schaffner, der sich einen Schal vors Gesicht gebunden hatte, mit seiner behandschuhten Hand meine Fahrkarte entgegen.

Als ich auf den Vorplatz hinaustrat, stellte ich fest, daß meine Mitreisenden spurlos wie Phantome verschwunden waren. Nur eine Droschke stand wartend da, die ich nun mietete. Der Kutscher wandte mir das Gesicht zu. Seine Knollennase und hängende Unterlippe wirkten zusammen mit seinem nach saurem Bier stinkenden Atem wenig vertrauenerweckend. Ich nannte die Adresse, und das Fahrzeug setzte sich in Bewegung.

Obwohl ich die Stadt nicht kannte, wußte ich, daß der Bahnhof etwa eine Meile vom Stadtzentrum entfernt lag. Durch das kleine Fenster des schaukelnden Gefährts konnte ich fast nichts erkennen, aber ich hörte, daß nur wenige andere Fahrzeuge auf der Straße waren. Nach drei oder vier Minuten begannen wir, einen leichten Hang hinaufzufahren, und ich vermutete, daß es sich um den Hügel handelte, auf dessen Gipfel die Römer einst ihre Festung erbaut hatten, um die Straßenkreuzung zu bewachen.

Auf beiden Seiten der Straße zogen sich einfache Häuser entlang, in deren erleuchteten Fenstern ich Familien beim Abendessen sitzen sah. Obwohl der Empfang, der mir bereitet wurde, bisher ziemlich kühl war, sagte ich mir, daß ich die Woche wenigstens nicht im College mit all den trübsinnigen unverheirateten Kollegen verbringen müßte, die niemand irgendwohin eingeladen hatte.

Der Hügel wurde steiler, und die Droschke verlangsamte ihre Fahrt. Überrascht stellte ich fest, daß mein Herz schneller zu schlagen begann. Ich hatte mich oft gefragt, was mein alter Freund wohl aus seinem Leben gemacht hatte. Als Studenten hatten wir häufig darüber geredet, wieviel wir in der großen Welt einmal bewegen würden – wir studierten beide mit Leidenschaft und sehnten uns nach Anerkennung. Ob er enttäuscht war, wie sein Leben verlaufen war? Fühlte er sich glücklich in dieser abgelegenen kleinen Stadt? Hatte er andere Dinge gefunden, die ihn befriedigten? Gelegentlich kamen mir von unseren gemeinsamen Bekannten Gerüchte über ihn zu Ohren, die ich jedoch nicht für besonders glaubwürdig hielt. Ich hatte oft über ihn nachgedacht, und als ich seine Einladung erhielt – wirklich überraschend nach einer so langen Zeit der Entfremdung –, hatte ich einfach nicht widerstehen können.

Die Kutsche erreichte den Gipfel des Hügels, die Räder begannen über das Kopfsteinpflaster zu rumpeln, und wir fuhren wieder schneller. Es gab nun einige Straßenlaternen, deren gedämpfter Schein ein spärliches Licht durch den dichten Nebel warf, und obwohl wir uns offenbar in der High Street befanden, fiel mir auf, daß nur wenige Fahrzeuge auf der Fahrbahn und kaum Fußgänger auf den Bürgersteigen waren. Der Hufschlag des Droschkenpferdes schallte laut durch die stille Straße, und ich hatte das Gefühl, durch eine nach einer Belagerung geplünderte und verlassene Stadt zu fahren. Dann wurde ich plötzlich ohne Vorwarnung von einer Seite zur anderen geworfen, als die Droschke mehrere scharfe Kurven nahm, um dann durch einen großen Torbogen zu rollen. Der Hufschlag hallte um mich herum. Ich dachte schon, der Kutscher habe mich irrtümlich zu einem Gasthaus gebracht, doch in diesem Augenblick hörte ich das schwere Schlagen einer großen Glocke, das mich fast betäubte. Sie schlug noch viermal – jeder Glockenschlag schien den vorangegangenen zu überrollen wie kleine Wellen, die sich durch den Nebel nach außen verbreiten –, und ich stellte fest, daß ich mich unmittelbar am Fuße der Kathedrale befand, der wir uns in der fast vollständigen Finsternis genähert hatten, ohne daß ich es bemerkt hatte.

Die Droschke nahm eine letzte scharfe Kurve und hielt an. Ein paar Meter entfernt erkannte ich ein Portal, den Südeingang des Querschiffs. Im flackernden Licht einer Gaslaterne sah ich einen Stoß Ziegelsteine und ein paar Holzbalken liegen, die mit einem geteerten Tuch abgedeckt waren.

»Wird am Dom gerade gearbeitet?« fragte ich den Kutscher beim Aussteigen.

»Tun sie das denn nicht immer?« fragte er zurück.

Während ich den Fahrpreis entrichtete, öffnete sich die Tür des nächstgelegenen Hauses, und eine Gestalt kam auf mich zugeeilt. »Alter Freund, wie ich mich freue, dich zu sehen!« rief eine jugendliche Stimme, die mir so vertraut war, daß ich erbebte. Die Stimme war noch die alte, aber was ich vor mir sah, war ein Fremder, ein Mann mittleren Alters mit faltigen Wangen, hoher Stirn und dünnem, ergrautem Haar, das sich bereits zu lichten begann. Austin umarmte mich und drückte mich an sich. Ich fühlte, wie mager er war, und mir fiel wieder ein, daß ich ihn um seine unenglische Impulsivität und seine Art, seinen Gefühlen freien Lauf zu lassen, immer beneidet, mich aber auch ein wenig davor gefürchtet hatte.

»Vielen Dank, daß du gekommen bist«, sagte er und klopfte mir auf den Rücken. »Gott segne dich. Gott segne dich.«

Bei seinen Worten empfand ich ein tiefes Bedauern für das, was geschehen war. Als wir noch miteinander befreundet gewesen waren, hatten wir nicht vorhersehen können, daß wir so lange voneinander getrennt sein würden – getrennt durch eine Entfremdung, zu der es gekommen war, weil er in die schmerzlichsten Ereignisse meines Lebens verwickelt wurde. Ich hatte ihm damals geschrieben, um ihm zu zeigen, daß ich mir wünschte, unsere Freundschaft möge andauern. Erst als die Antwort ausblieb, hatte ich mich zu fragen begonnen, ob er sich wegen seines Beitrags zu den Ereignissen womöglich schuldig fühlte, und mir mehr und mehr Gedanken darüber gemacht, in was für eine Rolle er gedrängt worden war beziehungsweise was er von sich aus getan hatte. Dennoch hatte ich ihm zum ersten Weihnachtsfest nach diesen Vorkommnissen und auch zu allen folgenden stets einen kurzen Gruß geschickt; und einige Jahre später hatte er begonnen, das gleiche zu tun – noch knapper als ich –, und er hatte auch weiterhin alle zwei oder drei Jahre geschrieben.

Gelegentlich hörte ich über gemeinsame Bekannte von ihm, wenn auch zunehmend seltener, weil sie ebenfalls die Verbindung abbrachen oder ins Ausland gingen oder starben. Und dann, vor einem Monat, nachdem ich angenommen hatte, daß die Glut unserer Freundschaft längst zu Asche geworden sei, hatte ich einen Brief erhalten: Er lud mich ein, ihn zu besuchen, ja er drängte mich sogar mit den wärmsten Worten, zu kommen, und zwar zu jedem beliebigen Zeitpunkt, da er niemals verreise, vorausgesetzt, daß ich die Geduld besäße, »die Gesellschaft dieses uninteressanten, schrulligen alten Mannes zu ertragen, der ich geworden bin«. Zuerst hatte ich mich gefragt, ob die alte Glut wieder aufflammen oder ganz erlöschen würde, wenn man jetzt hineinbliese. Aber ich hegte eine Vermutung, warum er den Entschluß gefaßt haben könnte, mich einzuladen, und so hatte ich zurückgeschrieben, daß ich mit Freuden käme und daß ein glücklicher Zufall es wollte, daß ich sowieso gerade vorhätte, die alten Erdwälle von Woodbury Castle gleich vor der Stadt zu untersuchen und zu vermessen. Ich hatte angekündigt, daß ich zu Beginn des neuen Jahres auf dem Rückweg von meiner Nichte bei ihm vorbeischauen und ihm so früh wie möglich Bescheid geben würde. (Tatsächlich hatte ich meine Pläne geändert und ihm erst wenige Tage vorher eine Nachricht zukommen lassen.)

Hinter mir hörte ich, wie die Droschke in der engen Straße zwischen den Häusern und dem Dom wendete.

Austin trat zurück, hielt mich aber immer noch an den Armen fest, so daß ich ihn endlich genauer betrachten konnte, wenn auch nur im schwachen Licht einer etwa fünfzehn Meter entfernten Gaslaterne. Es war tatsächlich der alte Austin, der mich da anlächelte. Das gleiche Leuchten in den großen dunklen Augen, der gleiche jungenhafte Eifer. Er lächelte, und doch schien mir – bei aller offensichtlichen Freude, mich zu sehen –, daß sein Blick mir auswich, daß ein Schatten in seinen Augen lag, die den meinen niemals wirklich begegneten. Dachte er das gleiche wie ich? Was haben die Jahre dir angetan? Was haben sie dir geschenkt als

Ersatz für die strahlende Jugendlichkeit, die sie dir genommen haben?

»Lieber Austin, gut siehst du aus.«

»Um so mehr, weil du da bist«, sagte er. »Komm herein, alter Freund.«

Er griff nach meiner Tasche und schwankte theatralisch unter ihrem Gewicht. Ich versuchte, sie ihm wieder abzunehmen, aber er zog sie zu rasch weg, und einen Augenblick lang waren wir wieder zwei vergnügte Studenten. »Was in aller Welt hast du denn da drin? Bücher, nehme ich an?«

»Und Weihnachtsgeschenke für die Kinder meiner Nichte. Aber eines davon ist auch für dich.«

»Oh, fein! Ich bekomme ja so gern Geschenke!« rief er aus. Er trug die Tasche vor mir her zur Tür, wo er mich mit einer Geste aufforderte, vor ihm einzutreten.

Ich sah an dem Gebäude hinauf. »Was für ein hübsches, altes Haus«, sagte ich. Aber noch während ich diese Worte aussprach, stellte ich fest, daß das Haus eigentlich eher seltsam als hübsch zu nennen war. Es war hoch und schmal und zwischen zwei größeren Anwesen eingeklemmt; seine Fenster und Türen waren so unübersehbar schief, daß es wirkte wie ein Betrunkener, der von seinen Begleitern unter den Achseln aufrecht gehalten wird.

»Es gehört mit zu meinem Amt. Es gilt als Privileg, hier zu wohnen, aber ich denke mir oft, daß ich eigentlich dafür bezahlt werden sollte. Die besten Häuser finden sich am unteren Domplatz.«

Unterdessen hatte der Droschkenkutscher sein ungeschicktes Manöver erfolgreich beendet, und ich hörte die Kutsche davonrollen. Als ich über die Schwelle trat, mußte ich ein paar Treppenstufen hinuntersteigen, denn das Niveau des gepflasterten Platzes vor der Tür hatte sich im Laufe der Jahrhunderte gehoben. In der dunklen, kleinen Eingangshalle fand ich mich vor dem Stiegenhaus wieder – tatsächlich bestand das Haus vorwiegend aus Treppen, denn es war eine altertümliche Konstruktion mit nur zwei Räumen in jedem Stockwerk. Nachdem ich Hut und Mantel abgelegt hatte, führte mich Austin in das untere Wohnzimmer. Ich konnte erkennen, daß der kleine Raum, der dahinter lag, die Küche war. Das Wohnzimmer oder das Eßzimmer, wie er es nannte – und an dem für zwei Personen gedeckten Tisch war zu erkennen, daß er hier seine Mahlzeiten einnahm –, war kalt, obwohl ein frisch entfachtes Feuer darin loderte.

Im Licht der Gaslampe konnte ich Austin nun endlich genauer betrachten. Seine Nase war röter, als ich sie in Erinnerung hatte, und obwohl seine Haut immer noch so weiß war wie Papier, schien sie nun rauh und runzelig. Er war so schlank wie damals als junger Mann. (Ich fürchte, ich kann das nicht von mir behaupten.) Seltsamerweise kam er mir größer vor als früher. Als er meinen forschenden Blick bemerkte, lächelte er, und ich tat das gleiche. Dann wandte er sich ab und begann aufzuräumen, als habe er keinerlei Vorbereitungen für meine Ankunft getroffen.

Unterdessen stellte er mir Fragen über meine Reise, und ich erkundigte mich nach dem Haus, seiner genauen Lage und seinen Annehmlichkeiten. Ich setzte mich auf einen der alten Stühle am Tisch. Das Mobiliar war schäbig und schadhaft und die Bezüge glänzten speckig. Die alte Holzvertäfelung war von den Kerzenflammen der Jahrhunderte geschwärzt, auf den nackten Dielenbrettern lag nur ein fadenscheiniger türkischer Teppich. Mein Herz begann ganz unsinnig zu klopfen. Diese Wohnung war so armselig, fast schon verwahrlost. Ich dachte an meine eigenen gemütlichen Räumlichkeiten und an die College-Dienstboten, die dafür sorgten, daß stets alles sauber und ordentlich war.

Austin schenkte mir aus einer Karaffe, die auf einem Seitentisch stand, ein Glas Madeira ein. Als er mir das Glas reichte, fiel mir plötzlich der Geruch in diesem Haus auf – dick, schwer und irgendwie persönlich. Mit dem Glas in der Hand atmete ich mühsam durch die Nase. Ich schloß die Augen und dachte an die nahe Kathedrale, an Fleisch und Gebeine, die unter den Steinen verrotteten, an alles, was unter diesem Haus verborgen liegen mochte, das im Schatten des monumentalen Bauwerkes stand. Der Geruch war süß und obszön, wie ein verrottender Leichnam, der sich auf mich herabsenkte und mich in einer klammen, glitschigen Umarmung umfaßt hielt. Und plötzlich hatte ich das Gefühl, daß mir gleich entsetzlich übel werden würde. Ich brachte es fertig, einen kleinen Schluck zu trinken und meine Gedanken auf etwas anderes zu lenken, und der Anflug ging vorüber. Als ich aufsah, stellte ich fest, daß Austin mich neugierig beobachtet hatte. Ich zwang mich zu einem Lächeln, und dann stießen wir auf meine Ankunft an.

Worüber konnten wir nach so vielen Jahren miteinander reden? Es schien absurd, in das triviale Geschwätz flüchtiger Bekannter zu verfallen – über das Wetter, meine Reise, die Nähe des Hauses zur Kathedrale und seine verschiedenen Vor- und Nachteile. Aber genau das taten wir dann doch. Und während der ganzen Zeit versuchte ich, mir ein Bild von ihm zu machen, und dachte darüber nach, wie die Zeit ihn verändert hatte. Und ich vermute, daß er mich ansah und sich die gleichen Fragen stellte. Konnten wir in die jungenhafte Beziehung zurückfallen, die wir miteinander gehabt hatten, oder, was sehr viel wünschenswerter gewesen wäre, konnten wir eine neue, reifere Grundlage für unsere Freundschaft finden? Oder würden wir voller Unbehagen zwischen dem alten, nun nicht mehr passenden Umgangston und der neuen Erkenntnis hin- und herschwanken, daß wir nur noch wenig miteinander gemein hatten?

»Wie schön, dich zu sehen«, sagte er in einer Gesprächspause. Er lächelte mich an, und dieses Lächeln blieb auch in seinem Gesicht, als er das Glas an die Lippen hob und trank.

Ich spürte, daß ich irgendwie idiotisch zurückgrinste. Um etwas zu sagen, sprudelte ich hervor: »Wie lange ist das nun her, seit wir uns zum letzten Mal gesehen haben?« Kaum hatte ich diese Worte ausgesprochen, wünschte ich schon, ich könnte sie wieder zurücknehmen. Wie seltsam es ist, daß man, wenn man beschlossen hat, über ein bestimmtes Thema nicht zu sprechen, ausgerechnet dieses Thema zuerst anschneidet.

Er stellte sein Glas auf den Tisch, als ob meine Bemerkung in ihm keine Erinnerungen geweckt hätte, und begann, demonstrativ an seinen Fingern abzuzählen. »Zwanzig Jahre.«

»Länger. Zweiundzwanzig. Fast zweiundzwanzig Jahre.«

Er schüttelte lächelnd den Kopf.

Ich hatte nicht die Absicht gehabt, überhaupt davon anzufangen, aber jetzt, da es nun einmal passiert war, wollte ich, daß wir uns richtig zurückerinnerten. Dann würde ich nichts mehr zu diesem Thema sagen. »Du warst zum Bahnhof in Great Yarmouth gekommen, um mich zu verabschieden; damit wir uns Lebewohl sagen konnten. Ich habe nie vergessen, wie ich dich zum letzten Mal sah: auf dem Bahnsteig, als der Zug abfuhr.«

In seinem Blick lag nichts als höfliche Neugier. »Wie seltsam. Meiner Erinnerung nach sind wir beide allein nach London zurückgefahren.«

»Ganz bestimmt nicht. Ich sehe dich noch immer dastehen und zum Abschied winken. Es war am achtundzwanzigsten Juli, und im kommenden Sommer ist es zweiundzwanzig Jahre her.«

»Du wirst wohl recht haben. Du bist schließlich derjenige, der über die Vergangenheit Bescheid weiß.«

»Es ist sehr schwierig, die Wahrheit über die Vergangenheit herauszubekommen, Austin. Aber die Ereignisse jenes Sommers sind tief in meine Erinnerung eingegraben, das kann ich dir versichern.«

Ich hatte mit mehr Gefühl gesprochen, als es meine Absicht war. Als ich trank, klirrte das Glas gegen meine Zähne. Plötzlich hatte ich Angst, daß er einen der beiden Namen aussprechen könnte, die zwischen uns beiden nie wieder genannt werden durften. Ich stellte das Glas ab und versuchte, meine Hände stillzuhalten.

»Wir brauchen uns darüber nicht zu streiten; das ist die Sache nicht wert.« Dann lächelte er und sagte: »Aber nun zur Zukunft. Kannst du bis Samstag bleiben?«

»Mit Vergnügen. Aber ich werde früh am Morgen aufbrechen müssen, weil es der Weihnachtstag ist und ich am Nachmittag bei meiner Nichte erwartet werde.«

»Und wo ist das?«

»In Exeter, das habe ich dir doch in meinem Brief geschrieben.«

»Ach ja, stimmt. Also abgemacht. Wir können die Abende zusammen verbringen, aber untertags werde ich wohl arbeiten müssen.«

»Ich habe selbst auch vieles zu erledigen, das mich die längste Zeit beschäftigen wird.«

»Das hast du geschrieben. Hoffentlich werden diese abscheuliche Kälte und der Nebel deine Arbeit nicht zu sehr beeinträchtigen.«

Ich lächelte. Es war seltsam, aber Austin hatte schon immer so einen koboldhaften Humor gehabt. Ich hatte ihm erst vor ein paar Tagen geschrieben und gefragt, ob es möglich sei, daß ich in Abänderung unserer Vereinbarung schon früher käme, und er hatte geantwortet, daß er sich sehr freuen würde. Was mich dazu bewogen hatte, meinen Besuch vorzuverlegen, war folgendes: Als ich Austins Einladung erhielt, war mir eingefallen, daß sich in der Bibliothek meines Colleges die unkatalogisierten Papiere eines Sammlers alter Urkunden namens Pepperdine befanden, der die Stadt kurz nach der Restauration besucht hatte, und so hatte ich beschlossen, diese durchzusehen. Dabei war ich auf einen Brief gestoßen, der, wie ich Austin erklärt hatte, die Möglichkeit eröffnete, daß ein lang andauernder Gelehrtenstreit über die von mir so geliebte Zeit des Königs Alfred durch die Entdeckung eines gewissen Dokuments in der Bibliothek des Domkapitels von Thurchester beigelegt werden könnte. Ich hatte es so eilig, mit meinen Recherchen zu beginnen, daß ich meine Pläne geändert und beschlossen hatte, Austin schon auf dem Hinweg nach Exeter zu besuchen und nicht erst auf dem Rückweg im neuen Jahr.

»Nach deiner langen Reise«, fuhr er fort, »habe ich mir gedacht, daß wir zu Hause bleiben und ich für uns beide ein Abendessen zubereite.«

»Wie in alten Zeiten!« rief ich aus. »Erinnerst du dich noch? Als wir in der Sidney Street wohnten, haben wir Koteletts gegrillt, mal der eine, mal der andere.« Die Erinnerungen überfluteten mich, und meine Blicke verschleierten sich.

Austin nickte.

»Erinnerst du dich an deine ›Koteletts St. Lawrence‹, wie du sie nanntest? Ganz verkohlt wie der arme Heilige? Du nanntest deine Gerichte ein Autodafé, denn du meintest, daß mehr Glaube dazu gehörte, sie zu essen, als die unglücklichen Opfer der Inquisition je nötig hatten.«

Er lächelte, aber offenbar mehr über meine Nostalgie als über die Erinnerungen, die ich heraufbeschworen hatte. »Ich habe Lammkoteletts mit Kapern vorbereitet. In den Jahren, die inzwischen vergangen sind, habe ich genug Übung bekommen, um dir versprechen zu können, daß es kein Martyrium sein wird, sie zu essen.«

Es war ein seltsamer Gedanke, daß Austin seinen Haushalt allein führte. Ich dachte daran, wie schlampig er immer gewesen war – der Boden seiner Zimmer im College war immer voller Krümel gewesen, seine Kleidung hatte sich auf einem Stuhl getürmt, Tassen und Teller waren nur selten gespült worden. Der Raum, in dem ich mich jetzt befand, war nicht viel ordentlicher.

»Ich zeige dir dein Zimmer«, sagte Austin plötzlich. »Ich nehme an, daß du dich waschen möchtest, während ich das Essen zubereite.«

»Bleibt mir noch Zeit, einen Blick auf die Kathedrale zu werfen? Nach dem langen Tag im Zug will ich mir ein wenig die Beine vertreten.«

»Das Abendessen ist erst in einer halben Stunde fertig.«

»Ist die Kirche jetzt nicht abgesperrt?«

»Heute nicht.«

»Gut. Ich freue mich darauf, den Kreuzgang zu sehen.«

Austin schien überrascht, fast erschrocken. »Ich dachte, du wärst noch nie hier gewesen?«

»Aber mein lieber Freund, ich kenne die Kathedrale sehr genau aus schriftlichen Beschreibungen und Abbildungen. Sie hat einen der schönsten Kreuzgänge in ganz England.«

»Wirklich?« fragte er geistesabwesend.

»Sie ist insgesamt ein bemerkenswertes Bauwerk und fast vollständig erhalten.« Dann fiel mir ein, was ich bei meiner Ankunft gesehen hatte und wie wenig informativ die Antwort des Droschkenkutschers auf meine Frage ausgefallen war. »Aber jetzt wird wohl gerade daran gearbeitet?« wollte ich deshalb wissen.

Er lächelte. »Oh, da bist du auf den großen Streitpunkt gestoßen, der diese Stadt momentan heftiger entzweit als irgend etwas sonst in ihrer Geschichte.«

»Jedenfalls seit der Belagerung.« Ich lachte. »Die darfst du nicht vergessen!«

»Es wird tatsächlich daran gearbeitet, und das ist auch der Grund, warum du so spät am Abend noch hinein kannst.«

»Was wird denn gemacht? Doch nicht etwa eine von diesen sogenannten Renovierungsarbeiten?«

»Sie arbeiten nur an der Orgel.«

»Auch damit läßt sich beträchtlicher Schaden anrichten.«

»Das ist unwahrscheinlich. Es wird die Orgel ungeheuer verbessern. Sie stellen die Orgel auf Dampfbetrieb um, und die Manuale werden von der alten Empore auf eine neue Galerie gebracht.«

Ich konnte nicht umhin, den Kopf unwillig zu schütteln. »Vollkommen überflüssig; deshalb klingt sie auch nicht schöner.«

»Im Gegenteil. Sie wird auf wohltemperierte Stimmung umgestellt und insgesamt sogar sehr verbessert. So wie sie jetzt ist, hat sie einen sehr geringen Tonumfang und weder Trompetenstimmen noch eine Cremona – ein Streicherregister!«

Ich war über seine Fachkenntnis überrascht, obwohl mir noch in Erinnerung war, daß er sang und ein bißchen Flöte spielte. »Ich wußte nicht, daß du auch Orgel spielst?«

»Ich spiele nicht Orgel«, gab er scharf zurück. »Ich habe mir das von jemandem erklären lassen, der von diesen Dingen etwas versteht.«

»Wenn man erst einmal anfängt, an einem alten Gebäude herumzupfuschen, weiß man nie, wie das endet. In den letzten dreißig Jahren hat der Versuch, Kirchenorgeln auf Dampfbetrieb umzustellen, zu schlimmen Zerstörungen geführt.«

»Nun ja«, sagte Austin mit jenem seltsamen Lächeln, das ich plötzlich wiedererkannte und das immer nur ihm selbst zu gelten schien. »Wenn sie der Meinung sind, daß etwas getan werden muß, um das Gebäude für unsere modernen Bedürfnisse gebrauchsfähig zu halten, dann müssen sie eben dran arbeiten. Es handelt sich ja schließlich nicht um eine Mumie, die in einem Glasschrank in einem Museum konserviert werden soll.« Ich wollte gerade etwas darauf sagen, als er aufstand: »Ich muß dir dein Zimmer zeigen.«

Er war immer schon schnell und aktiv gewesen – jederzeit bereit, aufzuspringen und wegen irgendeines unsinnigen Einfalls aus dem Haus zu rennen. Und sein Verstand arbeitete ebenso schnell, wenn auch bisweilen etwas zu hastig, und er wurde einer Sache schnell überdrüssig. Ich war vielleicht etwas langsamer, aber hartnäckiger und bereit, tiefer in die jeweilige Materie einzudringen – vielleicht gerade deshalb, weil ich sie nicht so leicht erfaßte wie Austin. So war es nicht überraschend, daß ich und nicht er der Gelehrte geworden war, obwohl er in seinem Fach ausgesprochen brillant gewesen war.

Er nahm also meine Tasche, eilte aus dem Zimmer und überließ es mir, ihm zu folgen. In der Halle griff er nach einer Kerze und entzündete sie am Kamin. Gas, so erklärte er, gebe es nur im

Erdgeschoß. Dann sprang er die Treppe hinauf, während ich in der Dunkelheit hinter ihm herstolperte. Am ersten Treppenabsatz, wo eine Großvateruhr kaum Platz für uns beide ließ, wartete er auf mich. Wir erklommen die letzten Stufen, er stieß eine Tür auf und zeigte mir eine gemütliche kleine Kammer auf der Hinterseite des Hauses, die er als Studierzimmer benutzte. Der größere Raum nach vorne hinaus war sein Wohnzimmer, wie er sich mit einem selbstironischen Lächeln ausdrückte.

Wir stiegen den nächsten Absatz dieser seltsamen alten Treppe hinauf, wo der fadenscheinige Treppenläufer endete und die Bodenbretter nackt und staubig waren. Austin führte mich in das Schlafzimmer auf der Vorderseite und meinte: »Hoffentlich stören dich die Kirchenglocken nicht.«

»Ich bin daran gewöhnt«, antwortete ich. »Und nach mehr als dreißig Jahren ist das auch gut so.« Mit seiner durchhängenden Decke wirkte das kleine Zimmer wie eine Schiffskabine – ein Eindruck, der durch den unebenen Fußboden und das winzige Fenster noch verstärkt wurde.

Er ließ mich allein, damit ich mich waschen und meine Sachen auspacken konnte. Die Kammer schien längere Zeit nicht benutzt worden zu sein und roch modrig. Ich öffnete das kleine Fenster: beißende, rauchige Luft strömte herein. Die Kathedrale ragte drohend aus dem Dunst auf, wobei die Nebelschwaden, die um sie herumwirbelten, den Eindruck erweckten, sie sei in Bewegung. Vom Domplatz war kein Laut zu vernehmen. Ich schloß das Fenster, um die Kälte auszusperren. Der kleine Spiegel über dem Waschtisch war trüb, und auch als ich ihn mit meinem Taschentuch abrieb, blieb mein Spiegelbild merkwürdig verschwommen. Neben dem Waschtisch stand ein Lederkoffer mit den Initialen »A.F.«, der mir noch aus unseren College-Tagen bekannt war. Er sah kaum benutzter aus als vor all den Jahren, als ich ihn zuletzt gesehen hatte. Während ich meine Reisetasche auspackte und mich frisch machte, dachte ich darüber nach, wie Austin sich verändert hatte. Er hatte immer eine theatralische

Seite gehabt, aber jetzt trat sie deutlicher hervor als früher, fast als stecke eine Absicht dahinter. Ich fragte mich erneut, ob er mich eingeladen hatte, um das, was vor zweiundzwanzig Jahren geschehen war, wiedergutzumachen; auch dachte ich darüber nach, wie ich ihn, ohne in der Vergangenheit herumstochern zu müssen, wissen lassen könnte, daß ich ihn für das, was vorgefallen war, nicht verantwortlich machte. Als ich zehn Minuten später wieder hinunter in die Küche ging, fand ich Austin beim Zwiebelschneiden. Er ließ seinen Blick rätselhaft lächelnd an mir entlangwandern und sagte nach ein paar Sekunden: »Wo ist mein Geschenk?«

»Wie dumm von mir. Ich habe es aus der Tasche genommen und auf mein Bett gelegt, um es nicht zu vergessen. Ich gehe hinauf und hole es.«

»Hol es später. Geh jetzt zur Kathedrale. Das Abendessen ist in zwanzig Minuten fertig.«

Ich folgte seinem Rat. Als ich wenig später draußen auf dem Domplatz stand, sah ich ein paar Leute vom Portal des südlichen Querschiffs forteilen, das sich fast direkt gegenüber von Austins Haus befand. Der Abendgottesdienst war offenbar gerade zu Ende. Ich trat ein und ließ die schwere Tür hinter mir zuschwingen, bevor ich die Augen hob und nach vorne schaute, um die Erregung zu genießen, die mich jedesmal erfaßte, wenn ich zum ersten Mal ein altes Gebäude betrat.

Als ob er auf meine Ankunft gewartet hätte, ertönte plötzlich der Gesang eines Chores – der reine Sopran der Knaben schwebte über den tieferen Stimmen der Männer in einer Harmonie, die der Wirklichkeit entrückt zu sein schien. Die Stimmen klangen gedämpft, und ich hatte keine Vorstellung, wo die Chorsänger sich befanden. Es überraschte mich, daß sie so spät noch sangen.

In dem gewaltigen Bauwerk war es fast dunkel, und es war auch kalt, fast kälter, so schien mir, als draußen auf dem Domplatz. Ein abgestandener Geruch nach Weihrauch hing in der

Luft. Mir fiel ein, daß der Dekan der Kathedrale zur High Church tendierte. Mit gesenktem Blick schritt ich über die steinernen Bodenplatten, die in der Mitte so abgetreten waren, daß ich das Gefühl hatte, über eine Reihe flacher Teller zu gehen. Als ich in der Mitte des Gebäudes ankam, blickte ich auf, so daß sich das Kirchenschiff in seiner ganzen gewaltigen Länge plötzlich vor mir ausdehnte. Die dicken Säulen erhoben sich wie ein steinerner Wald, dessen Stämme allmählich in die zarten Rippen des Gewölbes übergingen. Weit von mir entfernt verfing sich das Licht der Gaslampen in den unregelmäßigen Glasscheiben der großen Rosette, die am Westende schimmerte wie ein dunkler See unter einem wolkenverhangenen Mond. Die wenigen Lampen ließen die hoch aufragenden Bögen um so gewaltiger wirken. Als ich mich daran sattgesehen hatte, legte ich den Kopf in den Nacken und blickte hinauf zu dem Gewölbe hoch über mir. Ein Duft nach frischem Holz wehte zu mir herüber, und ich stellte mir vor, wie vor siebenhundertfünfzig Jahren schwere Balken und riesige Steinblöcke durch diesen Raum vierzig Meter hoch in die Luft gehievt worden waren. Wie seltsam der Gedanke war, daß auch dieses uralte Bauwerk einmal aufsehenerregend neu gewesen war, als es bestürzend hoch über die niedrigen Dächer der Stadt hinauswuchs. Wie erstaunlich und wunderbar, daß es so viele Gefahren – die Rosenkriege unter Heinrich VI., die Zerstörung der Abtei anläßlich der Einziehung des Kloster- und Kirchenbesitzes unter Heinrich VIII. und die Beschießung während der Belagerung von 1643 – überstanden hatte.

Die Stimmen der Sänger erstarben, es wurde still. Ich wandte mich um. Da fiel mein Blick auf eine unglaubliche Monstrosität: eine riesige, abscheulich häßliche neue Orgelempore, die in das Querschiff hineinragte. Mit ihren leuchtenden Orgelpfeifen, ihrem polierten Elfenbein und glänzenden Ebenholz sah sie aus wie eine gigantische Kuckucksuhr aus einem fiebrigen Alptraum.

Und dann noch eine weitere Ungeheuerlichkeit: Ich vernahm

rauhe, erhobene Stimmen, deren Ursprung ich in dem hallenden Raum unmöglich orten konnte. Als ich die Stufen zum Chor hinaufstieg, bemerkte ich ein Licht in der entferntesten Ecke. Ich hörte weitere Ausrufe und dann das helle Klingen von Spaten auf Stein. Das riesige Gebäude schien all diese Geräusche zu schlucken und langsam in sich aufzunehmen, so wie es seit fast acht Jahrhunderten die Freuden und Ängste von Männern und Frauen aufgenommen hatte. Ich ging um das Chorgestühl herum und fand drei Handwerker bei der Arbeit – oder, besser gesagt, zwei Männer, die arbeiteten, und einen, der ihnen Anweisungen erteilte. Ihr Atem stand sichtbar im Licht zweier Laternen, von denen sich die eine auf dem Fußboden befand, während die andere respektlos auf dem Grabmal eines Bischofs abgestellt worden war.

Die Arbeiter, die einige der großen Bodenplatten aufgehoben hatten, waren jung und bartlos, doch der ältere Mann, der sie überwachte, hatte ein piratenhaftes Aussehen mit einem wilden schwarzen Bart sowie ein ärgerliches, anmaßendes Auftreten. Meine Aufmerksamkeit wurde allerdings mehr von einem hochgewachsenen alten Mann in schwarzer Soutane erregt, der ihnen zusah. Er war mindestens siebzig, ganz sicher älter als das Jahrhundert. Er hatte dicke Tränensäcke unter den Augen und tiefe Falten in den eingesunkenen Wangen und wirkte wie ein Mensch, dem ein entsetzliches Unrecht widerfahren war und der Jahrzehnte damit zugebracht hatte, darüber nachzubrüten. Sein hoher Wuchs und sein glatter, haarloser Schädel ließen ihn aussehen wie ein Stück der Kathedrale, das zum Leben erwacht war, oder besser gesagt, das ein gewisses Maß an Lebendigkeit angenommen hatte. Sein fast waagrechter Mund zeigte einen Ausdruck von Mißbilligung.

Ich ging auf ihn zu und sagte: »Könnten Sie so freundlich sein und mir sagen, was diese Leute hier machen?«

Er schüttelte den Kopf. »Sie richten eine Menge Unheil an, Sir.«

»Sind Sie ein Küster?«

»Der oberste Küster, und das seit fünfundzwanzig Jahren«, antwortete er mit einer Mischung aus Stolz und Melancholie, wobei er sich gerade aufrichtete. »Mein Vater und Großvater haben dieses Amt vor mir bekleidet; und wir alle drei waren schon Chorknaben zu unserer Zeit.«

»Wirklich? Was für eine bemerkenswerte Dynastie. Und die nächste Generation?«

Sein Gesicht verfinsterte sich. »Mein Sohn will nichts davon wissen. Es ist sehr traurig, wenn das eigene Kind der Sache den Rücken dreht, der man sein ganzes Leben gewidmet hat. Verstehen Sie, was ich meine, Sir?«

»Ich kann es mir vorstellen; obwohl ich selbst keine Kinder habe.«

»Es tut mir sehr leid, das zu hören, Sir«, sagte er ernsthaft. »Das muß für Sie und Ihre Frau ein großer Kummer sein, wenn ich so sagen darf.«

»Ich habe auch keine Frau.« Dann fügte ich hinzu: »Ich hatte einmal eine Frau ... das heißt ...« Ich verstummte.

»Dann tut auch das mir sehr leid. Mir bleibt nicht mehr viel Zeit auf dieser Erde, Sir, aber es ist mir ein großer Trost zu wissen, daß ich drei wunderbare Enkelkinder hinterlassen werde. Drei Enkelkinder und zwölf Urenkel.«

»Das ist in der Tat ein Grund, Sie zu beglückwünschen. Aber würden Sie jetzt so freundlich sein, mir zu sagen, was hier vorgeht? Wenn Sie all die Jahre hier gearbeitet haben, müssen Sie das Gebäude ja sehr gut kennen.«

»Ich kenne jeden Winkel dieses Doms, Sir. Und es ist mir ein großer Kummer zu sehen, wie sie ihn aufhacken.«

»Warum macht man das?«

»Es ist wegen der Orgel. Sie haben eine neue Empore im Querschiff gebaut. Sie werden dieses gräßliche, neumodische Ding ja bemerkt haben, das mehr wie ein Traktor aussieht als wie eine Orgel. Und jetzt werden die Rohrleitungen dafür verlegt.«

»Sie wollen doch nicht etwa die Platten in ihrer ganzen Länge aufreißen«, fragte ich und deutete mit dem Arm in Richtung auf die neue Orgel.

»Genau das haben sie vor. Die Leute haben ja keine Ahnung, was sie damit anrichten; und es ist ihnen auch egal.«

»Aber was ist an der ursprünglichen Empore denn verkehrt? Soviel ich weiß, ist sie eine gelungene Arbeit aus dem frühen siebzehnten Jahrhundert.«

»Allerdings, Sir. Aber anscheinend nicht gut genug. Nicht gut genug für Seine Wichtigkeit, der die Orgel bisher gespielt hat – und der ist offenbar wichtiger als wir, die sie anhören. Oder wir, die wir diese babylonische Monstrosität jeden Tag unseres Lebens werden anschauen müssen.«

»Sprechen Sie vom Organisten?«

Er fuhr fort, ohne meine Frage zu beachten: »Einige der Domherren wollen nämlich, daß die Orgel groß und laut sein soll und genau hier steht, wo die Gemeinde sie auch sehen kann, damit sie in den Gesang einstimmt; und die auf der anderen Seite wollten die alte Orgel behalten, weil sie mit dem Chor zusammen so schön klingt und die Stimmen nicht so übertönt, wie es die neue tun wird.«

»Solche Streitigkeiten zwischen Ritualisten und Evangelikalen gibt es in jedem Domkapitel im ganzen Land«, sagte ich.

»Wie recht Sie doch haben, Sir. Als ich noch ein Junge war, war dergleichen undenkbar. Damals war man ein guter Christ und betete in der Kathedrale, oder man war ein Nonkonformist oder ein Papist, und damit basta. Heute sind die Nonkonformisten und die Papisten auch in der Kirche, und alle streiten miteinander über das Ornat und über Kerzen und Weihrauch und Prozessionen. In meinen Augen sind diese neuen Moden nichts als Mummenschanz und Theater und ganz bestimmt keine respektvolle Art, den Allmächtigen anzubeten.«

»Aber jetzt sind es die Domherren, die zur Low Church neigen, die ihren Willen bezüglich der Orgel durchsetzen?«

»Ja. Es hat ganz den Anschein, als hätte er die meisten von ihnen in der Tasche. Und koste es, was es wolle, und egal, was für ein Schaden angerichtet wird, er muß unbedingt die Orgel haben, die er sich einbildet.«

Ich nahm an, daß er immer noch vom Organisten sprach. »Haben die anderen Domherren denn nichts dagegen unternommen?«

»Dr. Locard hat es versucht, aber er wurde überstimmt. Genau wie bei dieser neuen Auseinandersetzung wegen der Schule.«

Ich wußte, wer Dr. Locard war. »Was ist mit der Schule?« fragte ich und überlegte, ob es vielleicht ein Problem gab, das auch Austin betraf, und wenn ja, ob das womöglich der Grund war, warum er mich eingeladen hatte. Er war immer schon impulsiv und zügellos gewesen und machte sich wenig Gedanken über die Zukunft; das könnte ihn heute in Schwierigkeiten gebracht haben, wie es ihn auch in der Vergangenheit schon in Schwierigkeiten gebracht hatte.

Der alte Küster schien zu bemerken, daß er drauf und dran war, sich einer Indiskretion schuldig zu machen, und murmelte: »Das wird bei der nächsten Sitzung des Domkapitels entschieden. Mehr weiß ich nicht.«

»Wann findet die nächste Sitzung denn statt? Die Domherren sollten auch darüber nachdenken, ob sie diese Arbeiten nicht lieber abbrechen wollen.«

»Am Donnerstag vormittag.«

»Dann ist es zu spät!«

Ich drehte mich um und eilte die Stufen hinunter und quer durch den Chor auf die Handwerker zu. »Sind Sie der Vorarbeiter?« fragte ich den Mann mit dem Bart.

Er sah mich neugierig an. »Ja, der bin ich.«

Die Männer unterbrachen ihre Tätigkeit und hörten zu.

»Lieber Mann, Sie können diese Rohrleitungen nicht hier durchlegen.«

»So, und warum nicht?«

Sein Tonfall paßte mir ganz und gar nicht. »Sie werden ernsthaften Schaden anrichten.«

»Ich tue, was angeordnet wird«, erwiderte er.

»Warten Sie«, fing ich an. »Gestatten Sie mir ...«

»Ich erhalte meine Anweisungen von Mr. Bulmer und Dr. Sisterson und von sonst niemand«, fiel er mir ins Wort und bedeutete seinen Leuten, mit der Arbeit fortzufahren. Sie wechselten amüsierte Blicke auf meine Kosten, und einer von ihnen begann wieder, seine Spitzhacke zu schwingen.

Ich ging zum Küster zurück. »Wenn es schon unbedingt sein muß, dann sollten sie die Rohrleitungen an anderer Stelle verlegen, wo sie weniger Schaden anrichten.«

»Sie haben recht. Aber woher wissen Sie das, Sir? Bei allem Respekt, ich glaube nicht, daß ich Sie schon einmal hier gesehen habe.«

»Ich bin auch noch nie hier gewesen. Aber ich habe eine Studie über die Bauweise von Kathedralen geschrieben, und über die hier habe ich sehr viel gelesen.«

»Wohin, meinen Sie denn, sollten die Röhren verlegt werden?«

»Ich bin mir nicht ganz sicher. Dürfte ich wohl auf die Orgelempore hinaufgehen? Auf die alte. Von dort oben könnte ich es besser erkennen.«

»Nur zu, Sir.«

»Bereite ich Ihnen auch keine Ungelegenheiten?« fragte ich. »Sie wollen nicht gerade abschließen?«

»Nicht im geringsten, Sir. Gewöhnlich schließen wir nach dem Abendgottesdienst ab, aber heute und morgen abend werden die Männer bis acht oder neun Uhr arbeiten, und ich muß hierbleiben, bis sie fertig sind, und dann die Tür des Querschiffs hinter ihnen absperren; die ist immer als letzte dran.«

»Warum arbeiten die Leute so lange?«

»Sie müssen bis Freitag fertig werden. Am Freitag nachmittag soll eine große Wiedereinweihungsfeier für die Orgel stattfinden, und der Bischof selbst wird den Gottesdienst leiten. Darum hat auch der Chor heute noch so spät geübt.«

Er nahm die Laterne vom Grabmal und ging vor mir her durch das Presbyterium zu einer kleinen Tür gleich hinter dem Chorgestühl. Zu meinem Entsetzen hatte man einen Teil der alten Vertäfelung abgenommen, und ein paar von den Brettern lehnten quer vor der Tür.

»Ich werde nicht mit hinaufkommen, Sir. Bei meinen rheumatischen Gelenken ist das schwierig. Können Sie sich an den Brettern vorbeizwängen? Sie haben sie abmontiert, um an der Empore zu arbeiten.«

»Aber sie werden doch wieder angebracht?«

»O ja, Gott sei Dank. Aber diese Tür war zwei Wochen lang blockiert.«

Er reichte mir die Laterne. Ich erklomm die Treppe und fand mich auf der Orgelempore wieder, von wo aus ich einen guten Blick auf Chor und Presbyterium hatte. Von hier aus konnte ich am besten erkennen, wieviel Schaden die Arbeiten, die gerade ausgeführt wurden, womöglich anrichten würden. Ich sah aber auch, wie sich alles unproblematischer machen ließ.

Als ich gerade wieder hinuntersteigen wollte, sah ich, daß vom Chor her jemand auf den alten Küster zuging. Es war ein kleiner, relativ junger Mann, auf dessen frühzeitig kahl gewordenem Schädel sich das Licht spiegelte.

Als ich wenig später wieder bei dem alten Mann ankam, unterhielt er sich gerade mit dem Neuankömmling; beide sahen den Handwerkern bei der Arbeit zu.

»Dies ist Dr. Sisterson, der Domkustos«, erklärte mir der alte Küster.

Mit einem freundlichen Lächeln streckte der junge Mann die Hand aus. Er machte einen extrem gehegten und gepflegten Eindruck, weshalb mich die seltsame Vorstellung befiel, daß seine Frau ihn gewaschen und verpackt hatte wie ein kostbares Paket, bevor sie ihn aus dem Haus gelassen hatte. Ich stellte mich vor, und weil er von Amts wegen für das Gebäude verantwortlich war, erklärte ich ihm, warum ich das, was die Arbeiter gerade taten, für so gefährlich hielt.

»Ich glaube, daß Sie recht haben«, sagte er. »Leider ist Herr Bulmer, der Architekt, wegen dringender Familienangelegenheiten für ein paar Tage verreist. Ich hatte selbst Vorbehalte bezüglich der Art und Weise, wie die Arbeiten durchgeführt werden, außerdem hege ich den Verdacht, daß der Vorarbeiter seine Anweisungen mißverstanden haben könnte.« Mit einem Lächeln fügte er hinzu: »Jetzt haben Sie mich in meinen Befürchtungen noch bestärkt.«

Ich erklärte ihm den anderen möglichen Verlauf der Rohrleitungen, den ich von der Orgelempore aus erkundet hatte. »Sie sollten genau unter diesem Grabmal entlanggehen«, sagte ich und deutete auf eine große Marmorplatte mit einem schönen Relief hoch oben an der Wand.

Das Kunstwerk stammte aus dem frühen siebzehnten Jahrhundert und zeigte zwei Reihen in Basalt eingelegter, kniender Personen, die im Profil dargestellt waren. Männer und Frauen knieten einander gegenüber, in beiden Reihen wurden die Gestalten immer kleiner, angefangen von Erwachsenen bis hin zu Kindern. Das Grabmal war um so auffälliger, weil es nicht vollständig in die Wand eingelassen war, sondern mehrere Zentimeter weit herausragte.

»Es ist ein Gedenkstein, kein Grabmal«, murmelte Dr. Sisterson. »Die Burgoyne-Gedenktafel. Ich erwähne das nur, weil ich gerade von einem Empfang komme, den mein Kollege, Dr. Sheldrick, gegeben hat, um die Veröffentlichung des ersten Bandes seiner Geschichte ...« Er unterbrach sich abrupt. »Entschuldigen Sie. Das wird kaum von Interesse für Sie sein.«

Ich schüttelte den Kopf. »Ganz im Gegenteil. Ich bin selbst Historiker.«

Er lächelte. »Dann verstehe ich Ihr Bedürfnis, die Zeugnisse der Vergangenheit zu erhalten.«

»Und der Herr weiß eine ganze Menge über so alte Gemäuer«, warf der Küster ein.

»Ich bin sicher, daß er mehr darüber weiß als ich, Gazzard«, meinte Dr. Sisterson mit einem Lachen. Er trat einen Schritt zurück, legte den Kopf zur Seite, um meinen Vorschlag zu prüfen. Dann sagte er zu dem Vorarbeiter: »Ich bin zu dem Entschluß gekommen, den Rat dieses Herrn zu befolgen. Wir werden die Rohrleitungen in dieser Richtung verlegen.«

Während er genau erklärte, was er nun beschlossen hatte, sah ich, wie der bärtige Mann mich über die Schulter wütend anstarrte. Aber nachdem Dr. Sisterson ihm seine Wünsche klargemacht hatte, gab er die veränderten Anweisungen zögernd an seine Leute weiter.

Außerordentlich zufrieden mit mir selbst verabschiedete ich mich von meinen beiden Gesprächspartnern, umrundete noch den Kreuzgang, der genau so großartig war, wie ich erwartet hatte, und ging dann an der anderen Seite des Altarraums entlang. Ich begegnete niemandem, außer einem jungen Mann, der ebenfalls eine Soutane trug und den ich für einen weiteren Küster hielt.

Ich betrat eine der Seitenkapellen und kniete nieder. Als Kind war ich fromm gewesen, dann hatte ich mich zum Skeptiker entwickelt, und in Cambridge hatte ich mich als Atheisten bezeichnet. Ich bin mir nicht sicher, ob ich wirklich ein solcher war, aber ich weiß, daß ich ein paar Jahre später, in der schlimmsten Krise meines Lebens, feststellte, daß ich nicht beten konnte. Auch diese Kathedrale hatte keine religiöse Bedeutung für mich. Sie war ein schönes Denkmal für einen gewaltigen, wunderbaren Irrtum. Ich respektierte die Moral des Mannes aus Galiläa – oder wer auch immer seine Lehren aufgeschrieben hatte –, aber daß er Gottes Sohn war, konnte ich nicht glauben.

Dienstag nacht

Als ich wenige Minuten später an einem der Häuser am Domplatz vorbeiging, zeichneten sich an den Vorhängen die Schatten von Gestalten ab, die sich drinnen im Zimmer hin und her bewegten. Es mußte das Haus sein, in dem der Empfang stattfand, von dem Dr. Sisterson gesprochen hatte. Mir kam der Gedanke, daß Austin vermutlich auch eingeladen gewesen war, wegen meiner Ankunft aber hatte absagen müssen.

In Austins Diele legte ich Hut und Mantel ab.

Der Duft nach gebratenem Fleisch stieg mir in die Nase. Ich fand meinen Gastgeber in der Küche. Mit einer Hand hielt er eine Pfanne über das Feuer, in der anderen hatte er ein Glas Wein. Auf einer kleinen Anrichte standen zwei offene Flaschen Rotwein, und ich stellte fest, daß eine davon nur noch halbvoll war. »Kochst du dir oft etwas?« fragte ich ihn lächelnd, während er mir ein Glas einschenkte. Ich versuchte, mir vorzustellen, wie er lebte.

»Du möchtest wohl wissen, wieviel Übung ich habe?« antwortete er lachend. Dann fügte er mit gespielter Würde hinzu: »Ich kann dich beruhigen. Meine Einkünfte gestatten es mir nicht sehr oft, auswärts zu speisen. Hat dein Spaziergang dir Appetit gemacht?«

»Es ist, wie ich befürchtet habe«, sagte ich. »Sie wüten im Dom wie die Vandalen.«

»Sie verlegen doch nur eine Rohrleitung!« rief er aus und drehte die brutzelnden Koteletts mit Schwung um.

»So fängt es immer an. Ich weiß noch, was vor ein paar Jahren in Chichester passiert ist. Dort haben sie den Lettner niedergerissen, um Gasleitungen für die Heizung zu verlegen, und dabei die Statik so geschwächt, daß schließlich der Turm über der Vierung einstürzte.«

»Wenn sie ein paar Fußbodenplatten wegheben, wird deshalb schwerlich das ganze Gebäude zusammenfallen.«

»Es ist immer gefährlich, an den Stützpfeilern herumzupfuschen, und wie der alte Küster sagt, haben die Arbeiter keine Ahnung, welche Folgen ihre Tätigkeit haben könnte, und es ist ihnen auch egal.«

»Dann hast du also Gazzard getroffen? Ein vergnüglicher alter Knabe, findest du nicht? Ich hege den Verdacht, daß er sich eigentlich gar keine großen Sorgen um das Gebäude macht. Er fürchtet nur, daß der Geist der Kathedrale geweckt werden könnte; davor haben die Küster alle Angst.«

»Ein so altes Gemäuer müßte eigentlich mehrere Gespenster haben.«

»Das, von dem ich jetzt rede, ist aber das berühmteste; und vor dem haben sie auch am meisten Angst. Der Geist des Camerarius oder Schatzmeisters William Burgoyne. Hast du die Gedenktafel seiner Familie gesehen?«

»Ja, aber es war zu dunkel, um sie richtig zu betrachten.«

»Eine schöne Arbeit – und in der Geschichte des Gespensts spielt sie eine wichtige Rolle.«

»Wie macht das Gespenst sich denn bemerkbar?«

»Was macht ein ordentliches Gespenst? Es geht nachts in der Kathedrale und auf dem Domplatz herum – oder besser gesagt, es stolziert herum – und erschreckt die Leute.«

Ich lachte. »Trägt es seinen Kopf unter dem Arm?«

»Ich glaube, es trägt ihn da, wo er hingehört.«

»Und welches Unrecht ist es, das den Camerarius nachts aus dem Grabe treibt? Es ist doch immer irgendein schreckliches Unrecht im Spiel.«

»Das größte Unrecht, das man sich nur denken kann: Man hat ihn ermordet, doch sein Mörder wurde nie vor Gericht gestellt. Nach dem Essen werde ich dir die Geschichte erzählen. Nein, sag nichts. Es bleibt dir gar nichts anderes übrig, als sie dir anzuhören, denn zu dieser Jahreszeit sind solche Geschichten einfach ein Muß. Und wenn es mir nicht gelingt, dir einen gehörigen Schrecken einzujagen und dich vor Angst schlotternd ins Bett zu schicken, dann bin ich ein schlechter Gastgeber.«

»Also werde ich den perfekten Gast spielen und gebannt und schreckensbleich lauschen.«

Austin lächelte und verkündete, daß das Essen fertig sei. Dann drückte er mir ein paar Teller und Schüsseln in die Hand, die ich ins Speisezimmer tragen sollte.

Wir setzten uns an den kleinen Tisch – eigentlich ein Kartentisch, über den ein ziemlich schmuddeliges Tischtuch geworfen worden war, um seine Scham ob der grünen Stoffbespannung zu verdecken – und verzehrten ein gutes Mahl: Lammkoteletts mit Kapern und gerösteten Zwiebeln, gefolgt von einer köstlichen Quittenpastete, von der Austin mir sagte, daß er sie in der Bäckerei gekauft habe – damit ich nicht glaubte, er habe sie selbst gebacken, wodurch ich womöglich eine übertriebene Vorstellung von seinen Fähigkeiten als Koch bekäme. Dazu tranken wir beide reichlich Rotwein, Austin jedoch noch erheblich mehr als ich. Das Zimmer war immer noch stickig. Es roch nach Gas, dem Essen, nach Kohle und noch etwas, das irgendwie unangenehm war. Aber die Übelkeit, die mich vorher befallen hatte, kehrte nicht wieder.

Beim Essen schwankte Austin zwischen Ausbrüchen fröhlicher Geschwätzigkeit und Phasen vollkommenen Schweigens, während deren er ganz in Gedanken versunken zu sein schien. Ich versuchte, auf unsere früheren gemeinsamen Interessen anzuspielen, aber er reagierte gleichgültig. Es versetzte mir einen schmerzlichen Stich, als ich an unsere Leidenschaft dachte, mit der wir als junge Männer bis spät in die Nacht hinein über Plato diskutiert hatten. Ich wollte ihn dazu bringen, über die Stadt zu reden, über die Schule und über die kleine Gemeinschaft um die Kathedrale herum, doch er wich meinen Fragen aus.

Wie ich feststellte, hatte er auch keine Lust, über die Vergangenheit zu sprechen. Es war, als wäre sie ihm entfallen. Wenn ich von Leuten oder Ereignissen aus früheren Zeiten redete, zeigte er sich desinteressiert. Ich sprach von unseren Lehrern in Cambridge und was aus ihnen geworden war, und er lächelte und nickte. Und als ich mich erkundigte, erzählte er mir ein bißchen von den paar Leuten, mit denen er in Verbindung geblieben war und ich nicht. Ich berichtete ihm von meiner Arbeit über König Alfred und meinem Interesse an seinem heroischen Widerstand gegen die einfallenden Heiden, und er nickte, als ob er gar nicht richtig zugehört hätte. Alles in allem ließ mir sein Verhalten seine Gründe, warum er unsere Bekanntschaft erneuern wollte, nur noch rätselhafter erscheinen.

Endlich stand er auf. »Den Nachtisch werden wir oben verzehren, und ...«

»Halt!« rief ich und hob die Hand. »Ich habe gerade die Haustür gehört. Es ist jemand hereingekommen.« Ich war mir ganz sicher, daß ich das Klicken des Schlosses vernommen hatte.

»Unsinn«, erwiderte er ungeduldig. »Wahrscheinlich hat nur die Treppe geknarrt. Dies ist ein altes Haus, und es führt Selbstgespräche wie ein kindischer alter Mann. Gehen wir hinauf, dann erzähle ich dir die Geschichte von dem Domherrn, der keine Ruhe findet.«

»Aber erzähl mir doch erst einmal deine eigene Geschichte!« wandte ich ein. Ich hatte eigentlich nicht so damit herausplatzen wollen, aber der Wein bewirkte wohl, daß ich weniger zurückhaltend war als sonst, wenngleich ich gar nicht soviel getrunken hatte. Seit zwei Jahrzehnten lebte Austin nun in dieser Stadt und hämmerte seine Mathematik in die Köpfe der rüpelhaften Söhne wohlhabender Tuchhändler, Apotheker und Bauern ein. Ich hatte mir oft Gedanken über sein enges, trübsinniges Leben gemacht und mich gefragt, ob er wohl manchmal auch an mich dachte und wie anders alles hätte kommen können.

Er sah mich seltsam an.

»Deine Lebensgeschichte meine ich; die Geschichte deiner Tage in dieser Stadt hier.«

»Ich habe keine Geschichte«, erwiderte er kurz angebunden. »Ich gehe hier ruhig meinen Pflichten nach. Mehr gibt es nicht zu erzählen.«

»Und das ist alles, was du über mehr als zwanzig Jahre zu sagen hast?«

»Was gibt es da groß zu sagen? Ich habe meine Freunde, von denen du einige kennenlernen wirst. Mit ein paar von meinen Kollegen an der Schule – Junggesellen wie ich – bin ich sehr gut befreundet, und ich habe auch Bekannte in der Stadt. Alles in allem sind wir eine ziemlich liederliche Gesellschaft von Männern, die zuviel Zeit im Wirtshaus verbringen, weil sie niemanden haben, der zu Hause auf sie wartet. Aber ich bewege mich auch in vornehmeren Kreisen, weil mich die Frauen einiger Domherren und Schullehrer als eine Art Schoßhund adoptiert haben.«

Ich lächelte. »Und hast du nie daran gedacht zu heiraten?«

Er grinste mich an. »Ach, wer würde mich schon nehmen? Ich war schon als junger Bursche keine besonders gute Partie, und jetzt noch viel weniger.«

Ich wagte es nicht weiterzufragen, weil ich nicht wollte, daß er mich für neugierig hielt. Ich dachte an seinen Takt, mit dem er es vermieden hatte, mir schmerzliche Fragen darüber zu stellen, wie mein Leben verlaufen war, seit wir die Verbindung miteinander verloren hatten. Vielleicht hatte er mich eingeladen, weil er meinen Rat oder meine Hilfe in irgendeiner Sache brauchte, und nach dem, was ich gerade im Dom gehört hatte, glaubte ich, einen Anhaltspunkt zu haben, worum es sich handeln könnte. Ich wollte ihm Gelegenheit geben, sich auszusprechen. »Ist an der Schule alles in Ordnung?«

»Warum fragst du?«

»Ach, mir ist zu Ohren gekommen, daß es da Differenzen gibt.«

Er starrte mich mit plötzlicher Intensität an. »Was meinst du? Wer kann dir so was erzählt haben?«

Ich wünschte schon wieder, ich hätte nichts gesagt. »Der alte Mann, der Küster, erwähnte irgendwelche Schwierigkeiten.«

»Gazzard? Warum in aller Welt bildest du dir ein, daß er etwas wissen könnte?« Er starrte mich wütend an. »Es wäre besser, wenn die Leute sich um ihre eigenen Angelegenheiten kümmern würden. Gazzard ist ein schwatzhaftes altes Weib; und die meisten von den Domherren auch. Sie verbringen ihre Zeit damit, boshafte Lügen zu verbreiten, und zwar übereinander und über jeden anderen auch, der das Pech hat, mit ihnen zu tun zu haben.«

»Was für Lügen?« fragte ich.

»Das kannst du dir sicher vorstellen.« Er wandte sich ab, und ich sah, daß er von dem Thema genug hatte. Ich erinnerte mich, wie sehr es ihn immer irritiert hatte, wenn ich mich bemüht hatte, einer Sache auf den Grund zu gehen, um ihr eine neue Perspektive abzugewinnen. Für Austin war eine Tatsache eine Tatsache, und das war alles, was es dazu zu sagen gab. Er stand auf. »Gehen wir hinauf. Ich habe oben eingeheizt.«

Als wir durch die Halle gingen, bemerkte ich ein Päckchen, das an der Wand gegenüber der Tür lehnte. Ich war ganz sicher, daß es vorher nicht dagewesen war. Austin hob es auf. »Wie ist das dort hingekommen?« fragte ich.

»Wie meinst du das?« erwiderte er schnell. »Ich habe es vor dem Abendessen dort hingelegt, damit ich daran denke, es hinaufzutragen.«

Wir gingen wortlos die Treppe hinauf und fanden im Wohnzimmer ein prasselndes Feuer vor. Ich setzte mich vor den Kamin, Austin legte das Päckchen auf den Fußboden neben den zweiten Sessel und zündete ein paar Kerzen an. Dann öffnete er eine Flasche recht guten Portwein und füllte zwei Gläser.

Es war wie in alten Zeiten, und ich mußte so sehr daran denken, wie alles hätte werden können, daß ich mich zu der Frage hinreißen ließ: »Weißt du noch, wie wir als Studenten immer davon geredet haben, daß wir eines Tages *Fellows* am gleichen College sein würden?«

Er schüttelte den Kopf. »So, haben wir das?«

»Wie begeistert wir von dem Gedanken waren, uns ganz dem Geistesleben zu widmen.«

Er lächelte sarkastisch. »Ich nehme an, du glaubst, daß das nur in einem College in Cambridge möglich ist, oder vielleicht gerade noch in Oxford?«

»Nein, ganz bestimmt nicht. Ich nehme zum Beispiel an, daß die Domherren intelligente Leute sind ...«

»Die Domherren!« fiel er mir ins Wort. »Ich versuche so wenig wie möglich mit ihnen zu schaffen zu haben. Es sind fast ausnahmslos Leute mit sehr begrenzten Fähigkeiten. Darum sind die meisten von ihnen auch so besessen von Äußerlichkeiten – Weihrauch, Ornate, Kerzen und Prozessionen. Die Kirche ist voll von solchen Männern, genau wie die Universitäten. Leute ohne Gefühlsleben, die in intellektueller Hinsicht kühn sind, was ja keine große Kunst ist, aber emotional furchtsam.«

»Ich habe gehört, daß das Domkapitel enorm unter den üblichen Konflikten zwischen Ritualisten und Evangelisten leidet«, warf ich ein und achtete dabei sorgfältig darauf, Gazzards Namen nicht zu nennen.

»Genau das ist der Hintergrund für den Streit um die Arbeiten an der Kathedrale«, sagte er und nickte. »Für manche ist sie nichts als eine schöne alte Hülle, die sie unverändert erhalten wollen, weil sie für sie jenseits von ihrer materiellen Existenz keine weitere Bedeutung hat.«

Ich lächelte, um meinen Unmut zu verbergen. »Muß jemand, der alte Kirchen liebt, denn unbedingt ein Ungläubiger sein?«

»Ich spreche von Leuten, die heutzutage eine Religion aus Dingen gemacht haben, die nur am Rande oder gar nicht zum Christentum gehören: Musik, Geschichte, Kunst, Literatur.«

Er sprach mit solchem Ressentiment, daß ich das Bedürfnis hatte, meinen Standpunkt darzulegen, obwohl eine Auseinandersetzung mit ihm das letzte war, was ich mir wünschte. »Ich für meinen Teil halte an der moralischen Bedeutung von Kunstwerken wie der Kathedrale fest, trenne sie jedoch vom Ballast des Aberglaubens.«

Er hatte sich quer in seinen Sessel fallen lassen, so daß seine Beine über eine Armlehne hingen – eine Angewohnheit aus seiner Jugendzeit, an die ich mich plötzlich erinnerte –, und starrte mich wütend an, was in dieser wenig würdevollen Körperhaltung ziemlich lächerlich wirkte. Langsam wiederholte er meine Worte: »Ballast des Aberglaubens! Du und deinesgleichen, ihr seid doch die Lieferanten von diesem Ballast. Ihr habt einen Wust von Überzeugungen zusammengezimmert und damit eine neue Form von Aberglauben geschaffen, die viel gefährlicher ist als alles, was das Christentum enthält. Und sehr viel weniger nützlich. Das alles hilft dir gar nichts, sobald du vor großen Problemen stehst, dem Verlust oder dem Tod eines geliebten Menschen oder deinem eigenen unabwendbaren Tod.«

»Meinst du, daß eine Religion das sein sollte? Eine tröstliche Fiktion? Da ziehe ich die Wahrheit vor wie die römischen Stoiker oder meine geliebten Angelsachsen, bevor sie christianisiert wurden, selbst wenn diese Wahrheit noch so hart ist.«

»Es gibt nichts Härteres als das Christentum.«

»Bist du gläubig geworden, Austin? Früher warst du das nicht.«

»Das ist zwanzig Jahre her«, erwiderte er nervös. »Meinst du nicht, daß sich in der Welt außerhalb der Enge eines Colleges in Cambridge unterdessen so manches geändert haben kann?«

Das war tatsächlich eine Veränderung. Wir waren beide Freidenker nach dem Vorbild Shelleys gewesen, wie die fortschrittlichsten unter den denkenden Studenten unserer Generation. Mit welcher Leidenschaft hatten wir alle Religion als organisierten Humbug abgetan! Ich hatte meine Meinung nicht geändert, und meine Erfahrungen als Historiker hatten meine Überzeugung noch verstärkt, daß Religion eine Konspiration der Mächtigen gegen alle anderen war. Aber meine Haltung war weicher geworden, so daß ich Menschen, die ihren Glauben hatten, nun bedauerte und nicht mehr gegen sie wütete.

»Und außerdem war ich auch an der Universität gläubig«, fuhr er bitter fort. »Nur meine Angst, von dir und deinem Kreis verspottet zu werden, hat mich bewogen, so zu tun, als sei ich Agnostiker.«

Austin war als Traktarianer, also als Anhänger des katholischsten Flügels der High Church in Cambridge angekommen, und zwar als Traktarianer der äußerlich-modischen Art. Ich glaube, er hatte damals nur seinen Vater ärgern wollen, der Vikar der Low Church und ein Mann von bescheidener Herkunft und geringen Geldmitteln war, und Austin hatte sehr schnell verkündet, daß er ungläubig sei. Hatte ich ihn bekehrt, ohne es auch nur zu merken? War er so manipulierbar gewesen? Wenn ich ihn wirklich beeinflußt hatte, hatte das nicht daran gelegen, daß ich intelligenter gewesen wäre als er, sondern allein an der Tatsache, daß ich mir besser darüber im klaren war, was ich glaubte und was ich wollte. Austin hatte eine gewisse Trägheit an sich, die ihn dazu bewog, sich treiben zu lassen und sehr viel nachsichtiger mit sich selbst zu sein als ich. Dieser Aspekt seines Wesens war auch der Grund gewesen, weshalb er so leicht unter den Einfluß des Mannes hatte geraten können, der mir soviel Schaden zugefügt hatte.

»Als Studenten pflegten wir das Christentum sehr zungenfertig als Aberglauben abzutun«, sagte Austin. »Als Aberglauben, der sich im Licht des Rationalismus fast vollständig in Luft aufgelöst hatte und dessen endgültiges Verschwinden wir mit Überzeugung voraussagten. Aber jetzt weiß ich, daß es genau umgekehrt ist: Ohne Glauben hat man nichts als Aberglauben. Angst vor der Dunkelheit, vor Geistern, vor dem Reich des Todes, das nicht aufhört, uns in Schrecken zu versetzen, und was sonst noch. Wir brauchen Geschichten, damit wir uns nicht mehr fürchten. Du hast dir deine tröstlichen Mythen und Legenden aus der Geschichte geschaffen – wie deine Vorstellung von König Arthur.«

»König Arthur? Was redest du da?«

»Hast du mir nicht gerade erzählt, daß du ein Buch über König Arthur schreibst?«

»Um Himmels willen, nein. Ich habe von König Alfred gesprochen.«

»König Arthur oder König Alfred. Das spielt keine große Rolle. Vielleicht habe ich sie ja verwechselt, aber das, worauf es ankommt, bleibt sich gleich. Du schaffst dir deine eigenen Geschichten, um dich zu trösten.«

»Im Gegensatz zu König Arthur ist Alfred eine hinreichend belegte historische Persönlichkeit«, widersprach ich ärgerlich. »Nicht wie dein Jesus von Nazareth; sosehr ich auch das moralische System respektiere, das mit seinem Namen verbunden ist.«

»Du respektierst das moralische System, das mit seinem Namen verbunden ist!« wiederholte Austin ironisch. »Ich spreche hier aber vom Glauben, vom Akzeptieren der absoluten Realität von Erlösung und Verdammung. Du und andere in unserer Generation, ihr habt euren Glauben verloren, weil ihr euch einbildet, daß die Wissenschaft alles erklären kann. Das habe ich auch eine Zeitlang gedacht, aber inzwischen habe ich begriffen, daß Vernunft und Glaube sich nicht widersprechen. Sie sind nur unterschiedliche Ebenen der gleichen Realität. Heute verstehe ich das, aber als ich jung war, da bin ich auch deinem Irrtum aufgesessen. Heute weiß ich, daß es Licht gibt, weil es auch Dunkelheit gibt; daß es Leben gibt, weil es den Tod gibt; daß es das Gute gibt, weil auch das Böse existiert. Und weil es die Verdammung gibt, gibt es auch die Erlösung.«

»Weil es Speck gibt, gibt es auch Eier!« konnte ich mich nicht enthalten auszurufen. »Was für ein Blödsinn!«

Austin starrte mich nur kalt mit seinen großen dunklen Augen an, als ob es nicht der Mühe wert sei, meine Irrtümer zu berichtigen.

»Es tut mir leid«, sagte ich. »So hätte ich nicht reden dürfen. Aber du glaubst das, weil du glauben möchtest, daß du gerettet wirst. Du bist in genau die Falle geraten, von der wir immer geredet haben. Du hast dich von der Aussicht auf ein ewiges Leben und all diesem Unsinn verleiten lassen.«

»Was weißt du schon von meinem Glauben?« fragte er leise.

Plötzlich wurde mir etwas klar, was mir eigentlich schon seit meiner Ankunft halb bewußt gewesen war – daß er für mich ein vollkommen Fremder war. Und dann erkannte ich mit noch größerem Unbehagen, daß ich sogar den Austin, den ich vor fünfundzwanzig Jahren zu kennen geglaubt hatte, nicht wirklich gekannt hatte. Der Mann, der mich jetzt mit solcher Verachtung anstarrte, war in gewissem Sinn als Möglichkeit in dem jungen Studenten bereits angelegt gewesen, und ich hatte nichts davon bemerkt.

Wir schwiegen lange. Draußen hielt der dicke Nebel den Domplatz und die Kathedrale in einer festen, frostigen Umarmung umschlungen. Austin trank einen Schluck und sah mich dabei über den Rand seines Glases hinweg an. Um seinem Blick auszuweichen, nippte auch ich von meinem Wein. Er stellte sein Glas auf den Fußboden und schwang die Beine von der Armlehne seines Sessels. »Du solltest jetzt doch die Geschichte von dem Geist hören.«

Er sprach freundlich, als seien wir nicht noch vor wenigen Augenblicken nahe daran gewesen, offen miteinander zu brechen. Ich paßte mich seiner veränderten Laune an. »Ja wirklich, die würde mich sehr interessieren.«

Nur zwei Tage später sollte es sehr bedeutungsvoll sein, daß Austin mir die Geschichte eines Mordes innerhalb der alten Domfreiheit erzählt hatte. Aber in jenem Augenblick schien es nur ein Versuch, die trauliche Intimität vergangener Tage wieder zum Leben zu erwecken.

Nach kurzem Schweigen begann Austin zu erzählen: »Während der letzten beiden Jahrhunderte hat immer wieder jemand eine hochgewachsene, schwarz gekleidete Gestalt gesehen, die schweigend durch die Kathedrale und über den Domplatz schritt.«

Ich nickte, und er fuhr fort: »Du machst ein skeptisches Gesicht, aber es gibt einen physischen Beweis, wenigstens für einen Teil dieser Geschichte. Es ist jedenfalls etwas, das du mit deinen eigenen Augen sehen und sogar anfassen kannst, falls du wie der ungläubige Thomas nur das als Beweis akzeptierst, denn es ist in Stein gehauen und es befindet sich keine fünfzig Meter von diesem Haus entfernt, in dem wir uns gerade aufhalten.«

»Was ist es?«

»Alles zu seiner Zeit. Vor etwa zweihundertfünfzig Jahren war ein William Burgoyne Schatzmeister der Domstiftung. Wenn du dieses Fenster öffnen würdest – bitte tu es jetzt nicht, denn es ist viel zu kalt! – und hinausschauen würdest, könntest du auf der linken Seite gerade noch das Gebäude sehen, das damals das Haus des Schatzmeisters war. Heute heißt es neues Dekanat, obwohl es das auch nicht mehr ist. Es ist zwar nicht ganz so groß wie das Dekanat jener Zeit und weist sicherlich nicht einmal ein Drittel der Größe des Bischofspalastes auf, aber es war bei weitem das hübscheste Haus am Domplatz. Burgoynes Vorgänger hatte es restauriert und neu ausgestattet, und zwar mit Geld, das er aus der Stiftung abgezweigt hatte, denn der Posten des Schatzmeisters war außerordentlich lukrativ für einen Mann, der bereit war, von seinen Möglichkeiten Gebrauch zu machen. Dieser Versuchung erlag Burgoyne niemals, und er duldete dergleichen auch bei anderen nicht. Aber gerade wegen seiner Redlichkeit machte er sich einen mächtigen Feind, den ehrgeizigen Domherrn etwa gleichen Alters namens Freeth, Launcelot Freeth, der damals Subdekan war; ein Mann, der völlig dem Materialismus verfallen war.«

»Ich weiß, wer er war!« rief ich aus.

»So, tatsächlich?« sagte Austin. »Nun ja, jetzt sei erst einmal still und hör mir zu. Vor Burgoynes Ankunft hatte Freeth die Macht des unfähigen, alten Dekans wirkungsvoll untergraben. Er regierte das Kapitel mit Hilfe eines Domherrn namens Hollingrake, des Bibliothekars, eines fähigen Gelehrten, der aber ebenfalls gierig und skrupellos war. Du kannst dir vorstellen, wie sehr diese beiden Männer den Neuankömmling verabscheuten.«

»Ich muß dir sagen«, konnte ich mich nicht enthalten einzuwerfen, »daß ich eine völlig neue Version der Freeth-Affäre gefunden habe.«

»Wie interessant«, meinte Austin höflich. »Aber laß mich mit meiner Geschichte fortfahren, und dann kannst du mir die deine erzählen. Sonst verlieren wir noch beide den Faden. Also: Abgesehen von der persönlichen Abneigung stand noch etwas anderes zwischen Burgoyne und Freeth. Burgoyne war ein gottesfürchtiger, weltabgewandter Mann, der sein Leben mit Beten verbrachte, während Freeth machtgierig war, nichts für die Gelehrsamkeit übrig hatte und sich nur für seinen eigenen, materiellen Vorteil interessierte.«

»Warte einen Moment.« Wieder konnte ich nicht umhin, ihn zu unterbrechen. »Ich habe den Bericht eines Augenzeugen entdeckt, aus dem hervorgeht, daß es Freeth' Liebe zu den Büchern war, die ihn an jenem schicksalhaften Tag in Konflikt mit den Soldaten geraten ließ.«

»Das glaube ich nicht«, sagte Austin. »Es passierte wegen seines feigen Fluchtversuchs.«

»Mein Zeuge schildert das anders«, widersprach ich. »Er behauptet ...«

»Erzähl mir das, wenn ich mit meiner eigenen Geschichte fertig bin. Sie ist auch ohne deine Unterbrechungen schon kompliziert genug.« Er machte eine schulmeisterliche Pause, bevor er fortfuhr: »Die Domherren jener Zeit waren faul und geldgierig – wie wenig hat sich doch verändert! – und hatten nicht nur zugelassen, daß die Kathedrale gänzlich verfiel, sondern vernachlässigten auch ihre zahlreichen erzieherischen und wohltätigen Pflichten in der Stadt. Burgoyne versuchte, all das zu ändern. Er wollte die Kathedrale restaurieren und sie dann wieder zum religiösen Zentrum machen. Um das nötige Geld dafür aufzubringen, beschloß er, einige Funktionen der Kathedrale aufzugeben, die er für nicht so wichtig hielt, doch verletzte er dabei alteingeführte Interessen und machte sich noch mehr Feinde unter den Domherren. Als Burgoyne einen Teil des Eigentums der Stiftung verkaufen wollte, um zu Geld zu kommen, kam es zum Eklat. Freeth legte ein altes Dokument vor, das ihn daran hinderte, wobei sich dieses allerdings später als Fälschung erwies. Burgoyne hegte bereits einen Verdacht, und das hätte ihm als Warnung dienen sollen, wie skrupellos seine Gegner zu handeln bereit waren. Er hielt jedoch an seinen Absichten fest, und zuletzt setzte er sich durch und kratzte annähernd so viel Geld zusammen, wie er benötigte. Es schien, als habe er triumphiert, doch der Preis dafür war hoch. Auf rätselhafte Weise – wahrscheinlich im Zusammenhang mit all den Intrigen – wurde er zum Mitwisser eines schrecklichen Geheimnisses, und zwar eines so entsetzlichen Geheimnisses, daß der Gedanke daran aus dem zurückgezogen lebenden Mann mit regelmäßigen Gewohnheiten einen schlaflosen Wanderer machte, der die Nächte damit verbrachte, in der verfallenen Kathedrale oder auf dem Domplatz herumzuirren.«

»Ich nehme an, daß du mir gleich sagen wirst, was für ein Geheimnis das war.«

»Das werde ich nicht, denn Burgoyne nahm es mit sich ins Grab. Aber was auch immer es war, es verwandelte den würdigen, respektablen Kleriker in einen Mann, der geistige Höllenqualen litt. Das Geheimnis war wohl sehr gefährlich.«

»Möchtest du damit andeuten, daß er ermordet wurde, damit er nichts verriet?«

»So scheint es. Eines Morgens wurde er zerschmettert in der Kathedrale unter einem Gerüst gefunden, das errichtet worden war, um die Renovierungsarbeiten durchzuführen, die er seinen Kollegen aufgezwungen hatte.«

»So als wäre er für seinen Erfolg gestraft worden?«

»Ein weiterer Beweis für seine Ermordung ist die Tatsache, daß der Steinmetz der Kathedrale, ein Mann namens Gambrill, in derselben Nacht verschwand und nie wieder gesehen wurde. Auch er hatte sich mit Burgoyne gestritten. Eine andere mögliche Erklärung für sein Verschwinden und den Tod des Domherrn ist, daß beide Männer von Gambrills Stellvertreter getötet wurden, einem jungen Wanderhandwerker. Dieses Gerücht wurde jedenfalls noch viele Jahre lang in der Stadt verbreitet.«

»Was für ein Motiv hätte Gambrills Stellvertreter denn haben können?«

»Es bestand eine Feindschaft zwischen seiner Familie und Gambrill. Aber jetzt laß mich von dem Geist erzählen, denn schließlich ist dies eine Gespenstergeschichte. Burgoynes Trauergottesdienst in der Kathedrale wurde von einem entsetzlichen Stöhnen gestört, so daß einige der Anwesenden solche Angst bekamen, daß sie davonliefen. Danach hat Burgoynes Geist die Kathedrale viele Jahre lang heimgesucht. Oft hört man ein herzzerreißendes Stöhnen, das von der Gedenktafel kommt, besonders bei starkem Wind. Das ist der Geist, von dem der alte Gazzard fürchtet, daß er durch die jetzigen Bauarbeiten geweckt werden könnte. Und das ist das Ende der Geschichte, die ich dir versprochen hatte.«

»Das ist doch keine richtige Geschichte«, knurrte ich. »Da kommen viel zu viele Ungereimtheiten vor.«

»Ich habe dir doch gesagt, daß es einen Hinweis gibt, wenn auch einen ziemlich rätselhaften.«

»Wirft der ein Licht auf das Geheimnis, von dem Burgoyne erfahren haben soll? Oder darauf, wer ihn ermordet hat?«

»Das hängt von der Interpretation ab. Am Morgen nach dem Mord wurde eine Inschrift an der Wand von Burgoynes Haus, dem heutigen neuen Dekanat, entdeckt. Sie war offensichtlich während der Nacht eingraviert worden – eine erstaunliche Leistung in so kurzer Zeit und nur beim Licht einer Laterne.«

»Und wie lautet die Inschrift?«

»Ich weiß die Worte nicht auswendig, deshalb will ich es dir überlassen, sie selbst zu lesen.«

»Das ist sehr irritierend, Austin. Am liebsten würde ich augenblicklich hinausgehen und sie mir ansehen.«

»Sei nicht so unvernünftig. Du kannst doch nicht mitten in der Nacht in einem fremden Garten herumspazieren.«

»Wer wohnt denn jetzt in dem Haus? Einer der Domherren?«

»Es ist in Privatbesitz. Der Eigentümer ist ein älterer Herr. Warte bis morgen früh, dann kannst du die Inschrift durch das Gartentor entziffern, ohne den Garten betreten zu müssen.«

»Aber ich kann doch nicht am hellichten Tag dastehen und in einen fremden Garten starren.«

»Der Eigentümer hat einige Angewohnheiten, auf die man zählen kann. Geh zwischen vier und halb fünf Uhr hin, da kann ich dir versprechen, daß niemand da sein wird.«

»Ich wüßte gerne, ob es irgendwelche schriftlichen Quellen für diese Geschichte gibt«, sagte ich nachdenklich. »Sie müßten wohl in der Bibliothek des Domkapitels sein. Ich könnte den Bibliothekar fragen, wenn ich ihn morgen sehe.«

Austin warf mir einen raschen Blick zu. »Du triffst Locard? Warum denn das?«

»Wegen meiner Arbeit.«

»Wegen deiner Arbeit? Was hat er damit zu tun?«

»Sehr viel!« Ich lächelte. »Ich hoffe, daß er meine Recherchen in die richtige Richtung lenken kann.«

»Ich dachte, du wolltest zwischen den römischen Erdwällen an der Winchester Street herumkriechen? Was hat das mit Locard zu tun?«

»Du meinst die Befestigungen um Woodbury Castle herum? Die sind vermutlich nicht römisch, obwohl man das bis vor kurzem noch geglaubt hat. Tatsächlich sind sie entweder ...«

»Aber lieber Himmel, das, worauf es ankommt, ist: Wirst du dort arbeiten oder nicht?«

»Das war meine Absicht, als ich dir zum ersten Mal geschrieben habe. Weißt du, daß sie noch nie richtig untersucht worden sind? Deshalb haben wir keine Ahnung, ob sie aus der Zeit vor den Römern stammen oder von den Römern oder gar den Angelsachsen gebaut worden sind. Ich selbst ...«

»Aber du hast deine Pläne geändert?«

»Habe ich dir in meinem letzten Brief denn nicht mitgeteilt, daß sich eine sehr viel aufregendere Möglichkeit ergeben hat? Ich fürchte, ich habe mich nicht deutlich genug ausgedrückt und klargestellt, daß es sich um eine vollkommen andere Sache handelt. Ja, natürlich. Darum hast du gemeint, daß das Wetter mich bei meiner Arbeit stören könnte. Und ich dachte, das wäre ein Witz.«

Ich lachte, Austin jedoch fragte mich gereizt: »Wovon redest du?«

»Ich habe erst vor kurzem erfahren, daß sich irgendwo in der Bibliothek des Domkapitels noch ein Manuskript befinden könnte, durch dessen Entdeckung ein faszinierender und überaus wichtiger Gelehrtenstreit ein für allemal beigelegt werden könnte.«

Austin stand auf und ging zum Feuer. Mit dem Rücken zu mir nahm er etwas vom Kaminsims und begann, sich eine Pfeife zu stopfen. Ich hatte ihn noch nie rauchen sehen.

Ich fuhr fort: »Ich war gerade dabei, eine Monographie über Grimbalds ›Leben König Alfreds des Großen‹ zu schreiben, oder korrekter: ›De vita gestibusque Alfredi regis‹. Weißt du etwas davon?«

»Ich glaube nicht«, murmelte er.

»Grimbald war ein Kleriker und Zeitgenosse Alfreds, der in Assers sehr viel bekannterem ›Leben Alfreds des Großen‹ erwähnt wird. Sein Bericht ist ein faszinierendes Werk, das diesen bemerkenswerten König auf äußerst bewegende Weise zum Leben erweckt. Möchtest du wissen, warum es nicht so bekannt ist wie das von Asser?«

»Ich nehme an, daß du mir das gleich mitteilen wirst.«

»Weil seine Authentizität immer umstritten war. Aber ich hoffe nun, beweisen zu können, daß es echt ist, und dann selbst eine Biographie Alfreds auf der Grundlage dieses Berichts zu schreiben. Das wäre ein Werk, das, bei aller Bescheidenheit, unsere Vorstellungen vom neunten Jahrhundert revolutionieren würde, denn bei Grimbald findet sich eine Menge hervorragendes Material, von dem die Historiker noch keinen Gebrauch gemacht haben.«

»Weil sie das Ganze für eine Fälschung halten?« fiel Austin mir ins Wort.

»Einige vertreten diese Meinung, vielleicht, weil das Porträt, das Grimbald von dem König zeichnet, ihrem eigenen, selbstgefälligen Zynismus widerspricht. Weißt du, in seinem Bericht wird nämlich geschildert, wie außerordentlich tapfer, einfallsreich und gebildet Alfred war, und auch was für ein großmütiger und vielgeliebter Mann. Er erzählt uns zum Beispiel einiges über seine Freundschaft mit dem großen Gelehrten und Heiligen Wulflac.«

»Wulflac?«

»Er war der Lehrer des Königs, als dieser noch ein Junge war, und somit in einigen der schwierigsten Situationen seines Lebens bei ihm. Bei Grimbald gibt es beispielsweise eine Szene, in der der König und er in der Nacht vor der Entscheidungsschlacht von Ashdown über die Rolle des Königtums diskutieren. Und dann ist da noch ein faszinierendes Kapitel, in dem Alfred, von Grimbald begleitet, die Jungen besucht, die hier in der Abtei von Thurchester studierten. Und vor allem ist Grimbalds Werk unseres Wissens die einzige Quelle über Wulflacs Martyrium.«

Als ich seinen leeren Gesichtsausdruck bemerkte, fragte ich: »Kennst du die Geschichte nicht?« Er schüttelte den Kopf. »Den Bericht über seine Gefangennahme durch die Dänen?«

»Ich weiß nicht, wovon du redest«, sagte er fast schon ein wenig ungehalten.

»Dann will ich sie dir erzählen. Ich hatte gedacht, daß jedes englische Schulkind diese wunderbare Geschichte lernt.«

»Ich kenne die Geschichte von den verbrannten Kuchen.*«

Ich lachte. »Das ist eine späte und relativ wirre Überlieferung. Aber die Geschichte vom Martyrium Wulflacs ist ein wahrer Bericht und zudem sehr bewegend. Ich kenne ihn sehr genau, aber ich gehe jetzt Grimbalds Text holen, für den Fall, das ich irgendwelche Einzelheiten vergessen habe.«

»Das wäre natürlich schlimm«, sagte er kopfschüttelnd.

Ich eilte in mein Schlafzimmer und nahm das Buch vom Tisch. Dabei sah ich, daß mein leider ziemlich falsch gewähltes Geschenk für Austin, das von der jungen Dame im Laden sehr hübsch verpackt worden war, gleich daneben lag. Ich nahm beides mit nach unten, und als ich am Treppenabsatz ankam, traf ich zu meiner Überraschung Austin, der gerade die Treppe heraufkam. Als wir wieder ins Wohnzimmer gingen, reichte ich ihm sein Geschenk, und er dankte mir und legte es neben seinen Sessel, bevor er sich wieder hinsetzte. Mein Geschenk befand sich jetzt genau dort, wo vorher das Päckchen gelegen hatte. Ich überlegte, was er wohl damit gemacht hatte, und sah mich im Zimmer um, konnte es aber weder in den Regalen noch auf dem kleinen Tischchen am Fenster entdecken. Vielleicht hatte er es ja im Schrank verstaut. Oder hatte er es wieder hinuntergetragen? Aber warum hätte er das tun sollen?

»Ich werde es später aufmachen«, sagte Austin. »Die Vorfreude ist die halbe Freude an einem Geschenk.«

---

* Jedes englische Schulkind kennt die Geschichte, wie der verkleidete König auf der Flucht vor den einfallenden Dänen Zuflucht in der Hütte einer alten Frau sucht und von ihr mit dem Auftrag zurückgelassen wird, auf die Kuchen zu achten, die im Ofen backen. Er vergaß die Kuchen, weil er über das Geschick seines Königreichs nachdachte, und wurde hinterher von der alten Frau dafür gescholten.

Ich nickte, aber weil ich wußte, wie unpassend das Geschenk war, konnte ich seine Freude nicht teilen.

Ich setzte mich und fand den richtigen Absatz im Buch. »Du hast mir eine Geschichte erzählt, die in Thurchester spielt, und ich erzähle dir jetzt auch eine. Wie du weißt, war die Stadt einst Alfreds Hauptstadt, und das Schloß war seine wichtigste Festung.«

Austin wandte sich mir langsam zu, wobei die Pfeife ziemlich lächerlich aus seinem Mund herausragte.

»Als Junge hatte Alfred eine Neigung zum Lernen gezeigt, die für diese Zeit höchst ungewöhnlich war. Bei einem jungen Prinzen, von dem erwartet wurde, daß er sich dem Erlernen der Kriegskunst widmete, war das um so bewundernswerter. Natürlich tat Alfred auch das, und zwar bemerkenswert gut. Aber er lernte eben auch Lesen, was für Mitglieder adeliger und königlicher Familien nicht üblich war, am wenigsten jedoch für einen Prinzen, dessen Vater schwer um seinen kleinen Landzipfel am Rande der europäischen Zivilisation zu kämpfen hatte, denn genau das war Wessex zu jener Zeit. Jahre später, als Erwachsener, lernte Alfred auch Latein. Vermutlich konnte er seiner Neigung, sich Wissen zu erwerben, nur deshalb in solchem Ausmaß nachgehen, weil er eine Reihe älterer Brüder hatte und es deshalb nicht wahrscheinlich war, daß er eines Tages König werden würde. Grimbald beschreibt nun, wie Alfreds Vater nach einem bestimmten jungen Mönch aus Sachsen schickte, welcher der Lehrer des Jungen werden sollte. Dieser Mönch war Wulflac, in diesen dunklen Zeiten einer der gebildetsten Männer in ganz Westeuropa. Mit den Jahren fielen jedoch alle älteren Brüder Alfreds im Kampf gegen die Dänen, so daß er doch König wurde, und zwar in relativ jugendlichem Alter – gerade rechtzeitig, um der größten Bedrohung entgegenzutreten, der sein Königreich jemals ausgesetzt war. Im Jahr 865 war nämlich eine gewaltige dänische Invasionsarmee gelandet, die ganz England unterwerfen wollte. Alfred verteidigte sein Königreich mit Intelligenz und

Mut und hielt die Kleinmütigen unter den Engländern bei der Stange, die sich lieber unterwerfen und Tribut zahlen wollten, als sich zu verteidigen.

Im Jahr 892 war Alfred bereits seit fast dreißig Jahren König und hatte einen langen Kampf gekämpft, um sein Königreich vor den Dänen zu sichern. Sein alter Freund und Lehrer Wulflac war inzwischen Bischof von Thurchester. Obwohl Alfred Wessex erfolgreich verteidigt hatte, hielten die Dänen einen großen Teil vom Norden und Osten Englands besetzt. Dann, im frühen Sommer, schickten die Dänen eine riesige Eroberungsarmee, die alles auf ihrem Weg plünderte und zerstörte. Die Nachricht davon erreichte Alfred, als er mit seinem Rat, dem Witan, hier in dieser Stadt weilte. Grimbald schreibt:

Der König hielt einen Kriegsrat ab, und es wurde beschlossen, daß die Ealdormen in ihre Grafschaften zurückkehren sollten, um Truppen auszuheben, obwohl das eine Verzögerung von mehreren Wochen bedeutete. Daraufhin nahm Alfreds junger Kaplan den König heimlich beiseite und warnte ihn, daß sein Neffe Beorghtnoth, dem er vertraute, zusammen mit anderen Thengs gemeinsame Sache mit Olaf, dem Anführer der Dänen mache, um ihn zu töten und selbst König zu werden. Alfred vertraute seinem Kaplan zwar vollkommen, weigerte sich aber, etwas so Schreckliches von seinem Neffen anzunehmen. Genau in diesem Augenblick traf die Nachricht ein, daß die Dänen Exeter belagerten, und Alfred, begleitet von den meisten seiner Thengs, einschließlich Beorghtnoth, eilte dorthin und ließ Wulflac zum Schutze der Stadt zurück. Der König ritt seinen halbwilden Hengst Wederstepa oder »Sturmtreter«, den kein anderer reiten konnte und der von einem treuen Stallburschen gepflegt wurde. Und er nahm den königlichen Schatz mit sich, drei eisenbeschlagene Kisten mit Gold, Silber und Edelsteinen, die zu erbeuten die Dänen so begierig waren.

Die nächsten Abschnitte werde ich nicht vorlesen, sondern nur erklären, daß der Kaplan leider recht hatte mit seinem Verdacht gegen den Neffen des Königs. Übrigens sind die Hinweise auf diesen jungen Priester sehr interessant, und ich habe auch meine eigene kleine Theorie dazu. Beorghtnoth hatte ein geheimes Abkommen mit Olaf geschlossen, und der Angriff auf Exeter hatte den Zweck, den König von Thurchester wegzulocken. Als Alfred seine Hauptstadt verließ, hatten die Dänen ihre Armee bei Exeter bereits geteilt. Die kleinere Hälfte blieb in der Nähe dieser Stadt, um die Rückkehr des Königs zu verzögern, während die größere unter der Führung von Olaf selbst nach Thurchester eilte, und zwar auf einem Weg, der sie in weitem Bogen nach Norden führte. Da Thurchester jetzt nur noch schwach verteidigt war, ließ sich die Stadt leicht einnehmen. Als Alfred in Exeter ankam, stellte er fest, daß die Dänen die Stadt verlassen hatten. Er hastete also nach Thurchester zurück, doch die Dänen hatten die Stadt bereits erobert, und zum größten Entsetzen des Königs hielten sie Wulflac als Geisel gefangen. Ich lese dir den nächsten Abschnitt vor.«

Bei diesen Worten stieß Austin einen leisen Seufzer aus.

»Nein wirklich«, sagte ich. »Du wirst sehen, daß er sehr wichtig ist.

Olaf schickte Alfred eine Botschaft, daß er Wulflac töten werde, wenn ihm nicht der größte Teil des Goldes und des Silbers ausgeliefert würde und wenn der König nicht versprechen würde, sich durch eine feierliche Messe zu verpflichten, fortan in Frieden mit den Dänen zu leben. Als Alfred antwortete, er habe den Staatsschatz in Exeter gelassen und werde einen Teil seiner Armee entsenden, um ihn zu holen, erklärte Olaf sich bereit, zehn Tage lang zu warten. Er drohte allerdings, daß Wulflac sterben werde, wenn ihm das Gold nicht bis zur Abenddämmerung des zehnten Tages ausgehändigt worden sei. In Wirklichkeit hatte Alfred den Schatz jedoch bei sich und wollte nur Zeit gewinnen, denn die frischen Truppen sollten in neun oder zehn Tagen eintreffen. Im Witan jedoch sprach Beorghtnoth, unterstützt von denjenigen unter den Thengs, die wollten, daß er Alfred an den Feind verriet, sich dafür aus, daß der König den Schatz ausliefern solle. Der König befand sich in einem entsetzlichen Zwiespalt. Um die Situation zu bereinigen, schlug er einen überraschenden und kühnen Angriff auf die Stadt vor. Die Thengs weigerten sich jedoch, diesen Vorschlag anzunehmen, und bestanden darauf, die Verstärkung abzuwarten. Die Tage vergingen, doch die neuen Truppen tauchten nicht auf. Endlich, am neunten Tag, teilte Alfred dem Witan mit, daß er sich selbst ausliefern wolle, um das Leben seines früheren Lehrers zu retten. Alle waren entsetzt – mit Ausnahme von Beorghtnoth und seinen Verbündeten, die heimlich jubelten –, und sie erklärten Alfred, daß der Bestand des Königreiches davon abhinge, daß er das Kommando behalte. Alfred begab sich in sein Privatgemach und begann, nur von seinem jungen Kaplan begleitet, zu Gott zu beten, er möge ihm sagen, was er tun solle.

So wie Grimbald das beschreibt, ist dies ein erstaunlicher Augenblick. Seit dem Ende der römischen Zivilisation ist dieser Bericht eine der ersten Gelegenheiten, einen Blick in die Seele eines Menschen zu werfen. Und natürlich handelt es sich um das klassische Dilemma: den Konflikt zwischen Liebe und Pflicht. Übrigens, ich bin gespannt, ob dir der Beweis für meine Hypothese aufgefallen ist.«

Austin gab keine Antwort.

»Grimbald fährt fort:

Der König fragte den Priester um Rat, und der junge Mann, der von diesem Vertrauensbeweis des Königs zutiefst bewegt war und sich wegen seines Verdachts gegen den verräterischen Beorghtnoth große Sorgen machte, drängte ihn, das Gold aus-

zuhändigen. Danach könne er die Dänen angreifen, sobald die frischen Truppen eingetroffen seien. Der König wandte ein, daß er dann seinen heiligen Eid brechen müsse, was eine schwere Sünde gegen Gott sei. Der junge Priester antwortete, daß vor Gott kein Versprechen, das einem Heiden gegeben worden sei, bindend sein könne.

Siehst du, das war ein überaus listiger Rat. Er ist sowohl militärisch als auch politisch sinnvoll. Und rein theologisch gesehen hatte der Kaplan ebenfalls recht. Aber Alfred fühlte sich offenbar dem vorchristlichen Verhaltenskodex der Angelsachsen verpflichtet, denn der Text geht folgendermaßen weiter:

Alfred jedoch versicherte, daß sein Ehrgefühl ein solches Vorgehen nicht gestatte. Und so trat der König nach drei Stunden des Betens und Beratens wieder vor den Witan und verkündete, daß er zu dem Schluß gekommen sei, es sei seine Pflicht, persönlich mit dem Feind zu verhandeln und sich nötigenfalls selbst als Geisel an Stelle des Bischofs anzubieten. Die Thengs waren zornig, und nun waren es die Treuesten unter ihnen, die am lautesten riefen, daß sie dergleichen nicht zulassen würden. Beorghtnoth meldete sich zu Wort und bot an, zu Olaf zu gehen und zu versuchen, eine Lösung für das Problem zu finden, und Alfred stimmte diesem Vorschlag vertrauensvoll zu. Und so suchte Beorghtnoth also Olaf auf, allerdings nicht in der Absicht, seinem Onkel zu helfen – sondern um ihn zu betrügen. Er verriet dem dänischen Anführer, daß Alfred das Gold bei sich habe und noch auf Verstärkung warte. Deshalb müsse Olaf den König zwingen, die Angelegenheit schnell zu erledigen. Nun wurde Wulflac zusammen mit seinen beiden Kaplänen hereinführt, und Beorghtnoth, der sich in niederträchtiger Weise verstellte, äußerte Mitleid mit ihm. Der hochgebildete Bischof hatte jedoch selbst einen heimlichen Plan – selbstverständlich einen vollkommen ehrenhaften und guten –, und der bestand darin, Alfred eine Botschaft zu schicken, die nur er allein verstehen konnte. Also sprach der Bischof zu Beorghtnoth: ›Sag deinem Onkel, er möge getrost sein und in dieser Nacht an das denken, was der gelehrte Plinius geschrieben hat: ‚Der wahrhaft Weise wird auch im Augenblick der Dunkelheit, in dem sich die Sonne verfinstert, ein Licht finden, während der Narr schon von der einfachen Abenddämmerung erschreckt wird.‘ Dies sind Zeilen, an die er sich gewiß erinnern wird.‹ Er ließ den Neffen, der nicht lesen und schreiben konnte, diese Botschaft so lange wiederholen, bis er sie auswendig konnte. Und dies war der heimliche Plan des Gelehrten: Aufgrund seiner profunden Kenntnis des Himmels und der Bewegung der Sterne wußte Wulflac, daß in der Morgendämmerung des nächsten Tages eine Sonnenfinsternis stattfinden würde. Und weil er und der König kürzlich zusammen in den Werken des Plinius gelesen hatten, in denen solche Phänomene beschrieben werden, war er sich sicher, daß Alfred ihn verstehen würde. Leider erriet Beorghtnoth jedoch, daß Wulflac versuchte, eine versteckte Nachricht zu übermitteln, und beschloß, seinem Onkel nichts von der Botschaft des Bischofs zu sagen. Als er in das Lager der Engländer zurückkehrte, teilte er Alfred und dem Witan deshalb nur mit, daß sein Versuch, mit den Dänen zu verhandeln, erfolglos verlaufen sei.

Unterdessen erteilte Olaf auf Beorghtnoth' Rat den Befehl, Wulflac hoch oben am Westtor der Stadtmauer aufzuhängen, so daß die Belagerungsarmee ihn gut sehen konnte. Als Alfred das erfuhr, wurde er von Zorn und Kummer erfüllt und verkündete, daß er nun entschlossen sei, sich den Dänen an Stelle des Bischofs auszuliefern. Die Thengs, einschließlich des heuchlerischen Beorghtnoth und seiner Verschwörer, baten ihn unter Tränen, dies nicht zu tun, und versicherten, daß die Dänen ihn ganz gewiß töten würden, sobald sie ihn in ihrer Gewalt hätten. Alfred jedoch antwortete, daß er nun von sei-

*nem Recht, seinen Nachfolger zu designieren, Gebrauch machen wolle, und wählte seinen Neffen, von dem er sicher war, daß er ein guter König sein würde, falls er selbst sterben sollte. Daraufhin ging die Mehrzahl der treuen Thengs, die sahen, wie entschlossen Alfred war, so weit, ihn mit physischer Gewalt daran zu hindern, seine Privaträume zu verlassen.
In den Stunden der Dunkelheit vor der Morgendämmerung des zehnten Tages, des Tages also, an dem Wulflac getötet werden sollte, verkleidete sich der König als einer seiner Knechte und entkam.
Unerkannt gelangte er zu dem Ort, wo sich die Pferde der Armee befanden, und entdeckte sein eigenes Roß, den wilden Wederstepa, den niemand außer ihm reiten konnte. Das Pferd leistete Widerstand, als er es sattelte, aber sobald der König aufsaß, erkannte es seinen Herrn und wurde still. Der Lärm, den der Hengst gemacht hatte, hatte jedoch den jungen Stallburschen aus dem Schlaf geweckt, und als dieser sah, wie sanft sich das Pferd betrug, da wußte er, daß der Fremde, der im Sattel saß, kein anderer als König Alfred war.*

Übrigens«, sagte ich, »ich weiß nicht, ob du Landseers Gemälde von dieser Szene in der National Gallery kennst?«
»Landseer?« Er lächelte. »Wie heißt es? ›Der König, von Hunden gestellt‹?«*
Ich merkte sofort, daß das ein Witz war und lachte. »Nein, dieses Gemälde ist von Edwins Bruder Charles. Es heißt ›König Alfred wird von seinem treuen Stallburschen erkannt‹. Es ist sehr bewegend. Im Vordergrund ist der König, in dessen edlem Gesichtsausdruck sich die Mischung von Schuldbewußtsein und Zuneigung sehr schön spiegeln. Er wendet sich bestürzt über den erschrokkenen Aufschrei des Erkennens ab, der gerade von den

---

* Edwin Landseer ist wegen eines einzigen Gemäldes mit dem Titel »Hirsch, von Hunden gestellt« bekannt.

Lippen des hübschen Jungen gekommen ist, der ihn mit Ehrfurcht und Hingabe anstarrt.«

Austin nahm die Pfeife aus dem Mund und lächelte. »Wirklich? Das nächste Mal, wenn ich in der Stadt bin, werde ich es mir bestimmt ansehen.« Er schien irgendeine private Anspielung zu machen, die ich aber nicht verstand.

»Also, zurück zu Grimbald:

Der Junge ergriff den Zügel des Pferdes und fing an zu schreien, bis der übrige Haushalt herbeigerannt kam. Die Thengs zeigten sich vom Mut des Königs so bewegt, daß sie sich nun bereit erklärten, die Stadt anzugreifen, ohne die Verstärkung abzuwarten. Also wurden die Truppen schnell geweckt, gemustert und vor der Stadtmauer aufgestellt. Der Bischof hing immer noch vom Haupttor herab, unverkennbar dem Tode nahe. Kurz vor der Morgendämmerung war die englische Armee versammelt und wartete auf das Signal des Königs zum Angriff. In diesem Moment wurde die Sonne, die gerade über der Ebene von Woodbury aufgegangen war, langsam von einem schwarzen Schatten verschluckt, und das Land wurde dunkler und dunkler, bis in Minutenschnelle vollständige Finsternis herrschte. Gleichzeitig kam ein kalter Wind auf. Aus der Sonne, die hinter der Mondscheibe verborgen war, schienen Flammen hervorzubrechen. Die Pferde wieherten vor Entsetzen, die Vögel stoben verwirrt über den Himmel und wußten nicht, ob sie ihre Nester aufsuchen sollten oder nicht. Keiner der Menschen hatte dergleichen jemals erlebt, und alle meinten, das Ende der Welt sei gekommen. Nur Alfred wußte, daß es sich um eine Sonnenfinsternis handelte, und so ritt er an den Schlachtreihen auf und ab und rief seinen Männern zu, daß die Sonne in einer oder zwei Minuten wieder scheinen würde. Doch seine Erklärung kam zu spät, und seine Truppen verfielen in Panik. Die Dänen wurden ebenso vom Schrecken überwältigt. Olaf, der auf dem Haupttor stand,

*glaubte, daß Wulflac die Dunkelheit durch Magie herbeigezaubert habe. Er befahl, die Seile, an denen er hing, zu durchschneiden. Der Gelehrte stürzte in den Tod, und in diesem Augenblick begann die Dunkelheit sich zu heben. Die Dänen schämten sich nicht, den Leichnam des Märtyrers in den Brunnen neben dem alten Münster zu werfen, der heute der ganzen Christenheit als der Brunnen des heiligen Wulflac bekannt ist. Alfreds Entsetzen und Kummer kann man sich vorstellen. Und obwohl er es schaffte, seine zerstreute Armee fast vollständig wieder unter Kontrolle zu bekommen, bestand nun keine Möglichkeit mehr, die Stadt mit den verängstigten Soldaten anzugreifen, zumal auch der Vorteil des Überraschungsangriffs nicht mehr bestand.
Glücklicherweise trafen die neuen Truppen jedoch am nächsten Tag ein, und Alfred führte augenblicklich eine Attacke gegen die Stadt, eroberte sie zurück und errang einen vollständigen Sieg über den Feind. Bei einer Messe im alten Münster wurden Olaf, seine Familie und seine Thengs getauft und nahmen das Sakrament. Anschließend tauschten er und Alfred reiche Geschenke aus. Nach der Eroberung der Stadt wurde auch Beorghtnoth' Verrat aufgedeckt, denn einer von Wulflacs Kaplänen, ein Mann namens Cathlac, berichtete, wie der verstorbene Bischof versucht hatte, dem König die Nachricht von der Sonnenfinsternis zu übermitteln. Beorghtnoth bewies seinen Verrat, indem er in das dänische Herrschaftsgebiet floh. Wulflacs Leiche wurde aus dem Brunnen geborgen und im alten Münster in einem Sarg aus schwarzem Stein beigesetzt, der mit Blei ausgeschlagen und mit Skulpturen verziert war, die ... et cetera, et cetera. Der Leichnam wurde gewaschen und gesalbt und mit feinem Tuch bedeckt ...* Ich glaube nicht, daß das besonders interessant ist. *Das alte Münster war von den Dänen geplündert worden, und als es nun wiederhergestellt wurde, gab es einen merkwürdigen Zwischenfall: Cathlac fand ein altes Dokument, das in einer Wand*

verborgen gewesen war, die bei den Plünderungen von den Dänen aufgerissen worden war. Es handelte sich um eine Urkunde, in welcher ein früherer König von Wessex der Abtei vor hundert Jahren gewisse Rechte zugestanden hatte. Alfred akzeptierte die Urkunde als echt, bestätigte die besagten Rechte für alle Zukunft und stattete die Abtei mit weiteren Schenkungen zu Ehren seines Freundes und Lehrers aus, der das Martyrium hatte erleiden müssen. Und von dieser Zeit an geschahen immer wieder Wunder im Zusammenhang mit dem heiligen Wulflac und besonders mit dem Brunnen, in den man seine Leiche geworfen hatte. Es stellte sich heraus, daß schreckliche Wunden durch das Wasser des Brunnens geheilt werden konnten, und Bäume, die mit dem Wasser des Brunnens gegossen wurden, mitten im Winter Früchte trugen ...

Es folgt jetzt noch viel von der Art, was aber weder überwältigend interessant noch besonders überzeugend ist, deshalb höre ich hier auf.«

Ich war von der Geschichte sehr berührt – wie ich es immer bin, wenn ich an das Leben dieses außerordentlichen Mannes denke, dieses gelehrten Königs, der die Nation vor dem Untergang bewahrte. »Kannst du dir denken, wie meine Hypothese bezüglich des jungen Kaplans lautet?« fragte ich.

Austin schüttelte den Kopf.

»Ist dir aufgefallen, daß er der einzige Mensch ist, von dessen persönlichen Gedanken und Gefühlen wir etwas erfahren? In der Szene, in der Alfred betet, schreibt Grimbald, daß er ›tief bewegt war von diesem Zeichen des Vertrauens und entsetzt über das, was er für Beorghtnoth' Verrat hielt‹. Ich vermute, daß der junge Kaplan kein anderer war als Grimbald selbst.«

Austin schürzte die Lippen. »Das würde erklären, warum er so weise Ratschläge erteilen durfte.«

Ich lachte. »Das klingt sehr zynisch. Aber du hast recht, und außerdem bestätigt es meine Theorie, die ich erst kürzlich in einem Artikel für die ›Proceedings of the English Historical Society‹ veröffentlicht habe.«

»Wie authentisch ist denn diese Geschichte?« wollte Austin wissen. »Für mich klingt sie nicht glaubwürdiger als die berühmten Kuchen.«

»Da gibt es durchaus einige Schwierigkeiten«, räumte ich ein.

»Wie steht es damit, daß Wulflac eine Sonnenfinsternis vorhergesagt haben soll?«

»Ja, das wirft einige schwerwiegende Fragen auf. Das astronomische Wissen, das so etwas ermöglicht hätte, war schon mehrere Jahrhunderte früher verlorengegangen, genau gesagt, beim Zusammenbruch der Zivilisation von Alexandria. Aber die Schriften von Ptolemäus und Plinius waren zu jener Zeit in England bekannt. Und so ist es durchaus denkbar, daß Wulflac und Alfred verstanden, daß es sich um eine Sonnenfinsternis handelte – sofern eine stattfand.«

»Hat es denn zu dieser Zeit eine Sonnenfinsternis gegeben? Läßt sich das nachweisen?«

»Es ist nicht bekannt, daß sich gerade zu dieser Zeit eine ereignet hat. Das ist einer der Gründe, weshalb viele Historiker die Authentizität von Grimbalds ›Leben‹ nicht akzeptieren.«

»Glauben sie, daß es sich um eine Fälschung handelt? Von wem und warum?«

»Nun, es hat nur in einem einzigen Manuskript mit einem Vorwort von Leofranc überlebt, der beschreibt, daß er befohlen habe, es zu kopieren und zu verteilen, damit jedermann erfahre, wie weise und gebildet König Alfred war.«

»Enthält das Manuskript selbst irgendwelche Hinweise?«

»Unglücklicherweise fiel es 1643 der Zerstörung anheim, als die Bibliothek hier geplündert wurde. Alles, was wir haben, ist eine sehr unzureichende Ausgabe von Leofrancs Version, die 1574 das Antiquariat Parker veröffentlichte.«

»Aber warum hätte jemand sich die Mühe machen sollen, es zu fälschen?«

»Ich glaube nicht, daß jemand das getan hat, obwohl ich zugeben muß, daß Grimbalds Originaltext von Leofranc verändert und erweitert worden ist. Er hat mit Sicherheit die Passage am Ende hinzugefügt, in der das Auffinden einer alten Urkunde beschrieben wird, die dann die Abtei bereicherte, und vermutlich auch die Aufzählung der Wunder, um dadurch die Abtei zu einem Wallfahrtsort zu machen.«

»In diesem Fall könnte er womöglich das ganze Ding gefälscht haben.«

»Das hat ein Mann namens Scuttard, der ein Schurke und eine Schande für den ganzen Gelehrtenstand ist, vor drei Monaten behauptet, als er einen Artikel in der gleichen Zeitschrift wie ich veröffentlichte, in dem er den meinen in schärfster Form angreift. Er behauptet, daß Leofranc das Ganze gefälscht habe, indem er andere Texte abgeschrieben und dann zusammengestükkelt habe.«

»Du sprichst über diesen Leofranc, als ob er gleich nebenan wohnen würde. Wer in aller Welt war er denn eigentlich?«

»Weißt du das wirklich nicht? Er war der Bischof, der den Kult um den Märtyrer Wulflac hier in Thurchester begründet hat. Scuttard behauptet, er habe das in der Absicht getan, das nötige Geld aufzutreiben, um das angelsächsische Münster abzureißen und die Kathedrale zu bauen ...«

»Mir ist aufgefallen, daß Grimbald vom ›alten Münster‹ spricht, was den Gedanken nahelegt, daß der Bericht zu einem Zeitpunkt verfaßt wurde, nachdem es bereits durch die Kathedrale ersetzt worden war. Und das war doch nicht vor zwölfhundert irgendwas, oder?«

»Es war zu Beginn des zwölften Jahrhunderts, Austin.«

»Tut mir leid. Manchmal bringe ich die Elfer und Zwölfer und Dreizehner ein bißchen durcheinander. Das Mittelalter besteht für mich nur aus Mönchen und Schlachten, bis Heinrich VIII. mit seinen vielen Frauen kommt.«

Ich schüttelte mich und fuhr fort: »Das Manuskript, das von

Parker veröffentlicht wurde, wurde etwa 1120 kopiert, und das paßt ja zu Leofrancs Daten. Aber du hast recht, es ist einer der Beweise, von denen Scuttard spricht. Und er bringt vor, daß die ganze Unternehmung, die Leofranc durchgeführt hat – nämlich Wulflacs Brunnen und sein Grab zu einem Schrein zu erheben, der während des gesamten Mittelalters zu einem wichtigen Wallfahrtsort wurde –, auf dieser Fälschung beruhte.«

»Dann behauptet Scuttard also, daß Wulflac gar nicht den Märtyrertod erlitten hat?«

Ich nickte. »Er geht sogar noch weiter: Er behauptet tatsächlich, daß er überhaupt nie gelebt habe. Und es stimmt, daß es außer in Grimbalds Werk keinen Hinweis auf seine Existenz gibt. Aber eines meiner Gegenargumente auf Scuttards Artikel in meiner Antwort im letzten Monat ist die Frage, warum Leofranc dann nicht das Leben Wulflacs gefälscht hat, sondern das Leben Alfreds.«

»Ich glaube, daß er sogar sehr viel gerissener war. Dadurch, daß er über das Leben Alfreds geschrieben hat, in dem der heilige Wulflac eine entscheidende Rolle spielt, schmuggelt er nämlich den Märtyrer sehr viel effektiver in die Geschichte.«

»Genau das hat Scuttard auch geantwortet«, gab ich betrübt zu. »Und wenn das akzeptiert wird, gewinnen auch seine anderen ungeheuerlichen Behauptungen eine gewisse Plausibilität. Vor allem sein absurder und schrecklicher Gedanke, daß Alfred die Dänen gar nicht besiegt habe, sondern in Wirklichkeit von ihnen besiegt worden sei, ihnen Tribut gezahlt habe und ihr Vasall geworden sei.«

Austin sah mir gleichgültig ins Gesicht. »Ist das denn so wichtig?«

»Es gefällt mir nicht, wenn ein Wissenschaftler mit Hilfe eines Schwindels seine Karriere vorantreibt. Dieser Aufsatz hat ihn zum aussichtsreichsten Kandidaten für den neuen Lehrstuhl für Geschichte in Oxford gemacht. Aber wenn ich das finde, wonach ich suche, nämlich das Original von Grimbalds Text, von dem ich glaube, daß der Antiquar Pepperdine es im Jahr 1663 gesehen hat, dann kann ich seine Argumente widerlegen und beweisen, daß Grimbalds Leben authentisch ist.«

»Wer war denn der aussichtsreichste Kandidat, bevor Scuttard seinen Artikel veröffentlichte?«

Ich spürte, wie ich errötete. »Ich hatte mich noch nicht entschieden, ob ich mich darum bewerben wollte oder nicht, falls es das ist, was du meinst.«

»Hat Scuttard dich angegriffen, weil er in dir einen möglichen Rivalen sieht?«

»Ganz ohne Zweifel.«

»Wenn du das Manuskript fändest, dann würde das deine Chancen also immens verbessern?«

Die Boshaftigkeit seines Tons überraschte mich, und ich fragte mich, ob er so bitter war, weil er trotz seiner Brillanz nur ein enttäuschendes Examen gemacht hatte und alle Hoffnungen, *Fellow* in Cambridge zu werden, hatte begraben müssen. Ein Grund für seinen Mißerfolg war seine Weigerung gewesen, sich um Dinge zu bemühen, für die er sich nicht wirklich interessierte, aber sicher waren auch noch andere Faktoren dafür verantwortlich gewesen. »Ich bin mir nicht einmal sicher, ob ich den Lehrstuhl überhaupt haben will«, erwiderte ich. »Alles, was ich mir wünsche, ist ein ruhiges Leben als Wissenschaftler und Dozent an einer Universität, und das habe ich ja bereits. Der Respekt und die Zuneigung meiner Studenten bedeuten mir mehr als der Titel Professor.«

Austin lächelte auf höchst irritierende Weise vor sich hin. »Angenommen, du findest das Manuskript, aber es widerlegt deinen Standpunkt?«

Um das Thema zu wechseln, warf ich ein: »Warum machst du dein Geschenk nicht auf, Austin?«

Er hob es auf. »Ich hätte es fast vergessen.« Vorsichtig entfernte er das Papier und hielt sich das Buch vors Gesicht. »Vielen Dank«, sagte er.

Etwas verlegen erklärte ich: »Es ist ein herausragender Beitrag zur Debatte über die Chronologie.«

»Es war sehr freundlich von dir, daran zu denken. Es ist ganz bestimmt eine außerordentlich intelligente Arbeit.« Er tat so, als würde das Buch ihn interessieren, klappte es auf und warf einen Blick hinein.

»Der Autor ist *Fellow* von Colchester, was für dich und mich die beste Empfehlung sein dürfte, die es überhaupt geben kann. Und in seinem Fachgebiet ist er wahrhaftig brillant. Ich weiß, daß du seine Meinung nicht teilen wirst, aber er argumentiert, daß die Beweise, die wir aus der Geologie gewonnen haben, das Datum der Schöpfung um Millionen von Jahren zurückverlegen. Ich glaube, daß ...«

»Ich schätze, daß dieses Manuskript der Grund ist, weshalb du ein Treffen mit Locard arrangiert hast?« unterbrach er mich.

»Ich nehme an, daß du ihn kennst?«

»O ja, sicher kenne ich ihn. Ich kenne ihn als kaltherzigen, ehrgeizigen und staubtrockenen Pedanten. Er ist einer der Männer, für den die äußere Hülle wichtiger ist als der Inhalt, die Form mehr Bedeutung hat als die Substanz. Er ist einer der Männer, die im Leben immer nur Zaungast waren und zuviel Angst hatten, um mehr als nur einen Zeh ins Wasser zu tauchen.«

»Es ist mir egal, wie trocken Dr. Locard seine Füße hält, solange er von seiner Arbeit etwas versteht«, sagte ich mit einem Lächeln.

»Vielleicht versteht er sein Geschäft als Wissenschaftler, aber ganz bestimmt nicht als Kirchenmann. Unter seiner Verkleidung als Ritualist fehlt es ihm ebenso am Glauben wie dem Autor von diesem hier.« Er klopfte auf das Buch. »Wie so viele in unserem Zeitalter hat er den Kern der Religion aufgegeben und sich in Äußerlichkeiten geflüchtet. Aber all diese wissenschaftlichen Hypothesen von Affen und Fossilien und Galaxien sind irrelevant. Die Tatsache, daß alles durch eine Art rationalistisch-wissenschaftliche Theorie erklärt werden kann, wie man sie wohl bezeichnen könnte, bedeutet nicht, daß es nichts Übergeordnetes gäbe.«

»So, du meinst also, daß Gott die Fossilien in die Erde gelegt hat, als er die Welt an einem Montag morgen im Jahr 4004 vor Christus erschuf, um damit unseren Glauben zu prüfen, wie einige deiner geschätzten Glaubensgenossen behaupten?«

»Nein, das meine ich nicht. Wenn du mir den Gefallen erweisen würdest zu versuchen, meinen Argumenten zu folgen, könntest du vielleicht begreifen, was ich dir erklären will.«

Ich spürte in seinen harten Worten die ganze Frustration eines gescheiten Menschen, der weiß, daß er all seine Chancen vertan hat. Wir schwiegen eine Zeitlang. »Ich hoffe, du hast dir Dr. Locard nicht zum Feind gemacht«, sagte ich schließlich und dachte an das, was der alte Gazzard mir erzählt hatte. »Er ist offenbar ein mächtiger Mann.«

»Mächtig? Was sollte er mir schon antun können?« erwiderte er und warf das Buch neben sich auf den Boden.

»Im schlimmsten Fall könnte er dafür sorgen, daß du womöglich deinen Posten verlierst.«

»Ja, im weltlichen Sinn ist er mächtig, wenn es das ist, worauf du hinauswillst.«

»Wie würdest du leben, wenn du keine Stellung mehr hättest?«

»Ziemlich ärmlich. Ich habe keine anderen Einkommensquellen und auch keine Freunde, die mir unter die Arme greifen könnten. Aber glaubst du wirklich, daß ich den Verlust meines Postens bedauern würde – Lumpenschüler in dieser gräßlichen Kleinstadt zu unterrichten? Ich sehne mich danach, wieder nach Italien zu gehen. Du weißt doch noch, daß ich einmal dort war?«

»Aber Austin, wovon würdest du leben? Selbst in Italien würdest du irgendein Einkommen brauchen.«

»Du reduzierst alles auf Geld und Posten. Ja siehst du denn nicht, daß nichts davon wirklich wichtig ist? Nicht im Endeffekt jedenfalls.«

»Und was ist dann wichtig?« wollte ich wissen.

Er starrte mich mit einem unergründlichen Blick an, und als mir klar wurde, daß er nicht die Absicht hatte, mir zu antworten, fragte ich: »Meinst du, daß das einzige, worauf es ankommt, dein Seelenheil ist?«

Ich hatte versucht, jeden Sarkasmus in meinem Tonfall zu vermeiden, als ich diese Worte aussprach. Aber Austin lächelte bitter. »Gerade eben hast du mir vorgeworfen, an ›mein ewiges Leben und all diesen Blödsinn‹ zu glauben.«

»Dafür entschuldige ich mich. Ich habe mich einen Augenblick lang vergessen. Es widerspricht meinen Prinzipien, mich über den Glauben anderer lustig zu machen.«

»Auch wenn er noch so lächerlich ist?« fragte er ohne den leisesten Anflug von Ironie.

»Historisch gesehen haben die meisten Menschen in den meisten Gesellschaften an ein Weiterleben der Seele nach dem Tod geglaubt. Wenn du also an eine himmlische Belohnung glaubst, hast du zumindest das Gewicht der Meinung der Mehrheit auf deiner Seite.«

Er hob die Hand, um mich zum Schweigen zu bringen. »Ich habe mich wohl nicht klar genug ausgedrückt. Ich glaube tatsächlich an das Gute und das Böse und an Erlösung und Verdammnis. Ich akzeptiere sie ganz und gar und bedingungslos. Sie sind für mich so real wie der Stuhl, auf dem ich sitze, vielleicht sogar noch realer. Du meinst, daß die Vorstellung von einem ewigen Leben mich verlockt, aber ich kann dir versichern, daß die Verdammnis mir sehr viel realer und überzeugender erscheint als die Erlösung, und ganz bestimmt wahrscheinlicher.«

Gerade in dem Augenblick, als ich glaubte, ich sei nahe daran, ihn zu verstehen, wurde mir der Zugang zu ihm wieder versperrt. »Warum sagst du das jetzt?«

Er starrte mir in die Augen, bis ich wegsah. »Erlaube mir, dir die Frage zu stellen, die du mir gerade gestellt hast: Was ist dir wirklich wichtig?«

Es fiel mir schwer, eine Antwort zu finden. »Ich nehme an, meine Arbeit als Wissenschaftler. Wahrheit. Menschlichkeit.« Ich brach ab. »Lieber Gott, Austin, das ist eine Frage für Studenten. Das, worauf es ankommt, ist zu versuchen, ein anständiges Leben zu führen. Zu versuchen, sein Bestes zu geben. Ich meine, zu versuchen, anderen Menschen gegenüber Respekt und Verständnis zu zeigen. Und ein gewisses Maß an intellektueller Erfüllung, sozialer Stellung, an finanziellem Auskommen und ästhetischer Freude zu finden.«

»Da hast du den Unterschied zwischen uns beiden. Laß mich die Sache mal so formulieren: Wenn du dein Leben als eine Reise beschreiben müßtest, was würdest du sagen?«

»Ich verstehe dich nicht.«

»Ich meine, daß für dich das Leben eine langsame Wanderung über eine weite Ebene ist – du kannst das Land, das vor und hinter dir liegt, meilenweit sehen.«

»Ich verstehe. Und du siehst dein Leben nicht so?«

Er lächelte. »Schwerlich. Für mich ist das Leben eine gefährliche Reise durch dichten Nebel und Dunkelheit auf einem schmalen Grat, mit tiefen Abgründen auf beiden Seiten. In manchen Augenblicken heben sich der Nebel und die Dunkelheit, und ich kann die schwindelerregenden Abgründe erkennen, aber dann sehe ich auch den Gipfel, auf den ich zuwandere.«

»Auch mein Leben ist nicht frei von Augenblicken unerwarteter Erregung. Als ich zum Beispiel den Hinweis auf die Möglichkeit fand, daß sich in der hiesigen Bibliothek das Manuskript befinden könnte ...«

»Ich spreche nicht von Manuskripten«, fiel mir Austin ins Wort. »Wie steht es mit der Leidenschaft?«

Ich lächelte verwirrt. »In unserem Alter, Austin ...«

»In unserem Alter! Was für ein Unsinn. Du redest wie ein alter Mann.«

»Austin, wir sind wirklich nicht mehr jung. Wir sind beide fast fünfzig!«

»Fünfzig! Das ist doch kein Alter! Wir haben noch mehrere Jahrzehnte vor uns.«

»Wie dem auch sei, ich hatte jedenfalls genug Leidenschaft für ein Leben.«

»Ich nehme an, du sprichst von ...«

»Sprich nicht davon, Austin. Wirklich, ich habe nicht das Bedürfnis, diese Wunde wieder aufzureißen.«

»Und seitdem?«

»Seitdem?«

»Das ist nun über zwanzig Jahre her. Hat denn alles bis auf dein Berufsleben damals aufgehört?«

»Mein Berufsleben – das dir offenbar ziemlich unbedeutend erscheint – ist reich und lohnend. Ich habe meine Schüler, meine Kollegen, meine Aufsätze und meine Bücher. Ich glaube, daß ich in meinem College und in meinem Fach respektiert werde. Ich glaube, ich kann sogar sagen, daß viele von den jungen Männern, die ich unterrichte, mir ein gewisses Maß an Zuneigung entgegenbringen, ebenso wie ich ihnen.«

»Du sprichst davon, als sei das alles Vergangenheit. Ja hast du denn nicht den Wunsch, diese Professur zu bekommen, oder läßt es dich völlig kalt, wenn dieser Scuttard – so heißt er doch – sie kriegt?«

»Ich habe dir gesagt, daß ich mich nicht danach drängen werde. Das wäre auch zu riskant.«

»Riskant?«

»Wenn bekannt würde, daß ich mich erfolglos darum bemüht habe, wäre das ziemlich peinlich.«

»Und so was nennst du ein Risiko?«

»Ich brauche keinen Lehrstuhl. Mein Berufsleben ist auch so schon erfüllt genug.«

»Na schön.« Er lehnte sich zurück. »Hast du niemals mit dem Gedanken gespielt, wieder zu heiraten?«

»Ich bin immer noch verheiratet«, erwiderte ich kurz. Er sah mich streng an, und ich setzte hinzu: »Jedenfalls soviel ich weiß.«

»Soviel du weißt. Nun, ich kann dir sagen ...«

»Ich will es nicht wissen. Ich habe dir gesagt, daß ich nicht darüber reden will.«

»Hat dein Liebesleben vor zwanzig Jahren aufgehört? Hast du seither nie zärtliche Gefühle für jemanden gehegt?« Sein Ton war ungeduldig und keineswegs einfühlsam.

»Wie sollte ich? Ich war nicht frei für dergleichen. Und außerdem hatte ich, wie ich schon gesagt habe, mein Quantum an Leidenschaft für mein Leben.« Angesichts seines forschenden Blickes fügte ich – wohl ziemlich töricht – hinzu: »Ich bin mit meinem Leben vollkommen glücklich.«

»Glück«, sagte er leise, »ist sehr viel mehr als nur die Freiheit von Schmerz.«

»Das mag sein, aber ich möchte nicht noch einmal riskieren, das gleiche Elend durchzumachen wie vor zwanzig Jahren. Ich bin mit der Freiheit von Schmerz zufrieden.«

»Wie kannst du das sagen? Das einzige, worauf es im Leben ankommt, ist die Leidenschaft. Das einzige!«

Viele Antworten fielen mir ein – daß das, was wir Leidenschaft nennen, oft nur ein kindlicher Wunsch nach Erregung ist, der Wunsch, im Mittelpunkt der Aufmerksamkeit zu stehen –, doch die Worte erstarben mir auf den Lippen, als ich sein Gesicht sah. Es war so voller Intensität, so voller Konzentration. Ich wandte den Blick ab. Wovon in aller Welt sprach er nur? Was war das für eine Leidenschaft, die sein Leben so aufregend machte? Und wer war das Objekt dieser Leidenschaft? Es war seltsam, im Zusammenhang mit einem Mann unseres Alters an Leidenschaft zu denken. Und doch, vielleicht hatte er recht. Falls er von Liebe sprach, hatte er sogar ganz bestimmt recht. Aber das Wort Liebe hatte Austin ja nicht verwandt.

»Was verstehst du unter Leidenschaft?« wollte ich wissen.

»Mußt du mich das fragen? Ich meine, daß wir nicht in und für uns selbst existieren, sondern nur insoweit, wie wir von der Vorstellungskraft eines anderen Menschen neu geschaffen werden, indem wir so vollständig wie möglich in das Leben dieses anderen Menschen eindringen, mit unserer Phantasie, intellektuell, physisch und emotional – und mit all den Konflikten, die dadurch unvermeidlich werden.«

»Das finde ich nicht. Ich glaube, daß wir vollkommen allein sind. Was du da beschreibst, ist ein vorübergehender Zustand der Besessenheit.« Ich lächelte. »Vorübergehend, selbst wenn er in einigen Fällen ein Leben lang andauert.«

»Wir sind nur dann allein, wenn wir das wollen.«

Ich teilte seine Meinung nicht, antwortete aber nicht darauf. Ich war neugierig geworden. »Unterscheidet sich das, was du Leidenschaft nennst, denn so sehr von Liebe und Zuneigung?«

Er dachte einen Augenblick nach, bevor er sagte: »Ich möchte es mal so ausdrücken: Leidenschaft ist dann im Spiel, wenn das Objekt deiner Leidenschaft dich bitten kann, etwas zu tun, das alle deine moralischen Grundsätze sprengt, und du dich trotzdem dazu bereit erklärst.«

»Du meinst so etwas wie lügen oder stehlen?«

Er lächelte. »Ja, wenn du so willst. Oder vielleicht sogar noch Schlimmeres, falls du dir das überhaupt vorstellen kannst.«

»Ich kann mir nicht vorstellen, daß ich so etwas täte.«

»Nein, das kannst du wohl wirklich nicht.«

Nach einer Weile fragte ich: »Dann darf ich also annehmen, daß es im Augenblick ein Objekt deiner Leidenschaft gibt?«

Er nickte wortlos.

»Ich bin fasziniert«, sagte ich und schwieg eine Weile, um ihm Gelegenheit zu geben, mehr zu erzählen, wenn er wollte. Er sagte jedoch nichts. Wer konnte sie sein, diese geheimnisvolle Person, die er liebte? Konnte das etwas mit dem Grund zu tun haben, weshalb er mich hierher eingeladen hatte? War das die Ursache für die Schwierigkeiten, in denen er meiner Überzeugung nach steckte? »Sag mir, hat es dich glücklich gemacht, dieser Leidenschaft zu folgen?«

»Glücklich?« Er lachte. »Glück ist etwas, das man empfindet, wenn man an einem schönen Tag spazierengeht oder wenn man nach einem angenehmen Abend mit Freunden wieder nach Hause kommt. Nein, es hat mich nicht glücklich gemacht. Es hat mich in den Abgrund tiefster Verzweiflung gestürzt. Es hat mich zu den höchsten Höhen der Verzückung getragen.« Und dann murmelte er fast im Flüsterton, so daß ich nicht wirklich sicher war, diese Worte gehört zu haben: »Und in die Verdammnis.«

»Wenn wir die Wahl haben«, meinte ich, »dann würde ich lieber das Glück als die Leidenschaft wählen.«

»Dann bist du ein Student«, gab er zurück, »wenn du das so leicht beiseite wischen kannst.« Und dann fragte er mit abgrundtiefer Verachtung: »Du hattest genug Leidenschaft, sagst du? Deine kurze Ehe vor all den Jahren war genug?«

»Sprich nicht mehr davon, Austin.«

»Ich glaube, du bist ein schlimmerer Fall als ich«, meinte er ernst. »Wenn du einmal stirbst, wirst du feststellen, daß du gar nicht gelebt hast.«

»Oh, ich habe gelebt, Austin.«

»Einmal. Und das vor zwanzig Jahren!«

Ich war überrascht, daß er so kalt, fast höhnisch darüber reden konnte. Wollte er den Anschein erwecken, als habe er nicht begriffen, was es für mich bedeutet hatte? Hatte er es wirklich nicht begriffen?

»Es wäre mir lieber, wenn wir darüber nicht reden würden.«

»Ich nehme an, daß du dir Vorwürfe machst?«

»Vorwürfe? Vermutlich ja. Ich war naiv, vertrauensvoll und weltfremd. Und da wir uns nun schon so offen unterhalten, kann ich dir auch gleich sagen, daß ich lange Zeit zornig auf dich war.«

»Du warst zornig auf mich?«

»Aber Austin, egal was für Gefühle ich damals gehabt haben mag, du mußt wissen, daß ich deine Einladung nicht angenommen hätte, wenn ich dir wegen der Rolle, die du damals gespielt hast, noch immer böse wäre.«

»Und was meinst du, was das für eine Rolle war?«

»Nein, ich fürchte, du mußt dich mit dem begnügen, was ich gerade gesagt habe. Ich bin nicht gewillt, eine Art *post mortem*-Untersuchung über das durchzuführen, was vor so vielen Jahren passiert ist.«

»Hast du wirklich gar nichts gehört ...?«

»Sie ist tot. Für mich ist sie tot.«

»Ich habe von einem alten Freund in Neapel gehört ...«

»Ich will es nicht wissen, Austin. Erzähl mir nichts mehr. Ich nehme an, daß sie noch lebt, denn wenn sie gestorben wäre, hätte es mir sicher jemand zugetragen.«

»Ich habe von einem alten Freund in Neapel gehört, daß sie ein Kind haben«, sagte er. »Hast du das gewußt?«

Ich fühlte einen so schmerzhaften Stich, als habe mir jemand einen Dolch in die Rippen gerammt. Ich schüttelte den Kopf. Austins Stimme drang nur gedämpft in mein Bewußtsein.

»Ein Mädchen. Sie ist etwa fünfzehn Jahre alt. Ich habe gehört, daß sie sehr intelligent und sehr schön ist. Sie hat die Züge ihrer Mutter und die Augen ihres Vaters.«

Ich bedeckte das Gesicht mit den Händen.

»Du hörst die Wahrheit wohl nicht gern? Eine seltsame Eigenschaft für einen Historiker. Empfindest du das nicht als berufliches Manko?«

Ich nahm die Hände vom Gesicht und wandte mich ab. »Ich hätte nicht kommen sollen.«

»Das gehört alles mit zu deiner Neigung zu unverbindlichen Kompromissen.« Er lachte kurz auf. »Das ist deine Leidenschaft: Kompromisse. Mache dich nicht über die Überzeugungen anderer lustig, auch wenn du sie für noch so falsch hältst. Dein Leben ist so privilegiert und läuft in solcher Geborgenheit ab – und du hast es noch weiter eingeengt, indem du so vieles ausgeschlossen hast; du hast so ein sicheres, vorsichtiges Leben geführt. Ich hingegen habe so viel Entsetzen, solche Demütigungen und derartige Ekstasen erlebt, daß du gar nicht versuchen brauchst, sie dir vorzustellen.« Er schwieg. Dann fuhr er fort: »Aber ich bin so froh, daß du mir vergeben hast.«

Wir saßen mindestens eine Minute lang stumm da. Es kam mir zum Bewußtsein, wie dunkel es um uns herum geworden war, nur das Licht einer einzigen Kerze und die verlöschende Glut des Feuers erhellten den Raum. Ich hörte sogar die Uhr auf dem Treppenabsatz unter uns ticken.

»Es ist zu spät, um noch in ein Hotel zu gehen«, sagte ich beim Aufstehen. »Aber gleich nach dem Frühstück werde ich das Haus verlassen.«

Austin wirkte wie jemand, der aus einer Narkose oder aus hypnotischer Trance langsam wieder zu sich kommt. »Natürlich mußt du bleiben. Es tut mir leid, wenn ich dich beleidigt habe. Ich weiß auch nicht, warum ich das alles gesagt habe. Du wirst doch nicht gehen, oder?«

»Ich glaube doch.«

»Sieh mal, um ganz ehrlich zu sein, ich bin im Augenblick nicht ganz ich selbst. Bitte setz dich wieder hin.« Zögernd folgte ich seinem Wunsch, und er fuhr fort: »Es gibt da etwas, das mich belastet. Sonst hätte ich das alles niemals gesagt.«

»Das habe ich mir schon gedacht.«

»Ich habe eigentlich nicht mit dir geredet, sondern mit mir selbst. Ich hätte das alles zu jedem gesagt, der das Pech gehabt hätte, auf dem Stuhl zu sitzen, auf dem du gerade sitzt.« Er wandte sich ab. »Ich will ganz ehrlich zu dir sein: In den letzten Wochen bin ich gefährlich nah an den Rand meiner Existenz gekommen.«

»Willst du mir davon erzählen?«

Er wandte mir sein gequältes Gesicht zu. »Das kann ich nicht. Aber kannst du dir vorstellen, in einer so unerträglichen Situation zu sein, daß du allen Ernstes den Selbstmord als einzigen Ausweg in Betracht ziehst?«

»Lieber Gott, du darfst dir nicht gestatten, an so etwas Schreckliches auch nur zu denken! Sag mir, daß du das nicht ernst meinst.«

Langsam breitete sich ein sardonisches Lächeln auf seinem Gesicht aus. »Ich habe diese Möglichkeit ausgeschlossen. Wenigstens in dieser Hinsicht kannst du dich beruhigen.«

»Hast du wirklich nicht genug Vertrauen zu mir, um mir zu sagen, worum es sich handelt, Austin?«

»Du wirst bis zum Samstag bleiben?«

»Also gut. Ja, ich bleibe.«

»Gott segne dich, alter Freund.«

Ich wartete darauf, daß er weitersprach, aber es war offensichtlich, daß er nicht die Absicht hatte, sich mir anzuvertrauen. Gerade wollte ich das Thema, das er berührt hatte, doch noch einmal anschneiden, als die Uhr auf dem Treppenabsatz einmal schlug. »Ist es schon so spät?« rief ich aus.

»Es ist noch viel später«, antwortete Austin und zog seine Uhr aus der Tasche. »Hast du die Kirchturmuhr nicht gehört? Es ist fast zwei. Der Regulator auf der Treppe geht ziemlich falsch.«

»Warum läßt du ihn dann nicht reparieren?« fragte ich.

Er lächelte.

Irritierender, rätselhafter, undurchschaubarer Austin! Ich hatte ihn geliebt, als wir beide jung gewesen waren, und der Gedanke, seine Freundschaft verloren zu haben, hatte mich zutiefst bekümmert. »Ich habe morgen sehr viel zu tun«, erklärte ich. »Ich sollte zu Bett gehen.«

Wir schüttelten einander die Hand und trennten uns. Ich ging als erster hinauf und fand die Treppe und die Kammer nach der Wärme im Wohnzimmer entsetzlich kalt. Als ich den Vorhang ein wenig zur Seite zog, sah ich, daß der Nebel noch dichter war als zuvor. Austin ging die Treppe hinunter, und zwanzig Minuten später hörte ich ihn wieder heraufkommen und in sein Zimmer auf der anderen Seite des Treppenabsatzes gehen. Ich legte mich ins Bett und las noch eine halbe Stunde lang – eine Angewohnheit, ohne die ich nicht einschlafen kann –, aber diesmal fiel es mir schwer, mich zu konzentrieren.

Austins Ausbruch hatte mich in Aufregung versetzt. Ich konnte mich nicht erinnern, daß er als Student derart reizbar gewesen wäre. Es mußte daran liegen, daß ihn soviel bedrückte. Wieder fragte ich mich, in wen er wohl verliebt sein könnte und ob es diese Affäre war, die seine Stellung an der Schule gefährdete. Die Frau eines Kollegen? Die Mutter eines Schülers?

Ich konnte die Neuigkeit nicht aus meinen Gedanken verbannen, mit der er mich konfrontiert hatte. Damals hatte ich die Verbindung zu bestimmten Freunden und Bekannten abgebrochen, weil ich mich vor derartigem Wissen schützen wollte. Warum hatte Austin darauf bestanden, über die Vergangenheit zu reden und mir von dieser grausamen Tatsache zu erzählen? Hatte er das Bedürfnis, seine Schuld zu sühnen? Ich hatte nicht das geringste Anzeichen des Bedauerns für die Rolle – die sehr bedeutende Rolle –, die er damals gespielt hatte, an ihm bemerkt.

Alles, was ich mir vor fünfundzwanzig Jahren gewünscht hatte, waren ein Leben als Wissenschaftler, eine Frau und Kinder gewesen, doch Austin hatte damals ganz offensichtlich anderes im Sinn. Ich hatte immer gedacht, er hätte weniger gewollt als ich, aber jetzt begann ich mich zu fragen, ob er nicht vielleicht sogar mehr gewollt hatte. Es war ihm nicht gelungen, den akademischen Grad zu erlangen, zu dem seine Gaben ihn befähigt hätten, weil er ausgerechnet vor dem Examen in eine seiner peinlichen Affären verwickelt gewesen war. Austin hatte immer etwas Nacktes, Gefährliches an sich gehabt, das ich fast vergessen hatte, bis ich jetzt eben wieder damit konfrontiert worden war. Er war fähig, ohne jede Würde und Selbstbeherrschung zu handeln. Hatten seine Frustration und sein Gefühl, versagt zu haben, ihn zu einem schwerwiegenden Fehlurteil verführt?

Ich blies meine Kerze aus und versuchte zu schlafen. Austin hatte recht. Der Domplatz war vollkommen still. Es war wie im College während der Ferien. Fast zu still. Ich mußte daran denken, wie ich ein oder zwei Jahre nach der großen Zäsur in meinem Leben das Haus am Stadtrand von Cambridge zu ruhig gefunden hatte und wieder in meine alten Junggesellenräume im College gezogen war. Während des Semesters ist der Lärm der Studenten tröstlich und nur gelegentlich störend. Aber während der Ferien wirkt die Stille bedrückend.

Der einzige Laut, der zu vernehmen war, kam von der Uhr der Kathedrale, die jede Viertelstunde schlug, und wenn ihr tiefer Stundenschlag ertönte, antwortete das Schlagen der anderen Kirchturmuhren, das gedämpft durch den dichten Nebel drang, der über der Stadt lag wie ein Ozean, durch dessen Oberfläche die Türme ragten. Abgesehen davon gab es nur noch Geräusche aus dem Inneren des Hauses, dessen Hölzer knarrten wie die Gelenke eines alten Mannes – als ob das alte Gebäude vor Schmerz über seinen langen Niedergang stöhnte. Ich dachte an alles, was in diesem Haus geschehen sein mußte, an die Menschen, die gestorben waren, die Babys, die zur Welt gekommen waren, die Trauer und das Lachen. Das Knarzen erinnerte an die stöhnenden Planken eines hölzernen Schiffes. Dieses Haus war auch ein Schiff, und das Wolkenmeer befand sich über unserem Kopf. Dann war es also ein Schiff, das unter der Wasseroberfläche dahinfuhr? Während sich mein Kopf mit solchem Unsinn füllte, sank ich in Schlaf oder zumindest in eine Art Halbschlaf.

Plötzlich wachte ich wieder auf. Eine ganze Weile lag ich da und fragte mich, was mich wohl aufgeschreckt haben könnte. Dann hörte ich es wieder, dieses Geräusch, das bis in meine Träume gedrungen war. Es war ein wimmernder Schrei, ein Zwischending zwischen einem Aufschrei und einem Schluchzen – fast unmenschlich. In meinem Halbschlaf glaubte ich zuerst, es sei der Geist, dessen Geschichte Austin mir erzählt hatte. Aber der Schrei war real, und er kam von irgendwoher innerhalb des Hauses. Ich entzündete meine Kerze. Die zuckenden Schatten, die jetzt durch mein Zimmer huschten, trugen nicht gerade dazu bei, meine Ängste zu beschwichtigen. Irgendwie fand ich dennoch den Mut, aufzustehen, einen Schlafrock anzuziehen und auf den Treppenabsatz hinauszugehen. Wie ich vermutet hatte, kam der Lärm aus Austins Zimmer. Ich klopfte, öffnete einen Augenblick später die Tür und trat ein.

Im trüben Licht erkannte ich eine Gestalt auf dem Bett. Ich hob die Kerze und sah, daß Austin im Nachthemd auf seiner Bettdecke kniete. Er hielt sich mit den Händen die Ohren zu, als wolle er sich vor einem lauten Geräusch schützen. Seine Augen waren weit aufgerissen, und er schien etwas am Fußende des Bettes anzustarren. Als ich seine dürren Beine unter dem Nachthemd herausragen sah, kämpften Mitleid und Abscheu in mir, so weiß und knochig waren sie.

Beim Anblick seines blassen, sensiblen Gesichts, das in diesem Augenblick unverhüllten Schmerz ausdrückte, fühlte ich trotz allem, was er getan hatte, einen Anflug von Zuneigung. War es wirklich Zuneigung zu dem Mann, der da vor mir kniete, oder Trauer um den Jüngling, der er einmal gewesen war?

Ich ging auf das Bett zu. Er sah mich an – jedenfalls waren seine Augen geöffnet und auf mich gerichtet. Es war ein sehr seltsames Gefühl festzustellen, daß er mich anstarrte, ohne mich wahrzunehmen. Ich hatte nicht die geringste Vorstellung, wen oder was er sah.

Er sprach mich an und doch wieder nicht, als er anfing zu reden: »Sie sagt, daß er das seit Jahren verdient hat. Sie sagt, es sei keine Rache, sondern Gerechtigkeit. Er hat sich all die Jahre der Strafe entzogen.«

»Austin«, flüsterte ich. »Ich bin's, Ned!«

Sein Gesicht war mir immer noch zugewandt und sein Blick hing an meinem Gesicht, ohne mich zu erkennen. »Seine Rechnung muß beglichen werden«, sagte er. »Das hat sie gesagt. Und sie sagt, daß sie es selbst tun wird, wenn wir es nicht gemeinsam tun wollen.«

Ich nahm ihn in die Arme und drückte ihn an mich. »Austin«, sprach ich ihn an. »Mein lieber Freund.«

Er fuhr zusammen, und als er mich mit weit offenen Augen ansah, dämmerte plötzlich Erkennen in seinem Blick. Einen Moment lang verharrte er in meinen Armen, dann stieß er mich brüsk von sich.

»Mein lieber alter Freund«, sagte ich. »Es tut mir so leid, dich in solcher Verzweiflung zu sehen. Kann ich irgend etwas tun, um dir zu helfen?«

»Dafür ist es zu spät.« Er atmete schwer, dann fügte er hinzu: »Mir fehlt nichts. Geh wieder ins Bett.«

»Lieber Austin, ich möchte dich nicht in einem solchen Zustand allein lassen.«

»Es ist alles in Ordnung. Geh! Es war nur ein Alptraum.«

Sein Tonfall machte Widerspruch unmöglich. Sehr verwirrt tat ich, worum er mich bat, konnte aber lange keinen Schlaf finden.

Nachdem ich ihn so verletzlich und gequält gesehen hatte, war mein Ärger über ihn weitgehend verflogen. Hatte mein alter Freund sich selbst mit der Geistergeschichte einen Schrecken eingejagt, von der er behauptet hatte, daß sie mich am Schlaf hindern und meine Träume stören würde? Das Entsetzen, das ich in seinem Gesicht gesehen hatte, ließ eigentlich auf etwas viel Schlimmeres schließen. Ich hatte Mitleid mit ihm, denn ich wurde selbst oft von Alpträumen geplagt. Besonders in der schlimmsten Zeit meines Lebens hatte ich mich mehrere Monate lang fast davor gefürchtet, zu Bett zu gehen. Ob Austins Alptraum etwas damit zu tun hatte? Wurde er von Schuldgefühlen wegen seiner Rolle in dieser schmerzhaften Angelegenheit gequält? Obwohl mir nicht ganz klar war, welche Rolle er wirklich gespielt hatte, war er doch ganz gewiß wenigstens zum Teil dafür verantwortlich gewesen. Hatte er mich eingeladen, um das wiedergutzumachen? Oder brauchte er Hilfe wegen dieser geheimnisvollen Krise, in der er steckte? Und war die Frau, von der er gerade im Traum gesprochen hatte, das Objekt seiner Leidenschaft?

Mittwoch morgen

Ich erwachte vom Läuten der Kirchturmuhr, brauchte aber zu lange, um zu mir zu kommen, als daß ich die einzelnen Schläge hätte zählen können. Im Zimmer war es dunkel. Die schweren Vorhänge ließen kein Licht herein, an dem ich hätte erkennen können, wie spät es war. Mit großer Willensanstrengung entzündete ich eine Kerze und zwang mich, das Bett zu verlassen. Die Kälte in der ungeheizten Kammer ging mir durch Mark und Bein. Als ich angekleidet war, sah ich auf die Uhr. Es war bereits acht. Erschrocken über eine solche Undiszipliniertheit meinerseits zog ich die ausgefransten Vorhänge zurück und stellte fest, daß immer noch dichter Nebel herrschte. Selbst in diesem trüben Licht stand die vom Alter geschwärzte Mauer der Kathedrale erschreckend dicht vor dem Fenster.

Als ich wenige Minuten später die Treppe hinunterging, stieg mir schon der Duft nach Toast und Kaffee in die Nase, und im Eßzimmer fand ich Austin, der den Tisch für unser Frühstück deckte. Er lächelte. Von dem Austin des Alptraums und auch von dem streitsüchtigen Austin unserer Auseinandersetzung am Vorabend war keine Spur zu bemerken. »Ich bin froh, daß du wieder guter Laune bist«, sagte ich.

»Es tut mir leid, daß ich dich heute nacht gestört habe, alter Freund«, erwiderte er mit gesenktem Blick. »Offenbar habe ich mich selbst mit dieser alten Geschichte weit mehr aus der Ruhe gebracht als dich.«

»Du hast jedenfalls wirklich einen sehr erschrockenen Eindruck gemacht. Kannst du dich erinnern, daß du von Rache und Strafe und Gerechtigkeit geredet hast?«

Er wandte sich ab, um sich um den Kaffee zu kümmern. »Ich hatte einen Alptraum von Gambrill, dem Steinmetzen der Kathedrale. Erinnerst du dich, daß er einen Wanderhandwerker beschäftigte, der in den Verdacht geriet, in den Mord verwickelt zu sein? Er hieß Limbrick; viele Jahre zuvor war sein Vater bei einem Unfall auf dem Dach der Kathedrale ums Leben gekommen, bei dem auch Gambrill schwer verletzt worden war und ein Auge verloren hatte. Seine Witwe hatte damals behauptet, daß die beiden Männer miteinander gestritten hätten, und sie beschuldigte Gambrill, ihren Mann getötet zu haben.«

»Lieber Himmel«, rief ich fröhlich, setzte mich nieder und begann, mich über mein Frühstück herzumachen. »Was ist das doch für eine mörderische kleine Stadt! Dann war sie wohl die Frau, von der du heute nacht geredet hast?«

Er sah erschrocken auf. »Die Frau? Welche Frau? Was habe ich gesagt?«

»Das war nicht so leicht zu verstehen. Du hast von einer ›Sie‹ geredet, die unbedingt jemands Rechnung begleichen wollte. War das die Mutter des jungen Mannes?«

»Die Mutter des jungen Mannes?« wiederholte er. »Was meinst du denn damit?«

Ich konnte meine Überraschung nicht verbergen. »Limbricks Witwe, natürlich. Die Mutter des jungen Handwerkers.«

»Ach so«, gab er zurück. »Ja, die muß es wohl gewesen sein. Sie hatte jahrelang über den Tod ihres Mannes nachgebrütet und ihren Sohn gedrängt, ihn zu rächen.«

Während wir hastig das Frühstück einnahmen, weil Austin bereits Gefahr lief, zu spät in die Schule zu kommen, erklärte ich, daß ich sofort zur Bibliothek des Domkapitels gehen würde, in der Hoffnung, Gelegenheit zu bekommen, mit Dr. Locard zu sprechen, obwohl mein Brief ihn erst gestern erreicht haben konnte. Austin sagte mir, daß seine Verpflichtungen ihn bis zum

Abend in Anspruch nehmen würden, daß wir aber zusammen in der Stadt zu Abend essen könnten.

Wir verließen das Haus, und Austin schloß die Tür hinter sich. »Du kannst kommen und gehen, wie du willst. Einen Schlüssel wirst du nicht brauchen.«

»Sperrst du die Tür denn nicht ab?« fragte ich.

»Das tue ich nie. Aber ich verstecke die Schlüssel.«

Ich überlegte, was er wohl damit meinte, denn es erschien mir seltsam, den Türschlüssel zu verstecken, wenn die Tür selbst nicht verschlossen war. Aber da er den Schlüssel beim Weggehen in die Tasche steckte, hatte er wohl andere Schlüssel gemeint.

Auf dem Domplatz war es genauso kalt und nebelig wie am Vortag. Ich sah nach oben und bemerkte etliche Tauben, die unter dem Dachgesims der Kathedrale kauerten, und dachte mir, daß man im Nebel manchmal klarer sieht als sonst, weil man nämlich genauer hinschauen muß. Beim Anblick der Vögel, die auf dem schmalen Gesims einen kunstvollen Tanz vollführten, mußte ich an ein schottisches Schloß denken, in dem ich mich einmal aufgehalten hatte. Es stand auf einer gefährlichen Klippe am Meer. Unser Zimmer befand sich ganz oben in einem hohen Turm, und die Möwen setzten sich halsbrecherisch auf die Fensterbretter und stießen ihre melancholischen Schreie aus wie Wahrsager, die sich nicht zum Schweigen bringen lassen wollen.

Austin schnitt eine Grimasse und erklärte mir, daß er sich die Freude versagen müsse – so drückte er sich aus –, mich mit Dr. Locard bekannt zu machen, weil er für seine erste Unterrichtsstunde bereits zu spät dran sei. Aber er wies mich zur Südostecke des oberen Domplatzes, wo sich die Bibliothek befand, und eilte davon.

Als ich die abgetretenen Steinstufen emporkletterte und eine schwere Eichentür aufstieß, stieg mir der Geruch nach antiken Büchern, nach altem Leder, Bienenwachs und Kerzen in die Nase. Ich blickte in eine schöne Galerie, denn die Bibliothek war ursprünglich der große Saal der Abtei gewesen. Dieses Stockwerk wurde in regelmäßigen Abständen von Wänden unterbrochen, die im rechten Winkel zu den Außenmauern standen und an denen Bücherregale aufgestellt waren, so daß nur ein schmaler Durchgang in der Mitte blieb. Die Wände waren schwere, alte Eichenkonstruktionen, die sich mehrere Meter über Mannshöhe erhoben. Dieser Trakt war die alte Kettenbibliothek – und viele Bücher wurden bis heute mit Ketten gesichert.

Ein junger Mann saß an einem Schreibtisch in der Nähe der Tür und erhob sich, als ich eintrat. Ich sagte ihm, daß ich Dr. Locard sprechen wolle und daß ich ihm geschrieben habe. Zu meiner Freude antwortete er, daß mich der Bibliothekar bereits erwarte. Er bat mich, ihm zu folgen.

»Es muß schön sein, hier zu arbeiten«, meinte ich, als wir uns anschickten, durch den Mittelgang der Galerie zu gehen.

Mein Begleiter war ein wenig dicklich und etwa Ende Zwanzig. Sein Gesicht ließ sich zwar nicht als schön bezeichnen, doch sah man ihm an, daß sein Besitzer intelligent und geistreich war. Er nickte eifrig. »Im Sommer ist es wirklich wunderschön, aber im Winter ist es für meinen Geschmack ein bißchen dunkel und kalt.«

»Ich finde es auch jetzt ganz behaglich und freundlich«, erwiderte ich. »Und man könnte fast das Gefühl haben, man sei im siebzehnten Jahrhundert, so wenig scheint hier modernisiert worden zu sein.«

Wir gingen durch eine Tür am Ende der Galerie in einen Trakt des Gebäudes, der früher einmal ein eigenständiges Bauwerk gewesen sein mußte, als sich der junge Mann noch einmal umwandte und sagte: »Sie haben vollkommen recht. Ich habe oft das Gefühl, als ob mir einige der außerordentlichen Persönlichkeiten, die damals hier gearbeitet haben, über die Schulter blicken würden. Burgoyne, Freeth und Hollingrake.«

»Das kann aber nicht besonders beruhigend sein«, wandte ich ein. Er lachte, dann machte er wieder ein ernstes Gesicht, klopfte an eine Tür zu unserer Linken und trat ein, ohne auf ein

Herein zu warten. Wir standen in einem großen, altertümlichen Raum, dessen Wände ganz mit Eichenholz vertäfelt waren, mit einer Reihe von hohen schweren Schaukästen und einem großen, schwarzen Bücherregal, das mit alten ledergebundenen Folianten gefüllt war. An einem Schreibtisch unter dem Fenster saß ein Mann, der sich bei unserem Anblick erhob. Er war hochgewachsen, Mitte Fünfzig und immer noch gut aussehend, mit forschenden grauen Augen, die viel Verstand und wenig Wärme ausstrahlten. Dr. Locard war mir als ausgezeichneter Wissenschaftler – wenn auch nicht in meinem eigenen Fachgebiet – sowie als hervorragender Kenner der lateinischen Sprache bekannt.

Er begrüßte mich mit Namen, und wir schüttelten einander die Hand. Auf seine Aufforderung hin setzte ich mich, und er machte mich mit meinem Begleiter bekannt, der, wie er erklärte, sein erster Assistent war und Quitregard hieß. Der junge Mann machte Anstalten zu gehen, aber als er an der Tür ankam, rief Dr. Locard ihm zu: »Würden Sie bitte Pomerance sagen, daß er Kaffee für meinen Gast und mich bringen soll?« Er drehte sich zu mir um. »Sie würden doch gern eine Tasse Kaffee trinken?«

Ich nahm das Angebot dankend an.

Quitregard jedoch antwortete: »Pomerance ist noch nicht da, Sir. Möchten Sie, daß ich den Kaffee serviere?«

»Bitte machen Sie sich meinetwegen keine Mühe«, rief ich schnell. »Ich habe gerade gefrühstückt.«

»Also gut. Dann werden wir warten, bis Mr. Pomerance sich herbeiläßt, uns mit seiner Gegenwart zu beehren.«

Quitregard ging, und Dr. Locard nickte in Richtung auf die geschlossene Tür. »Dieser junge Mann wird einmal ein guter Bibliothekar werden. Sein Latein ist ausgezeichnet, und er ist mit einer ganzen Reihe von Schriftarten vertraut.«

Ich sagte ihm, daß sein Assistent auch auf mich einen sehr positiven Eindruck gemacht habe; dann wandten wir uns meinem Anliegen zu.

»Ihr Brief ist gestern angekommen, und ich bin fasziniert davon«, erklärte der Bibliothekar. »Obwohl das Thema weit entfernt von meinem eigenen Fachgebiet liegt, hat die Bibliothek doch die ›Proceedings of the English Historical Society‹ abonniert, und so habe ich zufällig sowohl Ihren Artikel als auch Scuttards Antwort darauf gelesen.«

»Das freut mich zu hören. Aber ich will doch hoffen, daß Sie sich nicht von Scuttards Argumenten haben überzeugen lassen?«

»Ich würde nicht im Traum daran denken, zu einem derart komplizierten Thema außerhalb meines eigenen Fachgebietes eine Meinung zu äußern. Aber er ist sehr überzeugend. Er ist ein Wissenschaftler von bemerkenswerten Fähigkeiten, und obwohl er kaum vierzig Jahre alt ist, hat er bereits Erstaunliches geleistet, so daß man noch Größeres von ihm erwarten darf. Sein Buch über das achte Jahrhundert hat viel von dem Nebel unbewiesener Vermutungen hinweggefegt, der dieses Thema bisher verdunkelt hat.«

Ich fühlte mich von dieser Antwort ziemlich vor den Kopf gestoßen. »Nun, wie dem auch sei – ich bin der Meinung, daß er einige brillante Einsichten früherer Historiker zu eilfertig von der Hand weist, in dieser Hinsicht irrt er jedenfalls.«

Dr. Locard sah mich leidenschaftslos an. »Wenn Sie das finden, was Sie zu finden hoffen, werden Sie seine Argumentation vollständig widerlegen können. Was ich an Ihrem Brief allerdings nicht verstehe, ist, warum Sie so optimistisch sind.«

»Ich weiß nicht, ob Ihnen der Name des Gelehrten und Herausgebers alter Urkunden, Ralph Pepperdine, bekannt ist?«

Dr. Locard nickte. »Der Autor von ›De Antiquitatibus Britanniae‹?«

»Genau der. Er ist im Jahr 1689 gestorben und hat seine Papiere seinem alten College hinterlassen, das zufälligerweise nun auch das meine ist. Leider sind sie niemals genau untersucht worden. Gerade erst vor zwei Wochen habe ich sie durchgesehen, weil ich die Absicht hatte, in diese Stadt zu kommen, und ich mich erinnerte, daß Pepperdine ebenfalls einmal hier war. Ich fand einen Brief, den er 1663 geschrieben hat, als er diese Bibliothek besuchte.«

»Tatsächlich? Ich könnte mir vorstellen, daß dieser Brief einige interessante Einblicke in die Stiftung zu jener schwierigen Zeit eröffnet.«

»So ist es, und außerdem enthält er etwas, das, wie ich meine, von besonderem Interesse für Sie sein dürfte.« Ich zog die handgeschriebene Kopie, die ich angefertigt hatte, aus meiner Aktentasche. »Pepperdine bringt nämlich den Bericht eines Augenzeugen vom Tod des Dekans Freeth.«

»Wirklich? Und unterscheidet er sich wesentlich von der bisher angenommenen Version?«

»Daß sein Tod die Folge einer falschen Auslegung der erteilten Befehle und vollkommen unbeabsichtigt war?«

»Ja, obwohl diese Darstellung von dem verantwortlichen Offizier stammt, der jeden Grund hatte, den Tod des Dekans in dieser Weise zu begründen.«

»Pepperdine liefert eine völlig andere Erklärung.«

Dr. Locard lächelte. »Das macht alle bestehenden Diskussionen über das Ereignis irrelevant. Wenn es einmal einen kompetenten Historiker der Stiftung geben sollte, wird er in Ihrer Schuld stehen.«

»Gibt es denn noch keine solche Geschichte?«

»Nichts seit einem langatmigen Werk, das Mitte des vorigen Jahrhunderts veröffentlicht wurde. Und es ist auch nichts von Wert in Aussicht, obwohl einige amateurhafte Versuche unternommen werden, bei denen ein höchst unwissenschaftlicher Gebrauch von den Quellen gemacht wird. Was sagt Pepperdine denn?«

»Der Anfang seines Briefes braucht uns nicht aufzuhalten. Er beschreibt seine Reise und den Zustand der Straßen, und er erzählt, daß er sich bereits seit zwei Wochen in der Stadt aufhält und bei seinem alten Freund, dem Bischof, im Palast wohnt. Jetzt kommt der interessante Teil:

Gestern hörte ich beim Abendessen mit dem Herrn Dekan einen Bericht über den Tod des verblichenen Dekans, der die allgemein verbreitete Geschichte Lügen straft. Nachdem die Truppen der Regierung die Stadt erobert hatten, machten sie bekanntlich den Dekan in schändlicher Weise zum Gefangenen in seinem eigenen Hause, weil er sehr stark der Partei des Königs zuneigte und zu befürchten stand, daß er das Volk zum Widerstand aufstacheln könnte. Meine Informationen stammen von einem Mann namens Champniss, der seit mehr als vier Jahrzehnten als Domherr hier gelebt und den unglücklichen Freeth sehr geliebt hat. Am Morgen seines Todes sah Champniss, wie sechs anscheinend betrunkene Soldaten den Domplatz betraten und sich zu der Ecke durchdrängten, wo sich die Bibliothek befindet. Sie begannen, das Gebäude zu beschädigen – zerschmetterten die Fenster, plünderten und raubten. Der alte Mann erklärte mir, daß der Dekan dies von einem Fenster des Dekanats aus beobachtet haben müsse und daß er, erbost über diesen Akt der Schändung, aus seinem Haus eilte, um den Soldaten Einhalt zu gebieten, obwohl er damit den Arrest verletzte, unter den er gestellt worden war. Als Champniss sah, wie er in das Gebäude rannte, fürchtete er für sein Leben und hastete selbst dorthin, um die Soldaten zurückzuhalten. Als er eine oder zwei Minuten später um die Ecke des Gebäudes bog, fand er den Dekan vor den Soldaten auf dem Boden kniend vor. Er hielt ein Dokument an seine Brust gepreßt und betete. Champniss hörte, daß er Gott laut um Vergebung für seine Mörder bat, von denen einer noch ein Knabe und in Tränen war. Als Champniss herbeigeeilt kam, sah ihn der Dekan und bedeutete ihm mit einer Geste, sich zu entfernen. Zwei der Soldaten ergriffen Champniss und brachten ihn fort. Gerade in diesem Augenblick bemerkte er, wie sich ein Offizier näherte, der einen vollkommen unbegründeten Groll gegen den Dekan hegte. Als er wenige Sekunden später um die Ecke geschleppt wurde, hörte er zwei oder drei Schüsse. Während der alte Mann diese Geschehnisse schilderte, die sich vor etwa zwanzig Jahren ereignet hatten, standen ihm die Tränen in den Augen.«

Ich hörte auf zu lesen. »Daraus geht eindeutig hervor, daß der Offizier selbst den Tod des Dekans angeordnet hat, nicht wahr?«
»Das Bild, das Pepperdine entwirft, ist so symbolhaft, daß es Mißtrauen erregt.« Dr. Locard preßte die Lippen zu einem ironischen Lächeln zusammen. »Kennen Sie das Werk von Charles Landseer?« Ich nickte. »Diese Szene würde gut zu seiner süßlichen Sentimentalität passen, finden Sie nicht? Einschließlich des weinenden jungen Soldaten, denn in seinen Bildern wird fast immer auch ein hübscher Knabe dargestellt. Könnten Sie sich nicht ein Gemälde mit dem Titel vorstellen: ›Der Dekan von Thurchester betet für seine Mörder‹?«
Ich lächelte. »Aber selbst wenn man voraussetzt, daß der alte Mann parteiisch war, wertet das seinen Bericht doch nicht ab.«
»Natürlich nicht. Aber es ist auch möglich, daß Pepperdine die Worte des alten Herrn falsch wiedergegeben hat.«
»Ich kann mir nicht vorstellen, warum er das hätte tun sollen.«
Der Bibliothekar sah mich eine Weile fragend an. »Wirklich nicht? Wenn ich mit widersprüchlichen Quellen konfrontiert bin, ist es mein Prinzip als Historiker, mich zu fragen, ob es im Interesse der einzelnen Zeugen gelegen haben könnte, die Ereignisse auf eine ganz bestimmte Weise darzustellen. Ich glaube, so hat man die besten Chancen, der Wahrheit auf die Spur zu kommen. In diesem Fall zum Beispiel hätte Pepperdine, wenn sein Brief an einen mächtigen Royalisten gerichtet war, gute Gründe gehabt, die Geschichte zugunsten des Dekans auszulegen, nicht wahr?«

»Der Empfänger seines Briefes, Giles Bullivant, war lediglich ein anderer Gelehrter ohne jeglichen politischen Einfluß. Er und Pepperdine interessierten sich für die Überlieferung klassischer Texte im späten Mittelalter, und das war auch der Grund, warum Pepperdine nach Thurchester gekommen war. Er wurde jedoch enttäuscht, weil nach der Plünderung der Bibliothek wenig getan worden war, um die verbliebenen Manuskripte zu sortieren.«

»Und ich fürchte, Sie werden feststellen, daß in den folgenden zwei Jahrhunderten ebensowenig getan wurde.«

Ich starrte ihn verblüfft an.

»Ich fürchte, das ist die traurige Wahrheit. Seit die Manuskripte im Jahr 1643 grob geordnet wurden, ist in den meisten Fällen fast nichts mehr mit ihnen passiert. Was sagt er, wo er das Manuskript gefunden habe, das Sie so interessiert?«

»Er ist enttäuschend ungenau.

Ich habe das obere Stockwerk der alten Bibliothek durchsucht und nichts von Interesse gefunden. Die Manuskripte im Keller der neuen Bibliothek befinden sich in bedauerlicher Unordnung, und es würde viele Tage oder gar Wochen in Anspruch nehmen, sie zu untersuchen, und die Arbeit würde sich auch nicht lohnen, denn es scheint sich größtenteils um Abrechnungen der Abtei aus alten Zeiten zu handeln.«

Ich sah von meiner Kopie auf. »Können Sie mir erklären, was er meint?«

Dr. Locard lächelte. »Ich werde es Ihnen zeigen, denn es hat sich wahrhaftig wenig geändert, seit er diese Worte niedergeschrieben hat.«

Ich zuckte die Achseln, um meine Überraschung zum Ausdruck zu bringen, und las weiter aus dem Brief vor. »Dann schreibt er:

Ich stieß zufällig auf ein Manuskript, wohl für diejenigen von einigem Interesse, die sich mit der frühen Geschichte der wil-

den Stämme befassen, die dieses Land im Zeitalter der Finsternis vor der Eroberung beherrscht haben. Darin wird in beklagenswert schlechtem Latein die Geschichte eines Königs erzählt, dessen ehemaliger Lehrer vor seinen Augen von den Heiden gemordet wird. Diese Heiden haben seine Hauptstadt erobert, deren Bischof der alte Mann ist. Deshalb habe ich es dort zurückgelassen, wo ich es gefunden habe.«

»Und was, meinen Sie, hatte er gefunden?«
»Da er nichts über die angelsächsische Periode wußte, erkannte Pepperdine nicht, daß das Manuskript, von dem er eine Zusammenfassung schrieb, eine Version einer Geschichte aus Grimbalds ›Leben‹ war.«
Dr. Locard fuhr auf. Ich hoffte, daß er das Zittern in meiner Stimme nicht bemerken würde, und fügte so ruhig wie möglich hinzu: »Ich bin überzeugt, daß es sich um nichts weniger handelt als um Grimbalds Originaltext.«
»In diesem Fall wäre das ohne jeglichen Zweifel die Bestätigung, wie stark Leofranc seine Quelle verändert hat.«
»Und der Beweis, daß er nicht das ganze Manuskript selbst verfaßt hat, wie Scuttard absurderweise behauptet, sondern nur einen existierenden Text verändert hat.«
»Das würde vermutlich ein Erdbeben in der Alfred-Forschung bedeuten.«
»Wenn Grimbald sich als authentisch erweisen sollte, wovon ich überzeugt bin, müßte sein ›Leben‹ allen Ernstes als bedeutende Quelle für diese Zeit akzeptiert werden.«
»Sie müssen darauf brennen, mit der Suche zu beginnen. Gestatten Sie mir, Ihnen die Bibliothek zu zeigen.«
Er führte mich zurück in die große Halle, und wir stiegen eine alte Holztreppe zum oberen Stockwerk hinauf, wo das Tageslicht durch die Oberlichte der hohen Fenster hereinströmte, so daß man das schöne Pfettendach bewundern konnte.
»Nach der Plünderung und dem Feuer«, erklärte Dr. Locard,

»wurden Hunderte von Büchern und Manuskripten aufgesammelt, wo man sie hingeworfen hatte. Die gedruckten Folianten wurden in das untere Stockwerk gebracht und dort im Verlauf der nächsten Monate und Jahre geordnet. Aber die Manuskripte stellten ein enormes Problem dar. Viele davon waren in unbekannten Sprachen verfaßt oder in Handschriften geschrieben, die sich schwer entziffern ließen. Deshalb nahm der Bibliothekar eine grobe Einteilung vor: Er sortierte sie in solche Dokumente, die so bald wie möglich katalogisiert werden sollten, und solche, die noch warten konnten.«

»Nach welchen Gesichtspunkten wurde diese Einteilung vorgenommen?«

»Die, welche warten konnten, waren größtenteils die eigenen Urkunden der Stiftung – Berichte über den Zustand der Gebäude, Zinsrollen und dergleichen. Sie wurden in den Keller der neuen Bibliothek geschafft und seitdem kaum mehr eines Blickes gewürdigt. Die Bedeutenderen wurden hier heraufgebracht, um katalogisiert zu werden.« Er zeigte mir den Teil der Regale, wo die Manuskripte aufbewahrt wurden.

»Und ist dies geschehen?«

»Mit dieser Arbeit wurde erst vor acht Jahren begonnen, als ich Bibliothekar wurde.« Er hielt inne und fügte dann mit ruhigem Stolz hinzu: »Ich hoffe, dem Dekan und dem Domkapitel in weiteren sechs Monaten mitteilen zu können, daß wir fertig sind. Bei den Manuskripten, die noch nicht katalogisiert sind, handelt es sich größtenteils um solche, die 1643 schon in den Keller hätten gebracht werden sollen.«

»Meinen Glückwunsch, Dr. Locard.«

Wir stiegen die Treppe wieder hinunter, und als wir das untere Stockwerk durchquerten, entdeckten wir den jungen Assistenten an seinem Schreibtisch in einer der Nischen. »Ach, Quitregard«, sagte Dr. Locard, »würden Sie bitte eine Lampe holen und uns in den Keller begleiten?«

Wenig später befanden wir uns in dem Trakt des Gebäudes,

der als die neue Bibliothek bekannt ist und in dem sich der Zugang in den Keller befindet. Vorsichtig tasteten wir uns eine dunkle Treppe hinunter. Der junge Mann ging vor uns her und leuchtete uns. Das war auch dringend nötig, denn in diesem ehemaligen Keller der alten Halle gab es keine Gaslaternen, und es roch intensiv nach Staub und Spinnen und altem Papier.

Der Keller war riesig. Mehrere Minuten lang führten mich die beiden Männer in einem Labyrinth aus alten Bücherregalen herum. Hinter jeder Ecke tauchten, vom flackernden Licht in Quitregards Hand beleuchtet, immer noch mehr Regale auf, die mit Bündeln vergilbter Manuskripte und alten, ledergebundenen Folianten beladen waren. Schlagartig wurde mir klar, daß Pepperdine recht hatte: Es würde Jahre und nicht nur Monate dauern, sich durch diese Berge von Papier und Pergament zu kämpfen. »Gott sei Dank«, sagte ich, daß ich nicht hier unten suchen muß.«

Dr. Locard blieb stehen und sah mich an. »Warum glauben Sie das?«

»Ganz einfach: Weil Pepperdine hier nicht gesucht hat und das Manuskript deshalb auch nicht hier gefunden haben kann.«

Dr. Locard schien einen Augenblick nachzusinnen, dann fragte er: »Sagen Sie mir, Dr. Courtine: War der Empfänger des Briefes an der angelsächsischen Periode wirklich so wenig interessiert, wie Pepperdine anzunehmen scheint?«

»Seltsamerweise hat Bullivant sehr wertvolle Arbeit über die angelsächsische Periode geleistet und einiges an wichtigem Material gefunden und auch veröffentlicht.«

»Dann ist es doch eigenartig, nicht wahr, daß Pepperdine das Manuskript als etwas bezeichnet, das ihn nicht interessieren würde?«

»Sie scheinen in dem Zusammenhang eine Idee zu haben. Darf ich fragen, was Sie genau meinen?«

»Nur, daß wir die Frage berücksichtigen sollten, an wen Pepperdine seinen Brief richtet und was für Beweggründe er haben könnte. Unter Gelehrten findet ebensoviel Konkurrenz wie Zusammenarbeit statt. Es ist wie bei einem Spiel: Man spielt, um zu gewinnen, aber an die Spielregeln muß man sich halten.«

»Möchten Sie damit andeuten, daß er das Manuskript erfunden haben könnte«, fragte ich verärgert, »daß er in Wirklichkeit gar nichts gefunden hat?«

»O nein, das wäre gegen die Spielregeln.«

»Dann, fürchte ich, verstehe ich nicht, was Sie sagen wollen.«

»Es ist möglich, daß das Erwähnen des Manuskripts der Köder für eine Falle war, mit dem Zweck, Bullivant hierherzulokken, damit er seine Zeit und sein Geld damit vergeudete, am falschen Ort zu suchen; Zeit und Geld, die er sonst für seinen Wissenschaftsstreit mit Pepperdine verwendet hätte.«

Es mutete seltsam an, einen Geistlichen von derart verschlagenen Taktiken reden zu hören. Ich mußte jedoch an die Praktiken in meinem eigenen Forschungsbereich denken und zugeben, daß er im Prinzip recht hatte. »Aber Pepperdine sagt ausdrücklich, daß er die Manuskripte hier unten nicht durchgesehen hat. Selbst wenn Ihre Theorie zuträfe, hätte Bullivant sich nicht die Mühe gemacht, sie zu suchen.«

»Lassen Sie uns den Brief noch einmal genauer betrachten.«

Wir folgten Quitregard die Treppe hinauf, und der junge Mann wandte sich wieder seinen Pflichten zu. Nachdem wir in das Arbeitszimmer des Bibliothekars zurückgekehrt waren, entfaltete Dr. Locard den Brief auf seinem Schreibtisch, und wir beugten uns gemeinsam darüber.

»Pepperdines Worte – ›es würde viele Tage oder gar Wochen dauern, die Manuskripte durchzugehen, und die Arbeit würde sich nicht lohnen‹ – besagen eindeutig, daß er unten nicht gesucht hat.«

»Aber seine Ausdrucksweise ist in diesem Punkt nicht eindeutig. Ich glaube, daß Bullivant diese Ambiguität bemerken sollte.«

»Sie meinen, daß er annehmen sollte, Pepperdine habe es doch getan und versuche, diese Tatsache zu verheimlichen?«

»Genau das.«

Mit großem Widerwillen mußte ich feststellen, daß sehr viel für Dr. Locards Idee sprach.

»Und weil die Manuskripte im oberen Stock katalogisiert worden sind, mit Ausnahme einiger weniger, die aber zumindest durchgesehen wurden, und dasjenige, nach dem Sie suchen, nicht gefunden wurde, muß es ja wohl da unten sein, falls es überhaupt vorhanden ist.«

Seine Logik schien mir nicht von der Hand zu weisen zu sein. Ich hatte für meine Suche nur drei Tage Zeit, und es müßte schon ein besonderer Glücksfall eintreten, wenn ich auf meine Beute stoßen sollte. Ich konnte meinen Unwillen nicht verbergen.

»Ich wünschte, ich könnte Ihnen Hilfe anbieten, aber meine Assistenten und ich haben schon zu kämpfen, um mit unserer normalen Arbeit fertig zu werden.«

»Sie waren bereits sehr großzügig mit Ihrer Zeit«, murmelte ich. »Ich bezweifle zwar, daß ich das Manuskript finden werde, aber ich kann mich ja mit dem Gedanken trösten, daß mein Verdienst angesichts der Zustände dort unten um so größer wäre, falls ich doch fündig werden sollte.«

Ich wollte gerade zur Tür gehen, als Dr. Locard sagte: »Wenn ich es mir genau überlege, wäre eigentlich nichts verloren, wenn ich ein paar Stunden des morgigen Vormittags dafür verwenden würde, das Material im Keller mit Ihnen zusammen zu sichten, weil wir ja sowieso bald damit beginnen wollen, es zu ordnen.«

Ich wandte mich um. »Das wäre außerordentlich großzügig von Ihnen«, erwiderte ich.

»Also gut, dann ist es abgemacht. Ich muß um elf Uhr zu einer Sitzung des Domkapitels, wie jeden Donnerstag, aber vorher habe ich ein paar Stunden Zeit. Sollen wir um halb acht anfangen, wenn die Bibliothek geöffnet wird?«

»Unbedingt.«

»Außerdem werde ich Ihnen einen meiner Assistenten zur Verfügung stellen. Quitregard kann ich allerdings nicht entbehren, was für Sie sehr bedauerlich ist, denn er ist mehr wert als ein ganzes Heer von Pomerances, aber diesen leider nicht besonders fähigen jungen Mann kann ich Ihnen ausleihen. Er ist übrigens soeben eingetroffen. Ich habe gerade gesehen, daß er in einer der Nischen vor sich hinschmollt. Ich will ihn Ihnen vorstellen.«

Wir verließen das Zimmer und gingen wieder in die Hauptgalerie, wo wir einen großen, dünnen jungen Mann vorfanden, der in einer der Fensteröffnungen stand und hinausstarrte. Er fuhr zusammen, als wir uns näherten, und wandte uns ein langes, knochiges Gesicht zu, das aussah, als sei es bei seiner Erschaffung mit Gewalt in Form gemeißelt worden. Es kam mir vor wie das Gesicht eines Wikingers, roh und leer, nur in seinen Augen stand der Schmerz der Jugend.

»Gestatten Sie mir, Ihnen meinen zweiten Assistenten, Pomerance, vorzustellen«, sagte Dr. Locard.

Ich reichte ihm die Hand, und er stotterte, daß es ihm eine Ehre sei, mich kennenzulernen.

»Bitte geben Sie Dr. Courtine bei seiner Arbeit jede nur mögliche Unterstützung«, forderte der Bibliothekar ihn auf.

»Ich werde mein Bestes tun, Sir.«

»Das ist nicht ganz das gleiche«, sagte Dr. Locard und lächelte mich an.

Ich verabschiedete mich von ihm und dankte ihm noch einmal. Dann stiegen mein Helfer und ich mit zwei Lampen die Treppe hinunter, und ich sah mich zutiefst entmutigt um. Es war möglich, ja sogar wahrscheinlich, daß hier irgendwo eine alte Handschrift schlummerte, die fast alles über den Haufen werfen konnte, was man je über das neunte Jahrhundert angenommen hatte. Wenn sich Grimbald verifizieren ließ, dann wäre in Zukunft sein Bericht über König Alfred über jeden Angriff jener höhnischen Ikonoklasten erhaben, die die Begeisterung des Königs für die Bildung aller Klassen, sein Interesse am Islam und der maurischen Kultur, seinen Versuch, Windmühlen zur Trockenlegung von Sümpfen einzusetzen, und all das als anachronistische und nur seinen eigenen Zwecken dienende Erfindungen Leofrancs abtun wollten.

Meine Chancen waren gering, doch der Lohn war groß, und von dieser Überlegung entflammt begann ich, mich durch Stapel staubiger Manuskripte zu kämpfen. Der junge Pomerance war nicht besonders hilfreich, weil er keine Sprache außer seiner eigenen beherrschte und weil es ihm auch an den paläographischen Kenntnissen fehlte, die notwendig gewesen wären, um die Buchstaben der alten Manuskripte einigermaßen entziffern zu können. Aber ich fand seine Dienste nützlich, wenn es darum ging, die gewaltigen, von Spinnweben bedeckten Papier- und Pergamentbündel von den Regalen herunterzuholen und ein wenig zu reinigen, bevor ich sie mir ansah.

Nach etwa zwei Stunden ließ Pomerance mich mit der Begründung allein, daß es Zeit für sein Mittagessen sei. Als ich um ein Uhr aus dem Keller auftauchte, war Dr. Locard nirgendwo zu entdecken, aber ich nickte Quitregard zu, der zurücklächelte. Ich stieg die Stufen vor der Bibliothek hinunter und begegnete einer Dame, die gerade heraufkam. Sie war groß und schlank, und obwohl sie nur wenige Jahre jünger zu sein schien als ich, war sie noch immer eine schöne Frau mit feinen Zügen und strahlenden grauen Augen. Sie erinnerte mich an jemanden, doch fiel mir im Augenblick nicht ein, an wen. Wir tauschten das Lächeln von Fremden, die vermuten, daß sie irgendwie etwas miteinander zu tun haben und sich deshalb wahrscheinlich bald kennenlernen würden.

Mittwoch nachmittag

Ich begab mich zu dem respektabelsten Wirtshaus, das ich in der High Street entdecken konnte, dem »Dolphin«, und nahm ein schnelles Mittagessen ein. Danach ging ich durch das alte Torhaus auf der Nordseite auf den Domplatz zurück und warf im Vorbeigehen einen Blick durch eines der kleinen Sprossenfenster in ein großes Schulzimmer, in dem etwa zwanzig Jungen saßen. Es mußte zur Courtenay's Academy gehören. Bei dem Anblick überfielen mich lebhafte Erinnerungen – an die flackernden Gaslampen, den Geruch nach Tafel und Kreide. Mit einem Seufzer dachte ich an meine eigene, längst vergangene Schulzeit zurück, und während ich über den Domplatz eilte, ließ ich eines der wichtigsten Hilfsmittel des Historikers, meine Vorstellungskraft, spielen. Am Ende der Platzes blieb ich stehen und überlegte. Das alte Gemäuer, vor dem ich mich jetzt gerade befand, war ursprünglich das Haus von Burgoyne gewesen, dann aber das neue Dekanat geworden. Hier war der Dekan wenige Minuten vor seinem Tod so eilig herausgelaufen. Und dann war er ohne Zweifel durch genau diese Tür ins Kloster gegangen – oder auch geschleppt worden. Ich war so sehr damit beschäftigt, mir diese Szene auszumalen und mir zu überlegen, ob ich es wagen sollte, die Inschrift an der Hauswand zu lesen, daß ich gar nicht wahrnahm, daß jemand vor mir stand und versuchte, meine Aufmerksamkeit zu erregen. Es war der junge Domkustos, und er wurde von einem anderen, sehr viel älteren Mann begleitet, der ebenfalls das Gewand eines Geistlichen trug.

»Bitte entschuldigen Sie, Dr. Sisterson«, sagte ich. »Ich war ganz in Gedanken versunken. Ich habe versucht, die Ereignisse jenes Tages im September 1643 vor meinem geistigen Auge ablaufen zu lassen, auf Grund derer die Domfreiheit von Thurchester einen Ehrenplatz in der Liste der Schauplätze von Greueltaten erhielt.«

»Das ist ja eine ganz neue Vorgehensweise«, meinte der andere Mann trocken. »Damit könnte sich ein Historiker eine Menge mühseliger Recherchen ersparen.«

Dr. Sisterson lachte und erklärte: »Dr. Courtine, das ist Dr. Sheldrick, der Leiter unserer Kanzlei.«

Ich reichte ihm die Hand, und als ich mein College nannte, sagte Dr. Sheldrick: »Dann müssen Sie meinen jungen Cousin, den Honourable George de Villiers kennen. Er ist Student an diesem College und bereitet sich gerade auf das letzte Examen in klassischer Philologie vor.«

»Natürlich habe ich von ihm gehört; ich selbst unterrichte allerdings Geschichte.«

»Ihr Werk und Ihre Reputation sind mir bestens bekannt, Dr. Courtine«, erwiderte er in vernichtendem Ton, als wolle er mich maßregeln. »Ich selbst bin auch so eine Art Historiker.«

»Das sind Sie wahrhaftig, Herr Kanzler«, sagte Dr. Sisterson. Dann wandte er sich an mich: »Dr. Sheldrick schreibt nämlich die Geschichte der Stiftung. Der erste Band ist gerade veröffentlicht worden.«

»Ach ja?« Mir ging durch den Kopf, wie seltsam es war, daß Austin dieses Werk nicht erwähnt hatte, als wir über Quellen zur Geschichte Burgoynes gesprochen hatten. Und noch seltsamer war es, daß auch Dr. Locard nichts davon gesagt hatte, obwohl ich mich erinnerte, wie geringschätzig er über die Versuche von Amateuren geredet hatte. Dann fiel mir ein, daß Dr. Sisterson Sheldricks Arbeit erwähnt hatte, als wir uns in der Kathedrale begegnet waren. »Das haben Sie mir gestern abend erzählt.« Ich wandte mich an den älteren Herrn: »Haben Sie nicht gestern abend einen Empfang zur Feier der Veröffentlichung gegeben?«

Es trat beklommenes Schweigen ein. Offenbar hatte ich ein unangenehmes Thema berührt.

»Ich würde Ihre Geschichte sehr gern lesen, Dr. Sheldrick«, sagte ich rasch. »Umfaßt sie auch die Zeit von Burgoyne und Freeth?«

»Sie reicht nur bis zum Ende des dreizehnten Jahrhunderts zurück«, erwiderte Dr. Sheldrick.

Zu meinem Erstaunen bot er nicht an, mir ein Exemplar seines Buches zu geben – eine selbstverständliche Höflichkeit unter Wissenschaftlern.

»Dr. Sheldrick hat aber bereits den Entwurf des nächsten Bandes geschrieben, der auch die Zeit des Bürgerkriegs beinhaltet«, sagte Dr. Sisterson. »Tatsächlich habe ich diesen Entwurf in meinem Besitz, weil er so freundlich war, mich zu bitten, ihn zu lesen und ihm mit meinem bescheidenen Rat behilflich zu sein.«

»Ich erwarte die Veröffentlichung mit dem größten Interesse.«

Dr. Sisterson warf seinem Kollegen einen Blick zu. »Dürfte ich Dr. Courtine den Entwurf leihen?«

»Ich wüßte nicht, was dagegenspricht«, antwortete der Kanzler ziemlich ungnädig.

»Er ist in meinem Büro«, teilte mir Dr. Sisterson mit. »Haben Sie Zeit, mich kurz dorthin zu begleiten?«

Ich brachte meine Einwilligung und meine Dankbarkeit gegenüber beiden Herren zum Ausdruck. Wir verabschiedeten uns von Dr. Sheldrick und gingen zum Büro des Domkustos.

»Der Kanzler ist heute ein bißchen irritiert«, erklärte Dr. Sisterson, als der andere außer Hörweite war. »Es hat einen ziemlich unangenehmen Zwischenfall gegeben, gestern abend während ...«

»Entschuldigen Sie«, fiel ich ihm ins Wort. »Verzeihen Sie, daß ich Sie unterbreche, aber könnten Sie mir sagen, wer diese Dame ist?«

Die Frau, die ich gesehen hatte, als ich die Bibliothek verließ, um zum Mittagessen zu gehen, war gerade auf der anderen Seite des Domplatzes entlanggekommen, und zwar so, daß sie Dr. Sheldricks Weg kreuzen mußte. Und als die beiden im rechten Winkel aufeinandertrafen, blieb sie stehen, um mit ihm zu reden.

»Das ist Mrs. Locard«, sagte er mit einem Lächeln. »Eine ungeheuer nette Dame und eng mit meiner Frau befreundet.«

»Und mit Dr. Sheldrick auch, soweit ich sehe«, fügte ich ziemlich boshaft hinzu. »Er läßt sich tatsächlich zu einem Lächeln hinreißen.«

Dr. Sisterson sah sich um und lachte im Weitergehen. »Sie haben vollkommen recht. Jeder hat sie gern.«

Kurz darauf standen wir in Sistersons Büro, und er reichte mir einen dicken Stapel von Papieren, die, wie ich sehen konnte, in einer sauberen, wenn auch etwas unelegante Handschrift beschrieben waren.

Ich konnte mir meinen Kommentar nicht verkneifen: »Ich finde es erstaunlich, daß Dr. Locard Dr. Sheldricks Arbeit nicht erwähnt hat, als ich ihn heute morgen nach der Geschichte der Stiftung gefragt habe.«

Dr. Sisterson lächelte und drohte mir scherzhaft mit dem Finger. »Aber, aber, Dr. Courtine. Bringen Sie mich nicht in Versuchung, mich zu einer Indiskretion hinreißen zu lassen.«

Ich lachte, dankte ihm für Sheldricks Entwurf, klemmte ihn unter den Arm und verabschiedete mich.

Gegen zwei Uhr war ich wieder an der Arbeit in meinem staubigen Keller. Nach kurzer Zeit erschien auch Pomerance und schenkte mir eine halbe Stunde seiner Zeit, aber er war so ungeschickt und vergeßlich, daß er mir mehr Mühe machte als nützte, und ich schließlich erleichtert war, als er davonmarschierte, um seinen Tee zu trinken.

Etwa um drei Uhr kam Quitregard herunter, um mir zu sagen, daß Dr. Locard fragen ließ, ob ich eine Tasse Tee mit ihm trinken wolle. Erleichtert, dem staubigen Keller zu entkommen, nahm ich die Einladung an.

Der Bibliothekar stand auf, als ich sein Zimmer betrat. Auf seinem Schreibtisch standen eine Teekanne und zwei Tassen, dazu eine Platte mit Sandwiches und eine zweite mit Kuchen.

»Da wir heute morgen von Freeth gesprochen haben«, meinte er, »könnte es von Interesse für Sie sein, ein Porträt von ihm zu sehen.« Er deutete auf ein Ölgemälde, das neben dem Fenster hing. Ich ging hinüber, um es zu betrachten.

»Es entstand wenige Monate, nachdem er Dekan geworden war.«

Zu meiner Überraschung zeigte das Gemälde nicht das Abbild eines ehrgeizigen und skrupellosen Mannes, sondern ein sensibles, feines Gesicht. Ich wandte mich zu dem Bibliothekar um. »Wenn Sie mir gesagt hätten, dies sei Burgoyne, wäre ich nicht überrascht gewesen. Es scheint mir sehr viel eher das Gesicht eines aristokratischen Gelehrten als das eines weltlichen und machthungrigen Mannes zu sein.«

»Leider hat Burgoyne sich nie die Mühe gemacht, sich malen zu lassen, und wenn er es doch getan hat, dann ist das Porträt nicht erhalten. Aber Freeth war, trotz all seiner Schwächen, ein außerordentlich verdienstvoller Mann. Er war fähig und fleißig und hat sehr viel für die Stiftung getan. Das, was von Burgoyne überlebt hat, ist nicht sein Ruf, sondern sein Werk als Gelehrter.« Er deutete auf eine Reihe von Bänden in einem alten Bücherregal. »Das hier ist seine Ausgabe syrischer Manuskripte – noch heute der maßgebliche Text. Aber nun gestatten Sie mir, Ihnen einen der ehrgeizigeren Schätze der Bibliothek zu zeigen, wenn auch auf einer ganz anderen Ebene.« Er ging zu einem großen Glaskasten hinüber, der an einer Wand hing, schloß ihn auf und entnahm ihm ein großes Pergament. »Was würden Sie dazu sagen?«

Ich schaute das Dokument sorgfältig an, sehr darauf bedacht, keinen törichten Bock zu schießen. Es sah wie eine mittelalterliche Urkunde aus, auf Pergament ausgefertigt und in feiner Kanzleihandschrift geschrieben. »Es ist ganz sicher ein juristisches Dokument und stammt, ich würde sagen, aus dem frühen fünfzehnten Jahrhundert.«

»So ist es. Also, der Camerarius Burgoyne wollte Geld flüssig machen, um die Bausubstanz der Kathedrale zu erhalten, die damals in sehr schlechtem Zustand war. Da kam er auf die Idee, eine der Institutionen der Stiftung zu schließen, um die Restaurierungsarbeiten bezahlen zu können.«

»Welche Institution sollte das sein?«

»Die Schule für die Domchorvikare. Eine Schule für Kirchenmusik, in der Knaben und junge Männer nicht nur für den Chor dieser, sondern auch für die Chöre anderer Kathedralen ausgebildet wurden. Burgoyne brachte es fertig, die Mehrzahl der Domherren für diesen Plan zu gewinnen, aber Freeth war dagegen und weigerte sich, seine Niederlage zu akzeptieren, was typisch für ihn war. Er und mein Vorgänger in diesem Amt, ein Mann namens Hollingrake, durchsuchten die alten Akten der Stiftung, und nach ein oder zwei Wochen legten sie ein Dokument vor, das Burgoynes Plan undurchführbar machte. – Übrigens, nehmen Sie sich doch bitte von den Sandwiches und dem Kuchen; meine Frau hat sie gemacht. – Es war das Dokument, das Sie gerade in der Hand halten, die Original-Schenkungsurkunde, datiert im Jahr 1424.«

»Dann hatte ich also recht«, rief ich aus.

Dr. Locard schwieg einen Augenblick, dann fuhr er fort: »Durch diese Urkunde wurde die Stiftung mit einem nahe gelegenen Herrensitz ausgestattet, der aus einem schönen Wohnhaus sowie einigen Bauernhöfen für den Unterhalt der Chorschule bestand. Aber es wurde darin festgesetzt, daß im Fall, daß die Chorschule geschlossen würde, das Land verkauft und der Erlös dem gerade im Amt befindlichen Dekan zu seiner persönlichen Verfügung gestellt werden sollte. Freeth fiel es nicht schwer, den alten Dekan zu der Erklärung zu bewegen, daß er in diesem Fall das Geld beanspruchen und für sich selbst verwenden wolle. Aus diesem Grund wurde Burgoynes Vorschlag schließlich abgelehnt.«

»Wie seltsam, daß die Schenkungsbedingungen derart günstig für den Dekan sind.«

Dr. Locard lächelte. »Wirklich seltsam. Ist Ihnen nicht aufgefallen, daß das Dokument eine Fälschung ist?«

»Ich spürte, wie ich errötete. »Ja, natürlich, aber eine sehr überzeugende.«

»Das dürfte daran liegen, daß es sich höchstwahrscheinlich um eine Kopie des Originaldokuments handelt. Der Fälscher hat nur – in bemerkenswert schlechtem Latein übrigens – eine Klausel hinzugefügt, durch die derjenige, der das Amt des Dekans innehatte, jeweils persönlich bedacht wurde.«

»Existiert das Originaldokument noch?«

Dr. Locard lächelte. »Der beste Beweis für eine Fälschung ist stets das Original, auf dem es basiert. Da es den Beweis dargestellt hätte, daß dieses hier eine Fälschung ist, können Sie sicher sein, daß es vernichtet wurde.«

»Nehmen Sie an, daß Hollingrake der Fälscher war? Übrigens, dieser Kuchen ist wirklich köstlich!«

»Als Freeth Dekan wurde, gab er Hollingrake das Amt des Camerarius, eine sehr großzügige Belohnung, weil Hollingrake somit Gelegenheit bekam, sich zu bereichern. Aber ich fürchte, daß Freeth in dieser Hinsicht führend war, denn ironischerweise machte er Gebrauch von dem gefälschten Dokument, schloß die Chorschule, verkaufte den Grundbesitz und steckte den Erlös in die eigene Tasche.«

»Nach seinem erbitterten Widerstand gegen Burgoyne? Was für ein geldgieriger Heuchler! Wie konnten die anderen Domherren dem zustimmen?«

Dr. Locard musterte mich mit einem Anflug von Neugier. »Ich nehme an, daß Freeth Mittel und Wege fand, ihr Gewissen zu beruhigen.«

»Es dauerte eine Weile, bis ich verstand, was er meinte. »Er hat sie bestochen?«

»Freeth war ein überaus wohlhabender Mann geworden. Er besaß nun ein beachtliches Stück Land sowie ein schönes Landhaus, nur wenige Meilen von der Stadt entfernt. Er war in der Lage, sich großzügig zu zeigen.«

»Und Hollingrake?«

»Den Sitzungsprotokollen ist merkwürdigerweise zu entnehmen, daß zwischen den beiden Männern ein offener Zwist bestand. Ich gehe daher davon aus, daß sie über der Verteilung der Beute in Streit geraten waren.«

»Wie traurig, daß auf diese Weise der Nachwelt die Schule der Domchorvikare verlorenging.«

»So ablehnend, wie die Puritaner jeglicher Kirchenmusik gegenüberstanden, hätte sie das Protektorat sowieso nicht überdauert. Sie besteht jedoch in reduzierter Form weiter, nämlich als Chorschule für Knaben, die noch heute im gleichen Gebäude auf der Nordseite des oberen Domplatzes untergebracht ist, dem alten Torhaus.«

»Das habe ich heute nachmittag auf dem Rückweg vom Mittagessen im ›Dolphin‹ gesehen.«

»Mein lieber Freund«, rief Dr. Locard aus. »Dort haben Sie Ihr Mittagessen eingenommen? Es betrübt mich zu hören, daß Sie wie ein Handlungsreisender leben. Meine Frau und ich würden uns sehr freuen, wenn Sie uns die Ehre erweisen würden, mit uns zu essen, solange Sie hier sind.«

»Das wäre mir ein großes Vergnügen.«

»Sind Sie mit Ihrer Frau zusammen hier, Dr. Courtine?«

»Nein, leider nicht. Sie ist ... Das heißt, nein, sie ist nicht hier.«

»Wie lange wollen Sie bleiben?«

»Nur bis zum Samstag morgen. An diesem Tag erwarten mich meine Nichte und ihre Familie.«

»Bis Samstag? Das ist nicht lange. Aber ich denke doch, daß meine Frau und ich morgen abend frei sind.«

»Sie sind sehr liebenswürdig.«

»Ich werde sie heute nachmittag fragen und Ihnen dann sofort eine Nachricht zukommen lassen.«

Ich dankte ihm für den Tee und sagte, es sei Zeit, mich wieder ans Werk zu machen.«

»Sind Sie nach der Arbeit des heutigen Vormittags mehr oder weniger zuversichtlich, daß Sie das Manuskript finden werden?«

»Das müßte schon ein ausgesprochener Glücksfall sein. Falls es noch existiert, nehme ich an, daß Sie es finden werden, Dr. Locard, wenn Sie das Material dort unten katalogisieren – und das vielleicht erst nach Jahren.«

»Für Sie ist das ein sehr unglücklicher Umstand, denn ich kann mir vorstellen, daß es Ihre Aussichten auf den neuen Lehrstuhl sehr verbessern würde, wenn Sie es entdeckten.«

Ich lachte unbehaglich. »Ich habe mich nicht einmal beworben.«

»Aber Sie müssen ein sehr ernst zu nehmender Kandidat sein, besonders jetzt, da Scuttard seine Bewerbung wahrscheinlich zurückziehen wird.«

»Scuttard will seine Bewerbung zurückziehen? Ja warum denn das? Ist irgend etwas Diskreditierendes über ihn ans Tageslicht gekommen?«

Dr. Locard lächelte. »Nichts dergleichen. Soviel ich weiß, soll ihm wahrscheinlich die Präsidentschaft seines eigenen Colleges angeboten werden.«

»In seinem Alter?«

»Er wird von der gegenwärtigen Regierung hoch geschätzt, wie seine kürzlich erfolgte Berufung in die Kathedralkommission beweist. Er ist ein sehr fähiger Mann mit gesunden Ansichten, der es weit bringen wird.«

»Und er hat mächtige Freunde, da stimme ich Ihnen zu. Er wird das Vertrauen der Regierung sicher rechtfertigen.« Ich erhob mich. »Ich will Sie jetzt nicht länger aufhalten, Dr. Locard.«

Mein Gastgeber stand ebenfalls auf. »Wohin darf ich Ihnen die Nachricht schicken, daß meine Frau und ich morgen nicht zum Abendessen eingeladen sind? Ich nehme an, daß Sie im ›Dolphin‹ abgestiegen sind?«

»Nein, ich wohne bei einem alten Studienfreund. Sie werden ihn vermutlich kennen: Austin Fickling.«

»Natürlich kenne ich ihn.« Dr. Locard ging quer durch den Raum zu dem Glaskasten, und während er das Dokument wieder auf seinen Platz legte, sagte er mit dem Rücken zu mir: »Als ich davon sprach, daß Sie mit uns essen sollten, hatte ich keine Ahnung, daß Sie zu Besuch bei einem Freund sind. Ich könnte mir vorstellen, daß Fickling andere Pläne mit Ihnen hat. Ich möchte Sie nicht in eine unangenehme Situation bringen.«

»Das ist sehr rücksichtsvoll von Ihnen«, murmelte ich. »Ja, ich glaube, Fickling hat etwas davon gesagt, daß wir morgen zusammen essen wollen.«

»Ich hoffe, daß Sie vielleicht bei einer anderen Gelegenheit ...«

»Gewiß, gewiß, Dr. Locard. Ich werde jedoch die Ehre haben, Sie morgen früh um halb acht zu sehen. Darauf freue ich mich sehr.« Er starrte mich an, ohne etwas zu sagen, aber dann nickte er plötzlich.

Ich dankte ihm noch einmal für den Tee und kehrte in den Keller zurück. Während ich mich wieder an die Arbeit machte, dachte ich wehmütig über die Tücken der Kathedralpolitik nach. Ganz offensichtlich hatte die Tatsache, daß ich ein Freund von Austin war, mich zum Evangelisten gestempelt.

Etwa eine halbe Stunde später, als ich die Hoffnung, daß Pomerance noch einmal auftauchen würde, bereits aufgegeben hatte, kam er plötzlich mit einer Lampe die Treppe herunter. »Ah, da sind Sie ja«, sagte ich. »Ich hatte Sie eigentlich früher erwartet.«

»Der Chef hat entschieden, daß er mich heute nachmittag oben braucht.«

»Nun gut, aber da Sie jetzt einmal hier sind: Wären Sie so

freundlich, diese großen Bündel vom obersten Regal herunterzuholen?«

»Es tut mir leid, aber ich bin nur gekommen, um Ihnen zu sagen, daß es gleich zwanzig nach vier ist und daß die Bibliothek jeden Moment schließt.«

»Ich hatte keine Ahnung, daß es schon so spät ist!« Im Laufe des Tages hatte ich den Inhalt von vier Regalen – von insgesamt rund sieben- oder achthundert – durchgesehen. Die Aussichtslosigkeit dieses Unterfangens lastete schwer auf mir, als ich meine Lampe ergriff, mir das Manuskript, das Dr. Sisterson mir geliehen hatte, unter den Arm klemmte und dem jungen Mann die Treppe hinauf folgte.

Abgesehen von einer einzigen Lampe am Eingang lag die Bibliothek in vollkommener Dunkelheit und wie verlassen da.

»Ist Dr. Locard in seinem Zimmer? Ich würde mich gerne von ihm verabschieden.«

»Nein, er ist nach Hause gegangen.«

»Und Quitregard?«

»Der ist mit ihm gegangen. Er begleitet ihn oft, um ihm bei seinen Geschäften für das Domkapitel behilflich zu sein.«

Der junge Mann öffnete mir die Tür, und ich sagte ihm auf Wiedersehen. Ich wollte noch etwas erledigen und befürchtete, daß es bald zu dunkel sein würde. Deshalb hastete ich an der Kathedrale entlang zur Rückseite des neuen Dekanats. Es war ein großer, verschachtelter alter Bau mit Giebeln und Sprossenfenstern und langen Kaminen, die aussahen wie gedrehte Pfefferminzstangen. Eine hohe Mauer trennte es vom Domplatz, und ich ging zum Tor, um durch die Eisenstangen zur Rückwand zu sehen. Ich konnte eine große schwarze Marmorplatte erkennen, die in die Ziegelwand eingelassen war. In diese Platte waren Worte gemeißelt, doch im verblassenden Abendlicht und aus solcher Entfernung war es unmöglich, sie zu lesen. Ich mußte mich über das Tor lehnen und weit vorbeugen, um die Schrift zu entziffern. Ich war mir bewußt, welch einen absurden Anblick ich bot, obwohl glücklicherweise niemand da war, der mich hätte sehen können. Außerdem lief ich Gefahr, den Halt zu verlieren, denn Dr. Sheldricks Manuskript, das ich unter den Arm geklemmt hatte, behinderte mich zusätzlich. Ich bemerkte, daß das Tor nicht verschlossen war, wollte es aber nicht öffnen und einfach hineingehen.

Plötzlich sah ich ein Licht, das sich wenige Meter von mir entfernt bewegte. Jemand schwenkte eine Laterne, und ich erkannte einen Mann im Garten. Ich war ebenso überrascht wie verärgert, schließlich hatte Austin mir versichert, daß zu dieser Tageszeit niemand zu Hause sein würde. Bevor ich mich zurückziehen konnte, wurde der Lichtstrahl in meine Richtung gelenkt, und ich hörte eine hohe Stimme, die so auffallend war, daß ich sie lange im Gedächtnis behalten und viel darüber nachdenken sollte: »Ich sehe Sie. Bitte genieren Sie sich nicht. Kommen Sie herein, das Tor ist nicht verschlossen.«

Ich entschuldigte mich verwirrt und lehnte die Einladung dankend ab, aber der alte Herr – der Stimme nach mußte es ein alter Herr sein – kam auf das Tor zu und sagte: »Genieren Sie sich nicht. Kommen Sie doch herein.«

Er stieß das Tor auf und trat lächelnd zur Seite, um mich eintreten zu lassen. Immer noch rot vor Verlegenheit folgte ich seiner Aufforderung.

Er war nicht einmal mittelgroß und schlank, obwohl man letzteres nicht mit Sicherheit sagen konnte, weil er in einen schweren Mantel gehüllt war und sich einen dicken Schal um den Hals gebunden hatte. Unter einem altmodischen Hut sah ich ein ausdrucksvolles Gesicht, das ebenso wachsam wie amüsiert aussah. Die Züge waren fein, die Haut blaß und die Wangen glatt. Das Auffallendste in diesem Gesicht war ein Paar leuchtendblauer Augen, die unverwandt auf mich gerichtet waren.

»Ich bitte Sie sehr herzlich um Verzeihung, Sir. Ich hatte keine Ahnung, daß jemand hier ist.«

»Ich bin ein närrischer alter Mann, mich bei diesem Wetter

hier draußen aufzuhalten, aber ich wollte unbedingt noch etwas Stroh über die Pflanzen decken. Ganz sicher wird es heute nacht noch strengeren Frost geben.«

Mir fiel auf, daß auf allen Fensterbrettern Blumenkästen standen.

»Ich habe gesehen, wie Sie versuchten, die Inschrift zu lesen«, sagte er immer noch lächelnd.

»Es war unverzeihlich von mir, auf diese Weise in Ihren Besitz einzudringen.«

»Aber nein, ganz und gar nicht! Ich bin sehr stolz auf diese Inschrift. Und auf dieses ganze alte Gebäude. Ich habe das Glück, in einem sehr eigenartigen alten Haus zu leben, in dem sich viele seltsame und schreckliche Dinge ereignet haben, und da scheint es mir ein geringer Preis, daß gelegentlich Fremde ihr Interesse daran bekunden.«

»Sie sind sehr großzügig. Ich bitte noch einmal höflichst um Entschuldigung.«

»Aber ich meine doch nicht Sie, mein Herr. Die Leute versuchen nämlich auch, mir durch meine Fenster auf der Vorderseite zu spähen, verstehen Sie?«

»Das muß unerträglich sein. Ich kann es Ihnen nachfühlen, denn ich lebe in einem College in Cambridge, und meine Räume sind Gegenstand eines ähnlichen Interesses.«

»Sie sind einer der höflichsten von allen Fremden, die je versucht haben, diese Inschrift zu lesen. Ich hatte schon befürchtet, Sie würden vornüberfallen in Ihrem Bemühen, Ihren Fuß nicht über die Schwelle zu setzen.«

»Ich muß eine sehr lächerliche Figur gemacht haben.«

Er trat ein paar Schritte vor und hob die Laterne. »Können Sie sie jetzt lesen?«

Die Buchstaben waren verwittert und an einigen Stellen, wo der Stein angeschlagen war, ganz verschwunden. Aber der alte Herr kannte die Worte auswendig, und gemeinsam entzifferten wir nun den Text der Inschrift:

Alle Dinge drehen sich im Kreise, und der Mensch, der zur Arbeit geboren ist, dreht sich mit ihnen. Wenn die Zeit reif ist, werden darum die, welche erhöht sind, erniedrigt werden, und alle, die niedrig sind, werden erhöht werden. Dann wird der Schuldige in Stücke geschlagen und vor die Füße des Unschuldigen geworfen werden, und im Augenblick des Triumphes werden alle von ihrer eigenen künstlichen Erfindung vernichtet werden. Denn wenn die Erde erbebt und die Türme erzittern, wird das Grab sein Geheimnis preisgeben, und alles wird offenbar werden.

Das ist wirklich geheimnisvoll, dachte ich, als ich versuchte, mir die Worte einzuprägen.

»Kennen Sie die Geschichte, die dieser Inschrift zugrunde liegt?« wolle der alte Herr wissen.

»Man hat mir erzählt, daß sie in der Morgendämmerung nach dem Tod des Camerarius Burgoyne gefunden wurde und daß darin der Steinmetz der Kathedrale, Gambrill, beschuldigt wird, der Mörder zu sein.«

Der alte Herr nickte. »So wie die Geschichte in meiner Familie überliefert wurde, hat Gambrill selbst die Inschrift des Nachts als Geständnis in den Stein gehauen.«

»Mir fällt es schwer«, meinte ich, »sie so zu verstehen, denn der Ton klingt eher rachsüchtig und triumphierend als reumütig.«

»Das ist wahr«, stimmte er mir zu. »Aber vielleicht war Gambrill ja der Meinung, daß er Grund habe, sich mit dem Mord zu brüsten. Ganz sicher bezieht sich der Satz mit dem Hohen und dem Niedrigen auf den aristokratischen Camerarius und den niedriggeborenen Steinmetzen.«

Ich nickte und dachte mir, daß die Anspielung auch gut zu einer Idee paßte, die mir wegen etwas, das Austin geäußert hatte, an diesem Morgen beim Frühstück gekommen war. »Auf welche Weise wurde Burgoyne getötet?«

»Das ließ sich nie mit Sicherheit feststellen. Er wurde unter einem eingestürzten Gerüst gefunden, das errichtet worden war, um die Gedenktafel für seine eigene Familie anzubringen. Das Erstaunlichste ist, daß Gambrill die schwere Gedenktafel in der Mordnacht an ihrem Platz hoch oben in die Wand eingelassen hatte.«

»Ganz allein?«

»Offenbar ja. Und dann soll Gambrill hierhergekommen sein und noch kurz vor der Morgendämmerung diese Inschrift gefertigt haben.«

»In der Nacht, und ohne daß ihn jemand gehört hätte?« fragte ich lächelnd.

Die Laterne gab gerade genug Licht, daß ich erkennen konnte, daß der alte Herr ebenfalls lächelte. »Nun ja, das ist jedenfalls die Erklärung, die meine Vorfahren über zweihundert Jahre lang akzeptiert haben.«

»Wie ist das Haus in den Besitz Ihrer Familie gekommen?«

»Das ist eine lange Geschichte. Der Domherr und Camerarius oder Schatzmeister, der Burgoynes unmittelbarer Vorgänger war, hatte eine Menge Geld dafür ausgegeben, es zu vergrößern und zu verbessern, und zwar Geld, das er während seiner Amtszeit angesammelt hatte.«

»Sie meinen, daß er Geld der Stiftung unterschlagen hat?«

»Ja, oder besser gesagt, veruntreut, wenn Sie mir die Pedanterie des Bankiers verzeihen wollen.« Der alte Herr kicherte. »Kurz nach Burgoynes Tod wurde ein neuer Dekan ernannt. Und weil dies das größte und schönste Haus am oberen Domplatz war, überredete er das Domkapitel dazu, es zum neuen Dekanat zu erklären, sehr zum Ärger des damaligen Schatzmeisters.«

»Der Dekan war Launcelot Freeth, nicht war?«

»Sie sind gut informiert!« rief der alte Herr aus. »In diesem Fall werden Sie sicher verstehen, daß sich das Domkapitel nach seinem Tod entschloß, dieses Haus wegen des Unglücks, das daran haftete, zu verkaufen und wieder auf das alte Dekanat zurückzugreifen. Es wurde 1664 von meinem Urgroßvater James Stonex erworben, der den ursprünglichen Namen beibehielt.«

»Dann wurde der Dekan also vor seiner Ermordung durch dieses Tor geschleppt?« fragte ich und warf einen Blick zurück.

»Er ist ohne Zweifel durch dieses Tor gekommen, aber zu seiner Hinrichtung ist er aus eigenem, freiem Willen gegangen.«

»Aus freiem Willen? Und warum sprechen Sie von einer Hinrichtung? Sein Tod gilt als einer der schändlichsten Morde in der Geschichte.«

»Nicht nach der Überlieferung, die in meiner Familie zusammen mit dem Haus weitervererbt wurde.«

»Ich wäre brennend daran interessiert, davon zu hören.«

»Jetzt habe ich leider keine Zeit«, sagte er entschuldigend. »Zu dieser Stunde pflege ich immer zu essen. Wegen meines Berufes halte ich einen etwas seltsamen Zeitplan ein. Aber kommen Sie übermorgen zum Tee, dann erzähle ich Ihnen die wahre Geschichte, wie der Dekan zu Tode kam.«

»Das ist ganz außerordentlich freundlich von Ihnen.«

»Sehr gut, dann ist es also abgemacht. Ich werde Sie kurz nach halb fünf erwarten. Aber seien Sie bitte pünktlich, denn ich lebe streng nach der Uhr, und um sechs muß ich ins Büro.«

Ich versicherte ihm, daß ich pünktlich zur Stelle sein würde.

Einen peinlichen Moment lang standen wir beide schweigend da, dann sagte er: »Ich fürchte, ich kann Sie im Augenblick leider nicht hereinbitten.«

»Nein, natürlich nicht, das verstehe ich gut«, gab ich ziemlich verwirrt zurück.

Mit einer seltsam unhöflichen Geste öffnete er das Gartentor, lächelte und verbeugte sich, als wolle er mich ermutigen, hindurchzugehen. »Bis Freitag also«, sagte er.

Ich trat wieder hinaus auf den Domplatz, verabschiedete mich und ging. Er blieb im Gartentor stehen.

Dann geschah etwas Seltsames. Die Ecke der Kathedrale war etwa fünfzig Meter entfernt, und ich war mir sicher, daß dort eine Gestalt stand, die im Zwielicht jedoch nur undeutlich zu erkennen war. Als ich auf sie zuging, verschwand sie um die Ecke. Ich hätte schwören können, daß es Austin war. Wie seltsam, daß er so herumgeschlichen und dann so hastig vor mir davongerannt war. Aber irgendwie paßte es zu seinem vorherigen Verhalten, überlegte ich, als ich über den Domplatz auf sein Haus zuging. Es war, als ob er mich einerseits bei sich haben wollte, andererseits aber auch wieder nicht.

Ich wußte, daß ich ohne weiteres ins Haus gelangen konnte, da Austin mir ja gesagt hatte, daß er die Tür niemals verschloß. Und jetzt, als ich über die seltsame Bemerkung nachdachte, die er am Morgen zu diesem Thema gemacht hatte, erriet ich plötzlich, wie er sie gemeint hatte. Der Grund, warum er die Schlüssel versteckte – denn er hatte im Plural gesprochen –, obwohl die Haustür unversperrt war, lag darin, daß einer davon der Schlüssel zu einem sicheren Versteck sein mußte. Selbst wenn also jemand in das Haus eindringen würde, würde er weder das Versteck noch den Schlüssel dazu finden. Aber was konnte er haben, das er verstecken mußte? Ich dachte immer noch über diese Frage nach, als ich das Haus erreichte. Ich drückte auf die Klinke und öffnete die Tür, aber irgend etwas hemmte die Bewegung, und ich schreckte aus meinen Gedanken auf. Auf dem Fußboden lag ein Blatt Papier. Ich hob es auf, trug es ins Eßzimmer und drehte die Gaslampe hoch. Auf dem Blatt stand geschrieben:

Bitte sorge heute selbst für dein Abendessen. Ich bin wegen einer unaufschiebbaren Angelegenheit aufgehalten. Ich werde gegen zehn Uhr zurück sein.

Die Kürze und Unhöflichkeit des Schreibens überraschte mich. Er gab keine Erklärung ab und entschuldigte sich auch nicht für seine mangelnde Gastlichkeit. Wenn es tatsächlich Austin gewesen war, den ich vor ein paar Minuten auf dem Domplatz gesehen hatte, warum war er dann wortlos davongerannt, wenn er mir etwas zu sagen hatte?

Ich legte Hut und Mantel ab, schenkte mir ein Glas Sherry ein und setzte mich an den Tisch. Ich war mir sicherer denn je, daß Austin in irgendeine Intrige verstrickt war. Ich wußte zwar wenig über sein Leben hier, aber wie konnte er sich in dieser trübseligen Kleinstadt wohl fühlen, er, der einmal ein *Senior Wrangler,* der Gewinner des wichtigsten Mathematikpreises in Cambridge, mit brillanten Zukunftsaussichten gewesen war? Ich hatte ihm mehr als eine Gelegenheit gegeben, sich mir anzuvertrauen. War es ein Irrtum zu glauben, daß er mich eingeladen hatte, weil er mich um Rat fragen wollte? Und wenn dem so war, irrte ich mich bezüglich der Reihenfolge der Ereignisse, und er hatte mich eingeladen, bevor dieses Problem – was auch immer es sein mochte – begonnen hatte, ihn zu beschäftigen, so daß er jetzt feststellte, daß er weder Zeit noch Gedanken für mich übrig hatte? Aber warum hatte er dann seine Einladung nicht rückgängig gemacht? Oder, wenn er mich gerade nicht brauchen konnte, warum hatte er mir dann nicht gestattet, in ein Hotel zu ziehen, als ich ihm diese Möglichkeit angeboten hatte? Mich einzuladen und dann so seltsam zu behandeln war unerklärlich. Je länger ich über die Unhöflichkeit seiner Nachricht nachdachte, um so ungehaltener wurde ich. An diesem Abend hatten wir in einem Lokal in der Stadt zusammen zu Abend essen wollen, und ich hatte gehofft, daß es uns endlich gelingen würde, zu einem besseren Verständnis zu kommen.

Plötzlich drang ein dumpfes Dröhnen in meine Gedanken. Die Uhr der Kathedrale schlug halb sieben. Wie unentrinnbar man doch durch die Nähe der Kathedrale an das Verstreichen der Zeit erinnert wurde. Das ruhige Leben im College hatte mich diesen Umstand fast vergessen lassen. Irgendwie hatte das alljährliche, turnusgemäße Eintreffen einer neuen Kohorte junger Männer mein Bewußtsein für das Vergehen der Zeit abgestumpft. In gewissem Sinn hatte ich mich selbst immer noch für relativ jung gehalten, so als hätte ich noch mein ganzes Leben vor mir. Und doch wußte ich, daß das eine Illusion war. Ich war beinahe fünfzig Jahre alt, und die Würfel waren gefallen. Zum Guten oder Schlechten, mein Leben war bereits in eine feste Form gepreßt, die es bis zu meinem Tod beibehalten würde.

Ich stellte fest, daß ich Hunger hatte, und stand auf. Mein Blick fiel auf Dr. Sheldricks Manuskript, das ich vor mir auf den Tisch gelegt hatte, und ich beschloß, es mitzunehmen und während meines einsamen Abendessens darin zu lesen. Ich klemmte es unter den Arm, verließ das Haus und ging zur High Street. Als Gewohnheitsmensch lenkte ich meine Schritte zum »Dolphin«.

Mittwoch abend

Ich war der einzige Gast in dem großen, düsteren Speisesaal und wurde von einem melancholischen Kellner mit so trauriger Feierlichkeit bedient, als sei er der letzte Priester einer sterbenden Kirche. Das Ambiente paßte genau zu dieser alten, verfallenden Stadt mit ihren unbeleuchteten, holprigen Straßen, in denen kaum je eine Menschenseele unterwegs zu sein schien. Ich vermutete, daß Thurchester sich nie von dem Schaden erholt hatte, den das Wirtschaftsleben einst durch die Belagerung während des Bürgerkriegs genommen hatte. Diese Überlegung ließ mich wieder an meine Begegnung mit jenem seltsamen alten Mann denken, der mir die Inschrift gezeigt hatte.

Mir fielen wieder die geheimnisvollen Worte ein: »*Wenn die Zeit reif ist, werden die, welche erhöht sind, erniedrigt werden*« – denn als ich sie gelesen hatte, war mir Austins Traum noch frisch in der Erinnerung gewesen, und mir war der Gedanke gekommen, daß sie sich auf Gambrills Mord am Vater des Wanderhandwerkers Limbrick beziehen könnten. War die Inschrift eine Beschreibung dieses Mordes? Oder ein Geständnis von Gambrill, bei dem Unfall, der ihn ein Auge gekostet hatte, seinen Rivalen vom Dach der Kathedrale gestoßen zu haben? Es war unsinnig anzunehmen, daß die Inschrift tatsächlich von Gambrill selbst gefertigt worden war. Trotzdem hätte ich viel darum gegeben, auf das Dach der Kathedrale zu steigen, um den Unglücksort selbst in Augenschein zu nehmen. Austin hatte gesagt, daß die Inschrift sich auf das Geheimnis beziehe, von dem

Burgoyne so besessen gewesen war, und so versuchte ich, in der biblischen Phraseologie einen Hinweis auf die Natur dieses Geheimnisses zu entdecken. Aber meine Bemühungen blieben fruchtlos, und ich überlegte, ob Dr. Sheldricks Entwurf vielleicht ein wenig Licht in das Dunkel dieses Falles bringen würde.

Ich suchte also nach der Beschreibung jener Ereignisse in Sheldricks Manuskript, während ich über meinem fettigen Lammkotelett und dünnem Rotwein saß. Der Entwurf war nicht gut geschrieben – schwerfällig, pedantisch und oft pompös –, aber die Geschichte, die er darin erzählte, war faszinierend. Ich überflog sie zuerst, um sie dann noch einmal mit großer Sorgfalt zu studieren. Manches von dem, was Dr. Sheldrick dem Leser enthüllte, war sehr überraschend, besonders das Geheimnis, das Burgoyne angeblich zu verraten gedroht hatte. Ich konnte Dr. Locards Spott über die unwissenschaftliche Arbeit verstehen, denn Sheldrick verabsäumte es häufig, seine Quellen zu nennen, und schien sich in vielen Fällen auf unbewiesene, mündliche Überlieferungen zu verlassen.

Als ich gegessen hatte, hatte ich noch keine Lust, zu Austin nach Hause zurückzukehren. Also ging ich in die Bar, wo ich mich hinsetzte und mir einen Cognac bestellte. Die einzigen Gäste außer mir waren zwei alte Männer, die in einer Ecke verschwörerisch die Köpfe zusammensteckten. Ich überlegte, ob ich eine offene Aussprache mit Austin herbeiführen und ihn direkt fragen sollte, ob es ihm lieber wäre, wenn ich sein Haus verließe. Ich könnte ihn außerdem fragen, ob seine Schuldgefühle wegen all dem, was er mir angetan hatte, der Grund für sein seltsames Betragen seien. Meine Gedanken bewegten sich im Kreise, und ich sagte mir, daß es sehr töricht von mir gewesen war, zu glauben, daß meine Freundschaft mit Austin wieder zum Leben erweckt werden könnte. Zuviel Zeit war verstrichen, und die Wunden waren noch immer nicht verheilt. Es war mir gar nicht bewußt gewesen, wie schmerzhaft die Vergangenheit noch immer für mich war. Zudem war Austin nicht mehr der Mann, den ich einst gekannt hatte. Ich ließ mir durch den Kopf gehen, wie eigenartig manche Dinge gewesen waren, die er in der kurzen Zeit gesagt und getan hatte, die ich mit ihm verbracht hatte. Er war auf eine Art hinterhältig, die ich von ihm nicht kannte. Als junger Student war Austin so offen, so impulsiv und verletzlich gewesen. War ein verschlagener Intrigant aus ihm geworden? Es fiel mir ein, wieviel er trank, wie schnell er aufbrauste und auch, wie er am frühen Abend auf dem Domplatz herumgeschlichen war. Es war, als ob etwas Fremdes ihn überkommen hätte, als ob irgendeine dunkle Macht ihn in ihre Gewalt gebracht hätte.

Zu den beiden anderen Zechern hatte sich mittlerweile ein junger Mann gesellt. Ich hatte nur halb auf ihre Konversation geachtet, bis sie begannen, mit erhobener Stimme zu sprechen, so daß ich plötzlich aus meinen Gedanken aufgeschreckt wurde. Einer der älteren Männer, der einen abgetragenen Hut schief ins Gesicht gezogen hatte, sagte erbost: »Sie hätten gar nicht erst daran rühren sollen. Man kann nie wissen, was in einem so alten Gebäude passiert. Man soll die Finger davon lassen, das ist meine Meinung.«

»Du redest wie der alte Gazzard«, erwiderte der junge Mann. »Der ist gegen alles Neue. Und jetzt freut er sich wie ein Schneekönig.«

»Ich wette, daß es die alten Abwasserleitungen sind. Die sind Hunderte und Hunderte von Jahren alt. Da haben sie seit ewigen Zeiten alles mögliche drin versteckt.«

»Stell dich nicht dümmer, als der liebe Gott dich geschaffen hat«, sagte der andere Alte und nahm die Pfeife aus dem Mund. »In der Kathedrale gibt es keine Abwasserleitungen.«

»Vielleicht ja doch«, meinte der andere mit einem unangenehmen Lachen. »Es stinkt dort doch schon seit zwanzig Jahren.«

»Was meinst du damit?« fragte der junge Mann ärgerlich. Ich glaubte in ihm einen der Kirchendiener wiederzuerkennen, den ich am Abend zuvor im Dom gesehen hatte.

»Ich rede von dem, was jedem über die Domherren bekannt

ist«, erwiderte der alte Mann mit dem Hut und zwinkerte bedeutungsvoll.

»Du weißt ja nicht, was du da sagst«, antwortete der Mann, der von Gazzard gesprochen hatte. »Sie bewachen sich gegenseitig wie die Schießhunde. Wenn einer von ihnen irgendwas täte, was er nicht soll, würden die anderen ihn dafür aufknüpfen, ertränken und vierteilen.«

»Natürlich beobachten sie sich gegenseitig«, meinte der erste alte Mann. »Aber sie erwischen sich nicht immer. Und wenn sie sich erwischen, verpfeifen sie sich auch nicht gleich gegenseitig.«

»Da irrst du dich aber gewaltig! Einer gönnt dem anderen nichts, weil sie so zerstritten sind. Die einen sind die reinsten Papisten, mit ihrem Weihrauch und ihrem römischen Getue, und die anderen führen sich eher wie Methodisten auf als wie anständige Anglikaner.«

»Das eine kann ich dir sagen«, versicherte der Mann mit dem Hut, »egal, ob sie nun Papisten sind oder gute englische Anglikaner oder sonst was für Protestanten, sie wissen alle, was gut für sie ist, nämlich die Schnauzen so tief wie möglich in den Futtertrog zu stecken.« Er lachte wieder und fügte hinzu: »Und es sind nicht nur ihre Schnauzen, für die sie so liebevoll sorgen.«

»Du hast doch keine Ahnung«, knurrte der Kirchendiener. »Wenn einer von ihnen sich auch nur einen Pfennig unter den Nagel reißen würde, der ihm nicht zusteht, würden die anderen ihn rausschmeißen, bevor du auch nur piep sagen könntest.«

»Stell dich doch nicht so dumm. Ich rede nicht von Pfennigen. Was hat es zum Beispiel mit dieser Sache mit der Schule auf sich?«

»Ich weiß nicht, was du meinst.«

»Natürlich weißt du's.«

»Was hast du gehört?« wollte der Alte mit der Pfeife wissen.

»Dasselbe wie du, nehme ich doch mal an. Über den Domherrn, über den schon immer gern geredet wurde.«

Die beiden Alten brachen in ein rauhes Gelächter aus. Der

Pfeifenraucher zog gedankenvoll an seiner Pfeife, dann stieß er den Rauch wieder aus und meinte: »Der Schuldirektor weiß in der Regel nicht mal, was für ein Wochentag ist.«

»Außer am Sonntag, wenn der ›Red Lion‹ zu hat. Das ist der einzige Abend, an dem Appleton nicht in der Bar sitzt.«

Der andere alte Mann grinste. »Darum kann Sheldrick schon so lange machen, was er will.«

»Ihr solltet euch beide schämen, so ein Geschwätz zu verbreiten«, schimpfte der junge Mann.

»Der Dekan würde seine Goldplomben dafür geben, wenn er sie loswerden könnte, und am liebsten würde er die Schule einfach schließen und die ganze Bande zum Teufel jagen«, behauptete der Mann mit dem Hut.

»Das ist doch Blödsinn!« rief der Kirchendiener aus. »Die Kathedrale kommt doch nicht ohne die Schule aus.«

»Ach so? Blödsinn ist das? Findet morgen früh vielleicht keine extra Konferenz statt wegen der ganzen Geschichte?«

»Die Konferenz des Domkapitels, meinst du? Ja, natürlich, na und?«

»Genau darum geht es doch. Nur daß der Dekan nicht so kann, wie er will.«

»Und wieso soll er nicht können?«

»Wegen dieses schlauen Teufels Slattery. Er hat alle Trümpfe in der Hand und tut, was er will. Und der Dekan kann nichts gegen ihn machen.«

»Was meinst du damit? Der Dekan kann so ziemlich alles machen, was ihm in den Sinn kommt.«

»Nur nicht gegen den Herrn Slattery. Weil der nämlich einen solchen Stunk machen würde, daß sie alle ersticken würden.«

»Alles, was du redest, ist Unsinn«, rief der Kirchendiener aus.

Der Alte mit dem Hut beachtete ihn nicht. »Gestern abend hat er anscheinend was aus Sheldricks Haus geklaut, aber bis jetzt kann ihm niemand was nachweisen.«

»Was denn?« wollte der andere Alte wissen.

Sein Saufkumpan zuckte die Achseln. »Etwas, das einen Riesenskandal geben würde, wenn es rauskäme, und worüber sie alle miteinander stolpern würden. Deshalb kann der Dekan ja nichts gegen ihn unternehmen, obwohl er ihn am liebsten davonjagen würde. Ihn samt seiner Frau.« Er sah von einem zum anderen und blinzelte so heftig, daß seine Gesichtszüge entgleisten. Der andere Alte lachte über den Witz.

»Seine Frau? Was soll denn das nun wieder heißen?« fragte der junge Mann verächtlich.

»Sei doch kein solches Schaf«, gab der Alte mit dem Hut zurück. »Weißt du nicht, was über ihn geredet wird?«

Ich bemerkte, daß der andere Alte seinen Saufgenossen am Arm packte und einen Blick in meine Richtung warf, und als auch dieser sich nach mir umdrehte, schämte ich mich plötzlich. Wieso hörte ich mir hier den Klatsch dieser boshaften, ungebildeten Leute an? Und doch hatte das, was sie gesagt hatten, mir gezeigt, welch ein Gewicht auf Austins Gemüt lasten könnte. Offensichtlich gab es ein Problem an der Schule, und das würde ernste Folgen für meinen Freund haben. Ich erinnerte mich, daß sowohl Gazzard als auch Dr. Locard von einer wichtigen Sitzung des Domkapitels gesprochen hatten, die morgen früh stattfinden sollte. Aber wer war Slattery und wieso sollte er alle Trümpfe in der Hand haben?

Es war spät. Ich stand auf und machte mich auf den Weg zum Domplatz. Als ich wenige Minuten später um die Ostseite der Kathedrale herumging, sah ich zu meiner Überraschung, daß die Fenster erleuchtet waren und sich im Inneren Schatten bewegten. Am Abend zuvor hatte der erste Küster gesagt, daß die Männer bis acht oder neun Uhr arbeiten würden. Ich sah auf meine Uhr. Es war halb elf. Dann dachte ich an die Unterhaltung, die ich gerade gehört hatte, und stieg die Stufen hinauf. Sowie ich die Kirche betrat, mußte ich nach Luft schnappen und fiel fast in Ohnmacht, denn es schlug mir ein intensiver und ganz entsetzlicher

Gestank entgegen. Es roch nach etwas sehr Altem, Verwestem – etwas sehr viel Schlimmerem als nur schlechten Abflußrohren.

Unter dem Vierungsturm bewegten sich Laternen, auf die ich nun zuging. Mehrere Arbeiter waren mit ihren Werkzeugen zugange, und ich sah Dr. Sisterson, der ein wenig abseits stand, in ein Gespräch mit dem Vorarbeiter vertieft. Der alte Küster sah ihnen zu, wie am Tag zuvor auch, und grüßte mich mit feierlicher Höflichkeit.

»Was, um Himmels willen, verursacht denn diesen Gestank«, fragte ich. »Ist eine Gasleitung gebrochen?«

Der alte Mann schüttelte den Kopf. »Das kommt davon, wenn man die Kathedrale antastet! Sie hätten niemals damit anfangen dürfen. Als sie das Pflaster an dieser Stelle aufhoben, ist das da drüben entstanden.« Er deutete auf einen haarfeinen, etwa sechzig Zentimeter langen Riß in der Wand des Querschiffes.

»Der Boden daneben muß sich gesenkt haben«, sagte ich. »Ist eine Gasleitung defekt? Das würde den Geruch erklären.«

Er zuckte verzweifelt und hilflos mit den Schultern. »In diesem Teil des Gebäudes sind keine, Sir.« Wir haben keine Ahnung, wo dieser Gestank herkommt.«

»Dann stehe ich ebenfalls vor einem Rätsel.«

»Der Vorarbeiter hat genau das getan, wozu Sie geraten haben und was Dr. Sisterson ihm aufgetragen hat.«

Seine Stimme klang vorwurfsvoll, und ich sagte rasch: »Ich fürchte, er hat bei dem Versuch, meinen Rat zu befolgen, einen groben Fehler gemacht. Man muß eine ganze Menge über die Konstruktion dieser alten Gebäude wissen, bevor man daran arbeiten darf.«

»Und Sie wissen eine Menge darüber, Sir?«

Ich sah ihn scharf an. Wollte er etwa zum Ausdruck bringen, daß ich bis zu einem gewissen Grad für die Misere verantwortlich sei? »Nun ja, ich bin so etwas wie ein Historiker für Architektur, wenn ich natürlich auch nur ein Amateur bin. Aber da fällt mir ein: Ich würde sehr gern in den Turm hinaufsteigen.«

In diesem Augenblick sah Dr. Sisterson in meine Richtung, lächelte und bedeutete mir, daß er gleich zu mir kommen würde.

»Es tut mir ja sehr leid, Sir«, antwortete der alte Küster, aber das steht außerhalb meiner Befugnis. Ich habe nicht einmal den Schlüssel zu dieser Tür. Auf Anordnung des Dekans und des Domkapitels darf niemand dort hinaufgehen; es ist zu gefährlich.«

»Ich verstehe«, sagte ich. Schon vor zweihundert Jahren war der Turm bereits in bedenklichem Zustand gewesen, und das konnte sehr gut noch immer der Fall sein.

Dr. Sisterson kam herüber und begrüßte mich. »Diese Sache macht mir wirklich Sorgen«, sagte er, doch selbst in dieser kritischen Situation lächelte er immer noch freundlich.

Ich rümpfte die Nase. »Und dann dieser Geruch!«

»Es ist absolut rätselhaft, wo er herkommt. Mir graut bei dem Gedanken, was Bulmer sagen wird, wenn er morgen zurückkommt. Er hat immer eine reichlich scharfe Zunge, selbst wenn alles gutgeht.«

Ich hielt ihm Sheldricks Manuskript hin. »Ich bin froh, daß diese zufällige Begegnung mir die Gelegenheit gibt, Ihnen dies hier wiederzugeben.«

»Sie haben den Entwurf schon gelesen?«

»Jedes Wort. Und ich würde gern mit Ihnen darüber reden und Ihre Meinung dazu hören.«

»Ach je, ich habe selbst noch nicht die Zeit gefunden, mich damit zu beschäftigen. Aber deshalb brenne ich um so mehr darauf, mich mit Ihnen darüber zu unterhalten und zu erfahren, was Dr. Sheldrick für die Wahrheit über die geheimnisvollsten Episoden in der Geschichte der Kathedrale hält. Ich weiß, daß es schon sehr spät ist, aber hätten Sie vielleicht Lust, mit zu mir nach Hause zu kommen und bei einem Glas Wein darüber zu reden?«

»Ich kann doch unmöglich um diese Uhrzeit bei Ihnen eindringen; das wäre höchst unangenehm für Ihre Frau.«

»Ganz im Gegenteil, ich weiß, daß sie sich sehr freuen würde, Sie kennenzulernen. Und sie hat gerade ihre Freundin, Mrs. Locard, bei sich. Als ich sie vor einer Stunde verließ, waren sie noch eifrigst ins Gespräch vertieft. Wir werden sie bestimmt noch bei ihren Diskussionen über Babykleidung und karitative Verpflichtungen vorfinden.«

Ich konnte seiner Einladung nicht widerstehen und folgte ihm, erleichtert, dem Gestank zu entkommen.

Nur ein oder zwei Minuten später standen wir vor seinem Haus. Es befand sich auf der gleichen Seite des Domplatzes wie das von Austin, war aber wesentlich größer, mit doppelter Fassade und Erkerfenstern im unteren Geschoß. Und da es an der Ecke stand, mit dem Eingang zum unteren Domplatz, mußte es bei Tageslicht einen hübschen Ausblick auf die Grünanlage bieten. Dr. Sisterson führte mich ins Wohnzimmer, wo wir seine Frau vorfanden, die jung und schlank war, sowie die Dame, von der ich wußte, daß sie Mrs. Locard war. Jede der beiden hielt ein Kleinkind auf dem Schoß, Mrs. Sisterson einen Jungen und Mrs. Locard ein Mädchen. Ein etwas älterer Junge und ein Mädchen spielten auf dem Teppich.

Dr. Sisterson stellte uns vor, und Mrs. Locard sagte: »Mein Mann hat mir schon von Ihnen erzählt, Dr. Courtine.«

»Ja«, stimmte Mrs. Sisterson ein. Sie schaukelte das Kind auf ihrem Schoß und sah ihm unverwandt ins Gesicht. »Ich habe gehört, wie Dr. Locard zu meinem Mann sagte, daß Sie ihm zeigen wollen, wie er seine Bibliothek leiten soll. Das ist außerordentlich großzügig von Ihnen.«

Es trat betretenes Schweigen ein, und ich sah, wie das Gesicht ihres Mannes vor Verlegenheit dunkelrot anlief. Mrs. Locard rettete uns alle, indem sie sagte, als sei nichts geschehen: »Mein Mann hat mir von Ihrer äußerst interessanten Theorie über ein verlorenes Manuskript erzählt.«

Wir unterhielten uns ein paar Minuten lang darüber. Man bot mir eine Tasse Tee an, und weil seine Frau beschäftigt war, schenkte der junge Domherr selbst den Tee für mich ein. Er erklärte, daß er mich soeben im Dom getroffen habe, und als Mrs. Locard fragte, ob das Problem dort gelöst sei, mußten wir gestehen, daß dies keineswegs der Fall war.

Ich kann mich nicht erinnern, daß es jemals soviel Aufregung gegeben hätte wie in den letzten beiden Tagen!« rief Mrs. Sisterson aus. Sie wandte sich an ihren Mann. »Hat man irgendwelche Neuigkeiten über den armen Dr. Sheldrick?«

»Soviel ich weiß, nicht«, antwortete er. »Haben Sie schon erfahren, Dr. Courtine, daß der Kanzler gestern abend bestohlen wurde?«

»Liebe Güte! Ich hatte ja keine Ahnung. Hat er nicht gestern abend einen Empfang gegeben?«

»Das ist richtig. Tatsächlich war ich gerade von dort gekommen, als ich Sie gestern im Dom traf. Kurz nachdem ich in sein Haus zurückgekehrt war, wurde der Diebstahl bemerkt.«

»Ich glaube, es war der Dekan, der das Verbrechen entdeckte«, sagte Mrs. Locard.

»Stimmt. Dr. Sheldrick hatte ihn in seine Bibliothek geführt, um ihm seine neueste Erwerbung zu zeigen – er ist ein passionierter Sammler schöner alter Drucke –, und da fiel dem Dekan auf, daß ein Sekretär auf der anderen Seite des Raumes aufgebrochen worden war.«

»Wie scheußlich«, murmelte Mrs. Sisterson vage. Sie war ganz von dem Jungen auf ihren Knien in Anspruch genommen.

»Dr. Sheldrick stellte fest, daß nur ein Päckchen von der Größe und Dicke eines großen Buches fehlte. Darin befand sich, wie er sagte, ein Satz von fünf Miniaturen, und er wollte kein Aufhebens davon machen, aber der Dekan bestand darauf, die Polizei zu rufen.«

»Stellen Sie sich das doch einmal vor, daß er die Polizei nicht rufen wollte!« bemerkte Mrs. Sisterson. Die Miniaturen müssen eine Menge wert sein.«

Ihr Mann lächelte. »Bedenke, daß Dr. Sheldrick ein beachtliches Privatvermögen besitzt, meine Liebe. Was uns als sehr viel Geld erscheint, ist für ihn ein Pappenstiel.« Er wandte sich an mich. »Er ist mit einem der großen Herzogshäuser verwandt.«

»Und tut alles, damit wir es auch nur ja nie vergessen«, bemerkte seine Frau ohne jede Boshaftigkeit.

Ich fing Mrs. Locards Blick auf, und wir beide unterdrückten ein Lächeln über diese Mischung aus Taktlosigkeit und Naivität.

»Weiß man, wann genau der Einbruch passiert ist?« fragte ich.

»Dr. Sheldrick hat dem Polizeibeamten mitgeteilt, daß er den Sekretär mehrere Tage lang nicht beachtet habe und daß er während dieses ganzen Zeitraums jederzeit aufgebrochen worden sein könnte«, antwortete Dr. Sisterson. »Seine Haushälterin versicherte jedoch, daß sie die Bibliothek zu einem früheren Zeitpunkt an diesem Abend genau überprüft habe und alles normal gewesen sei.«

»Besteht ein Verdacht gegen einen der Dienstboten, oder nimmt man an, daß während des Empfangs jemand in das Haus eingedrungen ist?«

»Dr. Sheldrick ist sich vollkommen sicher, daß es keiner von den Bediensteten gewesen sein kann. Sie sind alle schon seit Jahren bei ihm. Und wie der Sergeant meinte, scheint es fast unmöglich, daß ein Fremder unbemerkt ins Haus gelangt sein könnte, während alles voller Gäste und geschäftiger Dienstboten war.«

Ich lachte. »Na, dann bleiben nur noch die Gäste.« Dr. Sisterson warf Mrs. Locard einen Blick zu, und ich sagte schnell: »Das war natürlich nur ein Scherz. Ich nehme an, daß alle Gäste Freunde und Kollegen des Kanzlers waren.«

»Natürlich«, bestätigte Mrs. Locard. »Alle Gäste waren Domherren und Bedienstete der Kathedrale mit ihren Gattinnen.«

»Dann«, meinte ich, »ist es selbstverständlich unvorstellbar, daß einer von ihnen so etwas getan haben könnte.«

»So ist es«, stimmte Dr. Sisterson bedachtsam zu. »Es ist absolut undenkbar, daß einer von ihnen wegen eines Satzes von Miniaturen ein solches Risiko eingegangen sein könnte.«

»Demnach muß es also ein Fremder gewesen sein«, schloß Mrs. Locard. »Obwohl es kaum zu glauben ist, daß der Eindringling unbemerkt bleiben konnte.«

»Es ist wirklich rätselhaft«, überlegte der Domkustos. »Der Sergeant versammelte uns alle im Salon und fragte, ob jemand etwas Verdächtiges bemerkt habe. Natürlich hatte niemand etwas gesehen oder gehört.«

»Mr. Appleton wurde sehr ärgerlich, nicht wahr, Frederick?« warf Mrs. Sisterson ein, ohne den Blick von ihrem Kind zu wenden.

»Der Direktor der Chorschule«, erklärte mir ihr Mann. »Er hat sich ein bißchen aufgeregt und den Sergeanten gefragt, ob er womöglich einen von uns beschuldigen wolle. Er hat die Frage nicht direkt verneint. Und dann hat Mr. Slattery darauf hingewiesen, daß es doch ganz offensichtlich sei, daß keiner von uns etwas so Umfangreiches wie ein Paket mit Miniaturen bei sich trüge.«

»Dieser Mr. Slattery ist wirklich ein seltsamer Kauz«, murmelte Mrs. Sisterson und lächelte weiter ihren Sohn an. »Er hat sogar angeboten, sich vom Sergeanten durchsuchen zu lassen.«

Ihr Mann nickte. »Und er hatte natürlich recht. Es war ganz offensichtlich, daß niemand etwas so Großes am Leib verborgen hatte.«

»Welch eine ungewöhnliche Geschichte«, sagte ich.

»Nicht so ungewöhnlich wie die Geschichte des Camerarius Burgoyne«, meinte Dr. Sisterson lachend. »Ich bin sehr gespannt darauf, Dr. Sheldricks Bericht zu hören.«

»Ich fürchte, daß er für die Damen nicht besonders interessant ist«, widersprach ich.

»Aber im Gegenteil«, versicherte Mrs. Locard. »Ich bin außerordentlich neugierig darauf. Und zudem ist Weihnachten genau die richtige Zeit, um am Feuer zu sitzen und Geschichten zu erzählen.«

Mrs. Sisterson stimmte ohne besonderen Eifer zu. Die beiden

älteren Kinder wurden von einem jungen Dienstmädchen abgeholt und zu Bett gebracht, die beiden Jüngsten waren in den Armen ihrer Mutter beziehungsweise Mrs. Locards eingeschlafen. Also machte ich mich daran, den Inhalt des Kapitels, das ich im Wirtshaus gelesen hatte, wiederzugeben.

Ich hielt Dr. Sheldricks Manuskript auf den Knien, so daß ich jederzeit mit seiner Hilfe mein Gedächtnis auffrischen konnte, und begann: »Dies ist die Geschichte, wie die Feindschaft zwischen einem Domherrn adeliger Abstammung und einem Mann bescheidener Herkunft schließlich zur Vernichtung beider Männer führte. Wenn man Dr. Sheldrick Glauben schenken darf, wurde der Domherr und Camerarius Burgoyne ermordet, weil er die Absicht hatte, ein ungeklärtes Verbrechen von großer Schwere aufzudecken. Seine letzte Stunde schlug während des großen Sturms, an den man sich noch heute erinnert, weil in jener Nacht der Glockenturm über dem Haupttor zum Domplatz einstürzte; wie durch ein Wunder kam dabei jedoch niemand zu Schaden.«

»Das ist wahr, wenn ich Sie einen Augenblick unterbrechen darf«, warf Dr. Sisterson ein. »Aber der Sturm brachte auch noch einen Teil eines anderen Gebäudes am oberen Domplatz zum Einsturz, und dabei gab es unglücklicherweise einen Todesfall. Hat Dr. Sheldrick das erwähnt?«

»Nein, davon schreibt er nichts.«

»Ich bitte um Entschuldigung. Bitte fahren Sie fort.«

»William Burgoyne ist eine der großen Gestalten in der Geschichte der Kathedrale. Im Alter von dreiunddreißig Jahren wurde er Domherr und Camerarius, und obwohl er vermutlich wegen seiner Leistungen als Gelehrter und wegen des Einflusses seiner Familie schon in so jungen Jahren eine Pfründe erhielt, waren es gewiß seine Intelligenz und Willenskraft, die ihn während der folgenden zehn Jahre zum mächtigsten Mann des Domkapitels machten. Er war ein brillanter Kopf, dessen Fähigkeiten sich nicht nur in seiner Arbeit als Gelehrter niederschlugen – er hatte in Cambridge Griechisch, Hebräisch und Syrisch unterrichtet –, sondern auch in seinen praktischen und politischen Aktivitäten. Er war aber auch stolz, ehrgeizig und eigensinnig und hatte einen ausgeprägten Sinn für die Ehrerbietung, die seiner Familie wie auch ihm selbst zustand. Deshalb wurde er nach kurzer Zeit von vielen Mitgliedern der kleinen Gemeinschaft um die Kathedrale abgelehnt, ja gehaßt, die er entweder mit seiner scharfen Zunge oder durch die Rücksichtslosigkeit verletzt hatte, mit der er seine Pflichten erfüllte. Aber auch seine ärgsten Feinde konnten ihm keine ehrenrührigen Handlungen vorwerfen – er war zu stolz, sagten sie, um sich zu so etwas zu erniedrigen.

Burgoyne war eine sehr auffallende Erscheinung, und bald wurde er zu einer wohlbekannten Gestalt, wenn er über den Domplatz schritt und alle einschüchterte, die im Dienst der Kirche standen, vom einfachsten Torhüter bis hin zum Bischof höchstpersönlich. Er war groß und schlank, hatte eine schmale Nase und stechende graue Augen in einem langen hageren Gesicht. Er trug stets strenge schwarze Kleidung und einen hohen Hut, und man sah ihn niemals ohne seine Amtskette als Schatzmeister um den Hals. Er war unverheiratet und widmete fast seine gesamte Zeit seinen Pflichten, seinen Studien und dem Verfassen von Predigten.«

»Das klingt wie Kanzler Sheldrick«, warf Mrs. Sisterson ein, ohne die Augen von ihrem schlafenden Sohn zu wenden. Ich sah von meinem Manuskript auf und beobachtete, wie ihr Mann und Mrs. Locard amüsierte Blicke wechselten.

»In persönlichen Dingen galt er als ein Mann von äußerster Korrektheit, dessen Name niemals mit einem Skandal um Frauen in Verbindung gebracht wurde, obwohl vom Augenblick seiner Ankunft an viele junge Damen in der Stadt darauf aus waren, ihn sich zu angeln. Und er wäre auch ein lohnender Fang gewesen, denn zusätzlich zu dem Einkommen aus seiner Pfründe und seinem Gehalt als Domherr hatte er eine beachtliche Erbschaft von seiner Familie zu erwarten. Außerdem konnte man bei seinem Ehrgeiz und seinen Beziehungen damit rechnen, daß er es mindestens zum Bischof bringen würde. Der Camerarius hatte keine Freunde in der Stadt, hielt sich dem Gesellschaftsleben um die Kathedrale fern und stand der Unmäßigkeit, die damals unter den Domherren üblich war, so ablehnend gegenüber, daß dadurch ein Schatten über das Zusammenleben des Domkapitels geworfen wurde. Diese strenge und disziplinierte Lebensführung setzte er bis wenige Monate vor seinem frühen Tod fort.

Burgoynes Amt als Schatzmeister, sein Verstand und seine Bereitschaft, jede Schlacht zu schlagen, machten ihn zum führenden Kämpfer des Domkapitels in den zahlreichen Auseinandersetzungen mit der Stadtverwaltung. Natürlich war die Stiftung zur damaligen Zeit sehr viel reicher und mächtiger als heute. Sie hatte viele Besitztümer innerhalb der Stadt, und aus diesem Grund gab es ständig Streit mit dem Bürgermeister und der Stadtverwaltung.

Aber obwohl das Domkapitel gegen die Stadt zusammenhielt, war es in sich alles andere als einig. Dr. Sheldrick meint, daß es unter den fünfzehn Domherren, die am Domplatz lebten, nicht viel anders zuging als in einem College in Oxford oder Cambridge mit all den Animositäten und Rivalitäten, die dort gang und gäbe sind. Ich selbst habe die Erfahrung machen müssen, wie bitter und irrational solche Konflikte sein können.«

»Ich fürchte, das wissen wir alle«, stimmte Dr. Sisterson zu und sah die Frau des Bibliothekars an. Sie lächelte traurig und küßte den Kopf des Kindes, das in ihren Armen schlief.

»Der Dekan war bereits ein alter Mann, als Burgoyne nach Thurchester kam, und während der folgenden Jahre gewann der junge Domherr einen wachsenden Einfluß auf ihn, je mehr dessen körperliche und geistige Kräfte nachließen. Die anderen Domherren konnten oder wollten sich nicht gegen ihren Schatzmeister auflehnen, obwohl seine Macht vielen von ihnen ein Dorn im Auge war. Als Burgoyne in das Domkapitel eintrat, waren die Mehrzahl der Domherren Arminianer und neigten den alten katholischen Riten und Praktiken zu, wenngleich sie dem Katholizismus als solchem feindlich gegenüberstanden. Die meisten Einwohner der Stadt teilten ihre Ansichten. Viele von ihnen waren sogar heimlich Katholiken geblieben, obwohl das ausgesprochen gefährlich war. Während Laud Erzbischof von Canterbury war, befanden sich die Arminianer im Aufstieg, und Geistliche mit calvinistischen Neigungen wurden rücksichtslos verfolgt. Aber inzwischen hatte sich das alles geändert. Die calvinistische Fraktion hatte im Parlament und am Hof an Macht gewonnen, denn Laud hatte seine Möglichkeiten überschätzt, als er den König drängte, Krieg gegen die Schotten zu führen, um die Einführung seines Gebetbuches zu erzwingen. Die Katastrophe, die dies zur Folge hatte, hatte zu seinem Sturz geführt.

Während der zehn Jahre, die diesen Ereignissen vorangegangen waren, hatte es im Domkapitel viele Auseinandersetzungen zwischen dem prominentesten Calvinisten Burgoyne und den Traditionalisten gegeben, die vom Subdekan, Launcelot Freeth, angeführt wurden. Anlaß für den heftigsten Streit war der Bauzustand der Kathedrale gewesen, wegen dem es letztlich zum Eklat kam, wie ich noch erklären werde.

Bei all diesen Diskussionen waren Burgoyne und Freeth ebenbürtige Gegner gewesen, denn sie waren sich sehr ähnlich: gescheit, ehrgeizig und stolz. Aber während Burgoyne die Verachtung des Aristokraten für Verstellung und Intrige hegte, pflegte Freeth seine wahren Gefühle zu verbergen und erwies sich als skrupelloser Gegner. Aus bescheidenen Anfängen hatte er sich durch List und Tücke zu seiner Stellung als Subdekan heraufgearbeitet.«

»So stellt Dr. Sheldrick das dar?« fragte der junge Domherr.

»Ich habe ihn fast wörtlich zitiert«, bestätigte ich.

»Das scheint mir aber eine arg unfreundliche Beschreibung eines Mannes zu sein, der es durch harte Arbeit und Talent so weit gebracht hat«, erklärte er sanft.

Ich konnte ihn gut verstehen, schließlich hatte auch ich alle meine Erfolge durch eigene Anstrengung und nicht durch einflußreiche Gönner oder andere Vorteile erreicht, von denen Dr. Sheldrick so offensichtlich profitiert hatte. »Aber denken Sie an sein schändliches Betragen bezüglich der Schule der Domchorvikare«, wandte ich ein.

»Was hat er denn getan?« wollte Mrs. Locard wissen.

Ich wandte mich zu ihr um und lächelte. »Das werden Sie gleich hören. Dr. Sheldrick stellt die Chorschule als eines der Themen dar, über die das Domkapitel am heftigsten zerstritten war. Burgoyne hatte von Anfang an nie einen Zweifel daran gelassen, daß er die bedeutende Rolle, die die Musik bei den Gottesdiensten in der Kathedrale spielte, zutiefst mißbilligte. Denn seinen strengen, calvinistischen Prinzipien zufolge war Musik ein sinnliches Vergnügen, das, unter dem Vorwand, den Geist zu erheben, nur allzuleicht dazu dienen konnte, unanständige, fleischliche Gedanken zu fördern. Er ließ sich deshalb keine Gelegenheit entgehen, die Einkünfte der Chorschule zugunsten der Stiftung einzubehalten, und da der Kantor, der für die Musik verantwortliche Domherr, ein enger Freund von Freeth war, kann man sich vorstellen, wie sich das auf die Beziehungen zwischen den beiden Männern ausgewirkt hat.

Freeth' Feindschaft gegen den Eindringling nahm zu, als es immer wahrscheinlicher schien, daß Burgoyne ihn im Kampf um die Nachfolge des Dekans schlagen würde. Nicht nur, daß der politische Wind in seine Richtung wehte, er war auch noch ein Mitglied der mächtigen Familie Burgoyne, einer Familie, die dem Calvinismus zuneigte, die beträchtliche Besitzungen um die Stadt herum ihr eigen nannte und deren Oberhaupt, der Earl of Thurchester, der Onkel des Camerarius war. Der Earl hatte sowohl im Parlament als auch bei Hofe enormen Einfluß. Der Hauptsitz der Burgoynes, Thurchester Castle, lag nur wenige Meilen von hier entfernt, und sie verfügten über enormen Grundbesitz in dieser Grafschaft. Dr. Sheldrick befaßt sich sehr ausführlich mit ihrer Geschichte, die mir an dieser Stelle aber nicht relevant erscheint. Er erwähnt ferner, daß die Familie heute fast vollständig verschwunden und ihr Titel erloschen ist. Aber weiter: Mitglieder der Familie Burgoyne waren seit Jahrhunderten in der Kathedrale begraben worden – zahlreiche schöne Grabsteine sind erhalten. Wie tief muß Freeth diesen Mann verabscheut haben, der all das zerstörte, woran er glaubte, und der ihm die einzige Chance raubte, zu Macht und Reichtum zu gelangen. Er besaß kein Vermögen, hatte aber eine Frau und viele Kinder und befand sich deshalb ständig in Geldnöten. Daher hatte er den angenehmen Einkünften, die er als Dekan erhalten hätte, mit Ungeduld entgegengesehen.

All diese Dinge kamen plötzlich ans Tageslicht, als ein wütender Streit über den miserablen Bauzustand der Kathedrale ausbrach. Nur der Chor wurde noch für Gottesdienste genutzt, weil der Haupttrakt des Gebäudes schon seit der Enteignung des Kirchenbesitzes unter Heinrich VIII. versiegelt und nicht mehr benutzt worden war. Diese Maßnahme hatte man ergriffen, weil am Turm Anzeichen von Instabilität erkennbar geworden waren und die Stiftung das nötige Geld für die Reparatur nicht aufbringen konnte. Die Schließung des größeren Teils des Bauwerks hatte leicht durchgeführt werden können, weil der Chor durch einen Lettner vom Hauptschiff getrennt war.«

»Aber die Kathedrale hat doch gar keinen Lettner«, widersprach Mrs. Locard.

»Nein, sie hat keinen, und den Grund dafür werden Sie auch gleich erfahren. Der Lettner hatte nur eine Tür in der Mitte, und die war zugemauert worden. Der einzige Zugang zum Hauptschiff der Kathedrale war somit die Tür am hinteren Ende. Diese war stets verschlossen, und es gab nur einen einzigen Schlüssel – ein riesiges Ding, mindestens dreißig Zentimeter lang.«

»Ich bekomme ihn täglich zu sehen«, warf Dr. Sisterson ein. »Er ist noch immer in Gebrauch. Der erste Küster hat ihn unter seiner Obhut.«

»So war das auch zu Burgoynes Zeit«, sagte ich. »Damals war der Küster ein sehr alter Mann namens Claggett. Burgoyne pflegte sich den Schlüssel bei ihm zu holen und nachts in das Gebäude zu gehen, denn seit seiner Ankunft machte er sich große Sorgen wegen der Vernachlässigung und des Verfalls der Kathedrale. Er sah darin ein Spiegelbild des Zustands seiner eigenen Familie, denn die Kathedrale war ja fast so etwas wie ihre Privatkapelle, aber gleichzeitig auch eine Bedrohung seines Status als künftiger Dekan. Er erkannte ganz klar, was seine Kollegen im Domkapitel nicht sahen oder nicht sehen wollten: nämlich daß der Turm, wenn er, was sehr wahrscheinlich war, einstürzen würde, das ganze Bauwerk irreparabel zerstören würde. Allein der Gedanke, Dekan einer halben Kathedrale zu werden, war schon eine sehr klägliche Aussicht, doch der Gedanke, Dekan einer zerstörten Kathedrale zu werden, hatte keinerlei Anziehungskraft. Mehrere Jahre lang fand Burgoyne im Domkapitel keine Unterstützung für sein Projekt, den Turm zu restaurieren. Die Domherren wollten den enormen Betrag, der dafür benötigt werden würde, nicht bewilligen, weil sie ihn aus ihrer eigenen Tasche hätten bezahlen müssen. Burgoyne hatte deshalb heftige Auseinandersetzungen mit dem Domkustos, der auf Freeth' Seite stand und sich weigerte zuzugeben, daß die Kathedrale in Gefahr sei, ganz und gar einzustürzen.

Bei seinen vielen nächtlichen Besuchen in dem gewaltigen, bröckelnden Haupt- und Querschiff hatte Burgoyne gesehen, wie nah das Gebäude der vollständigen Zerstörung war. Der Fußboden unterhalb des Vierungsturms war mit Gesteinsbrocken übersät, denn Holz- und Ziegelstücke aus dem Turm waren seit Jahrzehnten beständig durch die Dachsparren gefallen und hatten Löcher in das gemauerte Gewölbe geschlagen. Burgoyne wurde häufig vom Steinmetz der Kathedrale begleitet, einem Mann namens John Gambrill. Die beiden waren sich vollkommen einig, wie wichtig es war, den Turm zu reparieren, zumal Gambrill sein Brot durch diese Tätigkeit verdiente.«

»Ich finde das sehr unfair von Dr. Sheldrick«, unterbrach mich Dr. Sisterson. »Gambrill war der beste Steinmetz der Stadt, um nicht zu sagen, einer der besten in der ganzen Grafschaft, dessen Arbeiten von Kunsthistorikern bis zum heutigen Tag sehr bewundert werden. Er liebte dieses Bauwerk, an dem er sein Leben lang gearbeitet hatte, und es muß ihm ein großer Schmerz gewesen sein, daß das Domkapitel ihm nicht die nötigen Mittel zur Verfügung stellte, um seinen Verfall zu verhindern. Ich weiß genau, wie er sich gefühlt haben muß, denn auch heute knausern meine Kollegen im Domkapitel mit jedem Pfennig, der in die Kathedrale gesteckt werden soll.«

Ich hatte ihn noch nie so verärgert gesehen. »Sie haben sicher recht«, meinte ich. »Aber Dr. Sheldrick schildert, daß das Domkapitel in den Jahren seit seiner Ernennung eine ganze Reihe von Auseinandersetzungen mit Gambrill hatte. In seiner Jugend hatte es einen ernsten Zwischenfall gegeben, woraufhin die finstersten Verdächtigungen gegen ihn erhoben wurden. Dieser Zwischenfall ist in sich eine interessante Geschichte. Gambrill hatte nämlich im Alter von vierzehn Jahren als Lehrling bei dem damaligen Steinmetzen der Kathedrale begonnen und es durch harte Arbeit und Talent weit gebracht. Sehr bald beherrschte niemand sein Handwerk besser als er. Er hatte aber nicht nur herausragende handwerkliche Fähigkeiten, sondern bewies auch guten Sinn fürs Geschäft, was ihm schließlich den Neid des stellvertretenden Steinmetzen eintrug, zumal Gambrill auch die Hand der Tochter seines Meisters versprochen worden war, die dessen Erbin war. Der Stellvertreter fürchtete nun, daß aus diesem Grund Gambrill und nicht er der nächste Steinmetz der Kathedrale werden würde. Bei Arbeiten auf dem Dach der Kathedrale gab es dann einen Unfall, und der Stellvertreter, Robert Limbrick, kam ums Leben. Gambrill überlebte den Unfall, aber er verlor sein rechtes Auge und hinkte seitdem. Limbricks Witwe erhob Anklage gegen Gambrill beim Kanzleigericht und behauptete, er habe ihren Mann getötet. Offenbar wurde der

Zwist jedoch beigelegt, denn Gambrill nahm später den Sohn des Toten als Lehrling in seine Dienste. Zu der Zeit, zu der die Geschichte spielt, die ich gerade erzählen will, lag all das schon viele Jahre zurück, und Gambrill, dessen Mutter eine Waschfrau gewesen und dessen Vater unbekannt war, hatte es durch harte Arbeit, Können und Ehrlichkeit in der Stadt zu Wohlstand gebracht. Er hatte das schöne Haus seines Schwiegervaters in der High Street geerbt, dessen hübscher Garten an den Domplatz angrenzte, hatte es elegant ausgestattet und lebte darin mit seiner Frau und seinen fünf Kindern.

Er war ein großer, gutaussehender Mann und sehr beliebt, weil er freimütig und großzügig war und seine Meinung ohne Winkelzüge aussprach. Außerdem legte er große Hilfsbereitschaft gegenüber seinen Nachbarn an den Tag, wenn sie in Not waren; allerdings geriet er auch leicht in Zorn, und es wurde ihm nachgesagt, daß er unversöhnlich sei, wenn ihn einmal jemand gekränkt hatte. In der Stadt ging das Gerücht, daß er sein Haus auf Drängen seiner Frau, die gierig und bestechlich und stets darauf erpicht war, ihren Nachbarn ihre Überlegenheit zu demonstrieren, unvernünftig extravagant ausgestattet habe und deshalb in Schulden geraten sei. Falls das der Wahrheit entsprach, war die Aussicht auf einen großen Auftrag an der Kathedrale also um so wichtiger für ihn. Dr. Sheldrick behauptet, daß er Burgoynes Vorstellungen begeistert aufnahm und daß die beiden Männer über den Kopf des Domkustos hinweg damit begannen, Pläne zu zeichnen und die Kosten zu schätzen.

Trotz der Unterschiede in ihrer sozialen Stellung und religiösen Neigungen verstanden Burgoyne und Gambrill sich anfangs sehr gut. Abgesehen von der Kathedrale hatten die beiden Männer noch eine andere Leidenschaft gemein, wenngleich Gambrill das zunächst gar nicht wußte. Er liebte Musik und war ein begabter Viola-Spieler, und Burgoyne war, trotz seiner Überzeugung, daß Musik eine verderbliche Quelle weltlicher Freuden sei, heimlich ebenfalls ein Musikfreund. In seinen frühen Jahren in

Cambridge hatte er sich diesem Vergnügen ohne Hemmungen überlassen. Später jedoch hatte er sich gezwungen, darauf zu verzichten und seinen Geist dem Gebet zuzuwenden, wann immer ihn die Versuchung überfiel. Als er zur Kathedrale kam, war es ihm in den ersten Jahren gelungen, sich vom Chor und der Schule der jungen Domchorvikare nicht ablenken zu lassen. Aber nun sah er oft, wie Gambrill wie verzaubert dastand und dem Chor lauschte, oder er traf ihn singend oder pfeifend an, wodurch seine eigene Liebe zur Musik von neuem erwachte.

Und dann erzählte ihm Gambrill eines Tages, daß ein Neffe seiner Frau ein begabter Sänger sei und daß die Familie wünsche, daß er in die Chorschule eintreten und seine Erziehung mit dem Entgelt für seinen Dienst im Chor bezahlt werden solle. Burgoyne lehnte es ab, der Familie in dieser Sache behilflich zu sein, und erklärte, diese Angelegenheit falle nicht in seine Amtszuständigkeit. Ein oder zwei Tage später jedoch traf er Gambrill mit dem Jungen auf dem Domplatz. Der Knabe wurde ihm vorgestellt, und aus irgendeinem Grund änderte Burgoyne seine Meinung und versprach, den Kantor dazu zu überreden, den Jungen in die Chorschule aufzunehmen. Der Kantor muß von Burgoynes Anliegen sehr überrascht gewesen sein, zeigte sich aber vom Gesang des Knaben so beeindruckt, daß er ihm ein Stipendium zukommen ließ, so daß nun für seine Unterbringung und Ernährung gesorgt war. Er wurde in einem Teil der Schule untergebracht, der sich praktischerweise gleich neben dem Haus von Gambrill befand, dem alten Torhaus auf der selben Seite des Domplatzes.

War der Kantor wegen Burgoynes Gesinnungswechsel schon überrascht gewesen, so bekam er bald noch mehr Grund zum Staunen, denn von diesem Augenblick an überließ sich Burgoyne seiner leidenschaftlichen Liebe zur Musik mit der ganzen Kraft seiner strengen Persönlichkeit. Er begann, sich in der Kathedrale herumzudrücken, um stundenlang dem Chor beim Üben zuzuhören, und darüber seine Pflichten zu vernachlässigen. Sein Lieblingsplatz war die Orgelempore, von wo aus er auf den Chor hinuntersehen konnte, ohne selbst bemerkt zu werden. Er bemühte sich, die Freundschaft des Kantors zu gewinnen, den er vorher als Mann von niedrigem Stand verachtet hatte. Auch ließ er Instrumente und Partituren aus London kommen und wurde eine Art Patron der Chorschule. Er und der Kantor wurden schließlich so gute Freunde, daß der Kantor ihm seine Schlüssel überließ und er kommen und gehen konnte, wie es ihm beliebte.

Und all dies fand statt, während Burgoyne in seiner Eigenschaft als Schatzmeister die größten Anstrengungen unternahm, um das Geld für die Restaurierungsarbeiten aufzutreiben, die er und Gambrill planten. Er erhöhte die Pachtzinsen und verfolgte die Schuldner der Stiftung mit der ganzen Härte des Gesetzes. Und dann verfiel er auf seinen Meisterstreich, nämlich die Schule der Domchorvikare zu schließen.«

»Wenn er aber doch die Musik so sehr liebte«, warf Mrs. Locard ein, »ist es dann nicht seltsam, daß er so etwas tun wollte?«

»Das ist es allerdings, und Dr. Sheldrick vermutet deshalb, daß sein Wunsch, die Chorschule zu schließen, aus der Erkenntnis erwuchs, daß sie für ihn selbst eine ebenso große Versuchung darstellte wie für alle anderen Menschen auch. Er wußte, daß sein Vorschlag auf großen Widerstand stoßen würde. Deshalb bemühte er sich, bevor er ihn offen darlegte, eine Mehrheit im Domkapitel zu gewinnen. Er machte sich dran, an das schlummernde Gewissen einiger seiner Kollegen zu appellieren, indem er auf diverse kleine, persönliche Verfehlungen hinwies, und, wenn sie sich widerspenstig zeigten, daran zu erinnern, wie diese kleinen Sünden sich im grellen Licht der öffentlichen Aufmerksamkeit ausnehmen würden.«

Dr. Sisterson lächelte, und als er sah, daß ich neugierig war, erklärte er: »Dr. Sheldrick ist sehr großzügig bei der Beurteilung von Burgoynes Verhalten.«

»Finden Sie? Mir erscheint er sehr bewundernswert zu sein.«

»Meinen Sie nicht«, gab er zu bedenken, »daß seine hochgeschraubten Ansprüche an die weltlichen Angelegenheiten seiner Kollegen eine Art von Arroganz war?«

»Nein, das glaube ich nicht«, antwortete ich und fühlte mich seltsam angegriffen. »Ich habe den Eindruck, daß er ein prinzipientreuer und asketischer Mann war.«

»Ich könnte mir vorstellen«, warf Mrs. Locard versöhnlich ein, »daß er auf Grund seiner wohlhabenden und privilegierten Herkunft wenig Verständnis für seine Kollegen an den Tag legte, die derartige Vorteile nicht hatten.«

Dr. Sisterson und ich nickten, und ich fuhr fort: »Die Ereignisse kamen seinen Wünschen entgegen. Im Frühjahr des Jahres vor seinem Tod vergrößerte sich der Riß im Turm, der schon vor Jahrzehnten entstanden war, und selbst die hartnäckigsten unter den Domherren mußten nun einsehen, daß ein schwerer Sturm ihn jederzeit zum Einsturz bringen konnte. Jetzt legte Burgoyne dem Domkapitel seinen Vorschlag vor, die Chorschule zu opfern, um die Kathedrale zu retten. Er verlangte eine vollständige Restaurierung des Turmes und bewies, daß die Kosten fast vollständig durch den Verkauf des Vermögens der Schule gedeckt werden könnten, das aus einem Herrenhaus und drei Farmen in dem Dorf Compton Monachorum bestand. Gegen ihn waren die mächtigsten unter den Domherren, Freeth, der Bibliothekar Hollingrake, der alte Dekan, der Domkustos und der Kantor, der argumentierte, daß der Ruf der Kathedrale als Stätte der Musik eine ihrer stolzesten Errungenschaften sei. Burgoyne hatte jedoch diejenigen Domherren auf seine Seite gebracht, an deren Gewissen er gerührt hatte, und so wurde sein Vorschlag nach heftigstem Streit mit knapper Mehrheit angenommen. Freeth und Hollingrake jedoch fälschten eine Schenkungsurkunde – die Ihr Mann, Mrs. Locard, mir heute nachmittag freundlicherweise gezeigt hat. Dadurch wurde es Burgoyne schließlich doch unmöglich gemacht, die Chorschule zu schließen.«

»Wir sind nicht ganz sicher, daß sie die Urkunde gefälscht haben«, widersprach Dr. Sisterson. »Es ist auch möglich, daß sie eine frühere Fälschung gefunden und für echt gehalten haben. Aber selbst wenn Freeth sie gefälscht haben sollte, dann kann man immer noch nicht sagen, was seine wirklichen Motive waren.«

»Sie waren ziemlich verachtenswert«, sagte ich zu den beiden Damen gewandt. »Sehen Sie, als Freeth selbst wenige Jahre später Dekan wurde, benutzte er die gefälschte Urkunde dazu, die Chorschule zu schließen und ihr Vermögen für seinen persönlichen Gebrauch einzuziehen.«

»Wie schändlich«, murmelte Mrs. Sisterson.

»Ist es nicht denkbar«, wandte Mrs. Locard ein, »daß er den Bürgerkrieg vorausgesehen hat und das Vermögen der Stiftung davor bewahren wollte, vom Parlament eingezogen zu werden?«

»Sie sind sehr großmütig«, sagte ich. »Aber alles, was wir von ihm wissen, zeigt, wie außerordentlich geldgierig er war.«

Dr. Sisterson sah seine schlafenden Kinder an und lächelte. »Als Vater einer großen Familie fällt es mir schwer, ihn ganz und gar zu verdammen, selbst wenn seine Motive ausschließlich weltlicher Natur waren.«

Im ersten Moment erschrak ich, aber dann wurde mir klar, daß er im Scherz sprach. Ich fuhr fort: »Zurück zu Burgoynes Geschichte. Er war also von Freeth übertrumpft worden, und er war zornig, aber er gab den Kampf nicht auf, und bald darauf konnte er seine eigene Trumpfkarte ausspielen. Es gelang ihm nämlich, seinen Onkel und einige andere Familienmitglieder dazu zu bewegen, ihm die Hälfte des benötigten Geldes zu versprechen. Ein Teil des Betrags sollte für einen Gedenkstein in der Kathedrale verwendet werden, der dem vorigen Earl, seinem Großvater, gewidmet sein sollte.«

»Die Burgoyne-Gedenktafel!« rief Mrs. Locard aus.

»Richtig«, stimmte ich zu. »Als Burgoyne dem Domkapitel diesen neuen Vorschlag unterbreitete, erkannte Freeth sofort, daß die Verbindung der Gedenktafel mit einer großen Spende für die Restaurierung der Kathedrale einen unanfechtbaren Anspruch Burgoynes auf das Amt des Dekans begründen würde. Dennoch schien es unmöglich, ein solches Geschenk zurückzuweisen. Doch die Domherren schreckten noch immer vor dem Anteil der Ausgaben zurück, den sie aus eigener Tasche bezahlen sollten. Dann tat Burgoyne das, was sich nach Dr. Sheldricks Darstellung als sein entscheidender Fehler erweisen sollte: Er beauftragte Gambrill, eine neue Kostenberechnung für das Mindestmaß an Arbeit aufzustellen, das notwendig sein würde, um den Turm zu retten. Gambrill war entsetzt über diesen Betrug seines Bundesgenossen. Er bestand darauf, den Camerarius in den Turm hinaufzuführen, um ihm zu zeigen, wie lose viele der Balken waren, indem er mit der Hand daran rüttelte, und erklärte, wie leicht es war, einen davon zum Absturz zu bringen. Burgoyne jedoch blieb bei seinem Entschluß. Der Steinmetz ließ sich erst besänftigen, als er von dem geplanten Gedenkstein hörte, der natürlich von ihm angefertigt werden und – wie er sich vornahm – sein Meisterwerk werden sollte.

»Nun ließ Burgoyne Gambrill vor dem Domkapitel erläutern, daß der Einsturz des Turmes nicht nur die Kathedrale zerstören würde – eine Aussicht, die die Domherren mit einer gewissen Gelassenheit auf sich zukommen sahen –, sondern höchstwahrscheinlich auch einige der Häuser am Domplatz. Angesichts dieser Gefahr für ihr eigenes Leben und das ihrer Familien erklärten sich die Domherren nun endlich bereit, das fehlende Geld aus ihrem eigenen Einkommen zur Verfügung zu stellen.

Burgoyne und Gambrill hatten ihren Willen durchgesetzt, und Dr. Sheldrick schreibt, daß Gambrill seinen Triumph über den Domkustos voll auskostete und keine Gelegenheit ausließ, den Mann zu hintergehen, zu betrügen und vor den Arbeitern zu demütigen. Das hatte zur Folge, daß der Domherr, der niemals ein Mann von robuster Gesundheit gewesen war, erkrankte und von seinem Amt zurücktreten mußte.«

»Mein Herz fühlt mit diesem armen Tropf«, rief Sisterson lächelnd aus.

»Armer Dr. Sisterson«, sagte Mrs. Locard mit einem Lächeln. »Sie werden sich auf die morgige Sitzung des Domkapitels nicht gerade freuen.«

»Nein, wahrhaftig nicht. Ich werde dem Domkapitel mitteilen müssen, daß die Gottesdienste in der Kathedrale auf unbestimmte Zeit ernstlich beeinträchtigt sein werden.«

Er gab einen komischen Seufzer von sich, der in ein breites Lächeln überging, und bat mich, dann mit der Geschichte fortzufahren.

»Burgoyne und Gambrill hatten nun also freie Hand, zu tun, was sie für nötig hielten. In den folgenden Monaten traten jedoch Differenzen zwischen ihnen auf. Burgoyne weigerte sich hartnäckig, Gambrill die Genehmigung zu erteilen, den Vierungsturm zu reparieren, und ordnete statt dessen an, daß das zur Verfügung stehende Geld für Arbeiten verwendet werden solle, die nach Meinung des Steinmetzen viel weniger wichtig waren, wie zum Beispiel, den Altartisch aus dem Chor in das Zentrum des Gebäudes zu verlegen.

Thomas Limbrick, Gambrills Vorarbeiter, verhinderte schließlich, daß die Unstimmigkeiten zwischen den beiden Männern eskalierten – den Anschein hatte es jedenfalls. Er war der Sohn des Mannes, der bei dem Unfall ums Leben gekommen war, bei dem auch Gambrill verletzt worden war. Viele Bewohner der Stadt fanden, daß es ein Zeichen von Gambrills Großmut sei, ihm Arbeit zu geben; so mancher vermutete jedoch andere Motive hinter seiner Handlungsweise. Limbrick war ein hart arbeitender, fähiger junger Mann, der sowohl das Vertrauen des Schatzmeisters als auch das des Steinmetzen genoß und der daher in der Lage war, die Schwierigkeiten zwischen ihnen auszugleichen.

Burgoyne hatte erreicht, was er sich wünschte: Die Kathedrale wurde restauriert und sollte auf eine Weise wiedereröffnet werden, die seine Position ungeheuer stärken würde. Und doch war er weit davon entfernt, glücklich zu sein; es war ganz offensichtlich, daß irgend etwas ihm große Sorgen bereitete. Obwohl er stets überaus penibel gewesen war, trat er nun gelegentlich unrasiert und ungepflegt auf. Er kam zu spät zu den Sitzungen des Domkapitels, vernachlässigte zunehmend seine Pflichten und war sogar während der Gottesdienste nicht bei der Sache. Ein- oder zweimal brach er mitten in einer Predigt ab, als habe er den Faden verloren. Er gewöhnte es sich an, bei Dunkelheit ruhelos in der Stadt herumzuwandern, und wurde mehrere Male von den Nachtwächtern aufgehalten – zu deren größter Verlegenheit –, bis sie lernten, ihn in der tiefen Dunkelheit an seinem hohen Wuchs, seinem großen Hut und seiner geistlichen Kleidung zu erkennen.«

»Außerdem brach er offenbar mit dem Grundsatz, nicht zu trinken«, warf Dr. Sisterson ein, »denn bei mehreren Gelegenheiten trat er ganz offensichtlich betrunken auf.«

»Wirklich? Davon schreibt Dr. Sheldrick nichts. Aber natürlich fragte sich jedermann in der Stadt, welche heimliche Leidenschaft den Domherrn wohl quälte ...«

»Er war verliebt«, flüsterte Mrs. Sisterson.

Wir alle sahen sie überrascht an, und sie lächelte ihrem Mann zu, der errötete und die Augen niederschlug.

»Nun ja«, fuhr ich fort, »obwohl die Leute davon zu reden begannen, daß eine Frau im Spiel sein könnte, wurde er niemals in Gesellschaft einer Dame gesehen. Aber jetzt gibt Dr. Sheldrick erstmals die wahre Erklärung.«

»Tatsächlich?« rief Dr. Sisterson überrascht aus. Er warf seiner Frau einen Blick zu, doch deren Aufmerksamkeit schien ganz von dem schlafenden Kind in ihrem Schoß in Anspruch genommen zu sein.

»Die Wahrheit ist, daß Burgoyne durch eine geistige Krise ging, die dadurch hervorgerufen wurde, daß er ein verborgenes Verbrechen entdeckt hatte, das so finster und entsetzlich war, daß es alles erschütterte, woran er je geglaubt hatte.«

»Wirklich? Das behauptet Dr. Sheldrick?« Dr. Sisterson sah

Mrs. Locard an und fragte: »Und was soll das für ein Geheimnis gewesen sein?«

»Die Bestechlichkeit von Freeth. Burgoyne war von Abscheu überwältigt, als er feststellte, wie korrupt Freeth war.«

»Ach so«, sagte Dr. Sisterson und lehnte sich lächelnd zurück. Ich fragte mich, ob er wohl etwas anderes erwartet hatte. »Aber hatte er Freeth denn nicht schon vorher für geldgierig und korrupt gehalten?« wollte er wissen.

»Das wohl, aber das Ausmaß und die Vorsätzlichkeit schokkierten ihn maßlos. Und wie Sheldrick behauptet, stellte er auch fest, daß Gambrill, dem er vertraut hatte, tief in die Unterschlagungen von Freeth verstrickt war.« Es war erkennbar, daß Dr. Sisterson irgendwie skeptisch reagierte, und auch ich fand Dr. Sheldricks Enthüllungen wenig überzeugend. »Wodurch wurde dann Ihrer Meinung nach diese plötzliche Änderung seines Verhaltens ausgelöst?«

»Ich schätze, daß er tatsächlich etwas entdeckte, was ihn zutiefst aufwühlte, aber ich glaube nicht, daß es Freeths finanzielle Untreue war.«

»Was kann es sonst gewesen sein? Was meinen Sie?«

Er sah nach den beiden Frauen, die in diesem Augenblick ganz von dem Jungen in Mrs. Sistersons Armen in Anspruch genommen waren. »Ich kann auch nur meine Schlüsse ziehen«, antwortete er leise. »Und ich möchte niemanden verleumden, nicht einmal einen Mann, der schon seit mehr als zwei Jahrhunderten tot ist.«

Ich sah ihn überrascht an, aber er schürzte die Lippen und schüttelte leicht den Kopf, um mir zu bedeuten, daß er über dieses Thema in Anwesenheit der Damen nicht reden konnte. Also fuhr ich fort: »Im April dieses Jahres unternahm Burgoyne eine lange Reise nach London. Als er zurückkam, gestand er Gambrill, daß er den Auftrag für die Gedenktafel an italienische Handwerker in der Hauptstadt vergeben habe. Gambrill war zutiefst verärgert über diese Mißachtung seiner Handwerkskunst.

Ein oder zwei Tage später erklärte er, daß der Vierungsturm so baufällig geworden sei, daß er den Zugang für jedermann – außer für ihn selbst und seine Arbeiter – sperren müsse. Burgoyne sah darin einen Versuch, ihn zu zwingen, Geld für die Reparatur des Turmes zur Verfügung zu stellen, und war wütend. Da er die Sachkunde des Steinmetzen jedoch nicht anzweifeln konnte, mußte er sich mit der Maßnahme abfinden. Also verschloß Gambrill die Turmtreppe mit einer massiven Tür, zu der nur er und einer der Domherren einen Schlüssel besaßen.

War Gambrill bereits durch Burgoynes Entschluß verärgert, die Gedenktafel in London anfertigen zu lassen, so war diese Verstimmung jedoch nichts im Vergleich zu dem Zorn, der ihn wenige Wochen später erfaßte, als er erfuhr, wo Burgoyne die Tafel anbringen lassen wollte: an der auffallendsten Stelle, die überhaupt möglich war, nämlich direkt an der Chorseite der Vierung. Zu diesem Zweck wollte Burgoyne den Lettner entfernen lassen. Natürlich protestierten die anderen Domherren, doch hatte sich inzwischen die politische Situation entscheidend zu Burboynes Gunsten verändert: Erzbischof Laud befand sich im Tower und sollte in Kürze hingerichtet werden, und die siegreichen Calvinisten bestanden darauf, daß alle Schranken zwischen der Gemeinde und dem amtierenden Priester entfernt wurden. Das Domkapitel konnte nichts tun. Als Gambrill von Limbrick erfuhr, was Burgoyne angeordnet hatte, war er entsetzt.«

»Es ist nur zu verständlich, daß er entsetzt war«, sagte Dr. Sisterson mit Wärme. »Das Abreißen eines so alten und schönen Teils der Kathedrale, die er liebte und deren Erhaltung er sein Leben gewidmet und sogar ein Auge geopfert hatte, mußte ihm wie eine brutale Entweihung erscheinen.«

»Dr. Sheldrick hat eine vollkommen andere Erklärung dafür. Er behauptet, daß Gambrill heimlich Katholik war, wie viele andere auch in dieser verschlafenen, alten Stadt. Dadurch befand er sich in ständiger Gefahr, finanziell ruiniert oder gar eingekerkert zu werden; es bedeutete aber auch, daß die Kathedrale in seinen Augen immer noch eine katholische Kirche war, die unrechtmäßig in die Hände von Männern gefallen war, die alles zu zerstören suchten, was sie für ihn repräsentierte. Schließlich kam es zu einer skandalösen Szene in der Kathedrale, als der Steinmetz dem Schatzmeister entgegentrat und ihn lautstark wegen des Schadens beschimpfte, den er anrichtete. Burgoyne stampfte aus dem Gebäude, doch Gambrill verfolgte ihn über den Domplatz und bis zur Hintertür seines Hauses und hörte nicht auf, ihn anzubrüllen, bis Limbrick einschritt und ihn fortzog. In diesem Augenblick wurde vermutlich das Schicksal beider Männer besiegelt.

Gambrill hatte natürlich nur die Wahl, entweder von seinem Posten zurückzutreten oder zu tun, was Burgoyne angeordnet hatte. Und da er eine Familie zu ernähren hatte, konnte er sich die große Geste nicht leisten. Burgoyne hätte Gambrill natürlich gern entlassen, aber es gab keinen anderen Steinmetz in der ganzen Stadt, dem die Arbeit anvertraut werden konnte; Burgoyne mußte anerkennen, daß Gambrill ein sorgfältiger und fähiger Handwerker war.

Gambrill riß also den Lettner ab und ersetzte ihn durch eine Holzwand, um das Hauptschiff unter Verschluß zu halten, solange der Turm noch nicht repariert war. Nun wurde Limbrick zum Mittelsmann, mit dessen Hilfe Burgoyne und Gambrill jeden direkten Kontakt miteinander vermieden. Davon ging man jedenfalls aus. Erst viel später, als die Dinge den bekannten Gang genommen hatten, äußerten einige Leute die Meinung, daß Limbrick den Streit zwischen den beiden Männern in Wirklichkeit zu seinem eigenen Nutzen geschürt habe, wobei er geschickt den Eindruck erweckt habe, das Gegenteil zu tun.

Von nun an kam Burgoyne nie mehr in die Kathedrale, um Gambrill und seinen Leuten bei der Arbeit zuzusehen. Statt dessen nahm er seine alte Angewohnheit wieder auf, sich nach Einbruch der Dunkelheit in das Gebäude zu begeben. Und obwohl man allgemein annahm, daß er das tat, um Gambrills Arbeit zu überprüfen, ohne ihm dabei begegnen zu müssen, fiel es doch auf, daß seine nächtlichen Besuche länger und länger andauerten und daß er dem ersten Küster, Claggett, den großen Schlüssel häufig erst in der Morgendämmerung zurückbrachte; der alte Mann war oft die ganze Nacht lang wach, weil er ernstlich krank war.

Burgoynes Betragen gab Anlaß zu immer mehr Spekulationen. Seine Haushälterin beschrieb später, daß er nächtelang aufblieb, in seinem Zimmer auf- und abging oder auf dem Domplatz herumirrte, so als ringe er mit einer entsetzlichen Zwangslage. Später – als die Leute erfuhren, was sie zu dieser Zeit noch nicht wußten – behaupteten einige der Anwohner, sie hätten ihn viele Male auf der Nordseite des Domplatzes stehen und über die hintere Gartenmauer in die Fenster der Häuser starren sehen, deren Vorderseite auf die High Street hinausging. Einige behaupteten auch, er habe in Gambrills Haus hineingeschaut und mit sich gekämpft, ob er dessen Glück und das seiner Frau und seiner Kinder zerstören solle. Andere sagten, er sei einsam und eifersüchtig gewesen, und die häusliche Zufriedenheit seines Feindes habe ihn verärgert. Wieder andere vermuteten noch ganz andere Motive.

Das alles führte zwei Wochen vor dem großen Sturm zum Eklat. An jenem Sonntag predigte Burgoyne beim Hauptgottesdienst in der Kathedrale. Als er die Kanzel bestieg, sah er bleich und ausgemergelt aus, und die Gemeinde begann zu tuscheln, denn jeder wußte, wie seltsam er sich in den vergangenen Wochen verhalten hatte. Aber als er zu sprechen ansetzte, war seine Stimme kräftig, und er redete flüssig und ohne zu stocken. Er begann damit, gegen die Sünde der Korruption zu wettern, und schilderte leidenschaftlich die Verdammnis, die einen Mann erwarte, der der Versuchung erlag und ohne Reue in seiner Sünde verharrte. Und dann verkündete er, daß er einen bestimmten Mann meine, der in diesem Augenblick unter den Zuhörern weile und den er für seine heimlichen Vergehen anklage – Vergehen, die er allerdings nicht näher erklärte. Er schien so sehr von der verborgenen Bedeutung seiner Rede erfüllt zu sein, daß einige Mitglieder der Gemeinde glaubten, Zeichen einer geistigen Verwirrung zu erkennen. Vieles von dem, was er sagte, war für die Zuhörer unverständlich, aber sie behielten seine Worte in Erinnerung: ›Unter uns ist einer, der das Haus Gottes mit Sünde und Stolz im Herzen betreten hat, obwohl er äußerlich das Kleid der Heiligkeit trägt. Er allein in dieser Versammlung weiß, welche Finsternis er in den geheimen Nischen seines Wesens nährt. Er allein weiß, wie weit er vom Wege abgekommen ist und einen verderblichen Pfad betreten hat, der in einen Schweinestall voll des widerwärtigsten Unrates führt!‹

Als Bourgoyne von der Kanzel herabstieg, ließ er die Gemeinde und seine Kollegen vom Domkapitel ratlos zurück. In den folgenden Tagen war von nichts anderem die Rede. Viele Leute wurden verdächtigt, die verschiedensten Vergehen begangen zu haben, und die Stimmung in der Stadt wurde durch Gerüchte vergiftet. Es fiel auf, daß Gambrill schwieg, wenn das Gespräch auf die Predigt kam, und das machte ihn verdächtig, wenn auch nicht mehr als viele andere. Besonders Freeth ließ durch sein nervöses Gebaren erkennen, daß er glaubte, selbst der Mann zu sein, auf den Burgoyne angespielt hatte. Und wenn Dr. Sheldricks Vorwurf finanzieller Unkorrektheiten berechtigt ist, dann hatte er ja auch gute Gründe für diese Sorge.

Am folgenden Sonntag drängte sich ein großer Teil der Stadtbevölkerung in den Chor und bis auf den Domplatz hinaus und lauschte gespannt, als Burgoyne sich zu seiner Predigt erhob. Diesmal waren seine Worte präziser, wenn auch immer noch vage genug, um seinen Zuhörern Rätsel aufzugeben.

Burgoyne sagte: ›Wehe dem Mann, der im unermeßlichen Stolz seiner Unwissenheit glaubt, er könne seine Schande verbergen. Mag er auch in den Augen der Menschen erhöht sein und wähnen, seine Sünde sei verborgen, wenn er in der Höhe Fuß an Fuß mit seinem Feinde ringt und niedergeworfen wird, so wird seine

Bosheit doch vor den Augen der Menschen offenbar werden. Ja, selbst in der Finsternis werden seine Sünden hinausposaunt werden. Die Wahrheit wird nicht verborgen bleiben.‹

In diesem Augenblick lenkte Gambrill die Aufmerksamkeit aller auf sich; er wurde blaß, und als Burgoyne ankündigte, daß er selbst am folgenden Tag des Herrn an eben diesem Ort den Sünder nennen werde, begann er zu zittern.

Alle Augen richteten sich auf Gambrill, der aussah, als habe er soeben dem Tod ins Antlitz geblickt. Er stand auf und drängte sich durch die Menge zur Tür. Viele von Burgoynes Zuhörern, die bei dem Gedanken gezittert hatten, er könnte sie selbst meinen, waren erleichtert wegen Gambrills Betragen. Doch Burgoyne sagte nichts gegen ihn.

Im Laufe der folgenden Woche wurde eine Vertiefung für die Gedenktafel in die Wand geschlagen, wo einst der Lettner gestanden hatte. Die Gedenktafel selbst traf am Dienstag aus London ein, und als Gambrill den Wagen rumpelnd und klappernd auf den Domplatz rollen sah, sagte er zu Limbrick, er sei entsetzt, sowohl über die Häßlichkeit als auch über das Gewicht der Tafel, und er fürchte schlimme Folgen, wenn sie in die Wand eingelassen würde.

Der Sonnabend brach als ungewöhnlich schwüler und drückender Tag an, mit tiefhängenden Wolken und kurzen, heftigen Regenschauern. Alte Männer schüttelten den Kopf und sagten einen schweren Sturm voraus, und manche von ihnen murmelten und grollten wegen des Zustands des Turmes. Am Ende des Arbeitstages hatte Gambrill – stets der umsichtige Handwerker – alles vorbereitet, auch wenn er verabscheute, was ihm aufgetragen worden war. Man hatte die schwere Steinplatte auf ein Gerüst unter dem Vierungsturm gehievt, und dort lag sie nun bereit, um am Montag zu ihrem endgültigen Platz an der Wand in etwa vier Meter Höhe herabgelassen zu werden. Gambrill gestattete den Männern, die Arbeit an diesem Tag wegen des bevorstehenden Sturmes frühzeitig zu beenden, denn als die Sonne unterging, kochten die Wolken um die Kathedrale wie ein Hexengebräu.

Wie er es oft tat, erschien Burgoyne gegen zehn Uhr vor Claggetts Haus, gerade als der Wind sich erhob. Der alte Mann war inzwischen schwer krank, und seine Frau und seine Töchter waren bei ihm, aber das junge Dienstmädchen brachte dem Domherrn den großen Schlüssel. Ein oder zwei Stunden später brach der Sturm mit voller Kraft über die Stadt herein. Hagelkörner so groß wie Amseleier fielen vom Himmel, Dachziegel wurden losgerissen und wirbelten wie Blätter durch die Luft, zerschmetterten Fenster und stürzten Kamine um. Mitten in all dem Lärm von schlagenden Türen und Fensterläden, von brechendem Glas und grollendem Donner verlor der alte Claggett das Bewußtsein, so daß kein Zweifel bestand, daß er sterben würde. Man schickte nach dem Arzt, und ein Dienstbote wurde auch zum Haus des Kantors gesandt, der ein besonderer Freund des alten Mannes gewesen war. In all der Aufregung dachte niemand daran, daß Burgoyne den Schlüssel nicht zurückgebracht hatte.

Als der Sturm gegen zwei Uhr morgens seinen Höhepunkt erreichte, vernahmen alle, die in den Häusern um den Domplatz herum schliefen – oder zu schlafen versuchten – ein entsetzliches Getöse, das den ganzen oberen Domplatz erbeben ließ. Mehrere Domherren und Hilfsküster stürzten hinaus, um zu sehen, was passiert war, und stellten fest, daß das Dach, das obere Stockwerk und der alte Glockenturm des Haupttors zum Domplatz eingestürzt waren. Noch während die erschrockene kleine Menschenansammlung – Freeth, der Kantor und sogar der alte Dekan – die Ruine untersuchten und ein stilles Dankgebet dafür sprachen, daß sich nachts dort niemand aufgehalten hatte, hörten sie erneut ein Krachen. Diesmal, so stellten sie mit Entsetzen fest, kam es von der Kathedrale. Sie suchten das Gebäude mit den Augen ab, aber soweit sie in der tiefen Dunkelheit erkennen konnten, schien der Turm unbeschädigt zu sein. Niemand zeigte sich jedoch bereit, sich in das Gebäude zu wagen, solange der Sturm tobte. Da erfuhren sie von Claggetts Dienstmädchen, daß Burgoyne den Schlüssel der Kathedrale nicht zurückgebracht hatte. Dennoch war keiner der Anwesenden bereit, hineinzugehen und nach ihm zu suchen.«

Dr. Sisterson stand auf, ging zum Fenster hinüber und öffnete es. »Ich kann mir vorstellen, warum. Heute haben wir eine windstille Nacht. Aber stellen Sie sich mal einen Sturm vor.«

Ich trat neben ihn. Die Straßenlaternen auf dem Domplatz flackerten. Durch Nebel und Dunkelheit sah man die Kathedrale so nah neben uns aufragen, als stünden wir vor einer Klippe. »Es muß erschreckend gewesen sein«, stimmte ich zu, »im Schatten dieses riesigen Gebäudes zu stehen und fürchten zu müssen, daß der oberste Teil einstürzen könnte.«

Der Domkustos erschauerte.

»Bitte mach das Fenster zu, Frederick«, protestierte Mrs. Sisterson, die sein Erschauern mißverstand. »Es ist eiskalt, und du wirst noch die Kinder wecken.«

Mein Gastgeber kam ihrem Wunsch nach, und wir setzten uns wieder hin. Ich fuhr fort: »Auch einige der anderen Domherren kamen zum Dekanat, um nachzusehen, was passiert war. Aber keiner wagte sich in die Kathedrale. Im Gegenteil, einige fürchteten sich sogar, in ihren umstehenden Häusern zu bleiben. Limbrick erschien ebenfalls und riet dringend ab, den Dom während des Sturmes zu betreten. Und so warteten sie ab. Als der erste Schimmer des Tageslichts sich am Himmel über der Niederung von Woodbury zeigte, hatte sich der Sturm weitgehend gelegt. Zitternd schlichen sich der alte Dekan, Freeth, der Kantor, Limbrick und einer der Hilfsküster vorsichtig in die Kathedrale.

Stellen Sie sich vor, was das für ein Gefühl gewesen sein muß, die ganze ungeheure Länge des Hauptschiffs entlangzugehen mit nichts als zwei oder drei Laternen, um den Raum zu erleuchten, während der Wind um die Vierung und den Hauptturm heulte und die Männer daran erinnerte, daß jeden Augenblick Steine und Holzbalken auf sie herabstürzen könnten. Doch außer dem

Heulen des Windes war noch ein anderes Geräusch zu vernehmen, das ihnen die Haare zu Berge stehen ließ: etwas, das klang wie eine menschliche Stimme, jemand, der in Schmerz und Verzweiflung stöhnte und jammerte.

Als sie sich der Vierung näherten, ragte vor ihnen plötzlich etwas Riesiges in der Dunkelheit auf. Ihr Entsetzen ließ nur wenig nach, als sie erkannten, daß das, was sie da vor sich hatten, das Gerüst war, das zusammengebrochen war und als Haufen von Gebälk und gesplittertem Holz am Boden lag; das mußte den Lärm verursacht haben, den sie aus der Kathedrale gehört hatten. Als sie näher herankamen und die Laternen hoben, sahen sie eine Lache einer dunklen, klebrigen Flüssigkeit, die unter den Balken hervorsickerte. Sie lauschten und stellten fest, daß die menschliche Stimme, die sie zu hören geglaubt hatten, nur der Wind war. Sonst blieb alles still. Limbrick sagte den anderen, daß er fürchte, sie würden die Leiche seines Kollegen unter dem Holzhaufen finden. Er machte sie auch auf die erstaunliche Tatsache aufmerksam, daß die Marmorplatte, die am Abend zuvor noch auf dem Gerüst geruht hatte, nirgends zu sehen war. Er hob seine Laterne zu der Stelle hoch, an der sie in die Wand eingelassen werden sollte, und zum Erstaunen aller befand sie sich genau am vorgesehenen Ort, weit oben an der Wand. Sie war säuberlich in die vorbereitete Vertiefung eingelassen, und das Mauerwerk darum herum war wieder geschlossen worden.

Limbrick schickte nach seinen Arbeitern. Sie brauchten zwei Stunden, um den Haufen von gesplittertem Holz wegzuschaffen. Dann kam ihm plötzlich der Gedanke, daß Gambrill seit Beginn des Sturmes nicht mehr gesehen worden war. Limbrick lief zu seinem Haus und erfuhr von der Frau seines Meisters, daß auch sie seit etwa neun Uhr am vergangenen Abend nichts vom Verbleib ihres Mannes wußte. Sie hatte angenommen, daß er die Nacht über weggeblieben war, um Vorkehrungen gegen den gefährlichen Sturm zu treffen, und begann erst jetzt, sich Sorgen wegen seiner Abwesenheit zu machen.

Als Limbrick mit dieser Nachricht in die Kathedrale zurückkehrte, wurden gerade die letzten Balken des eingestürzten Gerüsts von dem Toten gehoben. Er war so zerschmettert, daß man nur am geistlichen Gewand, an der Amtskette des Schatzmeisters und an dem großen Schlüssel zur Westtür erkennen konnte, daß es sich um Burgoyne handeln mußte. Limbrick vertraute Freeth an – zwischen den beiden Männern hatte sich ein zunehmend freundliches Verhältnis entwickelt –, daß er fürchte, aus Gambrills Verschwinden schließen zu müssen, daß dieser Burgoyne ermordet habe. Gambrill wurde tatsächlich nie wieder in der Stadt gesehen und belastete sich durch sein Verschwinden selbst. Die Aussicht auf seine unmittelbar bevorstehende Entlarvung hatte ihn zu dem Mord getrieben.«

»Das verstehe ich nicht«, widersprach Dr. Sisterson. »Wegen welcher Missetat soll Gambrill denn gefürchtet haben, entlarvt zu werden?«

»Nun, auch dazu hat Dr. Sheldrick eine Theorie. Limbrick hatte Freeth auf die Idee gebracht, daß die Aufzeichnungen, die Burgoyne über Gambrills Arbeit an dem Gebäude geführt hatte, möglicherweise einen Hinweis enthalten könnten. Die beiden Männer brachen in Burgoynes Büro ein und fanden die Rechnungsbücher, prüften sie und erklärten wenige Tage später, daß sie durch einen Vergleich der Rechnungen und der Arbeiten, die tatsächlich durchgeführt worden waren, festgestellt hätten, daß Gambrill einen Teil des Geldes, das für die Arbeiten an der Kathedrale vorgesehen war, unterschlagen hatte.«

»Das scheint mir ziemlich einleuchtend zu sein«, meinte Dr. Sisterson.

»Aber Sie haben doch gesagt, daß Dr. Sheldrick eine Theorie dazu hat«, warf Mrs. Locard ein. »Ist er denn mit dieser Erklärung nicht zufrieden?«

»Er ist der Meinung, daß Freeth Limbrick dazu überredet habe, ihm zu helfen, Burgoynes Rechnungen zu fälschen, um so alle Schuld auf Gambrill abwälzen zu können.«

»Obwohl in Wirklichkeit Freeth selbst Gambrill in seine eigenen Unterschlagungen von Stiftungsvermögen hineingezogen hatte?« fragte Dr. Sisterson.

»Richtig. Ich glaube aber, daß der korrekte Ausdruck Veruntreuung heißt. Und deshalb konnte er ihn auch dazu überreden, Burgoyne zu ermorden.«

»Lieber Gott!« rief Dr. Sisterson aus. »Hat er irgendwelche Beweise dafür?«

»Er zieht nur die Schlußfolgerung. Die Theorie paßt zu den Tatsachen, und Freeth scheint durchaus dazu fähig gewesen zu sein.«

»Fähig, einen Mann zum Mord anzustiften!« rief Mrs. Locard aus. »Das ist bestimmt ein zu schwarzes Bild von der menschlichen Natur, Dr. Courtine.«

Ich war unangenehm berührt. »Wie der Bericht deutlich macht, hat er sich geldgierig und skrupellos gezeigt, als er eine gefälschte Urkunde benutzte, um Eigentum der Stiftung an sich zu bringen.«

»Selbst wenn er das getan hat, ist das noch lange kein Mord«, antwortete sie lächelnd. »Und auch die Rolle, die Dr. Sheldrick dem Steinmetzen zuschreibt, erscheint mir rätselhaft. Dieser stolze und umsichtige Mann, den Sie beschrieben haben, hätte doch sicher nicht das Geld für die Kathedrale gestohlen, die er so liebte, ganz egal, wie seine Einstellung zu den Domherren war?«

»Nun ja, irgend jemand hat Burgoyne ja nun ermordet«, widersprach ich.

»Wenn es Gambrill war«, wandte Dr. Sisterson ein, »glaube ich nicht, daß sein Motiv etwas mit Geld zu tun hatte. Was wir von ihm wissen, ist, daß er die Kathedrale liebte und der Meinung war, daß Burgoyne drauf und dran war, sie zu zerstören.«

»Freeth und Limbrick haben damals die Leute jedenfalls davon überzeugt, daß Gambrill der Mörder gewesen sein mußte«, fuhr ich fort. Rätselhaft bleibt nur, wie die Gedenktafel an ihren Platz gekommen ist. Limbrick und die anderen Männer, die am

Abend zuvor im Dom gearbeitet hatten, versicherten, sie sei viel zu schwer, als daß ein einzelner Mann das geschafft haben könnte. Die Bürger der Stadt waren sich einig, daß der Teufel Gambrill geholfen haben mußte.«

»Das ist sicher die einzig vernünftige Erklärung«, bemerkte Mrs. Locard mit einem Lächeln. Dann meinte sie: »Was ich ebenfalls nicht verstehe, ist, warum er aus der Stadt geflohen ist.«

»Das habe ich mich auch gefragt«, stimmte Dr. Sisterson zu. »Man hätte Burgoynes Tod ohne weiteres für einen Unfall halten können, und wenn Gambrill einfach ruhig nach Hause gegangen wäre, hätte nie jemand etwas von der Rolle erfahren, die er dabei gespielt hat.«

»Seine Frau und seine Kinder einfach im Stich zu lassen!« flüsterte Mrs. Locard und sah auf das schlafende Kind in ihrem Schoß hinunter.

»Das ist wirklich seltsam«, stimmte ich zu.

»Als Junggeselle hat Dr. Sheldrick dieser Frage vielleicht nicht genug Gewicht beigemessen«, meinte Mrs. Sisterson.

Ihr Mann lachte leise. »Im Gegenteil, ich möchte fast sagen, daß wir genau damit auf Gambrills Grund gestoßen sind, warum er die Stadt verlassen hat.« Wir lächelten, und er fuhr fort: »Übrigens, erzählt Dr. Sheldrick, was später aus Limbrick wurde?«

»Er übernahm Gambrills Geschäft und führte es im Namen seiner Witwe weiter.«

»Wirklich? Und was wurde aus der Witwe und den Kindern?« wollte er wissen.

»Nach einigen Jahren stellte sie den Antrag, ihren Mann für tot erklären zu lassen, was nach langer Verzögerung schließlich auch geschah.«

»Und Limbrick heiratete sie?« fragte Mrs. Locard.

»Wie schlau von Ihnen, wenn ich so sagen darf. Offenbar hatte sie in der Zwischenzeit mehrere Kinder von ihm bekommen.«

»Ich glaube«, erklärte sie, »daß er in der ganzen Geschichte eine außerordentlich wichtige Rolle spielt.«

»Könnte es denn sein«, fragte Dr. Sisterson, »daß er den Zwist zwischen Burgoyne und Gambrill schürte und dabei vorgab, ein Friedensstifter zu sein?«

»Sie haben den Verdacht, daß er selbst in den Mord verstrickt war? Das wäre möglich, Burgoynes Familie hat allerdings große Anstrengungen unternommen, um der Wahrheit auf die Spur zu kommen, und Dr. Sheldrick erwähnt nichts von einer solchen Hypothese. Burgoynes Neffe, ein junger Mann namens Willoughby Burgoyne, brachte mehrere Wochen in der Stadt zu und versuchte herauszufinden, was wirklich passiert war. Er wußte natürlich von der feindseligen Haltung des Domkapitels gegen seinen Onkel, aber er entdeckte keine Beweise, die für eine Anklage ausgereicht hätten.«

Wir unterhielten uns noch eine Weile darüber, dann erinnerte uns das dröhnende Schlagen der Kirchturmuhr, wie spät es schon war. Dr. Sisterson bat mich, Mrs. Locard zum Dekanat zu begleiten, und obwohl sie versicherte, daß das nicht nötig sei, war ich nur zu gerne bereit, mit ihr zu gehen. Wenige Minuten später verließen wir das Haus, und auf dem kurzen Weg über den Domplatz sprachen wir über Dr. Sisterson und seine Frau und ihr offensichtliches Glück miteinander.

Als wir uns dem Dekanat näherten, sagte Mrs. Locard: »Ich fand ihre Darstellung von Burgoynes Geschichte faszinierend. Sie haben alles so lebendig geschildert. Ich glaube, Sie sind ein wunderbarer Lehrer.«

»Das weiß ich nicht, aber ich versuche wirklich, die Vergangenheit wieder zum Leben zu erwecken«, erwiderte ich. »Ich halte es für sehr wichtig, daß die jungen Leute erkennen, daß die Männer und Frauen vergangener Zeiten auch menschliche Wesen waren, mit den gleichen Leidenschaften und Ängsten wie wir.«

»Und doch können wir nicht wirklich sicher sein, daß der

Domherr Burgoyne so edel war, wie Dr. Sheldrick uns glauben machen will, und der Subdekan Freeth ein solches Ungeheuer, nicht wahr?«

»Absolut sicher nicht. Aber wenn in einem bestimmten Fall alle Indizien in die gleiche Richtung weisen, dann können wir zumindest so sicher sein, wie wir es sein müssen.«

»Glauben Sie nicht, daß wir unsere eigenen Wünsche in die Gestalten der Vergangenheit hineininterpretieren, weil wir als irrende Sterbliche niemals wirklich unvoreingenommen sind?«

»Diese Gefahr besteht ganz bestimmt. Das einzige, was wir dagegen tun können, ist, uns unserer persönlichen Motive bewußt zu sein und unsere Vorurteile mit in Betracht zu ziehen.«

»Das ist natürlich eine sehr kluge Vorgehensweise«, meinte sie lächelnd, »aber nicht immer ganz leicht durchzuhalten.«

Zu meinem Bedauern waren wir bereits beim Dekanat angelangt. Im Laufe des Abends war mir klargeworden, an wen Mrs. Locard mich erinnerte, und als ich mich von ihr verabschiedete, verlieh ich meiner Hoffnung Ausdruck, sie vor meiner Abreise noch einmal zu sehen. Sie schüttelte mir die Hand und antwortete, daß sie sich darüber ebenfalls sehr freuen würde. Als die gähnende Hausangestellte die Tür öffnete, verbeugte ich mich und lenkte meine Schritte zu Austins Haus.

Mittwoch nacht

Als ich über den dunklen Domplatz ging, dachte ich an all das Leben, die Wärme und Zuneigung, deren Zeuge ich gerade geworden war, und mein eigenes Leben erschien mir im Vergleich damit allzu ruhig. Um mich herum war kein Laut zu vernehmen, und obwohl ich die Stille immer geliebt hatte, begann sie hier einen bedrohlichen Charakter anzunehmen.

Sisterson, der zehn oder fünfzehn Jahre jünger war als ich, hatte sich freudig all die Sorgen und Verpflichtungen aufgeladen, die ich auf die eine oder andere Weise immer vermieden hatte. Es war auffallend, daß er sich von den drei Domherren, die ich kennengelernt hatte, am wenigsten um die Eifersüchteleien und Rivalitäten des Domkapitels kümmerte.

Ich stand vor Austins Tür, hatte aber noch nicht das Bedürfnis, hineinzugehen, und so beschloß ich, noch einmal um die Kathedrale herumzugehen, die wie ein riesiges Tier im schwarzen Käfig des Domplatzes kauerte.

War ich in wenig großmütiger Weise wegen des Gedankens befriedigt, daß Austin jeden Bereich seines Lebens verpatzt hatte? Auch wenn mir Dr. Sistersons häusliches Glück fehlte, so hatte ich doch wenigstens einen interessanten, angesehenen und gutbezahlten Beruf, während mein Freund in einer Welt provinzieller Trübsal und Bedrückung versunken war. Im Gegensatz zu ihm tat ich genau das, was ich immer gewollt hatte und was mir auch Freude bereitete: Vorlesungen halten, wissenschaftlich arbeiten und Bücher schreiben. Natürlich hatte Austin recht gehabt mit seiner Behauptung, daß Glück mehr sei als nur das Fehlen von Unglück. Und jetzt, wenn ich so darüber nachdachte, kam ich zu dem Ergebnis, daß ich nicht von mir behaupten konnte, glücklich zu sein. Ich dachte mir, daß manche Leute ein Talent fürs Glück hätten, während andere immer wieder auf Unglück stießen, als ob sie danach suchten. Vielleicht lag das an der Angst vor Enttäuschung. Ich hatte immer geglaubt, Glück sei etwas, das irgendwann von alleine zu mir kommen würde, wenn ich es vermied, Fehler zu machen. Ich war stets vorsichtig gewesen und hatte in meinem Leben nur wenige Fehler begangen – bis auf diesen einen schwerwiegenden Irrtum, für den ich immer noch die Strafe zahlte.

Absurderweise hatte ich nie aufgehört, mich für jung zu halten. Weil ich ständig von Studenten umgeben war, hatte ich daran festgehalten, mich beinahe wie ein Altersgenosse dieser jungen Leute zu fühlen. War das der Grund, warum ich immer gemeint hatte, mein eigentliches Erwachsenenleben würde irgendwann in der Zukunft beginnen? Und jetzt stellte ich plötzlich fest, daß ich fast fünfzig Jahre alt war – und es zu spät war. Mein restliches Leben würde weiterhin in genau den gleichen Bahnen verlaufen wie in den vergangenen dreißig Jahren.

Obwohl ich mich immer noch für jung gehalten hatte, fragte ich mich manchmal, ob meine Einstellung gegenüber meinem späteren Leben deshalb so intellektuell und theoretisch geworden war, weil ich zu früh zu viele Bücher gelesen hatte und mich deshalb fast davor gedrückt hatte, durch das Stadium des Heranwachsens und der Jugend zu gehen. In gewissem Sinne war ich deshalb viel jünger gewesen, als es tatsächlich der Fall war, als ich mich in meine Frau verliebt hatte.

Ich umrundete die Ostseite der Kathedrale und kam mir auf dem verlassenen Domplatz vor wie ein Gespenst. Aber im Gegensatz zu dem Domherrn Burgoyne würde sich in hundert Jahren niemand mehr an mich erinnern. Nicht einmal in fünfzig.

Und niemand würde meinen Namen tragen. Was würde ich hinterlassen? Ein paar staubige Bücher, die ungelesen in den Regalen von Bibliotheken herumstehen würden? Verblassende Erinnerungen in den Köpfen meiner Studenten – wenn sie überhaupt an mich dachten, und warum sollten sie das?

Mir wurde langsam bewußt, daß meine mangelnde Bereitschaft, Zeit und Aufmerksamkeit auf Dinge und Menschen zu verwenden, die mich langweilten, dazu geführt hatte, daß ich vieles aus meinem Leben ausgeschlossen hatte. Alte Texte, Widersprüche oder Lücken in der historischen Überlieferung – das alles hatte mich unendlich fasziniert und überdies den Vorteil gehabt, daß ich mich sofort etwas anderem zuwenden konnte, sobald mein Interesse erlosch. All meine Leidenschaft war in diesen Aspekt meines Lebens geflossen. Ich hatte es mir in den letzten zweiundzwanzig Jahren nicht einmal gestattet, zärtliche Gefühle für eine Frau zu entwickeln. Hatte ich die Tatsache, daß eine Heirat für mich unmöglich war, als Ausrede benutzt? Und doch wußte ich, daß ich mich selbst immer nur so wichtig genommen hatte, wie andere mich meiner Meinung nach auch nahmen. Wir beurteilen unseren eigenen Wert danach, wie andere uns einschätzen, denn man könnte sagen, daß wir uns nur als Pfand für andere besitzen. Wenn das so war, welchen Grund hatte ich dann, mich selbst hochzuschätzen? War ich wirklich zufrieden mit der Überzeugung, daß für mich keinerlei Aussicht mehr auf Liebe oder auch nur auf häusliches Glück bestand? Hatte jene lang zurückliegende Erfahrung mich für alle Zeiten so verschreckt, daß ich meine Seele nie mehr einem anderen Menschen anvertrauen konnte? Vielleicht – um dies kurz vorwegzunehmen – war ja die Tatsache, daß diese Überlegungen mich bis in mein Innerstes aufgewühlt hatten, der Grund, daß ich am Freitag in den frühen Morgenstunden den beunruhigendsten Traum meines Lebens haben sollte.

Als ich die Eingangstür öffnete, war die Gaslampe in der Halle heruntergedreht, und so nahm ich an, daß Austin noch nicht zu

Hause war. Ich legte Hut und Mantel ab, ergriff eine Kerze und zündete sie an, aber als ich am Treppenabsatz im ersten Stock ankam, wurde mir aus dem Wohnzimmer ein Gruß entgegengerufen. Als ich hineinging, lag das Zimmer fast vollständig im Dunkeln, nur die glühenden Kohlen gaben ein flackerndes rötliches Licht.

Austin saß am Tisch und hatte eine Flasche und zwei Gläser vor sich. »Komm herein, setz dich und trink einen Schluck mit mir«, sagte er überschwenglich.

»Darf ich eine Kerze anzünden?« fragte ich. Er nickte, und als das Licht aufflammte, sah ich Austins lächelndes Gesicht. Im Kerzenschein sah er einen Augenblick wie der junge Mann aus, den ich vor langer Zeit gekannt hatte.

Er griff nach der Flasche, um Wein in das unberührte Glas zu gießen. Dann lächelte er und sagte: »Wie seltsam; sie ist wohl leer. Sei so nett und hol eine neue aus dem Schrank.«

Ich ging zum Schrank und wollte die Türe öffnen. »Sie ist verschlossen, Austin.«

»Doch nicht dieser Schrank«, sagte er scharf. »Lieber Gott, ich meinte den da drüben. Aber setz dich hin, ich hole sie schon selbst.« Er sprang auf und hastete zu dem Schrank neben der Tür, während ich Platz nahm. Er brachte eine zweite Flasche alten Portwein und machte sie auf. Offenbar hatte er seine Liebenswürdigkeit wiedergefunden. »Mein lieber, alter Freund«, sagte er. »Ich habe mir große Sorgen um dich gemacht. Ich hatte schon befürchtet, du seist gekränkt und hättest beschlossen, mich zu verlassen, und das ist das letzte auf der Welt, was ich mir wünsche; wirklich das letzte.«

Ich war gerührt, obwohl es offensichtlich war, daß er ziemlich viel getrunken hatte und man seine Versicherungen deshalb nicht ganz wörtlich nehmen konnte. Als ich ihn ansah – so fröhlich und angeregt –, dachte ich an die vielen nächtlichen Sitzungen in unseren Studentenbuden, und das Herz tat mir weh vor Trauer über das, was einmal gewesen war und was hätte sein können.

»Warum hätte ich das tun sollen?« fragte ich.

Er füllte mein Glas bis zum Rand. »Weil ich mich abscheulich benommen habe. Ich war reizbar und streitsüchtig. Und dann dir diesen Zettel zu hinterlassen. Aber ich ... ach, wenn du wüßtest. Ich war so ...«

Ich legte meine Hand auf die seine, und er brach ab. »Lieber Austin, ich bin nicht beleidigt, nicht im geringsten. Ich weiß, daß dich irgend etwas bedrückt.«

Er sah mich erschrocken an. »Du irrst dich. Ich habe keine Sorgen.« Er zog seine Hand weg.

»Mein lieber, alter Freund, mir gegenüber mußt du keine tapfere Miene zur Schau tragen. Ich habe wohl gemerkt, wie nervös du die ganze Zeit warst. Und dann auch noch dein Alptraum. Ich weiß, daß dich etwas beschäftigt, und ich glaube, ich weiß auch, was es ist.«

Er starrte mich an. »Was meinst du?«

Ich wurde verlegen. Eigentlich hatte ich ja nichts sagen wollen. Aber ich hatte über den Klatsch nachgedacht, den ich an diesem Abend mit angehört hatte. »Ich weiß, daß es ernste Probleme an der Schule gibt.«

»An der Schule? Wovon redest du?«

»Ich habe gehört – und frage mich bitte nicht, von wem, weil ich es dir nicht sagen kann –, daß der Schulleiter nicht von allen respektiert wird und daß ...«

»Du meinst den Direktor? Ich respektiere ihn sicher nicht.«

»Und daß die Dinge sich zuspitzen.«

»Sich zuspitzen! Hier spitzt sich immer was zu. Mittelmäßige Charaktere leben von unechten Aufregungen. Sie sind ihnen ein Ersatz für das Geistesleben, das sie nicht haben. Aber sonst findet hier wirklich nichts von Bedeutung statt. Du hast dir da wohl so eine Art Geschichte ausgedacht. Du hast zuviel Phantasie. Und deshalb siehst du nicht, was sich direkt vor deiner Nase abspielt. Du bist so darauf erpicht, alles zu überblicken, daß dir Dinge entgehen, die für weniger scharfsichtige Leute ganz offensichtlich sind. Es tut mir leid, aber ich muß dich enttäuschen.«

Ich lachte ein bißchen unangenehm berührt. »Bist du sicher? Ich habe gehört, daß die Schule vielleicht einen Teil ihrer Angestellten entlassen müssen wird.«

»So? Meinst du vielleicht, ich möchte den Rest meines Lebens in dieser verdammten Kleinstadt zubringen? Ich sehne mich von ganzer Seele ungeduldig danach, hier wegzukommen.«

»Aber Austin, du brauchst doch dein Gehalt, um davon zu leben!«

»Geld ist das einzige, woran man niemals einen Gedanken verschwenden sollte.«

Ich fand seine Einstellung erstaunlich. Und doch war er als Student ebenso unbekümmert gewesen und hatte eine Haltung an den Tag gelegt, die sonst eher für Söhne aus wohlhabenden Familien charakteristisch ist. Austins Vater war jedoch noch weniger begütert gewesen als mein eigener. Und während ich infolge meiner vergleichsweise geringen Geldmittel ein dringendes Bedürfnis entwickelt hatte, mir eine sichere, interessante und gutbezahlte Stellung zu erarbeiten, hatte sich Austin um solche Dinge niemals Sorgen gemacht.

»Willst du damit sagen, daß du jetzt ein Vermögen hast?«

Er lächelte. »Ich besitze keinen Pfennig.« Mit einer ironischen Geste der Resignation, an die ich mich so gut erinnerte, warf er den Kopf zurück und wies mit ausgebreiteten Armen auf den Raum – den fadenscheinigen Teppich, das alte, baufällige Mobiliar. »Mein Gehalt reicht kaum zum Leben, und ich habe nichts ersparen können. Falls die vergiftete Atmosphäre und die Feindseligkeit, die hier herrschen, zur Folge haben sollten, daß ich ohne Referenz gehen muß, dann wäre meine Situation schwierig. Aber ich bezweifle, daß das passieren wird.«

»Hat Appelton etwas gegen dich?«

Er sah mich entsetzt an. »Appelton? Was hat denn der mit mir zu tun?«

»Er ist doch der Schulleiter oder Direktor, oder nicht?«

»Der Chorschule!« rief Austin aus. »Er ist der Leiter der Chorschule der Kathedrale.«

»Gehört die Chorschule denn nicht zum Courtenay Institut?«

»Natürlich nicht. Das sind zwei vollständig voneinander getrennte Einrichtungen. Wir haben einen Direktor.«

»Ich dachte, die Chorschule sei einfach ein Teil der Lateinschule.«

»Absolut nicht. Die Chorschule untersteht direkt dem Dekanat und dem Domkapitel.«

»Und das Courtenay Institut untersteht nicht dem Domkapitel?«

Er schüttelte sich. »Was für ein Gedanke! Weil die Domherren sich ständig einmischen, diese kleinkarierten alten Waschweiber, ist die erzieherische Qualität der Chorschule unter aller Kritik. Es kränkt mich wirklich, daß du geglaubt hast, ich hätte damit etwas zu schaffen.«

»Tut mir leid. Ich hatte keine Ahnung, daß zwischen den beiden Schulen ein solcher Unterschied besteht.«

»Das Courtenay Institut hat zehnmal so viele Schüler, denn die Chorschule nimmt ja nur die Chorsänger auf. Es ist erheblich besser als das Torhaus. Das ist der alte Name für die Chorschule, und er ist ziemlich beleidigend, denn zwischen den beiden Schulen hat schon immer eine Mißstimmung bestanden.«

»Ich nehme an, daß die Jungen sich prügeln.«

»Das tun sie allerdings. Aber leider sind die Spannungen zwischen den beiden Schulen so groß, daß auch Freundschaften zwischen den Lehrern nicht gern gesehen werden. Ich habe zufällig einen guten Freund an der Chorschule – einen großartigen Mann, und ich möchte, daß du ihn kennenlernst –, aber die Tatsache, daß wir miteinander befreundet sind, hat in dieser vergifteten kleinen Gemeinschaft eine ganze Menge Unwillen erregt.«

»Das würde ich dir kaum abnehmen, wenn ich nicht wüßte, wie es an einem College in Cambridge zugeht.«

»Wo hast du diese Geschichte gehört?«

Ich genierte mich zu sehr, zuzugeben, daß ich den Klatsch in einer öffentlichen Bar aufgeschnappt hatte. Ohne direkt zu lügen, antwortete ich deshalb: »Du erinnerst dich sicher, daß ich gestern abend mit dem alten Küster gesprochen habe und daß er von der Schule erzählt hat? Er hat gesagt, daß morgen bei der Sitzung des Domkapitels darüber diskutiert werden soll.«

»Ja, es gibt ein Problem an der Chorschule, das die Domherren betrifft. Aber das Courtenay Institut hat nichts damit zu tun. Ich habe dich wohl mißverstanden. Bei uns läuft bloß das übliche schulmeisterliche Gezänk.«

Er sprach so ungehalten und wandte sich dann so abrupt ab, daß mir klar wurde, wie sehr ich ihn verärgert hatte. Nach langem Schweigen fragte ich ihn: »Möchtest du wirklich, daß ich bleibe? Bin ich dir nicht im Weg?«

Er streckte den Arm aus und klopfte mir auf die Hand.

»Nein, nein. Geh nicht fort. Es ist wichtig, daß du hier bist. Damit kannst du mir sehr helfen.«

Ich war tief gerührt über seine Worte.

Er fuhr fort: »Bitte bleib noch ein paar Tage da.«

»Länger als bis zum Sonnabend kann ich aber nicht bleiben.«

»Sonnabend, ja, das ist ausgezeichnet.«

»An diesem Nachmittag muß ich dann bei meiner Nichte sein. Länger kann ich dir nicht Gesellschaft leisten.«

»Also dann bis Sonnabend. Das wird reichen. Ich fürchte, ich bin bisher kein guter Gastgeber gewesen. Ich werde mich bemühen, das zu ändern.« Er stand auf und füllte mein Glas nach. Dann setzte er sich auf seine übliche Weise seitwärts in den Sessel und ließ sich langsam nach unten sinken, bis sein Gesicht, von mir aus gesehen, von seinen Füßen eingerahmt wurde.

Wieder schwiegen wir, und ich dachte über seine seltsamen Worte nach – »Sonnabend, das wird reichen.«

Plötzlich fragte er mich: »Wie war dein Besuch in der Bibliothek? Hast du gefunden, wonach du gesucht hast?«

Ich lachte. »Lieber Himmel, Austin, so leicht ist das nicht. Aber Dr. Locard hilft mir sehr.«

»Ein wirklich reizender Mann«, meinte er ironisch.

»Ich fand ihn sehr freundlich«, sagte ich vorsichtig.

»Ja, natürlich. Solange du ihm irgendwie nützlich sein oder etwas für seine Karriere tun kannst, ist er immer freundlich. Nicht charmant, denn Charme hat er keinen. Charme wäre ihm verdächtig und ganz bestimmt unter seiner Würde.«

»Nun ja, zu mir war er jedenfalls nett. Wir haben über den Mord an Dekan Freeth gesprochen.«

»Das muß aber spannend gewesen sein!«

»Es war sehr interessant. Bevor ich Cambridge verlassen habe, fand ich einen Brief aus dem Jahr 1663, der ein neues Licht auf die Geschichte wirft, und ich glaube, er wird genug Stoff für einen Artikel in der ›Proceedings of the English Historical Society‹ liefern; und zwar für einen, der einigen Wirbel machen könnte.«

»Dann solltest du dich beeilen und ihn schreiben, bevor Locard es tut und dir die Schau stiehlt.«

»Das glaube ich nun wirklich nicht, Austin. Er hat bisher sehr wenig veröffentlicht, aber das Wenige ist von höchster Qualität und stellt meines Wissens einen bedeutenden Beitrag zu den wissenschaftlichen Erkenntnissen über die frühe keltische Kultur dar – ein Gebiet, dem erst in jüngster Zeit ein wenig Aufmerksamkeit geschenkt wird. Locard weist nach, wie sehr die Laien, die bis vor kurzem noch einen Großteil der Forschungsarbeit geleistet haben, sich geirrt haben. Ich glaube kaum, daß dieser Mann sich solcher Mittel wie Plagiat und Diebstahl geistigen Eigentums bedienen würde.«

»Es liegt aber an seinem Ehrgeiz, der ihn dazu veranlaßt hat, sich in einem neuen wissenschaftlichen Gebiet hervorzutun, nicht an seiner Liebe zur Wissenschaft. Er ist kein Gelehrter, sondern ein Politiker, und du solltest nicht davon ausgehen, daß dein Erfolg ihm am Herzen liegt.«

»Ganz im Gegenteil, er war wirklich willens, mir zu helfen. Er hat mir sogar einen seiner Mitarbeiter zur Verfügung gestellt, der allerdings keine besondere Leuchte ist, wie ich leider sagen muß.«

Er sah mich mit plötzlichem Interesse an. »Du meinst doch nicht etwa dieses seltsame Geschöpf, Quitregard? Der ist das schlimmste Klatschmaul in Thurchester, und du tätest gut daran, ihm kein einziges Wort zu glauben.«

»Nein, den anderen, Pomerance. Der ist nicht sehr hilfreich und auch nicht besonders nett. Quitregard dagegen scheint mir ein sehr angenehmer junger Mann zu sein. Ich weiß nicht, warum du ihn seltsam nennst. Aber wie dem auch sei, ich habe den ganzen Tag damit verbracht, ohne Erfolg nach dem Manuskript zu suchen.«

Trotz seines Versprechens, sich mehr Mühe zu geben, war Austin wieder in sein trübsinniges Schweigen verfallen.

»Weil wir gerade von Dr. Locard reden«, sagte ich. »Ich habe heute abend seine Frau kennengelernt.«

»Wie kam denn das zustande?« fragte er höflich.

»Bei Dr. Sisterson.«

»Sisterson ist ein Narr, aber er ist harmlos.«

»Mrs. Locard war reizend. Und sie ist für Sistersons Kinder wie eine zweite Mutter.«

»Über sie kann niemand etwas Böses sagen«, meinte Austin fast mit Bedauern. »Bloß, daß sie die Finger von keinem Kind lassen kann. Sie hatte selbst eines, aber das ist als Baby gestorben, und hinterher hat sich herausgestellt, daß sie keine weiteren Kinder mehr kriegen kann.«

»Ach, wie traurig!« rief ich aus. »So eine freundliche, mütterliche Frau. Und so schön. Wirklich sehr ...«

»Wieso warst du zu so später Stunde dort eingeladen?«

»Ich kam mit Dr. Sisterson ins Gespräch.«

»Auf dem Domplatz? Das muß ganz schön kalt gewesen sein. Was für ein Gesprächsthema hat euch beide da draußen denn so warm gehalten?«

»Es war nicht auf dem Domplatz. Auf dem Rückweg vom Abendessen im ›Dolphin‹ sah ich Licht in der Kathedrale und ging hinein, und er war auch dort.«

»Unmöglich. Die Kirche wird doch schon Stunden vorher abgesperrt.«

»Nein, die Männer arbeiten sehr lange.«

»Ja, um die Orgel bis Freitag fertigzukriegen. Aber sie hören eigentlich immer spätestens um neun Uhr auf.«

»Es ist etwas passiert, weswegen sie die ganze Nacht durcharbeiten müssen. Das war auch der Grund, warum Dr. Sisterson dort war.«

»Was redest du da?« fragte er mit plötzlichem Interesse.

»Diese unfähigen Narren, die sich an der Kathedrale zu schaffen machen, haben einen ernsten Schaden angerichtet, genau wie ich es befürchtet hatte. In der Wand neben dem Querschiff ist ein Riß entstanden, und außerdem stinkt es ganz fürchterlich.«

Er zog sich in seinem Sessel hoch, setzte sich normal hin und starrte mich erschrocken an. »Was hat das zu bedeuten?«

»Es ist möglich, daß eine der Säulen sich ein bißchen gesenkt hat. Wenn die Kathedrale auf sumpfigem Untergrund auf Holzpfählen erbaut worden ist, könnte es sein, daß dort unten Sumpfgas eingeschlossen war, das nun frei wird.«

»Wird das die Einweihung der Orgel verzögern?«

»Das weiß ich nicht.«

»Hast du dich denn nicht erkundigt?«

»Nein«, antwortete ich bestürzt. »Ist das denn so wichtig?«

Er schüttelte bedächtig den Kopf.

In diesem Augenblick schlug die große Kirchturmuhr die Stunde.

»Ein Uhr«, murmelte Austin. »Du solltest längst im Bett sein.« Und dann, wie um seine Bemerkung zu korrigieren, fügte er noch hinzu: »Ich hindere dich an deinem Schlaf.«

»Du hast recht«, erwiderte ich. »Ich muß morgen sehr früh in der Bibliothek sein. Ich will versuchen, aus dem Haus zu schleichen, ohne dich zu wecken.«

»Nein, mach dir deshalb keine Sorgen«, sagte er geistesabwesend. »Ich habe morgen viel zu tun. Ich werde ebenso früh aufstehen wie du. Vielleicht sogar noch früher.«

Wir gaben uns die Hand und trennten uns. Eine Viertelstunde später lag ich mit meinem geöffneten Buch im Bett. Ich hörte, wie Austin in seinem Zimmer auf der anderen Seite des Treppenabsatzes hin und her ging, denn ich fürchtete, daß er wieder einen Alptraum haben könnte, und hatte deshalb die Tür offengelassen.

Obwohl meine Augen über den Text glitten, nahm ich nichts auf. Als ich darüber nachdachte, wie irritiert Austin auf meine Neugier bezüglich seiner Angelegenheiten reagiert hatte, fiel mir auf, daß er mir praktisch überhaupt keine Fragen über mich selbst gestellt hatte. Zuerst hatte ich gedacht, das läge an seinem Taktgefühl und seiner Sorge, mich damit womöglich zu verletzen, aber jetzt wurde mir klar, daß er sich einfach nicht für mich interessierte. Als wir beide jung gewesen waren, war mir nie aufgefallen, wie ausschließlich er mit sich selbst beschäftigt war, vielleicht, weil ich ebenso auf mich selbst konzentriert war wie er. Aber mit zunehmendem Alter hatte ich andere Menschen interessanter gefunden als meine eigene Person.

Und doch, fiel mir plötzlich ein, war er mir gefolgt, als ich zum neuen Dekanat gegangen war, um die Inschrift zu lesen. Interessierte es ihn also doch, was ich tat?

Zwischen Mittwoch
und Donnerstag

Es war fast zwei Uhr, als ich dann endlich die Kerze ausblies und zu schlafen versuchte. Ich befand mich noch in einem verwirrenden Land der Schatten und halb verstandener Traumbilder, als mich plötzlich ein Geräusch aus dem Treppenhaus in die Wirklichkeit zurückrief. Das alte Haus knarrte beständig, aber dieses Geräusch war schärfer und lauter gewesen. Ich lauschte angestrengt und hörte ein Tappen auf der Treppe. Dann noch einmal. Und noch einmal. Austin stieg die Treppe hinunter. Augenblicklich hatte ich das Bild meines Freundes vor Augen, wie er mit weitaufgerissenen Augen durch die Haustür ging, während sein Geist noch in der Welt der Träume verharrte. Ich stand auf, zog mir im Dunkeln ein paar Kleidungsstücke über und tastete mich zur Tür. Dann schlich ich leise die erste Treppe hinunter, weil ich mich erinnerte, daß es gefährlich sein konnte, einen Schlafwandler plötzlich zu wecken. Es war nichts zu hören als die alte Uhr, die laut auf dem Treppenabsatz unter mir tickte. Dann, gerade als ich den nächsten Treppenabsatz erreichte, hörte ich, daß die Haustür leise geöffnet und wieder geschlossen wurde. Die Hand auf dem Treppengeländer, hastete ich so eilig hinunter, wie es in der vollkommenen Finsternis möglich war. In der Halle angekommen, ertastete ich meinen Weg zu den Kleiderhaken und fand meinen Mantel. Noch im Anziehen öffnete ich vorsichtig die Tür und spähte hinaus. Zum erstenmal seit Tagen wehte ein frischer Wind, und vereinzelte Schneeflocken fielen oder – besser gesagt – wirbelten durch die Luft. Der Nebel hatte sich aufgelöst, und ein blasser Mond schimmerte durch die Wolkenfetzen, in dessen fahlem Licht ich Austins Gestalt rasch um die Ecke des Querschiffes verschwinden sah.

Ich eilte hinter ihm her, und als ich selbst um die Ecke bog, sah ich ihn gerade noch in eine schmale Gasse zwischen der Ecke des Domplatzes und dem neuen Dekanat einbiegen. Ich folgte ihm so schnell und geräuschlos wie möglich. Ungewollt überfiel mich die Erinnerung, wie ich vor vielen Jahren in ähnlicher Weise jemandem gefolgt war.

Es hatte nicht den Anschein, als ob Austin schlafwandelte. Dazu bewegte er sich zu schnell und zu zielstrebig. Das Gäßchen war sehr verwinkelt, so daß ich ihn nicht mehr sehen konnte, obwohl er nur wenige Meter vor mir herging. Wenn er nicht schlafwandelte, dann war er auch nicht in Gefahr, und in diesem Fall hatte ich eigentlich auch nicht das Recht, ihm zu folgen. Aber waren seit meiner Ankunft nicht genügend seltsame Dinge geschehen, die mir Anlaß zu der Vermutung gaben, daß er ernsthaft unter Druck stand, und die meine Handlungsweise rechtfertigten, die sonst ehrenrührig gewesen wäre? Mein ethisches Dilemma wurde jedoch sehr schnell gegenstandslos: Als ich das Ende der Gasse erreichte, war Austin nicht mehr zu sehen. Das Gäßchen mündete in eine kurze Reihe kleiner Häuser, und er konnte sowohl in eines davon hineingegangen als auch in einer der Querstraßen verschwunden sein. Ich blieb stehen. Es war totenstill – als ob die ganze Stadt so ruhig atmete wie ein schlafendes Kind. Ich eilte weiter. Wenn er in eines der Häuser gegangen war, würde ich vielleicht ein Licht sehen oder Stimmen hören. Ich hastete die Häuserreihe entlang, sah und hörte jedoch nichts. Am Ende stieß ich auf eine andere Straße, die im rechten Winkel kreuzte, aber soweit ich bei der mangelnden Straßenbeleuchtung erkennen konnte, war sie in beiden Richtungen menschenleer. Austin war mir entwischt.

Aber ich hatte mich verirrt. Minutenlang wanderte ich bestürzt die stillen Straßen entlang. War ich hier entlanggegangen? War dies die Gasse, durch die ich gekommen war? In der Dunkelheit sah alles gleich aus, und es war möglich, daß ich ständig im Kreis herum lief. Die frische Nachtluft und der klare Himmel nach dem lähmenden Nebel der letzten Tage waren jedoch angenehm, und die rhythmische Bewegung meiner Beine schien mir eine passende Untermalung meiner sorgenvollen Gedanken. Wo konnte Austin zu dieser nächtlichen Stunde nur hingegangen sein? Was trieb er hier und mit wem? Und warum schien er so besorgt über das Problem in der Kathedrale zu sein?

Endlich stieß ich wieder auf das kleine Gäßchen, das mich zum Domplatz zurückführte. Die schwarze Kathedrale erhob sich drohend und beängstigend riesig vor mir und schimmerte im Mondlicht. Ich dachte daran, wie alles um sie herum zerfallen, zerstört und überbaut worden war, selbst die gewaltige Abtei, die sie einst umgeben hatte. Die Größe der Kathedrale verlieh dem Städtchen das Gepräge einer Hauptstadt, und ich dachte daran, daß es ja auch lange Zeit eine solche gewesen war – eines der großen Bildungszentren des mittelalterlichen Europa, zu dem Gelehrte und Studenten von so weit entfernten Orten wie Cordoba und Konstantinopel geströmt waren. Der Gedanke an die verlorenen Schätze der riesigen Bibliothek, die unter Heinrich VIII. in alle Winde zerstreut worden waren, und an die untergegangene Gemeinschaft asketischer Gelehrter erfüllte mich mit Trauer.

Unwillkürlich mußte ich an den ermordeten Domherrn Burgoyne denken und dann an den Tod des Dekans Freeth. Langsam schlenderte ich an den kalten Steinen entlang, in deren Schatten einst große Leidenschaften gebrannt hatten. Aus irgendeinem Grund ging ich an Austins Haus vorbei und umrundete noch einmal den Domplatz. Er lag in fast völliger Finsternis vor mir. Nur am Westende des Hauptschiffes flackerte noch eine trübe Öllampe, die eigentlich gegen Mitternacht hätte ausgebrannt sein müssen, und die nahe daran war, zu verlöschen.

Plötzlich erfaßte mich eine urtümliche Angst vor der Dunkelheit – die Angst, daß es das Böse gäbe und daß es nachts seine Herrschaft antrete. Ein Gesicht, ein grinsender Totenschädel, setzte sich in meiner Phantasie fest. Mir ging die Geschichte von Burgoyne nicht mehr aus dem Kopf. Als Historiker fühlte ich mich eigentlich verpflichtet, vollkommen rational zu denken und die Tatsache zu akzeptieren, daß die Vergangenheit unwiederbringlich vorbei ist; und doch ist mir durch meinen Beruf all der Schmerz und Schrecken, den die Verstorbenen erlitten haben, stets gegenwärtig, selbst auf den friedlichen Weiden und stillen Nebenstraßen Englands. Dadurch habe ich ständig das Gefühl, als müsse immer etwas zurückbleiben, wie auf einer fotografischen Platte, die ein zweites Mal belichtet worden ist. Woher sollen wir wissen, was nach dem Tod mit uns geschieht?

Ich hörte ein gedämpftes Klirren und überlegte, daß die Arbeiter möglicherweise immer noch in der Kathedrale tätig waren. Tatsächlich waren die Fenster schwach erleuchtet, und dahinter bewegten sich Schatten. Ich ging zurück zur Tür am Ende des südlichen Querschiffs und drückte dagegen. Als sie sich öffnete, schlüpfte ich leise hinein. Die großen Steinsäulen waren mit winzigen Tröpfchen bedeckt, als ob sie trotz der Kälte schwitzten. Das ganze Bauwerk schien zu atmen. Es war ein gigantisches Lebewesen. Ich hörte ein leises, blubberndes Geräusch, das in erschreckender Weise an eine menschliche Stimme erinnerte, die in Schmerz und Verzweiflung stöhnte, und meine Nackenhaare sträubten sich, obwohl ich wußte, daß es nur der Wind sein konnte.

Ganz leise ging ich auf den Chor zu, wo die Handwerker beschäftigt waren. Drei Männer waren an der Arbeit, und der alte Küster, Gazzard, stand mit dem Rücken zu mir dabei und sah ihnen zu.

Keiner von ihnen bemerkte, daß ich unter dem Vierungsturm stand. Plötzlich spürte ich, daß jemand mich beobachtete, und sah zur Orgelempore hinauf. Ich reagierte ohne nachzudenken.

Es war einer jener Augenblicke, in denen das Bewußtsein abschweift, Geist und Körper sich voneinander zu lösen scheinen und die Zeit stillzustehen scheint. Oder besser gesagt: Diesen Eindruck hat man später, denn solche Momente lassen sich nur im Rückblick erfassen. Es war wie in all den Fällen, in denen ich feststellte, daß ich mehrere Seiten mit scheinbarer Konzentration gelesen hatte und mich dennoch an kein einziges Wort mehr erinnern konnte. Bei diesen Gelegenheiten fragte ich mich dann oft, wo mein Geist wohl gewesen war, wenn nicht bei meinem Buch.

Und so war es auch jetzt. Als ich zur Orgelempore hinaufsah, wurde mir plötzlich klar, wo ich mich befand. Ich hatte keine Ahnung, wieviel Zeit vergangen war und wie ich dorthin gelangt war, wo ich mich plötzlich wiederfand. Oberhalb des Geländers schimmerte ein heller Fleck in der Dunkelheit, und als ich genau hinsah, verdichtete er sich zu einem Gesicht, das mich anzustarren schien. Ein kaltes, weißes, leeres Gesicht mit blicklosen Augen wie aus Glas – und doch schienen sie bis in mein Innerstes zu dringen. Sie sahen durch meine Seele hindurch – oder durch meine nicht vorhandene Seele, denn dieser Blick schuf eine ebensolche Leere in mir. Es war das Gesicht eines Wesens, das nicht von dieser Welt war. Ich weiß nicht, wie lange wir einander anstarrten, oder besser gesagt, wie lange ich dieses Wesen anstarrte, denn ich bin mir nicht sicher, ob es mich wirklich sah. Das Gesicht verschwand, und ich kehrte schaudernd und in kaltem Schweiß gebadet in die Wirklichkeit zurück. Und erst in diesem Moment vermochte ich die Reihenfolge der Ereignisse zu rekonstruieren. Ich hatte eine Vermutung, wer es gewesen sein mußte, den ich gesehen hatte, konnte sie jedoch nicht akzeptieren. Alles, was ich wußte und glaubte, würde damit auf den Kopf gestellt werden.

Ich blieb stehen und wartete, wer aus der Tür treten würde, die zur Treppe der Orgelempore führte. Endlich, als mir klar wurde, daß niemand diese Stufen herunterkommen würde, drehte ich mich um und ging wie in Trance durch das Querschiff zum Ausgang.

Als ich ins Freie trat und die Tür hinter mir zuzog, wurde ich von unerwartetem Weiß geblendet. Die Luft war erfüllt von Myriaden von Schneeflocken, die plötzlich aufleuchteten, wenn das Mondlicht sie traf. Während ich in der Kathedrale gewesen war, hatte es offenbar zu schneien begonnen, und es war genug Schnee gefallen, um das Kopfsteinpflaster und die Dächer zu bedecken. Es war mir nicht bewußt gewesen, daß ich mich so lange in der Kathedrale aufgehalten hatte, daß sich inzwischen eine solche Menge Schnee hatte ansammeln können. Mit dem ersten Schnee des Winters wird die Welt neu geboren. Unwillkürlich mußte ich an meine Kindheit denken – wie ich mit meinem Kindermädchen durch den Schnee stapfte, um den Schlittschuhläufern auf dem Teich zuzusehen, wie ich am Ende meines ersten Halbjahres aus der Schule zurückkehrte und die Kutsche sich auf dem Weg nach London mühsam durch den immer tiefer werdenden Schnee kämpfte, wie ich am Weihnachtsabend auf die Heimkehr meines Vaters wartete und wußte, daß ich an diesem Abend lange aufbleiben und mit meinen Eltern heißen Punsch trinken durfte. Die Erinnerungen bewegten mich so tief und erschienen im Vergleich zu dem, was mir soeben widerfahren war, so unschuldig, daß mir Tränen in die Augen traten.

Und dann geschah es. Ich berichte hier nur, was ich in jener Nacht gesehen habe. Ich bitte den Leser um Nachsicht.

Etwa sechzig Meter von mir entfernt stand im blassen Mondlicht eine schwarze Gestalt am Eingang des Gäßchens, in dem Austin verschwunden war. Sie hob sich deutlich vom Schnee ab, aber es war nicht Austin. Diese Gestalt war viel größer, und sie hatte das Gesicht des Wesens, das ich gerade auf der Orgelempore erblickt hatte. Wenn es ein menschliches Wesen war, gab es keine Möglichkeit, wie es von dort aus zu der Stelle hätte gelangen können, an der es sich jetzt befand, ohne daß ich es gesehen hätte, denn ich hatte ja die Tür zu der Treppe beobachtet, die zur Orgelempore führte, und war dann auf direktem Weg durch die einzige unverschlossene Tür der Kathedrale gegangen! Und wieder schien die Gestalt mich anzustarren. Mit einem langen, verächtlichen Blick. Dann wandte sie sich um und bog mit unbeholfenen Schritten in das Gäßchen ein. Sie hinkte und wirkte wie eine verwundete Kreatur, die sich voller Schmerz, Elend und Wut davonschleppte.

Ich hatte William Burgoyne gesehen. Ich war mir ganz sicher. Und wenn das stimmte, dann war die Welt nicht so, wie ich immer gedacht hatte. Die Toten konnten wieder gehen, denn ein Mann, der vor zweihundert Jahren gestorben war, hatte vor mir gestanden. Das bedeutete, daß alles, was ich geglaubt hatte, all die ordentlichen, rationalen, fortschrittlichen Ideen, die mein Leben bestimmt hatten, kindische Spielereien waren, die nur bei Tageslicht gespielt werden konnten. Sobald es dunkel wurde, traten die wahren Mächte ihre Herrschaft an, und sie waren unangreifbar, irrational und böse.

Ich weiß nicht, wie lange ich dort verharrte – zehn Minuten, fünfzehn Minuten, eine halbe Stunde –, denn noch nie hatte ich die Zeit so sehr als Illusion empfunden. Als ich wieder zur Besinnung kam, betrachtete ich das schneebedeckte Kopfsteinpflaster. Im schwachen Mondlicht konnte ich erkennen, daß die Schneefläche zwischen meinem Standort und der Stelle, wo die Gestalt gestanden hatte, völlig unberührt war. Wäre sie kein körperloses Wesen, hätte sie nicht dorthin gelangen können, ohne Spuren im Schnee zu hinterlassen.

Ich wollte weg, aber es erschien mir undenkbar, zu Austins Haus zurückzukehren. Ich konnte den Gedanken, mich in einem geschlossenen Raum aufzuhalten, nicht ertragen, schon gar nicht in diesem alten Gemäuer, das mir jetzt voller höhnischer Schatten und flüsternder Stimmen zu sein schien, die im Knarren der alten Balken mitstöhnten. Ich hastete an der Kathedrale entlang in die entgegengesetzte Richtung, ging durch das Tor und fand mich in der ausgestorbenen High Street wieder. Ich schritt schnell aus – wohin der Zufall mich führte. Wie lange ich durch die schlafenden Straßen irrte, kann ich nicht sagen.

Die friedliche Stadt gab mir die Sicherheit wieder, daß die Welt des normalen Lebens, des Wechsels von Schlaf und Arbeit, noch immer existierte, denn was ich gesehen hatte, war wie ein Angstschrei mitten in einem Kammerkonzert, ein Blick auf Schmerzen und Zorn, die stark genug waren, einen Mann zweihundert Jahre nach seinem Tod aus dem Grab zu treiben. Ich überließ es meinen Beinen, mich zu tragen, wohin sie wollten. Meine Fußabdrücke waren die einzigen Spuren in der leichten Schneedecke, die sich über die Stadt gebreitet hatte. Ich erinnere mich, daß ich schließlich auf einer kurvigen Straße einen sanft ansteigenden Hügel erklomm. An der Straße standen große Villen, jede mit einem schmiedeeisernen Balkon, einer Veranda und gestrichenen Fensterläden. Ich weiß auch noch, daß ich auf dem Gipfel des Hügels stehenblieb und auf die Häuser mit ihren langgestreckten Gärten hinunterblickte, die bis zu einem kleinen, ganz von Trauerweiden gesäumten Fluß hinunterreichten. Ich erinnere mich, daß ich mir dachte, wie schön es hier im Sommer sein müsse, auch wenn die Bäume zu dieser Jahreszeit still und kahl im winterlichen Mondlicht standen. Ich dachte an die Eltern und Kinder und Dienstboten, die in den Häusern schliefen, und seufzte bei dem Gedanken, wie wunderbar diese Villen sein mußten, um dort aufzuwachsen oder Kinder großzuziehen.

Von hier oben gesehen lag die kleine Stadt wie ein Kinderspielzeug vor mir, selbst wenn die Aussicht durch den fallenden Schnee verschleiert war. Im Zentrum der Stadt ragte die dunkle Silhouette der Kathedrale hoch über den niedrigen Dächern auf, die sie umgaben. Und als ich an den dunklen, engen Domplatz in ihrem Schatten dachte, verspürte ich nicht das Bedürfnis, aus der klaren Luft und Weite auf dem Hügel dorthin zurückzukehren.

Nach einer Weile machte ich mich wieder auf den Weg. Ich folgte einer anderen Straße den Hügel hinunter, ohne einem

Menschen zu begegnen, bis ich schließlich in eine Gasse am Stadtrand gelangte, die mit ihren strohgedeckten Hütten und ihrer holprigen Fahrbahn wie eine Dorfstraße wirkte. Dort rumpelte mir ein Milchwagen entgegen, kutschiert von einem stämmigen jungen Mann, der mir einen fröhlichen Gruß zurief.

Diese Begegnung mit einem lebendigen, menschlichen Wesen brachte mich wieder zur Besinnung. Ich eilte wieder zum Stadtzentrum zurück. Der Turm der Kathedrale, der vor dem dunklen Nachthimmel aufragte, diente mir als Wegweiser. Nach ein paar Minuten hatte ich mich ihm so weit genähert, daß er zwischen den Häusern verschwand. Aber dann hörte ich die Kirchturmuhr die halbe Stunde schlagen und wußte, daß ich nicht mehr weit entfernt sein konnte. Es war halb drei. Ich irrte in den engen Nebenstraßen und zwischen den Gärten herum, bis ich mich endlich in einem der Gäßchen wiederfand, durch die ich gegangen war, als ich Austin aus den Augen verloren hatte.

Plötzlich stieg mir der Duft nach Butter und Ingwer in die Nase. Hier wurde gebacken. Ich ging dem Geruch nach. Als ich in eine lange, schmale Straße einbog, sah ich ein vereinzeltes Licht. Es gab hier viele große, alte Häuser aus verblichenen roten Ziegeln, die einen heruntergekommenen Eindruck machten, mit Türen und Fensterrahmen, von denen die Farbe abblätterte und deren Holz darunter verrottete. All diese Häuser wiesen mehrere Glocken und Namensschilder auf – ein sicheres Zeichen, daß man sie in mehrere Wohnungen aufgeteilt hatte. Ich ging zu dem beleuchteten Fenster und warf einen Blick hinein.

Die ausgefransten Vorhänge waren einen Spaltbreit geöffnet. Durch diesen Spalt konnte ich gerade einen Teil von Austins Gesicht und seines Körpers erkennen. Er saß auf einem Stuhl und redete, aber ich konnte nicht sehen, mit wem. Er hielt ein Glas in der Hand und trank etwas. Ich bemühte mich, etwas zu verstehen, konnte aber nur undeutliche Stimmen ausmachen, von denen eine die Stimme einer Frau war. Ob sie außer Austin die einzige Person im Zimmer war oder ob sich sonst noch jemand in dem Raum aufhielt, konnte ich nicht feststellen. Und dann bemerkte ich eine Hand, die mir zu groß erschien, als daß sie einer Frau hätte gehören können, deren Finger jedoch schlank und zart waren. Diese Hand wurde nach Austin ausgestreckt und blieb mit einer seltsam intimen Geste eine Weile auf seinem Knie liegen.

Austin lächelte die unsichtbare Person mit solcher Zärtlichkeit an, und seine Züge waren von so offensichtlichem Glück erhellt, daß mich plötzlich die Erinnerung überfiel, wie er vor vielen Jahren mich selbst auf die gleiche Weise angelächelt hatte, und ich empfand den Verlust mit einem scharfen Stich der Trauer, ja sogar der Eifersucht. Ich beobachtete die Szene nur wenige Sekunden lang, denn ich fürchtete, er könnte zum Fenster blicken und mich sehen, obwohl ich annehme, daß das Licht im Zimmer die Fensterscheiben in schwarze Spiegel verwandelt hatte. Ich trat vom Fenster zurück und ging benommen die Straße hinunter.

Das also war seine große Leidenschaft: eine schmutzige Liaison mit einer Frau aus diesem schäbigen Stadtviertel. Was für ein Narr ich doch gewesen war, nicht zu bedenken, daß seine Liebschaft der Grund für seinen nächtlichen Ausflug sein mußte! Ich hatte Angst, er könnte herausfinden, daß ich ihm gefolgt war. Und gleichzeitig war ich verblüfft. Der Austin, den ich gekannt hatte, war niemals auf käufliche Liebe ausgewesen, wie so viele unserer Studienkameraden an der Universität. Tatsächlich hatte er meines Wissens niemals irgendwelche Affären gehabt. Und während seiner Freundschaft mit meiner Frau hatte ich mir in dieser Hinsicht keine Sekunde lang Sorgen gemacht.

Ich dachte daran, wie er durch die dunklen, stillen Straßen zu seiner Geliebten geeilt war. Wie lächerlich, in seinem Alter. Und doch auch wieder beneidenswert. Ich mußte stehenbleiben und tief durchatmen, als ich an die schiere, nackte Schamlosigkeit dieses Abenteuers meines Freundes dachte.

Am Ende der Straße hatte ich mich wieder gefaßt und stellte fest, daß ich wußte, wo ich war. Ich stand an der Ecke der Straße, die zu dem Gäßchen führte, in dem ich Austin aus den Augen verloren hatte. Ich verlangsamte meine Schritte. Plötzlich kam mir der Gedanke, daß die Affäre vielleicht gar nicht das war, was ich angenommen hatte. Vielleicht war Austin wirklich in eine Frau verliebt, die seiner Liebe würdig war. Und doch legte ihr nächtliches Treffen den Verdacht nahe, daß ihre Beziehung unerlaubt war. War sie verheiratet? War sie vielleicht sogar die Frau eines Kollegen oder eines Mannes, der ein Amt in der Kathedrale bekleidete? Ich dachte an den Kreislauf von Enttäuschung, Erregung, Zorn und Verlangen, durch den ich vor zwei Jahrzehnten getrieben worden war. Wer war diese herrschsüchtige, unvernünftige Person, die solche Macht über ihn besaß – die ihn offenbar mitten in der Nacht zu sich beordert hatte, ganz egal, was er dabei riskierte? Vielleicht hatte sie ihn ja nach einer Zeit verzweiflungsvoller Verbannung, in der sie einen Rivalen liebevoll anlächelte, wieder zu sich gerufen. Wenn ich daran dachte, was ich selbst gelitten hatte, wußte ich kaum, ob ich ihn beneiden oder bedauern sollte.

Dann kam mir ein entsetzlicher Gedanke, wer die Frau sein könnte. Ich wollte es nicht glauben. Wie sollte eine solche Frau Austin für würdig befinden, ihn zu lieben? Und doch wußte ich, daß der wirkliche Austin, der Austin, den ich gekannt hatte, sofern er noch existierte, ihrer würdig sein könnte, denn seine besten Eigenschaften waren bewundernswert gewesen. Und unter allen Frauen der Welt war sie diejenige, die diese Eigenschaften entdecken und fördern würde, denn wie ich gesehen hatte, war es charakteristisch für sie, immer das Beste von den Menschen zu denken und zu versuchen, selbst ihre schlimmsten Taten zu verstehen und zu verzeihen. Mit Entsetzen dachte ich daran, daß es oft erst die Großmut des Liebenden ist, die einen unwürdigen Geliebten wertvoll erscheinen läßt.

Ich ging zu Austins Haus zurück, stampfte den Schnee von den Stiefeln, bevor ich eintrat, und stieg mit einer brennenden Kerze hinauf zum Wohnzimmer. Ich hatte einen Entschluß gefaßt, wie ich vorgehen wollte. Austins Betragen paßte zu anderen seltsamen Reaktionen, die ich seit meiner Ankunft an ihm beobachtet hatte – daß er mich am Nachmittag auf dem Domplatz beobachtet hatte, der abrupte Stimmungswechsel von Freundlichkeit zu Abneigung. Die jetzigen Umstände, die Tatsache, daß es mitten in der Nacht war, der Schnee, die Gestalt, die ich gesehen hatte, all das zusammen schien zu bedeuten, daß ich aus dem normalen Leben hinausgetreten war und daher das Recht hatte, Maßnahmen zu ergreifen, die ich mir unter normalen Umständen niemals gestattet hätte. Mir war der Gedanke gekommen, es könnte eine Verbindung bestehen zwischen dem Diebstahl der Miniaturen aus dem Haus von Dr. Sheldrick am Dienstag abend – falls es sich wirklich um Miniaturen handelte – und der seltsamen Geschichte mit dem Päckchen, das so geheimnisvoll hinter Austins Haustür aufgetaucht war.

Ich ging zum Schrank hinüber. Die Türen waren solide, und als ich versuchte, sie zu öffnen, stellte ich fest, daß sie tatsächlich abgesperrt waren.

Ich sah mich suchend im Zimmer um. Es fiel mir auf, daß die Bücherregale das einzig Ordentliche im ganzen Haus waren. Bedeutete das, daß Austin seine Bücher niemals anfaßte, oder genau das Gegenteil, daß er sie so liebte, daß er sie mit Sorgfalt in Ordnung hielt? Es fiel jedenfalls auf, daß ein einzelnes Buch herausgezogen worden war und quer auf der Seite lag. Ich bemerkte, daß sich ein Lesezeichen darin befand. Es war eine Märchensammlung, und im Deckel klebte ein Zettel, der es als Eigentum der Bücherei des Courtenay Instituts kennzeichnete. Einem Impuls folgend nahm ich es mit in mein Zimmer, machte mich bettfertig und schlüpfte unter die Decke.

Ich schlug das Buch bei dem Lesezeichen auf, dem Anfang eines der Märchen, und begann zu lesen. Aber ich war nicht recht bei der Sache. Ob die Gestalt, die ich auf der Orgelempore und später auf dem Domplatz gesehen hatte, nur in meiner Phantasie existierte? Ich mußte zugeben, daß ich im Laufe des Abends erheblich mehr getrunken hatte als sonst. Jetzt, da ich darüber nachdachte, schien mir zumindest einiges von dem, was ich gesehen hatte, erklärlich. Es konnte zum Beispiel sein, daß ich länger auf den Stufen der Kathedrale gestanden hatte, als mir bewußt gewesen war, und daß der frisch gefallene Schnee die Spuren der Gestalt zugedeckt hatte, bevor ich daran gedacht hatte, nach ihnen Ausschau zu halten. Dennoch blieb die Tatsache bestehen, daß dieses Wesen nicht von der Orgelempore zu der Stelle hätte gelangen können, an der ich es gesehen hatte, ohne an mir vorbeizugehen. Selbst jetzt, in der Sicherheit und Wärme meines Bettes, konnte ich über meine abergläubische Angst nicht lachen, denn ich hatte noch immer das seltsame Gefühl, etwas aus einer anderen Welt oder einer anderen Zeit gesehen zu haben. Unwillkürlich fiel mir Austins rätselhafte Bemerkung ein, daß er verloren sei – daß seine geheimnisvolle Leidenschaft ihn in die Verdammnis geführt habe. Das Wesen, das ich in dieser Nacht gesehen hatte, war böse, vielleicht sogar verdammt, insofern dieses Wort überhaupt eine Bedeutung hatte.

Neugierig, welche Art von Lektüre Austin schätzte, zwang ich mich, das Märchen zu lesen. Obwohl es eine ganz konventionelle Geschichte von einem tapferen jungen Prinzen, einer schönen Prinzessin und einem verzauberten Schloß war, fand ich sie zu meiner Überraschung zutiefst beunruhigend. Anschließend lag ich noch lange wach und dachte über bestimmte Abschnitte meines Lebens nach. Nach etwa einer Stunde hörte ich, wie Austin ins Haus schlüpfte und die Treppe heraufschlich. Aber es dauerte immer noch fast zwei Stunden, bis ich endlich in einen unruhigen Schlaf fiel.

Donnerstag vormittag

Austin schlief vermutlich noch schlechter als ich, denn als ich um Viertel vor sieben zum Frühstück herunterkam, war er noch nicht da. Ich kochte Kaffee und bereitete Toast für uns zu, und wenige Minuten später stieg er bleich und mitgenommen die Treppe herunter. Ich schwieg in der Hoffnung, daß er vielleicht von sich aus etwas über die Ereignisse der Nacht sagen würde – was zur Folge hatte, daß keiner von uns beiden während des Frühstücks mehr als ein paar Sätze sprach. Mir fiel auf, daß seine Hand zitterte, als er die Tasse an die Lippen hob. Er schien meinem Blick auszuweichen, und ich tat das gleiche, weil mir der Gedanke unangenehm war, er könnte womöglich festgestellt haben, daß ich ihm gefolgt war. Es ließ sich nicht ausschließen, daß er mich gesehen hatte, und außerdem fiel mir plötzlich ein, daß er womöglich Spuren von geschmolzenem Schnee in der Eingangshalle bemerkt haben könnte, als er nach Hause gekommen war.

Endlich brach er sein Schweigen: »Wenn die Bibliothek schließt, warte ich vor dem Eingang auf dich.«

»Warum das?«

Er sah mich mit offensichtlicher Überraschung an. »Hast du denn vergessen, daß der alte Mr. Stonex uns heute nachmittag zum Tee erwartet?«

Im ersten Moment hatte ich keine Ahnung, wovon er sprach. Aber dann fiel mir ein, daß der Name Stonex mir bekannt vorkam. Natürlich! Der alte Bankier hatte ihn gestern abend erwähnt. Sein Vorfahr, der das neue Dekanat erworben hatte, hatte so geheißen. »Aber er hat mich für morgen eingeladen. Ich meine: uns.« Ich konnte mir nicht vorstellen, wie Austin von der Einladung erfahren haben sollte.

»Nein heute. Er meinte heute.«

»Ich bin mir sicher, daß er morgen gesagt hat. Am Freitag.«

»Er hat den Termin geändert.«

»Aber Austin, woher weißt du denn überhaupt davon? Ich habe ganz vergessen, dir zu erzählen, daß ich ihn gestern zufällig kennengelernt habe, als ich die Inschrift lesen wollte.«

»Das ist mir klar.«

Ich war verblüfft. Gab er damit zu, daß er mir nachspioniert hatte? Die Sache schien mir peinlich, und weil ich nicht wollte, daß er noch mehr über sein seltsames Betragen sagte, fuhr ich fort: »Ich hatte nicht angenommen, daß du mitkommen wolltest. Woher weißt du, daß er den Termin geändert hat?«

»Woher ich das weiß? Weil er es mir gesagt hat. Ich habe ihn gestern abend zufällig getroffen. Ich habe auch vergessen, dir das zu erzählen.«

»Aber woher wußte er, daß wir befreundet sind? Ich bin mir sicher, daß ich ihm das nicht gesagt habe.«

»In dieser Stadt gibt es keine Geheimnisse«, meinte Austin kurz angebunden. Und mit dieser Erklärung mußte ich mich wohl zufriedengeben. »Ich werde dich also vor der Bibliothek erwarten, wenn sie schließt, und dann gehen wir zusammen hin.«

Ich nickte. Es war seltsam. Wenn Austin mich gestern nachmittag nicht beobachtet hatte, während ich mich mit dem alten Herrn unterhielt, warum hätte er dann mit Mr. Stonex reden sollen? Mein Verdacht, daß er mir nachspioniert hatte, mußte also zutreffen. Er hatte wahrscheinlich herausfinden wollen, was zwischen mir und dem alten Mann geredet worden war.

Wenige Minuten später war Austin bereit zum Aufbruch. Er hatte hastig Toilette gemacht, sah aber immer noch schlecht rasiert und unordentlich aus. Ich hatte auf ihn gewartet, damit wir das Haus zusammen verlassen konnten. Als wir die Eingangstür öffneten, stellten wir fest, daß in den letzten Stunden über zehn Zentimeter Schnee gefallen waren. Schweigend stapften wir über die fast unberührte weiße Fläche.

Als wir am Eingang zum Querschiff der Kathedrale vorbeigingen, überholten wir zwei Jungen. Der eine hielt den anderen fest. Ich lächelte Austin an und fragte mich, ob die beiden bei ihm die gleichen Erinnerungen an unsere Jugend wachriefen, aber er schien sie gar nicht zu bemerken. Der größere Junge, der Austin voller Verachtung ansah, trug einen blauen Gehrock, Kniehosen und Schnallenschuhe – vermutlich die vorgeschriebene Uniform der Lateinschule –, während der andere eine einfache schwarze Jacke zu seinen Kniehosen anhatte und wohl ein Schüler der Chorschule war. Mir fiel ein, daß Austin von der Rivalität zwischen den beiden Schulen erzählt hatte, was diese Szene zu bestätigen schien. Als wir an den beiden vorbeigingen, sagte der kleinere Junge, der in beängstigender Weise stotterte, daß er schon zu spät dran sei und Ärger bekommen würde.

Einen Augenblick später wandte ich mich um und sah, daß der ältere Junge den anderen beim Genick gepackt hatte und ihm einen Schneeball in den Kragen stopfte. Der Kleinere versuchte sich zu wehren, woraufhin ihm sein Gegner zweimal in rascher Folge ziemlich hart auf die Brust schlug. Ich wollte schon zurückgehen und eingreifen, aber dann ließ der große den kleineren Jungen los, und dieser rannte davon. Im Gegensatz zu den immer wachsamen Schulmeistern meiner Kindheit gab Austin durch nichts zu erkennen, daß er die Szene beobachtet hatte.

Wir gingen schweigend bis zum Ende der Kathedrale, wo wir uns trennten, nachdem Austin mich noch einmal an unsere Verabredung erinnert hatte. In diesem Moment sah ich den jungen Quitregard um die Ecke des Wandelganges biegen. Wir begrüßten uns und legten die letzten Meter zusammen zurück. Ich berichtete ihm von dem Vorfall, den ich gerade beobachtet hatte. Er erzählte, daß er den Chorbuben wenige Minuten vorher gesehen habe und daß er selbst einen Bruder an der Chorschule habe. Kurz vor halb acht standen wir vor der Bibliothek, und Quitregard schloß die massive Tür auf.

»Waren Sie selbst auch Schüler dieser Schule?« fragte ich.

»Ich war im Courtenay Institut, der Lateinschule.«

»Es wundert mich, daß Brüder auf zwei verschiedene Schulen geschickt werden«, meinte ich und stampfte auf dem Fußabstreifer vor der Tür herum, um meine Stiefel vom Schnee zu befreien.

»Ach wissen Sie, ich kann keine einzige Note richtig singen.«

»Dennoch überrascht es mich, denn soviel ich weiß, können die beiden Schulen sich nicht ausstehen.«

Er lachte. »Die Jungen prügeln sich natürlich. Aber ich glaube nicht, daß es irgendwelche offiziellen Mißstimmungen gibt.«

»Mein Freund Fickling hat mir erzählt, die Spannungen zwischen den beiden Instituten gingen so weit, daß seine Freundschaft mit einem Lehrer der Chorschule auf Kritik stoße.«

»Ach, ich glaube nicht, daß die Freundschaft als solche Anstoß erregt«, erwiderte der junge Mann schnell. Dann errötete er und sagte: »Dr. Locard hat mich gebeten, Ihnen seine Entschuldigung zu übermitteln, Dr. Courtine. Er wird nicht in der Lage sein, Ihnen zu helfen, wie er gehofft hatte. Er muß sich auf die Sitzung des Domkapitels vorbereiten; es ist unerwartet ein schwieriges Problem aufgetreten.«

»Das ist natürlich sehr bedauerlich.« Die Entschuldigung paßte zu der Einladung zum Abendessen, die der Bibliothekar erst ausgesprochen und dann wieder zurückgezogen hatte; und meine Chancen, zu finden, was ich suchte, wurden dadurch noch weiter gemindert.

Der junge Mann mußte die Enttäuschung in meinem Gesicht bemerkt haben, denn er schlug vor, ich solle doch eine Tasse Kaffee mit ihm trinken, bevor ich meine staubige Arbeit im Keller wieder aufnahm. Dann fügte er hinzu: »Wenn Pomerance kommt, macht er Feuer, und wenn wir noch ein Weilchen warten, wird es unten ein bißchen wärmer.«

Ich nahm sein Angebot dankbar an, obwohl ich mir sagte, daß die Wärme bestimmt nicht bis dahin vordringen würde, wo ich zu arbeiten hatte. Als er vor mir her zu der behaglichen Nische ging, in der er den Kaffee zubereitete, erklärte Quitregard: »Ich glaube, ich kann Ihnen, ohne damit ein Geheimnis preiszugeben, verraten, daß wir heute eine Art Krise haben. Die Sitzung des Domkapitels wird lang und kompliziert werden.«

Ich erinnerte mich, daß Gazzard gesagt hatte, daß heute in der Sitzung über die Schule gesprochen werden sollte, und nahm an, daß die Krise mit dem Klatsch zusammenhing, den ich am Abend zuvor in der Bar gehört hatte. Ich wollte Quitregard jedoch nicht mit weiteren Fragen in Verlegenheit bringen. Also setzten wir uns und warteten, bis das Wasser kochte. »Natürlich tut es mir sehr leid, daß Dr. Locard nicht in der Lage ist, mir seine wertvolle Unterstützung zu leihen«, erklärte ich. »Aber ich fürchte, daß keine Hilfe der Welt mir etwas nützen könnte. Selbst wenn das Manuskript hier wäre, könnte ich sechs Monate lang danach suchen und es doch nicht finden.«

Der junge Mann wirkte ein bißchen verlegen, als er sich über den Ofen beugte. Ob es ihm peinlich war, daß er mein Gespräch mit Dr. Locard über dieses Thema mitgehört hatte? »Ich wünschte, ich könnte Ihnen behilflich sein«, sagte er. »Ich würde alles darum geben, das Manuskript für Sie zu finden, und ich bin sicher, daß es Dr. Locard wesentlich lieber wäre, wenn es von einem seiner eigenen Leute entdeckt würde.«

»Das würde ich mir auch wünschen. Dr. Locard hat in sehr schmeichelhaften Worten von Ihnen gesprochen und war so freundlich anzukündigen, daß er vielleicht ein paar Stunden auf Sie verzichten wolle, damit Sie mir Beistand leisten können.«

»Wirklich?« Quitregard wandte sich um, um eine Kaffeekanne vom Regal zu nehmen, und sagte über die Schulter: »Zu meinem Leidwesen muß ich Ihnen mitteilen, daß Dr. Locard mich erst gestern nachmittag darauf hingewiesen hat, wie wichtig es sei, daß wir mit dem Katalogisieren der Manuskripte fortfahren. Er hat mir Arbeit für eine ganze Woche oder mehr zugeteilt.«

»Das ist bedauerlich. Aber wenigstens bin ich in den Genuß von Dr. Locards Rat gekommen. Seine Interpretation des einzigen Beweisstücks, das ich habe, war meisterhaft. Ich sollte wohl sagen, daß es sich dabei um einen Brief eines Sammlers und Herausgebers alter Urkunden zur Zeit der Restauration namens Pepperdine handelt, der ...«

»Ich muß gestehen, daß ich Ihr Gespräch mitgehört habe«, sagte der junge Mann entschuldigend und sah von seiner Arbeit über der Kaffeekanne auf. »Ich hatte keinen Grund zu der Annahme, daß es vertraulich sei.«

»Es war auch in keiner Weise vertraulich. Aber in diesem Fall werden Sie wissen, wie brillant Dr. Locard den äußeren Anschein des Beweisstücks durchschaute und seine wahre Bedeutung entdeckte. Es war eine überaus beeindruckende Demonstration einer historischen Analyse.« Quitregard beugte sich über den Wasserkessel, so daß ich sein Gesicht nicht sehen konnte. Ich fuhr fort: »Und Sie haben vermutlich auch gehört, wie wir uns darüber unterhalten haben, welche neuen Perspektiven der Brief hinsichtlich der Freeth-Affäre eröffnet?«

»Ja, das habe ich. Dieser Vorfall hat mich stets fasziniert.«

»In diesem Fall wird es Sie sicher interessieren, daß ich heute nachmittag eine weitere Version dieser Geschichte zu hören bekommen soll. Ich wollte gestern die Inschrift an der Wand des neuen Dekanats lesen.«

»Die berühmte satanische Inschrift«, sagte Quitregard und wandte sich lächelnd um. »Obwohl ich bezweifle, daß sie etwas mit dem Tod des Dekans Freeth zu tun hat.«

»Nein, gewiß nicht. Ich wollte sie auch in Zusammenhang mit der Geschichte des Camerarius Burgoyne lesen. Der junge Mann hob eine Augenbraue, um auch dazu seiner Skepsis Ausdruck zu verleihen. »Aber das hat mit unserem Thema nichts zu tun«, fuhr ich fort. »Ich wollte Ihnen nur erzählen, daß ich zufällig mit dem alten Herrn ins Gespräch kam, der derzeit in dem Haus lebt, und er hat mich für morgen zum Tee eingeladen. Für heute nachmittag, wollte ich sagen«, verbesserte ich mich.

Quitregard sah mich erstaunt an. »Tatsächlich? Mr. Stonex?«

»Ja. Er erwähnte, daß er eine Version der Geschichte von Freeths Tod kennt, die er zusammen mit dem Haus geerbt hat. Er will sie mir heute nachmittag erzählen.«

»Ich kann Ihnen gar nicht sagen, wie überrascht ich bin! Das ist wirklich eine große Ehre für Sie. Er ist nämlich äußerst zurückhaltend. Oder vielleicht sollte man Sie auch nicht ganz so glücklich preisen. Soviel ich gehört habe, ist er alles andere als großzügig.«

»Nun, mir gegenüber war er ausgesprochen reizend.«

Quitregard hob die Augenbrauen. »Sie erstaunen mich außerordentlich, Dr. Courtine.«

»Daß irgend jemand mich nett behandelt?« fragte ich scherzhaft.

Er lächelte. »Eine solche Einladung widerspricht allem, was ich je über ihn gehört habe. Und ich bin in Thurchester aufgewachsen und habe mein ganzes Leben lang den ganzen Klatsch über ihn gehört. Nur Kindern gegenüber verhält er sich freundlich – das heißt eigentlich nur gegenüber den Jungen von der Chorschule, die er selbst einmal besucht hat. Zufällig habe ich, kurz bevor wir hier eintrafen, gesehen, wie er mit einem von ihnen sprach.«

»Und was wird in der Stadt über ihn geredet?«

»Obwohl er eine Persönlichkeit ist, über die ständig geklatscht wird, gibt es nur sehr wenig, was sich mit Sicherheit über ihn sagen läßt. Als einziger Eigentümer der Thurchester and County Bank ist er ein sehr prominenter Bürger der Stadt.«

»Es könnte sein, daß er nur zu solchen Leuten freundlich ist, die nichts von seiner Stellung wissen – Kinder und Fremde also. Aber dann darf ich annehmen, daß er wohlhabend ist?«

»Hat er Ihnen nicht diesen Eindruck gemacht?« fragte der junge Mann lächelnd.

»Weit davon entfernt. Seine äußere Erscheinung wirkte ziemlich schäbig. Und das Haus sieht, jedenfalls von außen, so aus, als sei es in schlechtem Zustand.«

»Er ist, gelinde gesagt, ein berüchtigter Geizhals; er gibt so wenig wie möglich für sich und seine Bequemlichkeit aus und für andere überhaupt nichts. Aber eigentlich ist er einer der reichsten Männer der Stadt, wenn nicht sogar der reichste. Dennoch lebt er sehr einfach und zurückgezogen. Ich habe noch nie gehört, daß er jemanden in sein Haus gebeten hätte.«

»Hat er denn keine Freunde oder Verwandte?«

»Keine, zu denen er freundliche Beziehungen unterhält – oder irgendwelche Beziehungen. Angeblich soll er eine Schwester haben, mit der er sich schon vor vielen Jahren zerstritten hat. Und ganz bestimmt keine Freunde.«

»Dann genieße ich wirklich einen besonderen Vorzug. Ich bin gespannt, wie er mich empfangen wird. Was habe ich zu erwarten?«

»Ich brenne darauf, das von Ihnen zu hören«, sagte der junge Mann lächelnd. »Das Haus wird sauber und aufgeräumt sein, denn eine Frau kommt täglich und kümmert sich darum. Sie werden alles auf seinem Platz vorfinden, aber Sie werden auch feststellen, daß nichts im Haus neu gekauft ist. Abgesehen von seiner Sammlung alter Landkarten hat er einen Horror davor, für etwas Geld auszugeben.«

»Ist er nur exzentrisch, oder handelt es sich um etwas Ernsteres?«

»Seine Geisteskräfte sind nicht im geringsten vermindert. Und vielleicht kann man auch nicht einmal sagen, daß er exzentrisch sei, denn von einem Bankier, dem die Leute ihr Geld anvertrauen, kann man so etwas eigentlich nur schwer behaupten. Vermutlich ist er eher ein Original. Und diese Originalität besteht hauptsächlich in der extremen Ordnung, die er in seinem Leben hält. Er ist wie Kant, der Philosoph, der seine täglichen Geschäfte mit solcher Regelmäßigkeit wahrgenommen haben soll, daß die Leute in seiner Stadt die Uhren nach ihm stellen konnten.«

»Gibt es denn Gründe für seine Pünktlichkeit und seine Ungeselligkeit?«

»Der Grund für beides dürfte in seiner Angst liegen, ausgeraubt zu werden. Es wird behauptet, daß er ein Vermögen in bar und in Gold in seinem Haus versteckt hat. Ich habe keine Ahnung, ob das stimmt. Ich würde eher annehmen, daß er seine Wertsachen im Tresor seiner Bank aufbewahrt. Aber in der Stadt glaubt man das allgemein. Diese Gerüchte stammen wohl von den komplizierten Vorkehrungen, die er trifft, um nicht Opfer eines Raubes zu werden. Aber vielleicht muß er ja all diese Vorkehrungen jetzt nur deshalb treffen, weil jeder meint, daß es sich lohnen würde, in sein Haus einzubrechen.«

Er lachte, und ich stimmte ein. »Wie sehen diese Vorkehrungen denn aus?«

»Er empfängt niemanden in seinem Haus. Deshalb ist es ja so eine außergewöhnliche Ehre, die Ihnen da zuteil wird.« Quitregard erhob sich halb aus seinem Stuhl und verbeugte sich scherzhaft vor mir. Ich begann, diesen jungen Mann wirklich ins Herz zu schließen. »Das Haus bleibt niemals ohne Aufsicht, und er verläßt es nur, um zur Bank zu gehen. Es gibt nur einen Satz Schlüssel, und den trägt er an einer Kette an seinem Körper. Niemand außer ihm hat also einen Schlüssel, nicht einmal seine einzige Bedienstete, eine alte Frau namens Mrs. Bubbosh, die täglich kommt, um sauberzumachen, seine Wäsche zu waschen und ihm sein Essen zu kochen.«

»Wenn sie keinen Schlüssel hat und Mr. Stonex einen Großteil des Tages in der Bank verbringt, wie kommt sie dann hinein und heraus?«

»Eine gute Frage. Das gehört zu den originellsten Angewohnheiten des alten Herrn. Um sieben Uhr läßt er sie herein, und sie macht ihm das Frühstück. Um halb acht verläßt er das Haus – und schließt sie ein.«

»Sie ist den ganzen Tag über eingesperrt?«

»Bis er mittags zum Essen nach Hause kommt. Und alle Fenster haben Läden, die ebenfalls verschlossen sind, so daß sie niemanden hereinlassen kann. Am Nachmittag hat die alte Frau dann ein paar Stunden frei, denn das Abendessen wird von einem Kellner aus einem Gasthaus in der Nähe gebracht. Es wird pünktlich Schlag vier Uhr geliefert. Er öffnet seine Tür nur bei diesen Gelegenheiten, um sieben, um vier und um sechs, wenn Mrs. Bubbosh wiederkommt und er nochmals zur Bank geht. Um neun Uhr kehrt er zum Nachtessen nach Hause zurück, und sie geht heim.«

»Als ich ihn gestern traf, sprach er auch von seinem Abendessen. Ich bilde mir ein, er sagte, daß er darauf warte. Aber es muß viel später gewesen sein als vier, denn ich bin est um Viertel nach vier von hier weggegangen, als Ihr Kollege die Bibliothek schloß.«

Quitregard lächelte. »Dann müssen Sie ihn wohl mißverstanden haben. Ich kann Ihnen versichern, daß jedes Abweichen von seinem gewohnten Tagesablauf sofort zum Stadtgespräch würde.«

»Diese strenge Disziplin beeindruckt mich. Ich wüßte zu gern, ob es etwas in seiner Vergangenheit gibt, vor dem er sich zu schützen sucht.«

Der junge Mann sah mich fragend an.

»Manchmal versuchen Leute, sich vor schmerzlichen Erinnerungen zu schützen, indem sie ihr Leben in einen festgelegten Stundenplan pressen.« Während der schlimmsten Zeiten in meinem Leben hatte ich mich wie der Kuckuck einer Kuckucksuhr verhalten und war nur für die Mahlzeiten und Vorlesungen von meinem Schreibtisch aufgestanden und aus meinem Arbeitszimmer aufgetaucht. Der junge Bibliothekar konnte sich aber offensichtlich überhaupt nicht vorstellen, was ich meinte, und so ließ ich das Thema fallen. »Wie lange lebt er schon so?«

»Er ist sein ganzes Leben geizig und einsam gewesen, aber mit den jetzigen komplizierten Vorsichtsmaßnahmen hat er erst vor acht oder neun Jahren begonnen.«

»Wenn er keine Verwandten hat, was hat er denn dann mit seinem so sorgfältig gehüteten Reichtum vor?«

»Das würde die ganze Stadt gern wissen.«

»Hat ›die Stadt‹ denn gar keine Vorstellung?« fragte ich lächelnd.

»Die Stadt nimmt an – und hofft natürlich –, daß er sein Vermögen der Stiftung der Kathedrale zur Verwendung für seine ehemalige Schule hinterlassen wird. Seine Schule hat in seinem sonst so harten Herzen nämlich einen enormen Stellenwert, denn seine Kindheit war schwierig, und einer oder zwei von den Lehrern waren freundlich zu ihm.«

Die Uhr der Kathedrale schlug die Stunde, und ich stand auf. »Es war sehr nett, mit Ihnen zu plaudern, aber ich muß mich jetzt an die Arbeit machen.«

Quitregard sprang ebenfalls auf. »Wollen Sie wirklich im Keller weitersuchen?«

»Natürlich«, antwortete ich. Nach allem, was ich ihm erzählt hatte, erstaunte mich seine Frage.

Er zögerte einen Augenblick, als wolle er etwas sagen, was ihm unangenehm war, aber dann lachte er und meinte: »Ich fürchte, es wird kalt dort unten sein. Pomerance ist noch nicht eingetroffen, um Feuer zu machen. Er weiß, daß Dr. Locard am Donnerstag gewöhnlich in der Sitzung des Domkapitels ist und kommt deshalb an diesem Tag meistens zu spät.«

Ich dankte ihm für den Kaffee, ging hinunter zu den Stapeln modriger Manuskripte und nahm meine Suche wieder auf. Quitregards Frage hatte harmlos geklungen, aber sie machte mich dennoch unsicher. War meine verzweifelte Suche der richtige Weg zum Ziel? Das eigenartige Betragen des Bibliothekars, seine

Einladung zurückzuziehen, seine Verabredung nicht einzuhalten und, wie Quitregard zu erkennen gegeben hatte, mir die Unterstützung seiner Angestellten zu verweigern, hatte mich auf die Idee gebracht, Dr. Locard, der so besessen war von der Rivalität zwischen den Gelehrten, von ausgeklügelten Winkelzügen und Gegenzügen, könnte vielleicht auf meine Entdeckung, daß Grimbalds Manuskript sich möglicherweise in diesem Gebäude befindet, eifersüchtig sein. Hatte er womöglich beschlossen, selbst nach dem Manuskript zu suchen? Wie Mrs. Sistersons unvorsichtige Bemerkung nahegelegt hatte, fand er es vielleicht demütigend, wenn ein Außenstehender direkt unter seiner Nase eine so bedeutende Entdeckung machte. Schließlich wollten er und seine Angestellten ja demnächst damit beginnen, das verbliebene Material zu katalogisieren. Austin hatte mich vor seinem Ehrgeiz gewarnt und angedeutet, daß er auch skrupellos sei. Aber obwohl ich ersteres akzeptiert hatte, hatte ich mich geweigert, auch die zweite Eigenschaft in ihm zu sehen. Ob ich zu naiv gewesen war? Hatte Dr. Locard mir absichtlich einen Rat erteilt, der mich dazu veranlassen sollte, meine Zeit zu vergeuden? Hatte er in Wirklichkeit mir angetan, was Pepperdine angeblich Bullivant angetan hat? Hatte Dr. Locard angefangen, sich mit angelsächsischer Geschichte zu befassen und aus diesem Grund meinen Artikel und Scuttards Antwort darauf gelesen, was sonst ein überraschender Zufall gewesen wäre?

Den ganzen Vormittag arbeitete ich mich durch Berge von spinnwebbedeckten, brüchigen Manuskripten. Die Tatsache, daß Pomerance nicht auftauchte, erschwerte mir meine Arbeit noch zusätzlich, obwohl er mir nur bei dem physischen, nicht aber bei dem intellektuellen Teil meiner Mühen hätte behilflich sein können.

Gegen Mittag verließ ich die Bibliothek und stapfte mühsam durch den Schnee, der unterdessen zu Matsch zertreten worden und dann zu einer Eismasse aus Schlamm und Steinen zusammengefroren war. Ich begab mich zum Mittagessen in das gleiche

Lokal, in dem ich auch am Vorabend gegessen hatte, aber diesmal ging ich nicht in die Bar. Als ich kurz nach ein Uhr in die Bibliothek zurückkehrte, war Quitregard gerade dabei, Kaffee zu kochen, und ich nahm seine Einladung dankend an, eine Tasse mit ihm zu trinken.

Gerade als das Wasser im Kessel zu kochen begann, kam Pomerance hereingestürzt und schrie: »Der Chef hat gewonnen. Sheldrick ist am Ende. Sie haben ihn regelrecht in Stücke gerissen. Jetzt ist es aus mit ihm. Er kann sich einsargen lassen. Es ist schon in aller Munde!« Dann entdeckte er mich und hielt plötzlich inne. Sein langes, knochiges Gesicht wurde puterrot.

Quitregard lächelte. »Setz dich hin und trink eine Tasse Kaffee, Pomerance.« Der junge Mann plumpste in einen Stuhl wie eine Marionette, der man die Schnüre abgeschnitten hat. »Er kommt gerade von der Chorprobe«, erklärte mir Quitregard, »wo der Gesang offenbar während der gelegentlichen Pausen im Austausch von Klatsch stattfindet.«

»Das ist nicht fair. Der Chorleiter ist ein echter Drachen. Er nimmt uns ganz schön ran.«

»Wenn dem so ist, sollte ich mir seine furchterregenden Eigenschaften vielleicht zu eigen machen.«

»Übrigens«, sagte Pomerance. »Morgen nachmittag brauche ich nicht frei zu nehmen.«

»Und was ist mit dem Gottesdienst für die Orgel?«

»Ach, der fällt aus.«

Quitregard sah ihn überrascht an.

»In der Kathedrale ist was Komisches passiert«, erklärte Pomerance. »Nach dem Abendgottesdienst wird die Orgel gesperrt.«

»Was Komisches«, echote Quitregard. »Kannst du die englische Sprache nicht mit etwas mehr Finesse anwenden, Pomerance?«

Der junge Bursche zuckte die Achseln, um auszudrücken, daß er nichts Genaueres wußte.

»Die Arbeiter haben vermutlich einen leichten Schaden am Fundament einer Säule angerichtet«, warf ich ein und freute mich, daß ich eine Information über seine Heimatstadt beizutragen hatte, von der Quitregard noch nichts erfahren hatte. Zu meiner Befriedigung wandte sich der junge Mann überrascht zu mir um, und ich fügte stolz hinzu: »Und dann ist da noch so ein rätselhafter Geruch.«

Pomerance rümpfte die Nase. »Ja, es stinkt ganz abscheulich. Es war widerlich, singen zu müssen, obwohl man den Mund am liebsten überhaupt nicht aufgemacht hätte.«

»Ich kann mir nicht vorstellen, daß du jemals lieber den Mund gehalten hättest, seit du deinen ersten Atemzug getan hast«, gab Quitregard zurück. »Aber wann soll die Feier denn nun stattfinden?«

»Wahrscheinlich nächste Woche.« Der junge Mann warf mir einen kurzen Blick zu und wandte sich wieder an seinen Kollegen: »Und bis dahin werden wir höchstwahrscheinlich einen neuen Organisten haben.«

Quitregard lächelte. »Mag sein; wir werden sehen.«

»Nun ja«, sagte ich. »Für mich ist es jedenfalls Zeit, mich wieder ans Werk zu machen; an mein ziemlich hoffnungsloses Werk.«

Quitregard sah Pomerance an. »Sei ein guter Junge und geh jetzt und trage die gestrige Arbeit in das Register ein.«

Der junge Mann leerte seine Tasse und stand auf.

»Ich habe Sie heute morgen vermißt, Mr. Pomerance«, sagte ich mit ironischer Höflichkeit. »Werden Sie später die Zeit finden herunterzukommen, um mir ein bißchen zur Hand zu gehen?«

»O nein«, sagte er schnell. »Der Chef hat gesagt, ich soll nicht mehr.« Dann fiel sein Blick auf Quitregard, und er wurde rot.

»Jetzt beeil dich schon«, sagte sein älterer Kollege ungeduldig, und der junge Mann begab sich ans andere Ende der langen Galerie.

Ich wartete darauf, daß Quitregard etwas äußerte, aber er schien ganz in Gedanken versunken zu sein. Um das Schweigen zu brechen, fragte ich: »Gehen die ehrwürdigen Domherren wirklich so wüst miteinander um?«

Er lächelte. »Die meisten von ihnen sind ehrenwerte und intelligente Männer, die aber seltsamerweise keinerlei Schwierigkeiten haben, ihren Kollegen die abscheulichsten Absichten zu unterstellen.«

»Ich kenne das aus meinem eigenen College. Es ist höchst eigenartig, wie eine Gruppe absolut ehrenwerter Männer soweit kommen kann, sich gegenseitig als ruchlose Teufel zu betrachten, nur weil sie zu irgendeinem Thema unterschiedliche Ansichten vertreten.«

»Und ihre Verdächtigungen sind zudem in fast allen Fällen ungerechtfertigt.«

»Ich glaube, ich kann mir denken, worum es in diesem Fall wirklich geht.«

Er sah mich erstaunt an. »Meinen Sie?«

»Es ist ein universelles Problem, nicht wahr?«

»Wirklich?« Er wandte sich ab, um das gebrauchte Geschirr zusammenzustellen.

»Jeder weiß, daß die meisten Domherren in Thurchester der High Church zuneigen, ganz besonders der Dekan, aber ein paar andere gehören dem evangelischen Flügel an, der Low Church. In jedem Domkapitel in England gibt es diesen Zwist.«

»Er wandte sich wieder zu mir um und nickte fröhlich. »Ich verstehe, was sie meinen.«

»Ich nehme an, daß Dr. Locard ›High‹ ist?«

»Schwindelerregend ›High‹.«

»Und Dr. Sheldrick ist ›Low‹?«

Er nickte. »Vollkommen flach.«

»Na also, da haben wir die Erklärung. Ich kann mir vorstellen, daß die Domherren sich seit Jahren wegen der üblichen Streitpunkte gezankt haben – ich bitte um Entschuldigung, diskutiert haben, natürlich –, um Weihrauch und Ornate und Kirchenlieder und so weiter. Aber heute muß es wohl um etwas erheblich Ernsteres gegangen sein.« Als er nicht antwortete, fragte ich: »Hat Dr. Sheldrick in seiner Eigenschaft als Kanzler irgend etwas mit der Chorschule zu tun?«

»Nicht direkt«, erwiderte er und sah neugierig auf. »Aber eine seiner Pflichten ist es, den Schulleiter bei seiner Amtsführung zu überwachen.«

»Und hat die Amtsführung des Schulleiters Anlaß zu Fragen gegeben?«

»Es sind jedenfalls Fragen gestellt worden.«

Ich hätte ihn am liebsten ausgequetscht. Welche Vorwürfe waren gegen Dr. Sheldrick erhoben worden? Und warum war er, wie es den Anschein hatte, gezwungen worden, von seinem Amt zurückzutreten, wenn man ihm nichts anderes vorwerfen konnte, als daß er in der Überwachung des Schulleiters zu nachlässig gewesen war? Und bestand hier ein Zusammenhang zu dem mysteriösen Diebstahl in seinem Haus am Dienstag abend? Aber es war offensichtlich, daß ich den jungen Mann in eine zunehmend peinliche Situation brachte. Deshalb gestattete ich mir nur noch eine sorgfältig formulierte Frage: »War es in erster Linie Dr. Locard, der darauf bestand, daß das Domkapitel Maßnahmen ergriff?«

Er lächelte. »Dr. Locard hat die für ihn charakteristische Entschlossenheit bei der Erfüllung seiner Pflichten an den Tag gelegt.«

»Ich kann mir vorstellen, daß er außerordentlich resolut ist«, meinte ich. »Und ich glaube, daß er eine ziemlich skeptische Vorstellung von der menschlichen Natur hat.«

»Vielleicht manchmal etwas zu skeptisch.« Er hielt inne und sah mich nervös an. »Wenn ich vollkommen offen mit Ihnen reden und mich auf Ihre Diskretion verlassen darf ...« Er brach ab.

»Sie können sich voll und ganz auf mich verlassen«, erwiderte ich.

»Ich glaube, daß Dr. Locard dazu neigt, die Dinge überkompliziert zu sehen, ganz besonders die Motive anderer Leute.« Er schwieg einen Moment lang und sagte dann vorsichtig: »Als Wissenschaftler ist er deshalb ein wenig kämpferisch. Bei allem Respekt vor ihm, bin ich mir zum Beispiel nicht sicher, daß ich seiner Interpretation von Pepperdines Brief zustimmen kann.«

»Wirklich? Sie sind nicht der Meinung, daß Pepperdine versucht hat, Bullivant in die Irre zu führen?«

»Ich glaube, daß er unabsichtlich auf den Keller hindeutete, weil das, was er schrieb, vielleicht ein wenig mißverständlich war.«

»Und wo hat er Ihrer Meinung nach das Manuskript gefunden?«

»Im obersten Stockwerk.«

»Aber Sie haben doch schon fast alle Manuskripte, die sich dort befinden, katalogisiert.«

»Fast alle. Aber falls es sich herausstellen sollte, daß es sich nicht unter den Manuskripten befindet, die noch nicht gesichtet sind, würden Sie auch nicht viel verlieren. Denn wenn es wirklich im Keller ist, werden Sie es in den nächsten beiden Tagen ganz bestimmt nicht finden, es sei denn durch einen ausgesprochenen Zufall.«

Seine Logik war unanfechtbar. Ich fragte mich, ob Dr. Locard mich wirklich mit Absicht auf die falsche Fährte gelockt hatte, und dann wurde mir klar, daß der junge Mann offensichtlich einen solchen Verdacht hegte. »Sie haben mir einen ausgezeichneten Rat gegeben. Ich bin Ihnen überaus dankbar.«

Er konnte seine Freude nicht verbergen und bestand darauf, mich ins obere Stockwerk zu begleiten. Er zeigte mir, in welchen Regalen sich die unkatalogisierten Manuskripte befanden, und ich wußte sofort, daß ich sie in zwei oder drei Tagen durchschauen konnte. Es war um so vieles angenehmer hier oben: ohne Staub, hell und sauber und erheblich wärmer. Meine Arbeitsbedingungen hatten sich ebenso drastisch verändert wie meine Aussicht auf Erfolg.

Ich begann, die schweren Bände gebundener Manuskripte von den Regalen zu wuchten, auf den Tisch zu legen und durchzublättern. Nach zwei Stunden hatte ich vier davon durchgesehen, und das lange Sitzen begann mich zu ermüden. Ich stand auf und ging um den Tisch herum, um mir die Beine ein wenig zu vertreten. Als ich meinen Blick über die bereits katalogisierten Bücher schweifen ließ, fielen mir drei große Folioanten auf, die ganz oben im Regal standen. Ich kletterte auf einen Stuhl. Auf den Buchrücken stand in einer für das späte sechzehnte Jahrhundert charakteristischen Handschrift geschrieben: »Protokolle des Kanzleigerichts der Domfreiheit von St. John.« Darunter befanden sich die jeweils zugehörigen Jahreszahlen: 1354–1481, 1482–1594 und 1595–1651. Sie mußten sich auf den seit langem aufgelösten Gerichtshof beziehen – das Äquivalent zum städtischen Gerichtshof –, der die Rechtsprechung innerhalb der Domfreiheit wahrgenommen hatte. Ich überlegte, ob ich darin vielleicht einen Hinweis auf den Unfall finden würde, bei dem Limbricks Vater ums Leben gekommen und Gambrill verletzt worden war. In der Hoffnung, meine Neugier befriedigen zu können und mir bei meiner Arbeit eine kurze Verschnaufpause zu verschaffen, nahm ich den dritten Band aus dem Regal, legte ihn auf den Tisch und schlug ihn auf.

Ich blätterte ihn rasch durch und sah, daß für jeden Rechtsfall vermutlich vom Gerichtssekretär ein kurzer Bericht über die Anklage, die Zeugenaussagen und das Urteil des Kanzlers zusammengestellt worden war. Ich fand das Jahr 1615, das, wie ich annahm, der frühestmögliche Zeitpunkt war, zu dem der Unfall stattgefunden haben konnte, und begann, die folgenden Protokolle mit mehr Sorgfalt zu lesen. Dann, unter dem Datum 1625, fand ich, was ich suchte: Alice Limbrick, Hinterbliebene des verstorbenen stellvertretenden Steinmetzen der Kathedrale, hatte Anzeige gegen John Gambrill erstattet, weil er »durch Fahrlässigkeit oder bösen Willen« den Tod ihres Mannes, Robert Limbrick, verschuldet habe. Sie behauptete, die beiden hätten sich gestritten, da Gambrill den Wunsch gehabt habe, selbst das Amt des Steinmetzen der Kathedrale zu übernehmen, das jedoch ihrem Mann versprochen worden sei; deshalb habe er ihren Mann grundlos bezichtigt, das Domkapitel betrogen und seine Mitarbeiter gefährdet zu haben, indem er Holz von schlechter Qualität als Stützbalken verwendet habe.

Es folgte eine kurze Schilderung des Unfalls durch zwei Arbeiter, die ihn mit angesehen hatten, sowie von Gambrill selbst. Vermutlich waren die Aussagen der drei Männer gleichlautend gewesen, denn der Sekretär hatte keine Unterscheidung zwischen ihnen gemacht. Gambrill und Limbrick hatten am Gewölbe des Turms über der Vierung gearbeitet, als das Unglück geschah:

Sie waren damit beschäftigt, mit Hilfe ihrer Erfindung behauene Steine hochzuziehen, als ein Knoten des Seils sich löste, John Gambrill den Halt verlor und stürzte – zum Verderben von Robert Limbrick, der sich in der Höhe befand und dadurch schrecklich verletzt wurde, wobei seine Knochen an hundert Stellen gebrochen wurden.

Der Bericht war seltsam unverständlich, aber Gambrills Fall mußte auf irgendeine Weise den Sturz Limbricks verursacht haben.

Der Kanzler war zu dem Ergebnis gekommen, daß Gambrill keine Schuld traf. Der Sekretär berichtete jedoch, daß die Witwe sich mit diesem Urteil nicht abfinden wollte und daß Gambrill auf Vermittlung des Kanzlers schließlich angeboten habe, den Streit dadurch beizulegen, daß er ihren ältesten Sohn Thomas, der damals gerade zwölf Jahre alt war, als Lehrling aufnahm, ohne Lehrgeld zu verlangen.

Mir fiel augenblicklich die Ähnlichkeit mit der Formulierung auf der Gedenktafel auf. Besonders das Wort »Erfindung«, das sowohl in diesem Bericht als auch in der Inschrift auftauchte, gab mir zu denken, und eine Idee begann sich in meinem Kopf zu formen. Dieses Wort konnte, so wie es in der Inschrift gebraucht worden war, drei verschiedene Bedeutungen haben: eine falsche Behauptung, eine Intrige oder eine Maschine. In dem Protokoll war eindeutig von einem mechanischen Hilfsmittel die Rede, während die Inschrift mit ihrer Zeile von den »*Schuldigen, die durch ihre eigene Erfindung vernichtet werden*« sehr viel geheimnisvoller war.

Damit endete das Protokoll. Ich blätterte die Seite um, um sicherzugehen, daß nichts mehr folgte, und stieß dabei auf ein Blatt, das nicht fest in den Band eingebunden, sondern nur lose eingelegt war. Ich starrte es mehrere Sekunden lang an, bevor mir klar wurde, daß es sich um ein Foliomanuskript aus einer sehr viel früheren Periode handelte, vielleicht aus dem elften Jahrhundert, wie ich aus der ziemlich uneleganten, frühgotischen Schrift schloß. Ich entzifferte die ersten Worte – *Quia olim rex martyrusque amici dilectissimi fuissent* – und mein Herz begann schneller zu schlagen. Hastig las ich weiter und erkannte, wie ich vermutet hatte, die Geschichte der Belagerung von Thurchester und des Martyriums des heiligen Wulflac. Mit mir selbst kaum glaublicher Ruhe sagte ich mir, daß ich gefunden hatte, wonach ich suchte: den Teil einer frühen Version von Grimbalds ›Leben‹. Meine Auffassung wurde bestätigt. Das Werk hatte tatsächlich existiert, bevor Leofranc es in die Finger bekommen hatte.

Seit mehr als zweihundert Jahren hatte niemand mehr dieses Manuskript in der Hand gehalten. Plötzlich wurde mir bewußt, daß das Blatt deshalb an dieser Stelle lag, weil Pepperdine in diesem Band von Protokollen gelesen hatte, nachdem er zufällig auf das gestoßen war, was ich für mich bereits »das Grimbald-Manuskript« nannte. Er hatte es einfach dort gelassen, wo er es gefunden hatte, weil er sich so wenig für »das Zeitalter der Dunkelheit vor der Eroberung« interessiert hatte. Er hatte in den Kanzleigerichtsprotokollen geblättert, weil er, ebenso wie ich, von der Geschichte von Burgoyne und Freeth fasziniert war. Auch er mußte auf die Idee gekommen sein, daß der Tod des

Schatzmeisters in irgendeinem Zusammenhang mit dem früheren Leben seines angeblichen Mörders stehen müßte, und als guter Historiker hatte er die vorhandenen Quellen konsultiert. Genau das hatte Dr. Sheldrick jedoch offenbar verabsäumt und dadurch die Chance verpaßt, Dr. Locard eins auszuwischen.

In diesem Moment hörte ich jemanden die Treppe heraufrumpeln, und ohne nachzudenken schloß ich den Band mitsamt dem Manuskript und schob ihn wieder in das Regal zurück.

Der junge Pomerance kam hereingestürmt, um mir zu sagen, daß er die Bibliothek gleich abschließen würde. Ich wandte mich um, folgte ihm ohne nachzudenken und plauderte mit ihm, während meine Gedanken ganz woanders waren. Warum hatte ich das Manuskript versteckt? Hätte ich das auch getan, wenn es Dr. Locard oder Quitregard gewesen wäre, der heraufkam? Warum hatte ich Pomerance nicht entgegengerufen, ich hätte gefunden, was ich gesucht hätte, und ihn aufgefordert, Dr. Locard zu holen? Vielleicht hatte das Manuskript einfach zu lange im Verborgenen geschlummert, als daß man es ohne nachzudenken und ganz unzeremoniell ans Tageslicht befördern konnte. Oder hatte ich doch noch ein anderes Motiv, dessen ich mir nicht bewußt war?

Ich verließ die Bibliothek wie in Trance – Gott sei Dank ohne Dr. Locard oder Quitregard zu begegnen.

Donnerstag nachmittag

Als ich auf den dunklen Domplatz hinaustrat und ziellos drauflosstapfte, ohne zu wissen wohin, kam aus dem Schatten neben dem Eingang jemand auf mich zu. Es war Austin. Ich hatte vollkommen vergessen, daß wir miteinander verabredet waren.

Sollte ich ihm von meiner Entdeckung erzählen? Aus irgendeinem Grund beschloß ich, es nicht zu tun. Er war blaß und wirkte nervös.

Wir begrüßten uns mit ein paar belanglosen Floskeln, und ich ging neben ihm her um den Domplatz herum. Ich bewegte mich mechanisch, denn es wollte mir einfach nicht einfallen, wohin wir wollten und warum er mich abgeholt hatte. Wir schwiegen beide, denn Austin war ebenso in Gedanken versunken wie ich. Ich suchte krampfhaft nach etwas, was ich sagen könnte, aber verglichen mit meiner Entdeckung erschien mir alles andere bedeutungslos. Irgendwie mußte ich den Abend und die lange Nacht überstehen, bis die Bibliothek am Morgen wieder geöffnet würde. Welch ein Pech, daß sie nur donnerstags früher aufmachte. Ich würde mich also bis um halb neun gedulden müssen.

Wir gingen schweigend ganz um die Kathedrale herum. Plötzlich rief Austin aus: »Wir sind zu früh dran. Er ist noch nicht bereit, uns zu empfangen.«

Ich mußte mich mit größter Willensanstrengung zwingen, darüber nachzudenken, wovon er eigentlich redete. Ich stellte fest, daß wir an der Hintertür des neuen Dekanats standen, und dann fiel es mir plötzlich wieder ein: Wir waren ja zum Tee bei Mr. Stonex eingeladen!

Ich zog meine Uhr aus der Tasche und studierte das Zifferblatt im Licht einer Gaslaterne. »Im Gegenteil. Der alte Herr hat halb fünf gesagt, und jetzt ist es genau halb fünf.«

»Er ist trotzdem noch nicht soweit. Gehen wir noch ein paar Minuten zu mir nach Hause«, erwiderte Austin und eilte bereits voraus.

Überrascht, aber unfähig, meine Gedanken zu ordnen, trottete ich weiter neben ihm her um die Kathedrale herum. Es wurde bereits dunkel, und wir begegneten niemandem. Ich dachte daran, wie pünktlich der alte Mann nach Quitregards Aussage war, und fühlte mich zunehmend irritiert. Wir gingen am Kapitelhaus vorbei, durch dessen Fenster ein trüber Schein fiel und dunkle Schatten zwischen den Strebepfeilern hervorrief, als habe sich dort jemand verborgen. Aus dem Licht, dem gedämpften Klang harmonischer Stimmen und eines Klaviers schloß ich, daß der Chor gerade übte. Als wir um die Ecke des Querschiffs bogen, fiel mir ein, daß dies die Stelle war, an der in der vergangenen Nacht die Erscheinung gestanden hatte, und ich fragte: »Hinkt er?«

Austin zuckte zusammen und drehte sich erschrocken zu mir um. »Warum fragst du?«

»Ach, nur weil seine Geschichte mich fasziniert.«

»Seine Geschichte? Von wem redest du denn überhaupt?«

»Von Burgoyne. Hinkt sein Geist?«

Er sah mir forschend ins Gesicht. »Burgoyne hinkte nicht«, erklärte er fast ärgerlich. »Gambrill war derjenige, der lahm war. Du bringst die beiden durcheinander.«

Ich machte mir nicht die Mühe, ihm meine Frage zu erklären.

»Wie in aller Welt kommst du gerade jetzt darauf?« wollte er wissen.

»Ich hätte nur gerne gewußt, ob das Gerücht geht, daß der Geist hinkt.«

»Der Geist?« schrie er mich fast an.

»Burgoynes Geist.«

Er blieb stehen und sah mich an. »Was redest du da?«

Ich war in einer Zwangslage und konnte nichts sagen. Ich konnte ihm ja wohl schwerlich erzählen, was ich in den frühen Morgenstunden nur wenige Meter von der Stelle entfernt, an der wir uns gerade befanden, gesehen hatte. Welchen Grund hätte ich ihm dafür nennen sollen, daß ich mich zu dieser Zeit hier draußen befunden hatte?

Wir gingen schweigend weiter, und als wir vor der Tür seines Hauses ankamen, sagte ich: »Mir ist gerade eingefallen, daß ein Geist gewöhnlich deshalb nicht zur Ruhe kommt, weil sein Körper nicht begraben worden ist. Und deshalb frage ich mich, ob es wirklich Burgoyne ist, der auf dem Domplatz umgeht. Seine Leiche wurde ja begraben. Warum also sollte sein Geist noch hier herumirren?«

»Wovon um Himmels willen redest du da?« fragte Austin und legte den Mantel ab.

»Von der Leiche. Der Leiche des ermordeten Mannes.«

»Des ermordeten Mannes?« stotterte er und sah mich entsetzt an.

»Ich habe gesagt, daß es mich wundert, daß Burgoynes Geist umgeht, weil er ordnungsgemäß begraben worden ist.«

»Lieber Gott, das ist doch nur eine Geschichte. Du wirst diesen Unsinn doch nicht glauben!«

»Man sagt aber auch, daß der Geist eines Menschen umgeht, weil sein Mord nicht gerächt worden ist. Und Burgoynes Tod wurde ja wohl nicht gerächt, weil Gambrill ungestraft entfliehen konnte.«

»Warum in aller Welt hörst du nicht auf, dieses Zeug zu faseln?«

»Nur um überhaupt etwas zu sagen, mein lieber Freund.«

»Wenn das alles ist, was dir einfällt, solltest du besser den Mund halten.«

Er drehte sich um, zog rasch an der Schnur der Gaslampe, um die Flamme größer zu stellen, und ging vor mir her die Treppe hinauf. Ich ergriff eine Kerze, zündete sie an und folgte ihm. Als wir das Wohnzimmer betraten, stellte ich die Kerze auf ein niedriges Tischchen und setzte mich vor den Kamin. Austin ging zum Fenster, wo er sich in die Ecke drückte und den Vorhang zuzog, dann jedoch an einer Seite anhob, so daß er hinausspähen konnte. Ich nahm ein Buch in die Hand und versuchte zu lesen, denn er schien keine Lust zu einem Gespräch zu haben. In den nächsten drei oder vier Minuten zog Austin mehrfach seine Uhr aus der Tasche und starrte auf das Zifferblatt.

Was würde nun mit dem Manuskript geschehen, fragte ich mich. Obwohl die Ehre, es entdeckt zu haben, mir zufiel, würde ich nicht zwangsläufig auch mit der Veröffentlichung betraut werden. Vermutlich würde Dr. Locard entscheiden, was damit geschehen sollte. Konnte ich den Gedanken ertragen, daß es einem unwissenden Stümper in die Hände fallen könnte, oder, was noch schlimmer war, einem Mann, der entschlossen war, seine Bedeutung herabzusetzen? Vielleicht sogar Scuttard? Beim raschen Überfliegen war mir klargeworden, daß es sehr leicht fehlinterpretiert werden konnte.

Und dann durchlebte ich den vielleicht schändlichsten Augenblick meines Lebens. Mir fiel ein, daß niemand wissen konnte, daß ich das Manuskript gefunden hatte, denn ich hatte es ja dorthin zurückgelegt, wo es zwei Jahrhunderte lang geschlummert hatte. Oder, besser gesagt, niemand konnte mir nachweisen, daß ich es gerade *dort* gefunden hatte. Es wäre also die einfachste Sache der Welt zu behaupten, ich hätte es zwischen Pepperdines Papieren in meinem eigenen College entdeckt. Es gab keinen Grund, warum er es nicht von der Bibliothek des Domkapitels von Thurchester gekauft haben sollte. In diesem Fall würde das Schicksal des Manuskripts ganz und gar in meinen Händen liegen. Aber was dachte ich da? Einen Augenblick hatte ich die wahnwitzige Vorstellung, wie ich das Manuskript aus der Bibliothek schmuggeln würde. Undenkbar. Absolut unvorstellbar. Damit würde ich tiefer sinken als Scuttard. Und außerdem würde Dr. Locard, dem ja bekannt war, daß ich gehofft hatte, es in seiner Bibliothek zu finden, sofort wissen, was ich getan hatte.

»Wir müssen gehen!« rief Austin plötzlich.

Zu meinem Erstaunen rannte er aus dem Zimmer und die Treppe hinunter, warf sich seinen Mantel über und stand schon ungeduldig wartend an der Tür, während ich vorsichtig die schlecht beleuchtete Treppe hinunterstieg.

Wir gingen den Weg zurück, den wir gerade gekommen waren, und wenige Minuten später standen wir wieder vor dem neuen Dekanat. Da ich später alles genau beschreiben mußte und sich in den Aussagen der verschiedenen Zeugen gravierende Unterschiede ergaben, will ich jetzt ganz genau berichten, was ich gesehen und gehört habe, obwohl mir die Bedeutung von vielem erst klar wurde, als ich später darüber nachdachte.

Wir gingen also durch den Hintereingang in den Garten und klopften an die Tür. Sie wurde augenblicklich geöffnet, und vor mir stand der Mann, den ich am Vortag getroffen hatte.

»Ich freue mich außerordentlich, Sie zu sehen«, sagte der alte Herr lächelnd zu mir und nickte Austin freundschaftlich zu. Er schüttelte uns die Hand und bat uns herein. Ich bemerkte, daß Austin zitterte. Im Haus war es kalt, aber ich hatte nicht den Eindruck, daß das der Grund dafür war.

Beim Hineingehen sagte ich: »Ich finde es sehr aufregend, mir vorzustellen, daß dies einst das Haus von Burgoyne war.«

»Und von Freeth«, fügte unser Gastgeber hinzu. »Vergessen Sie Freeth nicht, der in unserer Geschichte eine sehr viel bekanntere Gestalt ist.«

»Aber er ist mehr wegen der Art bekannt, auf die er ums Leben kam, als für irgend etwas, das er zu Lebzeiten getan hat«, erwiderte ich, und er nickte eifrig. »Denn seine Taten waren schäbig und zeugten von niedriger Gesinnung, während Burgoyne eine sehr viel bewundernswertere Persönlichkeit war; ein brillanter Gelehrter, der in der Blüte seiner Jahre ein jähes Ende fand.«

Während ich sprach, führte unser Gastgeber uns durch eine große, alte Küche mit Spüle und Vorratskammern und dann in einen dunklen Korridor. »Wirklich schäbig und gemein«, stimmte er mir zu. Vor einer geschlossenen Tür wandte er sich zu uns um. »Legen Sie doch Hut und Mantel ab.« Und während wir alles an einer Reihe von Haken an der Wand aufhängten, fügte er hinzu: »Wir werden den Tee in der Wohnküche einnehmen. Dort ist es viel gemütlicher als im Eßzimmer.«

Damit öffnete er die Tür und führte uns in den großen Hauptraum, der, wie das früher üblich war, eine Tür zur Straße hatte. Es war eine echte Wohnküche, ein Zwischending zwischen Eßzimmer und Küche, mit einem großen Herd, auf dessen Rost bereits im Kessel Wasser kochte. Eine riesige Anrichte nahm fast die ganze Länge einer der Wände ein, und neben der Tür zur Straße stand eine schöne alte Uhr. Die Mitte des Raumes beherrschte ein gewaltiger Eichentisch mit vier oder fünf Stühlen.

»Ich habe zwar eine Haushälterin, aber am Nachmittag ist sie nicht da, und wir müssen alleine zurechtkommen«, erklärte Mr. Stonex.

Nach allem, was Quitregard mir erzählt hatte, war ich sehr erstaunt über die Unordnung, die hier herrschte. Ein Kohlebehälter, Zangen, ein Schürhaken, zwei Wasserkrüge, ein Eimer sowie einige leere Vorratsbehälter lagen über den Fußboden verstreut. Die Schubladen der Anrichte waren aufgerissen, und ihr Inhalt – Besteck, Servietten, Platzdecken und dergleichen – quollen heraus. Auf der Anrichte waren Tassen, Teller, und Schüsseln in wüstem Durcheinander übereinandergetürmt. Eine Schranktür stand halb offen, und so konnte ich sehen, daß der Schrankinhalt ebenso durcheinandergeworfen war. Am auffallendsten war eine große alte Kommode, die an einer Wand stand und die mit Dokumentenschachteln, Bündeln von mit rotem Band verschnürten Briefen, Papieren, Urkunden, Rechnungen und dergleichen überhäuft war. All dies war in solcher Unordnung auf die Kommode getürmt, daß viele der Papiere auf den Boden gefallen waren. Mitten in dem Chaos lagen eine beschriebene Kindertafel und ein paar Stücke Kreide. In diesem ganzen Durcheinander schien der Eichentisch in der Mitte der Küche eine Insel der Ordnung. Auf ihm lag eine feine Damasttischdecke und er war säuberlich für drei Personen zum Tee gedeckt, mit Platten, auf denen Brot und Butter und zwei große Kuchen lagen – einer mit Früchten, der andere mit Schokolade –, und dazu noch kleineres Gebäck.

Ich überlegte, wo wohl das Abendessen unseres Gastgebers hingekommen sei, aber dann entdeckte ich einen Stapel von schmutzigem Geschirr auf der überfüllten Anrichte. Nach allem, was Quitregard mir gesagt hatte, mußte die Haushälterin des alten Herrn, Mrs. Bubbosh, mittags fortgegangen sein und würde nicht vor sechs Uhr zurückkommen. Ich nahm an, daß sie den Tisch gedeckt und für Brot und Kuchen gesorgt hatte.

Als Mr. Stonex bemerkte, daß ich mich sehr unhöflich und offensichtlich überrascht in dem Zimmer umsah, erklärte er: »Ich habe nach etwas gesucht. Nach einem Dokument. Ich wollte es Ihnen zeigen.« Dann wandte er sich an Austin und sagte: »Ich habe es jedoch noch nicht gefunden.«

»Sie haben es nicht gefunden?« wiederholte Austin.

»Der alte Herr lächelte. »Es ist äußerst frustrierend. Aber bitte, setzen Sie sich doch.«

»Aber Sie müssen es finden!« rief Austin aus.

»Das hoffe ich sehr.«

Wir setzten uns um den Tisch herum, und ich erkundigte mich: »Darf ich fragen, worum es sich handelt?«

»Das wollte ich Ihnen gerade erzählen«, antwortete er, und ich sah, daß Austin ihm einen überraschten Blick zuwarf.

»Es ist eine Beschreibung von Freeths Tod, die etwa fünfzig Jahre nach den damaligen Ereignissen niedergeschrieben wurde«, sagte Mr. Stonex. »Es gab einen alten Bediensteten im Haus, der damals Küchenjunge in Freeths Haushalt gewesen war. Mein Großvater interessierte sich als junger Mann für die Geschichte und schrieb den Bericht des alten Knaben wortwörtlich nieder, kurz bevor dieser starb.«

»Dieses Dokument würde ich natürlich brennend gerne sehen«, antwortete ich und sah mich in dem Chaos um, das Mr. Stonex angerichtet hatte. »Aber Sie hätten sich wirklich keine solche Mühe machen sollen.«

»Ich hätte nicht gedacht, daß ich das ganze Haus würde auf den Kopf stellen müssen, denn ich war überzeugt, daß es sich bei meinen amtlichen Papieren befindet«, sagte er mehr zu Austin als zu mir. »Aber wie sich herausstellte, war das ein Irrtum.«

»Was meinen Sie denn, wo es sonst sein könnte?« wollte Austin wissen. Ich war überrascht über die Dringlichkeit in seinem Tonfall, denn ich hatte nicht angenommen, daß ihm die Freeth-Geschichte derart wichtig sein könnte.

Der alte Mann drehte sich halb um und deutete auf die Schachteln und Papiere, die sich auf der Kommode stapelten. »Ganz sicher zwischen diesen Papieren. Ich habe alle Schachteln mit Dokumenten aus dem ganzen Haus hierhergebracht, und ich werde sie durchsehen, während wir unseren Tee einnehmen. Übrigens, bitte bedienen Sie sich. Ich habe gerade erst gegessen und möchte deshalb nichts zu mir nehmen.«

Ich folgte seiner Einladung und nahm mir Brot und Butter. Austin schien keinen Hunger zu haben, denn er griff nicht zu.

Unser Gastgeber durchquerte den Raum und goß Tee in einer großen Kanne auf, die neben dem Herd stand. Dabei redete er ununterbrochen weiter über die Schulter mit uns. »Den größten Teil der Geschichte habe ich auch ohne den schriftlichen Bericht im Kopf, denn mein Bruder und ich haben ein Spiel daraus gemacht.« Er hielt inne und sagte dann schnell: »Und meine Schwester natürlich auch.« Er drehte sich um und wandte sich an mich: »Sie wissen, daß ich in diesem Haus aufgewachsen bin?«

»Für ein Kind muß das wunderbar gewesen sein«, entgegnete ich.

»Es gibt so viele Gänge und dunkle Ecken, wo wir uns verbergen konnten, daß wir uns ausgeklügelte Versteckspiele einfallen ließen, die Stunden dauerten. Und wie wir die Erwachsenen geplagt haben, indem wir uns verbargen und sie belauschten oder plötzlich ansprangen, wenn sie es am wenigsten erwarteten.« Er lachte. »Wir haben uns mit Begeisterung verkleidet, mit Schwertern, Umhängen, Bärten. Darin war ich großartig. Und dann haben wir berühmte Szenen aus der Geschichte nachgespielt. Die Hinrichtung der Maria Stuart, die Verbrennung der Jungfrau von Orleans. Wir waren blutrünstige kleine Wilde – und eine unserer Lieblingsszenen war der Tod des Dekans Freeth.«

Ich lächelte. »Wie haben Sie das gemacht?«

Er stellte die Teekanne auf den Tisch und erzählte: »Unser Text war die Geschichte, die von dem Küchenjungen überliefert war, und wir spielten sie mit verteilten Rollen. Ich selbst stellte am liebsten den Offizier dar, den Kommandeur der Garnison. Er ist der eigentliche Held der ganzen Geschichte.«

Hatte ich mich schon über den Zustand der Wohnküche gewundert, so war ich von der Liebenswürdigkeit unseres Gastgebers noch mehr überrascht. Der alte Herr erwies sich als noch verschiedener von Quitregards Beschreibung, als er es schon bei unserer ersten Begegnung gewesen war. Es traf wohl wirklich zu, daß er sich Fremden gegenüber sehr viel verbindlicher verhielt als gegenüber seinen Mitbürgern. Andererseits war auch das unwahrscheinlich, weil er sich Austin gegenüber so freundschaftlich betrug, und dieser lebte schließlich schon viele Jahre hier. Aber vielleicht betrachtete er ihn ja nach höchstens zwanzig Jahren in der Stadt noch immer als Neuling. Es war auch nicht ganz leicht für mich zu beurteilen, wie gut die beiden sich kannten, denn Austin schien den alten Herrn mit Ehrfurcht, wenn nicht gar mit Angst zu betrachten.

»Ein Held ist er?« fragte ich. »Die Rolle, die er beim Tod des Dekans gespielt hat, ist doch in jedem Fall ziemlich abscheulich.«

»Er hat kühn und entschlossen gehandelt, so wie es in einer Krisensituation notwendig ist«, erwiderte unser Gastgeber. Und dann rief er aus: »Aber wir werden das Spiel jetzt noch einmal spielen, und dann sehen Sie es selbst!«

»Wie meinen Sie das?« fragte Austin.

»Wir werden die Geschichte mit verteilten Rollen nachspielen.« Er wandte sich an mich. »Sie sind Historiker. Sie können die trockenen Knochen der Vergangenheit mit Fleisch versehen.«

»Historiker sollen aber ganz gewiß nicht auf ihre Phantasie zurückgreifen. Die Phantasie ist ihnen eindeutig ein Hindernis bei der Arbeit.«

»Ich glaube, du hast genug Phantasie, um ein ganzes College voller Historiker außer Gefecht zu setzen«, sagte Austin ziemlich bitter.

»Dann sind Sie für das Spiel ja bestens geeignet«, warf unser Gastgeber ein. Er hatte sich mitten im Zimmer aufgestellt. »Stellen Sie sich also vor, es sei der Morgen des zehnten September im Jahre des Herrn 1643«, begann er theatralisch. »Dekan Freeth hält sich in seinem Studierzimmer nebenan auf. Der Küchenjunge schrubbt Töpfe in eben diesem Raum. Zwei Soldaten des Parlaments sitzen in der Küche, denn der Dekan ist in seinem eigenen Haus unter Arrest gestellt worden. Es ist halb elf, und der Dekan hat nicht einmal mehr eine Stunde zu leben. Er weiß es zwar noch nicht, aber sein Tod ist beschlossene Sache.«

»Lieber Gott!« rief ich aus. »Dann glauben Sie also, daß es kein unglücklicher Zufall war?« Ich erinnerte mich, daß der alte Herr schon bei unserem ersten Zusammentreffen am Vortag von der »Exekution« des Dekans gesprochen hatte.

»Davon bin ich fest überzeugt«, erwiderte unser Gastgeber, schenkte für jeden von uns Tee ein und reichte ihn herum. »Aber urteilen Sie selbst. Ich möchte, daß Sie sich die Situation vorstellen. Erst drei Wochen zuvor hatte eine Armee des Parlaments die

Stadt erreicht und begonnen, sie zu belagern. Es herrschten Angst und Schrecken. Vielen der wohlhabenden Bürger gelang die Flucht, darunter auch der Frau und den neun Kindern des Dekans Freeth. Sie waren von ihm in Begleitung einiger Dienstboten an einen sicheren Ort gebracht worden, in ein schönes Herrenhaus, einige Meilen von Thurchester entfernt.«

»Um welches er das Domkapitel betrogen hatte!«

»Ach, Sie kennen diese Geschichte? Dann wissen Sie ja auch, was für ein geldgieriger Halunke er war.« Mr. Stonex stand noch immer neben dem Tisch und fügte hinzu: »Bitte nehmen Sie sich doch ein Stück Kuchen.«

Ich dankte ihm und begann, ein paar Scheiben von dem Schokoladenkuchen für Austin und mich abzuschneiden. Der alte Herr fuhr fort: »Die Mehrzahl der Stadtbewohner, die keine Dienstboten hatten, die sie bei ihrem Hab und Gut lassen konnten, mußten bei ihrem Eigentum bleiben – sofern sie es nicht sowieso schon verloren hatten –, denn im Zuge der Belagerung waren viele Häuser beschädigt oder zerstört worden. Die Kathedrale selbst hatte man mit Kanonen beschossen, und einige der Gebäude am Domplatz waren abgebrannt. Sechs Tage zuvor hatte der Kommandant der Stadt unter der Bedingung kapituliert, daß die Verteidiger abziehen durften und die Stadt nicht geplündert wurde.«

Mr. Stonex ging zur Anrichte hinüber, wo die Zuckerdose und das Milchkännchen standen. Ich bemerkte, daß er sie noch einmal hinstellte und geistesabwesend mit einem Geschirrtuch die Schrift auf der Tafel wegwischte. Danach stellte er Zuckerdose und Milchkännchen auf den Eßtisch, so daß Austin und ich uns bedienen konnten. Dann begab er sich wieder zu der mit Dokumenten beladenen Kommode und begann, die Papiere durchzusehen, wobei er uns halb zugewandt war und ohne Pause weiterredete. »Die Royalisten entkamen, aber die Parlamentstruppen hielten ihr Wort nicht, und viele Gebäude in der Stadt wurden geplündert und niedergebrannt. Am sechsten September zog die Belagerungsarmee weiter und ließ nur eine kleine Garnison mit einem jungen Offizier als Kommandeur zurück. Der bin ich jetzt.« Damit richtete er sich gerade auf, sein Gesicht nahm den Ausdruck jugendlicher Entschlossenheit an, und vor meinen Augen verwandelte sich der alte Herr in einen fünfundzwanzigjährigen Offizier, der über seine nächsten Maßnahmen nachdenkt. »Ich befinde mich in einer verzweifelten Lage. Wie soll eine Handvoll Soldaten sechstausend wütende und zu allem entschlossene Bürger in Zaum halten? Nur durch deren eigenen guten Willen oder, wenn das nicht möglich ist, durch Einschüchterung. Der gute Wille der Leute wurde unwiederbringlich verspielt. Und jetzt wird die Situation noch schwieriger: Vor drei Tagen, am siebten September, erreichte die Stadt das Gerücht, daß eine royalistische Armee im Anmarsch sei. Die Bürger waren begeistert. Die Rettung nahte. Eine Menschenmenge versammelte sich auf dem Marktplatz, und ich mußte sie zerstreuen, indem ich meinen Soldaten befahl, über ihre Köpfe hinwegzuschießen. Inzwischen ist die Stimmung der Leute noch schlechter geworden.«

Ich hörte ihm zu und nahm mir einen der kleinen Kuchen. Dabei fiel mir auf, daß Austin weder Kuchen noch Brot angerührt hatte.

»Am nächsten Tag hielt der Dekan, ein notorischer Parteigänger des Königs, in der Kathedrale eine Predigt, in der er die Bürger zum Aufstand aufstachelte. Vor der Kathedrale rottete sich eine Menschenmenge zusammen, und wieder mußte ich meinen Soldaten befehlen, zu schießen. Diesmal wurde eine Frau von einer verirrten Kugel verletzt, die zu tief abgefeuert worden war. Die Situation war nun äußerst gefährlich. Weil ich befürchtete, daß der Dekan tatsächlich einen Aufstand anzetteln könnte, beschloß ich, ihn in seinem eigenen Haus unter Arrest zu stellen und von zwei Soldaten bewachen zu lassen. Am neunten September kam ich hierher, um ihm meinen Entschluß mitzuteilen.«

»Aber der Mann war Geistlicher«, wandte ich ein. »Selbst

wenn er ein geiziger und ehrloser Intrigant war, hätte man doch sein geistliches Gewand respektieren müssen.«

Der alte Herr hörte kurzfristig auf, seine Rolle zu spielen, und sagte streng zu mir: »Sie *sind* Freeth.«

»Entschuldigen Sie. Was meinen Sie damit?«

»Das ist Ihre Rolle. Also reden Sie nicht so über ihn, und schon gar nicht in solchen Ausdrücken. Stehen Sie auf und verteidigen Sie sich.« Plötzlich war er wieder der junge Offizier. »*Herr Dekan, Sie dürfen dieses Haus nicht ohne meine Erlaubnis verlassen.*«

»*Ich bin ein Würdenträger der Kirche*«, erwiderte ich selbstherrlich. »*Sie schulden mir Respekt.*« Und im Bewußtsein meiner eigenen Großartigkeit fügte ich noch hinzu: »*Junger Mann.*«

»*Sie sind ein Narr, mein Herr*«, sagte mein Gastgeber streng, und ich fühlte, wie ich rot wurde. »*Und noch dazu ein gewissenloser Narr, denn Sie mischen sich aus Eigennutz in die Politik ein und setzen das Leben vieler Menschen aufs Spiel.*«

»*Unsinn*«, gab ich wenig überzeugend zurück.

Einen Augenblick lang wurde der Offizier wieder zu Mr. Stonex, der die Stirn runzelte und mir bedeutete, daß ich meine Rolle besser spielen müsse. In der nächsten Sekunde war er schon wieder ganz Offizier: »*Sie sind ein Verräter, Sir. Sie hoffen, mit einem Bischofssitz belohnt zu werden, wenn Sie behilflich sind, die Stadt für den König zurückzuerobern. Sie tun nichts, was nicht in Ihrem eigenen, persönlichen Interesse liegt.*« Nach dieser Rede wandte er sich ab und musterte ein Dokument, das auf der Kommode lag.

»*Haben Sie irgendwelche Beweise für diese Behauptung?*« fragte ich indigniert. Ich fühlte mich seltsam getrieben, den Mann zu verteidigen.

»*Ihr früheres Verhalten*«, antwortete er und warf das Dokument zur Seite. »*Sie sind ein geldgieriger und ehrgeiziger Mann von geringen Fähigkeiten. Sie sind nur aufgestiegen, weil Sie vor den Mächtigen kriechen und die Schwachen unterdrücken. Sie haben die Stiftung ausgeplündert und sich die Einkünfte der Chorschule widerrechtlich angeeignet.«*

»Das bestreite ich! Ich habe das Rittergut in meinen Besitz genommen, um es davor zu bewahren, von Ihren Freunden im Parlament konfisziert zu werden.«

»Pah! Wenn Sie das wirklich glauben, beweist das nur, wie leicht es Ihnen fällt, Ihre übelsten Taten vor sich zu rechtfertigen, und das wiederum zeigt, wie durch und durch gewissenlos Sie sind. Wollen Sie etwa behaupten, Sie hätten nie einen schändlichen, ehrgeizigen, selbstgefälligen Gedanken gehabt? Daß Sie sich niemals etwas aneignen wollten, das Ihnen nicht zustand?« Er sah mich mit solcher Intensität an, daß ich plötzlich nicht mehr wußte, ob das noch ein Spiel war oder ob er mich tatsächlich anklagte. Konnte er meine Gedanken lesen? Ich mußte an die Versuchung denken, mit der ich an diesem Nachmittag gekämpft hatte, und spürte, wie ich rot wurde.

»Ich ... nein.«

»Sie nehmen die Privilegien des geistlichen Standes für sich in Anspruch, und doch waren Sie der Anstifter zum Mord an William Burgoyne, weil Sie Ihren Rivalen für das Amt des Dekans beseitigen wollten. Dafür alleine könnte ich Sie vor Gericht stellen und aufhängen lassen, und keiner in der Stadt würde Ihnen auch nur eine Träne nachweinen!«

»Ich habe seinen Tod nicht geplant.«

»Wollen Sie etwa behaupten, es wäre nicht Ihr sehnlichster Wunsch gewesen, ihn zu vernichten?«

»Ja, ich habe ihn gehaßt, weil er wegen all der unfairen Vorteile, die er genoß, an meiner Stelle Dekan geworden wäre. Und ich habe ihn gehaßt, weil er klüger war als ich!« Ich erschrak. Was hatte mich bewogen, das zu sagen?

»Wenn Sie darauf bestehen, alle umzubringen, die klüger sind als Sie, werden Sie sehr viel zu tun haben.«

Bevor ich mich noch verteidigen konnte, erklärte mein Gastgeber, immer noch in der Rolle des jungen Offiziers: *»Leider muß* ich jedoch feststellen, daß ich mich verkalkuliert habe. Die Bürger sind erbittert über die Behandlung des Mannes, den sie als ihren Wortführer betrachten, sosehr sie ihn auch persönlich verachten. Und so versammelt sich später an diesem Tag eine zornige Volksmenge auf dem Domplatz, um ihn zu retten. Wieder muß ich meinen Leuten befehlen, zu schießen, und diesmal gibt es mehrere Verletzte. Ich bin mir darüber im klaren, daß die Bürger einen neuen, größeren Angriff organisieren und meine Leute überwältigen werden. Nun frage ich Sie, Sir, was soll ich tun?«

»Ich gebe zu, daß Sie sich in einer sehr schwierigen Lage befinden. Was haben Sie getan?«

»Ich muß einen Weg finden, den Dekan aus dem Weg zu räumen, aber ich muß es auf eine Weise tun, die ihn in den Augen seiner Mitbürger diskreditiert. Ich weiß, daß sie ihn als geldgierig und korrupt verachten und im Zusammenhang mit der Burgoyne-Affäre verdächtigen, sogar noch viel Schlimmeres getan zu haben. Daran muß ich sie erinnern. Irgendwie muß ich den Dekan Freeth, der ein Symbol des Widerstands geworden ist, von dem Privatmann Freeth trennen, den sie verabscheuen. Er muß für seine bekannten Schwächen der öffentlichen Schande ausgeliefert werden. Ich weiß, daß Hollingrake, der Schatzmeister, sein Feind ist, weil er und Freeth früher gemeinsame Sache gemacht und sich dann zerstritten haben. Ein ehemaliger Verbündeter ist – ebenso wie ein ehemaliger Geliebter – immer besonders bitter und deshalb am schnellsten zur Rache bereit. Ich lasse ihn heimlich zu mir bringen.«

»*Herr Camerarius*«, richtete er das Wort plötzlich an Austin, so daß dieser zusammenfuhr, »*ist Ihnen klar, daß die Handlungsweise des Dekans Freeth das ganze Domkapitel in Gefahr bringt? In seiner unbotmäßigen Gier nach Amt und Würden beschwört er den Zorn des Parlaments auf die Häupter sämtlicher Domherren herauf.*«

Zu meiner Erleichterung starrte Austin den alten Herrn nur mit offenem Munde an. Ich hielt mich besser als er. »Also hören

Sie«, protestierte ich. »Sie wollen doch wohl nicht sagen, daß Hollingrake mit in die Sache verwickelt war?«

Mr. Stonex in seiner Rolle als Offizier hielt die Augen fest auf Austin gerichtet: »*Die Kathedrale mit all ihren karitativen Aufgaben wird von diesem Ehrgeizling rücksichtslos aufs Spiel gesetzt. Er ist ein Mann ohne alle Skrupel, der selbst seine eigene Familie beraubt hat.*«

Austin starrte unseren Gastgeber an, und in seinem Gesicht stand nacktes Entsetzen. Ich begann mich zu fragen, ob er nicht doch ein besserer Schauspieler war als ich. Und was sollte das heißen, daß Freeth seine eigene Familie beraubt habe? Davon hatte ich noch nie etwas gehört.

»*Ich bitte Sie, mir zu helfen, diesen Mann unschädlich zu machen!*«

»Sie meinen, es habe eine Verschwörung bestanden?« rief ich aus.

Unser alter Gastgeber wandte mir seine kalten, jugendlichen Augen zu. »*Die Situation rechtfertigt solche Schritte. Diese Stadt befindet sich mitten im Bürgerkrieg, und wenn mir die öffentliche Ordnung entgleitet, wird das den Tod vieler Menschen zur Folge haben; und den Verlust der Stadt für die Sache des Parlaments. Unter solchen Umständen ist der Tod eines einzelnen gerechtfertigt.*«

Ich erschauerte angesichts der Kaltblütigkeit, mit der er diese schrecklichen Worte äußerte.

»Aber wenn man dieses Prinzip erst einmal akzeptiert, kann es unendlich ausgedehnt werden«, protestierte ich. »Es gibt immer eine Möglichkeit, zu behaupten, der Tod eines Individuums sei zum Wohl vieler notwendig gewesen.«

»Und manchmal ist das auch zutreffend«, entgegnete der alte Mann ruhig.

Diese Bemerkung überraschte mich. Er schien zu begreifen, welche Wirkung seine Behauptung auf mich hatte.

»Wenn man ein sicheres, bequemes Leben am Ende des neunzehnten Jahrhunderts führt, fällt es vermutlich schwer, sich vorzustellen, wie es ist, wenn man derart entschlossen handeln muß«, erklärte er. »Wenn Sie in der Situation gewesen wären, in der dieser junge Offizier sich damals befand, Dr. Courtine, hätten Sie den Dingen ihren Lauf gelassen und die Stadt für Ihre eigene Sache verloren? Oder hätten Sie alles auf eine Karte gesetzt?«

»Das kann ich nicht sagen.«

»Auf solche Weise alles zu wagen, das ist das unvergleichlich große Abenteuer des Lebens. Nur so weiß man, daß man lebt. Ohne das ist man tot, ohne je begraben worden zu sein.«

Er hielt die Augen immer noch fest auf Austin gerichtet, der langsam nickte.

»Hat Hollingrake denn durchschaut, an was für einem Komplott er da teilnehmen sollte?« fragte ich.

Der alte Herr drehte sich um und sah mich begeistert an, als ob ich eine neue Variante des Spiels erfunden hätte. Dann wandte er sich wieder um und sagte zu meinem Freund: »Was sagen Sie dazu, Fickling? Sie spielen ihn, also sollten Sie besser wissen, was damals in ihm vorging, als Courtine und ich. Wußten Sie, daß das, worin Sie verwickelt werden sollten, mit der Abschlachtung eines Menschen enden würde?«

Mit bleierner Stimme antwortete Austin: »Ja, das habe ich gewußt, wenngleich ich mir eingeredet habe, ich wisse es nicht.«

»Dann spielen Sie gefälligst die Rolle, die Sie übernommen haben, Mann!« grollte der alte Herr. Im nächsten Augenblick war er wieder der junge Offizier und sagte voller Verachtung: »*Sie brauchen nur zu tun, was ich Ihnen sage. Mit der Tat selbst müssen Sie nichts zu schaffen haben.*«

Austin starrte ihn an wie das Kaninchen die Schlange.

»*So oder so*«, fuhr der junge Offizier fort, »*seine Rechnung muß beglichen werden.*«

»Seine Rechnung muß beglichen werden«, wiederholte ich und sah Austin an, der noch immer ganz im Bann seines Peinigers stand. »Das ist ein seltsamer Satz.«

Austin nickte langsam mit dem Kopf.

»Was für einen Plan haben Sie sich ausgedacht?« wollte ich wissen. Beide drehten sich um und sahen mich an.

»O nein«, rief der alte Herr. »Zunächst müssen Sie noch im dunkeln gehalten werden. Aber ich verspreche Ihnen, daß Sie es sehr bald herausfinden werden!«

In diesem Augenblick gab die hohe Großvateruhr in der Ecke ein Geräusch von sich, als ob sie sich räuspern wolle, und schlug dann gewichtig das erste Viertel.

Unser Gastgeber sah Austin an.

»Kann das stimmen?« rief Austin aus und zog seine Uhr aus der Tasche.

»Nein, diese Uhr geht vor«, erklärte Mr. Stonex. »Ich weiß nicht, warum, denn alle anderen Uhren im Haus sind sehr genau.«

Austin wandte sich an mich. »Was meinst du, wie spät es ist?«

Ich blickte auf meine Uhr. »Ein oder zwei Minuten vor fünf.«

»So spät ist es auch auf meiner Uhr.« Er wandte sich dem alten Herrn zu. »Ich möchte nicht den ganzen Abendgottesdienst versäumen. Courtine hat die Orgel noch nicht gehört, und dies ist seine letzte Gelegenheit, weil sie von heute abend an gesperrt wird.«

»Dann können Sie um halb sechs hier aufbrechen und immer noch vor Schluß hinkommen«, erwiderte unser Gastgeber. Darauf hob er die Hand und senkte die Stimme. »Es ist halb elf an jenem schicksalhaften Morgen. Ich bin der Küchenjunge.« Bei diesen Worten schien er zusammenzuschrumpfen. Er wurde noch jünger als der Offizier, den er soeben gespielt hatte, und in seine Augen trat ein einfältiger, verschreckter Ausdruck. Plötzlich trommelte er mit den Fäusten auf den Tisch, so daß das Geschirr klirrte. »Ohne jede Vorwarnung wird plötzlich gegen die Tür zur Straße gehämmert.« Als Küchenjunge fuhr er zusammen und schlich ängstlich zum Eingang.

Dort angekommen straffte er den Rücken und war wieder der

Offizier. Mein Interesse galt inzwischen mehr dem Erzähler als der Geschichte, die er erzählte, denn ich konnte diesen faszinierend wandlungsfähigen Mann nicht mit dem einsamen Geizhals in Einklang bringen, den Quitregard mir beschrieben hatte.

»*Junge, wo sind meine Soldaten?*«

Er krümmte sich und stotterte: »*In der Küche, bitte, Euer Ehren.*«

»*Hol sie her!*«

Als Junge rannte er zur anderen Tür. Dann drehte er sich um, schien größer und fetter zu werden und schlurfte mit deutlicher Schlagseite durch den Raum. Er wischte sich den Mund mit der Hand ab und zog an seiner Stirnlocke. »*Zu Diensten, Sir.*« Auf rätselhafte Weise beschwor er das Bild eines Begleiters herauf, der etwas kleiner als er selbst, aber ebenso betrunken war.

»*Wo ist der dritte Mann?*« bellte der Offizier.

Der Soldat drehte sich zu seinem unsichtbaren Kameraden um, zuckte die Achseln und sagte: »*Er steht Wache an der Hintertür, wie Euer Gnaden befohlen haben.*«

»*Sehr gut. Jetzt hört mir genau zu, Leute. Eine royalistische Armee ist im Anmarsch und wird demnächst unsere Stellungen angreifen.*«

»Ist das eine falsche Behauptung?« fragte ich.

»Reine Erfindung«, gab er über die Schulter zurück. »Aber es sind Gerüchte über eine solche Armee in Umlauf, und deshalb ist es wahrscheinlich, daß die Behauptung geglaubt wird.«

»*Jeder Versuch, die Stadt zu halten, ist hoffnungslos*«, fuhr er fort. »*Wir werden uns deshalb sofort in ein Dorf gleich in der Nähe zurückziehen, von dem aus wir die einzige Brücke über den Fluß kontrollieren können, die es im Umkreis gibt. Wenn wir diese Brücke halten können, dann haben die Parlamentstruppen gute Chancen, Thurchester zurückzuerobern. Das Dorf heißt Compton Monachorum.*« Der alte Herr hielt inne und sah mich bedeutungsvoll an.

»Das Dorf, wo der Herrensitz des Dekans war!« rief ich aus.

Er reagierte nicht auf meine Bemerkung. Statt dessen nahm sein Gesicht den Ausdruck dümmlicher Konzentration an. »*Was sollen wir denn mit seinen Gnaden, dem Herrn Dekan, machen, Sir?*«

»*Den nehmen wir als Geisel mit.*«

Ich wandte mich an ihn. »Haben Sie das, was Sie hier beschreiben, dem Manuskript entnommen, nach dem Sie gesucht haben?«

»Ja. Abgesehen davon natürlich, daß der Küchenjunge nur das schildern konnte, was er gesehen hatte. Ein Zeuge begreift ja nicht immer, was er sieht, und in diesem Fall hat er es ganz bestimmt nicht verstanden.«

»Na hören Sie mal«, unterbrach ich ihn. »Da kann ich Ihnen wirklich nicht zustimmen. Unser ganzes Justizsystem beruht auf der Annahme, daß Zeugen durchaus in der Lage sind zu berichten, was sie gesehen haben.«

»Das bestreite ich auch nicht«, erwiderte der alte Herr scharf. »Ich behaupte nur, daß sie es ständig mißverstehen. Ich habe meinen Verstand und mein Wissen über das, was später passiert ist, zusammengenommen, um zu rekonstruieren, wie es tatsächlich war. Sehen Sie zu und urteilen Sie selbst. Während die drei Soldaten in diesem Raum blieben, schlüpfte der Junge hinaus, um nach seinem Herrn zu suchen.«

Mit langen, leisen Schritten schlich er zur Tür und spähte dabei mehrmals ängstlich über die Schulter zu uns herüber. Dann richtete er sich auf und sagte zu mir: »Er findet Sie in völlig verstörtem Zustand vor Ihrem Arbeitszimmer. Sie haben – wie beabsichtigt – alles mit angehört und sind sich darüber im klaren, daß Ihr Leben und das Ihrer Frau und Ihrer Kinder nur noch an einem seidenen Faden hängt. Aber wie können Sie entkommen und Ihre Familie an einen sicheren Ort bringen? Um zur Vordertür zu gelangen, müßten Sie diesen Raum durchqueren, der voller Soldaten ist. Und selbst wenn es Ihnen gelänge, die Hintertür zu erreichen, steht dort ein Posten am Gartentor zum Domplatz.«

Er öffnete die Tür, und wir gingen in die Eingangshalle.

»In diesem Augenblick hören Sie ein Klopfen am Fenster. Sie öffnen es.«

Ich zögerte, und er wiederholte den Befehl: »Sie öffnen es!«

Ich tat so, als ob ich das Fenster aufmachen wollte und stellte fest, daß es zugenagelt war. Mir fiel wieder ein, was Quitregard über die Vorsichtsmaßnahmen erzählt hatte, mit denen der alte Herr sich vor einem Raubüberfall schützen wollte.

»Auf der anderen Seite des Fensters steht Hollingrake«, sagte unser Gastgeber und nickte Austin zu, um ihn ins Spiel zu bringen. »Er trägt einen hohen Hut und einen leuchtendroten Umhang mit hohem Kragen. Sie sind überglücklich, ihn zu sehen. Auf der Stelle ist Ihr ganzes Mißtrauen ihm gegenüber vergessen. Wie schnell sind wir doch bereit, das Unrecht zu vergessen, das wir anderen angetan haben, wenn wir ihre Hilfe brauchen! Sie bitten ihn, Ihnen zur Flucht zu verhelfen, und Hollingrake erklärt Ihnen, daß er zu genau diesem Zwecke gekommen sei.« Er schwieg und wartete, daß Austin etwas sagte. Mein Freund stand jedoch nur stumm da und starrte ihn an. Unbeirrt fuhr der alte Herr fort: »Hollingrake klettert durch das Fenster und sagt Ihnen etwas, worüber Sie sehr erfreut sind.« Wieder schwieg er, doch Austin reagierte nicht auf sein Stichwort.

»Er erzählt Ihnen, daß er einen Plan für Ihre Flucht hat. Er erklärt Ihnen, daß der Wachposten an der Hintertür ihm soeben gestattet hat zu passieren, und nicht auf die Idee kommen wird, ihn aufzuhalten, wenn er wieder geht. Sie wissen sofort, was der Schatzmeister vorhat. Er gibt Ihnen seinen auffälligen Hut und seinen Umhang, und er und der Junge sind Ihnen behilflich, aus dem Fenster zu klettern. Das letzte, was Ihnen in den Sinn kommt, ist, einen Gedanken daran zu verschwenden, was das für schwere Dinge sein mögen, die in den Taschen des Umhangs stecken. Der Junge beobachtet, wie Sie an dem ahnungslosen Soldaten vorbei durch das Gartentor gehen. Kaum eine halbe Minute später sieht er mich, den Offizier, und die beiden Soldaten aus dem Haus rennen und Sie verfolgen. Wir haben Sie erwartet!«

»Und ich bin in die Falle getappt!« antwortete ich grimmig.

»Etwa zwei Minuten später hört der Junge Gewehrschüsse. Er rennt auf den Domplatz hinaus und findet Sie am Eingang zum Kloster auf dem Boden liegend. Sie sind von Soldaten umringt. Auch etliche Bürger der Stadt stehen in der Nähe und sehen bestürzt zu. Ich durchsuche die Taschen Ihres Umhangs, und – Schmach und Schande! – ziehe einen Haufen Juwelen und einige kleinere Stücke vom goldenen Meßgeschirr der Kathedrale heraus. Ich traue meinen Augen kaum. Ich zeige sie den Bürgern, die sie mit Entsetzen erkennen. Sie liegen am Boden, unfähig zu sprechen, und während Sie langsam verbluten, werden Sie Zeuge Ihrer eigenen Schande.«

»Armer Freeth«, sagte ich. Was auch immer er in seinem Leben getan haben mochte, dieser schändliche und ungerechte Tod verdiente Mitleid. Dazuliegen und in dem Wissen zu verbluten, daß die Leute ihn als feigen Dieb in Erinnerung behalten würden.

Der alte Herr lächelte. »Selbst der Küchenjunge als wichtigster Zeuge verstand nicht, was tatsächlich vorging.«

»Aber es gibt andere Zeugenaussagen, die sich von diesem Bericht unterscheiden«, wandte ich ein und erzählte ihm von Pepperdines Brief. »Sein Augenzeuge behauptet, daß Freeth sah, wie Soldaten die Bibliothek plünderten, und deshalb aus dem Haus lief, um sie daran zu hindern. Er starb als ein tapferer Gelehrter, der seine Bücher verteidigte.«

Mein Gastgeber stieß ein schrilles, verächtliches Lachen aus. »So ein Unsinn! Sie können die Bibliothek von diesem Haus aus ja nicht einmal sehen.«

»Sind Sie sicher?«

»Kommen Sie, ich zeige es Ihnen. Vom Eßzimmer aus hat man den besten Blick über den Domplatz. Was man von dort aus nicht sieht, kann man mit Sicherheit auch von keinem anderen Zimmer aus sehen.«

Als Mr. Stonex Anstalten machte, den Korridor entlang zu gehen, rief Austin hinter ihm her: »Was haben Sie vor? Da können Sie doch nicht hineingehen! Sie können unmöglich das Eßzimmer meinen!«

Mr. Stonex sah ihn gelassen an. »Selbstverständlich meine ich das Eßzimmer.«

»Sie müssen das Arbeitszimmer meinen«, widersprach Austin.

»Nein, ganz gewiß nicht.« Er lächelte mich an. »Das Arbeitszimmer liegt auf der Straßenseite.«

»War dies hier das Studierzimmer des Dekans?« fragte ich und deutete auf eine Tür hinter uns.

Er nickte.

»Könnte ich es sehen? Ich würde gern Ihre Hypothese überprüfen, daß der Dekan gehört haben soll, wie der Offizier sagte, was er mit ihm vorhabe.«

»Mit Vergnügen«, entgegnete er und griff in seine Tasche. »Diesen Raum halte ich stets verschlossen.« Ein Ausdruck des Unwillens trat auf sein Gesicht. »Unglücklicherweise stelle ich gerade fest, daß ich meine Schlüssel nicht zur Hand habe. Aber ich könnte natürlich hinaufgehen und sie holen, wenn Ihnen das Freude bereitet.«

»Diese Mühe möchte ich Ihnen nicht zumuten«, antwortete ich überrascht, denn ich erinnerte mich, daß der junge Quitregard mir erzählt hatte, daß Mr. Stonex seine Schlüssel immer an einer Kette bei sich trug.

Er zuckte gleichgültig die Achseln, als ob ihm die ganze Sache vollkommen egal sei, und ging vor uns her den Korridor entlang und eine Treppe hinauf. Oben öffnete er eine Tür und führte uns ins Eßzimmer. Es war ein großer, aber niedriger und düsterer Raum mit nur einer einzigen trüben Lichtquelle. Die Wände waren mit dunklem Eichenholz vertäfelt, und ein langer Tisch, der fast durch die gesamte Länge des Raumes reichte, stand in der Mitte. Am Ende des Tisches, in der Nähe des Fensters, stand eine einzelne Kerze in einem Kerzenhalter, die zwar noch flackerte, aber fast niedergebrannt war. Ich sah aus dem Fenster und registrierte, daß die Kathedrale sich direkt vor uns erhob. In ihrer gewaltigen Größe blockierte sie die Sicht fast vollständig.

Ganz am anderen Ende der Kathedrale konnte ich im Zwielicht einen Teil der Bibliothek ausmachen, die jenseits des Punktes, wo das Kapitelhaus in den Platz hineinragte, gerade noch zu erkennen war.

»Der Eingang der Bibliothek liegt zu weit links, als daß man ihn sehen könnte. Das Kapitelhaus verdeckt ihn«, sagte der alte Herr, der sich neben mich gestellt hatte.

Ich mußte zugeben, daß er recht hatte. Ich sah mich auf dem Domplatz um und stellte fest, daß ich eines von Austins oberen Fenstern erkennen konnte. Es mußte das Wohnzimmerfenster sein.

In diesem Augenblick flackerte die Kerze und verlosch.

Unser Gastgeber entzündete eine Gaslampe in einer Halterung an der Wand, und als das Licht aufflammte, fiel mein Blick auf ein Porträt, das nicht weit davon entfernt hing. Als er sah, daß ich es betrachtete, erklärte er: »Das ist mein Vater als junger Mann.«

Der junge Mann auf dem Bild war im Stil der Zeit um die Jahrhundertwende gekleidet. Sein Gesicht war fein, fast feminin, und zeugte von seiner Vergnügungssucht. Aber gleichzeitig erinnerten die hochgezogenen Lippen, die die Zähne sehen ließen, an ein fauchendes Tier, das jeden bedroht, der sich ihm in den Weg stellt. Trotz des Altersunterschieds glaubte ich eine Ähnlichkeit zu meinem Gastgeber zu erkennen.

»Er war ein schöner Mann«, sagte ich.

»Jedenfalls hat er das Herz so mancher jungen Dame gebrochen«, erwiderte der alte Herr lachend. »Er hatte eine ausgesprochen wilde Jugend und brachte sich ständig in Schwierigkeiten.

Er focht mehrere Duelle mit erbitterten Brüdern und Liebhabern aus und war nahe dran, sein Erbe vollständig zu verpulvern. Aber er ging gerade noch rechtzeitig in sich, machte eine gute Partie und betrieb dann die Bank seines Vaters. Leider starb er sehr jung – die Strafe für seine früheren Verfehlungen.«

»Können Sie sich an ihn erinnern?«

Er nickte. »Ich war noch sehr jung, als er starb, aber ich habe viele Erinnerungen an ihn. In seiner Gegenwart herrschte immer Fröhlichkeit. Solange er lebte war dieses Haus voll von geschäftigen Dienstboten und Musik und Gästen in schönen Kleidern. Es gab Lichter, Feste, Kartenspiel und Abendgesellschaften. Elegante Kutschen kamen ohne Unterlaß den ganzen Tag und bis spät in die Nacht hinein.«

Er schüttelte den Kopf, und ich fragte mich, wie sein Leben, das mit soviel Gastlichkeit und Wärme begonnen hatte, sich so hatte verändern können, daß nichts geblieben war als ein einsamer alter Mann in einem großen, leeren Haus mit ein paar Erinnerungen und Geschichten aus der fernen Vergangenheit. Mir wurde plötzlich sehr kalt.

Unser Gastgeber führte uns in die Wohnküche zurück und bat uns, wieder Platz zu nehmen. »Mein einziger Einwand ist damit beseitigt«, sagte ich verbindlich, »und ich muß zugeben, daß ihre Version vom Mord an dem Dekan sehr plausibel klingt.«

»Ich weiß nicht, warum Sie dieses Wort benutzen«, entgegnete der alte Herr. »Freeth wurde nicht ermordet, er wurde hingerichtet. Sein Tod war notwendig, um den Tod vieler anderer zu verhindern.«

»Es scheint mir nicht richtig, den Wert eines Menschenlebens so pragmatisch zu beurteilen«, widersprach ich und warf einen hilfesuchenden Blick zu Austin hinüber. Aber der schüttelte nur den Kopf und gab zu erkennen, daß er keine Meinung äußern wolle.

»Das ist ein religiöser Standpunkt, der von absoluten moralischen Werten ausgeht«, entgegnete der alte Mann leidenschaftslos. »Ich hingegen stehe auf dem humanistischen Standpunkt, daß man die menschlichen Interessen gegeneinander abwägen muß und daß das Wohl der Mehrheit auch auf Kosten der Minderheit erkauft werden darf.«

»Ich halte mich selbst auch für einen Humanisten«, antwortete ich verärgert. »Aber diesen Standpunkt weise ich voll und ganz zurück. Das menschliche Leben ist heilig.«

»Heilig?« erwiderte der alte Herr spöttisch. »Sie benutzen dieses Wort und behaupten dennoch, ein Humanist zu sein?«

Noch bevor ich darauf antworten konnte, sagte Austin: »Courtine hat recht. Mord ist das absolute Böse, und wer einen Mord begeht, kann nicht hoffen, der ewigen Verdammnis zu entrinnen.«

Mr. Stonex fuhr herum und warf Austin einen seltsamen Blick zu, den ich nicht zu deuten vermochte. In diesem Moment begann die Uhr neben der Tür das letzte Viertel zu schlagen.

»Es muß halb sechs sein«, sagte Austin. »Wir dürfen das Ende des Abendgottesdienstes nicht versäumen. Schau auf deine Uhr, Ed.«

Ich war verwundert über diese Aufforderung, tat ihm aber den Gefallen. »Ja, du hast recht.«

»Warum geht diese Uhr hier als einzige falsch?« fragte Austin den alten Herrn plötzlich. »Wird sie durch etwas gehemmt?«

»Gehemmt?«

»Ja, werden ihre Gewichte durch irgend etwas behindert?«

Unser Gastgeber lächelte, ging durch das Zimmer und öffnete rasch den Uhrkasten. Mit dem Rücken zu uns griff er hinein und erklärte dann: »Nein, da ist nichts.«

Als er sich wieder umdrehte, glaubte ich zu sehen, daß er etwas in seiner Tasche verschwinden ließ, und ich nahm an, daß es der Schlüssel zum Uhrenkasten war, obwohl ich nicht gesehen hatte, daß er ihn aufgeschlossen hatte.

»Danke, Mr. Fickling«, sagte er. »Das war eine sehr gute Idee.«

In diesem Augenblick fanden alle weiteren Diskussionen über die Zeit durch das Schlagen der Uhr der Kathedrale ein Ende. Was immer meine Taschenuhr anzeigen mochte – in Thurchester war es halb sechs.

»Wir müssen jetzt wirklich gehen, oder wir versäumen den Gottesdienst doch noch.«

Obwohl es mir ein wenig unhöflich erschien, so abrupt aufzubrechen, fiel mir doch ein, daß unser Gastgeber um sechs an seinen Arbeitsplatz zurückkehren wollte und unseren Aufbruch vermutlich wohl nicht bedauern würde. Wir erhoben uns, gingen durch die Küche zur Hintertür und verabschiedeten uns. Als ich meinem Gastgeber die Hand schüttelte, wurde an die Tür zur Straße geklopft. »Er ist sehr pünktlich«, sagte der alte Herr. Und als er meinen fragenden Gesichtsausdruck bemerkte, erklärte er: »Das ist der Kellner vom Gasthaus auf der anderen Straßenseite. Er bringt mir einen Krug Bier.«

Ich war überrascht, denn von einer solchen Angewohnheit des alten Bankiers hatte Quitregard nichts verlauten lassen. Nachdem wir uns noch ein letztes Mal für seine Gastfreundschaft bedankt hatten, verließen wir das Haus. Wir hatten uns ein paar Minuten länger als eine dreiviertel Stunde dort aufgehalten.

Donnerstag abend

Wir eilten zur Kathedrale, und als wir eintraten, stellten wir fest, daß der Abendgottesdienst gerade beendet war. Daher setzten wir uns nicht, sondern blieben hinter den Bänken stehen und hörten dem Orgelspiel zu, dem Schluß einer Fuge von Bach. Der Gestank war noch erheblich aufdringlicher als am Tag zuvor, und obwohl es in der Kathedrale sehr kalt war, stieg mir der Geruch warm in die Nase. Ich war sehr froh, daß wir nicht lange bleiben wollten.

Der Pfarrer, die Ministranten und der Chor verließen den Altarraum, und die kleine Gemeinde zerstreute sich. Wir blieben stehen und sprachen leise miteinander, bis nach ein oder zwei Minuten plötzlich ein Mann neben uns auftauchte. Er mußte unbemerkt von der Ostseite der Kathedrale herkommen sein.

»Das ist Mr. Slattery«, stellte Austin ihn vor, »Martin Slattery.«

Er war hochgewachsen, etwa fünfzehn Jahre jünger als wir und hatte ein sehr auffälliges Gesicht – schön, verwöhnt und anspruchsvoll. Sein glattes schwarzes Haar war straff zurückgekämmt und glänzte wie ein Fell. Insgesamt wirkte er auf mich wie ein wildes Tier, und mir fiel ein Ausdruck ein, der gewöhnlich nur für Jagdhunde verwendet wird: Er sah aus, als sei er ständig am Passen. Mit seinen starren blauen Augen suchte er mein Gesicht nach etwas ab, das für ihn von Vorteil sein oder eine Bedrohung darstellen könnte. Ich hatte den Eindruck, daß er sicher ungemein charmant sein konnte, aber er hatte auch etwas an sich, das in mir die Überzeugung weckte, er sei zu allem fähig. Aber ich hatte natürlich auch allen Grund, Austins Freunden zu mißtrauen.

Slattery war ein großer Mann, doch die Hand, die er mir nachlässig entgegenstreckte, war erstaunlich zart. Sein Händedruck war fest, und ich war erleichtert, als er meine Hand schnell wieder freigab.

»Ich bedaure sehr, daß ich Ihnen nur ein oder zwei Minuten lang zuhören konnte«, sagte ich.

»Ich habe heute abscheulich gespielt«, antwortete er mit einem gewinnenden Lächeln. »Sie haben also nichts versäumt.«

Sein Gesicht kam mir bekannt vor. Ich hatte es vor kurzem gesehen, konnte mich aber nicht erinnern, wo.

»Das ist ganz gewiß nicht wahr«, murmelte ich gedankenlos.

»Ich versichere Ihnen, daß ich schlechter gespielt habe als je zuvor in dieser Kathedrale. Ich konnte mit meinen Händen nichts anfangen. Irgendwie hatten sie ihren eigenen Willen.« Er streckte sie von sich, als wolle er sie zur Erhebung der Anklage antreten lassen, aber dann musterte er sie mit ironischem Respekt, der mich seltsam unangenehm berührte. »Ein unverzeihliches Unrecht gegenüber der Orgel.«

»Sie werden sie sicher noch oft spielen, wenn sie wieder in Betrieb ist«, erwiderte ich.

»Das möchte ich bezweifeln.« Bei diesen Worten lächelte er Austin an, der ihn die ganze Zeit angestarrt hatte, nun aber den Blick senkte. In diesem Augenblick sah ich den alten Küster Gazzard nur wenige Meter von uns entfernt stehen und zu uns herübersehen. Er warf mir einen mißbilligenden Blick zu, und als ich ihm zunickte, wandte er sich ab.

»Sollen wir in ein Wirtshaus gehen?« fragte Austin.

Wir stimmten zu und folgten ihm aus der Kathedrale. Austin und ich gingen voraus, und erst als ich mich nach unserem Begleiter umsah, fiel mir auf, daß er unübersehbar hinkte. In diesem Augenblick wurde mir klar, daß er die schwankende

Gestalt gewesen war, die ich in der vergangenen Nacht auf dem Domplatz gesehen hatte. Das mußte der Grund sein, warum ich mir eingebildet hatte, den Mann irgendwoher zu kennen. Dennoch gab es noch etwas in meiner Erinnerung, das durch diese Erkenntnis nicht befriedigt wurde. Wenn er derjenige war, der in das kleine Gäßchen eingebogen war, dann mußte er auch derjenige sein, den ich auf der Orgelempore gesehen hatte. Aber wie war er dann von dort herunter auf den Domplatz gelangt, ohne daß ich ihn bemerkt hatte? Es mußte noch eine zweite Treppe geben. Ich verlangsamte meine Schritte, um Slattery aufholen zu lassen, und ließ ihn dann mit Austin vorausgehen.

Obwohl ich erleichtert war, eine natürliche Erklärung für das gefunden zu haben, was ich schon fast als übernatürliche Erscheinung akzeptiert hatte, erinnerte ich mich immer noch mit Unbehagen an die Ausstrahlung des Bösen, die von der Gestalt ausgegangen war. Und was hatte er zu jener nächtlichen Stunde hier zu suchen gehabt? Andererseits war die Orgelempore ein sehr natürlicher Aufenthaltsort für einen Organisten. Ich überlegte, ob er mich wohl wiedererkannt hatte, verwarf den Gedanken jedoch, weil er nichts dergleichen zu erkennen gegeben hatte.

Austin und sein Freund gingen nur wenige Schritte vor mir her, steckten die Köpfe zusammen und unterhielten sich leise. Einmal faßte Slattery Austin am Arm und hielt ihn eine Zeitlang fest. Wenige Minuten später befanden wir uns in einem Wirtshaus, dem »Angel Inn« in der Chancellery Street.

Austin ging zur Bar, während Slattery und ich uns in eine Nische setzten, von der aus man auf die Straße hinaussehen konnte.

»Bereitet es Ihnen Freude zu unterrichten, Mr. Slattery?« Ich suchte nach einem Thema, das uns beide interessierte. »Austin hat mir erzählt, daß sie Musikunterricht an der Chorschule erteilen und in der Stadt auch Privatschüler haben.«

»Ob es mir Freude bereitet? Ich empfinde es wie eine Gefängnisstrafe. Ich mache es nur deshalb, weil ich in meiner Jugend meiner Leidenschaft für die Musik nachgegangen bin und mein brutaler Trunkenbold von Vater es nicht nur verabsäumt hat, mir eine andere Möglichkeit zu verschaffen, mir meinen Lebensunterhalt zu verdienen, sondern mich bei einem seiner betrunkenen Wutanfälle auch noch zum Krüppel geschlagen hat. Darum bin ich dazu verurteilt, die Musik zum Beruf zu machen, was mein Interesse daran beinah erstickt hat.«

Ohne meine Verwunderung über diese Bemerkung zu zeigen, beharrte ich: »Aber die Chorbuben sind doch begabte Musiker, oder nicht? Sie müssen lohnende Schüler sein.«

»Wenn der Kantor sein Geschäft verstünde, könnte das vielleicht der Fall sein. Aber weil er keinerlei Verständnis für die Musik hat, wählt er die Knaben nach allen möglichen Gesichtspunkten aus – nur nicht wegen ihrer Stimmen und musikalischen Begabung.« Er lächelte mich strahlend an und fügte hinzu: »Und ich muß feststellen, daß ich mich Stück für Stück an die Mittelmäßigkeit anpasse, die in einem so teuflischen Loch von einer Stadt wie dieser hier vorherrschen muß.«

In diesem Augenblick kam Austin mit den Getränken. Er hörte gerade noch die letzten Worte und warf seinem Freund einen Blick zu – einen sehr beunruhigten Blick, wie mir schien.

»Leben Sie schon lange hier?« fragte ich.

»Acht oder neun Jahre. Ursprünglich bin ich hierhergekommen, weil ich hier Verwandtschaft habe ...« Er unterbrach sich und sah Austin an. Dann fuhr er fort: »Beziehungsweise, weil ich einen Verwandten hier hatte. Nur meine sträfliche Trägheit hält mich hier fest. Ich bin wie eine Wasserschnecke, die in eine Ecke ihres Tümpels kriecht und dann sitzenbleibt – nicht weil sie sich dort besonders wohl fühlt, sondern weil sie faul bis auf die Knochen ist und sich deswegen nicht mehr von der Stelle rührt.«

Ich lächelte über den Vergleich und fragte: »Sind Wasserschnecken denn faul bis auf die Knochen?«

»Haben sie Knochen?« konterte er und nahm grinsend einen Schluck aus seinem Glas.

»Es gibt sicher schlechtere Wohnorte als eine englische Bischofsstadt«, gab ich zu bedenken.

»Aber auch bessere. Orte mit Musik und Gelächter und sonnenbeschienenen Straßen.«

»Sie sprechen von Italien?«

Er nickte.

»Kennen Sie Italien gut?« fragte ich.

»Nicht so gut, wie ich es mir wünschte. Ich habe das glücklichste Jahr meines Lebens dort verbracht. Einer der Vorzüge dieses Landes ist, daß die interessantesten Engländer dort leben. Zum Beispiel all diejenigen, welche nicht in den ordentlichen Taubenschlag passen, den der Protestantismus uns aufzwingt – Paare, die aus einem Mann und einer Frau bestehen, die vor dem Gesetz miteinander verheiratet sind. Auch Fickling habe ich dort getroffen.«

»Ach, wirklich? Ich hatte angenommen, daß Sie sich hier kennengelernt hätten.«

»Nein, nein, in Italien. Es ist genau umgekehrt, denn Fickling war derjenige, der mir hier zu meinem Posten in der Kathedrale verholfen hat. Wir sind uns bei gemeinsamen Freunden in Florenz begegnet, die wußten, daß wir beide eine Verbindung zu dieser Stadt hatten. Ich hatte zufällig erwähnt, daß ich gerade von einem kurzen und ziemlich erfolglosen Besuch bei meinem Verwandten hier kam. Sie können sich also vorstellen, wie viele glückliche Erinnerungen für mich mit Italien verbunden sind. Sie sind solche Musikliebhaber, die Italiener, und sie verstehen soviel davon; während ich hier täglich schlechter spiele, weil ich keine Zuhörer habe, die mein Spiel richtig zu beurteilen vermögen. Und weil ich, so schlecht ich auch spiele, nie jemanden höre, der es besser kann, hasse ich inzwischen mein eigenes Spiel.«

»Nicht so sehr wie die Gemeinde«, warf Austin ein.

»Dann werden ja alle Beteiligten gleichermaßen erfreut sein, daß die Orgel mindestens zwei Wochen lang nicht benutzt werden kann.« Leise fügte er hinzu. »Es ist sowieso unwahrscheinlich, daß ich sie überhaupt noch einmal spiele.«

»Wird es denn so lange dauern, bis sie repariert ist?« fragte Austin.

Slattery beachtete die Frage nicht, sondern bedachte Austin mit einem Lächeln, das auch mich in sein Vertrauen mit einschloß. »Wissen Sie was? Ich habe von Bulmer, diesem Idioten von Architekten, erfahren, warum die Arbeiter den ganzen Schaden verursacht haben. Am Dienstag abend hat irgend so ein Besserwisser von Tourist in der Kathedrale dem alten Gazzard eingeredet, daß sie mehr Schaden anrichten würden, wenn sie nach ihrem ursprünglichen Plan vorgingen, als wenn sie auf die Weise verfahren würden, die sich dann als so verheerend erwiesen hat. Gazzard, dieser verdammte alte Dickschädel, der sich in alles einmischen muß, gab diesen Rat an Sisterson weiter, weil Bulmer gerade eines seiner unzähligen Kinder begraben mußte und deshalb nicht da war. Und der Domkustos, dämlich wie er ist, befahl den Männern, nach dem neuen Plan weiterzumachen, und beschwor damit das ganze Unheil herauf.«

»Ich vermute, daß der Rat nicht richtig befolgt wurde. Und wenn die Leute bei ihrem ursprünglichen Plan geblieben wären, hätte das wahrscheinlich noch katastrophalere Folgen gehabt.«

»Selbst dieser Trottel Bulmer hätte schwerlich eine schlimmere Situation herbeiführen können. Jetzt müssen sie Teile des Fußbodens und die Wand des Querschiffs anheben. Weiß der Teufel, wie das noch enden wird. Vielleicht fliegt ihnen ja zuletzt das ganze verdammte Gebäude um ihre dämlichen Ohren. Aber das braucht mich jetzt nicht mehr zu kümmern.«

Er lachte und nahm einen großen Schluck von seinem Bier. Ich fing Austins Blick auf, und er sah weg.

»Wohnen Sie auch in einem dieser reizenden Häuser am Domplatz, Mr. Slattery?« fragte ich in der Hoffnung, damit das Gespräch in ein weniger gefährliches Fahrwasser zu manövrieren. »Sie sind alle so malerisch.«

»Leider nein. Ficklings armselige Behausung ist im Vergleich zu der meinen ein Bischofspalast. Ich habe ein paar Zimmer in einer schäbigen kleinen Straße in der Nähe.«

Einer Eingebung folgend sagte ich auf gut Glück: »Ihre Frau wird es sicher bedauern, daß zu Ihrem Posten keines der hübschen alten Häuser bei der Kathedrale gehört.«

»Meine Frau?« Er lächelte überrascht. Dann hob er den Kopf und lachte. »*La dame n'existe pas.*«

Austin senkte den Blick. Hatte ich das Gespräch, das ich in der Bar mit angehört hatte, mißverstanden? Die Männer hatten doch davon gesprochen, daß Slattery eine Frau habe?

»Ich weiß, wie Sie darauf kommen«, sagte Slattery mit einem Lächeln, das sein Wolfsgebiß entblößte. »Sie haben mitgehört, wie jemand über mich geredet hat. Sie haben etwas von dem böswilligen Klatsch mitbekommen, von dem diese Stadt lebt. Was haben die Leute denn gesagt?«

Ich fälle eigentlich nur selten ein vorschnelles Urteil, aber ich stellte fest, daß ich Slattery nicht ausstehen konnte. Er hatte eine Art, die darauf schließen ließ, daß er sehr viel Zeit in Bars zugebracht hatte, und die ich als überaus unangenehm empfand. Er schwankte zwischen Angeberei und Verfolgungswahn und erweckte den Eindruck, als hielte er es für sein gutes Recht, ein bequemes Leben zu führen, ohne dafür arbeiten zu müssen. Ich hatte eine ganze Reihe von Studenten kennengelernt, die sich ebenso verhalten hatten wie er – verbitterte Sprößlinge von Familien, die ihr Vermögen eingebüßt hatten. Es stimmte mich traurig, daß ein solcher Mann ein enger Freund von Austin war.

»Hör auf, Martin«, sagte Austin.

»Wer war es? Hat dieses alte Waschweib Locard etwas gesagt? Fickling hat mir erzählt, daß Sie dick befreundet mit ihm sind.«

Der junge Mann war unerträglich. »Nein, ich kann Ihnen versichern, Mr. Slattery, daß ich mit niemandem über Sie geredet habe. Wie käme ich auch dazu? Bis vor wenigen Minuten habe ich doch kaum etwas von Ihrer Existenz gewußt.«

»In dieser Stadt kreisen die widerwärtigsten Gerüchte, und Sie haben mindestens drei von den schlimmsten Verleumdern kennengelernt: Locard, seinen scharwenzelnden Lustknaben Quitregard und dieses Plappermaul Sisterson.«

»In jeder so engen Gemeinschaft wird geredet, und nicht alles, was geredet wird, ist bösartig«, sagte ich beschwichtigend. »Doch das kann man ignorieren. Man kann lernen, vieles zu ignorieren. Finden Sie nicht auch, daß man erstaunlich wenig braucht, um zufrieden zu sein? Bücher, Konzerte, ein paar gute Freunde.«

»Nein«, widersprach er. »Diese Meinung teile ich ganz und gar nicht. Das Leben muß dramatisch und erregend sein. Die meisten Leute verbringen ihr Leben wie im Halbschlaf. Sie vegetieren ohne jede Leidenschaft dahin und wagen es nie, etwas zu riskieren. Sie könnten ebensogut tot sein.«

Ohne recht zu wissen warum, wurde ich langsam ärgerlich. »Ich finde alle Erregung, die ich brauche, in der Literatur, der Geschichte, der Musik.«

Er sah mich auf eine Weise an, die ich nur als stille Verachtung deuten konnte.

»Findet nicht jeder phantasiebegabte Mensch genug Interessantes in den einfachsten Dingen des Lebens?« fuhr ich fort. »Das sicherste Leben – ein Leben, das andere als absolut normal verachten – kann auf unsichtbare Weise dramatisch sein.«

»Ist das Leben denn jemals sicher?« fragte er. »Wir alle wandern auf einem schmalen Pfad durch den Nebel. Gelegentlich bläst ein Windstoß diesen Nebel hinweg, und wir erkennen, daß wir uns auf einem messerscharfen Grat befinden und zu beiden Seiten Hunderte von Metern in die Tiefe zu stürzen drohen.«

Ich sah ihn verblüfft an. Aber bevor ich ihm eine Antwort geben konnte, meinte Austin: »Ihr beide sagt genau das gleiche.«

Wir wandten uns überrascht zu ihm um. »Du, Ed, sagst, daß jedes Leben unter der Oberfläche erregend und dramatisch ist. Und genau das hat Slattery soeben auch erklärt.«

Ich setzte gerade zu einer Antwort an, als wir unterbrochen wurden.

Ein Mann kam in die Bar gestürzt und rief seinen Freunden in der anderen Ecke zu: »Im Haus von dem Alten da drüben ist was passiert.«

Er und zwei seiner Gefährten stellten sich ans Fenster neben dem unseren. Wir blickten alle hinaus und sahen, daß vor der Tür eines Hauses auf der anderen Straßenseite etwa ein Dutzend Leute versammelt waren. Einige von ihnen standen auf der Fahrbahn und hätten den Verkehr behindert, wenn irgendwelche Fahrzeuge vorbeigekommen wären. Es waren auch zwei Polizeibeamte dabei, von denen einer mit den Fingerknöcheln gegen die Tür trommelte.

»Was mag es da wohl geben?« fragte Slattery gedehnt.

In diesem Augenblick kam ein Mann mit einem Vorschlaghammer angerannt.

»Das wird ja immer seltsamer«, meinte Slattery und wandte sich an Austin: »Ist das nicht das Haus von dem komischen alten Kauz? Wie heißt er doch gleich?«

Austin schüttelte den Kopf, als habe er keine Ahnung, wovon sein Freund redete.

»Na, so was«, sagte Slattery. Dann beugte er sich in seinem Stuhl zu den Männern am anderen Fenster hinüber und fragte mit erhobener Stimme: »Wem gehört denn das Haus auf der anderen Straßenseite?«

»Dem alten Mr. Stonex, dem Bankier, Sir«, antwortete einer der Männer.

»Den habe ich gemeint«, sagte Slattery zu uns.

Natürlich! Es war die Straßenseite des Hauses, aus dem wir gerade erst gekommen waren. Ich hatte es nicht gleich erkannt, weil ich bisher immer nur die Rückseite gesehen hatte. Ich warf einen Blick zu Austin hinüber, der gerade einen Schluck aus seinem Glas nahm.

»Kaum vor einer Stunde waren wir noch dort!« rief ich aus.

»Wirklich? Na, so was! Haben Sie eine Ahnung, was da los sein könnte?«

»Nicht den leisesten Schimmer.«

Plötzlich hörten wir ein lautes Krachen. Ich sah, daß einer der Beamten versuchte, die Haustür mit dem Vorschlaghammer aufzubrechen. Der andere Uniformierte, der, wie ich feststellen konnte, ein Sergeant war, erteilte ihm dabei Anweisungen.

»Meinst du nicht, daß wir uns den Polizeibeamten zu erkennen geben sollten?« fragte ich Austin. »Vielleicht können wir ja irgendwie behilflich sein.«

Er schüttelte den Kopf, entweder um seinen Zweifel auszudrücken oder weil er gar keine Meinung zur Sache hatte. Doch Slattery warf ein: »Ich glaube, Sie sollten das wirklich tun. Es würde verdammt komisch aussehen, wenn Sie erst später damit herausrückten.«

Wir ließen unsere halbvollen Gläser einfach stehen, gingen hinaus auf die Straße und begaben uns zu der kleinen Menschenansammlung. Ich drängte mich durch die Zuschauer bis zu dem Sergeanten durch, der seinem Untergebenen zusah, wie er die Tür einzuschlagen versuchte. Ich erklärte ihm, daß Austin und ich erst vor einer Stunde in dem Haus gewesen seien, und er zeigte sich sehr interessiert. Ich wandte mich um, schob meine beiden Begleiter nach vorn und stellte sie vor. Der Sergeant nickte und sagte: Mr. Fickling kenne ich natürlich. Und letzten Dienstag abend hatte ich auch die Ehre, Ihre Bekanntschaft zu machen, nicht wahr, Mr. Slattery?«

Slattery verbeugte sich tief und schenkte dem Beamten ein strahlendes Lächeln: »Die Ehre war ganz auf meiner Seite, Sergeant, obwohl der Anlaß weniger erfreulich war, als man es sich hätte wünschen können.«

»Es war im Hause des Domherrn Sheldrick«, erklärte mir der

Beamte. »Dort gab es einen unangenehmen Zwischenfall, bei dem einige Miniaturen gestohlen wurden.«

»Davon habe ich schon gehört«, sagte ich zu Austin, der sich abwandte.

»Haben Ihre eindrucksvollen professionellen Bemühungen dazu geführt, daß sie wieder aufgetaucht sind, Sergeant?« fragte Slattery.

Der Polizist sah ihn kalt an. »Nein, leider nicht, Mr. Slattery. Obwohl ich einen scharfsinnigen Verdacht habe, was mit ihnen passiert sein könnte.«

»Scharfsinnigkeit ist genau das, was ich von Ihnen erwarten würde«, erwiderte Slattery mit seinem charmantesten Lächeln.

Die Unterhaltung wurde von den rhythmischen Schlägen des Vorschlaghammers untermalt.

»Wo ist Mr. Stonex?« fragte ich.

»Das eben ist die Frage, Sir«, antwortete der Sergeant.

Eine alte Frau, die die ganze Zeit neben ihm gestanden hatte, sprudelte los: »So was hab ich noch nie erlebt. Der Herr ist bei allem immer so pünktlich.«

»Das ist Mrs. Bubbosh«, erklärte der Sergeant. »Sie kommt jeden Tag zum Kochen und Saubermachen.«

»Und gerade eben bin ich wie gewöhnlich gekommen, um dem alten Herrn das Nachtessen zu kochen, aber er hat mir nicht aufgemacht, obwohl ich geklopft und geklopft habe, bis mir die Faust weh getan hat. Das ist mir noch nie passiert.«

»Um wieviel Uhr war das?« wollte der Sergeant wissen.

»Ein paar Minuten vor sechs, wie immer. Darum hab ich mir gedacht, daß vielleicht bei der Bank irgendwas los war und man nach ihm geschickt hat. Und dann bin ich zur Bank gegangen und hab mit Mr. Wattam geredet.« Sie nickte einem förmlich gekleideten Mann zu, der neben ihr stand. »Aber er hat gesagt: nein.«

»Solange ich bei der Bank beschäftigt bin – und das bin ich seit fast dreißig Jahren –, hat Mr. Stonex es niemals verabsäumt, kurz nach sechs Uhr noch einmal die Bank aufzusuchen«, sagte der Mann. »Ich bin Mr. Wattam, meine Herren, und ich habe die Ehre, der leitende Angestellte der Thurchester und County Bank zu sein.«

Der Sergeant, Slattery, Austin und ich schüttelten einander die Hand, und Mr. Wattam fuhr fort: »Ich war so alarmiert durch das, was diese gute Frau mir erzählt hat, daß ich mit hierhergekommen bin. Wir haben noch eine Weile an die Tür geklopft, dann gingen wir zur Hintertür und stellten fest, daß diese ebenfalls verschlossen war. Daraufhin haben wir einen Jungen zur Polizeiwache geschickt, um die Polizei zu alarmieren.«

Während wir sprachen, wurde die Menschenansammlung immer größer. Inzwischen standen mindestens zwanzig gaffende Zuschauer herum.

»Jetzt wissen Sie ebensoviel wie ich, Sir«, sagte der Sergeant zu mir.

In diesem Augenblick hatte der Polizist, der den Vorschlaghammer schwang, eines der Türbretter zertrümmert. Er arbeitete weiter, bis das Loch groß genug war, um hindurchzuschlüpfen. Der Sergeant wies seinen Kollegen an, bis zu seiner Rückkehr niemanden ins Haus zu lassen. Dann bückte er sich und kroch durch die Öffnung.

»Das ist sehr seltsam«, sagte ich zu meinen Begleitern. »Als wir uns von ihm verabschiedeten, erfreute er sich noch bester Gesundheit, nicht wahr, Austin?«

Mein Freund nickte ernst.

Slattery lächelte. »Er ist bestimmt wegen irgendeiner eiligen Sache fortgerufen worden. Wenn er heimkommt und feststellt, daß man sein Haus aufgebrochen hat und ein ganzer Haufen überflüssiger Wichtigtuer die Straße blockiert, wage ich vorauszusagen, daß selbst ihm seine legendäre gute Laune vergehen wird.«

»Steht er denn in dem Ruf, immer so gut gelaunt zu sein?« begann ich, aber dann wurde mir klar, daß das ironisch gemeint war. Und doch hatte der alte Herr sich an diesem Nachmittag ausgesprochen liebenswürdig gezeigt.

In diesem Augenblick tauchte – irritierenderweise in Hüfthöhe – das Gesicht des Sergeanten neben mir auf, das auf einmal sehr blaß geworden war. Dann schob sich der ganze Mann durch die zerbrochene Tür. Er richtete sich auf und klopfte sich den Staub von den Knien. Sein Untergebener trat zu ihm und wartete offenbar auf Weisungen, doch der Sergeant beachtete ihn nicht, sondern ließ die Augen über die Umstehenden schweifen. Fast zufällig, wie es schien, blieb sein Blick auf Mr. Wattam haften. »Schicken Sie nach einem Arzt«, stammelte er leise. Der Bankangestellte blieb zögernd stehen, als wolle er noch eine Frage stellen. »Schnell, Mann«, flüsterte der Sergeant, und Mr. Wattam eilte davon.

»Geht es dem alten Herrn nicht gut?« fragte ich.

Der Sergeant schüttelte nur den Kopf. Mit einem tiefen Seufzer ließ er sich abrupt auf die Türschwelle sinken. Der Wachtmeister begann, die Zuschauer von der Tür fortzuwinken, als wolle er über die momentane Unpäßlichkeit seines Vorgesetzten hinwegtäuschen. »Gehen Sie bitte weiter«, drängte er. »Blockieren Sie die Fahrbahn nicht.«

Die Gruppe von Neugierigen, die vorwiegend aus Männern und Jungen bestand, wich unwillig zurück und blieb ein paar Meter weiter entfernt auf dem Bürgersteig stehen. Alle versuchten den Anschein zu erwecken, als seien sie rein zufällig und aus vollkommen anderen Gründen hier. Kurz darauf winkte der Sergeant den Wachtmeister zu sich. Sie redeten flüsternd miteinander, und ich sah, wie das Gesicht des jüngeren Mannes lang wurde und ihm der Mund offen stehenblieb. Dann kniete er nieder und machte Anstalten, sich durch die zerschmetterte Tür zu zwängen.

»Dick«, sagte der Sergeant leise. »Geh als erster und schau nach, ob die Hintertür noch verschlossen ist.« Der Wachtmeister nickte und verschwand durch das Loch.

»Gibt es nur diese zwei Türen?« fragte der Sergeant Mrs. Bubbosh. Sie nickte.

Mrs. Bubbosh fing meinen Blick auf, und in ihrem Gesicht zeichnete sich die plötzliche Erkenntnis ab, daß das, was hier vorgefallen sein mußte, etwas erheblich Ernsteres war als nur die angenehme Erfahrung, für kurze Zeit im Mittelpunkt der Aufmerksamkeit zu stehen. Austin bedeckte das Gesicht mit den Händen und wandte sich ab. Ich bemerkte, daß Slattery ihn am Arm ergriff und schüttelte und ihm etwas ins Ohr flüsterte.

In diesem Augenblick kamen zwei junge Polizisten angerannt, und einer von ihnen rief: »Wir haben Ihre Nachricht erhalten, Sarge, und sind so schnell wie möglich gekommen.«

Die Worte erstarben ihm auf den Lippen, als er seines Kollegen ansichtig wurde, der sich unsicher erhob und die beiden Polizisten zur Seite winkte.

Die Zuschauer, inzwischen mehr als dreißig Personen, redeten laut, vermutlich aus Erbitterung, weil man sie ausschloß. Wir anderen in der kleinen Gruppe in der Nähe der Tür, die das Gefühl hatten, eine Art halboffiziellen Status zu genießen – Mrs. Bubbosh, der Mann, der den Vorschlaghammer gebracht hatte, Slattery, Austin und ich –, beobachteten die drei Beamten schweigend und versuchten, etwas von ihrer leise geführten Unterredung mitzubekommen. Ich war nahe dran zu verlangen, daß man uns sagen solle, was los sei, als der Wachtmeister, der als Dick angesprochen worden war, wieder durch die Tür gekrochen kam. Als er auf seine Kollegen zuging, hörte ich ihn sagen: »Die Hintertür ist verschlossen, Sergeant. Und ich kann den Schlüssel nicht finden.«

Der Sergeant nickte und forderte den Mann, der den Polizisten den Vorschlaghammer geliehen hatte, auf: »Schlagen Sie um Gottes willen den Rest der Tür ein, ja?«

Der Mann packte das Werkzeug und ließ den Hammer gegen die Tür donnern. Noch bevor die Bretter zersplitterten, gab der Rahmen nach.

In diesem Moment kam in Begleitung von Mr. Wattam ein schlanker junger Mann mit einer schwarzen Tasche angelaufen und redete kurz mit dem Sergeanten. Gemeinsam gingen sie ins Haus, während die drei anderen Polizisten draußen blieben und die Tür bewachten. Eine Minute später tauchte der Sergeant wieder auf und schickte einen der jüngeren Beamten zum Bahnhof, um ein Telegramm abzusenden.

Als dieser losgestürzt war, nahm der Sergeant Mrs. Bubbosh am Ellenbogen und geleitete sie zur Tür. Dabei drehte er sich noch einmal zu uns um: »Würden Sie bitte auch hereinkommen, meine Herren.«

»Wir alle?« fragte ich.

»Wenn Sie so freundlich wären. Sie drei scheinen die letzten Besucher im Haus gewesen zu sein.«

»Dieser Herr nicht«, sagte ich und zeigte auf Slattery, der keine Anstalten machte, das Mißverständnis aufzuklären.

»Sie waren heute nachmittag nicht mit den anderen Herren hier, Mr. Slattery?« fragte der Sergeant.

»Nein.«

»Wo waren Sie dann, Sir?«

»Lassen Sie mich mal nachdenken. Von etwa halb fünf bis fünf Uhr habe ich bei der Chorprobe Klavier gespielt. Und dann etwa ein Dreiviertelstunde lang die Orgel in der Kathedrale. Bei beiden Gelegenheiten haben mir viele Leute zugehört.«

»Ach ja, Sie haben bei den Feierlichkeiten für die neue Orgel gespielt«, sagte der Sergeant.

»Nein, die sollten eigentlich morgen stattfinden. Aber jetzt sind sie verschoben worden. Ich habe beim Abendgottesdienst gespielt, wie jeden Nachmittag um fünf.«

»Ich verstehe vollkommen, Sir. Jeder Ihrer Schritte ist ausreichend belegt; genau wie letzten Dienstag abend.«

Slattery verneigte sich mit ironischem Lächeln.

»In diesem Fall«, fuhr der Sergeant fort, »brauchen nur Dr. Courtine und Mr. Fickling mit hineinzukommen.«

Slattery winkte uns mit einem geheimnisvollen Grinsen zu. Mrs. Bubbosh schnappte nach Luft, als sie das Durcheinander in der Wohnküche sah, und rief aus: »So was hab ich ja überhaupt noch nie gesehen!« Zu meiner Erleichterung – obwohl ich keine Ahnung hatte, was ich hätte erwarten sollen – sah der Raum noch genauso aus, wie wir ihn vor kaum einer Stunde verlassen hatten, aber ich nahm an, daß das wüste Durcheinander für die Frau eine Überraschung war. Mir fiel auf, daß der Sergeant uns sehr genau beobachtete, als wir hereinkamen und uns umsahen. In seltsamer Wiederholung der Ereignisse des Nachmittags setzten wir uns um den Tisch. Ich nahm den Platz ein, an dem unser Gastgeber gesessen oder, besser gesagt, nicht gesessen hatte, denn er war fast während der ganzen Mahlzeit stehen geblieben. Austin setzte sich auf seinen alten Platz und beugte den Kopf über seinen krümelbesäten Teller, und Mrs. Bubbosh, die völlig verstummt war, ließ sich auf meinen Stuhl sinken.

Der Polizeibeamte stellte sich mit seinem Notizbuch und einem Bleistiftstummel in der Hand in die Mitte des Raumes. »Ich bin Sergeant Adams«, stellte er sich vor. »Ich fürchte, ich werde Ihnen ein paar Fragen stellen müssen.«

»Bevor Sie damit anfangen, Sergeant, könnten Sie uns bitte mitteilen, was vorgefallen ist?« fragte ich.

»Das müssen wir erst feststellen, Sir.«

»Ich meine, ist Mr. Stonex hier?«

»Ich möchte nichts dazu sagen, bis ich mit Dr. Carpenter gesprochen habe«, antwortete er.

»Dann darf ich annehmen, daß der Arzt jetzt bei ihm ist?«

»Das ist richtig. Und während wir hier warten, würde ich Ihnen gern ein paar Fragen stellen. Also Mrs. Bubbosh, wie Sie mir vor ein paar Minuten mitgeteilt haben, haben Sie Mr. Stonex zuletzt um zwölf Uhr gesehen, als er von der Bank nach Hause kam.« Sie nickte. »Sie hatten den ganzen Vormittag hier gearbeitet, und als er hier eintraf, verließen Sie das Haus.« Sie nickte wieder. »Und das war alles so wie immer?«

»Genau, Sir. Oh, was ist das nur für eine schreckliche Geschichte!«

Sergeant Adams wartete, bis sie sich wieder gefaßt hatte.

»Sie waren hier gewesen, seit er Sie um sieben Uhr hereingelassen hatte?«

Sie nickte.

»Und nachdem er zur Bank gegangen war, ist niemand ins Haus gekommen?«

»Das wäre gar nicht gegangen, Sir. Beide Türen waren verschlossen, und ich habe keinen Schlüssel. Es gibt nur einen Schlüsselbund, und den hat Mr. Stonex immer bei sich. Er trägt ihn an einem Ring am Gürtel.«

»Und die Fenster?«

»Die sind alle fest vernagelt.«

»Und Sie sind sicher, daß nicht schon vorher jemand im Haus versteckt war?«

»Wie hätte da jemand sein sollen? Ich habe jeden Zentimeter in diesem verd ... Haus saubergemacht.«

»Müssen wir aus Ihren Fragen schließen, Sergeant«, unterbrach ich, erbost über seine Weigerung, uns die Situation zu erklären, und durch meinen eigenen Verdacht zunehmend beunruhigt, »daß etwas Schreckliches geschehen ist?«

Bevor der Sergeant antworten konnte, kam der junge Arzt hereingestürmt und wechselte einen Blick mit ihm, und der Sergeant begab sich zu ihm zur Tür. Ein paar Minuten lang flüsterten die beiden miteinander, dann kam der Sergeant zurück und sagte sanft: »Mrs. Bubbosh, würden Sie bitte mit dem Arzt gehen. Ich glaube, er möchte Ihnen zuerst etwas sagen.«

Mit entsetztem Gesicht ließ sie sich zur Tür führen, wo der junge Mann sie beim Arm faßte. Die Bedeutung all dessen war nicht mehr zu leugnen.

»Sergeant«, rief ich aus. »Ich möchte endlich wissen, was hier passiert ist. Hat der alte Herr einen Anfall erlitten? Ist er die Treppe hinuntergestürzt?«

»Ich kann Ihre Gefühle sehr gut verstehen, meine Herren«, gab der Sergeant zurück, »aber je weniger ich zu diesem Zeitpunkt sage, desto besser. Unterdessen möchte ich Sie bitten, mir genauestes zu erzählen, was heute nachmittag vorgefallen ist.«

Also berichteten Austin und ich – wobei meistens nur ich redete –, daß wir um zwanzig vor fünf zur Hintertür gekommen waren und das Haus ein oder zwei Minuten nach halb sechs wieder verlassen hatten.

»Das hilft mir sehr weiter, wirklich sehr«, erklärte der Beamte und schrieb etwas in sein Notizbuch. »Jetzt muß ich herausfinden, was zwischen halb sechs und sechs Uhr passiert ist, als Mrs. Bubbosh an die Vordertür kam.«

In diesem Moment stürzte der junge Polizist herein, der zum Bahnhof geschickt worden war.

»Er ist schon unterwegs, Sarge«, berichtete er. »Er hat sofort zurücktelegrafiert.«

Sergeant Adams runzelte die Stirn, nahm ihn beiseite, und die beiden redeten leise miteinander. Dann bedeutete er seinem Kollegen, er solle sich auf einen Stuhl an der Wand setzen, während er selbst fortfuhr, Austin und mich zu befragen.

»Hatte der alte Herr irgendeinen anderen Besucher, während Sie hier waren, oder hat er etwas davon gesagt, daß er jemanden erwartete?«

»Nein, ich glaube nicht. Ich bin mir ganz sicher, daß er nichts dergleichen erwähnt hat.«

Austin hob den Kopf. »Das Bier.«

»Das Bier?« fragte ich.

»Erinnerst du dich nicht, daß an die Vordertür geklopft wurde, als wir uns gerade verabschiedeten?«

»Ja natürlich. Und der alte Herr hat uns gesagt, das sei der Kellner mit dem Bier.«

»Was für ein Kellner kann das gewesen sein?« fragte der Sergeant.

»Nun, vermutlich der gleiche, der ihm auch sein Abendessen

bringt«, erwiderte ich und dachte an das, was Quitregard mir erzählt hatte. Dann fügte ich hinzu: »Der ihm bisher immer das Abendessen geliefert hat.«

»Wie heißt er, Sir? Hat er das gesagt?«

Austin und ich sahen einander an. »Ich habe keine Ahnung, erwiderte ich, und Austin schüttelte den Kopf, um auszudrücken, daß auch er es nicht wisse.

»Nun zum Verhalten des alten Herrn heute nachmittag. Hatten Sie den Eindruck, daß er nervös oder verängstigt war?«

»Keineswegs«, sagte ich. »Er war sehr freundlich und gesprächig.«

»Tatsächlich? Freundlich und gesprächig?« Er trug umständlich etwas in sein Notizbuch ein. »Würden Sie das auch sagen, Mr. Fickling?« Austin gab keine Antwort. »Fehlt Ihnen etwas, Mr. Fickling?«

»Nein, mir fehlt nichts«, versicherte Austin schnell.

Der Sergeant hielt inne und sah ihn an. »Ich fürchte, ich muß Sie bitten, einen Blick auf den alten Herrn zu werfen.«

»Wozu denn das?« rief Austin aus.

»Das ist allgemein so üblich, Sir«, entgegnete der Sergeant.

»Die alte Frau kann ihn doch viel besser identifizieren als ich«, widersprach Austin. »Ich habe ihn nur ein paarmal gesehen.«

»Trotzdem muß ich Sie darum bitten. Ich möchte, daß alles ordnungsgemäß erledigt wird.«

In diesem Augenblick wurde Mrs. Bubbosh vom Arzt hereingeführt und behutsam in ihren Stuhl gesetzt. Sie drückte sich ein Taschentuch vors Gesicht. Der Sergeant fragte mit sanfter Stimme: »Mrs. Bubbosh, können Sie mir den Namen des Kellners sagen, der Mr. Stonex immer sein Abendessen gebracht hat?«

Sie ließ das Taschentuch sinken und sah überrascht auf. »Wozu in aller Welt wollen Sie denn das wissen? Es ist Perkins. Der junge Eddy Perkins. Der Junge vom alten Tom Perkins.«

Sergeant Adams warf seinem Kollegen einen Blick zu. »Du und Harry, ihr geht und holt ihn.« Der Beamte stand rasch auf, um das Haus zu verlassen.

»Mr. Fickling, würden Sie jetzt bitte mit Dr. Carpenter gehen?«

Austin stand unsicher auf. Der Doktor lächelte ihm ermutigend zu, und sie gingen zusammen nach draußen.

»Ich möchte Sie bitten, so freundlich zu sein und hier zu warten, Sir«, sagte der Sergeant zu mir.

»Schon gut«, antwortete ich.

Er stand auf und folgte den beiden anderen. Mrs. Bubbosh und ich blieben in der Wohnküche. Zu meinem Erstaunen ließ der Sergeant mich über vierzig Minuten lang warten. Zuerst machten Mrs. Bubbosh und ich sporadische Versuche, miteinander zu reden, aber unsere Gesprächsthemen erschöpften sich bald. Wir wiederholten nur immer wieder: »Wer hätte jemals so etwas gedacht? Ja, wer hätte das gedacht?« Ich fragte mich, wo Austin wohl war und was er und Sergeant Adams so lange miteinander zu reden hatten. Der Wortwechsel zwischen dem Beamten und Slattery hatte mir viel zu denken gegeben, und zahlreiche seltsame Möglichkeiten gingen mir durch den Kopf.

Endlich kam der Sergeant wieder herein und forderte mich auf: »Würden Sie bitte mit mir kommen, Sir?«

Ich folgte ihm in die Eingangshalle. Als er die Tür schloß, faßte er mich beim Arm und sagte sanft: »Sie müssen darauf gefaßt sein, daß das, was Sie jetzt gleich zu sehen kriegen, Sie sehr erschüttern wird.« Damit öffnete er die Tür zum Studierzimmer und bedeutete mir einzutreten.

Der Arzt kniete in der Mitte des kleinen Raumes, doch als ich hereinkam, erhob er sich und trat einen Schritt zurück. Das erste, was ich sah, war eine Axt, deren Schneide und Stiel dick mit Blut verschmiert waren. Der Tote lag so auf dem Boden, daß sein Gesicht abgewandt war. Ich ging um ihn herum, wobei ich versuchte, nicht in die Blutlachen und Spritzer zu treten, die den Fußboden bedeckten. Als ich den Toten von der anderen Seite ansah, fürchtete ich im ersten Moment, ich würde ohnmächtig werden. Seitdem habe ich versucht, diesen Anblick wieder zu vergessen. Deshalb möchte ich nur sagen, daß er ein brutaler Beweis für die Hinfälligkeit unserer sterblichen Hülle war.

»Ist dies die Person, die Sie zuletzt um halb sechs in diesem Haus gesehen haben, Sir?« fragte der Sergeant.

Ich nickte, weil ich meiner Stimme nicht traute.

»Sind Sie sicher, Sir? Auch angesichts der Tatsache, daß ...?« Er brach taktvoll mitten im Satz ab.

»Die Kleidung«, stammelte ich, »ich kann mich an die Kleidung erinnern.«

Der Sergeant nahm mich am Arm und führte mich in die Eingangshalle hinaus. Ich erwartete, daß wir in die Wohnküche zurückkehren würden, aber er geleitete mich den Gang entlang. »Hier hinein«, sagte er und schob mich ins Eßzimmer. Dann schloß er die Tür und stellte sich daneben.

Als ich mich plötzlich allein mit ihm fand, kam mir eine Idee, die mich – wohl infolge des zerrütteten Zustands meiner Nerven – zum Lachen brachte. Sergeant Adams sah mich neugierig an und forderte mich auf, mich zu setzen. Ich hatte gelacht, weil mir der Gedanke gekommen war, ich könnte unter Verdacht stehen. Ich stellte mir vor, wie ich stundenlang in diesem Raum festgehalten würde, während der Sergeant und seine Polizisten Frage um Frage auf mich abfeuerten, bis ich zusammenbrach und alles gestand.

»Ist Ihnen nicht wohl, Sir?«

»Es geht mir ausgezeichnet, Sergeant Adams, danke. Ich bin nur ziemlich erschüttert.«

»Nur zu verständlich, Sir.«

Ich setzte mich an den großen alten Tisch. Der Sergeant drehte die Gaslampe hoch und nahm mit dem Rücken zum Fenster mir gegenüber Platz.

»Möchten Sie mir jetzt, wo wir alleine sind, vielleicht etwas sagen, Sir?«

Die Frage paßte so genau in meinen Gedankengang hinein, daß ich unwillkürlich lächeln mußte. »Ist das eine Aufforderung, ein Geständnis abzulegen?«

Er lächelte nicht. »Es ist eine Aufforderung, mir alles mitzuteilen, was irgendwie ein Licht auf diesen traurigen Fall werfen könnte. Eine Sache, die mir rätselhaft vorkommt, ist zum Beispiel die Zeit, Sir. Wissen Sie wirklich mit absoluter Sicherheit, wann Sie und Mr. Fickling dieses Haus verlassen haben? Für das, was danach passiert ist, scheint die Zeit nämlich kaum auszureichen. Sind Sie wirklich sicher, daß sie erst um halb sechs gegangen sind?«

»Ja, vollkommen sicher. Wir haben uns über die Zeit unterhalten, als wir gegangen sind. Warum fragen Sie?«

»Sie haben sich über die Zeit unterhalten«, wiederholte er. »Könnten Sie mir das bitte erklären?«

»Nein, Sergeant, ich möchte es nicht erklären. Es ist absolut lächerlich. Ich stehe unter Schock, und ich habe wirklich keine Lust, eine Menge sinnloser Fragen zu beantworten.« Er sah mich mit unerschütterlicher Ruhe an, und nach einer Weile lenkte ich ein: »Wir haben nur darüber geredet, ob unsere Uhren stimmten, weil nämlich die Uhr in der Wohnküche vorging. Mr. Fickling wollte gerne, daß wir noch vor dem Ende des Abendgottesdienstes in die Kathedrale kämen, damit ich Mr. Slattery an der Orgel hören konnte.«

Er machte sich eine Notiz. »Ich muß Sie jetzt fragen, ob Sie mir etwas über den Zustand der Räume sagen können, die Sie gesehen haben. Fällt Ihnen jetzt etwas Besonderes daran auf?«

»Nein, gar nichts. Soweit ich sehen kann, waren sie genau im gleichen Zustand wie jetzt auch.«

»Sie meinen abgesehen davon, daß der andere Raum völlig verwüstet worden ist?«

»Nein, Sergeant, ich meine genau das, was ich sagte, egal, worum es sich handelt. Ich lege größten Wert darauf, immer das zu sagen, was ich meine, und das zu meinen, was ich sage. Es würde das Verfahren sehr beschleunigen, wenn Sie so freundlich wären, diesen Umstand im Gedächtnis zu behalten.«

Zu meiner Verärgerung sah er mich nur weiter mit unerschütterlicher Ruhe an. Nach einer Pause fragte er: »Die Räume waren also in ihrem gegenwärtigen Zustand, als Sie hereinkamen, Sir?«

»Genau. Um es ein für allemal klarzustellen: Dieses Zimmer und die Wohnküche – die einzigen Räume, die ich zu Gesicht bekommen habe – sehen jetzt genauso aus, wie sie aussahen, als ich heute nachmittag um zwanzig Minuten vor fünf hier ankam.«

»Aber die Unordnung in dem anderen Zimmer, die aufgerissenen Schubladen, die herumliegenden Papiere und all das?«

»Wie ich Ihnen schon gesagt habe, Sergeant, habe ich das alles bei meiner Ankunft genau so vorgefunden.«

»Welche Erklärung hat Mr. Stonex Ihnen dafür gegeben?«

»Eine sehr einleuchtende: Er erklärte uns, daß er nach etwas gesucht habe.«

»Wonach?«

»Nach einem Dokument.«

»Einem amtlichen Dokument?« fragte er schnell.

»Nein, nach einem Manuskript über den Mord an Dekan Freeth.«

Der Sergeant runzelte die Stirn. »Den Mord an wem?«

Es dauerte einige Zeit, bis ich ihm das erklärt hatte, denn der Sergeant hatte noch nie etwas von der Ermordung des Dekans Freeth gehört und dachte zunächst, daß von einem erst kurz zurückliegenden Verbrechen die Rede sei.

»Er hat Ihnen also gesagt, daß er vor Ihrer und Mr. Ficklings Ankunft die Schubladen geöffnet und ihren Inhalt über den Fußboden verstreut hat, so wie er jetzt noch herumliegt?«

»Ich glaube ja. Obwohl es jetzt vielleicht noch etwas schlimmer aussieht. Nein, ich bin mir nicht ganz sicher, daß die Unordnung schon genau so groß war wie jetzt.«

Er schrieb ausgiebig etwas in sein Notizbuch. Dann fragte er plötzlich: »Wie lange sind Sie schon bei Mr. Fickling?«

»Seit Dienstag abend.«

»Kennen Sie ihn schon lange?«

»Ich bin seit mehr als zwanzig Jahren mit Mr. Fickling befreundet.«

»Haben Sie ihn schon einmal hier besucht?«

»Nein.« Widerstrebend erklärte ich: »Am letzten Dienstag habe ich ihn zum ersten Mal seit zwanzig Jahren gesehen.«

»Hat er Ihnen etwas von irgendwelchen persönlichen Schwierigkeiten erzählt?«

»Mr. Fickling hat mir nichts über seine persönlichen Lebensumstände erzählt, was in irgendeinem Zusammenhang mit diesem tragischen Ereignis stehen könnte.«

Der Sergeant fuhr im gleichen Ton fort: »Und Slattery? Seit wann kennen Sie den?«

»Mr. Slattery bin ich etwa eine halbe Stunde, bevor ich Sie getroffen habe, zum ersten Mal in meinem Leben begegnet.« Es war seltsam, aber ich betrug mich wirklich wie ein unangenehmer Querulant. Mich beschlich dadurch selbst das Gefühl, als würde ich lügen. Und die Richtung, in die die Fragen des Sergeanten abzielten, gefiel mir zunehmend weniger.

»Und Sie haben ihn vorher noch nie gesehen oder getroffen?«

»Nein, nie.« Plötzlich fiel mir die Gestalt ein, die ich in der Nacht erblickt hatte. »Das heißt ... Nein. Nie.«

»Sie scheinen zu zögern, Sir?«

»Nein, ich hatte noch nie etwas mit Mr. Slattery zu tun.«

»Hat Mr. Fickling von ihm geredet?«

»Nein. Das heißt, ich glaube nicht. Es könnte sein, daß er vom Organisten gesprochen hat, bevor ich wußte, daß er mit ihm befreundet ist.«

»Vom Organisten? Meinen Sie Mr. Slattery?«
Ich bejahte.
»Mr. Slattery ist der Hilfsorganist.«
»In diesem Fall glaube ich nicht, daß er von ihm gesprochen hat. Ich war der Meinung, Mr. Slattery sei der Organist.«
»Ein verständlicher Irrtum, Sir. Mr. Slattery hat jedoch die Aufgaben des Organisten nur übernommen, solange der alte Herr, der diesen Posten innehat, ernstlich erkrankt ist. Aber er hat kein festes Amt in der Kathedrale.«
»Ach, so ist das. Wenn ich es mir recht überlege, glaube ich, daß Mr. Fickling doch etwas davon gesagt hat. Und Mr. Slattery selbst hat es auch erwähnt.« Ich verstummte. Was war das doch für eine höchst ungewöhnliche Situation! Ich beantwortete die Fragen eines Fremden über das, was zwischen mir und einem alten Freund gesprochen worden war. Und das alles wegen des Menschen, der auf dem Fußboden auf der anderen Seite des Ganges lag. Die Erinnerung an das, was ich soeben gesehen hatte, überflutete mich, und ich legte den Kopf in die Hände. »Ich kann kaum glauben, daß jemand so etwas getan haben kann. Ich kann es nicht fassen, daß es solche Brutalität gibt.«
»Es ist wirklich schwer zu fassen, Sir. Es ist einer der schlimmsten Fälle, die ich je erlebt habe.«
»Hat er irgendwelche Verwandte? Gibt es jemanden, dem das nicht gleichgültig ist?«
»Ich weiß gar nicht, ob noch Verwandte von ihm leben.«
»Er muß doch Neffen und Nichten haben. Er hat von einem Bruder und einer Schwester geredet.«
»Ich könnte mir vorstellen, daß sich das in den nächsten Tagen herausstellen wird. Sein Vermögen ist beträchtlich – das wird ganz bestimmt alle Verwandten auf den Plan rufen. Darf ich Sie jetzt fragen, wie es dazu kam, daß Sie bei Mr. Stonex zum Tee eingeladen waren?«
Ich erzählte ihm, wie ich Mr. Stonex zufällig an der Hintertür seines Hauses kennengelernt hatte, als ich versucht hatte, die In-

schrift zu entziffern, die sich vermutlich auf den Mord an dem Schatzmeister Burgoyne bezog.

»Noch ein Mord«, bemerkte der Sergeant trocken. »Das scheint ja das Thema Nummer eins der letzten Tage gewesen zu sein, Sir.«

»Mr. Stonex und ich hatten erst über die Burgoyne-Affäre gesprochen und kamen dann auf den Fall des Dekans Freeth. Und dann lud er mich ein, in zwei Tagen zum Tee zu kommen.«

Sergeant Adams ließ das Notizbuch sinken und sah mich an. »Das ist ziemlich ungewöhnlich, Sir, weil der alte Herr nämlich sehr zurückgezogen lebte.«

»Unser gemeinsames Interesse am Tod des Dekans Freeth bewog ihn wohl dazu, die Einladung auszusprechen. Er wollte mir eine andere Version dieses Vorfalls erzählen.«

»Dann wurde die Einladung zum Tee am Mittwoch ausgesprochen?«

Ich bejahte.

»War Mr. Slattery über die Einladung an diesem Nachmittag informiert?«

»Soviel ich weiß, nicht. Woher hätte er es auch wissen sollen? Aber Mr. Fickling könnte ihm natürlich gesagt haben, daß wir zum Tee bei Mr. Stonex seien, als er mit ihm vereinbarte, uns nach dem Abendgottesdienst zu treffen.«

Der Sergeant machte sich umständlich Notizen, bis ich schließlich fragte: »Es ist mir jetzt doch hoffentlich gestattet zu gehen?«

»Selbstverständlich können Sie gehen, Sir. Aber ich wäre Ihnen sehr dankbar, wenn Sie noch ein paar Minuten lang hierbleiben würden.«

Dazu erklärte ich mich übellaunig bereit. Er verließ den Raum, und ich wartete. Tatsächlich vergingen zwanzig Minuten, bevor er wiederkam. Und während ich so in dem fast dunklen, stillen Zimmer saß – denn aus dem übrigen Haus war kein

Laut zu vernehmen –, drängte sich mir mit der Gewalt einer Offenbarung der Gedanke auf, daß irgend jemand diese gräßliche Tat begangen haben mußte, jemand, der vermutlich immer noch nur wenige Minuten von dem Ort entfernt war, an dem ich mich gerade befand. Ich versuche nicht an das zu denken, was ich gesehen hatte. Der plötzliche Einbruch derartiger Brutalität in mein Leben betäubte mich, und ich hatte das Gefühl, als ob der Raum, in dem ich mich befand, nicht wirklich sei. Seit meiner Schulzeit hatte ich kein Blutvergießen infolge von Gewaltanwendung mehr erlebt. Außerdem waren die Fragen des Sergeanten zu Austins Person besorgniserregend. Natürlich hatte er sich während der letzten Tage sehr seltsam betragen, aber ich hatte keinen Grund zu der Annahme, daß zwischen seinem Verhalten und dieser schrecklichen Tat irgendein Zusammenhang bestand. Er schien nicht weniger schockiert zu sein als ich.

Endlich kehrte der Sergeant zurück, setzte sich und sagte: »Sind Sie sich wirklich sicher, was den Zustand der Wohnküche zum Zeitpunkt Ihrer Ankunft betrifft, Sir?«

»Zum zweiten Mal, Sergeant: Ich bin mir sicher.«

»Also gut, Sir. Mr. Fickling hat bestätigt, daß Mr. Stonex sehr besorgt wegen der Uhrzeit war. Hat er einen Grund dafür genannt?«

»Nein, keinen.«

»Ich hoffe, Sie werden es nicht mißverstehen, Sir, wenn ich Sie jetzt frage, ob an Mr. Ficklings Verhalten in der Zeit, in der Sie bei ihm zu Gast waren, irgend etwas Ungewöhnliches war?«

»Diese Frage gefällt mir nicht, Sergeant. Haben Sie Mr. Fickling ähnliche Fragen über mich gestellt?«

»Ich habe dem Herrn genau die Fragen gestellt, die ich ihm stellen muß, Sir.«

»Das Ganze ist völlig absurd. Ich lehne es ab, irgendwelche Fragen über meine Privatangelegenheiten zu beantworten. Sie haben mit dieser Sache absolut nichts zu tun.«

»Das verstehe ich, Sir«, erwiderte er mit erbitterndem Gleichmut. »Eine letzte Frage habe ich allerdings noch: Sie haben erwähnt, daß Sie dem Verstorbenen an der Hintertür seines Hauses begegnet sind. Das war gestern nachmittag, nicht wahr?«

Ich nickte.

»Und für welchen Tag hatte er Sie eingeladen?«

»Für welchen Tag?«

»Als ich Ihnen diese Frage vor einer halben Stunde gestellt habe, sagten Sie, der alte Herr habe Sie eingeladen, ›in zwei Tagen‹ zum Tee zu kommen. Wenn das gestern war – hat er Sie dann ursprünglich für morgen oder für heute eingeladen?«

»Ich verstehe, was Sie meinen. Sie haben vollkommen recht, Sergeant. Die Einladung wurde ursprünglich für morgen, Freitag, ausgesprochen. Dann hat er den Termin geändert.«

»Wissen Sie, warum?«

»Da müssen Sie Mr. Fickling fragen. Er war derjenige, der es mir mitgeteilt hat.«

»Mr. Fickling habe ich bereits gefragt. Es hat mich nur interessiert, ob Sie vielleicht auch etwas darüber wissen.«

»Wenn Sie sich schon bei Mr. Fickling erkundigt haben, kann ich mir nicht vorstellen, warum Sie sich die Mühe machen, mich auch noch zu fragen, Sergeant.«

»Einfach in der Hoffnung, daß Ihnen mehr dazu einfällt.«

»Mir paßt Ihre Art nicht, wie Sie zwischen uns beiden hin und her laufen, als ob sie nach Diskrepanzen in unseren Aussagen suchen würden.«

»Aber nein, Sir. Ich habe nur festgestellt, daß die Zeugen, wenn ich sie gemeinsam befrage, dazu neigen, Einzelheiten zu übersehen. Wenn einer von ihnen etwas ein bißchen anders im Gedächtnis hat als der andere, ist es ihm manchmal unangenehm, darauf hinzuweisen, obwohl seine Erinnerung vielleicht korrekt ist.«

Ich stand auf. »Wenn ich aufgefordert werde, bei der gerichtlichen Untersuchung als Zeuge aufzutreten, werde ich jede angemessene Frage beantworten, die mir der Untersuchungsbeamte stellt, aber bis zu diesem Zeitpunkt werde ich nichts mehr sagen. Ich hoffe, daß es mir nun endlich gestattet ist zu gehen?«

Er lächelte und erhob sich ebenfalls. »Sie können selbstverständlich jederzeit gehen, wenn Sie es wünschen. Ich habe weder das Recht noch die Absicht, Sie gegen Ihren Willen festzuhalten. Ich bin Ihnen überaus dankbar, daß Sie mir Ihre Zeit und Unterstützung zur Verfügung gestellt haben. Aber der Major ist jetzt unterwegs hierher, und ich bin mir sicher, daß er gerne ein paar Worte mit Ihnen wechseln würde. Deshalb wäre ich Ihnen mehr als dankbar, wenn Sie bis zu seiner Ankunft hierbleiben würden.«

»Wo ist Mr. Fickling?«

»Freundlicherweise wartet er im anderen Zimmer auf den Major, Sir.«

Ich fand Austin mit bleichem Gesicht am Tisch sitzend.

»Das ist ja eine fürchterliche Geschichte«, sagte ich.

Er gab keine Antwort, sondern lehnte sich nur in seinem Stuhl zurück und starrte zur Decke.

Donnerstag nacht

Wenig später hörte ich auf der Straße einen Wagen vorfahren. Die Tür wurde aufgerissen, und zwei Männer stürmten herein. Der eine war ein Polizeibeamter in Uniform, der andere ein Mann mit militärischem Auftreten, etwa sechzig Jahre alt und stämmig, mit roter Gesichtsfarbe, leicht hervortretenden Augen und einem imposanten weißen Schnurrbart. Der Sergeant war aus der Eingangshalle in die Wohnküche gekommen, als er den Wagen gehört hatte.

»Ach, Adams, da sind Sie ja!« rief der Neuankömmling mit dröhnender Stimme. Die beiden schüttelten sich die Hand, und der Sergeant flüsterte dem anderen etwas zu, worauf der große Mann sich umwandte, um uns zu mustern. »Ich bin Major Antrobus, der Polizeichef«, stellte er sich vor. »Es tut mir sehr leid, meine Herren, daß wir Ihnen solche Ungelegenheiten bereiten mußten. Aber darf ich Sie bitten, noch eine Weile zu bleiben?«

Dazu erklärten Austin und ich uns bereit, und der Major eilte mit dem Sergeanten aus dem Zimmer. Ich zog meine Uhr aus der Tasche: halb neun. Ich war erstaunt, daß es schon so spät war, und dachte mir, daß ich eigentlich Hunger haben müßte, was aber nicht der Fall war.

Während ich dies schreibe, steigt mir die Schamesröte ins Gesicht, aber ich kann es mir gestatten, absolut ehrlich zu sein, denn wenn jemand diesen Bericht liest, werde ich nicht mehr am Leben sein. Die schändliche Wahrheit ist, daß ich an das Manuskript denken mußte, während ich dort saß, und es kaum abwarten konnte, endlich wieder in die Bibliothek zu kommen. Der Gedanke, es heimlich zu entwenden, war verrückt von mir gewesen, und ich konnte kaum glauben, daß ich diese Möglichkeit auch nur einen Augenblick lang in Betracht gezogen hatte. Das Problem, dem ich mich nun gegenübersah, war, was ich Dr. Locard sagen sollte, wenn er mich fragte, wo und wie ich es entdeckt hatte, was er mit Sicherheit tun würde. Es wäre sehr peinlich, zugeben zu müssen, daß ich seinen Rat nicht befolgt hatte, und ich konnte ihm natürlich nicht sagen, daß Quitregard mich in die richtige Richtung gewiesen hatte, denn das würde diesen in Schwierigkeiten bringen.

Austin starrte auf den Fußboden. Was er wohl denken mochte? Die Tatsache, daß wir noch kein Wort miteinander gewechselt hatten, begann peinlich zu werden. Schließlich brach ich das Schweigen. »Es ist kaum zu glauben, daß er gerade noch gelebt hat. Das ist eine schreckliche Warnung für uns alle. Mitten aus dem Leben ...«

»Halt den Mund, ja?« fauchte er.

Offensichtlich waren die Ereignisse dieses Nachmittags für ihn ein ebenso großer Schock gewesen wie für mich. Nach zwanzig Minuten öffnete sich die Tür und der Major kam mit dem Sergeanten und Dr. Carpenter herein.

»Das kann nicht stimmen«, sagte der Major. »Sie sagen doch selbst, daß Sie es nicht genau feststellen können.«

»Nein, aber es sieht sehr wahrscheinlich aus«, antwortete der junge Arzt.

»Wahrscheinlich? Es ist in höchstem Maße unwahrscheinlich. Um nicht zu sagen vollkommen unmöglich. Vor vier Stunden hat er in diesem Zimmer hier Tee eingeschenkt.« Er drehte dem Arzt den Rücken zu, als streiche er ihn aus seinem Bewußtsein, und wandte sich dann an Austin und mich. »Ich bedaure es zutiefst, meine Herren, daß Sie so lange aufgehalten wurden, und ich will Ihre Zeit jetzt nur noch so kurz wie möglich in Anspruch nehmen. Man hat mir gesagt, daß Sie seit halb sieben hier sind und daß Sie inzwischen aufgefordert wurden, den Toten anzusehen – einer der grauenhaftesten Anblicke, die ich in meiner langen Amtszeit gesehen habe – und daß Sie beide gründlich befragt wurden?«

»Das ist richtig«, bestätigte ich. »Ich erachte es als meine Pflicht der Allgemeinheit gegenüber, nach besten Kräften zu helfen. Ihr Untergebener hat nur getan, was notwendig war.«

»Wir sind Ihnen außerordentlich dankbar«, erwiderte der Major. Dann wandte er sich an die alte Frau.

»Also, Mrs. Bubbosh, der Sergeant sagt mir, Sie hätten ausgesagt, Sie seien um kurz vor sechs zur Haustür gekommen und nicht eingelassen worden. Hat denn irgend jemand gesehen, daß Sie herkamen und die Tür verschlossen fanden?«

Die alte Frau sah erschrocken aus. »Das weiß ich nicht, Sir.«

»Es kann also niemand bestätigen, daß Mr. Stonex Sie auf Ihr Klopfen nicht eingelassen hat, wie er es seit fünfundzwanzig Jahren tagtäglich um sechs Uhr getan hat?«

»Wie hätte er das denn sollen, Sir? Der arme Herr lag doch tot in dem Zimmer da drüben.«

»Genau darum geht es ja, gute Frau.« Der Major lächelte Austin und mich an. »War er wirklich schon tot, als Sie an die Tür kamen? Oder hat er die Tür für Sie und einen Komplizen geöffnet?«

Sie sah entsetzt von einem zum anderen.

»Kommen Sie, gute Frau. Stehlen Sie mir nicht die Zeit. Ich bin von einem schönen Zusammensein mit meiner Familie weg hierhergerufen worden. Verdammt noch mal, übermorgen ist Weihnachten. Ich habe die Absicht, diese Angelegenheit noch vor dem Fest zu erledigen. Seien Sie ehrlich. Was wissen Sie darüber? Haben Sie Söhne, Enkel, Neffen? Gibt es irgendwelche jungen Männer in Ihrer Familie, die Geld brauchen?«

Er wandte sich um und warf Austin und mir einen bedeutungsvollen Blick zu, als wolle er sagen: »Ich bin der Wahrheit auf der Spur.«

»Wir haben alle kein Geld, Sir. Aber bei uns gibt es nicht einen Mann oder Jungen, der auch nur im Traum daran denken würde, so etwas Böses zu tun.«

»Ach, wirklich? Ich kann Ihnen versprechen, daß wir sehr genaue Ermittlungen über die männlichen Mitglieder Ihrer Familie durchführen werden; sehr genaue Ermittlungen.«

»Und Sie werden nichts Verkehrtes finden. Bis auf meinen Bruder Jim, der beim Wildern erwischt worden ist. Aber das war nur ein einziges Mal. Er war zwei Jahre im Gefängnis dafür.«

»Aha«, rief der Major aus. »Da haben wir's! Hat dieser Bruder versucht, sich mit Gewalt der Verhaftung zu entziehen? Ist das der Grund, warum er zu einer so langen Gefängnisstrafe verurteilt wurde?«

»Nein, Sir, das hat er nicht. Der Richter war ein Freund von dem Herrn, auf dessen Land man ihn erwischt hatte. Deshalb wurde er so streng bestraft.«

»Ein verbitterter und abgebrühter Knastbruder also. Und wo befindet sich dieser Bruder jetzt, gute Frau?«

»Auf dem Friedhof, Sir. Schon seit zehn Jahren.«

Das Lächeln im Gesicht des Majors erstarb. »All das wird genau überprüft werden, das verspreche ich Ihnen. Es bleibt also die Tatsache, daß Sie nicht beweisen können, daß Sie um sechs Uhr nicht eingelassen wurden.«

Ich fragte mich, was für eine abwegige Strategie der Major damit wohl verfolgte, denn seine Hypothese, daß Mrs. Bubbosh um sechs Uhr mit einem Komplizen in das Haus eingedrungen sein könnte, war in vieler Hinsicht anfechtbar – insbesondere hätte nur sehr wenig Zeit zur Verfügung gestanden, um die Tat auszuführen. Offenbar war dem Sergeanten der gleiche Gedanke gekommen, denn er zog seinen Vorgesetzten zur Seite, und die beiden führten leise eine kurze Unterredung.

Dann wandte sich der Major an Austin und mich. »Meine Herren, als Sie das Haus um halb sechs verließen, wurde an die

Vordertür geklopft, und der Verstorbene sagte Ihnen, daß das der Kellner Perkins sei, der ihm einen Krug Bier bringen wolle?«

»Das ist richtig«, erwiderte ich.

Der Major wirbelte herum und wies mit dem Finger auf Mrs. Bubbosh. »Sie kennen diesen Perkins, nicht wahr?«

Sie sah ihn verblüfft an. »Ich kenne Eddy seit seiner Kindheit. Und vor ihm habe ich schon seinen Vater gekannt. Aber ich verstehe nicht, warum Sie das in einem Ton sagen, als ob das ein Verbrechen wäre.«

»Halten Sie sich gefälligst zurück, meine Liebe. Wenn ich Ihnen eine Frage stelle, erwarte ich eine klare Antwort ohne irgendwelche Mätzchen. Jetzt geben Sie mir gefälligst eine einfache Antwort auf eine einfache Frage!«

»Was für eine Frage war das, Sir?«

»Sind Sie und Perkins um halb sechs hierhergekommen?«

»Nein, das bin ich nicht! Und ich glaube, der junge Perkins auch nicht.«

»Behaupten Sie, daß diese Herren hier lügen?« unterbrach sie der Major.

Sie drehte sich um und sah uns entgeistert an. »Nein, natürlich nicht, Sir. Aber wenn sie behaupten, daß Eddy gekommen ist, dann kann ich nur sagen, daß er das noch nie getan hat. Und wenn Sie gestatten, glaub ich's auch nicht, denn wenn er um halb sechs gekommen wäre, hätte der alte Mr. Stonex ihm nicht aufgemacht. Eddy hat er nur immer um vier Uhr reingelassen, wenn er ihm das Essen gebracht hat. Sonst hat er die Tür nur für mich aufgemacht.«

»Er hat die Tür nur für Sie aufgemacht?« wiederholte der Major. »Geben Sie damit nicht praktisch zu, daß Sie um halb sechs mit Perkins gekommen sind? Niemand außer Ihnen wäre eingelassen worden.«

»Nein, bin ich nicht. Und es macht auch gar keinen Sinn, das zu behaupten. Mr. Stonex hat mir nur um sieben Uhr morgens und um sechs Uhr am Abend aufgemacht. Zu jeder anderen Zeit hätte ich klopfen können, bis mir die Fingerknöchel geblutet hätten, und es hätte doch nichts genützt. Er hatte doch solche Angst, daß man ihn ausrauben könnte.«

»Gehen Sie jetzt«, sagte der Major zu ihr. »Ich brauche Sie momentan nicht mehr. Aber begeben Sie sich nach Hause und bleiben Sie dort.«

Wütend und verängstigt machte sie sich davon.

»Bevor Sie gehen, Mrs. Bubbosh«, mischte sich der Sergeant ein, »sagen Sie doch bitte dem Major noch, was Sie auch mir gesagt haben, wie überrascht Sie nämlich waren, als Sie sahen, wie es in diesem Zimmer ausschaute.«

»Diese ganze Unordnung«, sagte sie und blickte sich um. »Als ich heute mittag hier wegging, war alles tiptop in Ordnung.«

»Und der Tee?« fragte der Sergeant.

»Diese Kuchen habe ich noch nie gesehen. Und er hat auch noch nie jemanden zum Tee eingeladen, seit ich bei ihm arbeite.«

Der Major sah überrascht von ihr zum Sergeanten.

»Sie sagen also«, fragte der Sergeant freundlich, »daß Mr. Stonex Ihnen nicht erzählt hat, daß er diese Herren zum Tee eingeladen hat? Und daß Sie das Essen nicht vorbereitet haben?«

»Das ist richtig, Sir. Ich habe nichts davon gewußt.«

Der Sergeant sah seinen Vorgesetzten an. »Also gut, gehen Sie jetzt«, sagte der Major und blickte ihr nach, als sie hinausging. Als sie die Tür hinter sich geschlossen hatte, wandte er sich an Austin und mich. »Die Frau lügt. Dieser Fall ist kinderleicht zu lösen. Der Verstand eines Verbrechers ist *per definitionem* begrenzt. Der Mörder war vermutlich dieser Perkins oder ein Verwandter von Mrs. Bubbosh, und sie hat ihn hereingelassen, als der alte Stonex ihr wie gewöhnlich um sechs die Tür geöffnet hat.«

»Bei allem Respekt, Herr Major«, wandte Sergeant Adams ein, »aber wenn der Mörder das Haus erst um sechs Uhr betreten hätte, dann hätte er schwerlich genug Zeit gehabt, den Mord zu begehen. Ich selbst habe die Nachricht, daß ich hierherkommen soll, ein paar Minuten vor halb sieben erhalten, und Mrs. Bubbosh brauchte auch noch eine Weile, um Mr. Wattam zu holen und zusammen mit ihm zurückzukommen, und dann mußte erst jemand laufen, um mich auf der Polizeiwache zu alarmieren.«

»Das ist kein Problem«, entgegnete der Major. »Der Komplize war die ganze Zeit über im Haus. Schlau, wie sie sind, haben er und Mrs. Bubbosh ausgemacht, daß sie ruhig schon Alarm schlagen sollte, während er noch da war. Dadurch hat er mindestens dreißig Minuten lang Zeit gehabt, vielleicht sogar noch länger. Sie haben das Haus um zehn vor sieben betreten, nicht wahr? Der Komplize könnte das Haus erst in diesem Augenblick verlassen haben, denn Sie haben ja zugegeben, daß Sie es verabsäumt haben, den Hintereingang zu sichern.«

»Das ist richtig, Sir. Ich bin auch nicht auf den Gedanken gekommen, daß dem alten Herrn etwas Schlimmeres passiert sein könnte als eine plötzliche Krankheit. Aber die Tatsache, daß ich den Wachtmeister nicht zur Hintertür geschickt habe, hat bestimmt nichts geändert, denn als ich ein paar Minuten später nachsah, war sie verschlossen. Es kann also niemand auf diesem Weg entkommen sein.«

Der Major stieß einen Grunzlaut aus. »Also, die Vordertür war ja auch verschlossen, und irgendwie muß er ja nun entkommen sein. Haben Sie nach den Schlüsseln gesucht?«

»Wir haben sowohl die Leiche als auch das ganze Haus durchsucht, Sir.«

»Dann sehen Sie noch einmal nach, Sergeant.

Der Sergeant verließ das Zimmer. Der Major schüttelte den Kopf. »Es war eine grobe Nachlässigkeit, nicht sofort einen Mann an der Hintertür zu postieren. Die Art und Weise, wie der Sergeant diesen äußerst simplen Fall gehandhabt hat, war alles andere als beispielhaft.«

»Ja, ist der Fall denn so einfach?« fragte ich.

»Die einfachste Sache der Welt. Der oder die Räuber haben es fertiggebracht, in das gut gesicherte Haus eines reichen Mannes einzudringen, von dem man allgemein annahm, daß er Geld und Wertsachen herumliegen hatte. Sie töteten den Besitzer und durchsuchten das Haus nach Geld. Adams hat sein Bestes getan, möglichst viel Schlamm aufzuwühlen, aber es gibt immer eine Möglichkeit, eine Sache zu verkomplizieren. Die Kunst, einen Fall zu lösen, besteht, wie ich immer sage, darin, die scheinbare Komplexität auf die Einfachheit der Wahrheit zu reduzieren.« Er wandte sich lächelnd an mich. »Sie, zum Beispiel, sagen, daß das Haus bereits verwüstet war, als Sie heute nachmittag zum Tee hierherkamen.«

»Ja, das habe ich gesagt.«

»Meinen Sie wirklich verwüstet oder nur, daß der alte Herr ein paar Schubladen aufgezogen hatte, weil er nach der Geschichte gesucht hatte, die er Ihnen zeigen wollte?« Ohne meine Antwort abzuwarten wandte er sich an Austin: »Sie, Mr. Fickling, haben meines Wissens nur ausgesagt, daß im Raum die Spuren einer achtlosen Suche erkennbar waren.«

Austin nickte. Ich sah ihn überrascht an.

»Unterscheiden sich Ihre Aussagen wirklich so sehr voneinander?« Er wandte sich wieder an mich. »Sie wollen doch wohl nicht behaupten, daß die Unordnung, die sie vorfanden, ganz genau so war wie die jetzige?«

»Ich würde sagen, daß ich das nicht für jeden einzelnen Gegenstand beschwören könnte.«

»Gut, dann haben die Räuber offensichtlich das Haus zusätzlich zu der Unordnung, die sowieso schon herrschte, noch weiter verwüstet. Das ist doch ein Fortschritt.« In diesem Augenblick kam der Sergeant herein. Der Major schnellte herum. »Nun, Adams?«

»Ich habe sie nicht gefunden, Sir.«

»Dann lassen Sie das Haus morgen beim ersten Tageslicht von ein paar Ihrer besten Beamten durchsuchen. Diese Schlüssel müssen doch irgendwo hier im Haus sein.«

»Bei allem Respekt, Sir«, antwortete Sergeant Adams, »derjenige, der dies hier angerichtet hat, muß sie benutzt haben, um das Haus hinter sich abzuschließen.« Der Major nickte. »In diesem Fall können sie natürlich überall sein«, fuhr der Sergeant fort. »Er wird versucht haben, sie so schnell wie möglich loszuwerden, weil sie ihn natürlich verraten würden.«

»Lassen Sie den Garten hinter dem Haus überprüfen, sowie es hell genug ist. Wenn Sie sie dort nicht finden, sollen Ihre Männer jeden Millimeter dieser Ecke des Domplatzes absuchen.«

Kaum hatte der Major den Satz beendet, wurde an die Haustür geklopft, und Adams öffnete. Zwei Polizisten führten einen verängstigten jungen Mann in Handschellen herein. Seine Kleidung war zerrissen, sein Gesicht verschwollen.

»Aha!« schrie der Major. »Der berühmte Kellner Perkins. Wo haben Sie diese Kratzer und blauen Flecken her?«

»Er hat versucht wegzurennen, Sir«, erwiderte einer der Polizisten.

»So, so. Und haben Sie etwas in seinen Taschen gefunden?«

»Nein, nichts, Sir.«

»Sergeant, gehen Sie zu ihm nach Hause, und suchen Sie nach den Sachen, die er hier gestohlen hat. Und sehen Sie auch nach den Schlüsseln.«

Adams nickte uns zum Abschied zu und eilte davon.

Der Major wandte sich wieder an den Gefangenen. »Sie sind also ein enger Freund von Mrs. Bubbosh?«

Dem Mann blieb der Mund offenstehen, und der Major schnauzte: »In Gottes Namen, Mann, Sie kennen sie doch?«

»Jeder kennt Tante Meggie, Sir.«

»Was geschah, als Sie heute nachmittag um halb sechs zu diesem Haus kamen?«

Er errötete und senkte den Kopf. »Zu der Zeit bin ich nicht gekommen. Ich komme immer nur um vier. Genau um vier – nach der Kirchenuhr. Der alte Herr nahm das sehr genau.«

»Mr. Stonex hatte Ihnen doch gesagt, Sie sollten um halb sechs kommen und einen Krug Bier bringen.«

»Nein, Sir. Das stimmt nicht!« Perkins hatte einen hochroten Kopf und hielt den Blick auf seine Schuhe gesenkt. Es war ganz offensichtlich, daß er nicht die Wahrheit sagte, aber seine Unfähigkeit zu lügen weckte in mir den Verdacht, daß er unschuldig sein könnte.

»Sie lügen!« brüllte der Major. Er drehte sich halb zu uns um. »Diese beiden Herren haben gehört, wie Mr. Stonex gesagt hat, daß Sie kommen würden. Und sie haben auch gehört, wie Sie um halb sechs an die Türe klopften.«

Er wandte uns sein verstörtes Gesicht zu. »Das verstehe ich nicht. Das ist nicht richtig. Es ist nicht wahr.«

»Zu dem Thema will ich noch mehr von Ihnen erfahren. Bringen Sie ihn ins Eßzimmer.«

»Ich werde nichts sagen«, rief der junge Mann noch, als er hinausgeführt wurde.

Der Major wandte sich wieder an uns und lächelte. »Ich danke Ihnen, meine Herren. Ich möchte Sie jetzt nicht länger aufhalten. Sie können gehen. Ich bin Ihnen sehr dankbar für Ihre Hilfe.«

»Bitte zögern Sie nicht, sich an mich zu wenden, wenn ich Ihnen noch irgendwie nützlich sein kann«, erwiderte ich. »Ich wohne bei Mr. Fickling.«

»Wie lange wollen Sie noch in der Stadt bleiben?«

»Nur noch zwei Tage. Am Sonnabend morgen reise ich ab.«

»Ich fürchte, Sie werden bei der gerichtlichen Untersuchung als Zeuge auftreten müssen. Sie beide, meine Herren.« Er drehte sich zu Austin um.

»Ja, natürlich«, erwiderte ich. »Wissen Sie, wann das sein wird?«

»Ich hoffe morgen.«

»Dann ist das ja kein Problem«, versicherte ich.

Wir tauschten noch einige Höflichkeitsfloskeln aus, und als wir schließlich das Haus verließen, klangen uns die Entschuldigungen des Majors für die Unannehmlichkeiten, die man uns bereitet hatte, noch in den Ohren. Als wir uns endlich auf der Straße vor dem Haus wiederfanden, bemerkte ich, daß Austin zitterte, und ich faßte ihn am Arm.

»Wir sollten etwas essen«, sagte ich. »Es ist schon spät, und wir haben noch nichts gehabt.« Wir standen vor dem Wirtshaus, in dem wir einige Stunden zuvor etwas getrunken hatten, aber dort wollte ich nicht wieder hingehen. Vor allen Dingen fürchtete ich, daß Slattery in der Bar lauern könnte. »Wie wäre es mit dem ›Dolphin‹?« schlug ich vor. Austin nickte teilnahmslos.

Wenige Minuten später saßen wir in der leeren Gaststube. Der Kellner, der gerade seine Arbeit für den Abend hatte beenden wollen, erklärte sich übellaunig bereit, uns etwas kalten Braten mit gekochten Kartoffeln aus der Küche zu holen.

»Was für eine fürchterliche Geschichte.« Mein Kommentar war reichlich abgedroschen, aber das Schweigen zwischen uns begann langsam peinlich zu werden.

Austin antwortete nicht, was mich nicht überraschte, denn seit der Entdeckung des Verbrechens befand er sich in einer Art Trancezustand.

»Ich fand das Betragen des Sergeanten ausgesprochen beleidigend«, sagte ich. »Er schien der Meinung zu sein, daß einer von uns beiden lügt. Und er hat mir einige ziemlich unverschämte Fragen gestellt.«

Austin sah auf. »Wirklich? Was wollte er denn wissen?«

»Ich habe mich geweigert, ihm irgend etwas zu erzählen, das nichts mit den Ereignissen dieses Nachmittags zu tun hatte. Er schien es wichtig zu finden, daß der arme alte Mr. Stonex die Einladung verschoben hatte. Er hat doch auch dich danach gefragt, oder?«

Austin nickte. Wieder schwiegen wir, bis der Kellner zwei Teller mit trockenem Fleisch und gestockter Soße sowie eine Schüssel mit fleckigen, lauwarmen Kartoffeln vor uns auf den Tisch knallte.

»Adams scheint so eine Art Hypothese zu haben«, fuhr ich fort, »daß der alte Herr Besuch erwartet hat.«

»Darüber braucht man sich nicht den Kopf zu zerbrechen«, sagte Austin. »Der Major hat recht. Es ist wirklich sehr simpel.«

»Ich glaube, er irrt sich, wenn er meint, daß Mrs. Bubbosh etwas damit zu schaffen hat.«

»Perkins hat es getan«, behauptete Austin, »mit oder ohne Hilfe der alten Frau.«

»Ohne ihre Hilfe. Aber sicher lügt sie wegen der Kuchen, meinst du nicht?«

»Natürlich lügt sie.«

»Aber warum? Was könnte sie zu einer so überflüssigen und albernen Lüge veranlassen?«

»Wer weiß? Bei so jemandem ist das oft schwer zu sagen. Es ändert nichts an der Tatsache, daß Perkins es war.«

»Bist du dir sicher?«

Austin legte Messer und Gabel aus der Hand. »Es ist sehr einfach: Als Stonex ihm sagte, daß er ihm um halb sechs ein Bier bringen solle – was er vorher noch nie getan hatte –, erkannte Perkins, daß seine große Chance gekommen war, ihn zu berauben. Er würde ins Haus eingelassen werden, ohne daß jemand davon erfuhr. Was er natürlich nicht wissen konnte, war, daß Stonex gerade an diesem Nachmittag Gäste haben würde, denen gegenüber er erwähnen würde, daß er sich ein Bier bestellt hätte.«

Ich nickte. »Dann war es also ein plötzlicher Impuls?«

»Ja. Er hat wohl die Absicht schon seit Monaten gehabt. Natürlich war ihm klar, daß er ihn würde töten müssen.«

Ich erschauerte.

»Aber Austin, warum ... Warum hat er es auf diese Weise gemacht?«

»Wie?« fragte er fast ein wenig ärgerlich.

»Du hast es doch gesehen. Das wäre doch ganz bestimmt nicht nötig gewesen.«

Er zuckte die Achseln. »Wer weiß? Kommt es darauf noch an?«

Wir beendeten unsere Mahlzeit und begaben uns schweigend nach Hause. Da es weit nach Mitternacht war, gingen wir sofort zu Bett. Ich fand lange keinen Schlaf. Hätte Perkins nur mehr wie ein Schurke gewirkt, hätte mich diese ganze Geschichte vielleicht nicht ganz so beunruhigt. Aber der Gedanke, daß dieser jungenhaft aussehende Mann, der ein ebenso offenes Gesicht hatte wie viele meiner Studenten, einem wehrlosen Greis, den er seit Jahren gekannt hatte, so etwas angetan haben sollte ... Wie mußte das Blut gespritzt sein – und doch hatte er immer und immer wieder zugeschlagen ... Das krachende Splittern der Knochen, die Verletzlichkeit der Augen ... Der Gedanke, was er getan hatte, um den Kopf, das Gesicht derart zu zertrümmern! Es war schwer zu glauben. Es war schwer, überhaupt noch irgend etwas Gutes in unserer Spezies zu sehen. Waren wir denn etwas anderes als – grausame Affen, die Kleider trugen und ihre Körper wuschen und parfümierten?

Ich mußte an Gambrill denken, der seinen Rivalen ermordet hatte, indem er ihn vom Dach der Kathedrale stieß, an den jungen Limbrick, der, angestachelt von seiner verbitterten Mutter, insgeheim jahrelang darüber nachgesonnen hatte, wie er seinen Vater rächen könnte, und dennoch seinen Haß verbarg und Wohltaten von dem Mann entgegennahm, den er eines Tages töten wollte. Hatte Gambrill wohl etwas von diesem heimlichen Haß geahnt und versucht, den Jungen zu versöhnen, indem er ihn förderte?

Aber am meisten dachte ich an das Manuskript, und ich bedauerte, daß die Mordgeschichte mich davon ablenkte. Wie konnte ich nur sicherstellen, daß es nicht dazu mißbraucht wurde, den persönlichen Interessen von irgend jemandem zu dienen? Denn dieses Dokument gehörte der Geschichte und nicht irgendeinem Individuum oder einer Institution. Endlich fiel ich in einen unruhigen Schlaf, der noch erschöpfender war als

Schlaflosigkeit. Kurz vor Tagesanbruch hatte ich den schrecklichsten Traum meines Lebens, aus dem ich mit klopfendem Herzen und schweißnasser Stirn aufschreckte. Es war einer jener Alpträume, die einen langen Schatten über den ganzen folgenden Tag werfen, als würde ein Teil des Gemüts versuchen, einen in die Traumwelt zurückzuziehen.

Freitag morgen

Ich erwachte in einem Zustand dumpfer Depression, was zur Folge hatte, daß Austin und ich beim Frühstück kaum ein Wort wechselten. Außerdem mochte ich schon deshalb nicht mit ihm reden, weil ich die Probleme, die ich auf mich zukommen sah, noch eine Weile vor mir herschieben und daher Austin nicht erzählen wollte, daß ich das Manuskript gefunden hatte. Ich hoffte, daß er sich für meine Suche ebensowenig interessieren würde wie bisher und mir keine Fragen stellen würde, was ich an diesem Morgen vorhätte. Unmittelbar bevor wir das Haus verließen, fragte er jedoch: »Wo willst du hin?«

»Wieder in die Bibliothek.«

»Vergiß die gerichtliche Untersuchung nicht.«

»Wird sie denn heute stattfinden?«

»Das nehme ich an. Du mußt auf alle Fälle erscheinen. Du bist ein wichtiger Zeuge.«

»Ist meine Aussage denn wirklich von solcher Bedeutung?«

»Du brauchst nichts anderes zu tun, als zu schildern, was du gehört und gesehen hast. Ein Zeuge in deiner Stellung wird allen absurden Theorien, die Adams vorbringen könnte, um sich wichtig zu machen, einen Riegel vorschieben.«

Ich nickte und zog meinen Mantel an.

Nach einer Weile sagte er: »Ich nehme an, daß du Locard treffen wirst?«

»Das möchte ich bezweifeln.« Ich mußte daran denken, daß er

unsere Verabredung nicht eingehalten und mir seine versprochene Unterstützung nicht hatte zukommen lassen.

»Falls du ihn siehst, sag ihm auf keinen Fall etwas von dieser Angelegenheit.«

»Warum nicht?«

»Er ist ein Unruhestifter. Er würde alles, was du ihm mitteilst, seinen eigenen Interessen entsprechend verbiegen.«

»Was für Interessen sollte er denn ausgerechnet in dieser Sache verfolgen?«

»Sehr gewichtige sogar. Es wurde immer behauptet, daß Stonex sein Vermögen der Stiftung hinterlassen würde. Locard würde es nur zu gern in die Finger bekommen.«

»Wenn ein dementsprechendes Testament gefunden wird, dann kriegt er es, sonst nicht.« Ich sagte das ziemlich gleichgültig, denn ich war überzeugt, daß Austin nur seine Abneigung gegen Dr. Locard zum Ausdruck brachte, deren Ursachen in der Politik des Domkapitels begründet lagen. Ich vermutete, daß er wütend war, weil der Kanzler Sheldrick bei der Sitzung des Domkapitels am Morgen zuvor den kürzeren gezogen hatte. Das war nicht nur eine Niederlage für die Anhänger der Low Church, sondern ich hatte auch den Verdacht, daß dadurch die Entlassung seines Freundes Slattery zu erwarten war.

Ich hatte es so eilig, in die Bibliothek zu kommen, daß ich aus dem Haus stürzte, bevor Austin hinausgegangen war, und mich hastiger von meinem Freund verabschiedete, als ich es bei näherer Überlegung getan hätte.

Als ich bei der Bibliothek ankam, war Quitregard gerade dabei, die Tür aufzuschließen. Er begrüßte mich mit einem Lächeln, ließ mich eintreten und sagte: »Ich werde gleich Kaffee aufsetzen, und es wäre mir eine Ehre …«

»Vielen Dank, aber heute nicht«, gab ich zurück und eilte an ihm vorbei.

»Aber haben Sie denn schon die Neuigkeiten über Mr. Stonex gehört?« rief er mir nach.

»Ja, natürlich«, rief ich zurück. »Ich habe gestern fast den ganzen Abend mit der Polizei verbracht.«

»Ich weiß, Sir, und es tut mir leid, daß Sie und Mr. Fickling in diese Sache hineingezogen wurden.«

Ich blieb stehen und drehte mich um. »Woher wissen Sie das?«

»Ach, in dieser Stadt gibt es keine Geheimnisse. Aber ich frage mich, ob Sie wohl auch schon die Neuigkeit dieses Morgens erfahren haben?« Ich schüttelte den Kopf, und er kostete meine Unwissenheit aus, bevor er sagte: »Der Kellner Eddy Perkins wird beschuldigt.«

»Das überrascht mich nicht im geringsten. Hat er die Tat gestanden?«

»Nein, das hat er nicht, aber als die Beamten gestern abend sein Haus durchsuchten, haben sie etwas Belastendes gefunden.«

»Was denn?«

Er verzog das Gesicht. »Ich weiß es nicht. Aber er hat zugegeben, daß er es aus dem Haus von Mr. Stonex entwendet hat, offenbar konnte er das beim besten Willen nicht abstreiten.«

»Dann hat er die Tat also doch zugegeben?«

»Nein, denn er behauptet nach wie vor, daß er mit dem Mord nichts zu tun hat.«

»Leugnet er immer noch, daß er um halb sechs zum Haus von Mr. Stonex gekommen ist?«

»Das hat er inzwischen zugegeben, aber nur, weil sich ein Zeuge gemeldet hat, der ihn zu dieser Zeit dort gesehen hat.«

»Ein Zeuge? Wissen Sie, wer das ist?«

»Nein, Sir. Aber ist das nicht alles wahnsinnig aufregend?«

Ich lächelte. »Und trotz all der Beweise, die gegen ihn sprechen, beharrt er immer noch darauf, daß er den alten Herrn nicht umgebracht hat?«

Quitregard bejahte.

»Das klingt ausgesprochen unlogisch. Ich vermute, daß der Mann ziemlich dumm ist.«

»Dumm – und offensichtlich auch brutal. Welch eine entsetzliche Geschichte! Und was für ein Schock muß das für Sie gewesen sein zu erfahren, daß jemand, mit dem Sie erst ein oder zwei Stunden zuvor zusammengesessen hatten, auf so grauenhafte Weise ermordet worden ist.«

Sein freundliches Gesicht drückte soviel Mitleid aus, daß ich fast versucht war, sein Angebot, mit ihm Kaffee zu trinken, doch anzunehmen und gleichzeitig seine Neugier zu befriedigen, die er so schlecht verbergen konnte. Aber mein Drang, zu meiner Entdeckung zurückzukehren, war einfach zu stark. Ich dankte ihm also für sein Mitgefühl und stieg die Stufen zum oberen Stockwerk hinauf.

Ich lauschte einen Moment, um mich zu vergewissern, daß er mir auch nicht folgte, dann zog ich das Manuskript aus dem Folianten, in dem ich es am gestrigen Nachmittag hinterlassen hatte, und legte es vor mir auf den Tisch. Der Anblick war Balsam für meine Seele! Dies war real, dies war es, worauf es wirklich ankam. Hier, in der Ausübung meiner wissenschaftlichen Fähigkeiten, lagen Ordnung, Vernunft und Wahrheit. Als ich begann, die verblaßte Schrift zu entziffern und zu übersetzen, fand ich mich in meiner gestrigen Annahme bestätigt: Ich hatte in der Tat ein Manuskript vor mir, das etwa um 1000 nach Christus verfaßt worden war, also beträchtlich früher als die Rezension von Grimbalds »Leben« aus dem Jahr 1120. Aber während ich weiterlas, geriet meine Überzeugung, daß das Manuskript bewies, daß das Werk existiert habe, bevor Leofranc es umgeschrieben hatte, angesichts großer Unstimmigkeiten ins Wanken. Es handelte sich zwar mit Sicherheit um eine Version der Geschichte der Belagerung von Thurchester und des Martyriums des heiligen Wulflac – obwohl weder der König noch der Bischof namentlich genannt waren –, doch unterschied sie sich stark von der Rezension aus dem Jahr 1120. Die Ereignisse blieben im großen und ganzen die gleichen, aber die Interpretation der Motive der handelnden Personen war eine völlig andere.

Ich hatte kaum eine Stunde gearbeitet, als ich das Trampeln

eiliger Füße auf der Treppe hörte. Ich fand gerade noch Zeit, das Manuskript unter einen der Folianten zu schieben, die auf dem Tisch lagen, dann kam auch schon Pomerance hereingestürmt.

»Sie haben eine Leiche gefunden!« brüllte er. »Sie haben eine Leiche gefunden!«

»Lieber Gott!« rief ich aus und sprang auf die Füße. »Wer ist es denn diesmal?«

Ein ganzer Schwall von Möglichkeiten schwirrte mir durch den Kopf. Ich hatte eine bizarre Vision von Mrs. Bubbosh, die, mit einem Geschirrtuch erstickt, am Boden lag, gefolgt von einem Bild von Austin, der mit durchschnittener Kehle ausgestreckt auf dem Rücken lag, ein Rasiermesser neben sich.

»In der Kathedrale«, keuchte er. »Ich geh es mir anschauen.«

In der Kathedrale! Was hatte das zu bedeuten?

Pomerance drehte auf dem Absatz um und stürzte wieder zur Treppe.

»Warten Sie einen Moment!« rief ich ihm nach.

»Ich kann nicht!« schrie er über die Schulter zurück. »Ich bin nur gekommen, weil Quitregard es mir aufgetragen hat.« Er rannte wieder die Treppe hinunter.

Ich folgte ihm bestürzt und nahm mir gerade noch Zeit, Hut und Mantel anzulegen. Schon sah ich den jungen Mann durch die Eingangstür entschwinden, und als ich hinaustrat, fand ich Quitregard auf den Stufen vor. Er hatte keinen Mantel an und spähte zur Kathedrale hinüber. »Ich würde weiß Gott was dafür geben, wenn ich auch hingehen könnte«, sagte er. »Aber ich darf die Bibliothek nicht unbewacht lassen.«

»Was ist das nun wieder für ein neuer Schrecken?« fragte ich.

»Ich habe keine Ahnung«, jammerte er. »Bitte kommen Sie wieder und erzählen Sie es mir.«

»Das werde ich ganz bestimmt tun«, versicherte ich und eilte über den Domplatz zum südlichen Querschiff, wo ich einige Leute vor dem Portal stehen sah, der einzigen Tür, die zu dieser Tageszeit geöffnet war. Ein Polizeibeamter und einer der

Hilfsküster hinderten sie daran, hineinzugehen. Ich entdeckte Pomerance unter den Zuschauern, und er sah mir begierig entgegen, als ob ich ihm Zutritt verschaffen könnte. Ich erkannte den Polizisten als einen der beiden Beamten, die am vergangenen Abend Perkins zum Haus von Mr. Stonex gebracht hatten, und als er mich sah, grüßte er und trat zur Seite, um mich vorbeizulassen, als hätte ich einen besonderen Anspruch auf Zutritt zu Leichen.

Unter dem Vierungsturm befand sich eine Gruppe von Männern. Als ich näher kam, sah ich, daß sie unter dem Burgoyne-Gedenkstein standen, an dessen Stelle ein Loch in der ausgehöhlten Ziegelwand gähnte, halb verdeckt von einem Gerüst. Davor lagen ein Flaschenzug und Seile, und die riesige Marmorplatte, die der sichtbare Teil des Monuments gewesen war, lehnte an der Wand. Ich entdeckte meinen alten Freund, den ersten Küster Gazzard in einiger Entfernung von den anderen, und ging zu ihm hinüber. Er begrüßte mich mit bekümmerter Höflichkeit, und ich fragte ihn, was hier vorgehe.

»Nun ja, sie haben festgestellt, daß der Gestank von dort oben kommt, und deshalb haben sie heute früh angefangen, das Monument zu öffnen.«

»Als der Fußboden nachgab, muß dadurch das Mauerwerk erschüttert worden und die Versiegelung undicht geworden sein.«

Er zuckte die Achseln. »Sowie sie die ersten Ziegel entfernt hatten, wurde der Gestank unerträglich.«

»Das verstehe ich nicht. Es ist doch nur ein Gedenkstein und kein Grab.«

»Sie haben jedenfalls die Ursache für den Geruch gefunden. Da drüben liegt sie. Und keine zehn Pferde bringen mich auch nur einen Schritt näher dorthin, Sir.«

Ich dankte ihm und ging ein Stück näher an die Gruppe heran. Zwei der Männer waren, wie ich jetzt sah, Dr. Carpenter und Dr. Sisterson. Den dritten kannte ich nicht. Zum zweiten Mal in ebenso vielen Tagen sah ich den jungen Arzt über eine

Leiche gebeugt. Es handelte sich wohl um einen sehr alten Mann. Das Gesicht war verschrumpelt, die Lippen waren grimassenhaft eingetrocknet und gaben die Zähne frei, und der Körper war so zusammengeschrumpft, daß er für einen erwachsenen Mann zu klein erschien. Ich bemerkte, daß er altertümliche Leinenunterwäsche trug. Plötzlich fielen mir die Worte der Inschrift ein: »*Denn wenn die Erde erbebt und die Türme erzittern, wird das Grab sein Geheimnis preisgeben, und alles wird offenbar werden.*«

»Treten Sie gefälligst zurück«, sagte der Fremde zu mir.

Dr. Sisterson jedoch sah auf und erklärte fröhlich: »Aber ich kenne diesen Herrn.« Er kam zu mir herüber, um mich zu begrüßen: »Wie schön, Sie zu sehen.« Dann drehte er sich zu dem anderen Mann um. »Dies ist Mr. Bulmer, der Architekt. Und dieser Herr, Bulmer, ist der bekannte Historiker, Dr. Courtine.«

»Ja, ich weiß, wer Sie sind«, knurrte Bulmer. Er lächelte nicht, als er mir die Hand reichte. Er war ein kleiner, gedrungener Mann von etwa fünfzig Jahren, mit schweren Hängebacken und einem fast kahlen Kopf.

»Dr. Carpenter kenne ich schon«, sagte ich, als Dr. Sisterson uns vorstellen wollte.

Der Arzt nickte beiläufig.

Dr. Sisterson lächelte. »Jetzt sind alle Berufe hier vertreten, die wir brauchen: Ein Arzt, der uns sagen kann, wie dieser arme Mensch gestorben ist, ein Architekt, der uns erklären kann, wie er in die Wand gekommen ist, und ein Historiker, der weiß, was sich wirklich zugetragen hat.«

»Und ein Theologe«, fügte der junge Arzt ziemlich sarkastisch hinzu, »der uns den höheren Sinn des Ganzen erklären kann.«

Der Domkustos meinte lächelnd: »Das wird Sie als Historiker sicher faszinieren, Dr. Courtine. Anscheinend wurde die Leiche unmittelbar nach ihrem Tod eingemauert. Deshalb ist sie in dem luftdichten Raum vollständig erhalten geblieben, bis die Mauer vor ein paar Tagen beschädigt wurde.«

»Beschädigt, möchte ich noch einmal betonen«, warf Bulmer ärgerlich ein, »weil meinen Anweisungen in unverantwortlicher Weise zuwidergehandelt wurde!« Dabei hob er das Kinn in meine Richtung und starrte mich mehrere Sekunden lang auf eine Weise an, die ich sehr beunruhigend fand.

»Ja, Mr. Bulmer«, erwiderte Dr. Sisterson. »Dafür habe ich mich bereits entschuldigt, und ich nehme die volle Verantwortung auf mich. Der Vorarbeiter hat ausschließlich meine Anweisung befolgt.«

»Nur, daß er nicht *nach* seinem Tod eingemauert wurde, Dr. Sisterson«, bemerkte Dr. Carpenter, der schweigend auf die verwesende Leiche hinuntergeblickt hatte. »Der unglückliche Mann wurde lebendig in das Monument eingemauert.«

»Woran erkennen Sie das?« wollte ich wissen.

Dr. Carpenter kniete nieder, umwickelte seine eigene Hand mit einem Stück Stoff und hob eine Hand des Toten hoch. »Sehen Sie hier: Die Fingernägel sind abgekratzt und die Handknochen sind geschwollen, was bedeutet, daß er versucht hat, sich aus seinem Grab zu befreien. Es muß einige Stunden, wenn nicht sogar Tage gedauert haben, bis er erstickt ist.«

Bei dem Gedanken mußte ich nach Luft schnappen, zumal der Gestank sowieso schon betäubend war. Mit Entsetzen stellte ich mir vor, wie der Mann versucht hatte, eine Öffnung in seinen steinernen Sarg zu kratzen, wie er geschrien hatte, solange er noch Luft bekam, wie er mit den Fäusten gegen den kalten Marmor getrommelt hatte.

»Nun ist das Geheimnis also gelöst«, stellte Dr. Sisterson fest. »Mit zweihundertfünfzig Jahren Verspätung.«

»Ja«, antwortete ich, »jetzt wissen wir, warum Gambrill verschwand. Der arme Mann ist nicht geflohen, er wurde selbst ermordet. Und jetzt ist auch klar, warum die Marmortafel so in die Wand eingelassen wurde, daß sie ein Stück weit herausragte.«

»Aber jetzt stehen wir vor einem neuen Rätsel«, meinte der Domkustos. »Wer *hat* ihn umgebracht?«

Bulmer wechselte einen Blick mit dem jungen Arzt. »Könnten Sie so nett sein, uns das zu erklären?« fragte er. »Von wem reden Sie?«

Abwechselnd erzählten der Domkustos und ich die Geschichte von Burgoyne. Als wir geendet hatten, lächelte der Architekt grimmig. »Als Gambrills Nachfolger kann ich seinen Wunsch, einen von den Domherren zu ermorden, sehr gut nachvollziehen.«

Dr. Sisterson lächelte, ohne seine Verlegenheit ganz verbergen zu können, aber der junge Arzt lachte und fragte: »Hatte er denn einen besonderen Grund dafür?«

»Das ist ziemlich geheimnisvoll«, erklärte ich. »Sie hatten sich wegen des mangelnden Interesses des Domherrn, den Vierungsturm restaurieren zu lassen, in die Haare gekriegt.« In einem Versuch, Frieden zu schließen, wandte ich mich an den Architekten: »Wie Sie vermutlich wissen, wurde das Hauptschiff nach der Enteignung des Kirchenbesitzes mehr als hundert Jahre lang nicht benutzt, weil der Vierungsturm einsturzgefährdet war, und deshalb ...«

»Davon weiß ich nichts. Ehrlich gesagt, Dr. Courtine, ist es mir auch vollkommen gleichgültig, wie oder warum die Baumeister in der Vergangenheit etwas getan haben. Als Mann der Praxis habe ich nur ein Interesse daran, ob ein Bauwerk in Zukunft halten wird oder nicht.«

Wir schwiegen betreten.

»Und außerdem fürchtete Gambrill, daß Burgoyne ihn wegen einer Unterschlagung anklagen würde«, murmelte Dr. Sisterson, der die Situation zu retten versuchte.

»Soviel ich weiß, heißt der korrekte Ausdruck dafür Veruntreuung«, warf ich eingedenk meines ersten Gesprächs mit dem alten Bankier ein. Der Domkustos sah mich überrascht an. Ich setzte gerade an, den Unterschied zu erklären, als ich von dem jungen Arzt unterbrochen wurde.

»Ich finde das außerordentlich spannend, meine Herren. Sie

sagten, daß damals angenommen wurde, daß Gambrill Burgoyne getötet, dann auf geheimnisvolle Weise die Marmortafel an ihren Platz gehievt und eingemauert hat und schließlich verschwunden ist. Wie steht es nach unserer Entdeckung mit dieser Theorie?«

»Dadurch werden einige Fragen beantwortet«, erklärte ich. »Es war noch eine dritte Person beteiligt. Und das muß jemand gewesen sein, der in der Lage war, Gambrill in seinem Grab einzumauern. Mit anderen Worten: Es muß ein Steinmetz gewesen sein.«

Ich wartete, ob der Domkustos erriet, was ich sagen wollte.

»Thomas Limbrick!« rief er aus.

»Wer war das?« fragte Dr. Carpenter.

»Ein junger Steinmetz, der für Gambrill arbeitete«, erklärte der Domkustos.

»Er war der Sohn des früheren stellvertretenden Steinmetzen, der Gambrills Kollege gewesen war«, fügte ich hinzu. »Dieser war bei einem Unfall auf dem Turm ums Leben gekommen, der Gambrill ein Auge gekostet hat. Seine Witwe bezichtigte ihn des Mordes.« Bei dieser Erklärung fiel mir ein, daß ich den Architekten nach dem Zustand des Vierungsturms fragen wollte und ob ich hinaufsteigen könnte, obwohl er, wie Gazzard mir gesagt hatte, ja eigentlich für Besucher gesperrt war.

»Nach Gambrills Verschwinden«, fuhr der Domkustos fort, »erbte der junge Limbrick sein Geschäft.«

»Und seine Witwe«, fügte ich hinzu.

»Also hatte er gleich mehrere Motive, Gambrill zu töten«, meinte der Domkustos. »Aber welchen Grund hatte er, den Domherrn zu ermorden?«

Der Arzt hatte sich wieder dem Toten zugewandt und kniete neben ihm, während er uns zuhörte. »Sofern er der Täter war«, sagte ich.

»Entschuldigen Sie mich, meine Herren«, warf der Architekt ein. »Das ist ja alles sehr interessant, aber leider bezahlt die Stiftung mich nicht dafür, daß ich hier herumstehe und über die Geschichte rede. Ich habe noch zu arbeiten.«

»Bevor Sie gehen, Mr. Bulmer«, wandte ich mich an den Architekten, »möchte ich Sie gerne nach dem Vierungsturm fragen. Ich würde aus einem bestimmten Grund gern hinaufsteigen und ihn untersuchen. Ist das wirklich zu gefährlich?«

»Wie bitte?« Er drehte sich rasch um und sah mich an. »Ich verstehe nicht, was Sie damit sagen wollen.«

»Soviel ich weiß, ist der Turm wegen seiner baulichen Mängel für Besucher gesperrt. Ich wüßte gern, ob für mich vielleicht eine Ausnahme gemacht werden könnte.«

Er starrte mich mit seinen hervorquellenden Augen an. »Ich darf Ihnen versichern, daß der Turm vollkommen in Ordnung ist. Jede gegenteilige Behauptung stellt eine solche Kritik an meinen beruflichen Fähigkeiten dar, daß mir, ehrlich gesagt, schlichtweg die Worte fehlen.«

»Dann muß ich das wohl mißverstanden haben«, erwiderte ich.

Ich sah, wie eine Ader auf seiner breiten, kahlen Stirn pulsierte. »Das ist sehr gut möglich, Dr. Courtine.« Langsam und jedes Wort betonend wiederholte er: »Sehr gut möglich. Aber eines möchte ich hier klarstellen: Trotz des ausgezeichneten Zustands des Turmes werde ich Ihnen unter keinen Umständen gestatten, ihn zu besteigen.« Er warf einen bedeutsamen Blick auf das gähnende Loch in der Wand und fügte, mehr an Dr. Sisterson als an mich gewandt, hinzu: »Wir können nicht riskieren, daß noch mehr Schaden an der Kathedrale angerichtet wird.«

Damit nickte er uns zu, und mit einem kurzen »Auf Wiedersehen, meine Herren« eilte er durch das Hauptschiff auf das Westportal zu.

»Ich fürchte, ich habe ihn beleidigt«, sagte ich zu Dr. Sisterson. »Er scheint der Meinung zu sein, daß ich diese Katastrophe für die Kathedrale heraufbeschworen habe. Aber zu Burgoynes Zeiten waren jedenfalls beide Türme einsturzgefährdet.«

»Das ist eine seltsame Geschichte. Jetzt sind sie in bestem Bauzustand, obwohl niemand weiß, warum.«

»Niemand weiß, warum?« Ich mußte lachen. »Können Sie mir das erklären?«

»Nach der Restauration der Monarchie wollte die Stiftung den Schaden reparieren, der während der Bürgerkriegswirren an der Bausubstanz entstanden war. Aber wider alle Erwartungen stellte man fest, daß Haupt- und Vierungsturm nicht reparaturbedürftig waren. Und vor ungefähr vierzig Jahren ergaben Untersuchungen, daß beide Türme irgendwann zwischen 1600 und 1660 sehr geschickt und effektiv verstärkt worden waren. Aber es existiert kein Protokoll über diese Arbeit.«

»Warum ist der Turm dann gesperrt?«

»Dort oben befindet sich eine alte Maschine, die jedem, der sie anfaßt, gefährlich werden könnte.«

Ich war fasziniert. Im Gerichtsprotokoll über den Tod des alten Limbrick war von einer »Erfindung« die Rede, und als ich an die Worte der Inschrift dachte, kam mir plötzlich eine Idee. »*Alle Dinge drehen sich im Kreise*«, hieß es da, »*und der Mensch, der zur Arbeit geboren ist, dreht sich mit ihnen.*«

»Was ist das für eine Maschine?«

»Das kann keiner sagen.«

»Nicht einmal Bulmer?« fragte ich mit einem Lächeln.

»Er mußte zugeben, daß er auch keine Ahnung hat.«

»Versteht er viel vom Bau von Kathedralen?«

»Nicht sehr viel, ehrlich gesagt. Er ist sicher ein guter Ingenieur. Bevor er vom Domkapitel eingestellt wurde, hat er Brücken gebaut.«

»Hat sie ein großes Rad?« Er starrte mich an, als ob ich nicht ganz richtig im Kopf sei. »Die Maschine oben im Turm. Ist ein riesiges Rad an ihr befestigt?«

»Wie das Tretrad im Gefängnis?« fragte er.

Ich lächelte. »Genau. Nur nicht ganz so groß; etwas über Mannshöhe.«

»Ich muß zugeben, daß ich noch nie dort oben war. Für große Höhen habe ich nicht viel übrig. Aber ich glaube, sie hat ein Rad.«

Ich meinte zu wissen, worum es sich handelte, und wenn ich recht hatte, würde dadurch eine ganze Reihe von Teilen des Puzzlespiels ihren Platz finden. Es war jedoch ganz offensichtlich, daß ich den Architekten derart verärgert hatte, daß er mir auf gar keinen Fall gestatten würde, auf den Turm zu steigen.

In diesem Augenblick kam Dr. Carpenter zu uns herüber. »Die Männer vom Bestattungsinstitut werden in Kürze eintreffen. Ich werde den Toten in die Leichenhalle bringen lassen.«

»Ich habe die Behörden schon unterrichtet«, antwortete der Domkustos. »Außerdem nehme ich an, daß es eine gerichtliche Untersuchung geben wird.«

»Apropos«, wandte sich der Doktor an mich. »Wußten Sie, daß die Untersuchung im Fall Stonex heute nachmittag stattfinden soll?«

»Eine fürchterliche Geschichte.« Dr. Sisterson schüttelte den Kopf. »Es tut mir so leid, daß Sie ohne Ihre Schuld darin verwickelt wurden, Dr. Courtine.«

Ich dankte ihm für sein Mitgefühl und drehte mich zu dem Arzt um. »Das habe ich noch nicht gewußt. Obwohl der Major ja angekündigt hat, daß es vermutlich schon heute sein würde.«

»In der Zunfthalle um zwei«, sagte er. »Ich nehme an, daß Sie bereits wissen, daß die Polizei in Perkins Haus versteckte Banknoten gefunden hat?«

»Dann steht seine Schuld wohl außer Zweifel.«

»Wahrscheinlich«, gab er zurück und wandte sich an den Domkustos. »Was soll ich damit machen?« Er hielt eine Handvoll Schlüssel in die Höhe.

»Haben Sie die an dem Toten gefunden?« fragte ich.

»Daneben«, antwortete Dr. Carpenter.

»Ich werde sie Dr. Locard geben«, sagte der Domkustos, und der Arzt reichte sie ihm. Ich stellte fest, daß es sich um zwei Sätze

Schlüssel handelte, beide an einem Metallring. »Als Bibliothekar bewahrt er alle derartigen Dinge auf.«

»Es wundert mich, daß er nicht hier ist«, meinte ich.

»Es wurde natürlich sofort nach ihm geschickt, als diese unglückselige Entdeckung gemacht wurde, aber er hat offensichtlich etwas anderes zu tun.«

»Ich weiß aber, daß er ein lebhaftes Interesse an dieser Geschichte hat«, sagte ich. »Er wird sehr erfreut sein, wenn er erfährt, daß das Geheimnis gelüftet ist.«

»Da bin ich mir nicht so sicher«, wandte Dr. Carpenter ein. »Sagen Sie, Dr. Courtine, was ist Ihrer Ansicht nach in jener Nacht genau passiert?«

»Burgoyne wurde dadurch getötet, daß Gambrill das Gerüst über ihm zum Einsturz brachte – möglicherweise mit Limbricks Hilfe. Aber dann wurde er selbst von seinem Stellvertreter überwältigt und hier oben eingemauert.«

»Er hat die Marmorplatte ganz allein auf ihren Platz gehievt?« fragte Dr. Sisterson kopfschüttelnd.

»Ja, das ist denkbar.« Ich wollte meine Theorie nicht erklären, bevor ich den Beweis dafür hatte.

»Das klingt alles sehr überzeugend«, sagte Dr. Carpenter. »Aber leider gehen Sie von falschen Voraussetzungen aus.«

»Was meinen Sie damit?« fragte ich verärgert.

»Habe ich das richtig verstanden, daß Sie sagten, Gambrill habe ein Auge verloren?«

»Ja, das stimmt.«

»Dann kann er nicht dieser Tote sein, denn es sind beide Augen vorhanden.«

Ich starrte ihn verblüfft an. »Das kann doch nicht sein!«

»Wenn Sie meinem medizinischen Urteil mißtrauen, möchten Sie vielleicht eine zweite Meinung dazu abgeben?« fragte der Arzt lächelnd.

Mir graute vor dem Gedanken, noch näher an den Toten heranzugehen. Und ich war ziemlich erbittert über die Art und

Weise, wie dieser schlaue junge Mann mich verleitet hatte, mich zum Narren zu machen.

Fast hätte ich etwas gesagt, das ich womöglich später bereut hätte, in diesem Augenblick aber kamen drei Personen durch das Südportal – die Männer vom Bestattungsinstitut. Ich verabschiedete mich hastig von meinen Gesprächspartnern und eilte aus dem Gebäude.

Als ich an der Menschenansammlung auf den Stufen vorbeiging, war der junge Pomerance immer noch unter den Neugierigen. Er zupfte mich am Ärmel und bat mich, ihm zu sagen, was los sei. Ich teilte ihm kurz mit, was für eine Entdeckung gemacht worden war, und eilte zurück in die Bibliothek. Quitregard hatte gerade Kaffee gekocht und bot mir eine Tasse an. Ich nahm seine Einladung an, weil ich wußte, daß er darauf brannte zu erfahren, was ich zu berichten hatte. Außerdem hatte ich nach diesem schrecklichen Erlebnis auch selbst das Bedürfnis, mit jemandem darüber zu reden. Und obwohl ich es eigentlich sehr eilig hatte, zu dem Manuskript zurückzukehren, setzte ich mich also zu ihm und erzählte ihm, was ich wußte. Er war offensichtlich begeistert von dem Geheimnis. »Vielleicht wird die gerichtliche Untersuchung noch irgendwelche Erkenntnisse bringen, aber es ist alles sehr rätselhaft«, schloß ich meinen Bericht.

Quitregard schlug sich vor die Stirn. »Wenn wir schon von gerichtlichen Untersuchungen reden: Während Sie in der Kathedrale waren, hat der Untersuchungsbeamte einen Polizisten geschickt, um Ihnen mitzuteilen, daß die Untersuchung des Mordes an dem armen Mr. Stonex heute nachmittag stattfinden soll.«

»Das hat mir Dr. Carpenter schon gesagt. In der Zunfthalle. Wo ist die?«

Er beschrieb mir den Weg. »Wußten Sie, daß sein Vermögen auf Hunderttausende geschätzt wird?«

»Und hat er es der Chorschule vermacht?«

»Nein, Sir. Das heißt, das war zwar wohl seine Absicht, aber sein Testament wurde noch nicht gefunden. Soviel ich weiß, lag es nicht bei seinem Anwalt. Und bisher ist es auch bei der Durchsuchung seines Hauses und der Bank nicht aufgetaucht.«

»Wenn er ohne Testament gestorben ist, erben seine nächsten Verwandten – vorausgesetzt, daß er welche hat. Weiß man etwas über sie?«

»Er hatte eine Schwester, aber er hat sich mit ihr überworfen, als sie fast noch ein Kind war. Vor vierzig oder fünfzig Jahren.«

»Und einen Bruder«, warf ich ein.

Der junge Mann starrte mich an. »Nein, einen Bruder hatte er nicht. Ich wollte sagen, entschuldigen Sie bitte, Sie müssen sich irren.«

»Aber ich kann mich ganz genau daran erinnern, daß er gestern nachmittag einen Bruder erwähnt hat. Er sprach von seiner Kindheit im neuen Dekanat und von den Spielen, die er mit seiner Schwester und, wie er sagte, seinem Bruder gespielt hat.«

Er sah mich verblüfft an. »Ich habe noch nie etwas von einem Bruder gehört. Ich weiß, daß er sich mit seiner Schwester gestritten hat, die sehr viel jünger war als er, und daß sie die Stadt verließ, als sie noch keine zwanzig Jahre alt war. Ich erinnere mich, daß meine Großeltern darüber redeten, weil es einen Skandal gab. Das Mädchen hatte sich anscheinend in einen irischen Schauspieler verliebt, der zu einer Wandertruppe gehörte, die hier am Theater gastierte. Sie wollte ihn heiraten, und als ihr Bruder das nicht zulassen wollte, ist sie mit ihm durchgebrannt. Seitdem hat man in Thurchester nie wieder etwas von ihr gehört. Soviel ich weiß, wurde sie selbst ...«

»Kann es nicht sein, daß es doch noch einen Bruder gab, der vielleicht gestorben ist oder die Stadt ebenfalls schon in sehr jungen Jahren verlassen hat?«

»Möglich ist das natürlich, aber ich glaube, daß ich davon wüßte. Wie Sie sich vorstellen können, wurde über Mr. Stonex und seine Angelegenheiten in der Stadt sehr viel geklatscht. Ob er sich vielleicht nur versprochen hat?«

Ich lächelte. »Sie meinen, daß er ›Bruder‹ sagte, obwohl er eigentlich ›Schwester‹ meinte? Das ist sehr unwahrscheinlich. Es ist alles überaus rätselhaft. Wäre es zuviel verlangt, wenn ich sie bäte, Ihre Großeltern zu fragen, ob sie etwas von einem Bruder wissen?«

Er lächelte traurig. »Leider sind sie nicht mehr am Leben.«

»Das tut mir aber leid. Natürlich, es ist ja alles schon so lange her. Ob wohl noch jemand lebt, der sich an den alten Mr. Stonex erinnert? Ich meine, an den Vater des Ermordeten. Sein Porträt ist sehr erstaunlich.«

»Würden Sie ihn als alt bezeichnen, Sir?« fragte der junge Mann scherzhaft. »Er war höchstens Mitte Vierzig, als er starb.«

Ich lachte. »In Ihren Augen müßte das eigentlich alt sein. Aber für mich ist das ein tragisch früher Tod. Bei näherem Nachdenken fällt mir auch ein, daß der alte Herr gestern vom Tod seines Vaters und seinem Kummer darüber sprach.«

»Das wundert mich. Mein Großvater hat erzählt, daß Vater und Sohn sich gegenseitig verabscheut haben. Der Vater hielt seinen Erben für kalt und berechnend.«

»Die Zeit beschönigt die Erinnerungen. Wenn Sie erst einmal so alt sind wie ich, werden Sie diese Erfahrung auch machen. Außerdem kann man einen Menschen auch hassen und trotzdem von seinem Tod zutiefst betroffen sein.«

»Das ist sicher richtig, Sir. Aber mein Großvater erzählte immer, daß Mr. Stonex eine ausgesprochen unglückliche Kindheit hatte, weil sein Vater ihn als Langweiler verachtete und meinte, er sei unfähig, das Leben zu genießen. Deshalb haßte der Junge ihn, als er heranwuchs. Die Schwester dagegen war sein Liebling und betete ihren Vater an.«

»Das dürfte einer der Gründe sein, warum sie nach seinem Tod in Streit gerieten. Ein Mann wie er weckt starke Emotionen. Nach dem, was der alte Herr gestern über ihn sagte, war er ein charmanter, eigensüchtiger Mensch, der nach dem Grundsatz ›Nach mir die Sintflut!‹ lebte.«

»Jedenfalls hatte er eine wilde, abenteuerliche Jugend«, bestätigte der junge Mann ziemlich verlegen.

»Aber dann, als sein eigener Vater starb, erzählte mir der alte Herr, änderte er sich. Er kehrte nach Thurchester zurück und arbeitete hart, um die Bank in Schwung zu halten.«

»Das wird immer behauptet, Sir. Aber mein Großvater hatte da ganz andere Informationen und sagte, daß er nur zurückgekommen sei, um die Bank auszuplündern, und daß sie bei seinem Tod kurz vor dem Zusammenbruch stand. Sein Sohn, der alte Herr also, verbrachte dreißig Jahre damit, den Schaden wiedergutzumachen, den sein Vater in fünf angerichtet hatte.«

»Das ist ja sehr eigenartig. Ich wüßte zu gerne, wie es wirklich war. Wahrscheinlich werden wir das aber nie erfahren.« Ich seufzte. »Es gibt so viele Rätsel.«

»Ich habe noch nie soviel Aufregung erlebt«, versicherte mir der junge Mann. »Der arme Mr. Stonex, der Tote hinter dem Burgoyne-Gedenkstein, die gestrigen Auseinandersetzungen wegen Dr. Sheldrick und dann auch noch der Diebstahl in seinem Haus am Donnerstag!«

»Ob diese Dinge wohl etwas miteinander zu tun haben?« fragte ich.

Quitregard senkte den Blick. »Ich wüßte nicht wie, Sir. Aber es machen seltsame Gerüchte die Runde über den Diebstahl bei Dr. Sheldrick.«

»Besteht ein Verdacht gegen jemanden?«

»Es heißt, daß das, was gestohlen wurde, sehr gefährlich sein könnte, wenn es in die falschen Hände geriete.«

»Gefährlich für Dr. Sheldrick?«

»Und für den guten Namen der Stiftung. Das wird jedenfalls behauptet.«

»Wieso soll ein Satz Miniaturen gefährlich sein?«

Er sah auf und bekam einen roten Kopf. Mir dämmerte die Erkenntnis, daß meine Frage sehr töricht war. Ich hatte meinen Kaffee ausgetrunken und stand auf. »Wenn Dr. Locard kommt, würden Sie dann bitte so freundlich sein, ihn zu fragen, ob er ein paar Minuten Zeit für mich erübrigen kann?«

Ich hatte beschlossen, nicht länger damit zu warten, Dr. Locard von meiner Entdeckung zu erzählen. Er mußte es erfahren, also konnte es ebensogut sofort geschehen.

»Dr. Locard ist hier«, sagte der junge Mann überrascht. »Er ist kurz vor Ihnen gekommen und in den oberen Stock gegangen.«

Ich war entsetzt, denn plötzlich fiel mir ein, daß ich das Manuskript, nur von einem einzigen Buch verdeckt, auf dem Tisch hatte liegenlassen. Wenn Dr. Locard es gefunden hatte, würde er sich fragen, warum ich ihm noch nichts davon gesagt hatte, und ich fürchtete, er könnte annehmen, daß ich vorgehabt hätte, es vor ihm zu verbergen.

Ich eilte die Treppe hinauf und fand Dr. Locard zu meinem Ärger auf meinem alten Platz über den Tisch gebeugt vor. Als ich auf ihn zuging, hob er den Kopf und lächelte dünn. »Meine Gratulation, Courtine. Sie haben eine überaus bemerkenswerte Entdeckung gemacht.«

Das Manuskript lag vor ihm.

»Ich hatte es in dem Moment gefunden, als Pomerance kam und mir die Neuigkeit von dem Toten in der Kathedrale überbrachte«, antwortete ich verlegen. »Ich wollte es Ihnen gerade mitteilen, als diese Nachricht mich alle anderen Überlegungen vergessen ließ.«

»Dies ist ein erstaunlich aufregender Tag«, bemerkte er trocken, »fast so dramatisch wie der gestrige.«

Er deutete auf die Regale um uns herum. »Haben Sie es hier oben gefunden?«

»Ganz zufällig. Ich war auf die Protokolle des Kanzleigerichts gestoßen und blätterte sie durch, und da lag es zwischen den Seiten.« Ich deutete auf den Folianten, der immer noch an der Stelle geöffnet war, wo das Manuskript gesteckt hatte.

»Welch ein eigenartiger Zufall«, bemerkte er.

Ich hielt es zwar nicht für einen Zufall, beschloß aber, ihm nichts davon zu sagen, daß ich mich über den Tod von Limbricks Vater hatte informieren wollen, gerade so wie Pepperdine es vor über zweihundert Jahren getan hatte. »Ich konnte es bislang nur kurz überfliegen«, erklärte ich. »Es scheint genau das zu sein, was ich zu finden gehofft hatte: ein Teil der Originalversion von Grimbalds ›Leben‹.«

»Ich hatte selbst erst knapp zwanzig Minuten Zeit, um es mir anzusehen«, erwiderte Dr. Locard. »Aber es ist mir aufgefallen, daß überhaupt keine Namen genannt werden. Selbst die Angreifer werden nur ›pagani‹ genannt, und die Stadt wird als ›civitas‹ bezeichnet. Außerdem ist das Manuskript in mancher Hinsicht ausgesprochen ungewöhnlich, und mir ist dazu etwas eingefallen. Aber wollen wir erst einmal sehen, was wir gemeinsam daraus machen können?«

Ich fühlte mich wie ein Kind, dem der ältere Bruder das Weihnachtsgeschenk weggenommen und ausgepackt hat. Aber ich hatte keine Wahl, und so nahm ich neben ihm Platz. Und wie zwei Schuljungen, die Seite an Seite in einer Schulbank sitzen und miteinander in der gleichen Fibel lesen, begannen wir gemeinsam, den Text zu übersetzen:

Der König und der Märtyrer waren einst gute Freunde gewesen, aber sie waren es nicht mehr, weil letzterer seinem ehemaligen Schüler Vorhaltungen wegen seiner Verfehlungen machte. Vor allem tadelte er ihn dafür, daß er den Thron nicht seinem Neffen überließ, der nun alt genug dafür war. In Anwesenheit seiner Berater hielt der Märtyrer dem König vor, daß der Jüngling als Sohn des älteren Bruders des letzten Königs der rechtmäßige Herrscher sei. Es war überdies allgemein bekannt, daß der König seinen Vater und seinen älteren Bruder ermordet hatte. Unter den Anwesenden gab es viele, die den Neffen des Königs unterstützten, weil sie glaubten, daß er ein stärkerer und vertrauenswürdigerer König sein würde als sein Onkel.

»Das ist interessant«, meinte Dr. Locard. »Es hatte tatsächlich sehr unwahrscheinlich ausgesehen, daß Alfred den Thron erben würde, nicht wahr?«

»Aber es ist nichts bekannt, das darauf schließen ließe, daß er irgendwelche Mitglieder seiner Familie ermordet hätte«, erwiderte ich verärgert. Dr. Locard hatte behauptet, daß er kein Fachmann für diese Zeit sei, und dennoch hatte er nicht nur meinen und Scuttards Artikel gelesen, sondern kannte offensichtlich auch einige der Quellen. Lag das nur an seinen herausragenden Fähigkeiten als Wissenschaftler, oder hatte Austin recht mit dem Verdacht, daß er ein professionelles Interesse an der Geschichte Englands vor der Eroberung zu zeigen begann?

»Nein, aber ich glaube, daß so etwas auch gar nicht in den Quellen enthalten sein könnte, weil der König nämlich weitgehend bestimmte, was über ihn geschrieben, und damit auch, was über ihn überliefert wurde. Aber fahren wir fort.«

Der König wurde dadurch gerettet, daß eine plötzliche Gefahr von außen das Königreich bedrohte: Eine riesige Armee der Heiden fiel in das Land ein und zog marodierend, plündernd und raubend durch Städte und Dörfer. Der König ließ die Stadt, die auf dem Weg der vordringenden Heiden lag, unter der Obhut des Märtyrers zurück und sagte, er wolle ihnen entgegenziehen und gegen sie kämpfen. In Wirklichkeit fürchtete er jedoch für seine eigene Sicherheit und führte seine Armee in die entgegengesetzte Richtung. Wegen der Feigheit des Königs eroberten die Feinde die Stadt und nahmen den Märtyrer als Geisel gefangen.

»Ich gratuliere Ihnen, daß Sie bewiesen haben, was Sie beweisen wollten«, meinte Dr. Locard ironisch. »Dies ist ganz offensichtlich eine sehr viel authentischere Version der Geschichte und vermutlich das, was Grimbald geschrieben hat, bevor Leofranc in seinem Text herumgepfuscht hat.«

»Und worauf stützen Sie diese Behauptung?« fragte ich verärgert.

»Sie klingt sehr viel wahrscheinlicher als das absurd heroische Bild des Königs in der späteren Fassung.«

»Da kann ich Ihnen nicht zustimmen«, erwiderte ich steif. »Das scheint mir eine willkürliche und gefährliche Art der Geschichtsforschung zu sein.«

»Natürlich ist die Tatsache, daß der König in dieser Version nicht idealisiert wird, an sich noch kein Beweis für ihre Authentizität. Aber ich glaube, wir werden gleich feststellen, daß es unwiderlegliche Beweise gibt. Fahren wir fort.« Damit neigte er den Kopf wieder über das Manuskript.

Als diese Nachricht den König erreichte, wurde er von seinen Beratern gezwungen, umzukehren und die Stadt zu belagern. Weil der König selbst zu feige war, begab sich sein Neffe als Unterhändler zum Feind. Der Anführer der Heiden erklärte, daß er den Märtyrer töten wolle, wenn der König ihm nicht sein Gold aushändigte. Als der Neffe ihm mitteilte, daß der Staatsschatz an einen sicheren Ort gebracht worden sei, sagte er, daß der König sich selbst als Geisel ausliefern müsse, während der Schatz geholt würde. Als der König dies hörte, weigerte er sich sowohl, das Gold holen zu lassen, als auch, sich selbst auszuliefern. Der Anführer der Feinde kündigte an, daß er den Märtyrer am nächsten Tag töten würde, wenn seine Forderungen nicht erfüllt würden. Der Neffe des Königs riet vor den Beratern dazu, daß der König tun solle, was die Heiden verlangten. Wenn das Gold übergeben und der König befreit sei, könnten sie die Feinde angreifen und den Schatz zurückerobern. Der König traute seinem Neffen nicht und weigerte sich. Darauf sagte der Neffe, daß er sich selbst im Austausch für den Märtyrer anbieten wolle, und die Berater lobten seinen Mut. Daher kehrte er zu den Feinden zurück und wurde vor das Angesicht des Anführers geführt; und auch der

Märtyrer wurde aus seinem Gefängnis geholt. Als der Neffe sein Angebot machte, lachte der Anführer und wies es zurück. Er erklärte, der Neffe sei ein tapferer Mann, er fordere jedoch seinen Onkel. Er hatte die Absicht, den König zu zwingen, seine Forderungen zu erfüllen, indem er den Märtyrer am Haupttor der Stadt aufhängte. Der Märtyrer jedoch war ein weiser und gebildeter Mann und wußte daher, daß eine Sonnenfinsternis bevorstand. Er wußte auch, daß dem König solche himmlischen Phänomene bekannt waren, denn vor vielen Jahren, als er noch sein Lehrer war, hatte er mit ihm Plinius gelesen und übersetzt. Und so versuchte er, dem König dies mitzuteilen, indem er dem Neffen auftrug, eine Botschaft zu übermitteln, die anderen nichts bedeutete – auch nicht dem Neffen selbst, der mehr ein Krieger als ein Gelehrter war –, die der König jedoch verstehen würde. Als der Neffe zu der Belagerungsarmee zurückkehrte, wurde der Märtyrer an Seilen unter den Armen von der Stadtmauer herabgehängt, so daß alle es sehen konnten.

Der Neffe des Königs kehrte zu seinem Onkel zurück und erklärte ihm und seinen Beratern, daß sein Plan gescheitert sei. Er überbrachte auch die Nachricht von dem Märtyrer, und der König verstand, was sie bedeutete, gab jedoch vor, sie nicht zu verstehen. Er wollte, daß der Märtyrer schnell getötet würde, um die Situation zu klären, denn er fürchtete, daß seine Berater planten, ihn dem Feind zu übergeben. Er glaubte, daß sie sich, sobald der Märtyrer freigelassen worden sei, weigern würden, das Gold auszuliefern, so daß er, der König, getötet werden würde, und daß sie ihn durch seinen Neffen ersetzen würden. Sein Verdacht wurde bestätigt, als er feststellte, daß seine Leibwächter zu seinen Bewachern geworden waren. Deshalb beschloß er zu fliehen. Da er aber so streng bewacht wurde, wußte der König, daß es fast unmöglich sein würde zu entkommen. Aber dann hatte er einen Einfall, wie es ihm gelingen könnte, wenngleich er schändlich und entwürdigend war. Spät in der Nacht rasierte er heimlich seinen Bart ab und verkleidete sich mit den Kleidern einer der Frauen seines Haushalts. Auf diese Weise gelangte er unerkannt an den Wächtern vorbei und begab sich zu den Ställen. Dort bestieg er sein Pferd, doch in den Frauenkleidern erkannte das Tier ihn nicht, und da er ein schlechter Reiter war, wurde er zu Boden geworfen, als es sich aufbäumte. In dieser schändlichen Lage entdeckte ihn ein Stallbursche, der ihn trotz seiner Verkleidung erkannte und zu schreien begann. Der König versuchte, wieder auf das Pferd zu steigen, aber der Junge hielt den Zügel des Tieres fest und schrie so lange, bis die Wächter kamen und seinen Herrn festnahmen.

»So klingt das sehr viel sinnvoller«, murmelte Dr. Locard. »Der König flieht vor einer Gefahr und sucht sie nicht.« Er wandte sich an mich. »Finden Sie nicht, daß diese Version von dem Pferd und dem Stallburschen sehr viel überzeugender ist als der sentimentale Bericht bei Leofranc?«

»Nein«, sagte ich unglücklich. »Ich finde Leofrancs Version ebenso plausibel.«

»Wie eigenartig«, meinte er und preßte mit einem gemeinen Gesichtsausdruck die Lippen zusammen. »Dann haben Sie also Ihre Meinung geändert, Dr. Courtine, und Sie behaupten jetzt, daß dieses Manuskript nicht authentisch ist, nicht aus dem Original von Grimbalds ›Leben‹ stammt, nicht älter ist als Leofranc und nicht seine Quelle war?«

»Das kann ich noch nicht entscheiden«, erwiderte ich mit so viel Würde, wie ich nur aufbringen konnte.

Ich war verzweifelt. Das Manuskript stammte eindeutig aus einer früheren Epoche als Leofrancs Version, und die Parallelen waren so unübersehbar, daß es, besonders im Hinblick auf seine Herkunft aus Thurchester, unmöglich schien zu leugnen, daß er seinen Text darauf gestützt hatte.

»Sehen wir, wie es weitergeht«, sagte Dr. Locard.

Durch diese feige Tat war die Autorität des Königs zerstört. Der Neffe und die anderen großen Lords beschlossen, ihn im Austausch für den Märtyrer an den Feind auszuliefern und nach dem Staatsschatz zu schicken. Inzwischen war es Tag geworden. Die Belagerungsarmee war aufmarschiert, um zuzusehen, wie der König ausgeliefert wurde, und als die Sonne sich über den Horizont erhob, sah man, daß der Märtyrer immer noch über dem Tor hing, offenbar dem Tode nah. Nun erinnerte sich der König an die Botschaft des Märtyrers, und er sagte zu seinem Neffen und den anderen großen Lords, daß Gott, als Strafe für diesen schrecklichen Akt der Untreue die Sonne fortnehmen würde, wenn sie ihn den Feinden ausliefern würden. Sie lachten und wollten ihn fortführen. In diesem Augenblick begann die Sonne zu verschwinden, und das Land wurde dunkler und dunkler, bis vollkommene Finsternis herrschte. Der Neffe des Königs und die großen Lords blieben entsetzt stehen, und als der König ihnen erklärte, daß die Sonne wiederkehren würde, wenn sie ihn freiließen und ihm seine Autorität voll und ganz wiedergäben, nahmen sie diese Bedingungen auf der Stelle an. Unterdessen glaubte der Anführer der Feinde, der auf dem Haupttor stand, daß der Märtyrer die Sonne durch seine Zauberkraft habe verschwinden lassen. Deshalb befahl er, die Seile, an denen er hing, zu durchschneiden. Gerade als die Finsternis sich zu heben begann, stürzte der alte Mann in den Tod. Der König war hoch erfreut, weil er wußte, daß er gerettet war und auch seinen Schatz nicht aufgeben mußte. Die Berater des Königs und die großen Lords glaubten, daß der König der Sonne zuerst befohlen habe, zu verschwinden, und sie dann wieder zurückgerufen habe. Als er ihnen befahl, seinen Neffen zu töten, stellten sich die meisten von ihnen auf seine Seite. Ein Kampf brach aus, und der Neffe wurde erschlagen. Als die Heiden sahen, daß ihre Feinde miteinander im Kampf lagen, führten sie einen plötzlichen, wilden Angriff auf die Truppen des Königs aus und besiegten sie vollständig. Der König war gezwungen, seinen Schatz als Preis dafür auszuhändigen, daß die Feinde sein Königreich wieder verließen. Dazu war er nun aber bereit, weil sein Rivale tot war, und da er alle anderen Neffen bereits ermordet hatte, gab es niemanden mehr, der Anspruch auf den Thron erheben konnte. Überdies hatte er so wenig Respekt für den Bischof, daß er ...

»Und hier bricht der Text abrupt ab. Also, Dr. Courtine, da haben Sie wirklich eine ganz ungewöhnliche Entdeckung gemacht! Wenn sie das ist, was Sie zu finden hofften, wird die Geschichte des neunten Jahrhunderts wahrhaftig umgeschrieben werden müssen. Ich weiß nicht, ob Ihnen aufgefallen ist, daß dieser Text Scuttards These unterstützt, daß Alfred von den Dänen besiegt wurde, sich ihnen ergab und Tribut zahlte?«

Da ich meiner Stimme nicht traute, nickte ich stumm.

»Es erscheint mir sehr wahrscheinlich, daß jemand während der Zeit des Königs Alfred – sagen wir um der Diskussion willen, daß es Grimbald war – einen Bericht über die Regierungszeit des Königs verfaßte, der sehr viel enthielt, was Alfred in Mißkredit brachte. Zweihundert Jahre später hat Leofranc ihn so verändert, daß er ihn glorifiziert, weil das seinen eigenen Interessen diente, welche darin bestanden, aus Wulflacs Grab einen Ort der Verehrung in ganz Europa zu machen. Erscheint Ihnen das nicht eine vernünftige Hypothese?«

»Vielleicht«, sagte ich verzweifelt. Ich wollte ihm nicht zeigen, wie enttäuscht ich war. War das die Wahrheit über Alfred? War er ein mörderischer, feiger Verräter gewesen? Würde sich herausstellen, daß meine große Entdeckung eine grundlegende Neubeurteilung der alfredischen Zeit notwendig machte – wie ich gehofft hatte –, jedoch in einer Weise, die mir größte Schmerzen bereitete?

»Das Latein ist natürlich miserabel«, sagte Dr. Locard. »Der Text weist ein ausgesprochen unschönes stilistisches Merkmal auf, das mich an irgend etwas erinnert, wobei ich noch nicht weiß, woran; vielleicht fällt es mir ja noch ein.« Er stand auf. »Ich muß den Domkustos ausfindig machen, um ihn zu fragen, was mit Gambrills Leiche geschehen ist.«

»Es ist nicht Gambrills Leiche«, berichtigte ich und freute mich, daß ich ihn korrigieren konnte. »Sie hat beide Augen.«

»Wirklich?« Er starrte mich an. »Das ist ja interessant.«

»Was meinen Sie, wessen Leiche es sein könnte?«

Er überlegte einen Augenblick und setzte sich wieder hin. »Es gibt nur eine Möglichkeit: In dieser Nacht sind zwei Männer gestorben.«

»Burgoyne? Aber seine Leiche wurde doch gefunden.«

»War das tatsächlich Burgoynes Leiche? Der Tote, den man unter dem Gerüst herausholte, wurde anhand seiner Kleidung identifiziert.«

»Aber wenn es Gambrill gewesen wäre, hätte man ihn doch an seinem fehlenden Auge erkannt.«

»Das glaube ich nicht, weil sein Gesicht bis zur Unkenntlichkeit zerstört war. Beide Männer waren groß und etwa gleich alt. Es war einfach die naheliegendste Annahme. Naheliegend, aber falsch, wie naheliegende Annahmen es so oft sind. Das hat mich meine Erfahrung als Historiker gelehrt.«

Seine Worte erinnerten mich an Mr. Stonex und lösten einen Gedankengang aus, den weiterzuverfolgen ich jetzt nicht die Muße hatte. Ich zwang mich dazu, mich wieder auf das Thema zu konzentrieren, von dem gerade die Rede gewesen war, und fragte: »Wer hat dann Burgoyne und Gambrill auf dem Gewissen? Und was waren die Motive des Täters?«

»Sie wurden nicht vom gleichen Mörder getötet. Gambrill hat Burgoyne umgebracht, und er muß es als einen sehr makabren und ironischen Scherz betrachtet haben, ihn hinter der Gedenktafel für seine eigene Familie einzumauern, diesem verhaßten Objekt, das der Anlaß für soviel Mißstimmung zwischen den beiden gewesen war.«

»Dr. Carpenter hat uns gerade versichert, daß er lebendig eingemauert wurde und erstickt ist.«

Dr. Locard hob eine Augenbraue. »Wirklich ein sehr grimmiger Scherz. Aber dann nahm der ›Scherz‹ eine neue Wendung, weil Gambrill selbst unmittelbar darauf ermordet wurde, als nämlich jemand das Gerüst über ihm zum Einsturz brachte.«

»Vermutlich Limbrick?« schlug ich vor.

»Ganz bestimmt sogar! Und zwischen den beiden Morden besteht ein Zusammenhang. Denn Sie erinnern sich bestimmt, daß Gambrill von Schuldgefühlen wegen eines schrecklichen Verbrechens gequält wurde, wie aus seinem Betragen ersichtlich war, als Burgoyne drohte, ihn zu verraten.«

»Und Gambrills geheime Schuld bestand darin, daß er Limbricks Vater getötet hatte?«

Er sah mich überrascht an. »Das wissen Sie?«

»Aber wie hat Burgoyne das Ihrer Meinung nach herausgefunden?«

»Ich nehme an, daß Gambrill es ihm gebeichtet hat, als sie noch auf freundschaftlichem Fuß miteinander standen. Doch in dem Moment, als sie zu Feinden geworden waren, fürchtete er, daß Burgoyne ihn verraten würde.«

»Und deshalb tötete er ihn«, stimmte ich zu. »Aber was er nicht wußte, war, daß Limbrick noch viel gefährlicher für ihn war. Wie kam das?«

Dr. Locard lächelte. »Limbrick war noch ein Kind, als sein Vater starb. Aber wenn es zwischen zwei Männern einen mörderischen Konflikt gibt, folge ich stets dem alten französischen Grundsatz: *cherchez la femme*. Ich vermute, daß Limbricks Mutter ihren Sohn gegen Gambrill aufgehetzt hat, indem sie ihm die Geschichte immer wieder erzählt hat.«

»Und all die Jahre nährte Limbrick seinen Groll und wartete auf eine Gelegenheit, seinen Dienstherrn zu töten«, stimmte ich zu.

»Und seine Chance kam in der Nacht, in der Gambrill Burgoyne umbrachte.«

»Welch eine Ironie, daß Burgoyne diese ganze Kette von Ereignissen in Gang setzte, indem er damit drohte, Gambrill zu verraten.«

Dr. Locard lächelte. »Gambrill hat jedenfalls gedacht, daß er das vorhätte.«

Ich zögerte. »Und Sie meinen, daß das ein Irrtum war?«

»Den beteiligten Personen war nicht die ganze Geschichte bekannt. Zu dieser Zeit ereigneten sich noch mehrere andere Dinge. Sie wissen, daß die Mordnacht die Nacht des großen Sturms war?«

Ich nickte.

»Und Sie wissen auch, daß es den Anschein hatte, als sei durch den Sturm jemand ums Leben gekommen, der in dem alten Torhaus schlief?«

»Ich erinnere mich, daß Dr. Sisterson davon sprach, als wir über Dr. Sheldricks Buch redeten.«

Dr. Locard lächelte grimmig. »Ach ja, die berühmte Geschichte der Stiftung. Ich kann mir vorstellen, daß Dr. Sheldrick davon nichts erwähnt hat.«

»Nein, seltsamerweise nicht.«

»Hat Dr. Sisterson Ihnen dann erzählt, wer damals ums Leben gekommen ist?«

Ich verneinte.

»Es war einer der Chorknaben, ein Schüler der Schule für die Domchorvikare. Er wurde durch ein Stück vom Dach getötet, das auf ihn herunterstürzte. Merkwürdigerweise entstand an dem Gebäude selbst kaum Schaden. Es wurde sogar behauptet, der tote Junge habe eher so ausgesehen, als sei er totgeschlagen und nicht vom Dach erschlagen worden. Sein Bett war von heruntergebrochenen Holzstücken übersät, aber keines davon schien massiv genug zu sein, um ihn getötet zu haben.«

»Ja, hat denn niemand gesehen, wie das Dach einstürzte?«

»Nein. Und es hat auch keiner von den anderen Jungen etwas gehört. Er schlief allein in einer kleinen Kammer direkt unter dem Dach.«

»Glauben Sie, daß zwischen dem Tod des Jungen und den anderen Ereignissen jener Nacht irgendein Zusammenhang besteht?«

»Meinen Sie nicht, daß es schon ein besonderer Zufall sein müßte, wenn keiner bestünde?« Er sah mich nachdenklich an.

»Wenn ja«, antwortete ich, »dann muß ich zugeben, daß ich ihn nicht erkenne.«

»Wenn Nachforschungen über ein Verbrechen angestellt werden, ist die Lösung, die letztlich akzeptiert wird, nicht unbedingt diejenige, die alle Umstände am besten erklärt, sondern diejenige, die den Zwecken der Leute, die die Ermittlungen durchführen, am besten dient.«

Ich ließ seine Worte eine Weile auf mich wirken. »Sie wollen also sagen, daß die Annahme, Gambrill habe Burgoyne getötet, damals allen Beteiligten am besten in den Kram paßte, jedoch nicht der Wahrheit entsprach?«

»Und obwohl einige Leute sehr wohl wußten, daß mehr an der Geschichte dran war, hatten sie gute Gründe, den Mund zu halten.« Er schwieg eine Weile. »Die gestrige Tragödie ist auch so ein Beispiel dafür. Es paßt der Polizei in den Kram anzunehmen, daß es ein einfacher Raubmord war.«

»Dann glauben Sie also nicht, daß der Kellner den alten Herrn umgebracht hat?«

»Im Gegenteil, ich bin sogar fest davon überzeugt, daß er der Mörder war. Aber ich glaube, daß die Polizei das Motiv nicht begreift. Ohne Zweifel hat er gewußt, daß er Mr. Stonex würde töten müssen, wenn er ihn ausrauben wollte – um nicht von ihm angezeigt zu werden. Erscheint es Ihnen nicht als unwahrscheinlich, daß er sich entschlossen hat, ein derart schweres Verbrechen zu begehen, wenn er sich nicht einen wirklich großen Gewinn erwartet hätte?«

»Vermutlich hat er gedacht, daß Geld im Haus sei. Und ich glaube, er hat es auch gefunden.«

»Zwanzig Pfund, das ist alles.«

»Sie sind ja sehr gut informiert, Dr. Locard. Aber für einen Mann in seinen Verhältnissen ist das schon eine enorme Summe. Mehrere Monatseinkommen.«

»Nicht genug, um ein solches Risiko zu rechtfertigen.«

»Ohne mich in diesem Punkt festlegen zu wollen – wie sieht Ihre Erklärung aus?«

»Ich glaube, daß er für den Mord bezahlt wurde.«

»Bezahlt? Von wem?«

»Von denjenigen, die von dem Tod des alten Herrn profitieren.«

»Und wer sollte das sein?«

»Wenn er ohne Testament gestorben ist, dann sind es seine nächsten Verwandten.«

»Und ist er ohne Testament gestorben? Ich hatte gehört ...« Ich brach ab. Es fiel mir ein, daß ich besser daran tat, nicht zu erwähnen, daß Quitregard mir erzählt hatte, daß der Ermordete ein Testament zugunsten der Stiftung gemacht hatte.

»Das glaube ich nicht«, erwiderte Dr. Locard. »Dennoch ist kein Testament gefunden worden.«

»Das verstehe ich nicht.«

»Ich glaube, daß Perkins nicht nur dafür bezahlt wurde, Mr. Stonex zu töten, sondern auch dafür, nach seinem Testament zu suchen.«

»Dann ist es vermutlich vernichtet worden.«

»Höchstwahrscheinlich. Aber es dürfte schwierig sein, das zu beweisen.« Ich überlegte noch, was er damit meinen könnte, als er fortfuhr: »Meine Hoffnung ist, daß Perkins alles gestehen wird, wenn sich aus der Untersuchung ergibt, daß er vor Gericht gestellt wird.«

»Sind Sie sicher, daß das der Fall sein wird?«

»Solange die Geschworenen nicht verwirrt werden.«

»Der Fall hat mit Sicherheit verwirrende Aspekte.«

»Aber es muß den Geschworenen unbedingt klargemacht werden, daß Perkins das Haus verwüstet hat, nachdem er den Mord begangen hatte.« Ich sah ihn überrascht an. »Soviel ich gehört habe, haben Sie den Beamten gegenüber erklärt, daß im Haus bereits große Unordnung herrschte, als Sie kamen.«

»Das ist richtig.«

»Genau diese Art von Aussage ist geeignet, die Geschworenen durcheinanderzubringen und auf eine falsche Fährte zu locken.«

»Es ist ganz einfach. Mr. Stonex hatte seine Papiere durchwühlt, bevor Fickling und ich zu ihm kamen, weil er nach einem Dokument suchte, das er mir zeigen wollte.«

»Ein Dokument?« fragte er schnell.

»Ja, und zwar eines, das Sie interessieren wird. Es war ein weiterer Augenzeugenbericht über den Tod von Freeth ...«

»Es ging nicht um ein irgendwie amtliches Dokument?«

»Nein, nein. Es war der Beweis, daß Freeth infolge eines Komplotts des Offiziers, der die Stadt im Auftrag des Parlaments besetzt hielt, getötet wurde.«

»Wirklich? Das klingt höchst unwahrscheinlich.«

Ich gab kurz die Geschichte wieder, die der alte Herr Austin und mir erzählt hatte.

»Das ist kompletter Blödsinn«, erklärte Dr. Locard. »Diese Behauptung steht in krassem Widerspruch zu der zuverlässigsten Version, die innerhalb des Domkapitels überliefert ist. Sie wurde nie an Außenstehende weitergegeben, weil sie ein außerordentlich schlechtes Licht auf die Domherren wirft.« Er lächelte. »Ich will sie Ihnen dennoch verraten. Sie stammt von einem der Domherren, Cinnamon. Er sah, wie die Soldaten den Amtssitz des Schatzmeisters plünderten, und dann Freeth, der vom neuen Dekanat herübergelaufen kam und in das Gebäude hineinging. Cinnamon eilte selbst dorthin, und als er wenige Minuten später dort eintraf, war der Dekan in einen physischen Kampf mit einem anderen Domherrn verwickelt.«

»Du lieber Gott! Mit wem denn?«

»Mit Hollingrake, dem Bibliothekar.«

»Das ist erstaunlich!« rief ich aus und dachte an Dr. Locards eigene Behauptung, daß die beiden bei der Fälschung der Schenkungsurkunde zusammengearbeitet hatten. »War er zu dieser Zeit nicht bereits Schatzmeister?«

»Sie haben recht. Sie kennen die Geschichte des Domkapitels besser als ich. Freeth versuchte, eine Lampe umzuwerfen, um das Gebäude in Brand zu stecken.«

»Freeth wollte das Gebäude anzünden? Das ist ja ungeheuerlich!«

»Jetzt können Sie sich vorstellen, warum diese Geschichte geheimgehalten wurde. Es gelang ihm, einen Brand zu entfachen, und Cinnamon versuchte, ihn zu löschen. Hollingrake riß sich von Freeth los, und während Cinnamon den Dekan festhielt, lief er zu einer Kommode, schloß sie auf und entnahm ihr etwas, das wie ein Dokument aussah. Als Freeth das sah, stürzte er sich auf Hollingrake, und die beiden Männer kämpften um das Papier. Freeth schlug auf Hollingrake ein und schrie ihm Schimpfworte ins Gesicht. Dann aber mußten die Domherren aus dem Gebäude fliehen, weil es in Flammen stand. Draußen griffen die Soldaten ein und zogen Freeth von Hollingrake fort, aber er stürzte sich erneut auf ihn und trat nach ihm, während er am Boden lag, und dann schoß unglücklicherweise einer der Soldaten auf ihn.«

Ich konnte mich nicht beherrschen und rief aus: »Es wundert mich, daß Sie die Geschichte von Mr. Stonex verwerfen und diese glauben!«

»Ich glaube sie gerade deshalb, Dr. Courtine, weil sie so unwahrscheinlich klingt und so beschämend für das Domkapitel ist. Die Tatsache, daß man sie im Gedächtnis behalten hat, verleiht ihr Gewicht.«

»Ihre Logik besteht also darin, immer die diskreditierendste Version als zutreffend zu akzeptieren.«

»Warum sollte Cinnamon lügen? Was hatte er denn zu gewinnen?«

»Wer weiß? Aber er behauptet, daß Freeth zum Schatzamt und nicht zur Bibliothek rannte?« Mir fiel ein, daß Stonex die Aussage von Pepperdines Augenzeugen deshalb als unrichtig verwarf, weil man die Bibliothek vom Fenster seines Eßzimmers aus nicht sehen konnte.

»Der damalige Amtssitz des Schatzmeisters ist heute Teil der Bibliothek. Er war so stark beschädigt, daß der Schatzmeister in ein anderes Gebäude zog.«

Dann konnte Pepperdines Augenzeuge vielleicht doch recht gehabt haben! Einer Eingebung folgend, fragte ich: »War Cinnamon vielleicht der Kantor?«

»Ja, das war er. Halten Sie diesen Umstand für wichtig?«

»Möglicherweise ja.« Ich hatte eine Theorie entwickelt, was sich vielleicht wirklich ereignet haben mochte, indem ich versucht hatte, mir die Intrigen am Domkapitel jener Zeit dadurch verständlich zu machen, daß ich mir vor Augen führte, wie Ressentiments und Mißverständnisse innerhalb meines eigenen Colleges – ebenfalls einer geschlossenen Gruppe von Männern mit weitgehend abstrakten Interessen – über Jahre hinweg geschwärt hatten.

In diesem Augenblick schlug die Uhr der Kathedrale die Stunde, und Dr. Locard erhob sich. »Leider muß ich mich jetzt um meine Amtsgeschäfte kümmern.« Bevor er die Treppe hinunterging, wandte er sich noch einmal um. »Ich hoffe, daß Ihre Zeugenaussage die Geschworenen nicht daran hindern wird, die Wahrheit zu erkennen, nämlich daß Perkins das Haus bei seiner Suche nach dem Testament in ein solches Chaos verwandelt hat.«

»Ich muß genau das beschreiben, was ich gesehen habe, Dr. Locard. Das ist meine Pflicht als Zeuge.«

Er zögerte und sagte dann: »Soviel ich weiß, unterstützt Fickling Ihre Aussage nicht?«

»Ihm ist die Unordnung etwas weniger aufgefallen als mir; nichts weiter.«

»Dennoch, meinen Sie nicht, daß es peinlich wäre, wenn Sie sich vor Gericht gegenseitig widersprechen würden?« Er verabschiedete sich mit einem letzten »Guten Morgen« und stieg die Treppe hinunter.

Während seine Schritte in dem alten Gebäude verhallten, saß ich da und starrte auf das Manuskript. Er hatte mich aller Freude daran beraubt, und das nahm ich ihm übel. Ich war auch erbittert darüber, daß er mich mit seinem überlegenen Wissen und seinen Einsichten in die Burgoyne-Affäre geärgert hatte. Außerdem hatte ich das Gefühl, daß er mich hatte zappeln lassen wie einen Fisch an der Angel. Welche Bedeutung kam dem Tod des Jungen zu, der in der gleichen Nacht gestorben war wie Burgoyne? Bestand ein Zusammenhang zwischen den beiden Todesfällen, und wenn ja, welcher? Ich konnte mir nicht erklären, was der Bibliothekar hatte andeuten wollen. Auch das Bild des Dekans, der ein Gebäude seines eigenen Domplatzes in Brand steckte und nur wenige Augenblicke vor seinem Tod in eine Rauferei mit einem anderen Domherrn verwickelt war, verfolgte mich. Wenn all das tatsächlich geschehen war, was mochte dann wohl dahinterstecken?

Wenn ich rechtzeitig zur gerichtlichen Untersuchung kommen wollte, mußte ich jetzt zum Essen gehen. Als ich die Bibliothek verließ und über den Domplatz blickte, konnte ich das neue Dekanat erkennen. Pepperdines Zeuge hatte also recht gehabt, und seine Version der Ereignisse durfte nicht unberücksichtigt bleiben. Ich ging in mein gewohntes Wirtshaus und dachte darüber nach, wie seltsam es war, daß ich Essen und Bedienung kaum zumutbar gefunden hatte und dennoch immer wieder dorthin zurückkehrte. Vermutlich zog ich ein bekanntes Übel der Gefahr vor, es könnte mich woanders noch Schlimmeres erwarten. Ich fragte mich auch, wo Austin wohl war und inwieweit er von den Auseinandersetzungen innerhalb des Domkapitels betroffen war.

Beim Essen dachte ich darüber nach, wie sehr Cinnamon als für die Musik verantwortlicher Domherr Freeth gehaßt haben mußte. Angenommen, daß er die Wahrheit gesagt hatte, worum hatten die Domherren dann miteinander gekämpft? Plötzlich fiel mir etwas ein, was Dr. Locard vor zwei Tagen gesagt hatte: »Der beste Beweis für eine Fälschung ist das Original, auf das sie sich stützt.« Wenn Hollingrake das Original der Schenkungsurkunde besaß, die er und Freeth gefälscht hatten, um Burgoyne daran zu hindern, die Chorschule aufzulösen, dann hatte er eine enorme Macht über den Dekan. Bestimmt hatte er es in seinem Amtssitz aufbewahrt. War es möglich, daß Freeth, als er die Soldaten in das Schatzamt eindringen sah, die Gelegenheit beim Schopf packen wollte, um sich von der Erpressung zu befreien, indem er versuchte, das Original der Schenkungsurkunde zu vernichten und die Zerstörung den plündernden Soldaten in die Schuhe zu schieben?«

Ich zahlte meine Rechnung und machte mich auf den Weg zur Zunfthalle.

Freitag nachmittag

Ich wurde in einen großen, zugigen, mit schwarzem Eichenholz getäfelten Saal gewiesen, der an diesem dunklen Nachmittag nur spärlich mit einigen Gaslampen beleuchtet war. An den Wänden hingen riesige Ölgemälde von früheren Bürgermeistern – ziemlich lächerlich in die Uniform der örtlichen, berittenen Miliz gekleidet, oder, noch grotesker, hoch zu Roß.

Ich war absichtlich relativ spät gekommen. Eine Reihe von Leuten saß bereits auf den Bänken im vorderen Teil des Saales, darunter auch Sergeant Adams und Major Antrobus. Ich fand hinter ihnen einen freien Platz und hoffte, daß sie mich nicht bemerken würden. Ein paar Minuten vor Beginn der Verhandlung erschien Austin mit Slattery. Sie sahen mich offensichtlich nicht und setzten sich auf die andere Seite des Ganges. Kurz darauf wurden die Geschworenen, bestehend aus fünfzehn förmlich gekleideten Männern, von einem Bediensteten hereingeführt und in ihre Geschworenenbank gewiesen. Und dann erschien der Untersuchungsbeamte, der Coroner, und setzte sich auf seinen Platz vor den Zuhörern. Er war ein kleiner Mann mit feinem Gesicht und rosiger Haut, der einige Jahre älter zu sein schien als ich. In diesem Augenblick kam Dr. Locard in den Saal geeilt, begleitet von einem kahlköpfigen Mann von etwa fünfzig Jahren. Er entdeckte mich, lächelte und setzte sich zu meiner Überraschung neben mich, während sein Begleiter auf seiner anderen Seite Platz nahm.

»Das ist Mr. Thorrold«, flüsterte er, »der Anwalt des verstorbenen Mr. Stonex.«

Wir reichten uns über Dr. Locard hinweg die Hand, hatten aber keine Zeit mehr, noch etwas zu sagen, bevor die Verhandlung begann. Ich wunderte mich zunächst, daß Dr. Locard in Begleitung des Rechtsanwalts des Ermordeten gekommen war, bis mir einfiel, was Quitregard mir über das Interesse des alten Herrn an der Chorschule erzählt hatte.

Der Coroner erklärte, daß er und die Geschworenen am Vormittag in der Leichenhalle gewesen seien, um den Toten in Augenschein zu nehmen, sowie im neuen Dekanat, um den Tatort zu inspizieren. Die Identifizierung des Toten sei in seiner Gegenwart und in Anwesenheit der Geschworenen von dem ersten Angestellten des Verstorbenen, Mr. Alfred Wattam, vorgenommen worden. Dr. Carpenter wolle noch an diesem Nachmittag seine Aussage zur Todesursache machen. Er sei jedoch leider zu einem dringenden Fall gerufen worden und könne deshalb erst später in den Zeugenstand gerufen werden.

Als erster Zeuge trat Major Antrobus auf. Er stand selbstbewußt im Zeugenstand, die großen Hände auf das Geländer gelegt.

»Herr Major, was fanden Sie vor, als Sie das Haus des Verstorbenen betraten?« fragte der Untersuchungsbeamte.

»Es war durchsucht worden, und ich war mir auf der Stelle darüber im klaren, daß es sich um einen Raubmord handeln mußte. Die Aussage der beiden Herren, die bei Mr. Stonex zum Tee eingeladen waren, bewies, daß das Verbrechen in der halben Stunde vor sechs Uhr begangen worden war. Die beiden Zeugen berichteten, sie hätten gehört, daß der Kellner Perkins an die Vordertür klopfte, als sie das Haus gerade durch die Hintertür verlassen wollten, und zwar um halb sechs, also genau zu der Zeit, zu der Perkins auf Anweisung des Verstorbenen einen Krug Bier bringen sollte. Ich schickte deshalb zwei Beamte los, um Perkins zu holen. Als ich ihn später vernahm, leugnete er jede

Kenntnis von dem Verbrechen. Er sagte, er sei wie gewöhnlich um vier Uhr zu Mr. Stonex gekommen und habe einen Zettel an der Vordertür vorgefunden, auf dem geschrieben stand, er solle eintreten. Dann habe er festgestellt, das die Tür nicht verschlossen war – etwas, das noch nie vorgekommen war. Aber er sagte, daß er seine Aufgabe in gewohnter Weise erfüllt habe. Er habe das Abendessen auf den Tisch gestellt, das schmutzige Geschirr vom Vortag abgeräumt und sei dann wieder gegangen. Und er bestritt, um halb sechs wiedergekommen zu sein.

»Hat er etwas davon gesagt, daß der Verstorbene ihn angewiesen habe, noch einmal zu kommen?«

»Das leugnete er. Aber später am Abend meldete sich ein Zeuge, der angab, er habe ihn genau um halb sechs an der Vordertür des Hauses gesehen.«

»Ist dieser Zeuge heute anwesend?«

»Ja. Er ist der Leiter der Chorschule der Kathedrale, Mr. Appleton.«

»Haben Sie Perkins mit dem Beweis, daß er gelogen hat, konfrontiert?«

»Das habe ich, und daraufhin erzählte er eine ganz andere Geschichte, wobei er zugab, daß er um halb sechs dort war.«

»Um Bier zu bringen?«

»Nein. Er behauptete, der alte Herr habe ihm eine Nachricht hinterlassen, daß er noch einmal kommen und sich weitere Instruktionen holen solle. Daraufhin ging ich zu Perkins nach Hause – es war inzwischen fast Mitternacht – und fand ein Päckchen, das in einem Schrank versteckt war.«

»Ist es dieses hier?« Der Coroner deutete auf ein in braunes Packpapier gewickeltes Päckchen, das vor ihm auf dem Tisch lag.

»Ja. Es wurde geöffnet, und wir stellten fest, daß es Banknoten im Wert von zwanzig Pfund enthielt. Die Banknoten waren mit Blut verschmiert.«

Die Geschworenen und die Zuhörer schnappten nach Luft

und reckten die Hälse, um den entsetzlichen Gegenstand besser sehen zu können.

»Wie erklärte Perkins das?«

»Er änderte seine Geschichte noch einmal ab. Er sagte, als er das Abendessen des alten Herrn am Nachmittag abgeliefert habe, habe er das Päckchen auf dem Tisch in der Wohnküche vorgefunden, und daneben eine Nachricht.«

»Was für eine Nachricht?« fragte der Coroner mit sarkastischem Lächeln.

Der Major warf einen Blick in sein Notizbuch. »Ich habe mir den Wortlaut genau aufgeschrieben. Die Nachricht, behauptete er, habe gelautet: ›Ich habe zu tun und möchte nicht gestört werden. Hinterlassen Sie mein Abendessen wie gewöhnlich. Hier ist ein Päckchen für Sie. Behalten Sie es bei sich, und sagen Sie niemandem etwas davon. Wenn heute nachmittag ein Mann zu Ihnen kommt und danach fragt, geben Sie es ihm. Wenn er nicht kommt, bringen Sie es mir heute abend genau um halb sechs zurück. Dann bekommen Sie eine Belohnung.‹«

»Was haben Sie veranlaßt?«

»Ich habe ihn verhaftet und Anklage wegen Mordes erhoben.«

»Ist es möglich, daß er wieder gegangen ist, ohne den Mord begangen zu haben, und daß in der verbleibenden halben Stunde jemand anders die Tat begangen hat?«

»Das ist vollkommen unmöglich, wenn man bedenkt, daß der Verstorbene solche Angst hatte, beraubt zu werden, daß er die Tür nur zu ganz bestimmten Zeiten öffnete, wenn er jemanden erwartete. Deshalb kann ich mit Sicherheit behaupten, daß er seinen Mörder selbst ins Haus gelassen hat.«

»Hätte jemand anderes sich einen Schlüssel verschaffen können?«

»Nein, Mr. Attard. Er besaß für jede der beiden Haustüren nur einen Schlüssel, er trug sie immer an einem Ring bei sich.«

»Ist dieser Schlüsselbund gefunden worden?«

»Er wurde nicht gefunden, aber mein Sergeant läßt zur Zeit bei Perkins eine gründliche Haussuchung vornehmen, weil feststeht, daß der Mörder die Schlüssel mitgenommen hat.«

»Woher wissen Sie das?«

»Weil sowohl die Vorder- als auch die Hintertür des Hauses verschlossen war. Egal also, durch welche Tür er das Haus verlassen hat, er hat sie hinter sich abgesperrt.«

»Ein kaltblütiger Bursche! Wahrscheinlich wollte er die Entdeckung des Verbrechens möglichst lange hinauszögern. Ich danke Ihnen für Ihre Aussage, Major Antrobus.«

Kurz bevor der Major seine Aussage beendet hatte, war Dr. Carpenter eilig in den Saal gekommen und hatte sich hingesetzt. Jetzt betrat er den Zeugenstand und sagte aus, daß er der Hausarzt von Mr. Stonex gewesen und etwa um sieben Uhr zu ihm gerufen worden sei. Er habe die Leiche an Ort und Stelle untersucht und später am Abend noch eine vollständige Post-mortem-Untersuchung vorgenommen.

»Und was, Dr. Carpenter, haben Sie als Todesursache festgestellt?«

»Ich habe festgestellt, daß das Zungenbein gebrochen war, und bin deshalb zu dem Schluß gekommen, daß er erwürgt wurde.«

Die Zuschauer stöhnten auf. Der Coroner fragte: »Er ist also nicht infolge der Gewalteinwirkung auf Kopf und Gesicht gestorben?«

»Nein, Sir. Die Schläge wurden erst nach seinem Tod ausgeführt.«

»Sind Sie sich dessen ganz sicher?«

»In diesem Punkt besteht nicht der geringste Zweifel.«

»Auf welche Weise wurden ihm die Verletzungen im Gesicht zugefügt?«

»Ich glaube, daß ihm ein Kleidungsstück über den Kopf gelegt wurde – es wurde auch ein blutverschmierter Mantel in der Nähe gefunden – und daß dann mehrfach mit einer Axt, die ebenfalls neben dem Toten gefunden wurde, auf sein Gesicht eingeschlagen wurde.«

»Wie viele Schläge waren es?«

»Ich schätze zwischen sieben und acht. Es waren wuchtige Schläge, durch die das Nasenbein, der Oberkiefer und die Zähne vollständig zerschmettert und beide Augen ausgeschlagen wurden.«

»Wurde der Mörder dabei mit Blut bespritzt?«

»Die Person, die Mr. Stonex das Gesicht zerschmettert hat«, sagte der Doktor bedachtsam, »wurde nicht mit Blut bespritzt, weil das Opfer bereits tot war. Deshalb blieb die heftige Blutung aus, die unvermeidlich gewesen wäre, wenn der Verstorbene noch am Leben gewesen wäre. Dieser Umstand, zusammen mit der Tatsache, daß keine Blutergüsse vorhanden waren, sind mein Beweis dafür, daß der Tod bereits eingetreten war.«

»Wenn die Schläge nicht geführt wurden, um das Opfer zu töten, welchen Sinn hatten sie dann?«

»Darüber kann ich nur spekulieren. Wenn mehr Gewalt angewendet wird als nötig, um das Opfer zu töten, ist das gewöhnlich ein Hinweis, daß der Mörder ein Verwandter, ein Liebhaber oder enger Freund war.«

Das war interessant. Mr. Stonex hatte keine engen Freunde gehabt, daß er eine Geliebte gehabt hatte, war höchst unwahrscheinlich, und so begann ich über den Bruder nachzudenken. Ich war der festen Überzeugung, daß das Motiv der Schlüssel zu diesem Mordfall sein mußte, und bisher hatte es nicht den Anschein, als habe Perkins ein ausreichendes Motiv gehabt, sofern er nicht äußerst töricht einem plötzlichen Impuls folgend gehandelt hatte. Aus dem, was der Arzt gerade gesagt hatte, und der Tatsache, daß, sofern kein Testament gefunden wurde, das Erbe an den nächsten Verwandten fiel, mußte man schließen, daß der Mörder in dieser Richtung zu suchen war.

»Um wieviel Uhr ist der Tod eingetreten?« wollte der Coroner wissen.

»Um sieben Uhr, als ich den Toten untersuchte, war Mr. Stonex seit mindestens zwei Stunden tot, wahrscheinlich sogar seit drei.«

Ich beugte mich auf meinem Sitz nach vorn. Ich war von der Professionalität des jungen Arztes – wenn auch nicht von seinen Manieren – sehr beeindruckt gewesen, aber das war ja nun ganz offensichtlich Unsinn. Der Coroner schien meine Meinung zu teilen. »Seit zwei oder sogar drei Stunden tot? Das ist absolut unmöglich.«

Dr. Carpenter antwortete ruhig: »Dennoch habe ich durch einfaches Abtasten festgestellt, daß der Tod etwa um vier Uhr eingetreten ist. Ich habe mich bei dieser Feststellung auf die Experimente gestützt, die vor einigen Jahren von zwei sehr angesehenen Ärzten am Guy's Hospital durchgeführt wurden.«

»Das ist vollkommen absurd!« rief der Coroner aus. »Um halb sechs haben noch zwei Männer den Verstorbenen gesehen und mit ihm gesprochen.«

»Ich kann nur berichten, was ich beobachtet habe«, entgegnete der Doktor ruhig. »Meine Einschätzung wurde durch die Autopsie bestätigt, die ich spät in der Nacht noch durchgeführt habe. Die Totenstarre setzte gegen zehn Uhr ein, was darauf schließen läßt, daß der Tod um oder kurz vor vier Uhr eingetreten ist.«

»Wollen Sie etwa behaupten, daß der alte Herr, mit dem Dr. Courtine und Mr. Fickling Tee getrunken haben, ein Gespenst war?« Der junge Arzt schwieg und starrte ihn verdrossen und, wie mir schien, arrogant an, während die Zuhörer kicherten. Als wieder Ruhe herrschte, fragte der Coroner: »Wann und wo haben Sie Ihr Examen gemacht, Dr. Carpenter?«

»Vor zwei Jahren im St. Thomas.«

»Und wie viele Ermordete haben Sie in der Zwischenzeit gesehen?«

»Zwei.«

»War einer davon erwürgt worden?«

»Nein, den einen hat man erstochen und den anderen erschossen. Aber als Student hatte ich das Glück, sechs Monate lang als Famulus mit Dr. Tallentire unterwegs zu sein, der ständig von Scotland Yard konsultiert wurde. In dieser Zeit habe ich eine Menge über Gerichtsmedizin gelernt.«

»Als Student?« fragte Mr. Attard sarkastisch. Ohne eine Antwort abzuwarten, fuhr er fort: »Ich danke Ihnen für Ihre Aussage, Dr. Carpenter.«

Mit rotem Kopf ging der junge Mann zu seinem Platz zurück.

Als nächsten Zeugen rief der Coroner Mr. Thorrold auf. Er erhob sich, trat in den Zeugenstand und wurde vereidigt. Er erklärte, daß er der Rechtsanwalt des Verstorbenen gewesen sei und vor etwa zwanzig Jahren für ihn sein Testament abgefaßt habe. Laut diesem Testament sollte sein gesamtes Vermögen an die Stiftung der Kathedrale von Thurchester gehen, zur Verwendung für die Chorschule der Kathedrale, die er selbst als Junge besucht hatte.

»Ist das Testament gefunden worden?«

»Nein.«

»Wer hat es aufbewahrt?«

»Der Verstorbene selbst. Er hatte es normalerweise in seinem Schließfach in der Bank, aber kürzlich erwähnte er, daß er noch einen Nachtrag hinzufügen wolle und hat es vermutlich mit nach Hause genommen, um in Ruhe darüber nachzudenken. Sowohl in der Bank als auch in seinem Haus wurde danach gesucht. Ich muß allerdings hinzufügen, daß mein verstorbener Klient die Angewohnheit hatte, Dinge an den erstaunlichsten Orten zu verstecken, und deshalb wird die Suche auch noch fortgesetzt.«

»Was geschieht mit dem Vermögen, wenn das Testament nicht auftaucht?«

»Wenn das Nachlaßgericht erklärt, daß Mr. Stonex kein Testament hinterlassen hat, sind seine nächsten Verwandten die Erben.«

»Und was weiß man von den Verwandten?«

»Soweit bekannt, hatte er nur eine Schwester. Sie wäre die Erbin, oder, für den Fall, daß sie selbst bereits verstorben sein sollte, ihre Nachkommen.«

Ich war überrascht, daß Mr. Thorrold nichts davon sagte, daß der alte Herr auch einen Bruder gehabt hatte. War es möglich, daß seine Existenz vollkommen in Vergessenheit geraten war? Auch Quitregard hatte ja noch nie etwas von ihm gehört.

»Weiß man etwas über sie?«

»Sie hat Thurchester schon in sehr jungen Jahren verlassen, und, soviel ich weiß, hat man seit über dreißig Jahren nichts mehr von ihr gehört. Mr. Stonex hat sie in meiner Gegenwart nur ein einziges Mal vor etwa acht Jahren erwähnt, als er mir sagte, daß sie ihren Sohn zu ihm geschickt habe, um ihm, wie er sich ausdrückte, ›Geld aus der Nase zu ziehen‹. Ich hatte den Eindruck, daß er sich geweigert hatte, den Wünschen seines Neffen zu entsprechen, und er kam auf die Angelegenheit mir gegenüber nie wieder zu sprechen.«

Der Untersuchungsbeamte dankte förmlich für die Aussage und Mr. Thorrold kehrte auf seinen Platz bei mir und Dr. Locard zurück. Als nächster wurde der Sergeant aufgerufen. Während er zum Zeugenstand ging, dachte ich über all das nach, was ich soeben erfahren hatte. Ich fand die Hypothese zunehmend überzeugend, daß der Mörder – sofern nicht Perkins der Täter war – jemand gewesen sein mußte, der mit dem Opfer nahe verwandt war und somit sein Vermögen erben würde, falls Stonex ohne Testament verstorben war.

»Haben Sie die Schlüssel im Haus von Perkins gefunden, Sergeant?«

»Nein, Sir.«

»Er hat sie vermutlich weggeworfen, nachdem er das Haus verlassen hatte, weil sie einen unwiderlegbaren Beweis seiner Schuld dargestellt hätten.«

»Falls er schuldig ist«, erwiderte der Sergeant ruhig.

Unter den Zuschauern und den Geschworenen erhob sich ein Gemurmel.

»Haben Sie Grund zu der Annahme, daß er nicht schuldig sein könnte, Sergeant?«

»Es gibt da so einiges, was nicht zusammenpaßt, Sir. Der Verstorbene hatte vor seinem Todestag noch nie Gäste zu sich nach Hause eingeladen. Ferner berichtete Dr. Courtine, daß jemand das Haus offensichtlich bereits gründlich durchwühlt hatte, als er und Mr. Fickling dort ankamen. Außerdem erzählte er mir, daß Mr. Stonex sehr genau auf die Uhrzeit geachtet habe. All das läßt darauf schließen, daß mehr an diesem Fall dran ist, als man auf den ersten Blick meint, und ich halte es deshalb für möglich, daß der alte Herr einen Gast erwartete und daß er nach etwas suchte, was diese Person benötigte.«

Was der Sergeant da andeutete, wies genau in die gleiche Richtung, in die meine eigenen Überlegungen sich bewegten. Während unseres Besuches war der alte Herr unnatürlich vergnügt und angeregt gewesen, und der Grund dafür konnte durchaus sein, daß er einen wichtigen Besucher erwartet hatte. Und plötzlich kam mir der Gedanke, daß er vielleicht nach seinem Testament gesucht und nur vorgegeben hatte, es ginge um den Augenzeugenbericht von der Ermordung des Dekans Freeth. Aber warum dann die Eile? Und wie seltsam, daß er sich nicht mehr daran erinnern konnte, wo er es aufbewahrt hatte.

Der Coroner zeigte sich unbeeindruckt. »Das ist eine sehr dürftige Begründung, Sergeant.«

»Da wäre noch etwas, Sir. Mr. Stonex hat die Einladung zum Tee sehr kurzfristig vorverlegt. Eigentlich sollte sie erst heute stattfinden. Es ist möglich, daß er den Termin wegen seines Besuchers geändert hat.«

»Womit hat er die Änderung begründet?«

»Mr. Fickling und er trafen sich zufällig am Mittwoch abend, und Mr. Stonex begründete die Terminverschiebung damit, daß die Feier zur Wiedereinweihung der Orgel abgesagt worden sei.«

»Das ist sehr seltsam«, murmelte ich vor mich hin, bevor ich mir dessen bewußt war.

»Wie bitte?« fragte Dr. Locard leise.

»Entschuldigen Sie«, flüsterte ich zurück. »Ich wollte das eigentlich nicht laut sagen.« Austin mußte vollkommen verwirrt sein. Es paßte zu seinem Betragen während der letzten Tage und ließ sich vielleicht als Zerstreutheit eines hoffnungslos verliebten Mannes erklären. Aber ich konnte die Augen nicht länger vor der Erkenntnis verschließen, daß manche Aspekte seines Verhaltens angesichts dessen, was passiert war, sehr beunruhigend waren. So hatte er zum Beispiel, als wir um halb fünf zum neuen Dekanat unterwegs waren, plötzlich behauptet, der alte Herr sei noch nicht bereit, uns zu empfangen, obwohl wir genau zum vereinbarten Zeitpunkt angekommen waren. Und dann die Tatsache, daß er angab, nicht bemerkt zu haben, daß das Haus vor unserer Ankunft auf den Kopf gestellt worden war. Das war eindeutig mehr als nur Geistesabwesenheit.

»Dann ist da noch der seltsame Umstand«, fuhr der Sergeant fort, »daß die Hausbedienstete, Mrs. Bubbosh, erklärt, daß sie den Tee nicht vorbereitet und nichts von der Einladung gewußt habe. Das hat mich dazu bewogen nachzuforschen, wo Mr. Stonex die angebotenen Lebensmittel gekauft hat. Ich habe mich bei sämtlichen Bäckereien der Stadt erkundigt, und bei keiner hatte Mr. Stonex die Kuchen gekauft, die er seinen Gästen anbot.«

»Ich verstehe nicht, warum das so wichtig sein soll.«

»Es bestätigt meinen Verdacht, daß irgend etwas nicht stimmt, daß Mr. Stonex Vorkehrungen getroffen hat, um zu verheimlichen, was er tat.«

»Wollen Sie etwa behaupten, daß er die Kuchen selbst gebacken hat?« Aus der Zuhörerschaft tönte unterdrücktes Gelächter. »Das sind alles Spekulationen, Sergeant, ohne den geringsten Beweis.«

»Bei allem Respekt, Sir, aber das ist die Annahme, daß Perkins den alten Herrn getötet hat, auch.«

»Wenn es nicht Perkins war, haben Sie vielleicht einen Vorschlag, wer es sonst gewesen sein könnte?«

Die Zuhörer schienen allesamt den Atem anzuhalten. Das Gesicht des Sergeanten arbeitete, wobei er den Blick langsam über die Anwesenden gleiten ließ. »Nein, Sir, ich habe keinen«, sagte er endlich.

»Dann brauchen wir wohl auch keine Zeit mehr damit zu vergeuden, die Augen vor dem Offensichtlichen zu verschließen«, beendete der Untersuchungsbeamte die Befragung des Sergeanten.

Es ging mir durch den Kopf, ob Sergeant Adams wohl etwas von der Existenz eines Bruders wußte und ob er die gleichen Überlegungen angestellt hatte wie ich: Der Besucher, bei dem es sich um den mysteriösen Bruder handeln mußte, war sowohl der Grund für die Suche des Opfers nach seinem Testament als auch für das Verschwinden des Dokuments. Und das zerschmetterte Gesicht des Opfers ließ darauf schließen, daß von jemandem getötet worden war, mit dem er eng verbunden gewesen war. Und doch war so manches noch immer ein Rätsel. Warum hatte der alte Herr nach seinem Testament gesucht? Hatte er seinem Bruder zeigen wollen, daß er sein ganzes Vermögen der Stiftung hinterlassen wollte? War sein Bruder daraufhin in Wut geraten, hatte ihn erwürgt und ihm dann grundlos das Gesicht zerschmettert? Und dann das Testament an sich genommen? Und war für das alles zwischen halb sechs und sechs überhaupt genügend Zeit gewesen?

Oder vielleicht hatte Mr. Stonex ja gerade deshalb nach seinem Testament gesucht, weil er sich vor seinem Bruder fürchtete, der ja wußte, daß er sein Vermögen erben würde, wenn bei seinem Tod kein Testament gefunden würde, und er hatte es an einen sicheren Ort bringen wollen. Ob er es dann vielleicht anderswo versteckt hatte, bevor sein Mörder ins Haus kam?

Der nächste, der in den Zeugenstand gerufen wurde, war Mr. Appleton, ein großer, magerer, gebeugter Mann mit einem langen, angespannten Gesicht, der bestätigte, daß er Perkins um kurz nach halb sechs an der Tür zum Haus des Opfers gesehen habe.

»Warum sind Sie so sicher, daß es kurz vor halb sechs war?« fragte ihn der Coroner.

»Das ist ganz einfach: Ich kam von der Kathedrale, wo der Abendgottesdienst um fünf Uhr angefangen hatte. Unmittelbar vor Beginn des Gottesdienstes hatte mir der Chorleiter gesagt, daß ein bestimmter Chorknabe nicht erschienen sei. Es handelte sich um einen Jungen, der schon öfter die Schule geschwänzt hatte. Als ich ihn nirgends finden konnte, ging ich zum neuen Dekanat.«

»Warum das?«

»Ich hatte erfahren, daß Mr. Stonex sich irgendwie mit ihm angefreundet hatte, und fragte mich natürlich, was für ein Interesse so ein alter Herr an dem Jungen haben könnte.« Aus der Zuhörerschaft tönte wieder Gemurmel. Mr. Appleton fuhr fort: »Ich hielt es für meine Pflicht, mich um die Angelegenheit zu kümmern. Ich begab mich über den Domplatz zum neuen Dekanat, und als ich an der Rückseite des Hauses vorbeikam, traf ich eine alte Frau und fragte sie, ob sie einen Jungen in der Uniform der Chorschule gesehen habe. Sie sagte, daß ihr vor ein oder zwei Minuten ein Chorknabe aufgefallen sei, als sie an der Vordertür des Hauses vorbeiging. Also begab ich mich dorthin. Den Jungen fand ich zwar nicht, aber ich sah, daß der Kellner vom ›Angel Inn‹ – der Mann, von dem ich inzwischen weiß, daß er der Anklagte Perkins ist – vor der Tür stand und klopfte. Ich warf einen Blick auf meine Uhr, weil ich noch vor dem Ende des Gottesdienstes, um etwa zwanzig Minuten vor sechs, wieder in der Kathedrale sein wollte, um mit dem Chorleiter zu reden, bevor er nach Hause ging. Mir wurde klar, daß ich nur noch vier Minuten Zeit hatte.«

»Das war also genau um vierundzwanzig Minuten vor sechs?«
»Ganz genau.«

»Wer war die alte Frau? Ist sie als Zeugin vorgeladen worden?«

»Ich habe sie weder vorher noch nachher je gesehen und kann deshalb keine Angaben zu ihrer Identität machen.«

»Danke, Mr. Appleton.«

Nun wurde der Gefangene Perkins von zwei Polizisten in den Zeugenstand geführt, die während des ganzen Verhörs neben ihm stehen blieben.

»Ich lasse Sie erst jetzt Ihre Aussage machen, weil ich Ihnen Gelegenheit geben wollte zu hören, was gegen Sie vorgebracht wird, und alles aufzuklären, wenn Sie können. Ich muß Ihnen aber sagen, daß es ziemlich schlecht für Sie aussieht. Dies ist keine Gerichtsverhandlung, und es geht mir momentan nur darum, herauszufinden, wie Mr. Stonex gestorben ist. Wenn aber die Geschworenen zu dem Ergebnis kommen, daß die Beweislage so ist, daß nur Sie als Täter in Frage kommen, werden Sie des Mordes angeklagt und vor Gericht gestellt. Haben Sie das verstanden?«

»Ja, Sir.«

»Wenn Sie alles aufklären können, indem Sie jetzt die Wahrheit sagen, dann ist das um so besser für Sie, denn ich muß Ihnen sagen, daß die Art und Weise, wie Sie Ihre Geschichte ständig verändert haben, Sie ganz besonders verdächtig macht. Ich möchte jetzt mit dem Zeitpunkt beginnen, zu dem Sie das Abendessen für den alten Herrn abgeliefert haben. Sie haben dem Major erzählt, daß Sie eine Nachricht von Mr. Stonex vorgefunden hätten, in der von einem Päckchen die Rede war, das später in Ihrem Haus versteckt gefunden wurde. Halten Sie an dieser Aussage fest?«

»Ja, so war es. Aber das Päckchen war nicht versteckt, ich hatte es bloß sicherheitshalber in den Schrank gelegt, und ich habe es nicht aufgemacht und weiß auch nichts von dem Blut.«

»Erzählen Sie den Geschworenen, was geschah, als Sie um vier Uhr zum neuen Dekanat gingen.«

»Das erste, was komisch war, war, daß er nicht aufgemacht

hat, als ich an die Tür klopfte. An der Tür hing ein Zettel, auf dem stand: ›Kommen Sie rein.‹ Ich probierte also an der Tür, und sie war tatsächlich nicht abgeschlossen. Ich war sehr erstaunt, weil das noch nie passiert war. Er achtete sonst immer sehr darauf, daß alle Türen versperrt waren, der Mr. Stonex.«

»Also sind Sie hineingegangen. Was geschah dann?«

»Ich habe das Essen auf den Tisch gestellt, wie immer. Und dann habe ich die Nachricht gesehen.«

»Aha, die berühmte Nachricht. Jetzt wollen wir einmal folgendes klarstellen: Als Sie zum ersten Mal vernommen wurden, sagten Sie nichts von dieser Nachricht und leugneten, um halb sechs dort gewesen zu sein. Dann, nachdem Mr. Appleton der Polizei mitgeteilt hatte, daß er Sie zu dieser Zeit an der Vordertür gesehen hatte, gaben Sie zu, wiedergekommen zu sein, und zwar wegen einer Nachricht, die Sie um vier Uhr dort gefunden hätten, sagten aber noch nichts von dem Päckchen. Nachdem Ihr Haus durchsucht und das Päckchen gefunden wurde, gaben Sie dann zu, daß Sie es mitgenommen hatten, behaupteten aber, sie hätten das nur getan, weil Sie in der Nachricht dazu aufgefordert wurden. Habe ich die Tatsachen korrekt wiedergegeben?«

»Ja, Sir. Es war sehr dumm und falsch von mir, nicht sofort die ganze Wahrheit zu sagen, aber ich hatte Angst, daß mir niemand glauben würde. Es sah alles so schrecklich aus.«

»Alles hängt nun von dieser Nachricht ab. Haben Sie sie dabei?«

Er schnappte nach Luft. »Ob ich sie dabei habe?«

»Ja, Mann. Ist diese berühmte Nachricht in Ihrem Besitz? Haben Sie sie mitgenommen, als Sie das Haus verließen?«

»Nein, Sir. Wie hätte ich das denn sollen?«

»Haben Sie nicht daran gedacht, die Nachricht als Nachweis mitzunehmen, weshalb Sie das Eigentum des alten Herrn an sich genommen haben?«

»Das konnte ich nicht, Sir. Sie war mit Kreide auf eine Schultafel geschrieben.«

»Ja, so was! Mit Kreide auf eine Schultafel geschrieben? War Mr. Stonex gerade dabei, lesen und schreiben zu lernen?«

Die Geschworenen und die Zuschauer lachten, aber ich lachte nicht. Plötzlich war mir etwas eingefallen, das mir bis zu diesem Augenblick gänzlich entfallen war. Als wir gerade begonnen hatten, unseren Tee zu trinken, hatte unser Gastgeber geistesabwesend eine Nachricht von einer Tafel gewischt, die auf der Anrichte gelegen hatte. War dann vielleicht auch alles andere wahr, was Perkins aussagte?

Alle Teile des Puzzles lagen vor mir ausgebreitet, aber ich konnte sie nicht zu einem Bild zusammenfügen. Bis zu diesem Augenblick hatte ich über die Rolle des unbekannten Bruders nachgedacht, aber die Schlüsse, zu denen ich gekommen war, erklärten die Bedeutung der Nachricht und des Päckchens nicht. Beides erweckte fast den Eindruck, als habe Mr. Stonex Perkins selbst eine Falle gestellt. Und wenn ich an die kaltblütige Rechtfertigung für einen Mord dachte, die der alte Herr vorgebracht hatte, bevor wir das Haus verließen, hielt ich ihn dazu sogar für fähig. Aber er war ja selbst ermordet worden, und derjenige, der ihn umgebracht hatte, hatte ihn so sehr gehaßt, daß er sein Gesicht bis zur Unkenntlichkeit entstellt hatte.

Bis zur Unkenntlichkeit! Plötzlich nahm eine erstaunliche Hypothese in meinem Kopf Gestalt an. Diese Hypothese erklärte das zerschmetterte Gesicht des Opfers als Folge von brüderlichem Haß. Und sie erklärte auch Art und Zweck der Falle, in die Perkins gelockt worden war. Außerdem wurde dadurch klar, warum es so wichtig gewesen war, daß das Testament gefunden wurde – denn ich war mir jetzt ganz sicher, daß es das Testament gewesen war, nach dem Mr. Stonex gesucht hatte.

Der Coroner fuhr mit unverhohlener Verachtung fort: »Die Wahrheit ist also, daß Sie um halb sechs zum Haus von Mr. Stonex zurückgekehrt sind?«

»Ja, Sir. Aber obwohl ich immer wieder geklopft habe, hat mir niemand aufgemacht, und diesmal war die Tür auch verschlossen. Also nahm ich das Päckchen wieder mit nach Hause. Als ich dann hörte, daß der alte Herr ermordet worden war, wollte ich nichts sagen, weil ich solche Angst hatte. Aber ich habe das Päckchen nicht versteckt. Ich habe es nur an einen sicheren Ort in der Küche gelegt.«

»Wo waren Sie in dem Zeitraum, nachdem Sie das Haus wieder verlassen hatten, und zehn Minuten nach sechs?«

»Ich bin sofort heimgegangen, Sir. Ich war bei meiner Frau, und das wird sie Ihnen auch bestätigen, wenn Sie sie danach fragen.«

»Davon bin ich überzeugt. Und wenn wir schon von Ihrer Frau sprechen: Wie lange sind Sie denn schon verheiratet?«

»Seit fast vier Jahren, Sir.«

»Wie viele Kinder haben Sie?«

»Vier.«

»Sie müssen dringend Geld brauchen.«

»Die Zeiten sind schwer, Sir.«

»Wie lange haben Sie Mr. Stonex schon sein Essen gebracht?«

»Seit einem Jahr, Sir.«

»Haben Sie gehört, daß er reich war?«

»Ja, Sir.«

»Kennen Sie diese Frau, Mrs. Bubbosh?«

»Jeder kennt Tante Meggie, Sir.«

»Haben Sie mit ihr über Mr. Stonex gesprochen?«

»Wir haben davon gesprochen, was für seltsame Angewohnheiten er hat, Sir.«

»Und haben Sie darüber geredet, wie sie Ihnen helfen könnte, ins Haus zu gelangen, damit Sie den alten Herrn ausrauben konnten?«

»Nein, Sir.«

»Schafft ihn weg, Leute«, sagte der Coroner, als habe er es plötzlich satt, mit dem Mann zu reden.

Ich war der nächste, der aufgerufen wurde, und als ich zum Zeugenstand ging, schenkte mir Slattery sein charmantestes Lächeln, während Austin mich unglücklich und mit blassem Gesicht anstarrte.

Nachdem ich einige Fragen beantwortet hatte und der Coroner sich bei mir bedankte, sagte ich: »Mit Ihrer gütigen Erlaubnis, Mr. Attard: Ich glaube, ich kann eine Hypothese vorbringen, die die rätselhaftesten Aspekte dieses Falles erklären würde.«

Der Coroner sah mich überrascht an, erwiderte jedoch sehr entgegenkommend: »Die Geschworenen und ich wären sehr dankbar für die Unterstützung eines Gelehrten von Ihrem Ansehen, Dr. Courtine.«

»Ich danke Ihnen, Mr. Attard. Ich glaube, daß der Sergeant recht hat mir seiner Vermutung, daß Mr. Stonex gestern nachmittag noch einen Besucher erwartet hat. Er hat mir gegenüber nämlich erwähnt, daß er als Kind im neuen Dekanat mit einem Bruder gespielt habe.«

Die Zuhörer begannen wieder zu tuscheln, und der Coroner warf ein: »Ich lebe mein ganzes Leben lang in Thurchester, und mir ist noch nie etwas zu Ohren gekommen, daß der Verstorbene einen Bruder gehabt hätte.«

»Richtig. Darum erscheint mir diese Bemerkung ja auch so wichtig, und ich bin sicher, daß Mr. Stonex auch nicht die Absicht hatte, das zu sagen; die Bemerkung muß ihm entschlüpft sein, weil er gerade an diesen Bruder gedacht hat.«

»Sie meinen also«, fragte der Coroner mit verlegenem Gesicht, »daß er einen natürlichen Bruder hatte?«

»Nein, Mr. Attard. Ich glaube, daß es sich möglicherweise um einen Halbbruder aus einer früheren heimlichen Ehe handelt. Ich könnte mir vorstellen, daß er älter war als der Verstorbene und seine Schwester.«

»Die Unregelmäßigkeiten im Privatleben des Vaters waren stadtbekannt«, meinte der Coroner ernst.

Ich nickte und dachte an das Porträt des Vaters von Mr. Stonex und an das, was der alte Herr über dessen ausschweifendes Leben erzählt hatte. »Ich habe den Verdacht, daß dieser Bruder aus einem bestimmten Grund Macht über ihn hatte und ihn in gewisser Weise erpreßte.«

»Sie vermuten, daß der Verstorbene ihn durch Betrug von der Erbschaft ausschloß?«

»Das wäre denkbar. Aber wenn der ältere Bruder wußte, daß seine Mutter noch am Leben war, als der Vater die Mutter der beiden jüngeren Kinder heiratete, hätte er nachweisen können, daß diese Ehe Bigamie und daher ungültig war. Dann hätte er einen größeren Anspruch auf das Vermögen des Vaters als die beiden anderen Kinder. Möglicherweise hat er den Verstorbenen jahrelang erpreßt. Wie dem auch immer sei, ich vermute, daß er kurzfristig seinen Besuch angekündigt und damit eine Krise ausgelöst hat.«

»Dann könnte das also der Grund sein, warum Mr. Stonex den Termin der Einladung zum Tee so plötzlich geändert hat«, meinte Mr. Attard.

»Genau. Ferner vermute ich, daß der alte Herr vor der Ankunft des Bruders unbedingt etwas finden wollte, das er verlegt hatte, und daß er den Bericht über den Mord an Dekan Freeth, den er angeblich gesucht hatte, als Ausrede benutzte, um den Umstand zu begründen, daß er gesamte Haus buchstäblich auf den Kopf gestellt hatte.«

»Diese Erklärung ist genial und klingt sehr überzeugend«, bemerkte der Coroner, und zu meiner Befriedigung hörte ich am zustimmenden Gemurmel der Zuschauer und der Geschworenen, daß sie seine Meinung teilten. Slattery lächelte mich an, und Dr. Locard beugte sich gespannt auf seinem Sitz vor.

»Ich erinnere mich noch an etwas anderes, das diese Annahme unterstützt. Kurz bevor wir gingen, schaute Mr. Stonex auch noch im Kasten seiner Großvateruhr nach. Er zog etwas heraus, ohne mich einen Blick darauf werfen zu lassen, und im nachhinein nehme ich an, daß er gefunden hatte, wonach er suchte.«

»Und was soll das Ihrer Meinung nach gewesen sein?«

»Ich vermute, sein Testament.«

Als ich diese Worte aussprach, bemerkte ich aus den Augenwinkeln, daß Dr. Locard aufgeregt mit dem Rechtsanwalt zu flüstern begann, der neben ihm saß.

»Es kommt mir sehr seltsam vor, daß er das ganze Haus auf den Kopf gestellt hat, um nach seinem eigenen Testament zu suchen.«

»Er war ein alter Mann und vielleicht ein bißchen vergeßlich geworden.«

»Aber warum war es ihm so wichtig, es zu finden?«

»Darf ich fortfahren, meine Hypothese darzulegen und alle Dinge in der richtigen Reihenfolge zu erläutern?«

»Das dürfen Sie selbstverständlich, Dr. Courtine«, erwiderte der Coroner und nickte höflich. »Wie Sie sehen, haben Sie die volle Aufmerksamkeit des Gerichts für – wenn ich so sagen darf – Ihren Sachverstand als Ermittler.«

»Vielen Dank, Mr. Attard. Um zu erklären, was meiner Meinung nach geschehen ist, muß ich auf die mit Kreide geschriebene Nachricht auf einer Kindertafel zurückkommen, die Mr. Perkins, wie er dem Major gegenüber aussagte, vorgefunden hatte. Ich kann die Wahrheit dieser Aussage bestätigen, weil ich die Tafel mit eigenen Augen gesehen habe.«

Aus dem Zuschauerraum waren Ausrufe der Überraschung zu hören.

»Haben Sie die Nachricht gelesen, Dr. Courtine?«

»Leider nicht. Ich sah nur, wie Mr. Stonex geistesabwesend einige Zeilen wegwischte. Der Grund, warum ich das nicht schon vorher erwähnt habe, ist der, daß ich diesen Zwischenfall völlig vergessen hatte und er mir erst wieder einfiel, als der Angeklagte vor einer halben Stunde davon sprach.«

»Möchten Sie damit sagen, daß Perkins Ihrer Meinung nach die Wahrheit sagt?«

»Davon bin ich überzeugt. Ich glaube, daß Mr. Stonex das Päckchen selbst verpackt und es ihm mittels der mit Kreide geschriebenen Nachricht zugespielt hat.«

»Aha!« rief der Coroner aus. »Langsam verstehe ich, worauf Sie hinauswollen. Das hat er getan, damit der Bruder – der geheimnisvolle Mann, von dem in der Nachricht die Rede war – es bei Perkins abholen konnte!«

»Nein, Mr. Attard. Warum hätte er das tun sollen? Wenn er erwartete, daß sein Bruder am späten Nachmittag kommen würde, warum hätte er ihm das Päckchen dann nicht einfach selbst geben sollen?«

»Ich kann mir seine Handlungsweise nicht erklären. Aber ich nehme an, daß Sie der Meinung sind, daß Mr. Stonex von seinem geheimnisvollen Bruder ermordet wurde.«

»Nein, dieser Meinung bin ich nicht, Mr. Attard. Ich habe eine noch seltsamere Erklärung.«

Zu meiner Befriedigung hörte ich die Zuschauer verblüfft nach Luft schnappen.

»Sie erstaunen mich, Dr. Courtine. Ich dachte, Sie hätten eine Theorie, die alles erklärt. Wenn der alte Herr von einem legitimen Bruder ermordet wurde, dann war das Motiv ja wohl ganz offensichtlich, sein Vermögen zu erben.«

»Als Historiker habe ich gelernt, dem Offensichtlichen zu mißtrauen, Mr. Attard. An diese Erklärung habe ich selbstverständlich auch gedacht, aber dadurch werden die wesentlichsten Rätsel nicht gelöst: die Tatsache, daß Mr. Stonex Perkins ein Päckchen mit blutbefleckten Banknoten mitgab, daß dem bereits toten Opfer das Gesicht sinnlos zerschmettert wurde, daß der alte Herr schon früher am Nachmittag nach etwas gesucht hatte, daß ihm die Zeit so auffällig wichtig war, daß er den Termin der Einladung zum Tee so kurzfristig verlegte. Die geheimnisvollste aller dieser Fragen ist die, warum dem Toten das Gesicht eingeschlagen wurde, und ich glaube, daß ich dafür eine Erklärung habe, durch die sich auch alle anderen Rätsel ganz von selbst lösen.« Ich hielt inne, bis vollkommene Stille im Saal herrschte – ein rhetorischer Kunstgriff, in dem ich mich während meiner Jahre als Dozent geübt hatte. »Dafür kann es nur ein Motiv geben: Die Identität des Toten sollte verschleiert werden.«

Ich beobachtete, wie die Geschworenen und die Zuschauer einander erstaunt ansahen.

»Aber der Tote wurde als Mr. Stonex identifiziert«, wandte der Coroner ein.

»Der Tote trägt jedenfalls seine Kleidung und ist ein Mann etwa seines Alters, seiner Größe und seines Aussehens. Wenn das Gesicht jedoch bis zur Unkenntlichkeit entstellt wurde, um die Identität des Toten zu verschleiern, dann folgt daraus, daß der Ermordete nicht Mr. Stonex sein kann.«

Mr. Attard starrte mich verblüfft an. Das Gemurmel der Zuhörer verstärkte sich zu einem lauten Stimmengewirr, so daß er mit seinem Hammer auf den Tisch klopfen mußte. Ich bemerkte, daß Slattery Austin am Arm packte und ihm etwas ins Ohr flüsterte.

»Aber wer, um Himmels willen, soll es denn sonst sein?«

»Wer, wenn nicht jemand von etwa dem gleichen Alter und einer ähnlichen äußeren Erscheinung: sein Bruder.«

Viele der Zuschauer schnappten nach Luft.

»Bitte fahren Sie fort, Dr. Courtine«, sagte der Coroner kopfschüttelnd. »Ich muß zugeben, daß ich nun überhaupt nicht mehr weiß, worauf Sie hinauswollen.«

»Der Bruder traf ein, nachdem Mr. Fickling und ich gegangen waren. Vermutlich kam er durch die Hintertür ins Haus, während der unglückliche Perkins an die Vordertür klopfte. Ich nehme an, daß Mr. Stonex ihn erwürgte.«

Einen Augenblick lang herrschte verblüfftes Schweigen, dann erhob sich ein Stimmengewirr. Der Coroner schlug mit dem Hammer auf den Tisch, und nach ein paar Sekunden konnte ich fortfahren. »Mr. Stonex zog dem Toten seine eigenen Kleider an und zerschmetterte ihm das Gesicht bis zur Unkenntlichkeit.«

»Aber, Dr. Courtine, ich kann mir beim besten Willen nicht vorstellen, welches Motiv er dafür gehabt haben soll.«

»Damit komme ich wieder auf das Testament zurück. Der

Grund, warum er es finden und vernichten mußte, war folgender: Er wollte verhindern, daß sein Vermögen an die Stiftung der Kathedrale fiel. Wenn kein Testament gefunden wurde, würde es an seinen nächsten Verwandten gehen.« Ich hielt triumphierend inne.

»Ich muß wohl ziemlich begriffsstutzig sein, denn ich kann Ihnen immer noch nicht folgen.«

»Wer ist sein nächster Verwandter, wenn nicht sein Bruder? Also hatte er die Absicht, die Identität seines Bruder anzunehmen und Anspruch auf das Vermögen zu erheben.«

Im Saal herrschte vollkommenes Schweigen. Einer der Zuhörer begann zu kichern, aber der Laut wurde sogleich erstickt. Mr. Attard starrte mich an. »Er soll die Absicht gehabt haben, als sein Bruder verkleidet hierher zurückzukommen?«

»Genau das«, bekräftigte ich. Schon in dem Moment, als ich das sagte, fiel mir auf, wie absurd dieser Gedanke war. Und doch ließ sich damit so vieles erklären. Ich war mir ganz sicher, daß sich in dieser Geschichte irgend jemand für einen anderen ausgab beziehungsweise ausgegeben hatte.

Ich hörte unterdrücktes Kichern aus der Zuhörerschaft.

»Und was ist mit seiner Schwester? Als seine Schwester und Blutsverwandte hat sie doch sicher den größeren Anspruch?«

»Ich nehme an, daß sie tot ist. Oder, falls der ältere Bruder den Beweis hatte, daß seine jüngeren Halbgeschwister außerehelich sind, konnte Mr. Stonex diesen Umstand benutzen, um sie von der Erbschaft auszuschließen.«

Der Coroner starrte mich ungläubig an.

In diesem Augenblick erhob sich Mr. Thorrold. »Als Testamentsvollstrecker des Verstorbenen ...«, er brach ab und lächelte mich an, »... des mutmaßlich Verstorbenen, sollte ich wohl besser sagen, da in diesem Punkt ja Zweifel angemeldet wurden, sehe ich mich veranlaßt, darauf zu bestehen, daß eindeutig geklärt wird, ob es sich bei der Leiche, die gestern gefunden wurde, um die meines verstorbenen Klienten, Mr. Stonex, handelt. Ich schlage daher vor, daß sein Hausarzt gebeten wird, sich zu diesem Punkt zu äußern.« Er setzte sich wieder.

»Genau das wollte ich gerade veranlassen, Mr. Thorrold«, sagte der Coroner leicht gekränkt. »Das erste Erfordernis bei der Aufklärung eines Mordes ist stets die Feststellung der Identität des Toten.«

Der Rechtsanwalt stand auf und verneigte sich. »Ich hatte nicht die Absicht, Ihnen vorzugreifen, Mr. Attard. Ich habe meinen Vorschlag nur unterbreitet, weil es hier um ein beträchtliches Vermögen geht.«

Der Coroner nickte ihm zu und fragte: »Ist Dr. Carpenter noch anwesend?«

Der junge Arzt erhob sich.

»Sehen Sie einen Grund, Dr. Carpenter, zu bezweifeln, daß der Tote, den Sie untersucht und an dem Sie später eine Autopsie vorgenommen haben, Mr. Stonex war?«

»Nicht den geringsten. Er war zwei Jahre lang mein Patient, und ich habe ihn wegen verschiedener Beschwerden behandelt. Bei der Autopsie erkannte ich mehrere unverwechselbare Kennzeichen wieder, zum Beispiel Narben und Verfärbungen der Haut. Die Vorstellung, daß der Tote ein Bruder von Mr. Stonex sei, ist völlig absurd. Er könnte nicht einmal ein eineiiger Zwilling sein.« Während er diese Worte sprach, sah er mich an, und als das Publikum zu lachen begann, spürte ich, wie mir das Blut ins Gesicht schoß.

»Vielen Dank, Dr. Carpenter«, sagte Mr. Attard. Er sah den Rechtsanwalt an. »Sind Sie damit zufrieden, Mr. Thorrold?«

Dieser erhob sich wieder. »In diesem Punkt voll und ganz, Coroner. Aber ich habe noch eine weitere Frage. Der gegenwärtige Zeuge hat davon gesprochen, daß er glaubt, daß das Testament des Verstorbenen aufgefunden worden sei, und ich würde Sie deshalb gern um die Erlaubnis bitten, ihm dazu eine Frage zu stellen.«

»Diese Erlaubnis haben Sie. Aber bevor Sie Ihre Frage stellen, habe ich noch eine Frage an Sie. Sie haben ausgesagt, daß die einzige Verwandte des Verstorbenen, deren Existenz bekannt ist, eine Schwester ist, die noch am Leben sein kann oder auch nicht und die möglicherweise einen Sohn hat. Was halten Sie von der Vermutung, daß der Verstorbene einen älteren Bruder oder Halbbruder gehabt haben könnte?«

Mr. Thorrold lächelte. »Davon habe ich noch nie etwas gehört. Mein Vater und mein Großvater haben bereits den Vater des verstorbenen Mr. Stonex vertreten, und ich bin mir sicher, daß sie von der Existenz eines Bruders gewußt hätten.«

»Wäre es möglich, daß ein natürlicher Sohn existiert?« fragte Mr. Attard.

Der Rechtsanwalt lächelte wieder. »Einen solchen könnte es durchaus geben, aber er hätte keinen Anspruch auf das Vermögen. Was ich jedoch betonen wollte, ist folgendes: Nachdem das Testament, das ich selbst für Mr. Stonex abgefaßt habe, nicht gefunden wurde, ist es von größter Bedeutung festzustellen, wo es verblieben sein könnte.«

»Aus welchem Grund, Mr. Thorrold?«

»Es ist eigentlich noch zu früh, um davon zu sprechen, aber wenn der Verstorbene es unmittelbar vor seinem Tod in seinem Besitz hatte, es jedoch nicht mehr vorhanden war, nachdem man ihn ermordet und ausgeraubt aufgefunden hatte, besteht berechtigter Grund zu der Annahme, daß es von seinem Mörder vernichtet wurde.«

»Und welche Konsequenzen hätte das?«

»Sehr bedeutsame. Nach englischem Recht ist ein Testament buchstäblich der letzte Wille des Erblassers. Es muß nicht einmal in schriftlicher Form vorliegen, solange es bestimmte Voraussetzungen erfüllt. Ausschlaggebend ist, festzustellen, welche Absichten der Erblasser zuletzt hatte. Und wenn bewiesen werden kann, daß er sein Testament nicht widerrufen wollte und daß es gestohlen und widerrechtlich vernichtet wurde, dann kann es dennoch vollstreckt werden.«

»Vollstreckt? Wie soll das möglich sein?«

»Ich glaube, daß ich in der Lage bin, die Bestimmungen des Testaments genau wiederzugeben, und zwar sowohl aus dem Gedächtnis als auch anhand von Notizen, die ich mir damals gemacht habe.«

»Ich verstehe. Was für eine Frage möchten Sie dem Zeugen nun stellen?«

Der Rechtsanwalt wandte sich nun an mich. »Es wäre wirklich sehr hilfreich, Dr. Courtine, wenn Sie sich an irgend etwas erinnern könnten, das beweisen würde, daß das Dokument, das Sie gesehen haben, tatsächlich das Testament von Mr. Stonex war.«

»Ich fürchte, ich kann Ihnen nicht mehr dazu sagen, als ich es bereits getan habe: Er hat etwas in die Tasche gesteckt, das er offenbar im Uhrenkasten gefunden hatte.«

Mr. Thorrold neigte den Kopf zur Seite und fragte mich mit dem gewinnendsten Lächeln: »Er hat es wie etwas Wertvolles sorgfältig in die Tasche geschoben und nicht nur achtlos weggesteckt, als habe es keine besondere Bedeutung?«

»Ich kann über meine bisherige Aussage nicht hinausgehen«, antwortete ich.

Der Rechtsanwalt dankte mir sehr liebenswürdig, setzte sich und sprach leise mit Dr. Locard.

Nun erhob sich Sergeant Adams, und der Coroner fragte ihn: »Möchten Sie dem Zeugen eine Frage stellen?«

»Ja, Sir. Ich habe Ihnen mit großem Interesse zugehört, Dr. Courtine, und ich glaube, daß Sie in einigen Punkten der Wahrheit auf der Spur sind. Aber einige bedeutende Fragen sind noch immer nicht geklärt. Warum hat Mr. Stonex Ihrer Meinung nach die Nachricht mit den Anweisungen für Perkins auf die Schultafel geschrieben?«

»Er brauchte jemanden, dem er den Mord in die Schuhe schieben konnte. Er dürfte vorgehabt haben, sich selbst als der mysteriöse Fremde zu verkleiden und das Päckchen wieder abzuholen.

Aber aus irgendeinem Grund mußte er diesen Teil seines Plans wohl aufgeben.«

»Ach so. Und warum hat er blutbeflecktes Geld in das Päckchen getan?«

»Damit man Perkins für den Mörder hielt, sofern er das Päckchen nicht wieder abholte.«

»Ich hatte mir schon gedacht, daß Sie das sagen würden, Sir, und, ich will es offen sagen, mein eigener Verdacht geht in die gleiche Richtung.« Er hielt inne, als sei ihm die Frage, die er als nächstes stellen wollte, peinlich. »Könnten Sie zu Dr. Carpenters Überzeugung, daß der Ermordete bereits um vier Uhr gestorben sei, etwas sagen?«

Diese Frage hatte mich auch beunruhigt, denn mir war der Gedanke gekommen, daß der Arzt bestochen worden sein mußte, damit er diese unglaubliche Aussage machte. Wenn ich jedoch an die Arroganz dachte, die der junge Mann in der Kathedrale an den Tag gelegt hatte, konnte ich nicht umhin anzunehmen, daß er zu stolz sei, um seine Integrität für Geld zu verkaufen. »Ich kann mir nur vorstellen«, erwiderte ich zögernd, »daß Dr. Carpenters Glaube an seine eigene Kompetenz sich in diesem Punkt – wenn auch nur in diesem – als etwas verfrüht erwiesen hat.«

Zu meiner Befriedigung reagierten die Zuschauer mit unterdrücktem Gekicher, und auch der Coroner lächelte dünn. Adams machte ein enttäuschtes Gesicht und setzte sich wieder auf seinen Platz.

»Ich danke Ihnen, Sergeant«, sagte der Coroner, und dann zu mir gewandt: »Und Ihnen natürlich auch, Dr. Courtine. Ich glaube nicht, daß wir Sie noch länger aufhalten müssen. Ihre Aussage hat dem Gericht viel zu denken gegeben.«

Als ich den Zeugenstand verließ, dachte ich über die letzte Frage des Sergeanten nach und wünschte, ich hätte den Witz auf Kosten des jungen Arztes nicht gemacht. Dennoch mußte er sich irren. Aber genau in diesem Augenblick begann eine seltsame Idee in meinem Kopf Gestalt anzunehmen, und bei dem Gedanken an ihre Konsequenzen brannte mir das Gesicht vor Erregung. Wenn ich recht hatte, dann war klar, warum Mr. Stonex den Termin der Einladung zum Tee geändert hatte: Er hatte gewollt, daß Austin und ich als Zeugen anwesend sein sollten.

Ich war noch ganz mit dieser neuen Idee beschäftigt, als Austin aufgerufen wurde. Unsicher und zitternd wie ein alter Mann schlurfte er in den Zeugenstand.

»Kam Ihnen irgend etwas, das Sie am Donnerstag nachmittag im neuen Dekanat beobachtet haben, ungewöhnlich oder verdächtig vor?« fragte ihn der Coroner.

»Nein, nichts.«

»Haben Sie dem, was Dr. Courtine ausgesagt hat, noch etwas hinzuzufügen?«

»Nur, daß ich nichts davon bemerkt habe, daß das Haus verwüstet worden sein soll, bevor wir dort eintrafen. Es ist richtig, daß der alte Herr uns erzählte, er habe nach dem Manuskript über den Tod des Dekans Freeth gesucht, aber er war ganz bestimmt nicht für die Unordnung verantwortlich, die ich vorfand, als ich später wiederkam.«

Seine Antwort überraschte mich. In der Wohnküche hatte ein unglaubliches Chaos geherrscht, als wir hereinkamen. Austin mußte nicht ganz bei Sinnen sein, denn er sprach langsam und mit großer Vorsicht.

»Ist Ihnen aufgefallen, daß der Verstorbene etwas aus dem Kasten der Großvateruhr genommen hat?«

Austin lächelte, eine schreckliche Grimasse, die Belustigung signalisieren sollte. »Einen so seltsamen Vorgang hätte ich mit Sicherheit im Gedächtnis behalten. Nein, ich habe nichts dergleichen gesehen.«

Das war nun wirklich allerhand. Schließlich war er doch derjenige gewesen, der vorgeschlagen hatte, in den Uhrenkasten zu schauen!

»Und wie steht es mit der mit Kreide geschriebenen Nachricht auf der Schultafel, die der Verstorbene ausgewischt hat?«

»Davon habe ich auch nichts bemerkt. Das heißt, die Tafel habe ich natürlich gesehen, aber ich weiß ganz genau, daß nichts darauf geschrieben stand. Mr. Stonex hat sie nur in die Hand genommen und geistesabwesend darübergestrichen.«

»Und was ist mir Dr. Courtines Aussage, daß der Verstorbene von einem Bruder gesprochen habe?«

»Ich habe nichts dergleichen gehört. Mr. Courtine muß sich täuschen. Der alte Herr hat ausschließlich von seiner Schwester geredet.«

»Danke, Mr. Fickling. Sie können sich wieder setzen.«

Wegen meiner Hypothese, die sich langsam konkretisierte, war es mir wichtig, einen Punkt zu klären, in dem der Sergeant Austin mißverstanden haben mußte. Ich stand auf.

Austin blieb stehen und sah mich verwundert an.

»Möchten Sie Mr. Fickling eine Frage stellen?« fragte der Coroner überrascht.

»Ja, bitte, Mr. Coroner. Ich möchte ihn nach etwas fragen, das der Sergeant erwähnt hat.« Ich wandte mich an Austin. »Du hast ihm mitgeteilt, daß Mr. Stonex dich zufällig am Samstag abend getroffen und dir gesagt habe, daß er unsere Verabredung zum Tee auf gestern vorverlegen wolle?« Austin nickte vorsichtig. »Du hast gesagt, als Grund habe er die Verschiebung der Feier für die Orgel angegeben?« Er nickte wieder. »Kannst du das erklären?«

»Er sagte, daß die Bank am Freitag nachmittag geschlossen werden sollte, aber da die Feier abgesagt worden sei, müsse er zur Arbeit.«

Das konnte nicht stimmen. »Und wann hast du ihn am Mittwoch getroffen?« fragte ich.

Austin zögerte. »Das muß am frühen Abend gewesen sein.«

Ich war erstaunt. Austin war offensichtlich völlig verwirrt. »Das muß ein Irrtum sein. Ich war derjenige, der dir von der Orgel erzählt hat, und zwar sehr spät in der Nacht.« Er öffnete den Mund, als wolle er etwas erwidern, brachte aber keinen Ton heraus. »Erinnerst du dich nicht an das Gespräch, das wir an diesem Abend geführt haben?«

»Das Gespräch?«

»Die Diskussion über all das, was vor zwanzig Jahren passiert ist.«

Er nickte.

»Ja weißt du denn nicht mehr, daß ich dir erst nach diesem Gespräch erzählt habe, ich sei auf dem Rückweg vom Abendessen in die Kathedrale gegangen und habe bei dieser Gelegenheit erfahren, daß die Fertigstellung der Orgel sich verzögern würde?«

Austin starrte mich mehrere Sekunden lang an. »Ja, so muß es gewesen sein. Ich habe mich wohl in der Zeit geirrt, aber an den Vorgang kann ich mich ganz genau erinnern. Es war erst nach unserem Gespräch. Ich konnte in dieser Nacht nicht schlafen, und deshalb habe ich, als du schon im Bett warst, noch einen Spaziergang gemacht, und unterwegs habe ich Mr. Stonex getroffen.«

»Wo hast du ihn getroffen?«

»Als ich an der Rückseite des neuen Dekanats vorbeikam, wollte er gerade hineingehen.«

Er log. In dieser Sache konnte er sich nicht irren – egal, wieviel er in dieser Nacht oder auch schon früher am Tag getrunken haben mochte. Und wenn er log, dann hatte er einen Grund dafür, und das eröffnete einige sehr beunruhigende Möglichkeiten. Es war nicht Vergeßlichkeit oder seine mysteriöse Leidenschaft, die ihn veranlaßt hatten, die Einzelheiten zu leugnen, die ich beschrieben hatte. Plötzlich hatte ich das Bedürfnis, die Wahrheit um jeden Preis ans Licht zu bringen.

»Und wo bist du danach hingegangen?« fragte ich ihn. Ich wußte, daß es ihn sehr in Verlegenheit bringen mußte, wenn hier öffentlich über seinen nächtlichen Besuch geredet wurde.

»Dr. Courtine«, unterbrach der Coroner, »ich kann mir nicht vorstellen, daß diese Frage irgendwie relevant sein sollte.«

»Ich habe einen bestimmten Grund, sie zu stellen, Mr. Attard. Wenn Sie bitte noch einen Augenblick lang Geduld mit mir haben wollen, werden Sie ihn bestimmt auch erkennen.«

Der Coroner nickte. Austin starrte mich an, die Hände um das Geländer des Zeugenstands geklammert. »Wo ich hingegangen bin? Nirgendwohin. Ich bin nur zwanzig Minuten lang in der Stadt herumgelaufen und dann wieder nach Hause gegangen.«

»Und du bist nicht in ein Haus hineingegangen?«

Er sah mich wütend an. »Nein, nein, ich bin in kein Haus gegangen.«

»Das ist aber seltsam. Weißt du, ich konnte nämlich auch nicht schlafen, und als ich hörte, daß du die Treppe hinuntergingst, bin ich dir gefolgt.« Ich konnte an seinem Gesicht erkennen, daß er keine Ahnung davon gehabt hatte und daß diese Eröffnung ihn in Angst und Schrecken versetzte. »Ich habe versucht, dich einzuholen, aber du warst zu schnell für mich und verschwandest in dem Gäßchen, das vom Domplatz in die Orchard Street führt.«

Im Raum herrschte absolutes Schweigen.

Austin hatte offensichtlich Angst. An dem, was ich in jener Nacht gesehen hatte, mußte etwas sein, das ihn erschreckte. Wenn ich nur erkennen könnte, was es war, aber ich verstand einfach nicht, wie das alles zusammenhing: die geheimnisvolle Frau, die Appleton gesehen hatte, der Bruder des Opfers, das Chaos im Haus. Mir kam plötzlich der Gedanke, daß noch eine zweite mysteriöse Frau in den Fall verwickelt war: die Frau, die in den frühen Morgenstunden am Donnerstag in jenem Haus in der Orchard Street gewesen war, aber ich konnte mir nicht vorstellen, was sie mit Austins unverkennbarer Angst zu tun haben sollte.

Ich wandte mich an den Coroner: »Mr. Attard, ich glaube, daß die Tat mit Absicht so begangen wurde, daß wir alle uns über den Zeitpunkt täuschen sollten, zu dem sie stattfand. Ich nehme an, daß das Opfer viel früher als vermutet ermordet wurde.«

Austin starrte mich mit kreidebleichem Gesicht an. Ich bemerkte, daß Sergeant Adams sich vorgebeugt hatte und mich gespannt ansah, während der Coroner mit erhobenem Bleistift bewegungslos dasaß.

Ich wandte mich wieder an Austin. »Ich glaube, daß das Opfer bereits tot in einem anderen Zimmer lag, noch bevor wir beide zum Tee kamen.«

Unter den Zuschauern erhob sich ein so lautes Stimmengewirr, daß ich vermutlich der einzige war, der hörte, wie Austin ausrief: »Und wer hat uns dann mit Tee bewirtet?«

Diese Bemerkung erstaunte mich. Sie erschien mir so sinnlos. Zufällig fiel mein Blick auf Slattery, der Austin mit einem Ausdruck furchterregender Anspannung anstarrte und mit den Lippen Worte formte, die ich nicht verstand.

»Jetzt verstehe ich, was du vorhast!« schrie Austin. »Aber ich habe nichts damit zu tun. Ich habe den ganzen Nachmittag unterrichtet – Dutzende von Leuten können das bezeugen. Ich stand bis nach vier Uhr vor meiner Klasse, und danach war ich mit dir zusammen, von dem Augenblick an, als die Bibliothek schloß, bis der Ermordete von der Polizei gefunden wurde.«

»Bitte, meine Herren«, rief der Coroner. »Mr. Fickling, so beruhigen Sie sich doch.«

Austin wandte sich an ihn: »Dieser Mann hegt einen Groll gegen mich, wegen eines Streites, der mehr als zwanzig Jahre zurückliegt!«

»Das ist nicht wahr«, gab ich zurück. »Wenn ich dir nicht schon vor Jahren verziehen hätte, wäre ich nicht gekommen, um dich zu besuchen.«

»Du hast mir verziehen«, wiederholte Austin spöttisch. »Wie großmütig von dir!«

Ich sah in sein höhnisches, trunkenes, bösartiges Gesicht und verstand nicht mehr, wie ich je hatte glauben können, daß ich ihm vergeben hätte, und daß er jemals etwas anderes als Böses gegen mich im Schilde geführt haben könnte.

»Sie können sich wieder setzen, Mr. Fickling«, sagte der Coroner.

Fickling schlurfte auf seinen Platz zurück. Mr. Attard wandte sich an mich: »Dr. Courtine, ich verstehe nicht, was Sie meinten, als Sie sagten, das Opfer sei bereits tot gewesen, bevor Sie das Haus betraten.«

»Ich meinte«, sagte ich, »daß Mr. Stonex seinen Bruder getötet hatte, bevor Fickling und ich ankamen. Er lag im Studierzimmer.«

»Dr. Carpenter hat bereits ausgesagt, daß das unmöglich der Fall sein kann«, erklärte Mr. Attard. »Der Tote ist ohne Zweifel Mr. Stonex, der Bankier, und nicht irgendein hypothetischer Bruder.«

Ich wollte gerade den Mund aufmachen, um zu sagen, daß man den Doktor offensichtlich bestochen hatte, überlegte es mir aber noch einmal.

»Und deshalb möchte ich den Geschworenen raten«, fuhr der Untersuchungsbeamte fort, »diese Ente aus ihren Überlegungen auszuschließen. Trotzdem vielen Dank, Dr. Courtine.«

Ich setzte mich und warf einen Blick zu Fickling und Slattery hinüber. Letzterer lächelte seinem Freund zu, der immer noch zitterig und blaß war, jedoch nickte. Es wurde mir klar, daß das, was ich zuletzt gesagt hatte, weit davon entfernt war, die beiden zu erschrecken; es hatte sie ganz im Gegenteil eher wieder beruhigt. Ich mußte also sehr nah an die Wahrheit herangekommen sein, ohne sie allerdings wirklich zu erraten. Ich erlebte noch eine zweite Überraschung, denn in diesem Augenblick wandte sich Dr. Locard mit einem ermutigenden Lächeln zu mir um.

Der Untersuchungsbeamte verkündete, daß keine weiteren Zeugen mehr befragt werden würden und daß er nunmehr sofort zu seiner Ansprache an die Geschworenen übergehen würde.

»Einige der Zeugen, die Sie heute gehört haben«, begann er, »haben versucht, einen sehr einfachen Tatbestand unnötig zu verkomplizieren. In meiner langen Dienstzeit als Coroner habe ich jedoch die Erfahrung gemacht, daß es bei jeder Tat Aspekte gibt, die man nie ganz verstehen kann. Das ist besonders in diesem Fall unvermeidlich, weil wir es hier mit dem perversen Gemüt eines menschlichen Wesens zu tun haben, das fähig ist, einen kaltblütigen Mord zu begehen. Daher ist es falsch, nach der aufgeklärten Rationalität zu suchen, welche die gehobenen Repräsentanten unserer Spezies leitet. Ich möchte Ihnen daher raten, den Fall in seiner ganzen offensichtlichen, wenn auch brutalen Einfachheit zu sehen. Die Aussage von Dr. Carpenter zum Zeitpunkt, zu dem der Tod eingetreten ist, sollten Sie mit der gebotenen Skepsis betrachten. Auch die phantasievolle Theorie von Dr. Courtine, die mehr wie die Handlung eines Sensationsromans als wie eine Zeugenaussage anmutet, sollten Sie unbeachtet lassen. Jede zuverlässig bewiesene Tatsache weist auf Perkins als den Mörder hin: die Zeugenaussage, daß Mr. Stonex ihn um halb sechs in sein Haus eingelassen hat, die bei ihm zu Hause versteckten, blutverschmierten Banknoten sowie die Tatsache, daß er seine Schilderung der Ereignisse mit jedem Beweis, der gegen ihn vorgebracht wurde, veränderte. Die Geschworenen mögen sich jetzt bitte einigen, ob sie sich hier und jetzt in der Lage fühlen, zu einem Urteil zu gelangen, oder ob sie sich lieber in das Beratungszimmer zurückziehen möchten, das ihnen zur Verfügung steht.«

Die Männer sprachen kurz miteinander, dann erklärte der Sprecher, ein stämmiger rotgesichtiger Mann, der wie ein wohlhabender Ladenbesitzer aussah: »Wir brauchen uns nicht zurückzuziehen, Euer Ehren. Wir haben uns bereits entschieden.«

»Sehr gut. Zu welchem Ergebnis sind Sie gekommen?«

»Wir sind zu dem Schluß gekommen, daß der Verstorbene von Edward Perkins getötet und erschlagen wurde.«

Ein Aufschrei des Entsetzens war zu hören, so als ob jemand körperlich mißhandelt worden wäre. Wir alle sahen zu dem Gefangenen hinüber, dessen Gesicht vor Angst und Schrecken verzerrt war. Der Coroner verfügte, daß er bis zu seiner Gerichtsverhandlung in Untersuchungshaft zu verbleiben habe, und wir sahen schweigend zu, wie Mr. Attard sich erhob und den Saal verließ und der Angeklagte hinausgeführt wurde.

Ich stand auf und ging zum Ende der Sitzreihe, mußte aber feststellen, daß ich nicht weitergehen konnte, weil die massige Gestalt des Majors den Gang blockierte. Also drehte ich mich um und ging wieder zurück, stieß jedoch auf Dr. Locard, der sich gerade mit dem Rechtsanwalt unterhielt. Hinter ihnen bemerkte ich Sergeant Adams, der so wirkte, als wolle er mit mir sprechen, sich aber ebensowenig von der Stelle rühren konnte wie ich. Während ich unbeachtet dastand und mich äußerst unbehaglich fühlte, hörte ich hinter mir die Stimme des Majors dröhnen. Er beantwortete offenbar eine Frage, die ich nicht gehört hatte. »Eine reine Formsache, das kann ich Ihnen versichern. Bei den Beweisen kann kein Geschworener ihn freisprechen. Er wird noch vor Ostern hängen.«

Ich ging auf Dr. Locard zu und hörte, wie er mit Mr. Thorrold vereinbarte, daß er später an diesem Nachmittag in dessen Büro kommen würde. Dann eilte der Rechtsanwalt davon. Erleichtert beobachtete ich aus den Augenwinkeln, wie auch Fickling in Begleitung von Slattery den Saal verließ.

Zu meiner Überraschung drehte sich Dr. Locard zu mir um und sagte lächelnd: »Dr. Courtine, meine Frau und ich haben unerwartet festgestellt, daß wir heute abend frei sind. Es wäre uns eine große Ehre, wenn Sie mit uns zu Abend essen würden. Es gibt eine Reihe von Dingen, die ich gerne mit Ihnen besprechen würde.«

Da mir nicht schnell genug eine überzeugende Ausrede einfiel, sagte ich zu, und wir vereinbarten die Uhrzeit.

Wir schüttelten uns die Hand, und Dr. Locard ging zu dem

Major und Mr. Wattam hinüber, um mit ihnen zu reden. Bevor ich entkommen konnte, stand Adams neben mir und blockierte meinen Fluchtweg. »Ich fand Ihre Aussage sehr interessant, Dr. Courtine. Wirklich sehr interessant. Obwohl ich zugegebenermaßen nicht glaube, daß Ihre Theorie, daß Mr. Stonex seinen Bruder ermordet haben soll, zutrifft; aber ich denke doch, daß sie nicht sehr weit von der Wahrheit entfernt sein kann.«

»Ich weiß es nicht, Sergeant Adams«, sagte ich. »Ich weiß es wirklich nicht.«

Er senkte die Stimme und sah sich vorsichtig um. »Ist Ihnen aufgefallen, was Mr. Fickling zuletzt noch gesagt hat?«

»Entschuldigen Sie, aber ich habe jetzt nicht die Zeit, mich darüber zu unterhalten.«

»Sie würden das Haus in der Orchard Street doch sicher wiederfinden, Sir?«

»Ich möchte Sie bitten, mich vorbeizulassen, Sergeant.«

»Könnten Sie morgen auf die Polizeiwache kommen? Egal, wann. Ich werde den ganzen Tag da sein.«

»Ich bezweifle, daß ich vor meiner Abreise noch Zeit dazu finde.«

»Ich habe Ihre Adresse in Cambridge, Dr. Courtine. Könnte ich Sie vielleicht besuchen, wann immer es Ihnen paßt?«

»Bitte entschuldigen Sie.« Ich drängte mich an ihm vorbei zur Tür, verließ das Gebäude und ging rasch zum Domplatz.

Ich hatte keine Minute zu verlieren. Der Sergeant hatte recht. Ich war der Wahrheit sehr nahe gekommen. Aber es war mir nicht gelungen, sie wirklich zu erkennen. Warum hatte es Fickling so eilig gehabt, ein Alibi vorzubringen, obwohl niemand ihn irgendeiner Tat bezichtigt hatte? Er hatte gefürchtet, daß ich etwas Bestimmtes sagen könnte. Aber was nur? Vor allem gingen mir diese seltsamen Worte nicht aus dem Sinn, die offenbar auch dem Sergeanten verdächtig vorgekommen waren: »Wer war es dann, der uns mit Tee bewirtet hat?«

Ich wollte unbedingt zu Ficklings Haus gelangen, meine Sachen packen und fort sein, bevor er zurückkam. Ich eilte durch die stillen Straßen und hoffte, daß er und Slattery noch nicht dort eingetroffen sein würden. Es wurde bereits finster, und die ersten Gaslaternen wurden entzündet. Der Domplatz jedoch, den ich durch das Nordtor betrat, lag noch im Dunkeln. Warum war Dr. Locard auf einmal so freundlich gewesen? Warum war er nicht entrüstet über meine öffentliche Konfrontation mit Fickling? Einen Skandal fürchtete er doch bestimmt mehr als alles andere.

Als ich Ficklings Haus betrat, schien niemand zu Hause zu sein. Da ich keine Aufmerksamkeit erregen wollte, drehte ich die Gaslampe in der Eingangshalle nicht hoch, sondern entzündete nur eine Kerze an der Pilotflamme. Ich ging direkt in mein Zimmer hinauf und packte schnell meine Tasche.

Fickling war in den Mord verwickelt, daran zweifelte ich nicht mehr. Eine neue Idee, was tatsächlich passiert sein könnte, begann in meinem Kopf Gestalt anzunehmen. Mit meiner Theorie hinsichtlich eines Bruders lag ich falsch, aber ich war damit der Wahrheit nahe genug gekommen, um Fickling zu erschrecken. Ich war mir ganz sicher, daß Perkins unschuldig war, und deshalb mußte ich etwas finden, was meine neue Hypothese bestätigte. Die Schlüssel zum Haus des Opfers wären der beste Beweis, denn sie konnten nicht vernichtet, sondern mußten weggeworfen oder irgendwo versteckt werden.

Als ich die Treppe hinunterging, fiel mein Blick auf die Großvateruhr, die vollkommen falsch ging. Es fiel mir wieder ein, daß sie schon vorher nicht richtig gegangen war. Wie die des alten Mr. Stonex! Ich stellte die Tasche und die Kerze auf den Fußboden, öffnete den Uhrenkasten und tastete nach den Gewichten. An einem von ihnen war etwas befestigt. Ich hob es an und fand einen Schlüsselbund. Im ersten Augenblick glaubte ich, den Mordfall gelöst zu haben. Dies waren die Schlüssel, mit denen der Mörder gestern nachmittag das Haus des Opfers verlassen und die Tür hinter sich abgesperrt hatte. Der Gedanke, welche

Lawine ich mit diesem Fund auslösen würde, erschreckte und entsetzte mich. Ich würde Fickling und noch einige andere Leute vernichten, aber ich würde auch einen Unschuldigen vor dem Galgen retten. Ich stellte fest, daß ich Ficklings Schande und Bestrafung mit Gleichmut auf mich zukommen sah. Er hatte mich betrogen und benutzt, er hatte unsere frühere Freundschaft, unsere jugendliche Zuneigung zueinander, schamlos mißbraucht. Er hatte mich behandelt wie einen Narren. Ich bezweifelte, daß er für das, was er getan hatte, gehenkt werden würde, und ich ging nicht so weit, es zu hoffen. Aber er hatte ein entsetzliches Verbrechen begangen – oder zumindest Beihilfe geleistet –, und die Gerechtigkeit mußte ihren Gang nehmen. Ich löste die Schlüssel vom Gewicht und betrachtete sie im trüben Kerzenschein. Es waren zwei Schlüssel an einem Ring, von denen der größere offensichtlich ein Hausschlüssel war. In einer plötzlichen Eingebung ergriff ich die Kerze, eilte die Treppe hinunter und probierte den Schlüssel an der Haustür aus. Er paßte. Es war also nicht der Schlüssel zum neuen Dekanat. Ich war furchtbar enttäuscht. Natürlich wäre es sinnlos gewesen, wenn der Mörder die Schlüssel aufbewahrt hätte; bestimmt hatte er sie so schnell wie möglich weggeworfen, nachdem er das neue Dekanat verlassen hatte.

Der zweite Schlüssel war zu klein für eine Haustür und gehörte vermutlich zu einem Schrank. Einem Schrank! Plötzlich sah ich Fickling wieder vor mir, wie er am Dienstag abend die Treppe heraufgestiegen war, als ich aus meinem Zimmer herunterkam. Hatte er womöglich den Schlüssel wieder in sein Versteck gebracht, nachdem er das mysteriöse Päckchen eingeschlossen hatte? Ich eilte mit der Kerze ins Wohnzimmer. Der Schlüssel paßte zum Schrank, und die Tür ließ sich mühelos öffnen. Eines der Dinge, die sich in dem Schrank befanden, sah wie ein Päckchen aus. Ich öffnete es und mußte erst mehrere Schichten Papier entfernen, bevor ich den Inhalt im Kerzenschein begutachten konnte. Was ich sah, fand ich auf den ersten Blick überraschend, dann jedoch eher abstoßend. Was ich da vor mir hatte, war von einem bestimmten Gesichtspunkt aus sehr hübsch und konnte vollkommen harmlos sein, und doch wußte ich aus allerlei Andeutungen und zufällig mitgehörten Bruchstücken von Unterhaltungen, daß es weit davon entfernt war. Ich möchte jetzt nicht mehr dazu sagen, als daß es sich um photographische Platten handelte. Vieles, das ich gehört, mitbekommen, gesehen oder erraten hatte, wurde damit erklärt und bestätigt. Mir blieb wenig Zeit zu entscheiden, was ich damit anfangen wollte. Einerseits hatte ich kein Recht, die Platten einfach an mich zu nehmen, auf der anderen Seite hatte Fickling ebensowenig das Recht, sie in seinem Besitz zu haben. Aber auch der Eigentümer hatte nicht das Recht, sie zurückzuerhalten, da derartige Photographien gar nicht erst aufgenommen werden dürften. Wenn Fickling merkte, daß sie nicht mehr da waren, würde er wissen, daß ich sie an mich genommen hatte, doch diese Überlegung durfte mich nicht abhalten. Was, um Himmels willen, sollte ich also damit machen?

Ich verschloß das Päckchen wieder, nahm einen Bleistift vom Tisch und schrieb außen auf das Papier: »An den Dekan, zur persönlichen Kenntnisnahme.« Obwohl ich nur eine vage Vorstellung davon hatte, welche Folgen mein Eingreifen haben könnte, nahm ich doch an, daß der Besitz der Platten es dem Dekan erleichtern würde, für Gerechtigkeit zu sorgen. Dann verschloß ich den Schrank und ging zum Treppenabsatz zurück. Ich hatte die Schlüssel gerade wieder in die Uhr gelegt, als ich hörte, wie die Haustür geöffnet wurde und jemand redete.

Weil ich das Gas nicht aufgedreht hatte, merkten sie nicht, daß ich da war. Ohne nachzudenken blies ich die Kerze aus. Zu meiner Erleichterung hörte ich, daß sie in den vorderen Wohnraum gingen. Ich steckte das Päckchen in meine Tasche und schlich die dunkle Treppe hinunter.

Als ich an der Tür vorbeiging und in das Zimmer spähte, sah ich sie. Ich war so entgeistert, daß ich mich nicht bewegen konnte. Natürlich hatte ich als Mann von Welt, der sein ganzes Erwachsenenleben an der Universität verbracht hatte, von solchen Dingen gehört. Dennoch brachte es mich, gelinde gesagt, aus der Fassung, mich so plötzlich mit ihrer Realität konfrontiert zu sehen. Und doch, was war Liebe? Wenn sie in sich gut war, spielte es dann eine Rolle, welche Form sie annahm? Konnte man sie jemals pervers oder unnatürlich nennen? In der Antike hatte man viele Formen der Liebe akzeptiert, und nur unser enger, bigotter, niedriger, christlich-jüdischer Geist verurteilte sie so scharf.

Soviel war mir nun klar: Es gab keine unbekannte Geliebte, zu der Fickling am Mittwoch so spät in der Nacht noch gegangen war, und es waren Slatterys Hände gewesen, die ich durch das Fenster gesehen hatte. Doch wer war dann die Frau gewesen, deren Stimme ich gehört hatte?

Ich muß mindestens zehn Sekunden lang reglos dagestanden sein, dann sah Slattery über Ficklings Schulter und entdeckte mich. Er lächelte und sagte: »Ich nehme an, daß Sie zutiefst schockiert sind, Dr. Courtine.«

Fickling wirbelte herum und sah mich an, und in seinem Gesicht standen Angst und nackter Haß. »Was, zum Teufel, hast du hier zu suchen?«

Ich sah auf meine Tasche hinunter. »Ich hatte gehofft, dir nicht noch einmal begegnen zu müssen.«

»Das kannst du nicht mehr gehofft haben als ich.«

»Sie meinen, ich sei schockiert?« sagte ich zu Slattery. »Worüber ich schockiert bin, ist das Komplott, das Sie beide in den letzten Tagen miteinander geschmiedet haben.« Ich wandte mich an Fickling. »Jetzt weiß ich, warum du mir vorgelogen hast, du hättest den armen alten Mr. Stonex am Mittwoch abend getroffen. Jetzt verstehe ich alles.«

»Wenn das so ist …«, begann Fickling, aber Slattery hielt ihn mit einer bestürzend intimen Geste am Arm fest und fragte sanft: »Was verstehen Sie, Dr. Courtine?«

»Sie wollen zusehen, wie ein unschuldiger junger Mann für einen Mord gehenkt wird, zu dem Sie Beihilfe geleistet haben. Sie beide.«

Fickling sah zu Boden, aber auf Slatterys Gesicht machte sich ein Ausdruck verlogenen Staunens breit. »Ich war bei der Chorprobe und habe den ganzen Nachmittag lang Orgel gespielt, und Fickling war mit Ihnen zusammen. Wie in aller Welt sollte da einer von uns in den Mord verwickelt sein?«

»Ich habe es Ihnen doch gesagt, Mr. Slattery«, erklärte ich bestimmt. »Ich weiß jetzt, welch ein durchtriebenes Spiel Sie gespielt haben. Derjenige, der uns mit Tee bewirtet hat, war nicht das Opfer.«

»Wollen Sie versuchen, die Behörden von einer weiteren Ihrer bemerkenswerten Theorien zu überzeugen?« fragte er immer noch lächelnd.

Ich antwortete nicht.

»Ist das deine Rache?« fragte Fickling.

»Wofür sollte ich mich rächen?« fragte ich zurück. Er sagte nichts. »Was hast du getan, wofür ich mich rächen müßte?«

Er lächelte boshaft. »Du hast gesagt, du hättest mir vergeben.«

Als er diese Worte aussprach, hatte ich ein so heftiges Bedürfnis, ihn zu packen, ihm den Kopf gegen die Wand zu schmettern und ihn zu würgen, daß ich schwankte und mich an einer Stuhllehne festhalten mußte. Als ich mich wieder in der Gewalt hatte, fragte ich so ruhig wie möglich: »Du hast ihm geholfen, sie zu verführen, nicht wahr?«

»Sie zu verführen!« wiederholte er höhnisch. »Er hat sie nicht verführt. Welch ein absurder Gedanke. Sie hat ihn verführt. Aber es ist richtig, daß ich ihn ihr vorgestellt habe, weil ich dachte, er sei vielleicht der richtige Mann, um sie zu retten.«

»Sie zu retten?«

»Sie hat mir gesagt, daß sie dich nur geheiratet hat, um von ihrer Mutter wegzukommen. Sie fand dich unerträglich langweilig. Und körperlich abstoßend.«

»Du lügst. Sie hat mich geliebt. Als wir heirateten, waren wir beide verliebt.«

»Du hast doch keine Ahnung. Du bist ein Betrüger der schlimmsten Sorte – du betrügst dich selbst! Außerdem bist du sentimental und machst dir etwas vor mit deinen tröstlichen Lügen.«

»Der Lügner bist du. Ein Lügner und Verräter. Du hast dich an einem Komplott beteiligt, um deinen engsten Freund zu betrügen und sein Glück zu zerstören. Und jetzt brüstest du dich auch noch damit.«

»Betrügen!« sagte er höhnisch. Du lechzt doch geradezu danach, betrogen zu werden, weil es dich in deinem Gefühl moralischer Überlegenheit bestärkt.«

»Dann müßte ich ja jetzt glücklich sein, denn nur deshalb hast du mich doch eingeladen: um mich erneut zu betrügen. Du wolltest mich benutzen. Du wolltest meinen guten Namen mißbrauchen, um für dich und deine Komplizen ein Alibi zu konstruieren. Du hast mir nur deshalb von Burgoyne erzählt, damit ich gehen und die Inschrift lesen – die im übrigen nichts mit ihm zu tun hat! – und dabei diesem Mann auf der Rückseite des neuen Dekanats begegnen sollte.«

»Sie meinen Mr. Stonex?« fragte Slattery mit erstauntem Gesicht.

»Ich bin kein kompletter Narr, Mr. Slattery«, erwiderte ich. »Ich gebe ja zu, daß ich anfangs ziemlich begriffsstutzig war. Aber in vieler Hinsicht war ich auch einigermaßen scharfsinnig.«

»Da gebe ich Ihnen zur Hälfte recht«, sagte er mit einem infamen Lächeln.

Seine Worte trafen mich so, daß ich sagte: »Der Mann, dem ich am Mittwoch nachmittag begegnet bin, war nicht Mr. Stonex. Der war zu dieser Zeit nur wenige Meter von uns entfernt damit beschäftigt, sein Abendessen zu verzehren.«

Slattery schlug sich gegen die Stirn. »Ach natürlich, es war sein Bruder!«

Ich wandte mich verächtlich von ihm ab. Ich hatte eine falsche Hypothese auf diesem Versprecher aufgebaut, und es war mir peinlich, daran zu denken. Dennoch waren mir wenigstens die Unstimmigkeiten aufgefallen, die andere übersehen hatten, auch wenn mein Versuch, einen Schluß zu ziehen, fehlgeschlagen war.

Fickling verzog den Mund zu einem schwachen, bösartigen, trunkenen Lächeln und sagte: »Sein Zwillingsbruder. Vergiß das nicht, Martin.«

»Nicht sein Bruder. Das war ein Irrtum. Aber der angebliche Mr. Stonex sprach ja auch nicht von seinen eigenen Geschwistern. Er muß der Schwager des echten Mr. Stonex gewesen sein.«

Ich hatte angenommen, daß diese Eröffnung die beiden erschüttern würde, aber obwohl sie sich einen nervösen Blick zuwarfen, schienen sie von meiner Bemerkung nicht sonderlich getroffen zu sein. Bedeutete das, daß ich noch immer nicht die ganze Wahrheit erraten hatte?

»Was haben Sie jetzt vor?« fragte Slattery, ohne dabei mehr als einen Anflug von Neugier zu zeigen.

»Ich weiß es noch nicht. Sie haben wohl alle eingewickelt. Obwohl ich vermute, daß der Sergeant die Wahrheit fast erraten hat. Ich nehme an, daß auch einige andere Bescheid wissen, aber aus guten Gründen nicht wollen, daß Ihre Rolle ans Tageslicht gebracht wird. Wissen Sie, ich verstehe jetzt, warum Sie von den Domherren geschützt wurden. Aber ich will Sie warnen, vielleicht sind Sie von jetzt an doch nicht mehr so sicher.«

Zu meiner Freude sah ich, daß ich die beiden endlich aus der Ruhe gebracht hatte. Fickling fuhr auf, und auch Slattery war durch meine letzten Worte erkennbar erschüttert. Nachdem ich mein Ziel erreicht hatte, öffnete ich die Tür und verließ das Haus. Sie hatten es verdient. Ich hatte nicht die geringsten Gewissensbisse wegen dem, was ich vorhatte. Ficklings Worte hatten mich zutiefst getroffen. In diesem Augenblick glaubte ich, daß er die Wahrheit gesagt hatte: Sie hatte mich nicht geliebt. Sie hatte mich abstoßend gefunden.

Ich eilte über den stillen, verlassenen Domplatz zum Dekanat, wo ich das Päckchen sorgfältig in den Briefkasten schob. Dann ging ich weiter in die High Street, um mir ein Zimmer im »Dolphin« zu mieten. Ich war so aufgewühlt und deprimiert, daß ich mich fast entschlossen hätte, Dr. Locard eine Entschuldigung zu schicken und die Einladung zum Abendessen abzusagen. Ich hatte einfach nicht mehr die Kraft, noch weitere Fragen über den Mordfall oder das Gefeilsche um das Schicksal des Manuskripts zu ertragen. Aber dann dachte ich, daß ich es doch bedauern würde, die letzte Gelegenheit zu verpassen, noch einmal mit Mrs. Locard zu sprechen, und ich beschloß, trotz allem hinzugehen.

Freitag abend

Locards Haus – der Amtssitz des Bibliothekars – war ein großes, behagliches Gebäude am unteren Domplatz. Das Dienstmädchen, das mir die Tür öffnete, nahm mir Hut und Mantel ab und teilte mir mit, sie habe die Anweisung, mich in das Studierzimmer ihres Herrn zu führen. Dort also fand ich meinen Gastgeber wenig später bei einem prasselnden Kaminfeuer hinter seinem Schreibtisch am Fenster vor. Er erhob sich und begrüßte mich herzlich. »Ich habe mir das Manuskript noch einmal angesehen«, sagte er und deutete auf den Schreibtisch.

»Sie haben es hier?«

»Eines der wenigen Privilegien, die mit meinem Amt verbunden sind«, sagte er lächelnd, »ist das Recht, Manuskripte und Bücher aus der Bibliothek zu privaten Studien mit nach Hause zu nehmen. Hätten Sie Lust, sich zu setzten, damit wir es uns noch einmal zusammen ansehen können?«

»Ja, sicher!«

Wir ließen uns am Schreibtisch nieder.

»Ich nehme an, daß es Sie interessieren wird«, sagte er, »daß ich die Quelle dazu gefunden habe.«

»Die Quelle?« Ich starrte ihn verblüfft an.

»Als wir uns das Manuskript heute morgen ansahen, kam mir etwas daran bekannt vor.«

»Sie sprachen von einem unschönen Stilmittel, für das der Verfasser eine Schwäche habe, ohne es jedoch näher zu beschreiben.«

»Er macht exzessiven Gebrauch vom Superlativ. Ich war mir ganz sicher, daß ich dergleichen schon einmal gelesen hatte, und dann fiel mir dies hier ein.« Er nahm ein Buch in die Hand, das auf dem Schreibtisch lag, und klappte es auf. »Es ist die ›Vita Constantini‹! Dabei handelt es sich, wie Sie vermutlich wissen, um die Lebensbeschreibung eines fränkischen Heiligen aus dem zehnten Jahrhundert, die im elften Jahrhundert verfaßt wurde.«

»Das ist aber ein oder zwei Jahrhunderte später als Grimbald. Wie kann das seine Quelle sein?«

»Haben Sie noch einen Augenblick Geduld mit mir, Dr. Courtine. Ich möchte damit beginnen, einige Sätze der ausschlaggebenden Stelle im Text vorzulesen, und muß dazu sagen, daß der Autor davon spricht, wie tapfer der heilige Konstantin den Herrschern seiner Zeit entgegentrat.« Er las den lateinischen Text vor und übersetzte jeweils nach einigen Sätzen: »*König Hagebart hatte wenig Respekt für die Männer der Kirche, wie sein Verhalten gegen den gelehrten Bischof Gregorius, den Märtyrer, deutlich zeigt.*«

»*Doctissimus* und *apertissime*!« rief ich aus. »Da haben wir schon zwei von Ihren häßlichen Superlativen.«

»Und das im gleichen Satz!« fügte er schaudernd hinzu. »Und jetzt kommt der eigentlich interessante Abschnitt: *Weil der König als Junge ein Schüler des Bischofs Gregorius gewesen war, als der gebildete alte Mann die Söhne und Neffen des alten Königs, Hagebarts Vater, unterrichtet hatte, begrub er ihn nicht mit Ehren oder auch nur mit Anstand, wie es bei einem so gebildeten und heiligen Mann seine Pflicht gewesen wäre.*« Er sah mich triumphierend an.

»Was ist daran so bedeutsam, Dr. Locard?«

»Die Auslassung.«

»Ich fürchte, ich verstehe nicht, was Sie meinen.«

»Es ist doch sinnlos, daß der König seinen alten Lehrer nicht mit den nötigen Ehren begraben ließ, *weil* er sein Schüler gewesen war.«

»Sie haben recht. Jedenfalls, wenn man nicht eine extrem negative Vorstellung von der Beziehung zwischen Lehrer und Schüler hat.«

Er fuhr fort, ohne auf meinen Scherz einzugehen: »Aber wenn wir den Text, den Sie gefunden haben, in diesen rätselhaften Satz einfügen, werden wir feststellen, daß der neue Satz an beiden Schnittstellen sinnvoll ist. Und jetzt erklärt der Bericht über den Tod des Bischofs genau das, was der Autor sagen will. Der erste Satz des Manuskripts, das Sie heute morgen gefunden haben, müßte lauten: *Weil der König als Junge ein Schüler des Bischofs Gregorius gewesen war, als der gebildete alte Mann die Söhne und Neffen des alten Königs, Hagebarts Vater, unterrichtet hatte, waren der König und der Märtyrer einst enge Freunde gewesen.* Und der letzte Satz müßte lauten: *Überdies hatte er so wenig Respekt für den erschlagenen Bischof, daß er ihn nicht mit Ehren oder auch nur mit Anstand begrub, wie es bei einem so gelehrten und heiligen Mann seine Pflicht gewesen wäre.*«

Nachdem ich die beiden Sätze noch mehrere Male gelesen und darüber nachgedacht hatte, mußte ich zugeben, daß seine Theorie schlüssig war.

»Jemand hat die Seite, die Sie gefunden haben, aus dem Manuskript der ›Vita Constantini‹ herausgenommen«, sagte Dr. Locard. »Und zufällig – oder auch absichtlich – war dies das einzige Exemplar der ›Vita‹, das erhalten geblieben ist. Deshalb verschwand die ganze Geschichte aus dem Text, und übrig blieb nichts als ein sinnloser Satz, an dem zu erkennen ist, daß etwas fehlt.«

Ich versuchte, meine Enttäuschung zu verbergen. »Ich gratuliere Ihnen zu dieser großartigen wissenschaftlichen Leistung, Dr. Locard.«

»Überdies«, fuhr er fort, als habe er mein Kompliment nicht gehört oder hielte es nicht für nötig, davon Notiz zu nehmen, »habe ich noch einen weiteren Beleg für diese Interpretation entdeckt. Die Ereignisse, die an dieser Stelle der ›Vita Constantini‹

beschrieben sind, fanden im Jahr 968 statt. Ich habe diverse Annalen jener Epoche durchgesehen und im ›Chronicon de Ostenberg‹ folgende Eintragung zu diesem Datum gefunden: *Zum großen Entsetzen aller Menschen floh die Sonne am zweiundzwanzigsten Tag des Dezembers dieses Jahres kurz nach Mittag mehrere Minuten lang vom Himmel.*«

Er sah begeistert auf.

»Ja, das ist schlüssig«, stimmte ich zu. »Dann kann man es wohl als erwiesen ansehen, daß Leofranc diese Seite aus dem fränkischen Manuskript entnommen und als Quelle für sein ›Leben‹ verwendet hat.«

»Und sie umgeschrieben hat, um Alfred und Wulflac zu glorifizieren«, fügte er hinzu.

Meine Entdeckung war also weit davon entfernt, die Authentizität von Grimbalds ›Leben‹ zu bestätigen; sie bewies statt dessen, daß Leofranc das Werk erfunden hatte. Und sie weckte ernste Zweifel, daß Wulflac jemals existiert hatte. Dr. Locard hatte all meine Hoffnungen zerstört, eine grundlegende Neueinschätzung Alfreds zu bewirken, und er hatte das fertiggebracht, obwohl er auf diesem Gebiet nur ein Amateur war. Ich fühlte mich gedemütigt. Ich sagte mir, daß ich ein ebenso guter Historiker sei wie er, obwohl er offensichtlich sämtliche Quellen, die in mein Fachgebiet fielen, gelesen hatte und ein erstaunliches Gedächtnis und verblüffende linguistische Fähigkeiten besaß. Ich hatte jedoch den Eindruck, daß er alles mit seiner Logik zerstückelte, daß er ein Zerstörer ohne schöpferische Gaben war, daß er so kalt und logisch und phantasielos war, daß er keinen Zugang zum Geist der Geschichte hatte. Außerdem blieb er in diesem Augenblick seines Triumphes unsympathisch teilnahmslos. Ich glaube fast, daß ich ihn in diesem Moment haßte, weil er seinen Sieg über mich nicht genoß. Er betrug sich, als stehe er so hoch über mir, daß es ihm keine Freude bereitete, mich restlos zerstört zu sehen. Mein einziger Trost war, daß sich herausgestellt hatte, daß das Manuskript, durch das Alfred als Betrüger und Feigling entlarvt zu werden schien, nichts mit ihm zu tun hatte. Es blieb nur noch eine wichtige Frage, die geklärt werden mußte. »Was planen Sie bezüglich der Veröffentlichung, Dr. Locard?«

»Das Dokument ist so bedeutend, daß die Wissenschaft so bald wie möglich davon erfahren sollte. Es beweist unwiderleglich, daß der gesamte Grimbald als Quelle abzulehnen ist. Was im Idealfall wünschenswert wäre, ist eine wissenschaftliche Ausgabe des Manuskripts, zusammen mit den Quellen, die im Zusammenhang damit stehen. Das würde mehrere Bände ergeben.«

»Ich gebe Ihnen vollkommen recht«, stimmte ich aufgeregt zu. »Aber ein solches Vorhaben wäre selbst für einen der Universitätsverlage schlichtweg zu teuer.«

»Das Manuskript wurde in dieser Bibliothek gefunden, wo es seit fast achthundert Jahren geschlummert hat«, sagte er mit der stillen Leidenschaft des Archivars. »Leofranc war hier Bischof. Ich würde es gerne sehen, wenn das Domkapitel dieses Projekt unterstützen würde. Die ›Annales Thurcastrienses‹.«

Ich starrte ihn verblüfft an. »Wäre das denkbar?«

Er sah mich nachdenklich an. »Möglicherweise ja. Gegenwärtig werden die Finanzmittel der Stiftung von anderen Aufgaben in Anspruch genommen, aber das würde sich ändern, sobald gewisse Gelder zur Verfügung stehen.«

Eine Weile herrschte Schweigen.

»Eine solche Edition«, bemerkte ich vorsichtig, »müßte von einem Wissenschaftler mit umfassenden Kenntnissen der Epoche und der Quellen vorgenommen werden.«

»Benötigt würde ein Direktor, der das ganze Unternehmen leiten würde – der durchaus ein *Fellow* von Oxford oder Cambridge sein könnte, denn seine Anwesenheit in Thurchester wäre nicht allzuoft erforderlich, weil er einen oder mehrere Assistenten bekäme, die hier arbeiten würden. Sie sind einer der drei oder vier anerkannt besten Fachleute auf diesem Gebiet, und nachdem das Manuskript in erster Linie infolge Ihrer Anstrengungen entdeckt wurde, wäre es nur naheliegend, wenn die Wahl auf Sie fallen würde. Natürlich hätte ich die Entscheidung nicht allein zu treffen. Und es ist auch denkbar, daß sie mir unter gewissen Umständen vom Domkapitel aus den Händen genommen werden könnte.«

»Unter welchen Umständen?«

Er sah mich nachdenklich an. »Ich will ganz offen sein: Alles hängt von der Gerichtsverhandlung gegen Perkins und ihren Folgen für das Vermächtnis zugunsten der Stiftung ab.«

»Gibt es irgendwelche neuen Informationen?«

»Eine Frau, die behauptet, sie sei die Schwester von Stonex, hat aus Yorkshire an Thorrold telegrafiert.«

»Ist es erwiesen, daß sie die Person ist, die sie zu sein behauptet?«

»Das muß natürlich genau überprüft werden, aber es sieht ganz danach aus. Sie hat viele Jahre lang als Haushälterin in Harrogate gearbeitet, aber vor kurzem hat sie einen Schlaganfall erlitten, der sie arbeitsunfähig gemacht hat.«

»Dann wird die Stiftung das Vermächtnis also verlieren?«

»Wenn nicht bewiesen werden kann, daß das Testament gegen den Wunsch des Erblassers vernichtet wurde. Ihre Aussage, daß Mr. Stonex danach gesucht habe, ist dabei von ausschlaggebender Bedeutung. Thorrold hat mir versichert, daß nur eine Aussage erforderlich ist, daß Mr. Stonex in einer Weise von seinem Testament gesprochen habe, die nicht den Eindruck erweckte, daß er die Absicht hatte, es zu widerrufen. In diesem Fall könnte es nach dem Entwurf, der glücklicherweise gefunden wurde, rekonstruiert werden.«

»Fickling wird weiterhin leugnen, daß der Zwischenfall mit dem Uhrenkasten überhaupt stattgefunden hat.«

»Nach seinem Auftritt heute nachmittag ist er als Zeuge nicht mehr glaubwürdig.«

»Was seine eigene Verwicklung in den Fall betrifft, hat er ganz bestimmt gelogen. Die Verantwortlichen müssen ihrer gerechten Strafe zugeführt werden.«

»Ihre Theorie hinsichtlich eines Bruders ...«

»Es ist mir inzwischen klar, daß ich mich geirrt habe. Einen Bruder hat es nie gegeben.«

Er sah mich überrascht an. »Dann stimmen Sie mir also zu, daß Perkins von der Schwester bezahlt wurde, den alten Mann zu ermorden und nach dem Testament zu suchen?«

Ohne auf seine Frage einzugehen, entgegnete ich: »Wer sollte ihn für sie gedungen haben, wenn sie in Yorkshire ist?«

»Das braucht uns nicht zu kümmern«, erwiderte er grob. Dann schien ihm aufzufallen, wie unhöflich er gesprochen hatte, und er fuhr fort, indem er seine Worte mit Sorgfalt wählte: »Ich wollte sagen: Das herauszufinden ist Sache der dafür zuständigen Leute, nämlich Thorrolds und der Polizei. Wir können uns darauf verlassen, daß sie das Nötige veranlassen werden. Es wäre höchst ungeschickt von Ihnen, wenn Sie sich noch weiter in diese Angelegenheit einmischen würden, Dr. Courtine. Wenn Sie anfangen, Anschuldigungen gegen Fickling vorzubringen, wird es ganz sicher zu Unannehmlichkeiten kommen, unter denen dann alle zu leiden hätten. Ganz besonders Sie als sein Freund.«

»Unsere Freundschaft ist aus und vorbei. Er ist nicht mehr der Mann, den ich in Cambridge gekannt hatte. Damals war er aufrecht und anständig. Nur, daß er sich immer wieder auf Zechtouren begab, die mehrere Tage zu dauern pflegten und die ihn, wie ich annehme, in seine gegenwärtige Situation gebracht haben.«

»Er ist in schlechte Gesellschaft geraten. Er ist ein stadtbekannter Säufer und mußte viele Male aus der Gosse aufgelesen und nach Hause getragen werden. Und seine Freundschaft mit Slattery hatte Klatsch der unangenehmsten Sorte zur Folge.« Er zögerte einen Augenblick, dann fügte er hinzu: »Sie haben sich mehrfach in betrunkenem Zustand in der Öffentlichkeit gestritten, und einmal hat Fickling ganz offensichtlich versucht, Slattery umzubringen. Aber wir wollen nicht mehr darüber reden.«

In diesem Augenblick wurde an die Tür geklopft, und das Hausmädchen trat ein: »Die gnädige Frau läßt sagen, daß das Abendessen fertig ist. Sie wartet im Eßzimmer auf Sie.«

»Lieber Gott! Ist es schon so spät?« Er wandte sich zu mir um. »Ich muß mich entschuldigen. Das war wirklich sehr unhöflich von mir. Ich wollte mit Ihnen ins Wohnzimmer gehen, um Sie meiner Frau vorzustellen.«

Wir verließen das Studierzimmer, und ich machte ihn darauf aufmerksam, daß ich bereits das Vergnügen gehabt hatte, Mrs. Locard kennenzulernen. Er führte mich zum Eßzimmer, einem großzügigen Raum auf der Vorderseite des Hauses, wo seine Frau uns erwartete. »Robert hatte in den letzten Tagen so viel zu tun, daß ich ihn nur selten zu Gesicht bekommen habe«, sagte sie lächelnd, als wir uns die Hand reichten.

»Ach ja«, entgegnete ich, »und zu allem Überfluß kam dann auch noch die Sache mit dem Toten hinter dem Gedenkstein.«

»Und was ist Ihrer Meinung nach die Wahrheit, die hinter dieser Entdeckung steckt?« fragte sie.

Dr. Locard war damit beschäftigt, mit dem Mädchen über das Servieren des ersten Ganges zu verhandeln.

»Ihr Mann hat die sehr begründete Meinung geäußert, daß es sich bei dem Toten um den Camerarius Burgoyne handeln muß und daß er vom Steinmetzen der Kathedrale, einem Mann namens Gambrill, umgebracht wurde, weil er ihn öffentlich des Mordes bezichtigen wollte.«

»Das glaube ich nicht«, mischte sich ihr Mann ins Gespräch, der die Diskussion über die Suppe und ihre Temperatur gerade beendet hatte.

Ich bekam einen roten Kopf. »Ich dachte, das hätten Sie heute morgen gesagt, als wir uns darüber unterhielten.«

»Offenbar ist es mir nicht gelungen, mich unmißverständlich auszudrücken«, sagte er mit ausgesuchter Höflichkeit, die ich als sehr viel kränkender empfand, als Grobheit es gewesen wäre. »Ich sagte, ich glaube, daß Gambrill befürchtete, daß Burgoyne ihn öffentlich des Mordes an Limbricks Vater bezichtigen wollte. Aber ich glaube nicht, daß es das war, was Burgoyne bekanntgeben wollte.«

»Das ist wirklich sehr kompliziert«, murmelte Mrs. Locard und lächelte mich an.

»Aber die Inschrift an der Wand des neuen Dekanats läßt darauf schließen«, begann ich, »daß Gambrill ...«

»Die Inschrift!« rief er aus. »Die Inschrift hat nichts mit dem Mord an Burgoyne zu tun. Sie wurde erst um 1660 angebracht, und sie bezieht sich auf den Mord an Freeth.«

»Wirklich?«

Dr. Locard erklärte: »Sie ist absichtlich so mißverständlich abgefaßt, weil sie aus einer Zeit stammt, als die Burgoynes noch sehr mächtig waren. Sie wurde von den Domherren angebracht, ganz besonders auf Betreiben von Champniss, dem Domkustos.«

»Champniss war auch der Augenzeuge, mit dem Pepperdine mehr als zwanzig Jahre später geredet hat. Ich wußte nicht, daß er der Domkustos war. Aber Sie können doch nicht meinen, daß er der Mann war, der von Burgoyne und Gambrill so gedemütigt wurde, daß er einen Nervenzusammenbruch erlitt? Der muß 1660 doch längst tot gewesen sein.«

»Doch, genau den meine ich. Überraschenderweise hat er fast alle anderen Domherren überlebt. Er war ein treuer Freund von Freeth gewesen und von seinem Tod zutiefst betroffen. Die Inschrift war deshalb tatsächlich eine Mordanklage gegen die Familie Burgoyne.«

»Und hatte er recht?«

»Nach der Belagerung hat der Offizier, der die Besatzungstruppe kommandiert hatte und deshalb in gewissem Sinne für Freeth' Tod verantwortlich war ...«

»Entschuldigen Sie, wenn ich Sie unterbreche«, warf ich ein, »aber diese Geschichte ist mir bekannt.«

»Dann wissen Sie auch, daß dieser Offizier, Willoughby Burgoyne, der Neffe des Schatzmeisters war, und dann verstehen Sie auch, warum die Domherren ihn für Freeth' Tod verantwortlich machten.«

Ich nickte. Aber ich war natürlich erstaunt über diese neue Information. Demnach war die Erklärung, die ich am gestrigen Nachmittag gehört hatte, nicht zutreffend: Der verantwortliche Offizier hatte nicht kaltblütig gehandelt, um die Stadt zu retten, sondern um ein seiner Familie angetanes Unrecht zu rächen. Mir fiel wieder ein, wie nahe Champniss in Pepperdines Bericht dran gewesen war, den Offizier des Mordes an Freeth zu bezichtigen. Selbst nach der Niederlage der Roundheads war es vermutlich gefährlich gewesen, etwas gegen eine so mächtige Familie wie die Burgoynes vorzubringen. Deshalb erschien es plausibel, daß die Domherren in Form von zweideutigen Worten auf einer Inschrift eine versteckte Anklage formuliert hatten.

Wir schwiegen eine Zeitlang, während das Hausmädchen die Suppenteller abräumte.

»Wen wollte Burgoyne dann anklagen, wenn nicht Gambrill?« fragte ich.

Der Bibliothekar lächelte geheimnisvoll. »Erinnern Sie sich, daß in der Sturmnacht einer der Chorknaben ums Leben kam?« Ich nickte. »Er war Gambrills Neffe.«

»War das ein Zufall?« Ich erinnerte mich, daß Dr. Locard angedeutet hatte, daß der Junge ermordet worden sei. »Wollen Sie damit sagen, daß er von Burgoyne umgebracht wurde?«

»Woher soll ich wissen, was in jener Nacht geschah? Ich kann nur meine Schlüsse ziehen, und das können Sie ebenso gut wie ich. Vermutlich sogar besser.«

Wenn Burgoyne den Jungen getötet hatte, mußte er ein Motiv gehabt haben; ein sehr mächtiges Motiv. Was könnte das gewesen sein? Plötzlich wurde mir klar, was Dr. Locard hatte andeuten wollen. Ich warf einen Blick auf Mrs. Locard, die gerade etwas mit dem Hausmädchen beredete. »Ich glaube, ich weiß jetzt, wen Burgoyne anklagen wollte.«

Er nickte. In diesem Moment wandte sich seine Frau uns wieder zu und sagte: »Entschuldigen Sie, Dr. Courtine. Sie hatten gerade gesagt, daß der arme Domherr vom Steinmetzen ermordet wurde. Aber wer hat dann ihn getötet?«

»Das ist eine gute Frage«, erwiderte ich.

»Limbrick«, behauptete Dr. Locard, »der Stellvertreter des Steinmetzen.« Als er mein skeptisches Gesicht bemerkte, fragte er: »Wenn er keinen zweiten Mann bei sich gehabt hätte, wie hätte Gambrill dann die Marmorplatte auf ihren Platz hieven sollen, hinter der er Burgoyne bei lebendigem Leibe eingemauert hat?«

Ich zuckte die Achseln. »Hätten denn zwei Männer das schaffen können?«

»Mit Hilfe des Flaschenzugs, der für diesen Zweck auf dem Gerüst bereitstand, war das ohne weiteres möglich. Die Marmorplatte wurde durch bleierne Gegengewichte im Gleichgewicht gehalten, so daß sie sie langsam herunterlassen und an die richtige Position bringen konnten.«

»Auch für zwei Männer wäre das sehr schwierig gewesen«, murmelte ich.

»Haben Sie denn eine bessere Erklärung, Dr. Courtine?« fragte er mit dünnem Lächeln.

»Ich kann auch nicht mehr tun, als mir eine Hypothese zurechtzulegen. Aber ich glaube, ich kann mir vorstellen, was in jener Nacht geschehen ist ...«

»Wir müssen uns an die Fakten halten und dürfen nichts dazuerfinden«, unterbrach mich der Bibliothekar. »Nach den erwiesenen Tatsachen, die wir haben, muß es sich so abgespielt haben: Als Burgoyne sich an diesem Abend den Schlüssel holte und in die Kathedrale ging, folgten ihm Gambrill und Limbrick. Sie griffen ihn an, schlugen ihn bewußtlos und glaubten vermutlich, ihn getötet zu haben. Dann trugen sie ihn auf das Gerüst, legten ihn in das Loch in der Wand und verschlossen es mit der Marmortafel.«

»Dieses Unterfangen wäre selbst für fünf oder sechs Männer schwierig gewesen«, gab ich zu bedenken. Seine Hypothese erschien mir sehr viel phantastischer als meine eigene.

Dr. Locard nickte zum Zeichen, daß er meinen Einwand zur Kenntnis genommen hatte, beachtete ihn aber weiter nicht. »Dann ermordete Limbrick Gambrill, indem er das Gerüst über ihm zum Einsturz brachte.«

»Warum zogen sie Burgoyne sein Gewand aus, und warum zog Gambrill es an?«

»Das ist ein unwichtiges Detail.«

»Eine wirklich überzeugende Theorie müßte alles erklären.«

Mein Gastgeber erhob sich, um das Roastbeef aufzuschneiden, das vom Hausmädchen auf den Tisch gestellt worden war, und meinte: »Das ist eine unrealistische Hoffnung und, wenn ich so sagen darf, für einen Historiker auch eine höchst eigenartige.«

Seine Bemerkung ließ mich zusammenzucken, aber ich dachte mir, daß meine Rache darin bestehen würde, den Beweis dafür zu finden, daß er sich irrte. Mit seiner Angewohnheit, alles mit Hilfe der Logik zu zergliedern, verabsäumte er es, das Element des Unbekannten mit zu berücksichtigen, und dazu brauchte man Vorstellungskraft. Ich brachte ein Lächeln zustande. »Wir haben ganz unterschiedliche Methoden, ein Problem anzugehen. Meiner Ansicht nach ist der beste Prüfstein einer Hypothese die Frage, ob sie auch die Unstimmigkeiten erklärt. Es ist nicht schwierig, eine Theorie aufzustellen, die die wichtigsten Aspekte einer Sache grob erklärt. Aber wenn sie nur anwendbar ist, wenn man die schwierigsten Elemente ignoriert, dann kann eine solche Hypothese nicht als ausreichende Erklärung betrachtet werden.«

»Was würde denn Ihren Ansprüchen genügen, Dr. Courtine?«

»Eine Theorie, die, selbst wenn sie in einigen Einzelheiten etwas bizarr sein sollte, alle Unstimmigkeiten erklärt. Und um auf eine solche Geschichte zu kommen, muß man häufig auf seine Vorstellungskraft zurückgreifen.«

Dr. Locard zog vor Abscheu die Lippen zusammen. »Das ist ganz gewiß nicht die Aufgabe des Historikers.«

»Aber die Alternative ist ein Zerstörungsakt, der ebenso schändlich ist. Überall, wo die Quellen widersprüchlich oder absurd sind, werden sie als Ergebnis von Mißverständnissen oder als Fälschungen abgetan. Es kommt jedoch ständig vor, daß irgendein Umstand oder ein Motiv in der historischen Überlieferung fehlt, mit dem sich diese scheinbaren Unstimmigkeiten erklären ließen. Ich bin lediglich der Meinung, daß der Historiker versuchen sollte, die fehlenden Teile des Puzzles zu finden.«

»Da kann ich Ihnen nicht zustimmen. Der Historiker hat die Verpflichtung, sich an die Fakten zu halten und sich nicht irgendwelche phantastischen Geschichten aus den Fingern zu saugen. In dem Fall, von dem gerade die Rede ist, wissen wir, daß Limbrick einen Grund hatte, Gambrill zu hassen, und daß er später seine Witwe heiratete. Das ist ausreichend, um die einfache und offensichtliche Erklärung zu akzeptieren, daß die beiden Männer gemeinsam Burgoyne töteten und anschließend Limbrick seinen Vorgesetzten umbrachte. Es wäre unlogisch, wenn nicht geradezu pervers, das nicht zu akzeptieren.«

Ich wandte mich an Mrs. Locard. »In diesem Punkt bin ich überstimmt. Der Coroner hat heute nachmittag genau das gleiche gesagt, als er den Geschworenen einschärfte, sie dürften einer Theorie von mir keinen Glauben schenken.«

Das Hausmädchen reichte mir die Platte mit dem Fleisch, das ihr Herr gerade aufgeschnitten hatte. »Ich gebe gern zu«, begann Dr. Locard, »daß die Erklärung des Mordes an dem alten Herrn, die der Coroner den Geschworenen nahelegte, einige – bedeutungslose – Unstimmigkeiten aufweist ...«

Ich konnte mich nicht enthalten, ihn zu unterbrechen: »Der Zeitpunkt des Todes? Die teuflische Zerstörung des Gesichts des Opfers? Das soll unbedeutend sein?«

Der Bibliothekar fuhr fort, als hätte ich nichts gesagt: »Das, worauf es ankommt, ist jedoch sehr einfach. Perkins wurde gedungen, den Mord zu begehen. Er wurde dafür bezahlt, daß er den alten Herrn tötete und das Testament sicherstellte.«

»Sie glauben das nicht?« fragte Mrs. Locard.

»Ich bin überzeugt, daß der junge Mann unschuldig ist.«

»Ich bin, ehrlich gesagt, überrascht, daß Sie so etwas sagen«, meinte ihr Mann. »Ich hoffe jedoch, daß bis zu seiner Gerichtsverhandlung bewiesen werden kann, daß zwischen ihm und der Schwester eine Verbindung besteht.«

»Dann ist das Testament also nicht aufgetaucht, und sie wird erben?« fragte seine Frau.

»Perkins muß Geld für den Mord erhalten haben«, fuhr Dr. Locard fort. »Ich nehme an, daß dafür ein Beweis gefunden werden wird.«

»Nein«, beantwortete ich Mrs. Locards Frage. »Das Testament ist nicht aufgetaucht.« Ich war überrascht, daß ihr Mann ihr das noch nicht erzählt hatte.

»Man wird es auch nicht mehr finden«, erklärte Dr. Locard. »Perkins hat es an sich genommen, als er das Haus auf den Kopf stellte. Diese Tatsache muß ans Licht gebracht werden. Und deshalb, Dr. Courtine, ist es ratsam, daß Sie, wenn Sie bei seiner Gerichtsverhandlung im Zeugenstand stehen, die ganze Angelegenheit nicht noch verworrener machen, indem Sie sagen, daß das Haus schon vorher durchwühlt worden sei. Das würde die Geschworenen nur verwirren.«

»Ist das auch eine unbedeutende Unstimmigkeit?« fragte ich.

Er sah mich scharf an. »Genau das. Und versuchen Sie auch alles andere zu vermeiden, was die Angelegenheit nur noch undurchsichtiger macht, wie die Behauptung, daß der alte Herr die Nachricht von der Tafel gewischt habe, die Sie plötzlich aufs Tapet brachten, obwohl Sie der Polizei anfangs nichts davon gesagt hatten.«

»Mein Gedächtnis war blockiert, und ich habe mich buchstäblich erst in jenem Augenblick daran erinnert.«

Dr. Locard meinte sehr vorsichtig: »Sie haben sich an soviel erinnert, daß ich hoffe, daß Ihnen noch mehr einfallen wird.«

»Das ist sehr gut möglich«, erwiderte ich. »Mit dem Gedächtnis ist das eine seltsame Sache.«

Wir hatten gerade erst angefangen zu essen, aber er legte Messer und Gabel wieder aus der Hand und begann: »Es wäre nur sehr wenig vonnöten. Thorrold hat mir versichert, daß eine eidesstattliche Erklärung von Ihnen genügen würde, damit das Testament von Mr. Stonex vollstreckt werden könnte. Er hat es nach dem Entwurf rekonstruiert.«

»Thorrold? Der Testamentsvollstrecker von Mr. Stonex?«

»Er vertritt auch das Domkapitel.«

Ich war verwundert. Ob es allzu penibel von mir war, zu meinen, daß der Rechtsanwalt sich damit ganz offensichtlich in einem Interessenkonflikt befand?

»Ein solcher Schritt würde natürlich von der Schwester angefochten werden, aber Thorrold ist der Meinung, daß wir gute Chancen hätten, damit durchzukommen. Besonders, wenn Perkins verurteilt wird.«

»Und woran müßte ich mich erinnern?«

»Nur daran, daß Mr. Stonex gesagt hat, daß er das Testament im Uhrenkasten gefunden und die Absicht habe, es an einen sicheren Ort zu bringen, vielleicht zu seinem Rechtsanwalt oder zur Bank.«

»Fickling würde das bestreiten. Er würde mich der Lüge bezichtigen.«

Dr. Locard schob seinen Teller von sich. »Lassen Sie uns doch einmal ganz offen reden: Diese ganze Geschichte hat Aspekte, die Fickling, Slattery, mindestens einen der Domherren und auch noch andere Personen betreffen und von denen Sie als Außenstehender nichts wissen können. Wenn Thorrolds Rekonstruktion des Testaments für gültig erklärt und vollstreckt wird, müßte nichts von diesen Komplikationen an die Öffentlichkeit dringen, denn die Schwester des Verstorbenen – oder wer auch immer es war, der Perkins für den Mord gedungen hat – hätte dann weder durch seine Verurteilung noch durch seinen Freispruch etwas zu gewinnen. Über das Vermögen würde entsprechend den Bestimmungen des Testaments verfügt, gleichgültig wer Mr. Stonex' Erbe ist. Wenn hingegen das rekonstruierte Testament nicht anerkannt wird, dann wird es unumgänglich sein, daß bei der Gerichtsverhandlung von Perkins gewisse Dinge zur Sprache kommen. Ich hoffe sehr, daß sich das vermeiden läßt, weil es vielen Personen einen enormen Schaden zufügen würde, aber wenn das der Preis ist, der bezahlt werden muß, dann kann man es auch nicht ändern.«

Alle schweigen. Ich sah von meinem Gastgeber zu seiner Frau, die errötete und den Blick abwandte. Ich wählte meine nächsten Worte mit großer Sorgfalt: »Angesichts der Tatsache, daß es bei der Gerichtsverhandlung um das Leben eines Menschen geht, habe ich große Bedenken, eine solche eidesstattliche Erklärung abzugeben.«

Dr. Locard fuhr mit leiser, eindringlicher Stimme fort: »Wenn Sie diesen einen Punkt beschwören, damit das Testament vollstreckt werden kann, können Sie ansonsten vor Gericht aussagen, was Sie wollen. Es wäre dann vollkommen gleichgültig, ob Perkins verurteilt wird oder nicht.«

»Und wenn ich das nicht beschwöre, dann wird sich die Gerichtsverhandlung zu einer höchst unerfreulichen Angelegenheit entwickeln?«

»Das wäre unausweichlich. Fickling würde zwangsläufig diskreditiert werden, weil gewisse Dinge ans Licht kämen, die auch für Sie sehr unangenehm wären.«

Ich antwortete nicht. Mir kam plötzlich der Gedanke, daß ich dem Dekan, indem ich ihm das bei Sheldrick gestohlene Päckchen mit den Photoplatten übergeben hatte, eine Waffe in die Hände gespielt hatte, die unter Umständen den Tod von Perkins zur Folge haben konnte. Ich bedauerte die naive Impulsivität, mit der ich gehandelt hatte.

Dr. Locard fuhr fort: »Die Gerüchte würden niemanden verschonen. Verstehen Sie mich, Dr. Courtine?« Ich sah ihm ins Gesicht, ohne ihm eine Antwort zu geben. »Eine der Konsequenzen wäre, daß ich dann die anderen Domherren nicht dazu überreden könnte, Ihnen die Veröffentlichung des Manuskripts anzuvertrauen, denn jeder ehemalige Bekannte Ficklings würde dann unter Verdacht geraten. Sie sind unverheiratet, nehme ich an?«

»Ich habe keine Frau.«

Er warf Mrs. Locard einen Blick zu und wandte sich wieder an mich. Ein unverheirateter Freund Ficklings wäre, offen gesagt, ein besonders leichtes Opfer für Klatsch der übelsten Sorte.«

Mrs. Locard senkte den Blick.

»Ich habe nichts zu verbergen.«

»Daran zweifle ich nicht, Dr. Courtine. Vielleicht sind Sie ja auch bereit, dieses Risiko für sich selbst in Kauf zu nehmen, aber können Sie das Ihrer Familie und Ihren Freunden zumuten?«

»Ich habe keine Familie.«

»Überhaupt keine?« rief Mrs. Locard aus, die versuchte, dem Gespräch eine andere Wende zu geben. »Wie traurig. Keine Brüder und Schwestern?«

»Meine einzige Schwester ist vor vier Jahren gestorben. Ihre Tochter ist meine einzige lebende Verwandte. Ich bin gerade auf dem Weg, die Feiertage mit ihr und ihrem Mann zu verbringen.«

»Haben sie Kinder?«

»Zwei kleine Mädchen. Meine Reisetasche ist voll von Geschenken für sie.«

»Sie sind offenbar ein sehr liebevoller Onkel – und Großonkel. Aber eigene Kinder haben Sie nicht?«

»Ich habe, wie gesagt, keine Frau.«

Mein Tonfall fiel etwas barscher aus als beabsichtigt, und ich sah, daß sie gekränkt war.

In diesem Augenblick kam das Hausmädchen herein und reichte ihrem Herrn einen Brief. Er entschuldigte sich bei mir, öffnete ihn und fing an zu lesen. »Es tut mir furchtbar leid, aber dies ist eine Aufforderung, sofort ins Dekanat zu kommen.«

»So spät am Abend noch?« rief seine Frau aus.

»Es ist etwas vorgefallen, das der Dekan mit mir besprechen möchte.«

»Aber Robert, du hast kaum etwas gegessen.«

»Ich bitte Sie um Verzeihung«, sagte er zu mir. »Bitte essen Sie weiter und nehmen Sie ihre Nachspeise zu sich. Ich hoffe, sehr bald wieder zu Ihnen zu stoßen.«

Sowie er uns allein gelassen hatte, sagte ich: »Ich muß Sie um Verzeihung für mein unhöfliches Betragen bitten. Ich weiß selbst nicht, warum ich so unfreundlich war.«

»Ich hätte Ihnen keine solche Frage stellen dürfen«, antwortete sie.

»Aber nein. Ich war im Unrecht. Aber ich bin noch immer so aufgewühlt wegen der Ereignisse der letzten beiden Tage.«

»Es tut mir so leid, daß Sie in diese fürchterliche Geschichte mit dem armen Mr. Stonex verwickelt wurden. Das muß wirklich ganz entsetzlich für Sie sein.«

»Und außerdem habe ich gerade eine der unerfreulichsten Erfahrungen meines Lebens gemacht: festzustellen, daß ein alter Freund ... kein Freund ist.«

Ich blickte auf und sah, daß ihre grauen Augen auf mir ruhten. »Heute nacht hatte ich einen ganz entsetzlichen Alptraum. Oder besser gesagt, heute morgen. Ich wachte in abgrundtiefer Verzweiflung auf, die mich den ganzen Tag nicht mehr verlassen hat. Es ist seltsam, daß das, was mich am meisten erschüttert, etwas ist, das eigentlich gar nicht wirklich geschehen ist.«

»Es wundert mich überhaupt nicht, daß Sie einen Alptraum hatten. Sie waren in den letzten zwei Tagen soviel mit dem Tod, mit gewaltsamem Tod, konfrontiert.«

»Aber damit schien der Traum nichts zu tun zu haben. Ich schätze, daß er durch eine Geschichte ausgelöst wurde, die ich vor kurzem gelesen habe – eine törichte Sache, die mich erschüttert hat, ohne daß ich sagen könnte, warum. Ich glaube nicht, daß es der Tod ist, der mich erschreckt, denn als ich heute morgen Burgoynes Leiche vor mir liegen sah, fand ich das nur traurig und bewegend. Selbst Mr. Stonex. Er ist auf abscheuliche Weise ums Leben gekommen, aber jetzt hat er seinen Frieden. Was mich so erschüttert, ist das Gefühl des Bösen.«

»Weil beide Männer ermordet wurden?«

»Mord ist nur ein Teil davon. Denn das Böse manifestiert sich nicht nur in Form von Mord. Und der Himmel weiß, daß nicht jeder Mord durch das Böse verursacht wird.« Sie sah mich verständnislos an, und ich fuhr deshalb fort: »Wenn zum Beispiel Perkins Mr. Stonex getötet hätte, dann wäre das eine Folge von Geldgier und Dummheit gewesen, aber keine Manifestation des Bösen.«

»Aber Sie glauben nicht, daß er es getan hat?«

»Nein. Ich bin mir ganz sicher, daß Mr. Stonex aus echter Bosheit getötet worden ist, und das ist es auch, was mich so erschüttert.« Ich hatte nicht die Absicht, ihr das brutal zerschmetterte Gesicht des alten Mannes zu beschreiben. »Die Überzeugung, daß ich mich im Angesicht des Bösen befunden habe.«

»Mit diesem Wort kann sehr Unterschiedliches gemeint sein.«

»Für mich bedeutet es die Freude, anderen Schmerz zuzufügen und andere leiden zu sehen.«

»Kann irgendeiner von uns sich dessen völlig freisprechen?« Es verblüffte mich, diese Worte ausgerechnet aus ihrem Munde zu hören.

Wahrscheinlich war meine Überraschung der Grund, warum ich antwortete: »Heute habe ich diese Eigenschaft jedenfalls an mir selbst entdecken müssen, und ich glaube, das ist es, was mich am allermeisten erschreckt.«

Mein Geständnis schien sie nicht weiter zu beunruhigen. »Wenn wir ehrlich sind, werden wir uns alle eingestehen müssen, nicht frei davon zu sein. Unsere Religion lehrt uns zwar, Böses mit Gutem zu vergelten, aber das ist sehr schwer.«

Ich mochte ihr nicht sagen, daß ihre Religion nicht die meine war. Und hatte ich denn wirklich allen christlichen Aberglauben abgelegt, wenn ich immer noch vom Bösen sprach?

»Es ist ganz besonders dann schwer, wenn derjenige, der einen grausam behandelt, einmal ein Freund gewesen ist und deshalb um so besser weiß, wie er einen treffen kann.«

»Meinen Sie nicht, daß nur solche Menschen den Wunsch haben können, andere zu quälen, die selbst auch sehr unglücklich sind?«

»Wahrscheinlich haben Sie recht. Dennoch bin ich schockiert über die Bösartigkeit, die er mir gegenüber an den Tag gelegt hat, über seine Wut und über die Stärke seines Wunsches, mich zu verletzen. Und das war es, was mich in meinem Alptraum so entsetzt hat: das Gefühl des Bösen.«

»Möchten Sie mir Ihren Traum nicht erzählen? Ich habe festgestellt, daß das oft hilft, die Nachwirkungen eines Alptraums zu vertreiben.«

»Es wäre sehr unfreundlich, Sie damit zu belasten.«

»Ihr Traum interessiert mich aber wirklich. Ich würde ihn gerne hören, Dr. Courtine. Aber gehen wir doch ins Wohnzimmer hinüber und trinken dort unseren Kaffee.«

Wenige Minuten später saßen wir vor einem fröhlich flakkernden Feuer auf einem großen Sofa in dem hell erleuchteten Raum. Meine Gastgeberin drängte mich, mein Versprechen zu halten.

»Es war ein sehr seltsamer Traum«, begann ich. »Ich hatte meine Arme fest um ein eigenartiges Wesen geschlungen, um etwas, von dem ein entsetzlich abstoßender Geruch ausging. Meine Augen waren geschlossen. Irgendwie schien ich mit dem Wesen zu kämpfen. Ich befand mich irgendwo hoch oben. Ich glaube, ich lag auf einem Bett. Vor dem Fenster schrien Vögel. Das Schlimmste war, daß ich überzeugt war, dieses Monster habe eine Art Anspruch auf mich. Es war fast ein Teil von mir selbst. Um mich zu retten, riß ich mir in meiner Verzweiflung einen Arm aus, oder so etwas Ähnliches wie einen Arm, mehr einen Flügel oder Tentakel, und mein linker Arm schmerzte. Dann wachte ich auf, aber nur in meinem Traum, obwohl ich dachte, ich sei wirklich erwacht, und stellte fest, daß ich auf meinem Sofa in meiner Wohnung im College lag. Eine entsetzliche, abgrundtiefe Verzweiflung hatte mich erfaßt. In meinem Leben hat es einmal eine Zeit gegeben, in der ich auf diesem Sofa geschlafen habe; und es war nicht gerade die glücklichste Zeit meines Lebens. Dann wachte ich wirklich auf und fand, wie ich glaubte, meinen eigenen abgetrennten Arm unter mir. Er war eingeschlafen und vollkommen gefühllos.«

Sie erschauerte voller Mitgefühl. »Alpträume sind wie Geier, die sich immer dann auf uns stürzen, wenn wir gerade besonders verletzlich sind.«

»Ich habe seit meiner Ankunft in dieser Stadt schlecht geschlafen. Ich werde froh sein, wenn ich endlich abreisen kann!« Morgen würde ich eine lange Fahrt mit der Eisenbahn machen und von einem Ort, an dem ich unerwünscht war, zu einem anderen reisen, an dem man mich ebensowenig haben wollte. »Entschuldigen Sie. Das war schon wieder arg unhöflich von mir.«

»Aber nein. Sie freuen sich doch sicher auf Weihnachten, und die Kinder sind doch bestimmt schon ganz aufgeregt über die Aussicht, ihren Onkel wiederzusehen.«

»Um die Wahrheit zu sagen: Ich fürchte mich davor.«

Wenn sie überrascht war, dann zeigte sie es nicht. Mrs. Locard wartete, daß ich weitersprach, und in ihrem Gesicht stand soviel Mitleid, das sich so sehr von einfacher Neugier unterschied, daß ich fortfuhr: »Sie sind so glücklich mit ihrem Neugeborenen, und sie lieben sich so sehr, daß ich genau weiß, daß sie mich eigentlich nicht bei sich haben wollen. Sie bitten mich jedes Jahr, zu kommen, weil es ihnen leid täte, wenn ich an Weihnachten alleine wäre.«

»Sie möchten Sie ganz bestimmt wirklich gerne bei sich haben. Ganz bestimmt!«

»Warum sollten sie das wollen?«

»Ich glaube, daß Sie ein sehr freundlicher Mensch sind. Wohlmeinend und ehrenhaft. Verzeihen Sie mir, wenn ich mir anmaße, so etwas zu sagen, aber ich kann mir einfach nicht vorstellen, daß Sie keine Freunde haben sollten, die Sie lieben.«

Ich lächelte. »Ein paar alte Kollegen vom College, die ebenso verstaubt und langweilig sind wie ich selbst. Aber ich glaube nicht, daß ›Liebe‹ das richtige Wort für unsere Gefühle füreinander wäre. Ich hätte bei ihnen im College bleiben sollen wie sonst auch und mich nicht meiner Nichte aufdrängen dürfen. Es ist schlimm, wenn das Glück anderer einen traurig stimmt. Man fühlt sich dann auch noch schuldig, weil man ihnen ihr Glück neidet.«

»Es wäre unnatürlich, keine solchen Gefühle zu haben«, wandte sie ein. »Aber das ist noch lange nicht dasselbe, wie jemandem Unglück zu wünschen.«

»Nein, nein. Ich wünsche niemandem etwas Böses. Ich wünsche nur mir selbst ein bißchen mehr Glück. Als ich jung war, wäre ich nie auf den Gedanken gekommen, daß ich mit fast fünfzig Jahren so wenig davon haben könnte. Ich dachte, daß alles, was ich mir wünschte, irgendwann schon eintreten würde. Und dann habe ich meine einzige Chance verspielt.«

Ich bedauerte dieses Geständnis, noch bevor ich die Worte zu Ende gesprochen hatte. Und vielleicht weil sie das spürte, erwiderte Mrs. Locard: »Ich glaube, daß man noch viel einsamer sein kann, wenn man nicht alleine ist.«

Ihre Offenheit überraschte mich. Ich hatte genug davon gesehen, wie ihr Mann sich ihr gegenüber betrug, um mir ein Bild von ihrem Zusammenleben machen zu können. In diesem Moment drängte sich mir der Anblick wieder auf, der sich mir vor zwei Stunden bei Fickling geboten hatte, und ich hatte plötzlich das Gefühl, als hätte ich ein Leben ohne allen Mut und ohne jedes Wagnis geführt. Wenigstens daran hatte es Burgoyne und Fickling nicht gefehlt.

»Besonders«, fügte sie hinzu, »wenn man keine Kinder hat.«

»Das ist auch mein großer Kummer«, erwiderte ich und mußte daran denken, daß Sisterson mir erzählt hatte, daß sie ein Kind verloren habe. »Je älter ich werde, desto mehr bedaure ich das.«

Sie lächelte mich traurig an. »Ich habe schon erlebt, daß Herren, die wesentlich älter waren als Sie, heirateten und noch Kinder hatten.«

»Was das Heiraten angeht, so habe ich meine einzige Chance schon gehabt.«

»Aber ich dachte, Sie hätten gesagt, Sie haben keine Frau?«

»Ich kann nicht heiraten. Ich war vorhin nicht nur unhöflich, ich war auch nicht ganz ehrlich. Ich habe Ihnen gesagt, daß ich keine Frau hätte. In Wirklichkeit ...« Ich brach ab.

»Sie brauchen nichts zu sagen«, flüsterte sie sanft.

»Sie hat mich verlassen. Ich war vollkommen vernichtet. Es fällt mir leichter, den Eindruck zu erwecken, sie sei tot. Ich habe immer versucht, mir einzubilden, sie sei tot. Aber jetzt weiß ich, daß das falsch war. Nicht sie ist all die Jahre tot gewesen, sondern ich.«

»Ich kann Sie so gut verstehen. Wenn man liebt, vertraut man dem geliebten Menschen sein eigenes Wertgefühl an, und wenn einen dieser Mensch dann wegwirft, ist man überzeugt, daß man wertlos ist. Das ist eine Art Tod.«

»Genau das habe ich empfunden. Darf ich Ihnen die ganze Geschichte erzählen?«

»Wollen Sie das wirklich?«

»Ja, obwohl ich noch nie mit einem Menschen darüber geredet habe. Aber ich habe genug gelogen und verheimlicht und möchte jetzt endlich die Wahrheit sagen. Das heißt, wenn es Ihnen nichts ausmacht, sich eine so alltägliche Geschichte anzuhören.«

»Jede Geschichte ist einmalig.«

»Vor zwanzig Jahren heiratete ich eine Frau – eigentlich ein Mädchen, denn sie war zehn Jahre jünger als ich. Sie war die Tochter des Direktors von einem College in Oxford, und sie war sehr schön. Sehr süß und sehr schön. Ich liebte sie, und ich glaubte – und glaube es noch heute –, daß sie mich auch geliebt hat – jedenfalls am Anfang. Und zunächst waren wir auch sehr glücklich. Zunächst! Aber dann ging alles so schnell. Die Zeit, die wir miteinander verbracht haben, war so kurz – nur ein paar Monate. Als ich sie zum ersten Mal sah, war sie erst fünfzehn. Dann wurde sie zur Erziehung ins Ausland geschickt, und ich sah sie lange nicht wieder, bis zu einem Weihnachtsfest. Ich war gerade *Fellow* an meinem alten College – Colchester – geworden. Im Januar machte ich ihr einen Heiratsantrag, und im April heirateten wir. Nach den Flitterwochen, die wir bei Verwandten meiner Frau in einem schottischen Schloß verbrachten, zogen wir in ein Haus, das meinem College gehörte. Damals waren wir glücklich. Ich hatte einen Freund. Einen alten Freund aus meiner Studentenzeit. Er hatte nicht den akademischen Grad erreicht, den er sich zum Ziel gesetzt hatte, und deshalb hatte er seine Hoffnung begraben müssen, *Fellow* zu werden, aber er war in Cambridge geblieben und unterrichtete an einer der Chorschulen. Er war witzig und charmant und brachte meine Frau zum Lachen. Er konnte auch singen und Flöte spielen, und meine Frau sang und spielte Klavier, und so machten sie abendelang miteinander Musik. Und ich war dankbar, denn ich fürchtete, daß unser Zusammenleben ziemlich langweilig für sie war. Sie muß auch einsam gewesen sein, denn sie kannte kaum jüngere Frauen in Cambridge. Ich ging ganz in meinen Pflichten und meinen historischen Studien auf, denn ich war Junior Dean meines Colleges geworden und verbrachte den ganzen Tag im College und die meisten Abende in der Bibliothek. Dann begann mein Freund, einen seiner Freunde mitzubringen. Ich war ein Narr, ein selbstgefälliger, eingebildeter Narr. Eigentlich brauche ich gar nicht mehr weiterzuerzählen.«

»Fahren Sie fort, wenn Sie möchten«, sagte sie sehr sanft.

»Ich wußte und wußte auch wieder nicht oder wollte nicht wissen, was mein Freund da trieb. Viele Jahre später verzieh ich ihm, oder meinte, ihm verziehen zu haben, weil ich mir einredete, er habe bei allem, was geschah, keine bösen Absichten gehegt. Aber jetzt habe ich festgestellt, daß er genau das getan hat, was ich ihm zunächst zum Vorwurf gemacht hatte. Er muß etwas gegen mich gehabt haben. Ich vermute, daß er neidisch auf mich war. Ich hatte eine Karriere an der Universität begonnen und war glücklich verheiratet. Er hatte weder das eine noch das andere geschafft. Deshalb beneidete er mich, aber ich glaube, daß er auch ein wenig eifersüchtig war. Oder vielleicht wollte er auch seinem Freund einen Dienst erweisen, selbst wenn es auf meine Kosten ging. Diesen Freund liebte er, er liebte ihn sogar sehr. Die Geschichte ist banal – wie eine Episode aus einem französischen Roman. Meine Frau war, wie gesagt, jung, schön und reich. Das hatte ich noch gar nicht erwähnt, oder? Ihre Mutter hatte ein enormes Vermögen geerbt. Meine Frau war also eine gute Partie. Ich hatte sehr viel Glück gehabt. In gewisser Weise wußte ich das, aber in anderer Hinsicht auch wieder nicht. Mein Freund, der Schulmeister, kam nicht mehr so häufig, und an seiner Stelle begann sein Freund – der niemals mein Freund wurde, denn er hatte gewisse Eigenschaften, die ich nicht schätzte – meine Frau allein zu besuchen. Er war gutaussehend und charmant und konnte sehr unterhaltsam sein. Er hatte in fremden Ländern gelebt und ungewöhnliche Dinge getan. Er besaß ein bißchen Vermögen, genug, um sich einige Wünsche zu erfüllen, aber nicht genug, um das Leben führen zu können, das er sich vorstellte. Er schrieb Gedichte und Reiseberichte und mußte für eine junge Frau, die nur verstaubte Gelehrte kennengelernt hatte, faszinierend sein. Aber er war ihrer nicht wert. Ich fühlte mich entsetzlich gedemütigt, als sie ihn mir vorzog.«

Ich mußte unterbrechen und brauchte eine Weile, um mich wieder zu fassen. »Ich glaube, die schlimmste Zeit bei der ganzen Tragödie war die, als ich bereits einen Verdacht hegte, aber noch nichts Genaues wußte. Es war während der letzten Wochen des dritten Trimesters, kurz vor den Sommerferien. Einmal kam ich unerwartet früh nach Hause, ging zufällig an einem offenen Fenster vorbei und sah die beiden im Wohnzimmer. Sie sahen sich nur an, lächelten nicht und sprachen kein Wort; sie saßen an den entgegengesetzten Enden des Sofas und sahen sich mit einer solchen Intensität des Gefühls an, daß man es mit Händen greifen konnte. Sie war so süß und unschuldig, und doch war ich überzeugt, daß sie vorhatte, mich zu betrügen. Ich begann, ihr heimlich zu folgen. Heute schäme ich mich entsetzlich dafür. Wenn sie glaubte, ich sei im College, schlich ich wie ein Dieb in den Straßen um unser Haus herum, um zu sehen, wohin sie ging und mit wem sie sich traf. Das Seltsamste war, daß ich begann, mich vor ihr zu fürchten.«

»Zu fürchten?«

»Ja, mich buchstäblich zu fürchten – daß sie mir einen schrecklichen Schmerz zufügen würde. Ich hatte das Gefühl, daß ich mich in ihr getäuscht hatte. Sie war nicht das Mädchen, in das ich mich verliebt hatte. Die unschuldige, süße junge Frau, die ich geliebt hatte, hätte nicht so grausam zu mir sein können. Es klingt pervers, aber ich glaube, daß meine Verdächtigungen sie zu dem getrieben haben, was sie dann tat. Ich glaube, daß ich die Wahrheit argwöhnte, bevor es etwas zu argwöhnen gab, oder jedenfalls bevor die Situation unrettlbar geworden war. Aber ich sagte nichts. Es war mir unmöglich, mit ihr darüber zu reden. Als ich es schließlich herausfand ... Als ich endlich wußte, was los war ... Und jedermann in Cambridge wußte schon lange vor mir Bescheid ... Ich fühlte mich so gedemütigt. Nein, ich glaube, ich weiß, was Sie jetzt denken. Aber es war nicht die Blamage, die ich ihr nicht verzeihen kann. Schließlich bin ich ja in Cambridge geblieben. Ich hätte meinen Posten auch aufgeben und fortziehen können. Aber ich hielt es in unserem Haus nicht mehr aus. Es machte mir angst. Ich begann, die Nächte auf einem Sofa in meinen Räumen im College zu verbringen. Nach einem Jahr gab ich das Haus dann auf.« Wieder mußte ich eine Weile innehalten, bevor ich weiterreden konnte. »Entschuldigen Sie, jetzt weiß ich nicht mehr, was ich sagen wollte.«

»Sie wollten mir gerade erzählen, wie Sie es herausfanden. Aber bitte, sagen Sie nichts mehr, wenn es Ihnen solchen Schmerz bereitet.«

»In den Sommerferien kam es schließlich zum Eklat. Wir drei, meine Frau, ich und mein Freund, der Schulmeister, fuhren an die Küste, nach Great Yarmouth. Sie war sehr still und sehr traurig. Ich fürchtete, daß sie ihren Liebhaber vermißte, aber ich wußte noch immer nicht genau, was sie für ihn empfand und was genau zwischen ihnen vorgefallen war. Ich unternahm mehrere Versuche, mit ihr darüber zu reden, schaffte es aber nicht. Dann, am Abend vor unserer Rückkehr nach Cambridge, brachte ich es endlich fertig, sie darauf anzusprechen. Zu meinem Entsetzen – und, ich fürchte, auch zu meiner Erleichterung – gestand sie alles. Sie erzählte mir die ganze Geschichte: Sie habe geglaubt, daß sie mich liebte, aber als sie diesen Mann kennengelernt habe, habe sie erst begriffen, was echte Leidenschaft sei. Und, so sagte sie, er habe ihre Gefühle mit einer Intensität erwidert, die sie bei mir nie gefunden habe. Obwohl ich sie, weiß Gott, angebetet hatte. Wahrscheinlich fiel es mir nur nicht so leicht wie ihrem neuen Gefährten, meinen Gefühlen Ausdruck zu geben. Sie sagte mir, daß unser Freund, der Schulmeister, von Anfang an zu erraten schien, wie die Dinge standen, und sie sogar den Eindruck gehabt habe, daß er sie ermutige.« Ich sah zu Boden. Ich hatte nun schon lange genug darum herumgeredet. »Sie gestand mir, daß sie ein Liebespaar waren.«

Ich brach ab und bedeckte mein Gesicht mit den Händen. »Sie war nicht die Frau, die ich geliebt und geheiratet hatte. Sie war nicht das unschuldige junge Mädchen, in das ich mich verliebt hatte. Das war der eigentliche Betrug.«

Ich fühlte eine Berührung an meinem Arm und ließ die Hände sinken. Mrs. Locard sah mich tröstend an und sagte. »Verzeihen Sie mir, Dr. Courtine, aber vielleicht war das ja der Grund des Mißverständnisses zwischen Ihnen und Ihrer Frau. Sie waren der Meinung, Sie seien mit einem unschuldigen jungen Mädchen verheiratet, und sie wußte, daß sie das nicht mehr war – falls sie es jemals gewesen ist, selbst als Sie sie gerade erst kennengelernt hatten.«

Ich dachte an Ficklings grausame Worte über den Grund, warum sie mich geheiratet hatte.

»Sie meinen, daß sie mir etwas vorspielte, als sie mich heiratete?«

»Das nicht, oder wenigstens nicht wissentlich. Aber vielleicht hatte sie ja zunehmend das Gefühl, daß Sie von ihrer wahren Natur nichts wußten, daß Sie nicht alle Seiten von ihr sehen wollten. Sie wollten, daß sie das süße junge Mädchen bleiben solle, aber sie entwickelte sich weiter, lernte und veränderte sich.«

»Und ich war zu sehr in meine Arbeit vertieft, um das zu bemerken? Ja, da mag etwas Wahres daran sein.«

»Aber vor allen Dingen wollten Sie, daß sie so bleiben sollte, wie Sie Ihrer Vorstellung nach war, als Sie sie kennenlernten. Als sie Ihnen dann erzählte, was passiert war, glaubten Sie, sie hätte Sie dadurch betrogen, daß sie ihre wahre Natur vor Ihnen verborgen hätte. Das ist sehr verständlich, denn was sie getan hatte, mußte Sie furchtbar verletzen. Sie waren der Meinung, daß sie ausschließlich aus eigensüchtigen Motiven gehandelt habe. Aber meinen Sie nicht, daß sie, schon bevor sie Sie tatsächlich betrog, das Gefühl hatte, Sie zu betrügen? Daß sie sich schuldig fühlte, weil sie fürchtete, es würde alles damit enden, daß Sie beide unglücklich würden?«

»Gerade erst vor kurzem hat jemand etwas Ähnliches zu mir gesagt. Ist es möglich, daß ich mir auf perverse Weise gewünscht habe, daß sie mich betrügen sollte, um mich moralisch überlegen fühlen zu können? Wie ein heroischer Märtyrer?«

»Es gibt Leute, die geradezu dazu einladen, sie zu betrügen. Sie legen sehr hohe Maßstäbe an sich selbst an und merken dabei gar nicht, wie streng sie anderen gegenüber sind. Sie machen es anderen sehr schwer, sie nicht zu enttäuschen. Und in einigen Fällen haben sie sogar eine grimmige Freude daran, wenn sie dann im Stich gelassen werden. Aber das bedeutet noch lange nicht, daß diese Menschen betrogen werden *wollen*.«

»Ich war der Meinung, daß ich mich ihr gegenüber freundlich und väterlich verhielt. Ich war ja soviel älter als sie.«

»Aber wenn ich mich nicht irre, Dr. Courtine, war das ja

gerade das Problem. Sie haben sie nicht so behandelt, wie sie behandelt werden wollte. Und vielleicht hat der andere Mann genau das getan, indem er mit ihr wie mit einer erwachsenen Frau und mit einem gleichberechtigten Menschen sprach. Und so hatte sie das Gefühl, daß ihr wahres Wesen mit ihm verbunden war und nur ein falsches mit Ihnen.«

Ich war mir nicht ganz sicher, ob ich verstand, was sie meinte. Sie bemerkte meine Verwirrung und fragte: »Darf ich Sie fragen, ob sie in jener Nacht, als sie Ihnen ihr Geständnis machte, um eine Trennung bat?«

»Nein. Sie sagte, sie wisse, daß das, was sie getan habe, nicht recht sei. Sie hatte die Beziehung mit ihrem Liebhaber bereits abgebrochen. Sie wollte, daß wir Mann und Frau bleiben sollten. Sie wollte, daß alles wieder so werden sollte wie früher.«

»Und das haben Sie abgelehnt?«

»Ich habe es weder abgelehnt, noch wirklich zugestimmt. Ich war unfähig, ihr eine Antwort zu geben. Ich wußte, daß trotz allem, was sie gesagt hatte, in Zukunft alles ganz anders sein würde. Ich würde ihr nie wieder vertrauen können. Sie war nicht das unschuldige, arglose Mädchen, das ich geheiratet hatte. Wenn sie mir einen solchen Schmerz zufügen konnte, konnte sie mich nicht lieben. Und was noch schlimmer war, ich bezweifelte, daß sie mich je wirklich geliebt hatte. Ich fragte mich, ob sie nur vorgegeben habe, etwas für mich zu empfinden. Hatte sie mich immer langweilig und unattraktiv gefunden? Die Situation zwischen uns blieb so, und als wir nach den Ferien nach Cambridge zurückkehrten, sprachen wir kaum noch miteinander. Ihr Liebhaber schickte ihr täglich Botschaften, sogar mehrmals am Tag. Er bedrängte sie, mit ihm ins Ausland zu gehen. Es war Mitte August.«

Ich hörte auf zu reden, aber Mrs. Locard fragte freundlich: »Und dann?«

»Nichts. Meine Gefühle waren in Aufruhr, aber ich konnte ihr nichts davon verständlich machen. Ich zuckte zurück, wenn sie versuchte, mich zu berühren. Wir irrten im Haus herum wie zwei

Gespenster. Nach zehn Tagen ging sie zu ihrem Liebhaber. Seitdem habe ich nichts mehr von ihr gehört oder gesehen. Die Leute lasse ich in dem Glauben, ich sei Witwer. Es ist nicht wirklich eine Lüge, denn für mich ist sie tot, aber sie ist am Leben und immer noch meine Frau. Sie leben in Florenz – angeblich jedenfalls.«

»Und Sie sind immer noch nicht geschieden?«

Ich schüttelte den Kopf. »Wir ließen eine private Trennung durch unsere Rechtsanwälte arrangieren. Sie hat wieder volle Verfügungsgewalt über ihr Vermögen. Davon wollte ich nichts haben. Ihr Liebhaber ist nun in der Lage, so zu leben, wie er es immer wollte.«

»Hat sie Sie nicht um eine Scheidung gebeten, um heiraten zu können?«

»Ja, aber das habe ich abgelehnt, weil ich nicht bereit bin, eine Beziehung zu legitimieren, die auf Betrug gegründet ist.«

Bei den letzten Worten zitterte mir die Stimme. Wie schwülstig dieser Satz, den ich mir so oft vorgesagt hatte, auf einmal klang, als ich ihn tatsächlich aussprach!

»Ich sehe, wie schmerzhaft das alles noch immer für Sie ist. Ich hätte Sie nicht danach fragen sollen.«

»Nein, nein, ganz im Gegenteil. Es war eine Erleichterung für mich, endlich einmal mit jemandem darüber zu reden. Gewöhnlich bin ich nicht so. Alles, was in den letzten Tagen hier passiert ist ... Und dann noch etwas, das ich nicht gewußt hatte.« Ich wandte mich von ihr ab und fuhr fort: »Sie haben eine Tochter. Das habe ich gerade erst erfahren; es hat alle Erinnerungen wieder wach gerufen. Sie ist jetzt fünfzehn Jahre alt. Sie ist das Kind, das wir hätten haben sollen. Ich hatte keine Ahnung, daß dieses Mädchen existiert. Fickling hat es mir gesagt, um mir weh zu tun.« Kaum hatte ich diese Worte ausgesprochen, da war mir auch schon klar, daß ich ihr damit auch mitgeteilt hatte, daß es Fickling gewesen war, der damals den Vermittler gespielt hatte. Aber ich nahm an, daß sie das sowieso bereits erraten hatte.

»Es ist sehr verständlich, daß Sie das aus der Fassung gebracht hat. Der arme Mr. Fickling hat viele Gründe, unglücklich zu sein und andere ebenso unglücklich zu machen. Aber Sie sind doch bestimmt nicht der Meinung, daß die beiden das Kind nur bekommen haben, um Ihnen Schmerz zuzufügen?«

»Aber nein! So von mir eingenommen bin ich nun auch wieder nicht.«

Sie zögerte. »Vielleicht wird es Ihnen leichter, wenn ich etwas sage, das auf den ersten Blick grausam klingt. Soll ich?«

»Ja bitte, tun Sie es.«

»Wenn jemand uns verletzt hat, indem er uns zurückgewiesen hat, glauben wir immer, er hätte das getan, um uns weh zu tun und würde das auch weiter tun. Und das ist schmerzhaft. Aber wir finden den Gedanken an die Bösartigkeit des andern seltsam tröstlich, weil wir daraus nämlich schließen, daß derjenige noch immer an uns interessiert ist. In Wirklichkeit ist der Schmerz, den wir empfinden, aber nicht das, was der andere beabsichtigt hat, sondern nur eine Nebenwirkung. Die Wahrheit ist häufig, daß der andere für uns nach einer Weile gar nichts mehr empfindet. Der Schmerz, von dem wir glauben, daß der andere ihn uns zufügt, ist somit etwas, was wir uns selbst schaffen, weil er mit einer gewissen Genugtuung für uns verbunden ist.«

Es fiel mir schwer, das zu akzeptieren, und doch wußte ich, daß sie recht hatte. Ich hatte nach der Erinnerung an sie gegriffen wie nach einem Dorn, der mir weh tat, weil das immer noch besser war, als sie ganz und gar zu verlieren. Und dann dämmerte mir die Erkenntnis, daß ich mich wegen meines Verhaltens, mir ständig selbst Schmerz zuzufügen, den beiden gegenüber moralisch überlegen gefühlt hatte. »Dann meinen Sie also, daß ich in die Scheidung einwilligen sollte?«

»Ich finde, daß Sie sie sich selbst zugestehen sollten.« Als sie sah, wie bestürzt ich war, fuhr sie fort: »Wäre es nicht für Sie selbst das Beste, wenn Sie das alles endlich hinter sich lassen könnten? Wenn Sie den Schwierigkeiten sowohl für die Frau als auch für Sie selbst ein Ende bereiten würden?«

»Für mich? Die Tatsache, daß wir vor dem Gesetz immer noch verheiratet sind, macht für mich keinen Unterschied.«

»Wirklich nicht? Ist es nicht so, als würde man die Beerdigung nach einem Todesfall hinauszögern? Erst wenn die Beerdigung vorbei ist, kann der Prozeß des Trauerns beginnen.«

»Beginnen? Ich trauere seit zwanzig Jahren!«

»Aber wenn man trauert, läßt man irgendwann die Vergangenheit hinter sich«, erwiderte Mrs. Locard mit einem Lächeln, das den Vorwurf milderte, »und das haben Sie nicht getan.«

»Man kann die Vergangenheit nicht hinter sich lassen«, gab ich zurück. »Man *ist* seine Vergangenheit. Als Historiker muß ich davon überzeugt sein.«

Sie schien nach den richtigen Worten zu suchen. »Aber ihnen die Scheidung vorzuenthalten hat rechtliche und emotionale Konsequenzen. Es hindert die beiden daran zu heiraten, aber Sie selbst können es auch nicht tun.«

Ich lächelte sie überrascht an. Dies war wirklich ein ganz und gar ungewöhnliches Gespräch.

Sie lächelte zurück. »Warum nicht? Männer sind soviel besser dran als wir Frauen. Sie können in einem Alter noch heiraten und sogar Kinder haben, wenn nach allgemeiner Ansicht das aktive und nützliche Leben einer Frau bereits vorüber ist.«

»Das würde bedeuten, daß ich den beiden verzeihen müßte, und warum sollten sie alles haben und ich gar nichts, obwohl sie doch die Schuldigen sind?«

»Sie haben sich sehr schlecht benommen – Ihre Frau, ihr Liebhaber und auch Ihr Freund – und Sie haben jedes Recht, das so zu empfinden. Aber ich weiß aus eigener Erfahrung, daß wir mit uns selbst meistens sehr viel strenger ins Gericht gehen als mit anderen. Und wenn Sie so hart über sie urteilen, habe ich den Verdacht, daß Sie sich selbst noch größere Vorwürfe machen.«

»Daß ich mir selbst Vorwürfe mache? Dafür, daß ich nicht mehr auf der Hut war?«

Sie sah mich zustimmend an.

»Natürlich bin ich nicht frei von Schuld. Ich war naiv und leichtgläubig, und das lag vermutlich daran, daß ich selbstgefällig genug war anzunehmen, daß die Liebe meiner Frau zu mir stärker als alles andere sein müßte.«

Mrs. Locard schwieg, und nach einer Weile fragte ich: »Glauben Sie, daß ich ihr verzeihen und die Beziehung hätte weiterführen sollen?«

»Dr. Courtine, ich würde es mir nicht im Traum anmaßen, ein derartiges Urteil zu fällen. Aber so, wie sie diese Zeit beschrieben haben, hatten Sie wohl keine andere Wahl. Sie haben gesagt, daß Sie einfach nicht mit ihr reden konnten.«

»Ich befand mich in einem solchen Gefühlschaos!« Schon als ich diese Worte aussprach, spürte ich, wie wenig sie aussagten. Ich hätte gern mehr erzählt, ihr erklärt, was in mir vorgegangen war, ihr gesagt, daß ich das Mädchen, das ich geliebt hatte, nicht mit der Frau in Einklang hatte bringen können, die mich, wie ich glaubte, bewußt verletzt hatte, aber in diesem Augenblick öffnete sich die Tür und Dr. Locard kam herein. Er hatte Hut und Mantel abgelegt, trug jedoch einen fast dreißig Zentimeter langen Holzkasten unter dem Arm, den er sorgsam auf einem Seitentisch abstellte. Als er sich umwandte und uns neugierig musterte, fürchtete ich, daß es deutlich zu erkennen war, in was für einem aufgewühlten Gemütszustand ich mich befand. Er schenkte sich eine Tasse Kaffee ein und entschuldigte sich, daß er so lange ausgeblieben war.

»Ist etwas passiert, Robert?« fragte seine Frau.

Er machte es sich vor dem Feuer bequem, bevor er begann: »Es gibt sowohl eine sehr ernste als auch eine sehr gute Nachricht. Die ernste ist, daß der Dekan mir gerade mitgeteilt hat, daß der unglückliche Perkins heute abend tot in seiner Zelle aufgefunden wurde.«

Seine Frau stöhnte auf und bedeckte das Gesicht mit den Händen.

Dr. Locard schilderte uns, wie der junge Mann es fertiggebracht hatte, sich in seiner Zelle aufzuhängen, was mir die nötige Zeit gab, mich wieder zu fassen. Dr. Locard betonte, daß nicht der geringste Zweifel bestand, daß es sich um einen Selbstmord handelte.

»Wie konnte die Polizei nur so nachlässig sein?« rief ich aus.

»Ich glaube, er hinterläßt eine Frau und Kinder. Wie viele Kinder muß seine arme Witwe nun alleine großziehen?« fragte Mrs. Locard.

»Die Behörden haben diesen ganzen Fall mit einem geradezu sträflichen Mangel an Sorgfalt behandelt«, stimmte Dr. Locard mir zu.

»Ich glaube, er hatte vier Kinder«, beantwortete ich Mrs. Locards Frage.

»Man muß eine Sammlung für sie organisieren«, sagte sie.

»Ja, das ist ganz gewiß nötig.« Ich wandte mich wieder an ihren Mann. »Dann werden wir die Wahrheit also niemals erfahren.« Ich war erleichtert, daß mir nun einige schwierige Konsequenzen erspart bleiben würden, obgleich ich starke Schuldgefühle dabei hatte. Doch dann fiel mir ein, daß ich dem armen Perkins nun doch nicht geschadet hatte, indem ich dem Dekan den Beweis für Sheldricks Vergehen und Slatterys und Ficklings Erpressung zugespielt hatte.

»Es wird keine Gerichtsverhandlung mehr geben«, stimmte Dr. Locard mir zu und sah mich bedeutungsvoll an. »Obwohl Perkins' Schuld damit bewiesen ist, denn ein Unschuldiger begeht keinen Selbstmord. Ich hoffe aber, daß die Wahrheit über die Vernichtung des Testaments trotz seines Todes noch ans Licht kommen wird.«

»Ich wüßte nicht, wie.«

»Alles hängt von Ihnen ab, Dr. Courtine. Jetzt mehr denn je. Die Leute, die hinter diesem Mord stecken, dürfen nicht ungestraft davonkommen, nur weil Perkins nicht Manns genug war, die Konsequenzen seiner Tat zu tragen. Wenn Sie eine eidesstattliche Erklärung in dem Sinne abgeben, wie wir es vorhin besprochen haben, könnte der Gerechtigkeit immer noch Genüge getan werden.«

Ich gab keine Antwort, und er fuhr fort. »Um Fickling brauchen Sie sich keine Sorgen mehr zu machen, wenn es das ist, was Ihnen Schwierigkeiten macht. Denn meine zweite Neuigkeit ist, daß er und Slattery entlassen sind.«

»Ficklings Entlassung überrascht mich nicht im geringsten. Aber was Slattery angeht, bin ich neugierig. Geht man davon aus, daß er bei den letzten Ereignissen eine Rolle gespielt hat?«

Dr. Locard sah mich scharf an. »Welche Rolle sollte er denn gespielt haben?«

»Ich bin mir nicht sicher, aber es würde mich wundern, wenn er seine Finger nicht mit im Spiel gehabt hätte.«

Als er sah, daß ich nicht die Absicht hatte, mehr zu sagen, fuhr er fort: »Ganz im Vertrauen gesagt, Dr. Courtine, ihre Entlassung hat nicht direkt etwas mit dem Mord zu tun, sondern eher damit, daß einer der Domherren dem Dekan heute abend mitgeteilt hat, daß er aus gesundheitlichen Gründen im nächsten Monat von seinem Posten zurücktreten wird.«

Seine Frau sah auf. »Kanzler Sheldrick?«

Dr. Locard zuckte zusammen. »Ich bin sicher, daß ich mich auf Ihre Diskretion verlassen kann«, sagte er zu mir. Seine Frau bekam einen roten Kopf. »Heute abend ist etwas geschehen, das dem Dekan die Möglichkeit gibt, einer schwierigen Situation ein Ende zu setzen, ohne daß sich daraus unerfreuliche Konsequenzen ergäben.«

»Ich werde Sie nicht drängen, mehr zu erzählen«, versicherte ich ihm mit heimlicher Freude an seiner Überraschung wegen meiner mangelnden Neugier. Ich fragte mich, ob er soviel über diese Sache wissen konnte wie ich. Hatte er auch nur die geringste Ahnung von der Rolle, die ich bei der Zerstörung der Macht gespielt hatte, die Fickling und Slattery über Sheldrick und damit über den Rest der Gemeinschaft um die Kathedrale ausgeübt hatten?

»Thorrold hat einen Entwurf von dem niedergeschrieben, was Sie in Ihrer eidesstattlichen Erklärung angeben müßten.« Dr. Locard griff in seine Tasche.

»Thorrold? Haben Sie ihn getroffen?«

»Er hat sich natürlich mit dem Dekan über die Folgen dieser neuen Entwicklung beraten.« Er reichte mir ein Blatt Papier. »Dies ist nur die Zusammenstellung der wichtigsten Punkte, die Sie angeben müßten. Thorrold meint, daß es besser wäre, wenn Sie das mit Ihrem eigenen Rechtsanwalt in Cambridge erledigen würden, um jeden Eindruck eines betrügerischen Zusammenwirkens zu vermeiden.«

»Gott bewahre«, sagte ich und nahm das Papier in Augenschein. Thorrold hatte den genauen Wortlaut aufgeschrieben, den ich beschwören sollte. Ich sollte gehört haben, wie der alte Mr. Stonex äußerte: »Ich habe die Absicht, dieses Exemplar meines Testaments bei meinem Rechtsanwalt zu hinterlegen.«

»Bitte denken Sie über die diversen Aspekte nach, die wir besprochen haben«, drängte Dr. Locard.

»Können Sie mir bis morgen Zeit lassen, mich zu entscheiden?«

»Zu entscheiden?«

»Ich meine, mich zu entscheiden, ob ich mich daran erinnern kann, daß Mr. Stonex das gesagt hat.«

»Aber selbstverständlich.«

Eine Weile sagte niemand ein Wort. »Ich fürchte, daß der Rücktritt von Dr. Sheldrick eine Menge zusätzlicher Arbeit für dich bedeutet, Robert«, unterbrach Mrs. Locard das Schweigen.

»Jedenfalls werde ich die Oberaufsicht über die Chorschule wahrnehmen müssen, bis ein neuer Kanzler ernannt ist«, antwortete er. Und als ich ihn überrascht ansah, erklärte er: »Der

Bibliothekar ist Stellvertreter des Kanzlers, wenn der letztere verhindert oder krank ist.«

»Ich verstehe. Gibt es für alle Ämter einen solchen Stellvertreter?«

»Ja. So wird zum Beispiel der Schatzmeister vom Subdekan vertreten.«

»Und der Domkustos vom Kantor?«

Er bejahte und sah mich neugierig an.

»Mir fiel gerade Burgoynes Tod ein. Ich nehme an, daß sich das System nicht geändert hat.«

»Es wird nie etwas verändert, solange es sich nicht als unübersehbar untauglich erweist«, antwortete er und erhob sich. »Das ist die große Stärke der Kirche von England.«

Er ging zum Seitentisch hinüber und öffnete den Holzkasten, den er dort abgestellt hatte. »Und weil wir gerade von Burgoyne sprechen – das hier wird Sie interessieren, Dr. Courtine. Der Dekan hat sie mir gerade übergeben. Sie sollen in der Bibliothek ausgestellt werden.«

»Was ist das, Robert?« fragte Mrs. Locard vom Sofa her, während ich aufstand und hinüberging, um zu sehen, was er da hatte.

Mr. Locard nahm zwei Schlüsselbunde aus dem Kasten und legte sie auf den Tisch. An beiden war eine kurze Kette befestigt. Der eine Bund bestand nur aus zwei großen Schlüsseln, der andere aus sechs kleineren in unterschiedlichen Größen. Dr. Locard nahm den letzteren in die Hand. »Ich vermute, daß dies hier Burgoynes Schlüsselbund ist, für sein Büro, sein Haus, seine Schränke und so weiter.«

»Das glaube ich auch«, antwortete ich und wandte mich an Mrs. Locard. »Sie lagen neben dem Toten, der heute morgen in der Kathedrale entdeckt wurde.« Dann fuhr ich zu ihrem Mann gewandt fort. »Ich erinnere mich, daß Dr. Sheldrick berichtete, Borgoynes Schlüssel seien nicht an der Leiche gefunden worden, die man für die seine hielt, und daß Freeth und Limbrick in sein Büro einbrechen mußten.«

»Was ich mir nicht erklären kann, ist die Herkunft dieser beiden«, meinte er und deutete auf die beiden anderen Schlüssel.

»Sie sind wirklich sehr groß«, pflichtete ich ihm bei, »zu groß für ein Privathaus.« Tatsächlich meinte ich, erraten zu können, wozu wenigstens einer der beiden Schlüssel gehörte. »Ich habe zufällig gerade meine eigenen Schlüssel dabei, und einer davon ist genauso groß wie dieser hier, weil meine Räume nämlich aus dem frühen siebzehnten Jahrhundert stammen und die Schlösser noch die ursprünglichen sind.«

Ich zog meine Schlüssel aus der Tasche und legte sie neben die beiden anderen. »Die von Burgoyne sind sogar noch größer.«

»Ich frage mich bloß, warum er einen zweiten Schlüsselbund bei sich getragen hat.« Dr. Locard ging zu der Anrichte hinüber, wo die Kaffeekanne stand.

Einen Augenblick lang trat Schweigen ein. Einem plötzlichen Impuls folgend, beschloß ich, ein einziges Mal in meinem Leben mit kühner Entschlossenheit zu handeln, und mein Herz begann heftig zu klopfen.

»Hast du das Rätsel gelöst, Robert?« erkundigte sich Mrs. Locard von ihrem Stuhl am Feuer aus, wo sie jetzt an einer Spitze arbeitete.

Ich sah mich um, und als ich feststellte, daß ihr Mann damit beschäftigt war, sich Kaffee einzuschenken, griff ich nach einem der Schlüsselbunde.

»Hätten Sie auch gern noch eine Tasse Kaffee, Dr. Courtine?« fragte Dr. Locard.

Ich wandte mich meinen Gastgebern zu: »Vielen Dank, aber lieber nicht. Es war ein sehr angenehmer Abend, aber es ist spät, und ich kann mir vorstellen, daß Sie morgen früh viel zu tun haben. Ich selbst habe eine lange Reise vor mir.«

»Bitte kommen Sie morgen vor Ihrer Abreise noch einmal zu mir«, bat Dr. Locard. »Ihre Entscheidung interessiert mich sehr. Ich werde den ganzen Vormittag ab etwa halb neun in der Bibliothek sein. Ich möchte mich noch ein bißchen mit unserem Manuskript beschäftigen.«

»Man wird sicher noch vieles daraus erfahren können.«

Er lächelte. »Ich hoffe, daß wir morgen alles Nötige für die Veröffentlichung besprechen können.«

Ich neigte wortlos den Kopf.

»Auf Wiedersehen, Dr. Courtine«, sagte Mrs. Locard.

»Ich danke Ihnen sehr für diesen Abend«, erwiderte ich.

Als sie meine Hand nahm, meinte sie lächelnd: »Ich nehme nicht an, daß Sie in nächster Zeit noch einmal nach Thurchester kommen werden, Dr. Courtine.«

»Da es ja nun zu keiner Gerichtsverhandlung kommen wird, halte ich das für sehr unwahrscheinlich. Aber ich hoffe, daß ich eines Tages die Freude haben werde, Sie und Dr. Locard in Cambridge begrüßen zu dürfen.«

»Ich würde Sie sehr gerne besuchen. Robert fährt gelegentlich nach Cambridge, und vielleicht kann ich ihn dazu überreden, mich mitzunehmen.«

»Ich werde Sie hinausbegleiten, Dr. Courtine«, sagte ihr Mann.

Als er in die Eingangshalle vorausging, flüsterte sie mir zu: »Ich hoffe so sehr, daß alles für Sie gut ausgeht.«

»Unser Gespräch hat mir sehr geholfen«, antwortete ich. »Ich werde es nie vergessen.«

An der Eingangstür ergriff Dr. Locard meine Hand und hielt sie fest. »Ich brenne darauf zu erfahren, wie Sie sich entschieden haben.«

»Sie werden es morgen auf alle Fälle auf die eine oder andere Weise erfahren.«

Er ließ meine Hand los, und ich schritt in die Dunkelheit des Domplatzes hinaus.

Freitag nacht

Nun hatte Fickling seinen Posten also doch verloren. Ich hatte nicht einmal ein Gefühl des Triumphes, obwohl dies eine Folge meines Eingreifens war. Außerdem war es sehr wahrscheinlich, daß es ihm an Geld nicht mangeln würde. Seltsamerweise lag die Entscheidung darüber ebenfalls in meiner Hand. Ich brauchte mich für das, was ihm widerfahren war, nicht schuldig zu fühlen, denn ich hatte endlich durchschaut, daß er mich nur deshalb mit der Aussicht auf eine Versöhnung hierhergelockt hatte, weil er mich benutzen wollte. Er hatte nur nicht erwartet, daß ich Dr. Locard kennenlernen und etwas von den Vorgängen im Domkapitel erfahren würde, weil er davon ausgegangen war, daß ich meine Zeit in der Niederung von Woodbury verbringen würde.

Mrs. Locards Worte gingen mir nicht aus dem Kopf. Mir war schon ein paarmal der Gedanke gekommen, daß ich wieder heiraten könnte, wenn ich frei wäre, und ich hatte mehrfach an die Witwe eines Kollegen gedacht, eine Frau, die zehn oder fünfzehn Jahre jünger war als ich. Ihr Mann war vor einem Jahr gestorben und hatte sie mit zwei kleinen Kindern zurückgelassen. Sie war freundlich und sanftmütig, und ich glaubte, daß sie mich auch gern hatte. Bei meinen Einkünften würde es allerdings schwierig werden, eine solche Verantwortung zu übernehmen. Mit dem Gehalt eines Professors dagegen wäre es natürlich kein Problem, aber ich wußte, daß ich nicht die geringste Aussicht auf den Lehrstuhl hatte, falls das Manuskript Scuttard zur Veröffentlichung überlassen würde. Dr. Locard würde sicher Mittel und Wege finden, zu verhindern, daß mein Verdienst, es gefunden zu haben, anerkannt würde.

Ich machte neben dem alten Torhaus halt, genau an der Stelle, wo die Gartenmauer hinter dem Haus von Grambrill gewesen sein mußte. Ich sah die große schwarze Gestalt des Schatzmeisters Burgoyne vor mir, wie er vor mehr als zwei Jahrhunderten Nacht für Nacht dort gestanden und über das »geheime Verbrechen« nachgebrütet hatte, das schließlich zu seinem Tod geführt hatte. Jetzt wußte ich, daß er nicht den Steinmetzen gemeint hatte. Es war nicht der Mord an Robert Limbrick, den aufzudecken er gedroht hatte – falls er überhaupt davon gewußt hatte. Nein, es war eine finstere, schändliche Missetat, die er selbst begangen hatte oder begehen wollte, und er kämpfte mit sich um den Mut, sich öffentlich dazu zu bekennen. Ich dachte an die Worte seiner Predigt: »Er allein weiß, wie weit er vom Wege abgekommen ist und einen verderblichen Pfad betreten hat, der in einen Schweinestall voll des widerwärtigsten Unrates führt.«

Burgoyne mußte in diesen Tagen und Wochen Höllenqualen durchlitten und um die Kraft gerungen haben, nicht weiter auf dem sündigen Weg voranzugehen, auf dem er sich befand. Er hatte entdeckt, wie nahe man daran sein kann, den Menschen, den man liebt, um der Macht willen zu hassen, die diese Liebe dem geliebten Menschen gibt.

Ich selbst war viele Jahre lang auf diese Weise versklavt gewesen. Jetzt stellte ich plötzlich fest, daß ich frei war. Meine Gefühle für meine Frau waren zu einer Gewohnheit geworden, zu einer äußeren Schale, deren Inhalt allmählich verdorrt war, ohne daß ich es bemerkt hatte. Ich hatte mir ein idealisiertes, sentimentales Bild von ihr zurechtgelegt, wohl auch, um mir die Mühe zu ersparen, ein neues Leben zu beginnen. Mrs. Locard hatte mir zu dieser Erkenntnis verholfen, doch das, was mir schließlich Gewißheit verschafft hatte, war die Bemerkung Ficklings gewesen, mit der er mich hatte verletzen wollen. Indem er mir von den grausamen Worten meiner Frau erzählte – daß sie mich nur geheiratet habe, um von ihrer Mutter wegzukommen –, hatte er mir gezeigt, wie wenig großherzig sie doch gewesen war. Ich hatte sie in meiner Phantasie auf ein Podest erhoben, aber jetzt wußte ich, daß sie eine sehr viel niedrigere Gesinnung gehabt hatte. Das Gespenst war endlich zur Ruhe gelegt worden.

Was mir am schwersten fallen würde, war, meiner Frau zu schreiben, daß ich nun einer Scheidung zustimmen wollte – und damit zuzugeben, wie kindisch und sentimental ich gewesen war –, und dann ein neues Kapitel meines Lebens zu beginnen. Burgoyne hatte auf andere Weise versucht, sich zu befreien. In seinem Fall war es nicht so sehr der geliebte Mensch gewesen, den er gehaßt hatte, sondern die Liebe selbst, die er für schändlich und widerwärtig hielt. »Er allein weiß, welche Finsternis er in den geheimen Nischen seines Wesens nährt.« Zwei Wochen lang hatte er sich gezwungen, öffentlich davon zu sprechen, wenn auch in verhüllter Form. Sein Gewissen hatte das von ihm verlangt. Er hatte sich verpflichtet, am nächsten Tag die ganze Wahrheit vor der versammelten Gemeinde zu offenbaren. Wenn er nicht noch einen anderen Ausweg fand. Und dann sah er eine Lösung: Während des Sturms kam er mitten in der Nacht hierher zum alten Torhaus, in dem die Chorschule untergebracht war, und öffnete mit seinem Schlüssel die Tür. Mit dem Schlüssel, den ihm der Kantor gegeben hatte, so daß er auch des Nachts kommen und gehen konnte, wie er es vermutlich schon viele Male getan hatte.

Beim Grollen des Donners und Rauschen des Regens war er die Treppe hinaufgeschlichen, und kurze Zeit – vielleicht nur wenige Minuten oder gar Sekunden lang – hatte er geglaubt, daß er sich mit einer einzigen, entschlossenen Tat für immer befreien könnte. Von Gambrill wußte er, wie man ein Dach zum Einsturz bringen konnte, und unter dem Schutz des Sturmes wollte er von diesem Wissen Gebrauch machen. Er beging eine Tat, die viel entsetzlicher war als alles, was er je zuvor getan hatte, die seinem gepeinigten Gewissen jedoch in diesem Augenblick als das geringere Verbrechen erschien. Und was hatte er danach getan?

Ich wollte seinen Spuren folgen und dabei versuchen, mir vorzustellen, was in seinem Kopf vorgegangen sein mußte. Ich dachte daran, wie sehr Dr. Locard einen solche Vorgehensweise verachten würde. Was würde ich zu sehen bekommen, wenn ich mich in jene Nacht zurückversetzte und in der Kathedrale versteckte? Ich betrat das düstere Gebäude, das unverschlossen war, weil die Arbeiter noch immer damit beschäftigt waren, den Schaden zu reparieren, den sie angerichtet hatten. Da arbeiten sie, so wie damals, als ich sie in meiner ersten Nacht hier gesehen hatte, wenn auch an einer anderen Stelle. Im Licht weniger Laternen hackten sie in den Eingeweiden des alten Bauwerks herum. Der alte Gazzard drückte sich wie immer in der Dunkelheit herum und zeigte weder Überraschung noch Freude, mich zu sehen.

Ich begrüßte ihn und fragte ohne Umschweife: »Können Sie sich erinnern, daß ich am Mittwoch spät in der Nacht noch hier war und Sie bei den Arbeitern vorgefunden habe, die nach der Ursache des Geruchs suchten?« Er nickte. »Ist in dieser Nacht sonst noch jemand gekommen? Ich meine sehr viel später, gegen zwei Uhr?«

Er runzelte die Stirn. »Ja, dieser Mr. Slattery. Er hatte irgendwie von den Problemen hier gehört und kam, um sich zu erkundigen, welche Auswirkung sie auf die Orgel haben könnten. Der Vorarbeiter sagte ihm, daß sie für mehrere Wochen gesperrt werden müsse. Er machte keinen sehr begeisterten Eindruck.«

Ich dankte ihm. Er hatte mir nur bestätigt, was ich bereits erraten hatte: Er hatte von Fickling meine Neuigkeit über die Kalamität in der Kathedrale gehört und wissen wollen, ob er am Freitag nachmittag – dem ursprünglichen Termin für die Einladung zum Tee – auf der Orgel würde spielen können, denn damit wollte er sich ein Alibi verschaffen. Wegen der Auskunft, die ihm der Vorarbeiter erteilt hatte, hatten die am Komplott Beteiligten dann noch in der gleichen Nacht in seiner Wohnung in der Orchard Street beschlossen, die ganze Verschwörung einen Tag vorzuverlegen.

Als der alte Küster gerade nicht herschaute, ergriff ich eine der auf einem Grabmal abgestellten Laternen und ging zu der Tür, die zum Turm führte. Ich hatte eine bestimmte Vorstellung, was ich dort oben finden würde, und ich brannte darauf, mich zu überzeugen, ob ich recht hatte. Ich probierte einen der Schlüssel aus, die ich aus Dr. Locards Haus entwendet hatte, indem ich sie scheinbar aus Versehen an Stelle meiner eigenen eingesteckt hatte. Mir kam der Gedanke, daß ich mich zu einem recht geübten Dieb zu entwickeln begann: erst die Photoplatten, dann die Schlüssel und jetzt die Laterne. Der zweite Schlüssel paßte und ließ sich umdrehen. Ich hatte mich darauf verlassen, daß es in den letzten zweihundert Jahren keinen Grund gegeben hatte, das Schloß durch ein anderes zu ersetzen.

Burgoyne war in dieser dreifach schicksalhaften Nacht, immer noch »äußerlich im Gewand der Heiligkeit«, hierhergekommen und hatte eben diesen Schlüssel verwendet, um diese Tür zu öffnen. Aus Dr. Locards Erklärung, daß die Domherren sich gegenseitig vertraten, hatte ich geschlossen, daß sich am Schlüsselbund für die Chorschule, den Burgoyne sich vom Kantor geliehen hatte, auch der Schlüssel zum Turm befinden mußte, weil der Kantor während der Krankheit des Domkustos ja dessen Pflichten übernommen hatte.

Ich ging ein Stück weit die schmale Treppe hinauf. Zu meiner Rechten befand sich eine verschlossene Tür, die, wie ich wußte, zur Orgelempore führte. Ich nahm an, daß Slattery diese Tür benutzt hatte, solange sein normaler Aufgang blockiert war, und daß er die Kathedrale am Donnerstag morgen auf diesem Wege verlassen hatte, so daß ich ihn nicht hatte beobachten können. Und ich hatte ihn für eine übernatürliche Erscheinung gehalten! Ich mußte über meine eigene Leichtgläubigkeit lächeln.

Ich stieg weiter die Wendeltreppe hinauf und versuchte mir vorzustellen, was Burgoyne in jener Nacht wohl empfunden haben mochte, als er den Turm erklomm. Der Sturm tobte, Ziegel zerbarsten, der Donner grollte, und der Wind heulte wie ein verrückt gewordenes Fagott. Sein Inneres war in Aufruhr. Er hatte gerade eine Grenzlinie überschritten, die ihn endgültig von seiner Vergangenheit trennte, von allen anderen Menschen, von allem, was ihm in seinem bisherigen Leben vertraut gewesen war. Der Tod des Jungen hatte ihn nicht gerettet, sondern in die Verdammnis gestürzt, und das mußte ihm schon wenige Minuten nach dem Mord klargeworden sein. Er wußte, daß er verloren war, im wahrsten Sinn des Wortes verloren. Dieses Wissen hatte ich in den letzten Tagen im Gesicht eines anderen Menschen gesehen, und ich hatte begriffen, was es jemandem bedeutete, der die Realität von Rettung und Verdammnis voll und ganz akzeptierte.

Nun hatte ich das Ende der Treppe ganz oben im Turm, direkt unterhalb des Spitzdaches erreicht. Ich nahm die letzte Biegung, und da sah ich genau das, was ich erwartet hatte: ein großes Holzrad von mehr als doppelter Mannshöhe. Es war nur noch ein Skelett, dem Streben und Speichen fehlten. Es hatte so lange hier oben gestanden, daß vollkommen in Vergessenheit geraten war, wozu es einmal gedient hatte. Aber ich wußte es: Es war eine Tretradwinde mit einem Schwenkarm und zwei seitlichen Felgen. Ein Mann ging im Inneren des Rades, und durch die Drehbewegung wurde auf die Achse der Winde, die durch das Rad lief, genügend Kraft übertragen, um annähernd zwei Tonnen zu heben.

Die Maschine war hier oben zusammengesetzt worden, während sich die Kathedrale im Bau befand; ihr Zweck bestand darin, Baumaterial bis in diese Höhe hinaufzutransportieren. Gambrill hatte sie verwendet, als er den Vierungsturm heimlich reparierte und dafür Gelder verbrauchte, von denen ihm später vorgeworfen wurde, er habe sie für seine eigenen Zwecke verwendet. Nach dem Tod seines Meisters hatte Limbrick seine persönlichen Gründe gehabt, die Leute in dem Glauben zu lassen, Gambrill habe sich einer Unterschlagung schuldig gemacht. Oder, um genau zu sein, einer Veruntreuung, dachte ich bitter.

Mit Hilfe der Inschrift und des Kanzleigerichtsprotokolls hatte ich mir zusammengereimt, was passiert sein mußte: An jenem Tag, an dem Gambrill ein Auge verlor, hatte er die Tretradwinde benutzt. Er wurde mit einer schweren Last heruntergelassen, der ältere Limbrick ging in dem Tretrad, wobei sich das Seil langsam entrollte und die Last hinuntersank. Genau wie es in der Inschrift beschrieben ist: »*Alle Dinge drehen sich im Kreise, und der Mensch, der zur Arbeit geboren ist, dreht sich mit ihnen.*« Etwa drei Meter über dem Boden riß das Seil, so daß die Ladung zu Boden sauste. Die Winde spulte sich mit großer Geschwindigkeit zurück und das Tretrad begann, sich so schnell zu drehen, daß der Mann darin getötet wurde. Und so lauteten auch die Worte der Inschrift, »in Stücke geschlagen«. Gambrill selbst war gestürzt und schwer verletzt worden, schwerer, als er erwartet hatte, denn ich war mir ganz sicher, daß er das Seil durchtrennt hatte.

Dr. Locard irrte sich. Die Inschrift war nicht von den Domherren angebracht worden, um die Familie Burgoyne des Mordes an ihrem Dekan zu bezichtigen, sondern von dem jüngeren Limbrick, der damit dokumentieren wollte, daß Gambrill seinen Vater ermordet hatte und dafür bestraft worden sei.

Ich blickte durch die Verstrebungen auf das Gewölbe hinunter, so wie Burgoyne es in jener Nacht getan haben mußte. Zu seiner Zeit waren Öffnungen im Mauerwerk gewesen, durch die das Baumaterial hindurchpaßte. Oder auch der Körper eines Mannes. Am vergangenen Sonntag hatte Burgoyne angekündigt, daß er in einer Woche an eben diesem Ort bekanntgeben würde, wer der Sünder sei. Sein Körper würde vierzig Meter tief durch das Gewölbe stürzen und vor den Stufen zum Chor gefunden werden. Gerade so wie er selbst es vorausgesagt hatte: »*Aber seine*

Bosheit wird offenbar werden vor den Augen der Menschen. Ja, selbst in der Finsternis werden seine Sünden hinausposaunt werden.«

Ich wandte mich um, lehnte mich gegen das Geländer und schaute durch die Schallöffnungen. Die riesigen Glocken hingen drohend über mir. In dieser stillen Nacht lag die Stadt friedlich schlafend zu meinen Füßen, und das Gewirr der Dächer und Giebel sah aus wie die dunklen Wellen eines gefrorenen Ozeans. Direkt unter mir erstreckte sich das Labyrinth der kleinen Gassen um die Kathedrale herum, dann kam der Fluß, auf dem das Mondlicht schimmerte, und der Hügel, den ich vor zwei Nächten voller Entsetzen hinaufgehastet war. Ich mußte lächeln, als ich an meine abergläubischen Ängste dachte. Das Universum war nicht erfüllt von bösen Mächten. Menschen taten Böses, weil, wie Mrs. Locard gesagt hatte, ihr eigenes Unglück sie eine bittere Freude am Schmerz anderer empfinden ließ.

Ich würde dem Rechtsanwalt meiner Frau schreiben, daß ich alles tun wolle, was in meiner Macht stand, um die Scheidung zu beschleunigen. Fickling hatte recht. Ich hatte es ihr nur zu leicht gemacht, mich zu betrügen. In diesem Augenblick begriff ich, was Mrs. Locard hatte andeuten wollen: Ein Teil der Schuld an dem, was geschehen war, traf mich selbst. Und doch war Schuld nicht das richtige Wort, denn ich fühlte mich nicht schuldig. Aber ich war nun in der Lage, die Verantwortung für das zu übernehmen, was ich getan oder versäumt hatte.

Ich hatte auch noch einen zweiten Entschluß gefaßt, der mir erheblich leichter gefallen war. Das Geschäft, das Dr. Locard mir heute abend angeboten hatte, hatte mich in Versuchung gebracht. Dieser Umstand hatte, wenn schon sonst nichts, so doch eines bewirkt: daß ich mir eingestehen mußte, daß meine geringschätzige Haltung gegenüber weltlichem Erfolg nur auf Einbildung beruhte.

In jener Nacht vor zweihundertvierzig Jahren hatte Burgoyne genau an der Stelle gestanden, an der ich jetzt stand, und vielleicht versucht, den Mut zu finden, sich hinunterzustürzen, als Gambrill leise hinter ihm die Treppe heraufgekommen war. Hatten sie noch miteinander gesprochen? Hatte Burgoyne gestanden, daß er den Jungen, Gambrills Neffen, getötet hatte? War Burgoyne sich darüber im klaren gewesen, daß der andere ihn umbringen würde? Und wenn er es gewußt hatte, war er dann froh darüber gewesen, weil es ihm den Selbstmord ersparen würde?

Wie dem auch sei – Gambrill hatte ihn gewürgt. Und dann hatte er den scheinbar leblosen Körper hinuntergelassen, mit der Tretradwinde hinuntergelassen.

Ich stieg die Wendeltreppe hinunter, verschloß die Tür hinter mir und ging zur Burgoyne-Gedenktafel hinüber. Nachdem er den reglosen Körper hinuntergeschafft hatte, zog Gambrill dem Domherren aus irgendeinem Grund sein Gewand aus. Dann legte er den verhaßten Feind in die Vertiefung hoch oben in der Wand, die für die Marmorplatte bereits vorbereitet worden war.

Um die riesige Reliefplatte an ihren Platz zu befördern, hatte er weder die Hilfe übernatürlicher Kräfte noch die von Thomas Limbrick benötigt. Er hatte einfach den Flaschenzug zusammen mit der Tretradwinde benutzt, die den größten Teil des Gewichts trug. Er mußte die Turmtreppe ein Dutzend mal hinauf- und hinuntergelaufen sein, mußte jedesmal den Schwenkarm der Winde ein Stück weit verschoben und mit Sperrklinken und Haken befestigt haben, damit er seine Stellung nicht veränderte, während er hinuntereilte, auf das Gerüst kletterte und die große Platte an ihren Platz manövrierte. Dazu mußte er mindestens zwei Stunden gebraucht haben. Dann versiegelte er die Platte mit Zement.

Aber warum hatte er dann Burgoynes Gewänder angezogen und den Schlüssel an sich genommen, den dieser sich von Claggett geliehen hatte und ihm später hätte wiederbringen sollen? *Hätte* wiederbringen sollen! Plötzlich wußte ich den Grund: Der alte Küster lag im Sterben, und der Schlüssel war Burgoyne von seinem Hausmädchen gegeben worden, »das zu schüchtern war, einem Herrn ins Gesicht zu sehen«. Gambrill hatte sich also die Kleider des Domherrn angezogen, weil er die Absicht gehabt hatte, als Burgoyne verkleidet den Schlüssel zurückzubringen. Das hatte Fickling durchschaut, lange bevor ich es begriffen hatte. Wenn angenommen wurde, daß Burgoyne den Schlüssel in den frühen Morgenstunden zurückgebracht hatte, bevor er verschwand, und Gambrill etwas später noch von einem Zeugen gesehen wurde, dann hatte er ein unanfechtbares Alibi. Ich verstand plötzlich genau, wie der mörderische Plan hätte ablaufen sollen. Wie hätte auch ausgerechnet ich es nicht verstehen sollen?

Genial! Und dann sollte er einen törichten Fehler gemacht und das Gerüst selbst über sich zum Einsturz gebracht haben? Das erschien mir unwahrscheinlich. Was das Gerüst zum Einsturz gebracht hatte, war folgendes: Der Flaschenzug hatte bleierne Gegengewichte für die Marmorplatte, und in dem Moment, als Gambrill die Marmorplatte in die Wand eingelassen hatte, hätte er diese Gewichte mit Hilfe der Sperrklinke des Flaschenzugs auf den Boden herunterlassen müssen. Dadurch, daß er das versäumt hatte, wurde das Seil so stark gespannt, daß es schließlich riß. Das volle Gewicht der Bleigewichte wirkte somit auf den Flaschenzug ein, so daß die ganze Konstruktion im Augenblick seines Triumphs auf ihn herabstürzte.

»*Im Augenblick seines Triumphes*«! Natürlich! »*Dann wird der Schuldige in Stücke geschlagen und vor die Füße des Unschuldigen geworfen werden. Und im Augenblick des Triumphes werden sie von ihrer eigenen künstlichen Erfindung vernichtet werden.*« Limbrick hatte leise die Kathedrale betreten und den Mann beobachtet, von dem er annahm, daß er seinen Vater ermordet hatte. Er hatte sich sein ganzes Leben lang nach Rache gesehnt, und jetzt sah er seine Chance gekommen. Das Durchtrennen des Seiles würde Gambrill töten, genauso wie es Robert Limbrick getötet hatte. Der Ausdruck »künstliche Erfindung« bezog sich auf alle drei Deutungsmöglichkeiten des Satzes: Gambrill war intellektuell durch seine eigene Lüge vernichtet, in seinen eigenen Intrigen gefangen und physisch von seiner eigenen Maschine zerschmettert worden.

Ich faßte noch einen weiteren Entschluß: Ich würde versuchen, den Lehrstuhl zu bekommen, ganz egal, ob Scuttard sich ebenfalls darum bewarb oder nicht, und auch ohne Rücksicht darauf, ob ihm die Veröffentlichung des Manuskripts anvertraut werden würde oder nicht. Ich wollte darum kämpfen, um zu demonstrieren, daß ich mich für einen würdigen Bewerber hielt, und um mir selbst zu beweisen, daß ich mich vor einem Fehlschlag nicht fürchtete. Ich war jetzt in der Lage, mir ohne jedes Schuldgefühl einzugestehen, daß ich den Lehrstuhl allen Ernstes haben wollte, mit all dem Respekt, der Macht und auch den materiellen Vorteilen, die damit verbunden waren.

Um halb zwei Uhr kam ich bei meinem Gasthof an und mußte gegen die Tür hämmern, um den Nachtportier aufzuscheuchen, der vor dem Feuer in der Eingangshalle schlief. Ich wies ihn an, mich um sechs Uhr zu wecken, damit ich noch den Postzug erreichen konnte. Ich schlief sehr wenig in dieser Nacht. Als ich am nächsten Morgen allein im Speisesaal mein Frühstück einnahm, wurde eine Nachricht für mich abgegeben. Wie erwartet war es ein Päckchen mit meinen eigenen Schlüsseln, zusammen mit einigen Zeilen von Dr. Locard: »Ich hoffe, daß dies Sie vor Ihrer Abreise erreicht. Bitte seien Sie so freundlich und bringen mir den Schlüsselbund, den Sie versehentlich eingesteckt haben, heute morgen zurück, wenn Sie in die Bibliothek kommen. Ich werde dort, wie angekündigt, an unserem Manuskript arbeiten und freue mich, noch einmal mit Ihnen darüber zu reden.«

Ich sandte ihm die Schlüssel mit einer Entschuldigung für meine Dummheit zurück sowie einen kurzen Brief, in dem ich mich für die Gastfreundschaft bedankte, die seine Frau und er mir entgegengebracht hatten. Ich schrieb ihm, daß ich mir die Freude versagen müsse, noch einmal mit ihm über das Manuskript zu reden, da ich mich entschlossen hätte, den ersten Zug zu nehmen, um nicht zu spät an meinem Bestimmungsort einzutreffen. Ich fügte hinzu, er werde vermutlich enttäuscht sein zu hören, daß ich nach reiflicher Überlegung zu dem Schluß gekommen sei, daß ich mich an nichts erinnern könne, was die Abgabe einer eidesstattlichen Erklärung rechtfertigen würde. Außerdem legte ich einen Scheck zur Unterstützung der Familie des unglücklichen Perkins bei, um die sich Mrs. Locard kümmern wollte.

Nachdem ich mich dieser Pflicht entledigt hatte, packte ich meine Sachen, zahlte meine Rechnung und bestieg mit ungeheurer Erleichterung die Droschke, die schon auf mich wartete.

Die Zeit seit meiner Ankunft bei meiner Nichte habe ich damit zugebracht, diesen Bericht zu schreiben. Ich weiß, daß ich dabei weit vom eigentlichen Mord abgekommen bin, aber es schien mir unmöglich, die unterschiedlichen Fäden auseinanderzuhalten. Ich muß ein sehr enttäuschender Gast gewesen sein, denn ich war voll und ganz mit meinem qualvollen inneren Kampf beschäftigt, von dem ich den Menschen in meiner Umgebung nichts sagen konnte: Sollte ich die Behörden von meinem Verdacht unterrichten? Wie konnte ich ihn beweisen? Nachdem der Coroner sich geweigert hatte, mir meine Theorie über einen mysteriösen Halbbruder abzunehmen – eine Hypothese, die falsch war, aber doch viel Wahres enthielt –, war es kaum anzunehmen, daß ich mit meiner neuen, noch wilderen Theorie auf Glauben stoßen würde, obwohl sie die rätselhaftesten Unstimmigkeiten in befriedigender Weise erklärt. Man kommt immer wieder an einen bestimmten Punkt, an dem man über die reinen Beweise hinausgehen und seine Vorstellungskraft benutzen muß – oder man wird die sogenannte Wahrheit niemals erraten.

Nachdem der unglückliche Perkins tot ist, sehe ich keinen Sinn darin, Anschuldigungen zu erheben, die nicht zur Verurteilung der beschuldigten Personen führen würden. Dennoch möchte ich, daß ein Bericht über die Wahrheit erhalten bleibt, und sei es nur zu dem Zweck, daß Perkins' Kinder einmal verstehen, welchem Justizirrtum ihr Vater zum Opfer gefallen ist und wodurch sein Name in den Schmutz gezogen wurde. Sein einziges Vergehen bestand darin, die Polizei angelogen zu haben, was töricht und falsch, aber durchaus verständlich war, denn er hatte sofort erkannt, wie überzeugend die Beweise gegen ihn waren.

Die Frage, was ich mit diesem Bericht tun werde, habe ich noch nicht entschieden. Selbstverständlich kann er nicht veröffentlicht werden, solange diejenigen, die für den Mord verantwortlich sind, noch am Leben sind. Diese Tatsache verschafft mir viel Zeit, um darüber nachzudenken, was letztendlich damit geschehen soll.

Edward Courtine, Exeter und Cambridge, Januar 1882

Die verzauberte Prinzessin

(Anmerkung des Herausgebers: Dies ist die Geschichte, die Courtine am Mittwoch spät in der Nacht noch gelesen hat.)

In einem fernen Königreich lebte vor langer Zeit ein schöner junger Prinz, der nicht nur schön, sondern auch klug und von freundlichem Wesen war, so daß alle, die ihn kannten, ihn schätzten und bewunderten. Sein Vater und seine Mutter, der König und die Königin des Landes, liebten ihn über alles, aber da er der jüngste von drei Brüdern war, wußte er, daß er die Krone nicht erben würde, sondern draußen in der Welt sein Glück würde suchen müssen. Eines Tages würde er das Königreich verlassen und auf Abenteuer ausgehen müssen. Er sah diesem Tag mit Freude entgegen, aber er war auch betrübt, daß er all seine Lieben würde verlassen müssen. Wenn Reisende aus fernen Ländern in das Königreich seines Vaters kamen, lauschte er mit Spannung, was sie zu erzählen wußten. Unterdessen ging er mit Eifer den Studien und Vergnügungen nach, die sich für einen jungen Prinzen ziemten. Er las mit seinen Lehrern in alten Büchern und erlernte von erfahrenen Kämpfern aus dem Gefolge seines Vaters die Kunst, mit Schwert, Schild und Lanze umzugehen, sowohl zu Fuß als auch zu Pferde. Am meisten aber liebte er es, gemeinsam mit seinen Brüdern und anderen jungen Männern des Hofes in den wilden Wäldern, die das Schloß umgaben, mit seinem Hengst, seinem Falken und seinem Hund zu jagen. Diese drei schönen Tiere waren ein Geschenk seines Vaters, und er schätzte sie höher als alles andere, das er besaß.
Eines Tages erzählte ihm ein Reisender, der über Meere und

Berge und Flüsse gezogen war, eine Geschichte: Viele Tagesreisen vom Heimatland des Prinzen entfernt lag ein Königreich, dessen König in einer hohen, trutzigen Burg inmitten eines finsteren, weglosen Waldes lebte. Die Burg stand am Ufer eines breiten Flusses und konnte nur zu Schiff erreicht werden, denn der Wald war zu gefährlich, als das ein Wanderer sich hineingewagt hätte. Der König hatte nur ein einziges Kind, eine schöne Tochter, und wenn er starb, würde sie die Königin des Landes sein. Die Prinzessin hatte keinen Gemahl, denn eine Hexe hatte sie mit einem Zauber belegt, der bewirkte, daß nur ein Bewerber, der das Schloß durch den Wald erreichte, ihre Hand zur Ehe erhalten konnte. Der König hatte bestimmt, daß der erste, dem es gelang, diese Probe zu bestehen, nach seinem Tode König werden solle. Das Königreich war reich und mächtig, und viele Prinzen hatten schon versucht, das Schloß auf die geforderte Weise zu erreichen, aber sie alle waren auf dem Weg durch den Wald zugrunde gegangen, denn es gab dort viele Gefahren. Die größte aller Gefahren war ein Ungeheuer, das den Reisenden auflauerte, sie tötete und auffraß.
Als der Prinz diese Geschichte hörte, war er erregt und erschrocken zugleich, und er beschloß, daß er die Hand der Prinzessin gewinnen wolle. Sein Vater und seine Mutter und seine beiden älteren Brüder waren in großer Sorge, als sie von seinem Vorhaben hörten, aber sie wußten, daß es das Schicksal der jüngsten Königssöhne war, große Gefahren zu bestehen, um ihr Glück zu machen, und so versuchten sie nicht, ihn davon abzubringen, sondern gaben ihm Geschenke, die ihm zum Sieg verhelfen sollten: Der König schenkte ihm ein Schwert, das er selbst als junger Mann geführt hatte, eine fein gearbeitete Waffe, in deren Klinge alte Zaubersprüche eingraviert waren. Seine Mutter schenkte ihm eine kunstvolle Rüstung aus feinen Ketten, die leicht war, aber dennoch selbst durch den heftigsten Schwertstreich nicht durchschlagen werden konnte. Sein ältester Bruder gab ihm einen Dolch aus feinstem Stahl mit der spitzesten und schärfsten

Klinge, die je ein Waffenschmied gefertigt hatte, und sein zweiter Bruder schenkte ihm einen Schild, der ganz leicht und doch ungeheuer wiederstandsfähig war. Seine alte Amme weinte mehr als alle anderen, und unter Tränen füllte sie Körbe mit Wegzehrung für ihn: Brotlaibe, Käse, gesalzenes Fleisch, getrocknete Früchte und Flaschen mit Wein.
Und eines schönen Morgens im Frühsommer legte der Prinz seine Rüstung an, nahm seine Waffen auf und band seine Vorräte am Sattel fest. Dann sagte er allen, die ihn liebten, Lebewohl und zog mit dem Falken auf dem Handgelenk und dem Hund an der Seite auf seinem Hengst von dannen.
Er ritt viele Tage und Nächte lang und kam schließlich in den großen dunklen Wald, in dessen Mitte das Schloß mit der schönen Prinzessin lag. Als die hohen Bäume sich über seinem Haupte schlossen, wurde es finster um ihn, und da es weder Weg noch Steg gab und er weder die Sterne in der Nacht noch die Sonne am Tag sehen konnte, hatte er große Mühe, sich zurechtzufinden. Und so ritt er drei Tage und drei Nächte lang im Kreise herum und verbrauchte alle Vorräte, die seine alte Amme ihm eingepackt hatte. Obwohl er um sich herum ständig das Plätschern fließenden Wassers hörte, konnte er weder einen Fluß noch eine Quelle entdecken. Als am Ende des dritten Tages die Dämmerung anbrach, war er hungrig und sehr, sehr durstig. Plötzlich sah er das erste lebende Wesen in diesem Wald: Eine alte Frau kam auf ihn zu, und sie trug einen großen Korb bei sich. »Mütterchen«, redete er sie an, »ich bin hungrig und durstig. Wenn du Essen und Trinken in deinem Korb hast, so gib mir bitte etwas davon.«
»Ich habe reichlich zu essen und zu trinken«, entgegnete sie. »Aber ich werde dir nichts davon geben.«
»Dann verkaufe mir etwas davon. Ich habe Gold.« Er zog eine Handvoll Goldmünzen aus seiner Satteltasche.
»Stecke dein Geld weg«, erwiderte sie, »hier im Wald nützt es mir nichts.«

»Kann ich denn etwas sagen oder tun, damit du mir etwas abgibst von dem, was du hast?« fragte er.
Sie sah ihn seltsam an, und nach einer Weile erwiderte sie: »Gib mir alles, was du hast: dein Schwert, deine Rüstung, deinen Dolch, deinen Falken, deinen Hund und deinen Hengst. Dann will ich dir alles lassen, was ich in meinem Korb habe.«
»Wenn ich dir alles gebe, womit ich mich verteidigen kann«, erwiderte der Prinz, »dann kann ich mich der vielen Gefahren des Waldes nicht erwehren, vor allem nicht des Ungeheuers, das die Menschen tötet und auffrißt.«
Die alte Frau lächelte und sagte: »Du verlierst nichts, wenn du mir alles gibst, was du hast, denn dein Pferd und deine Waffen werden dich vor dem Ungeheuer nicht retten.«
Sie sprach mit solcher Bestimmtheit, daß der Prinz ihr Glauben schenkte. Und so stieg er vom Pferd und gab es ihr, zog seine Rüstung aus und gab sie ihr, und ebenso gab er ihr sein Schwert, seinen Dolch, seinen Schild, seinen Falken und seinen Hund.
Die alte Frau reichte ihm ihren Korb, und er öffnete ihn und fand ihn mit Fleisch und Getränken gefüllt. Er aß und trank sich satt und packte den Rest für die Weiterreise ein.
Da sprach die alte Frau zu ihm: »Ich habe viele junge Prinzen in diesem Wald getroffen, und sie alle haben mir meine Vorräte mit Drohungen und Gewalt genommen. Du bist der erste, der mir nicht Gewalt angetan, sondern mir friedlich alles gegeben hat, was er hatte. Zum Dank will ich dir deshalb sagen, was all die anderen Prinzen nicht wußten. Ich werde dir sagen, wie du dich vor dem Ungeheuer retten kannst, wenn du ihm begegnest, was mit Sicherheit geschehen wird.«
Der Prinz dankte ihr, und sie fuhr fort: »Alle anderen Prinzen waren verloren, weil sie auf ihre Waffen und ihre eigene Kraft vertrauten. Das einzige, was das Ungeheuer bezwingen kann, sind aber Wahrhaftigkeit und Mut, und du hast mir gegenüber beides bewiesen. Ich will dir deshalb das Geheimnis verraten, das dir helfen wird, das Ungeheuer zu besiegen. Du mußt wissen,

daß jeder, der in sein Antlitz blickt, bewegungslos erstarrt, und deshalb kann kein Mensch, der es ansieht, hoffen, am Leben zu bleiben.
»Sieht es denn so häßlich und entsetzlich aus?« rief der Prinz aus.
»Ich habe dir gesagt«, entgegnete die alte Frau, »daß jeder, der ihm in die Augen schaut, verloren ist. Das muß dir genügen. Deshalb mußt du die Augen schließen, wenn du es von weitem erblickst oder seinen Geruch verspürst. Hast du die Augen geschlossen, wirst du es an seinem entsetzlichen Gestank erkennen. Es wird sich mit schrecklichem Gebrüll auf dich stürzen, aber du darfst weder die Augen öffnen, noch versuchen zu fliehen. Wenn du dir nicht zutraust, die Augen geschlossen zu halten, verbinde sie dir, sowie du weißt, daß es in deiner Nähe ist. Dann mußt du zulassen, daß das Ungeheuer dich packt und an sich drückt, um dich zu erwürgen. In diesem Augenblick mußt du deine Furcht überwinden und dich gegen den Gestank stählen und mußt es auf sein bloßes Fleisch küssen.«
Der Prinz erschauerte, aber die alte Frau sagte: »Ich sehe, daß du Zweifel hegst, aber ich versichere dir, daß dein Kuß das Ungeheuer verbrennen und ihm mehr Schmerz zufügen wird, als jede Waffe es vermag.«
Der Prinz bedankte sich bei der alten Frau, sagte ihr Lebewohl und ging tiefer in den Wald hinein.
Gegen Mitternacht fand er sich in einer großen Lichtung wieder, und nun, da der Mond und die Sterne ungehindert auf ihn herunterschienen, konnte er fast so gut sehen wie am hellichten Tag. Ein widerwärtiger Gestank stieg ihm in die Nase, und als er um sich blickte, wurde er gewahr, daß der Boden mit verstümmelten menschlichen Körpern übersät war. Alle Prinzen, die vor ihm in diesen Wald gekommen waren, lagen zerrissen auf der Lichtung herum, Arme, Beine und Köpfe. Zu seinem Entsetzen sah er, daß die Glieder und Knochen halb abgenagt waren. Dann bemerkte er, daß sich am anderen Ende der Lichtung etwas bewegte. Die

Kreatur wandte ihm den Rücken zu, und als er näher kam, erkannte er, daß sie an einem Schienbein nagte. Rasch nahm er das Tuch von seinem Hals und band es sich fest um die Augen. Mit klopfendem Herzen stand er da und bemerkte, daß der entsetzliche Gestank nach Blut, verwesenden Leichen und etwas Uraltem, Unreinem immer stärker wurde, und er wußte, daß das Ungeheuer auf ihn zukam.

Er vernahm seinen Schritt, dann seinen rasselnden, unerträglich stinkenden Atem, und im nächsten Augenblick wurde er schon von kalten, schuppigen Armen gepackt. Hände legten sich um seinen Hals, er wurde zu Boden gestoßen, das Ungeheuer lag über ihm und der Würgegriff wurde fester. Der Prinz jedoch dachte an das, was die alte Frau ihm gesagt hatte. Er zwang sich, den Kopf nach vorn zu stoßen, und als seine Lippen das kalte Fleisch berührten, drückte er einen Kuß auf die feuchte Haut.

Das Ungeheuer brüllte laut auf vor Angst und Schmerz und ließ den Prinzen los. Er hörte, daß es sich entfernte, und der gräßliche Geruch wurde schwächer und schwächer. Da nahm er sich die Binde von den Augen und sah das Ungeheuer gerade noch am Rande der Lichtung, bevor es sich hinkend in die Finsternis des Waldes schleppte.

Mit einem letzten, entsetzten Blick über die Lichtung eilte der Prinz in den Wald zurück und setzte seine Wanderung fort. Inzwischen begann der Morgen zu grauen, und als die Sonne aufging, fielen ihre Strahlen auf eine Wasserfläche. Im nächsten Augenblick sah der Prinz die Burg hoch oben auf einem Felsen über dem schimmernden Fluß stehen, und zu ihren Füßen lag die Stadt.

Er ging zum Stadttor und sagte, wer er sei und woher er komme, und wurde sogleich wie ein Held begrüßt, denn er war der erste Prinz, dem es gelungen war, den Wald zu durchqueren. Er wurde vor den König geführt, der ihm um den Hals fiel und vor Dankbarkeit und Freude weinte, weil nun seine Tochter von dem Zauber befreit war. Der König war überglücklich, daß der Bräuti-

gam seiner Tochter und sein eigener Erbe ein so schöner, edler und mutiger junger Prinz war.
Man schickte nach der Prinzessin, und als sie den Saal betrat, sah der Prinz, daß sie jünger und lieblicher war, als er zu erträumen gewagt hatte. Ihre Augen waren von erstaunlicher Schönheit, und nachdem er einmal in diese Augen geschaut hatte, entbrannte er in Liebe zu ihr und konnte nicht aufhören, sie anzusehen. Sie war anmutig und bescheiden und lächelte ihn mit reizender Schüchternheit an, und der Prinz war in jeder Weise entzückt von ihr. Der König bewirtete ihn auf das köstlichste, dann rief er seinen ganzen Hofstaat zusammen und verkündete zur Freude des Prinzen, daß die Hochzeit noch am selben Abend gefeiert werden solle.
Im Schloß und in der ganzen Stadt wurde eine Proklamation verlesen, ein großes Festbankett wurde vorbereitet, und alle hohen Herren und Damen kamen in ihren schönsten Festkleidern herbeigeeilt. Der König, dessen Gemahlin schon vor Jahren vor Kummer gestorben war, als die Prinzessin verzaubert worden war, gab dem Prinzen seine Tochter zur Frau, und alle Damen des Hofes weinten, so wie es sich bei einer solchen Gelegenheit geziemt. Als das Fest seinen Höhepunkt erreichte, stahlen der Prinz und die Prinzessin sich davon zu ihrem Schlafgemach, das ihnen in einem der Türme hoch über dem Fluß bereitet worden war.
Die Prinzessin hatte eine Dienerin, die ihr, wie sie dem Prinzen erklärte, seit ihrer Geburt gedient hatte. Während der Prinz in dem großen Himmelbett wartete, entkleidete die Frau ihre Herrin vor dem Fenster, durch welches das Mondlicht flutete. Erst nahm die Dienerin ihr die Halskette und die Armbänder ab, dann zog sie ihr die Schuhe aus, dann löste sie ihr die goldenen Zöpfe, dann öffnete sie ihr den Gürtel und ließ ihr Gewand zu Boden gleiten, und der Prinz starrte mit wachsender Erregung auf die Schönheit, die da vor seinen Augen enthüllt wurde. Endlich zog die Dienerin das Hemd über den Kopf der jungen Prinzessin, und sie stand in all ihrer ungeschmückten Schönheit vor

ihrem neuen Gemahl. Stellt euch seine Gefühle vor, als er den Blick langsam und voller Verlangen an ihrem Körper heruntergleiten ließ, von ihrem schlanken Hals über ihre vollen Brüste zu ihrem glatten Bauch, bis er, tief unten an ihrem Körper, ein Brandmal in Form seiner eigenen Lippen entdeckte.
Er sprang aus dem Bett und stellte sich mit dem Rücken zur Tür, und seine Angst war noch größer, als sie es gewesen war, als er mit verbundenen Augen in der Lichtung auf das Ungeheuer gewartet hatte.
Bekümmert über sein Entsetzen erklärte ihm die Prinzessin, daß sie durch den Zauberspruch einer bösen Hexe dazu verdammt gewesen sei, im Wald herumzuirren und jeden Mann zu töten und zu verschlingen, der kam, um ihre Hand zu gewinnen. Dadurch, daß der Prinz sie mit seinem brennenden Kuß überwältigt hatte, habe er den Zauber gebrochen. Sie versicherte ihm, daß sie ihn liebe, weil er sie errettet habe und weil er jung, schön und tapfer sei.
Der Prinz war sprachlos vor Entsetzen und Überraschung. Da begann die Dienerin zu sprechen, und sie eröffnete ihm, daß sie die alte Frau gewesen sei, die er auf dem Weg durch den Wald getroffen habe. Ihre Aufgabe sei es gewesen, jedem Bewerber auf seinem Weg zur Lichtung entgegenzutreten und herauszufinden, ob er es wert sei, Hilfe zu erhalten. Alle mit Ausnahme des Prinzen hätten sich als unwürdig erwiesen, da sie ihr das Essen und Trinken mit Gewalt entrissen hatten. Sie alle hätten ihrer Jugend und Kraft und ihren Waffen für den Kampf gegen das Ungeheuer vertraut, und sie alle seien besiegt worden. Ihm allein habe sie das Geheimnis verraten, wie er den Bann brechen könne, und er allein habe den Mut besessen, ihren Rat zu befolgen. Dadurch, daß er sich die Augen verbunden habe, habe er sich, als die Prinzessin nackt und nach Kadavern riechend auf ihn zugekommen sei, davor geschützt, vom Anblick ihrer Lieblichkeit, vor allem aber von der Schönheit ihrer Augen gelähmt zu werden.
Die Dienerin beschloß ihre Rede mit der Versicherung, daß er

durch seine Wahrhaftigkeit und seinen Mut den Zauber gebrochen habe, und forderte ihn auf, die Prinzessin nun als seine Braut zu akzeptieren. Der Prinz aber war weiterhin entsetzt und stieß schließlich hervor, daß er niemanden zur Frau nehmen könne, der Menschen getötet und verschlungen habe. Er öffnete die Tür und drohte, Alarm zu schlagen und allen im Schloß zu sagen, daß ihre Prinzessin das Ungeheuer gewesen sei, daß all die Jahre hindurch den Wald unsicher gemacht habe.

Die Dienerin lachte und sagte, daß er damit nichts gewinnen würde, denn jedermann im Schlosse kenne die Wahrheit. Sie alle seien gerade dabei, das Ende des grausamen Fluches zu feiern, unter dem das ganze Königreich so lange gelitten habe.

Der Prinz stand da und wußte nicht, was er nun tun sollte. Da begann die Prinzessin, die ihn die ganze Zeit voller Sehnsucht angesehen hatte, zu sprechen. Sie sagte ihm, daß die Dienerin gelogen habe. Sie sei die Hexe, die sie verzaubert und dazu gezwungen habe, alle zu töten, die um ihre Hand anhalten wollten. Der Prinz habe den Zauber noch nicht ganz gebannt. Nur wenn er sie im vollen Bewußtsein dessen, was sie getan habe, zu seiner Frau machen würde, wäre die Kraft des Zaubers für immer gebrochen. Wenn er sie aber zurückweisen würde, würde sie wieder der Macht der Hexe verfallen und müsse als Ungeheuer in den Wald zurückkehren. Nachdem sie die letzten Worte ausgesprochen hatte, schritt sie, nur von ihren langen goldenen Haaren bedeckt, langsam auf den Prinzen zu.

Er hob die Hand, um sie abzuwehren. Die Dienerin lächelte und gab zu, daß die Prinzessin die Wahrheit gesprochen hatte. »Ich bin die Hexe, die sie verzaubert hat«, sagte sie. »Und der Grund, warum dein Kuß ihr solchen Schmerz bereitet hat, war der, daß er sie an die menschliche Liebe erinnerte, die ihr versagt war, solange sie im Wald wohnen und sich von den Leichen der getöteten Männer ernähren mußte. Du mußt dich jetzt entscheiden, ob du die Prinzessin als deine Braut akzeptieren oder sie zurückweisen willst.«

Der Prinz brachte kein Wort hervor, aber er schüttelte den Kopf. Die Hexe lachte und fragte: »Willst du dann, daß ich dir die Waffen zurückgebe, die ich dir im Wald abgenommen habe?«
»Ja!« *schrie der Prinz.*
Im selben Augenblick hörte er, wie die Dienerin gellend auflachte. Die beiden Frauen und das Brautgemach verblaßten vor seinen Augen, die Burg verschwand, und er fühlte, daß er durch die Luft flog, bis er auf einem weichen Blätterkissen landete und feststellte, daß er sich wieder im Wald befand. Im Mondlicht sah er, daß er seine Rüstung trug, sein Schwert und seinen Dolch gegürtet hatte und daß sein Schild neben ihm lag. Als er sich umblickte, fand er seinen Falken und seinen Hund an seiner Seite, und sein Pferd stand nur wenige Schritte von ihm entfernt, warf den Kopf hoch und schnaubte ängstlich. Und dann bemerkte der junge Prinz den Geruch, der sein Reittier so erschreckte, und er erkannte, daß er sich wieder auf der großen Lichtung befand, die mit Teilen von menschlichen Körpern übersät war. Und als er im schwachen Mondlicht zum fernen Saum der Bäume hinübersah, gewahrte er, daß etwas aus dem Wald hervorkam und sich ihm langsam näherte.

Nachwort
des Herausgebers

Ich wurde in Hyderabad geboren, wo mein Vater Offizier der indischen Armee war. Als ich gerade zwölf Jahre alt geworden war, entschieden meine Eltern, mich nach England in ein Internat zu schicken, nicht nur, weil das Klima dort gesünder und, wie sie annahmen, die Erziehung besser war, sondern auch wegen einiger häuslicher Schwierigkeiten. Eine der Folgen dieser Probleme war, daß sie nicht sehr wohlhabend waren, und weil ich ein gewisses musikalisches Talent an den Tag gelegt hatte – nicht allzuviel, wie sich später herausstellen sollte – und wegen des finanziellen Vorteils – Unterricht und Unterbringung waren kostenlos –, beschloß man, daß ich Chorknabe werden sollte.

Gewöhnlich traten die Jungen im Alter von sieben oder acht Jahren in die Chorschule ein, und bis sie zwölf Jahre alt waren, hatten sich Gruppen und Freundschaften gebildet, von denen ich als Neuankömmling naturgemäß ausgeschlossen war. Mit meinen indischen Lebensgewohnheiten und meiner frühreifen Introvertiertheit, die durch die häuslichen Probleme noch verstärkt worden war, machte ich vermutlich den Eindruck eines seltsamen kleinen Jungen. Ich war das einzige Kind meiner Eltern, jedenfalls, nachdem meine jüngere Schwester mit drei Jahren an Gelbfieber gestorben war, als ich gerade acht war. Ich hatte sie innig geliebt, und ihr Verlust, zusammen mit den anderen familiären Schwierigkeiten, hatten bei meiner melancholischen Veranlagung dazu geführt, daß ich eine altkluge Feierlichkeit an den

Tag legte, der zufolge es mir schwerfiel, Anteil an den kindischen Interessen meiner Mitschüler zu nehmen.

Ich traf mitten im dritten Trimester im Internat ein und stellte fest, daß sich für die Schüler alles um Kricket drehte, besaß jedoch weder Eignung noch Neigung zu dem Spiel. Ich wurde von allen gemieden, war unglücklich und schüchtern, und vermutlich war das auch der Grund, warum ich fürchterlich zu stottern begann. (Jedenfalls kann ich mich nicht erinnern, schon vorher gestottert zu haben, und wenn ich es in Indien, wo ich mit meiner Ayah völlig unbefangen Hindustani geredet hatte, bereits getan haben sollte, hatte nie jemand eine Bemerkung darüber verloren.) Weil mein Stottern der Verachtung der anderen Jungen zusätzliche Nahrung gab, flüchtete ich mich zunehmend in Schweigen und verbrachte soviel Zeit wie möglich für mich allein. Wenn es gerade keine Fliegen gab, die man quälen, oder Katzen, die man jagen konnte, wurde es zu einem beliebten Sport, mich aufzustöbern und in Zorn zu bringen, wobei mein Stottern meine Verteidigungsversuche um so amüsanter machte.

Von den anderen Jungen abgelehnt, war ich auch Anlaß für das Mißfallen des Schulleiters, obwohl ich niemals absichtlich ungehorsam war oder gegen die Schulordnung verstieß. Dennoch geriet ich häufiger als jeder andere Junge in Schwierigkeiten, was vermutlich daran lag, daß ich in einer Art Tagtraum dahinlebte und gewöhnlich gar nicht merkte, wenn ich zu spät kam oder etwas vergaß. Die Welt, die ich mir erträumte, war viel schöner und interessanter als die Wirklichkeit, und ich kann mir vorstellen, daß es den Schulleiter erboste zu sehen, daß ich mich ganz im Reich meiner Phantasie verlor.

Der Schulleiter, wie er übertriebenermaßen genannt wurde, denn außer ihm gab es nur noch zwei hauptamtliche Lehrer und den Hilfsorganisten, der uns in Musik unterrichtete, verfiel oft in plötzliche Wutanfälle, während deren er uns immer wieder heftig schlug. Gewöhnlich drosch er uns nicht mit einem Rohrstock auf die Hand oder das Gesäß, sondern einfach mit der flachen Hand auf den Kopf. Die Strafe für schwerere Vergehen bestand jedoch in Schlägen mit dem Rohrstock auf das Gesäß. Bei solchen Gelegenheiten waren seine Wutausbrüche unerklärlich und nicht weniger unverständlich als der Grund, weshalb es an einem Tag regnete und am nächsten wieder die Sonne schien. Als ich erwachsen wurde, verstand ich seine Bitterkeit und seine Frustration darüber, daß sein Ehrgeiz und seine Hoffnungen mit der Leitung einer kleinen, wenig angesehenen Chorschule in einer abgelegenen Provinzstadt ein Ende gefunden hatten. Später wurde mir auch klar, daß seine unvorhersehbaren Wutanfälle in vielen Fällen darauf zurückzuführen waren, daß er Alkohol getrunken hatte.

Wir lernten sehr wenig, teilweise deshalb, weil wir als Chorsänger so hart zu arbeiten hatten. Wir mußten täglich beim Abendgottesdienst singen, außer am Sonnabend, an dem kein Gottesdienst mit Gesang stattfand. Chorprobe hatten wir täglich eine Stunde lang vor dem Frühstück und noch einmal eine halbe Stunde vor dem Abendgottesdienst. Ich war nicht besonders musikalisch und hatte deshalb schreckliche Angst vor dem Chorleiter, einem jungen Mann, der fest entschlossen war, das Ansehen des Chors zu verbessern, und der uns ganz besonders hart anfaßte. Die Qualität der Musik in der Kathedrale hatte infolge der langen Krankheit des ältlichen Organisten, der jahrelang die alleinige Verantwortung für den Gesang getragen hatte, sehr nachgelassen. (Der Kantor war ebenfalls alt und hatte lange Zeit keinerlei Interesse gezeigt.) Und deshalb hatte die Stiftung, in der Hoffnung auf eine Verbesserung, etwa sieben oder acht Jahre vor meiner Ankunft einen Hilfsorganisten eingestellt, einen Mann, der uns sehr alt vorkam, der aber zu der Zeit, von der ich hier schreibe, noch nicht einmal vierzig war. Seine Anstellung war eigentlich zeitlich begrenzt gewesen, war jedoch regelmäßig verlängert worden, weil der Organist nach wie vor krank war – jedenfalls lautete so die offizielle Begründung. Er spielte bei den Gottesdiensten und unterrichtete uns in Musik und sollte eigentlich den Großteil der Verantwortung des alten Mannes für den Chor übernehmen, doch war er faul und zog es vor, seine Zeit in den Wirtshäusern der Stadt zu verbringen. Obwohl er uns niemals schlug oder sonst etwas antat, hatte er mit seinem seltsam gekrümmten Gang, seiner unordentlichen Kleidung, seinem schiefen Lächeln und seinen sarkastischen Bemerkungen etwas an sich, das uns vor ihm zurückschrecken und ihn sogar noch bedrohlicher erscheinen ließ als den Chorleiter selbst. Letzterer gehörte noch nicht lange zum Personal der Kathedrale und war etwa um die gleiche Zeit eingestellt worden, zu der ich an die Schule kam. Damals hatten die Domherren feststellen müssen, daß der Hilfsorganist nichts dazu beigetragen hatte, die Qualität des Gesangs zu verbessern. Der Chorleiter war der Meinung, daß ich eigentlich gar nicht im Chor sein sollte, und hatte mir mehrfach gesagt, daß ich nicht gut genug für einen Chorknaben sei. Ich konnte ihm darin nur recht geben, aber obwohl ich alles verabscheute, was irgendwie mit dem Chor zu tun hatte, hatte ich wenigstens den Trost, daß ich nicht stotterte, wenn ich sang. Das genügte aber nicht, um mich zu retten; der Chorleiter pflegte mich beim Abendgottesdienst zu demütigen und regelmäßig zu schlagen, wenn er glaubte, daß ich falsch oder – in der Hoffnung, daß er mich nicht hören würde – nur ganz leise gesungen hatte. Er behandelte die anderen Jungen auch nicht besser, aber ich hielt mich für seinen bevorzugten Prügelknaben, weil ich so unmusikalisch war und stotterte. Und deshalb schwänzte ich gelegentlich den Abendgottesdienst, obwohl ich wußte, welche Strafe das nach sich ziehen würde. Der Chorleiter meldete meine Abwesenheit dem Schulleiter, und dieser machte mich dann ausfindig und verprügelte mich. Aber wenigstens hatte ich eine Galgenfrist von einigen Stunden, und die Blutergüsse von den Schlägen verliehen mir einen gewissen Status unter meinen Mitschülern. Manchmal fand ich es sogar erträglicher, verprügelt als gedemütigt und ausgelacht zu werden.

Ich sollte vielleicht noch erwähnen, daß es zwar schon schlimm genug war, vom Schulleiter verdroschen zu werden, daß wir aber nichts mehr fürchteten, als wenn uns der Kanzler hinterher zum Tee einlud, um uns wieder aufzumuntern.

Unser Dasein war insgesamt ziemlich elend. Wir waren in einem düsteren, alten Gemäuer untergebracht, dem ehemaligen Torhaus im Schatten der Kathedrale am oberen Domplatz. Wir schliefen in schmalen Rollbetten im obersten Stockwerk. Um neun Uhr wurden wir eingeschlossen und blieben uns gewöhnlich die ganze Nacht lang selbst überlassen, was mehr als unangenehm war, denn die größeren Jungen quälten und verspotteten die kleineren, und obwohl ich einer von den älteren war, gehörte ich doch zu denen, die schikaniert wurden. Obwohl all dies vor nicht einmal vierzig Jahren geschah, erscheint es mir heute, als sei es in einem anderen Zeitalter gewesen. Heutzutage könnte keine Schule es sich erlauben, mit Kindern so umzugehen, wie wir damals behandelt wurden. Der Schlafsaal war im Winter vollkommen ungeheizt und das ganze Jahr über mit Ratten verseucht. Wir schliefen zu achtzehn in diesem einen großen Raum, dessen Fenster während der eisigen Winternächte so fest verschlossen waren, wie es die klapprigen Fensterrahmen zuließen. Um halb sieben mußten wir aufstehen, um an der morgendlichen Chorprobe teilzunehmen. Danach folgte das kärgliche Frühstück, und dann versammelten wir uns im großen Klassenzimmer im Erdgeschoß, das nur schwach durch ein einziges Kohlefeuer erwärmt und immer vom Gestank der billigsten Talgkerzen erfüllt war.

Die Sonnabende waren meine liebsten Tage, jedenfalls bis zum Anbruch der Dunkelheit, denn dann ging mein Lieblingstag in die Nacht über, die ich am meisten fürchtete. Die Nacht vom Sonnabend zum Sonntag war nämlich die einzige, die ich allein im alten Torhaus verbrachte. Obwohl meine Familie früher einmal eine Verbindung zu Thurchester gehabt hatte, hatte ich keine Verwandten mehr hier. Wenn also am Sonnabend nach der

Chorprobe und dem Frühstück die anderen Jungen fortgingen, um ihre Familien zu besuchen, und auch die Köchin und das Hausmädchen gegangen waren, die an diesem Tag ebenfalls frei hatten, fand ich mich allein und ohne irgendeinen Erwachsenen wieder, der sich dafür interessierte, was ich trieb. Oder sagen wir einmal, sich in einer Weise für mich interessierte, die mir willkommen gewesen wäre. Ich verbrachte den Tag damit, einsam in der Stadt herumzustrolchen, und kehrte nur ins Torhaus zurück, um das Brot und den Käse zu essen, den die Dienstboten für mich dagelassen hatten. Am Abend trug ich, anstatt allein in dem großen Schlafsaal zu nächtigen, mein Bettzeug in die kleine Dachkammer hinauf – obwohl auch das mich nicht rettete.

Diese meine allwöchentliche Einsamkeit war der Grund, weshalb ich die Freundschaft schloß, durch die ich in den Mordfall verwickelt werden sollte.

Natürlich will ich nicht behaupten, daß ich ununterbrochen nur unglücklich gewesen sei. Es gab auch glückliche Augenblicke – wenn ich im Sommer mit einem Buch im Gras am unteren Domplatz lag oder wenn wir im Herbst über dem Kaminfeuer im Klassenzimmer Kastanien rösteten. Ein- oder zweimal lud uns einer der jüngeren Domherren, Dr. Sisterson, zu sich nach Hause ein, wo wir von seiner netten Frau und seinen Kindern freundlich aufgenommen wurden, und gelegentlich kam es vor, daß niemand daran dachte, daß ich anders und seltsam sei, wenn ich an den Spielen teilnahm. Später – nach der Zeit, von der ich hier spreche – gewann ich sogar einen Freund, einen stillen, furchtsamen Jungen, von dem ich zunächst wenig Notiz genommen hatte, abgesehen davon, daß ich mich gelegentlich neidvoll gefragt hatte, wie er es fertigbrachte, nicht gemieden und verspottet zu werden, weil er keine Freude an rauhen Spielen, Lärm und dergleichen hatte. (Er hatte einen sehr viel älteren Bruder, der in der Bibliothek arbeitete.) Ein weiterer Trost war mir die Entdeckung, daß ich Freude an Griechisch und Latein hatte. Beide Fächer wurden von einem alten Mann unterrichtet, der die antike Literatur leidenschaftlich liebte und uns ein freundliches und uneigennütziges Interesse entgegenbrachte.

Aber als die Schule nach den ersten Sommerferien seit meiner Ankunft wieder begann – ich hatte entsetzlich langweilige und einsame Wochen bei einer alten Tante und einem Onkel in einem abgelegenen Dorf in Cumberland verbracht –, wurde ich immer unglücklicher. Ich brachte Stunden damit zu, mir auszumalen, wie ich der Schule entkommen könnte. Meine Eltern könnten beide sterben, und wenn dann die Gebühren nicht mehr bezahlt würden, würde ich in die Welt hinausgeschickt werden, um mir meinen Lebensunterhalt zu verdienen. Oder jemand könnte mich adoptieren. Und wenn nichts dergleichen geschah, würde ich eines Tages einfach davonlaufen. Ich hatte gute Gründe für derartige Wünsche.

Ich wurde nicht nur von meinen eigenen Schulkameraden herumgestoßen, sondern alle Chorknaben hatten darunter zu leiden, daß es noch eine zweite Schule am Domplatz gab. Wir Chorknaben waren Empfänger von Stipendien, und selbst die Tatsache, daß unsere Schule im alten Torhaus untergebracht war, wurde dazu benutzt, uns zu beleidigen. Die Courtenay-Jungen waren reich – jedenfalls reicher als die meisten von uns – und schon deshalb selbstbewußt. Sie liefen stolz in ihrer auffälligen Schuluniform in der Stadt herum, mit dunklen Röcken, blauen Kniehosen und Schnallenschuhen, unangefochten im Besitz ihres Territoriums, des unteren Domplatzes, und wenn einer von uns sich dorthin wagte, waren uns Prügel gewiß. Sie hingegen drangen unbesorgt in unser Gebiet, den oberen Domplatz, ein, doch von uns wurde erwartet, daß wir ihnen klug aus dem Weg gingen oder unsere Strafe in Form von Stößen und Schlägen einsteckten.

Eines Sonnabends im September, als ich gerade den oberen Domplatz überquerte, ging ein alter Herr, den ich vom Sehen kannte, vor mir her. Er trug eine Reihe von Gegenständen – unter dem linken Arm ein Päckchen und etwas Großes, das aussah wie ein Buch, und unter dem rechten eine Ledertasche. Da ließ er das Päckchen fallen und ging weiter, ohne es zu bemerken. Ich hob es auf, rannte hinter ihm her und gab es ihm zurück. Er war sehr dankbar und schien sehr bestürzt zu sein, weil ich so schrecklich stotterte und so blaß war. Auch meine etwas exotischen Manieren fielen ihm auf. Er war fasziniert, als er hörte, daß ich in Indien geboren war, und er sagte, daß er ein leidenschaftliches Interesse an fernen Ländern habe. Dann zeigte er mir das Buch, das er unter dem Arm trug. Es war eine wunderschön illustrierte Sammlung alter Landkarten, die, wie er mir erklärte, vor zweihundert Jahren in Leiden gedruckt worden war. Er erklärte mir, daß er Karten und Atlanten sammle und daß er hoffe, eines Tages Gelegenheit zu haben, mir seine Kollektion zu zeigen. Ich wußte, daß er der alte Mann war, der in dem großen alten Haus am Ende des oberen Domplatzes wohnte.

Ich begegnete ihm hin und wieder, und während des Oktobers und Novembers redete ich noch fünf- oder sechsmal mit ihm, immer vor der Hintertür seines Hauses. Einmal traf ich ihn an einem Sonnabend, als der Domplatz verlassen da lag, und erzählte ihm, daß ich an diesem Tag immer allein sei. Da lud er mich für den folgenden Sonnabend zum Tee ein, schärfte mir aber ein, ich solle es niemandem verraten, es solle unser Geheimnis sein. Er wollte nicht einmal seiner Haushälterin etwas davon sagen, sondern das Brot und den Kuchen selbst kaufen. Ich glaubte zu wissen, was ich zu erwarten hatte, denn ich war zweimal von Dr. Sheldrick, der gelegentlich am Nachmittag Jungen zu sich bat, zum Tee eingeladen worden. (Der Schulleiter wußte entweder nichts von diesen Besuchen, oder sie waren ihm gleichgültig – ich vermute letzteres, denn er und der Kanzler, beide eiserne Vertreter der Low Church, waren Verbündete in der verwickelten Politik des Domkapitels.)

Ich war von Natur aus mißtrauisch und bereits sehr geübt im Bewahren von Geheimnissen, denn wegen der erwähnten Schwierigkeiten in meiner Familie, die bald darauf dazu führten, daß meine Eltern getrennt lebten, hatte ich mich schon in jungen Jahren daran gewöhnen müssen, alles für mich zu behalten und ein instinktives Mißtrauen gegenüber den Motiven anderer zu entwickeln. Meine Verwicklung in den Fall Stonex hatte eine erschreckende Wirkung auf mich, die um so schlimmer war, als keiner davon wußte. Damals schwor ich mir, niemals zu verraten, was ich durch reinen Zufall erfahren hatte. Der wahre Grund aber war, daß ich niemanden hatte, dem ich vertraute, und so wagte ich es nicht, jemandem davon zu erzählen. Ich mußte mein Geheimnis und die damit verbundene Last des Schuldgefühls ganz alleine tragen, ohne dadurch Erleichterung zu finden, daß ich mich einem anderen Menschen hätte anvertrauen können. So ließ ich also nichts von dem verlauten, was ich wußte, und mied alle Gespräche über den Mord, bis ich mich vor einigen Jahren veranlaßt sah, einen Brief an eine Zeitung zu schreiben, um einige Irrtümer richtigzustellen, die in einem grotesken Artikel über den Fall enthalten waren. Dieser Brief verwickelte mich in einer Weise, die ich weder vorhergesehen noch beabsichtigt hatte, von neuem in den Fall und ist die Erklärung dafür, daß ich heute dieses Nachwort schreibe. Abgesehen von den unglücklichen Kindern des armen Perkins, bin ich, wie ich glaube, das letzte überlebende Opfer.

Eines Sonnabends Anfang Dezember ging ich also zum ersten Mal in das Haus des alten Mr. Stonex. Es war der erste von nur zwei Besuchen, denn danach habe ich es nur noch ein einziges Mal betreten. (Nach dem Tod des alten Herrn wurde das Haus dann von seiner Schwester verkauft, die alle Werte, die sie erbte, in erster Linie natürlich die Bank, aber auch etliche Anwesen in und um die Stadt, innerhalb weniger Monate nach der Testamentseröffnung zu Geld machte und anschließend ins Ausland zog. Das Haus wurde später das Büro der Rechtsanwälte Gollop und Knaggs, das es bis heute geblieben ist.)

Der Tee mit dem alten Herrn verlief sehr erfreulich. Ich mußte mich ihm gegenüber an den Tisch setzen, und er redete mit mir wie mit einem Erwachsenen, nicht in der Babysprache, die der Kanzler uns gegenüber verwendete, und – was mir am wichtigsten war – er erkundigte sich nicht nach irgendwelchen Prügelstrafen.

Statt dessen fragte er mich nach meinen Schulfächern, und ich sagte ihm, daß ich Griechisch und Latein gerne mochte, weil der Lehrer, der die klassischen Sprachen unterrichtete, ein so freundlicher Mann sei. Er gestand, daß er diese Sprachen als Junge gehaßt habe und eine vollkommene Niete darin gewesen sei. (Ich möchte noch bemerken, daß ich, weil mir der Unterricht bei dem freundlichen alten Herrn so gut gefiel, mit diesen Fächern fortfuhr, als ich später auf die Public School ging, und anschließend in Cambridge ebenfalls klassische Philologie belegte.) Er erzählte mir, daß auch er auf die Chorschule gegangen sei, und wir stellten fest, daß das Leben, das er dort geführt hatte, sich trotz des Zeitunterschieds von rund sechzig Jahren nicht sehr von dem meinen unterschied. Es gab auch noch eine weitere Gemeinsamkeit zwischen uns. Er gestand mir, daß er auch gestottert habe, als er in meinem Alter gewesen sei. Wir sprachen auch über die Lehrer. Mr. Stonex fragte mich nach dem Hilfsorganisten und schien an dem wenigen, das ich ihm berichten konnte, überaus interessiert zu sein.

Als es für mich schon fast Zeit war zu gehen, fiel ihm plötzlich ein, daß er sein Versprechen, mir seine Atlanten zu zeigen, noch nicht gehalten hatte. Er vergeudete noch mehr Zeit – in meinen Augen jedenfalls –, indem er mir erzählte, daß er als Junge Seemann oder Entdecker hatte werden wollen und daß er aus diesem Grund eine Leidenschaft für Landkarten entwickelt habe. Dann jedoch habe er alle seine Reiseträume aufgeben müssen, weil er durch den frühen Tod seines Vaters schon in sehr jungen Jahren die ganze Verantwortung für die Familie habe übernehmen müssen. Er berichtete mir – etwas verworren, wie mir schien –, welch eine Ironie es sei, daß er immer ein Held habe werden wollen und davon geträumt habe, wie er als gefeierter und bewunderter Kriegsheld oder kühner Seefahrer in seine

Heimatstadt zurückkehren würde, und daß er tatsächlich eine Art Held geworden sei, allerdings ein heimlicher. Er wurde ganz aufgeregt, als er mir anvertraute, daß der Lohn für sein Heldentum aber nicht Dank und Liebe sei, sondern daß er im Gegenteil gemieden und verachtet würde. All das verstand ich natürlich nicht, und erst vor drei Jahren erfuhr ich, was er damals gemeint hatte. (So wenig sie mir damals auch sagten, blieben mir seine Worte doch im Gedächtnis, weil ich nur wenig später selbst in die Lage versetzt wurde, mit einem schrecklichen Geheimnis belastet zu sein.) Der alte Herr war so gefangen von seiner Geschichte, daß er darüber die Zeit vollkommen vergaß. Das Läuten der Großvateruhr, die glücklicherweise ziemlich stark vorging, brachte uns zu Bewußtsein, wie spät es bereits war, und als ich mich verabschiedete, ohne die Atlanten gesehen zu haben, versprach mir mein Gastgeber, daß ich bald wiederkommen und sie mir in Ruhe ansehen dürfe.

So freundlich sich der alte Herr auch mir gegenüber verhielt, glaube ich doch nicht, daß er ein netter Mann war. Jedenfalls war er sicher kein besonders guter Mensch, denn er behandelte seine Schwester schlecht, als sie noch sehr jung und in einer äußerst schwierigen Lage war. Als ich hörte, daß das ganze Vermögen an die Schwester von Mr. Stonex gefallen war, die, wie sich herausstellte, unter sehr beengten Umständen in Harrogate lebte, war ich, wie viele Leute in der Stadt auch, der Meinung, daß nun doch eine Art von Gerechtigkeit aus dem Schrecken des brutalen Mordes an dem alten Herrn erwachsen war. Es wurde bekannt, daß die Schwester seit einigen Jahren in einer winzigen Hütte gelebt hatte und infolge eines Schlaganfalls seit kurzem bettlägerig war. Der Gedanke an die vergessene Verwandte, die so plötzlich aus Armut und Krankheit zu so großem Reichtum gekommen war, erschien mir ungemein romantisch.

Einige Jahre nach dem Mord, im Februar 1903, wurde ein Artikel zu diesem Thema in der »Daily Mail« veröffentlicht. Der Verfasser behauptete, daß die Schwester schon immer der Meinung gewesen sei, ihr Bruder habe sie um ihren Anteil am Vermögen des Vaters betrogen. Der Artikel brachte die folgende Geschichte: Ihr Vater hatte sie immer ihrem Bruder vorgezogen, und die Animosität, die dadurch unter den Geschwistern entstanden war, wurde noch dadurch vergrößert, daß sie vollkommen gegensätzliche Temperamente besaßen: Er war vorsichtig, ungesellig und scheu; sie war brillant, extravagant und schnell gelangweilt. Der Vater starb, als das Mädchen vierzehn war, und ihr Bruder, der etwa sieben Jahre älter war als sie, behandelte sie schlecht, um sich zu rächen. Mit sechzehn hatte sie als eine der bedeutendsten Erbinnen im Umkreis gegolten, aber der Bruder hatte sich geweigert, ihr eine Mitgift zu bewilligen, wodurch er das Interesse aller jungen Männer aus angesehenen Familien in der Grafschaft zum Erlöschen gebracht hatte. Infolge seiner schlechten Behandlung war sie von einem sehr viel älteren Mann verführt worden, einem Schauspieler, der mit einer Wandertruppe in die Stadt gekommen war und sie entführt hatte. Sie versuchte ebenfalls, sich ihren Lebensunterhalt auf der Bühne zu verdienen, hatte aber keinen besonderen Erfolg. Sie war eine brillante, leidenschaftliche, überzeugende und kühne Schauspielerin, pflegte aber eigenmächtig vom Text abzuweichen und ihre Rolle im Eifer des Augenblicks zu improvisieren, mit dem Ergebnis, daß andere Schauspieler sich weigerten, mit ihr auf die Bühne zu gehen und kein Manager sie mehr einstellen wollte. In den folgenden Jahren, so behauptete sie, brachte ihr Bruder es fertig, sie um ihren Anteil des Erbes zu betrügen. Als sie einundzwanzig Jahre alt wurde und erfolglos versuchte, das Geld einzufordern, wurde sie samt ihrem kleinen Kind von ihrem Liebhaber verlassen. Der Autor des Artikels schrieb, daß der Verführer selbst eng mit einer adeligen irischen Familie verwandt war und deshalb relativ gute Aussichten hatte, trotz der zweifelhaften Art, wie er seinen Lebensunterhalt verdiente, eine gute Partie zu machen.

All dies war natürlich zwischen dreißig und vierzig Jahre vor der Zeit geschehen, von der ich spreche, nämlich dem Nachmittag, an dem ich Mr. Stonex gegenüber an jenem großen Tisch in der Wohnküche saß und er mir davon erzählte, wie er alle Hoffnungen habe begraben müssen, die er als Junge einmal gehabt hatte. Einige Jahre später kam mir der Einfall, daß er sich wegen all dem, was er seiner Schwester angetan hatte, schuldig fühlte und vielleicht sogar in mir das Kind seiner Schwester sah, das er vor nicht allzu langer Zeit ohne einen Pfennig von der Schwelle gewiesen hatte. Ich hatte Mitleid mit ihm, denn ich weiß, wie bedrückend und nagend Schuldgefühle sein können, denn wenn irgendein lebender Mensch für den ungerechten und grausamen Tod verantwortlich ist, der in dem vorangestellten Bericht geschildert worden ist, dann bin ich es. Erst viel später erfuhr ich, wie sehr ich mich in den Gefühlen des alten Herrn getäuscht hatte. Nach der beschriebenen Einladung zum Tee sprach ich nur noch zweimal mit ihm, und da die erste der beiden Begegnungen etwa eine Woche nach dieser Einladung stattfand, kann es nur eine Woche oder höchstens zehn Tage vor seinem Tod gewesen sein. Ich traf ihn auf dem Domplatz, und er fragte mich, wo ich die Weihnachtsferien verbringen würde. Ich erzählte ihm, daß ich in der Schule bleiben müsse, da meine Tante und mein Onkel sich für zu alt und gebrechlich hielten, um noch einmal die Verantwortung für mich zu übernehmen. Er sagte nichts, verzog aber nachdenklich das Gesicht. Bis zu seinem Todestag hatte ich dann keine Gelegenheit mehr, mit ihm zu sprechen.

Der Fall Stonex hat mich mein ganzes Leben lang verfolgt, aber bis vor einigen Monaten hatte ich nie erwartet, mehr darüber zu erfahren, oder das, was ich wußte, der Öffentlichkeit zugänglich zu machen. Der Artikel in der »Daily Mail« löste eine ganze Kette von Ereignissen aus, durch welche die Wahrheit endlich ans Licht kam, obwohl der Artikel selbst nichts als Lügen über den Fall verbreitet hatte. Er wurde anläßlich des Todes von Professor Courtine veröffentlicht. Der Verfasser machte sich die Tatsache zunutze, daß sich Tote gut verleumden ließen; schließlich hatte man nichts mehr von ihnen zu befürchten. Seit dem Mord waren die unmöglichsten Geschichten in Umlauf gebracht worden, und man hatte gegen verschiedene Leute die erstaunlichsten Vorwürfe erhoben. Das Verblüffendste an diesem Artikel war, daß der Autor, der nicht wußte, ob Austin Fickling noch lebte, feige und unehrlich genug war, diesen bei seiner höchst spekulativen Schilderung der Ereignisse des schicksalhaften Nachmittags einfach vollständig unter den Tisch fallen zu lassen.

Der Artikel trug die Schlagzeile: »Verschwörung von Thurchester aufgedeckt«. Der Verfasser begann damit, zu betonen, daß von Anfang an Gerüchte in Umlauf gewesen seien, daß Dr. Courtine – damals war er noch Doktor – irgendwie selbst in den Fall verwickelt gewesen sei. Bis zu diesem Zeitpunkt hatte niemand im Ernst den Verdacht geäußert, daß Dr. Courtine gelogen haben könnte, obwohl viele der Meinung waren, daß er sich in einigen Dingen geirrt habe. Der Journalist behauptete, die Theorie über einen geheimnisvollen Bruder, die Dr. Courtine bei der gerichtlichen Untersuchung vorgebracht habe, sei eine bewußte Verzerrung der Wahrheit gewesen. Er vertrat die groteske Auffassung, daß Dr. Courtine Mr. Stonex selbst totgeschlagen habe, als er kam, um mit ihm Tee zu trinken, und dann Stunden damit zugebracht habe, das Haus nach Geld und Wertsachen zu durchsuchen. Der junge Arzt, so behauptete der Verfasser, habe also recht gehabt mit seiner Aussage, daß der alte Herr bei seiner Ankunft schon mehrere Stunden lang tot gewesen sei.

Obwohl ich wußte, wie absurd diese Behauptungen waren, widerstand ich der Versuchung, meine eigenen Informationen bekanntzugeben. Ich konnte mich jedoch nicht enthalten, einen kurzen Brief an den Herausgeber der Zeitung zu schreiben, in dem ich ihn wissen ließ, daß ich zu jener Zeit in Thurchester in die Schule gegangen sei und Mr. Stonex flüchtig gekannt habe; außerdem wies ich auf einen Umstand hin, der den Artikel vollständig widerlegte. Dieser Umstand war die Tatsache, daß an jenem Nachmittag Austin Fickling zusammen mit Dr. Courtine im neuen Dekanat gewesen war und daß die beiden Männer bei der Untersuchung des Falles widersprüchliche Aussagen gemacht hatten, was dort geschehen war. Das führte den Gedanken, daß Dr. Courtine in eine Verschwörung verwickelt gewesen sei, vollkommen ad absurdum. Der Brief wurde abgedruckt und zog einige Korrespondenz über das Thema nach sich. Und dieser Brief war dann auch der Grund, warum mich einige Jahre später Miss Napier, die Verfasserin des Buches, das schließlich unter dem Titel »Das Geheimnis von Thurchester« veröffentlicht werden sollte, um Hilfe bat.

Die Freundlichkeit des alten Herrn half mir mehr, als er ahnen konnte, die folgenden Wochen zu ertragen, in denen mein ganzes Elend sich noch zu verschlimmern schien. Ich hatte noch nie einen englischen Winter erlebt, und dies war ein sehr harter, mit strengem Frost, der wochenlang anhielt, mit dichtem, erstickendem Nebel. In unserem großen Schlafraum im alten Torhaus mußten wir das Eis in den Eimern zertrümmern, um uns morgens waschen zu können. Trotz der Lumpen, die wir in die Ritzen der undichten Fensterrahmen stopften, verflüchtigte sich das bißchen Wärme im Zimmer ins Freie, und wir froren nachts unter unseren dünnen Decken oft so sehr, daß wir nicht schlafen konnten. Ich litt unter Frostbeulen und hustete, und die Nase lief mir ununterbrochen, so daß sie ständig entzündet war.

Je näher Weihnachten kam, desto unglücklicher war ich über die Aussicht, die Ferien allein in dem alten Gebäude verbringen zu müssen. Wir Jungen pflegten einander mit Geschichten von Gespenstern zu erschrecken, die hier umgehen sollten, und häufig hörte man des Nachts ein Knarren, als ob jemand auf der Treppe wäre, vielleicht um in die leere Kammer unter dem Dach hinaufzuschleichen. Eine Geistergeschichte war von einer Generation von Schuljungen zur nächsten weitergegeben worden. Sie handelte von einem Domherrn aus alten Zeiten, der aus irgendeinem geheimnisvollen Grund nachts die Treppe zum Speicherraum hinaufzuschleichen pflegte. Viele Male lag ich wach und hörte ihn auf der Treppe. Ich fand das schon erschreckend genug, wenn ich von meinen schlafenden Kameraden umgeben war. Aber die Aussicht, all das während der Weihnachtsferien zehn Tage lang allein ertragen zu müssen, war entsetzlich – besonders, weil ich fürchtete, daß manchmal wirklich jemand die Treppe hinaufschleichen würde. Am Weihnachtstag, der in diesem Jahr auf einen Sonntag fiel, würden alle anderen Chorknaben nach dem zweiten Gottesdienst nach Hause zu ihren Eltern gehen, nur ich würde allein hierbleiben. Der Schulleiter und seine Frau würden zwar ein Auge auf mich haben, aber nur widerwillig und unregelmäßig. Ich hatte entsetzliche Angst, daß Dr. Sheldrick darauf bestehen könnte, daß ich den Tag mit ihm verbringen sollte, obwohl es doch viel zu kalt zum Photographieren sein würde.

Und aus diesem Grund war mir meine Freundschaft mit Mr. Stonex so wichtig. Das Wissen, daß es einen Erwachsenen gab, der mich um meiner selbst willen zu mögen schien, ohne eine Gegenleistung zu erwarten, ließ mich an meinen eigenen Wert glauben. Und die Tatsache, daß wir ein Geheimnis hatten, gab mir ein Gefühl von Macht. Nachts im Bett klammerte ich mich an dieses Geheimnis wie an einen Talisman. Ich wußte etwas, das die anderen Jungen nicht wußten. Etwas, das nicht einmal die Lehrer wußten. (Ich blieb für alle Zeiten gut darin, Geheimnisse zu bewahren, vielleicht zu gut. Verschwiegenheit ist zu einem meiner Wesenszüge geworden.) Ich malte mir aus, wie der alte Mann mich als seinen Enkel adoptieren und von der Schule nehmen würde, damit ich mit ihm zusammenleben konnte. Aber meine Hoffnung, daß er mich zum Weihnachtsessen einladen würde, war durchaus realistisch.

Am Donnerstag vor Weihnachten kam ich in Begleitung eines anderen Chorknaben von der morgendlichen Chorprobe zurück. Es hatte über Nacht geschneit, was für mich etwas ganz Besonderes war, denn ich hatte noch niemals Schnee gesehen. Ich bemerkte den alten Herrn nicht – er mußte wohl gerade auf dem Weg zur Bank sein –, bis er unmittelbar vor mir stand. Ich war ganz in Gedanken vertieft, denn während der Chorprobe hatte mich nämlich etwas, das der Chorleiter angekündigt hatte, in Panik versetzt. Plötzlich sprach Mr. Stonex mich mit Namen an. Der andere Junge ging weiter und sah sich noch einmal neugierig nach uns um, und gerade in diesem Augenblick kam der junge Mr. Quitregard vorbei, um die Bibliothek zu öffnen, wie er es jeden Donnerstag um diese Zeit tat.

Mr. Stonex fragte mich, ob ich zum Weihnachtsessen zu ihm kommen wolle. Dann fuhr er fort: »Du hast meine Landkarten noch immer nicht gesehen. Heute nachmittag erwarte ich einen schönen, alten Atlas, den ich dir zeigen möchte, wenn du mich besuchst.«

»Das wäre wunderbar, Sir«, antwortete ich. »Wann?«

»Am Nachmittag«, erwiderte er. Seine Antwort war nicht eindeutig, aber ich wünschte mir so sehr, daß er mich noch am selben Nachmittag zu sich nach Hause einladen würde – ich wollte die Chorprobe schwänzen –, daß ich mir einredete, er habe tatsächlich gemeint, daß ich noch an diesem Tag hingehen solle. Eigentlich war ich mir halb darüber im klaren, daß er gemeint hatte, daß der Atlas an diesem Nachmittag geliefert werden würde und daß er ihn mir am Weihnachtstag zeigen wolle. Außerdem wäre ein Besuch bei ihm keine Entschuldigung gewesen, nicht zur Chorprobe zu erscheinen – er hätte das Vergehen nur noch verschlimmert. Aber ich war so verzweifelt, daß ich mich an jeden Strohhalm klammerte.

Miss Napier schrieb mir vor vier Jahren – gerade als sich der dunkle Schatten über Europa zu senken begann, der sich erst jetzt wieder gehoben hat – und bat mich, ihr bei ihrem Buch behilflich zu sein. Ich lehnte ab. Mein Grund war nicht ein Mangel an Interesse – im Gegenteil, ich halte mich für das letzte Opfer, und es vergeht kein Tag, an dem ich nicht mit großer Seelenpein an den armen Perkins denke. Der wohlbekannte Schlüsselbund zu Mr. Stonex' Haus, von dem damals so viel die Rede war, lag viele Jahre lang auf meinem Schreibtisch, wo ich ihn täglich vor Augen hatte. Diese Schlüssel waren das Herz des Geheimnisses, wie der Mörder aus dem Haus herausgekommen war und es verschlossen hatte, und sie spielten deshalb eine ausschlaggebende Rolle bei der Frage, ob Perkins schuldig war oder nicht.

Ich habe Miss Napier nichts davon erzählt, sondern sagte ihr nur, daß ich vor vielen Jahren den Entschluß gefaßt hätte, nichts über den Fall zu verraten, was nicht sowieso schon allgemein bekannt war. Aber weil mir der offene und freundliche Ton ihres Briefes gefiel, bot ich ihr an, das Manuskript zu lesen, um sie vor Fehlern bei der Darstellung der Fakten zu bewahren, wie sie in dem Zeitungsartikel vorgekommen waren. Ich erklärte ihr jedoch, daß ich ihr unter keinen Umständen irgendwelche Ratschläge bezüglich der in dem Manuskript enthaltenen Spekulationen erteilen würde. Die Autorin dankte mir und akzeptierte diese Bedingungen.

Einige Monate später erhielt ich also das Manuskript, berichtigte einige Tatsachen und wurde in der »Danksagung« erwähnt. Dieser Hinweis auf meine Person zusammen mit meinem früheren Brief an die Zeitung führten auf einigen Umwegen dazu, daß ich jetzt der Herausgeber des vorangestellten Berichts bin. Nachdem mein Name in dem Buch aufgetaucht war, in dem ich als Lehrer und Archivar der Chorschule bezeichnet wurde, schrieb mir der Bibliothekar des Colchester College vor etwa einem Jahr einen Brief. (Ich sollte vielleicht erklären, daß ich, nachdem ich mein Studium abgeschlossen hatte, als Lehrer an die Schule zurückgekehrt bin, an der ich so unglücklich gewesen war. Ob ich von dem Wunsch geleitet wurde, mein eigenes Elend zum Anlaß zu nehmen, anderen eine bessere Behandlung zuteil werden zu lassen, oder ob ich nur deshalb dorthin zurückkehrte, weil ich wie ein Gespenst den Schauplatz meiner alten Qualen wieder aufsuchen mußte, kann ich nicht sagen. Damals waren bereits neun Jahre seit dem Tod von Mr. Stonex vergangen, und die meisten der von Dr. Courtine beschriebenen Personen waren längst nicht mehr da. Aber dies soll kein Bericht über mein Leben werden, das für keinen Außenstehenden besonders interessant sein kann und selbst für mich zunehmend uninteressant wird. Deshalb will ich nichts weiter darüber sagen.)

Die Theorie, die Miss Napier im »Geheimnis von Thurchester« vertrat, wurde viel diskutiert und allgemein akzeptiert. Für mich war sie von nur geringem Interesse, da ich ja wußte, daß sie falsch war. Es bereitete mir großes Vergnügen, die hitzigen Diskussionen mitzuverfolgen, die in vielen Häusern und in den Bars der Stadt darüber ausgefochten wurden. Ich schüttelte ernst den Kopf, wenn sich jemand an mich wandte, in der Meinung, ich müsse aus erster Hand darüber Bescheid wissen, was sich an jenem Nachmittag im neuen Dekanat abgespielt hatte. Es wäre wohl ehrlicher gewesen zu sagen, daß ich es vorzog, nichts von dem verlauten zu lassen, was ich wußte. Obwohl das Buch von Miss Napier keine Tatsachen über den Mord enthielt, die ich nicht schon kannte, war ich fasziniert von dem Material, das sie über die Jugend des Opfers, seine Beziehung zu seiner Schwester und seinem ungewöhnlichen Vater sowie über das weitere Leben der Betroffenen zusammengetragen hatte.

Miss Napier fand nämlich heraus, daß Mr. Stonex sofort nach dem Tod seines Vaters dem gesamten Luxus, den dieser über seine Tochter ausgeschüttet hatte – teure Kleider, eine Zofe, einander ablösende Gouvernanten, die sie herumkommandierte, eine Ponykutsche, die zu ihrer alleinigen Verfügung stand –, ein abruptes Ende setzte. Das eigenwillige, verwöhnte junge Mädchen mußte der Meinung sein, daß er sich für die Jahre der Demütigungen und Verachtung, die er von ihrem Vater erfahren hatte, an ihr rächte. Es trifft zu, daß er sich während der nächsten zwei Jahre weigerte, ihr auch nur einen Pfennig des gemeinsamen Erbes zuzusagen, und daß er sie so vernachlässigte, daß sie sich mit dem Schauspieler treffen konnte, mit dem sie dann schließlich durchbrannte. Miss Napier bestätigte auch, daß Mr. Stonex ihr fünf Jahre später, als sie volljährig wurde und ihren Anteil an der angeblich so großen Erbschaft forderte, gar nichts gab. Sie trugen vor Gericht eine erbitterte Schlacht aus, und es ist durchaus möglich, daß er ihre Ansprüche mit unredlichen Mitteln unterdrückte. Miss Napier fand jedoch heraus, daß er einen guten Grund für seine Handlungsweise hatte. Als der Schauspieler und Vater ihres Kindes feststellte, daß sie niemals zu Geld kommen würde, verließ er sie. Sie stand nun ohne alle Einkünfte da, ihr Versuch, auf der Bühne eine Karriere zu machen, war gescheitert, und sie mußte sich eine Stellung als Haushälterin suchen, die sie schließlich in Harrogate fand. Auf diese Weise verdiente sie sich in den nächsten fünfundzwanzig Jahren ihren Lebensunterhalt. Dort zog sie unter schwierigen Umständen auch ihren Sohn auf. Als dieser heranwuchs, war er voller Haß, und zwar sowohl auf seinen Vater, der seine Mutter und ihn verlassen hatte, als auch auf seinen Onkel, der sich weigerte, den Anteil seiner Mutter an dem gemeinsamen Erbe herauszurücken. Seine Mutter nannte sich Mrs. Stonex und gab vor, die Witwe eines Mitglieds der bekannten Familie aus dem Westen des Landes zu sein, die diesen Namen trug. Vielleicht hoffte sie ja, daß ihr Sohn eines Tages von ihrem unverheirateten Bruder als Erbe anerkannt würde. Sie durchkreuzte jedoch ihre eigenen Pläne, indem sie in ihrem Haß ihren Sohn gegen ihren Bruder aufhetzte, von dem sie annahm, er habe ihnen beiden bitteres Unrecht zugefügt. Sie erinnerte ihn ständig daran, daß sie selbst nicht so hart für ihren Lebensunterhalt arbeiten müßte und er eine glänzende Zukunft vor sich hätte, wenn sie bekommen hätten, was ihnen nach Recht und Gesetz zustand. Das Ergebnis war, daß der Junge, der sich als wild und rebellisch erwies, seinen Onkel für das, was er ihnen angetan hatte, so sehr verabscheute, daß er mit achtzehn Jahren von dieser Seite seiner Verwandtschaft nichts mehr wissen wollte und den Namen seines leiblichen Vaters annahm. Er versuchte, ihn ausfindig zu machen, und ging nach Irland, um Anspruch auf die Verwandtschaft mit den großen Familien Ormonde und de Burgh zu erheben, von denen sein Vater immer behauptet hatte, daß sie eng mit ihm verwandt seien. Dort aber wies man ihm ganz unzeremoniell die Tür und bestritt, daß er oder sein Vater irgendeine Verbindung zu ihnen habe. Nun machte er sich daran, seinen Vater aufzuspüren, mußte aber feststellen, daß er ein hoffnungsloser Säufer war, der vollkommen verschuldet und mit einer neuen Familie mit unehelichen Kindern belastet war. Er machte ihm die bittersten Vorwürfe und gab ihm die Schuld an seinem ganzen Unglück, einschließlich der Tatsache, daß er hinkte, obwohl dies nicht die Folge eines von seinem Vater verschuldeten Unfalls, sondern ein Geburtsfehler war. Nachdem er in dieser Richtung enttäuscht worden war, entwickelte er ein leidenschaftliches Interesse an der Familie seiner Mutter und dem gestohlenen Erbe. Aber während er von der angeblich adeligen Abstammung seines Vaters erst geblendet und dann bitter enttäuscht worden war, nachdem er der Wahrheit auf die Spur gekommen war, empfand er für seinen Onkel stets nichts als Abscheu und den Wunsch nach Vergeltung.

Ich interessierte mich ganz besonders für das, was Miss Napier über das spätere Schicksal der Schwester des Opfers herausgefunden hatte, nachdem sie das Vermögen geerbt hatte. Das hing mit der Angelegenheit zusammen, wegen der der Bibliothekar mir schrieb. Er teilte mir mit, daß Professor Courtine, der nach seiner Versetzung in den Ruhestand als *Emeritus Fellow* nach Cambridge zurückgekehrt war, der Verwaltung seines Collegen einen versiegelten Bericht hinterlassen habe, von dem er annahm, daß er ein neues Licht auf den Fall Stonex werfen würde. In einem Begleitschreiben, das er einige Jahre vor seinem Tod verfaßt hatte, verlangte der Professor, daß der Brief erst fünfzehn Jahre nach seinem Tod geöffnet werden dürfe (ein Zeitraum, der, wie der Bibliothekar erklärte, gerade abgelaufen sei), und auch nur dann, wenn bestimmte Bedingungen erfüllt seien. Aus diesem Grund wandte sich der Bibliothekar jetzt um Hilfe an mich. Ich schrieb zurück, daß ich ihm jede Unterstützung zukommen lassen wolle, zu der ich in der Lage sei. In seinem nächsten Brief schickte er deshalb eine Abschrift von Dr. Courtines Begleitbrief mit. Ich brauche kaum zu sagen, wie überrascht ich war, daß ein Bericht von jemandem, der so sehr in jene Ereignisse verstrickt gewesen war, erst nach so vielen Jahren bekannt wurde. Und natürlich lag mir sehr daran, daß die Bedingungen für die Veröffentlichung möglichst bald erfüllt würden. Ich hatte niemals damit gerechnet, daß meine Version der Ereignisse – die eines zwölfjährigen Knaben – Glauben finden würde. Jetzt wußte ich, daß hiermit eine Zeugenaussage vorlag, die meine eigene Aussage bestätigen würde, und zwar die Aussage eines zweiten Zeugen, der an jenem schicksalhaften Nachmittag im neuen Dekanat gewesen war und gute Gründe gehabt hatte, einiges von dem, was er wußte, für sich zu behalten.

Obwohl ich damals nichts von Dr. Courtines Existenz gewußt hatte, hatte er, wie ich beim Lesen seines Berichts entdeckte, bemerkt, was mir an jenem Morgen widerfahren war, an dem Mr. Stonex mich einlud, den Weihnachtstag mit ihm zu verbringen. (Ein Tag, der im Zuge der Ereignisse dann das traurigste und trübsinnigste Weihnachten meines ganzen Lebens werden sollte.) Ich freute mich so sehr über die Aussicht, die sich mir so plötzlich eröffnet hatte, daß meine Vorsicht nachließ. Als ich den oberen Domplatz überquerte, ging ich deshalb einem größeren Courtenay-Jungen nicht schnell genug aus dem Weg. Er verspottete mich mit einer Bemerkung über das Torhaus, und als ich versuchte, eine Antwort zu geben, stotterte ich fürchterlich. Er verhöhnte mich, riß mir die Partitur aus der Hand, die ich bei mir trug, und warf sie in den matschigen Schnee. Dann versetzte er mir einen Stoß, stellte den Fuß auf das Notenblatt und drehte ihn so lange hin und her, bis das Papier zerriß und schmutzig wurde.

Ich verbrachte den ganzen Tag in wachsender Angst vor dem, was bei der abendlichen Chorprobe geschehen würde.

Miss Napier hatte es fertiggebracht, die Schwester ausfindig zu machen, die nun in einer riesigen Villa am Stadtrand von Genf wohnte. Sie hatte Miss Napiers Bitten um ein Interview nicht beantwortet, aber die unermüdliche Schriftstellerin hatte einige der Dienstboten aufgespürt, die für sie gearbeitet hatten. Von diesen hatte sie erfahren, daß sie keine Freunde hatte und daß die einzigen Leute, die sie empfing, ein paar Männer waren, die ihre Finanzgeschäfte erledigten. Soweit ihre Dienstboten wußten, hatte sie keine Verwandten. Und trotz ihrer ausgedehnten Nachforschungen, die später auch noch durch den Krieg erschwert wurden, hatte Miss Napier nichts über den Sohn in Erfahrung bringen können, der, wie sie annahm, einmal der einzige Erbe des enormen Vermögens sein würde, das die alte Dame vermutlich hinterlassen würde. Das Begleitschreiben von Dr. Courtine erhielt ich vom Bibliothekar des Colchester College vor nicht ganz einem Jahr. Der Brief lautet:

Dieser Bericht soll fünfzehn Jahre nach meinem Tod geöffnet werden, vorausgesetzt, daß die unten beschriebene Bedingung erfüllt ist. Wenn der Bibliothekar, der Präsident und die Fellows *des College ihn gelesen haben, kann jeder Gebrauch davon gemacht werden, den diese für richtig halten. Die Bedingung ist, daß die beiden unten genannten Personen als tot beurkundet sind. Sollte eine der beiden noch am Leben sein, darf der Brief erst nach dem Tod der betreffenden Person geöffnet werden.*

Der Bibliothekar schrieb, daß man von einer der genannten Personen wisse, daß sie noch am Leben sei, bat jedoch um Hilfe bezüglich der anderen. Ich hatte über genau diese Frage bereits mit Miss Napier korrespondiert, ohne jedoch zu einem Ergebnis gekommen zu sein. Bei meinem Gespräch in Genf wurde die Frage ebenfalls nicht beantwortet, aber die Idee, die mir auf der Rückreise gekommen war, trug schließlich Früchte. Nach mehreren Monaten konnte ich dem Bibliothekar und dem Präsidenten des College einen befriedigenden Beweis vorlegen, daß die zweite Person auf der Liste verstorben war.

Der Bibliothekar sandte mir auch die Abschrift einer Notiz, die Dr. Courtine außen auf das Päckchen mit seinem Bericht geschrieben hatte. Ich war fasziniert, denn ich wußte genau, wann und warum er diese Notiz hinzugefügt hatte. Ich selbst war der Anlaß gewesen, beziehungsweise etwas, das ich ihm gesagt hatte.

Während ich heranwuchs und auch noch in den folgenden Jahren versuchte ich, soviel wie möglich über die Personen herauszufinden, die in diesen Fall verwickelt gewesen waren. Eines Tages, als ich noch in Cambridge studierte, erfuhr ich etwas über eine von ihnen. Kurz darauf nahm ich den Zug nach Oxford, wo Dr. Courtine – jetzt Professor Courtine – den Lehrstuhl für mittelalterliche Geschichte innehatte. Er war vor drei Jahren auf diesen Lehrstuhl berufen worden, als Scuttard, der ihn im Jahr 1882 erhalten hatte, im Alter von vierundvierzig Jahren plötzlich verstorben war. Scuttard hatte die Veröffentlichung des Manuskripts von Thurchester übernommen, aber Professor Courtine hatte unterdessen sein allgemein anerkanntes und fesselndes Werk »Leben König Alfreds des Großen« veröffentlicht. Diese Biographie hatte ihm schließlich den Lehrstuhl eingetragen, obwohl manche seiner Kollegen das Werk für weniger wissenschaftlich als phantasievoll halten. Ich hörte eine Vorlesung, die er an diesem Nachmittag hielt. Sie handelte von der Regierungszeit Ethelreds des Unvorbereiteten; er schilderte diese geheimnisumwobene Zeit und ihre wichtigsten Protagonisten außerordentlich lebendig, vielleicht ebenfalls mit etwas mehr Phantasie als wissenschaftlicher Strenge. Nach der Vorlesung sprach ich ihn an und sagte ihm, wie gut mir sein Vortrag gefallen habe. Als ich ihm erzählte, daß ich in Thurchester in die Schule gegangen war, lud er mich spontan zum Tee in sein Arbeitszimmer ein.

Ich brachte das Gespräch auf den Fall Stonex, aber er erklärte sofort, daß er sich dazu nicht äußern wolle. Dann erwähnte ich Austin Fickling und sprach in der Vergangenheit von ihm. Als er mich nach dem Grund fragte, ließ ich ihn wissen, daß ich gerade traurige Neuigkeiten über ihn gelesen hatte, und zeigte ihm den

Zeitungsausschnitt, den ich aus der »Thurchester Clarion« ausgeschnitten hatte. Darin wurde berichtet, daß Fickling nach langem Leiden in Rom verstorben sei. Der Journalist erging sich ausführlich über den Fall Stonex und erwähnte nebenbei, daß der irische Schauspieler – mit Künstlernamen Valentin Butler, er hatte sich aber auch Valentine Ormonde genannt – bereits viele Jahre vor dem Mord gestorben sei.

Es war nicht zu übersehen, daß Professor Courtine über den Artikel entsetzt war. Ich gab vor zu glauben, daß es der Tod seines alten Freundes sei, der ihn so erschütterte, wußte aber, daß dies nicht der einzige Grund war. Im Anschluß an unser Gespräch muß er die Notiz auf die Außenseite des Umschlags mit seinem Bericht geschrieben haben, in der er erklärte, daß er sich bezüglich des Schauspielers geirrt habe. Denn wegen des in dem Zeitungsartikel genannten Sterbedatums mußte Professor Courtine eingesehen haben, daß es ein Trugschluß gewesen war anzunehmen, daß die Person, die bei der Einladung zum Tee die Rolle des Mr. Stonex gespielt hatte, dessen Schwager gewesen sei. Er hatte gedacht, daß diese Beziehung der Grund für den Versprecher bei der sonst so perfekten Vorstellung gewesen sei. Nachdem er nun wußte, daß dies unmöglich war, mußte er sich gefragt haben, wer sich denn dann für Mr. Stonex ausgegeben hatte. Er hatte also recht gehabt mit seiner Feststellung, daß dem vermeintlichen Mr. Stonex ein sehr verräterischer Versprecher unterlaufen war, doch hatte er seine Bedeutung nicht durchschaut.

Als ich mich verabschiedete, war Professor Courtine so freundlich, mich aufzufordern, einmal zum Tee zu ihm zu kommen, um seine Frau und seine Kinder – eigentlich seine Stiefkinder – kennenzulernen.

Den Tag, an dem der Mord verübt wurde, verbrachte ich in großer Angst, weil der Chorleiter an diesem Morgen bei der Probe angekündigt hatte, daß die Orgel vom nächsten Tag an für mindestens zwei Wochen außer Betrieb sein würde und daß wir an Stelle des Orgelspiels beim Hauptgottesdienst am Weihnachtstag Choräle *a capella* singen würden. Ich sollte einer der Solisten sein! Er gab mir die Partitur des Solos, das ich am Nachmittag bei der Chorprobe singen sollte – die Partitur, die der Courtenay-Schüler nur wenige Minuten später in den Schmutz warf und zerriß. Das verhaßte Notenblatt würde mich nun in noch größere Schwierigkeiten bringen, denn der Chorleiter wurde immer furchtbar wütend, wenn wir Partituren beschädigten oder verloren. Ich war überzeugt, daß er mich nur deshalb für ein Solo ausgewählt hatte, weil er mich blamieren wollte. Um wieviel größer würde sein Vergnügen sein, wenn ich ihm die Partitur in diesem Zustand zeigen mußte und er einen Grund hätte, mich noch härter zu schlagen, als er es gewöhnlich zu tun pflegte. Den restlichen Schultag verbrachte ich damit, mich vor der Schande und Demütigung zu fürchten, die mir beim Abendgottesdienst bevorstanden.

Ich war jedoch nicht der einzige, der durch die Entscheidung, die Orgel von Donnerstag abend an zu sperren, in Panik versetzt wurde. Wie aus Dr. Courtines Bericht hervorgeht, wurden auch die Pläne der Verschwörer durch die Verschiebung der Einweihungsfeier für die restaurierte Orgel durchkreuzt.

Obwohl Miss Napiers Buch einige überraschende Tatsachen bezüglich der Identität der Mörder und ihrer Motive ans Licht brachte und die Autorin eine Theorie formulierte, die sich nur als brillant bezeichnen läßt, wurde sie doch durch gesetzliche Beschränkungen behindert, da nicht sicherstand, ob nicht einige der Personen, von denen in dem Buch die Rede war, noch am Leben waren. Inzwischen wußte sie natürlich, daß Austin Fickling tot war, die alte Dame mit annähernd neunzig Jahren aber noch lebte. Über den Verbleib des Mannes jedoch, den sie nicht nennen durfte und deshalb nur als den »Erzverschwörer« bezeichnete – und der, ebenso wie Fickling, unmittelbar nach dem Mord spurlos verschwunden war, hatte sie keine Informationen.

Dieser Mann, so argumentierte sie, hatte Fickling in die Verschwörung mit hineingezogen. Da die Verschwörer einen Verdächtigen brauchten, dem sie den Mord in die Schuhe schieben konnten, wurde Perkins mit Hilfe der Nachricht auf der Tafel dazu gebracht, sich verdächtig zu machen, ein Verbrechen begangen zu haben, von dem er nichts wußte. Außerdem brauchten sie einen angesehenen und glaubwürdigen Zeugen, der gegen ihn aussagen sollte, und so wurde, wie Miss Napier darlegte, Dr. Courtine, der vollkommen ahnungslos und unschuldig war, mit in die Affäre hineingezogen.

Miss Napier war übrigens auch auf eine Spur des Erzverschwörers gestoßen, die bewies, daß er noch lebte und jetzt etwa Mitte Siebzig war. Sie hatte von jemandem, der ihn vor Jahren gekannt hatte, erfahren, daß er neuerdings in Neapel gesehen worden sei.

Ich begriff sofort, wer mit der Bezeichnung »Erzverschwörer« gemeint war, und als ich Dr. Courtines Begleitbrief erhielt, in dem die beiden Verdächtigen genannt waren, fand ich bestätigt, daß ich recht hatte. Da ich darauf brannte, den Bericht zu lesen, machte ich mich sofort daran herauszufinden, ob diese Person noch am Leben war oder nicht. Das Ergebnis meiner Bemühungen war, daß vor nunmehr zwei Monaten, nachdem die alte Dame rund sechs Monate nach meinem enttäuschenden, aber letztendlich doch erfolgreichen Besuch gestorben war, der Präsident, die *Fellows* und ich als einziger Außenstehender im Konferenzraum des College zusammenkamen, der Bibliothekar das Siegel erbrach und Dr. Courtines Bericht vorlas.

Eines der Rätsel, die Miss Napier zu lösen versucht hatte, war, wie der Mörder ins Haus hatte gelangen können, da Mr. Stonex die Tür ja nur für Mrs. Bubbosh und den Kellner öffnete, und das auch nur zu den Zeiten, wenn er sie erwartete. Miss Napiers geniale Antwort lautete, daß der Mörder ein oder zwei Minuten vor dem Zeitpunkt an die Tür klopfte, zu dem Perkins hätte kommen sollen, der um halb sechs erwartet wurde, und daß das

Opfer ihm die Tür in der Meinung öffnete, es sei der Kellner. Was eine mögliche Lösung des Problems wäre.

Ebenso wurde das Rätsel, wie und wann der Mörder das Haus verlassen hatte, durch Miss Napiers erstaunliche Hypothese erklärt, er sei als Frau verkleidet entkommen und möglicherweise die Dame gewesen, die der Schulleiter Appleton etwa zwanzig Minuten vor sechs auf der Rückseite des Hauses getroffen habe und die ihn, als er nach mir suchte, zur Vordertür geschickt habe.

Tatsächlich sind beide Lösungsversuche falsch, so genial sie auch die bekannten Tatsachen verknüpfen, doch kommen beide der Wahrheit sehr nahe. Die Dame, die Appleton traf, war mit Sicherheit wirklich eine Frau; und Mr. Stonex konnte seinen Mörder auch nicht um halb sechs Uhr einlassen, weil er zu diesem Zeitpunkt bereits tot war. Aber Miss Napier hatte richtig erraten, auf welche Weise der Mörder ins Haus gelangt war, und hatte auch recht mit der Annahme, daß die Person, die vom Schulleiter gesehen worden war, einen Vertreter des anderen Geschlechts dargestellt hatte.

Nachdem ich den ganzen Tag lang über mein Unglück nachgebrütet hatte, faßte ich am Ende des Nachmittagsunterrichts einen plötzlichen Entschluß: Ich würde nicht nur die Chorprobe schwänzen, sondern auch dem Abendgottesdienst fernbleiben. So etwas hatte ich noch nie getan, und ich konnte mir nicht vorstellen, welche Folgen ein derartiges Vergehen nach sich ziehen würde. Aber diese Folgen erschienen mir weniger schlimm als die sichere Aussicht auf die Demütigungen, die mir bevorstanden, wenn ich teilnahm.

Ich redete mir also ein, daß Mr. Stonex mich tatsächlich eingeladen hätte, ihn am Nachmittag zu besuchen, um den neuen Atlas zu bewundern. Und ohne daß ich wirklich den Entschluß gefaßt hätte dorthinzugehen, fand ich mich auf einmal vor der Straßentür des neuen Dekanats wieder.

Es war zwischen neun und elf Minuten nach vier. Das weiß

ich ganz genau, denn der Unterricht endete um Viertel vor vier, und ich mußte die ganze Zeit daran denken, wie die anderen Jungen jetzt zur Chorprobe gingen und der Chorleiter prüfte, ob alle anwesend waren. Ich konnte mir genau den Augenblick ausrechnen, zu dem er feststellen würde, daß ich fehlte. Als ich an der Vordertür ankam, sah ich, wie der unglückliche Perkins gerade das Haus von Mr. Stonex verließ, um die schmutzigen Töpfe und Schüsseln vom Vortag zum Gasthaus auf der anderen Straßenseite zu tragen.

Ich trat näher und bemerkte, daß ein Stück Papier an die Tür geheftet war, auf dem in kleinen Buchstaben, die man nur aus nächster Nähe lesen konnte, gekritzelt stand: »Komm herein.« Obwohl ich mir eigentlich denken konnte, daß die Aufforderung dem Kellner galt, redete ich mir ein, sie sei an mich gerichtet. Nachdem ich ohne Erfolg geklopft hatte, drückte ich auf die Klinke, fand die Tür unverschlossen und trat ein.

In der Wohnküche war niemand, und sie sah genauso aus wie beim letzten Mal, nur daß der Tisch nicht zum Tee, sondern zum Abendessen gedeckt war. Das Essen, das Perkins gebracht hatte, stand auf dem Tisch und wurde kalt. Neben den Tellern und Schüsseln lag ein großes in Leder gebundenes Buch, das ich mit für mich selbst erstaunlicher Kühnheit aufklappte. Es war ein alter Atlas mit faszinierenden handkolorierten Karten. Es mußte der Atlas sein, von dem der alte Herr am Morgen gesprochen hatte, und ich war mir ganz sicher, daß sich Mr. Stonex irgendwo im Haus aufhielt. Also beschloß ich zu warten, bis er hereinkam, um sein Abendessen zu sich zu nehmen.

Ich mußte mich etwa zehn bis fünfzehn Minuten lang mit dem Atlas beschäftigt haben. Dann wurde mir allmählich bewußt, wie ungehörig das war, was ich hier tat. Vielleicht wäre Mr. Stonex ja gar nicht so erfreut, wenn er mich hier wartend vorfände. Mir schien es zunehmend seltsam, daß niemand hereinkam, das Essen unberührt auf dem Tisch stand und es so vollkommen still war. Ich wagte aber nicht, weiter in die Räumlichkeiten einzudringen. Als ich mich umsah, entdeckte ich auf der Anrichte die Tafel mit der mit Kreide geschriebenen Nachricht, genau wie der Kellner sie später beschrieben hat. Ich weiß, daß Perkins den Inhalt der Nachricht korrekt wiedergegeben hat, denn ich kann mich noch erinnern, daß ich mir dachte, daß es keinen Sinn hatte, länger zu warten, wenn Mr. Stonex beschäftigt war; ich ging also wieder auf die Straße hinaus.

Nun war ich in einer mißlichen Lage. Vor Einbruch der Dunkelheit konnte ich in der Schuluniform der Chorknaben – einfache schwarze Jacke und weißgrundige Pfeffer-und-Salz-Kniehosen – nicht in der Stadt herumlaufen, ohne Aufmerksamkeit zu erregen, denn es war allgemein bekannt, daß ich zu dieser Stunde eigentlich bei der Chorprobe sein müßte. Ich hatte eine Idee. Sehr vorsichtig, weil niemand mich sehen sollte, der mich kannte, ging ich zur anderen Seite der Kathedrale. Von dort aus konnte ich durch das Fenster des Kapitelhauses spähen, wo die Chorprobe stattfand. Ich sah den Chorleiter am Klavier stehen – er setzte sich niemals hin, weil es dann schwieriger gewesen wäre, einem Jungen einen Schlag zu verpassen. Die Tatsache, daß er Klavier spielte, bedeutete, daß Mr. Slattery noch nicht da war, aber das überraschte mich nicht, weil er oft zu spät kam. Nach ein paar Minuten, etwa um zwanzig Minuten vor fünf, sah ich, wie er hereingestürzt kam. Er wirkte, wie immer, trotzig und nachlässig zugleich. Der Chorleiter starrte ihn wütend an, aber Mr. Slattery zog sich mit einem fuchsartigen Lächeln den Klavierschemel heran und setzte sich an die Tastatur. Ich muß dazusagen, daß ich an seiner Erscheinung nichts Ungewöhnliches bemerkte. Er sah unordentlich aus, aber das war immer der Fall. Sein teigiges Gesicht war gerötet, was aber auch vom Alkohol kommen konnte. Kurz gesagt, er sah so aus, als habe er den Nachmittag auf seine gewohnte Weise verbracht, nämlich im Wirtshaus. Während der nächsten zwanzig Minuten schaute ich den anderen Jungen und den erwachsenen Männern zu, wie sie das taten, was ich eigentlich mit ihnen zusammen hätte tun sollen, und mich beschlich das seltsame Gefühl, nicht mehr zu ihnen zu gehören, fast so, als ob ich gestorben sei. Und meine Ängste wegen des ruinierten Notenblatts, die mir so sehr zugesetzt hatten, erschienen mir auf einmal von geradezu absurder Bedeutungslosigkeit.

Obwohl ich wußte, wie sehr ich mich vor dem Chorleiter fürchten würde, wenn ich da drinnen wäre, wirkte die Szene ausgesprochen anheimelnd. Die Gaslampen waren hochgedreht, in einer Ecke flackerte ein helles Feuer, und ganz schwach konnte ich den Gesang vernehmen. Und dennoch wußte ich, daß der Zauber eine Illusion war, und ich war froh, draußen in der Dunkelheit und Kälte zu stehen.

Kurz vor fünf, als die Probe zu Ende war, sah ich Appleton zum Abendgottesdienst eintreffen, und ich beobachtete, wie der Chorleiter ihn beiseite nahm. Das Gesicht des Schulleiters lief rot an, und ich nahm an, daß sie über mich redeten. Mein Gefühl, nicht dazuzugehören, verflog. Und als ich Appleton zur Tür gehen sah, war ich mir sicher, daß er mich suchen wollte. Plötzlich hatte ich den Einfall, daß die beste Methode, nicht von ihm gesehen zu werden, darin bestand, ihm zu folgen.

Mehr als eine halbe Stunde lang lief ich hinter ihm durch die immer dunkler werdenden Straßen. Das Spiel begann mir Spaß zu machen. Aber dennoch wurde ich von einer wachsenden Furcht vor den Folgen erfaßt, denn irgendwann würde ich mich ihm stellen und die Prügel über mich ergehen lassen müssen. Etwa um zwanzig Minuten nach fünf ging Appleton gerade durch die St. Mary's Street, als er den freundlichen jungen Mann traf, der in der Bibliothek des Domkapitels arbeitete. Ich konnte nicht hören, was sie miteinander sprachen, aber später reimte ich mir zusammen, daß Mr. Quitregard ohne jede böse Absicht erwähnt haben mußte, daß er mich an diesem Morgen im Gespräch mit Mr. Stonex gesehen hatte, und daß das der Grund war, warum Appleton seine Schritte eilig auf den Domplatz lenkte. Kurz nach halb fünf ging ich im Abstand von vielleicht fünfzehn Metern hinter dem Schulleiter an der Rückseite des neuen Dekanats vorbei. Wir konnten Dr. Courtine und Austin Fickling, die das Haus durch die Hintertür verlassen hatten, höchstens um zwei oder drei Minuten verfehlt haben.

Ich befand mich gerade in Höhe der Hintertür, als Appleton sich plötzlich umdrehte, so daß ich mich gegen das Tor drücken mußte, damit er mich nicht sah. Ich hatte entsetzliche Angst, daß er den gleichen Weg zurückkommen könnte, denn dann mußte er mich unweigerlich entdecken; aber er hatte Schritte nur hinter sich gehört. Es war eine alte Dame. Er sprach sie an und fragte – wie er später bei der gerichtlichen Untersuchung aussagte –, ob sie mich gesehen habe. Sie erwiderte, ich könnte vielleicht an der Vordertür sein. Ich konnte natürlich nicht hören, was sie miteinander redeten, aber zu meiner großen Erleichterung ging er durch die Nebenstraße und fand dort, wie er vor Gericht aussagte, nicht mich, sondern den Kellner Perkins, der gerade an die Tür klopfte. (Ich glaube, daß die Frau Appleton dorthin schickte, damit er ihn sehen sollte.)

Was Appleton nicht bemerkt hatte, was aber ich, der ich einige Meter hinter ihm ging, gesehen hatte, war, daß die alte Dame aus der Hintertür des neuen Dekanats gekommen war!

Miss Napier hatte erraten, daß die alte Frau bei dem Rätsel eine entscheidende Rolle gespielt haben mußte, und hatte eine ganze Reihe von Informationen zusammengetragen, die nötig waren, um auf die Lösung zu kommen; aber sie hatte einige Teile des Puzzlespiels falsch angeordnet und andere nicht gefunden. Beispielsweise konnte sie sich nicht erklären, warum man das Gesicht des Opfers so abscheulich zugerichtet hatte. Ihr entscheidender Fehler war jedoch, daß sie die Überzeugung des Arztes, daß der Ermordete viel früher gestorben war, als zu den anderen Tatsachen zu passen schien, in ihrem Bericht vernachlässigte. Und es war ganz unmöglich, daß der Mörder um zwanzig vor sechs gegangen war – dem Zeitpunkt, zu dem Appleton und ich die Frau sahen –, wenn der Täter erst zehn Minuten zuvor in das

Haus eingedrungen war, wie Miss Napier annahm. Dann hätte der Mörder nicht die Zeit gehabt, das Gesicht des Opfers zu zerschmettern (und sich dabei irgendwie davor zu schützen, mit Blut besprietzt zu werden) sowie das Haus auf der Suche nach dem Testament zu verwüsten.

Als ich sah, daß die Dame aus dem neuen Dekanat kam, wurde ich neugierig, weil ich wußte, was für ein einsames und genau geregeltes Leben der alte Herr führte und weil das Haus noch vor einer Stunde vollkommen still gewesen war. Also hörte ich auf, hinter dem Schulleiter herzulaufen, und folgte statt dessen der Frau. Sie ging die wenigen Meter bis zu der Tür, die in den Kreuzgang führte, und verschwand. Ich eilte ihr nach und beobachtete im Schutz der zunehmenden Dunkelheit, wie sie sich über die Steinmauer beugte, die den Kreuzgang vom alten Brunnen des heiligen Wulflac trennte, und etwas hinüberwarf. Dann eilte sie rasch zur Seitentür der Kathedrale und trat ein. Ich hastete dorthin, wo sie gestanden hatte. Der Brunnen war – und ist noch heute – von einem breiten, konischen Becken umgeben. Die Schlüssel waren auf dem Rand dieses Beckens gelandet und rutschten langsam auf die Mitte zu, wo sie mindestens hundert Meter tief hinunterfallen würden. Ich kletterte über die Mauer und griff fast tollkühn nach ihnen, um die Schlüssel noch zu erwischen, bevor sie für alle Zeiten verschwinden würden. Es waren zwei große, alte Schlüssel an einem Metallring.

Nachdem ich von dem Bibliothekar erfahren hatte, daß Dr. Courtines Manuskript bis zu dem Nachweis versiegelt bleiben würde, daß die zweite Person auf der Liste tot sei, dachte ich angestrengt darüber nach, was ich unternehmen könnte. Und dann verfiel ich auf den Gedanken, daß leidenschaftliche Liebe zur Musik vermutlich etwas sehr Dauerhaftes war. Ich überredete einen Freund – einen nicht gänzlich unbekannten Komponisten –, mir zu gestatten, einen Brief in seinem Namen zu schreiben, den ich dann an alle Musikverlage und sämtliche Fachgeschäfte für

Noten verschickte. Der wesentliche Teil des Briefes lautete wie folgt:

Vor etwa acht Jahren lernte ich einen Herrn kennen, der eine ausgeprägte Liebe und ein profundes Wissen über die Orgel und alle für dieses Instrument geschriebene Musik besaß. Als er meinen Namen hörte, war er so freundlich, mir zu sagen, daß er meine Kompositionen kenne und bewundere, obwohl ich, wie Sie sicher wissen, bislang ausschließlich Klaviermusik geschrieben hatte. Als ich jedoch erwähnte, daß ich die Absicht hätte, ein Stück für die Orgel zu komponieren, drängte er mich, dies auch wirklich zu tun und ihm die Partitur zuzuschicken, sobald ich damit fertig sei. Nun hat es zwar viele Jahre lang gedauert, aber meine ›Phantasie in A-Dur‹ für die Orgel steht kurz vor ihrer Vollendung.
Leider habe ich nun den Zettel verlegt, auf dem ich den Namen und die Adresse des Herrn notiert hatte, die, soweit ich mich erinnern kann, in Rom oder vielleicht auch in Neapel war. Ich wende mich jetzt an Sie, weil der Herr erwähnt hatte, daß er sich, wenn er sich auf dem Kontinent aufhalte, Partituren von Ihrer Firma zusenden lasse.
Dummerweise bin ich mir nicht einmal sicher, ob ich seinen Namen richtig im Gedächtnis behalten habe. Soweit ich mich erinnere, lautete sein Familienname Butler Ormonde oder vielleicht auch Ormonde de Burgh. Und sein Vorname war, glaube ich, Martin, oder vielleicht auch Valentine.

Die Familiennamen waren natürlich die der angeblichen Verwandten des Liebhabers von »Mrs. Stonex«. Meine kleine Kriegslist hatte Erfolg. Einer der Verlage schrieb mir folgendes zurück:

Wir nehmen an, daß Sie Mr. Ormonde Martin meinen, einen Herrn, der jahrelang regelmäßig Partituren für die Orgel bei uns gekauft hat. Leider müssen wir Ihnen jedoch mitteilen, daß er vor drei Jahren verstorben ist, wie wir erfuhren, als die letzte Sendung mit Partituren, die wir ihm nach Florenz geschickt hatten, mit kriegsbedingter Verspätung von einem Rechtsanwalt, der mit seinen Erbangelegenheiten betraut war, zurückgesandt wurde.

Er hatte also noch gelebt, als Miss Napier die Recherchen für ihr Buch angestellt hatte, war jedoch schon zwei Jahre lang tot gewesen, als ich meinen Besuch bei seiner Mutter machte. Ort und Datum seines Todes in Erfahrung zu bringen und vom britischen Konsul in Florenz das entsprechende Dokument anzufordern, war nur noch eine Formalität. Von ihm erfuhr ich bei dieser Gelegenheit auch, daß »Mr. Ormonde Martin« während der letzten fünfunddreißig Jahre seines Daseins in Italien das Leben – das ziemlich skandalöse Leben – eines reichen Müßiggängers geführt hatte.

Nachdem ich die Schlüssel aus dem Brunnenbecken geholt hatte, ging ich in das Schulzimmer zurück, versteckte sie in meinem Schrank und wartete darauf, zur Bestrafung zum Schulleiter gerufen zu werden. An diesem Tag geschah jedoch nichts mehr, weil die Nachricht vom Mord an dem alten Herrn den Schulleiter von meinem Vergehen abgelenkt hatte; und am nächsten Tag mußte er bei der gerichtlichen Untersuchung aussagen. Ich hoffte glühend, daß die schrecklichen Ereignisse meine Missetaten aus seiner Erinnerung gelöscht hätten. Am Donnerstag abend und den ganzen folgenden Tag lang quälte ich mich mit der Frage herum, ob ich jemandem sagen müßte, was ich wußte, aber ich fürchtete mich zuzugeben, daß ich mich mit Mr. Stonex angefreundet hatte und zum Tee bei ihm zu Gast gewesen war, vor allem aber, daß ich noch einmal, und diesmal auch noch ungeladen, an jenem Nachmittag in sein Haus eingedrungen war. Natürlich wußte ich nichts von der Bedeutung der Schlüssel. Am

Sonnabend nach dem Frühstück rief mich der Schulleiter in sein Arbeitszimmer. Er hatte mich also doch nicht vergessen. Wenn er mich damals gefragt hätte, warum ich während der Chorprobe am Donnerstag zum neuen Dekanat gegangen sei, hätte ich ihm ganz sicher alles gestanden, verängstigt und erschüttert, wie ich war. Aber die Gründe, warum ich geschwänzt hatte, interessierten ihn überhaupt nicht. Er machte sich einfach – nach Brandy stinkend und bei jedem Schlag nach Atem ringend – daran, mich zu verprügeln. An diesem Nachmittag hörte ich auch, wie zwei Dienstboten voller Entsetzen über Perkins' Tod miteinander sprachen.

Als ich vor einigen Monaten nach Cambridge fuhr und dem Präsidenten und den *Fellows* von Colchester die Dokumente aus Florenz vorlegte, die den erforderlichen Beweis darstellten, gaben sie zu erkennen, daß sie an dem Fall ein sehr reges Interesse hatten. Es zeigte sich, daß einige von ihnen über – wie ich es nennen möchte – wissenschaftliche Kenntnisse zu dem Thema verfügten, und sie waren fasziniert zu hören, daß ich einige noch nicht bekannte Fakten dazu beitragen konnte. Das Siegel von Professor Courtines Bericht wurde feierlich erbrochen, und der Bibliothekar las das Schriftstück vor. Dies dauerte fast den ganzen Tag, mit einer kurzen Pause zum Mittagessen. Als dieser Vorgang abgeschlossen war, bat mich der Präsident, mich einige Minuten zurückzuziehen, während er und die *Fellows* sich miteinander berieten, wie es in Professor Courtines Brief von ihnen verlangt wurde. Dann rief er mich zurück und fragte, ob ich die Verantwortung für die Herausgabe und Veröffentlichung des Berichts übernehmen und eine Einleitung dazu schreiben wolle. Ich sagte sofort zu.

Indem ich diese Aufgabe übernahm, verpflichtete ich mich auch, die Ereignisse des ausschlaggebenden Zeitraums, der in Professor Courtines Bericht behandelt wird, nach bestem Vermögen zu erklären. Auf diese Weise entstand eine Art wissenschaftliche Ausgabe mit Kommentar. Natürlich interessierte ich mich auch für das Märchenbuch, das Professor Courtine in der Nacht vom Mittwoch zum Donnerstag bei Fickling gefunden hatte und in dem die Geschichte stand, die er las, während er auf die Rückkehr seines ehemaligen Freundes wartete. Das Buch war aus der Bibliothek des Courtenay Instituts entliehen, wo ich es auch noch fünfundzwanzig Jahre später fand. (Man mag sich den Kopf darüber zerbrechen, warum die Geschichte einen so großen Eindruck auf Dr. Courtine machte.)

In seinem Bericht beschreibt Dr. Courtine, daß er an jenem Freitag abend endlich die Wahrheit herausfand und begriff, wie sein alter Freund, oder besser gesagt, sein ehemaliger Freund ihn benutzt hatte. Er war nach Thurchester gelockt und geschickt dazu gebracht worden, die Rolle eines über alle Zweifel erhabenen Zeugen zu spielen – jedoch eines Zeugen für eine Lüge. An seinem ersten Abend war ihm von Fickling die Gespenstergeschichte ausschließlich zu dem Zweck erzählt worden, um ihn dazu zu bringen, zum neuen Dekanat zu gehen und die Inschrift zu lesen, damit er Mr. Stonex – beziehungsweise eine Person, die er für Mr. Stonex hielt – kennenlernen und die Einladung zum Tee erhalten sollte. Diese Begegnung war natürlich eine Scharade. Die Person, die den alten Herrn darstellte, hatte sich einfach vor der Hintertür postiert, und zwar genau zu der Zeit, zu der man sicher sein konnte, daß Mr. Stonex beim Abendessen saß. Die Absicht war, daß Dr. Courtine annehmen sollte, daß die Person, die ihn mit Tee bewirtete, Mr. Stonex sei, obwohl der alte Herr zu der Zeit, als er und Fickling ankamen, bereits tot war.

Miss Napier kam der Wahrheit mit ihrer Annahme sehr nahe, daß der Mörder das Haus als die Frau verkleidet verlassen habe, die von Appleton gesehen wurde. In Wirklichkeit war diese Person aber tatsächlich eine Frau. Und zwar war sie die gleiche Frau, die Courtine gehört hatte, als er Fickling in den frühen Morgenstunden desselben Tages durch das Fenster des Hauses in der Orchard Street beobachtet hatte. Aber sie hatte im neuen Dekanat natürlich nicht allein gehandelt, denn eine Frau, selbst eine Frau in der Blüte ihrer Jahre – was diese nicht mehr war, obwohl sie gesund und aktiv für ihr Alter war und ganz bestimmt keinen Schlaganfall erlitten hatte –, wäre nicht stark genug gewesen, Mr. Stonex an seiner Haustür zu überwältigen, zu erwürgen und die Leiche durch die Wohnküche zu schleifen.

Und obwohl Miss Napier fast richtig geraten hatte mit ihrer Vermutung, daß der Mörder – oder eigentlich die Mörder – sich Einlaß verschafft hatte, indem er einige Minuten vor der Zeit an die Straßentür geklopft hatte, zu der Mr. Stonex den Kellner erwartete, geschah dies bereits um vier Uhr und nicht erst um halb sechs. Zehn Minuten später, als ich eintraf, war der alte Herr bereits tot.

Ich kann mir vorstellen, daß er seine Angreifer erkannte. Einen davon kannte er sogar sehr gut, wenngleich er ihn fast vierzig Jahre lang nicht zu Gesicht bekommen hatte. Den anderen hatte er vermutlich nur ein einziges Mal aus der Nähe gesehen, als er kam und seinen Anteil des Erbes forderte, der ihm seiner Meinung nach zustand. (Danach hatte Mr. Stonex begonnen, derart ausgeklügelte Maßnahmen für seine Sicherheit zu ergreifen.)

Die Mörder mußten sich als gerechte Rächer gefühlt haben und von der Rechtmäßigkeit ihrer brutalen Tat überzeugt gewesen sein. Für Erklärungen war es zu spät, aber ironischerweise war Mr. Stonex weit davon entfernt, sich des Verbrechens schuldig gemacht zu haben, das sie ihm vorwarfen. Miss Napier hatte Wochen damit zugebracht, die alten Akten der Thurchester und County Bank zu durchstöbern (welche an die Somerset und Thurshire Bank verkauft und ihr eingegliedert worden war), und hatte herausgefunden, daß die Behauptung von Quitregards Großvater korrekt gewesen war. Als Mr. Stonex die Bank im Alter von zweiundzwanzig Jahren nach dem Tod seines Vaters geerbt hatte, machte er eine fürchterliche Entdeckung: Sie war vollkommen bankrott. Obwohl Anleihen im Wert von fünfundsiebzigtausend Pfund in Umlauf waren, hatte sie enorme Zahlungsverpflichtungen und keinerlei Reserven, so daß sie sich am Rande des Zusammenbruchs befand. Sein Vater hatte sie seit Jahren geplündert, zudem hatte er das Geld von Hunderten von Leuten unterschlagen, die ihre Ersparnisse bei der Bank deponiert, Hypotheken auf ihre Grundstücke aufgenommen oder Bankanleihen gekauft hatten. Ihr Leben und das aller, die von ihnen abhingen, konnte durch einen Zusammenbruch der Bank zerstört werden. Und obwohl ihn die Behandlung durch seinen Vater zutiefst verletzt hatte, hatte der junge Stonex ihn auf eigentümliche Weise geliebt. Deshalb schreckte er vor dem Gedanken zurück, daß sein Andenken durch das Bekanntwerden seines Betrugs beschmutzt werden könnte. Und so hatte er das Kunststück versucht, die Finanzen der Bank wieder in Ordnung zu bringen, indem er einen komplizierten Balanceakt vollführt und alles eingehende Geld zur Erfüllung von Zahlungsverpflichtungen verwendet hatte, ohne seine leitenden Angestellten auch nur ein Zeichen von Schwierigkeiten erkennen zu lassen. Vertrauen war alles. Solange alles gut aussah, würden die Anleihen der Bank weiter akzeptiert werden. Das war die heimliche Heldentat, die er mir gegenüber angedeutet hatte.

Er hatte es nicht gewagt, seiner Schwester die Wahrheit zu sagen, weil er sich nicht darauf verlassen wollte, daß das lebensfrohe junge Mädchen das Geheimnis bewahren würde; und wenn der Verdacht aufkam, daß die Bank in Schwierigkeiten sein könnte, war ihr Zusammenbruch unvermeidlich. Deshalb hatte er die strikten Sparmaßnahmen über seine Schwester verhängt, für die sie keine Rechtfertigung sah. Ebensowenig wagte er es, einen Ehevertrag für sie abzuschließen; und weil er ihr das nicht erklären konnte, glaubte sie, daß er ihr Leben ruiniert habe, was sie ihm nie verzieh. Als sie schließlich durchbrannte, mußte das trotz der Schande, die ihre Tat mit sich brachte, eine Erleichterung für ihn gewesen sein. Und als seine Schwester volljährig wurde und er ihr mitteilte, daß es nichts zu erben gäbe, sagte er die Wahrheit. Erst nach dreißig Jahren harter Arbeit, ununterbrochenem Fleiß und schmerzlicher Sparsamkeit (die ihm zu einer eingefleischten Gewohnheit wurde, von der er auch nicht abließ, nachdem sie schon lange nicht mehr notwendig war), war es ihm gelungen, die Bank und ihre Kunden zu retten.

Seine Schwester und sein Neffe, der ihn mit seinen kräftigen Händen erwürgt hatte, die er einige Stunden später bei der Begegnung mit Dr. Courtine so fasziniert betrachtete, hatten von all dem keine Ahnung, als sie die Leiche des alten Mannes in die Eingangshalle schleiften. Danach mußten sie den Zettel an die Straßentür geheftet und die Nachricht auf die Schultafel geschrieben haben, mit der sie Perkins in die Falle lockten und dafür sorgten, daß er sich verdächtig machte. Er nahm den Köder und ging nach Hause. Am Freitag abend, als er allein und voller Angst in seiner Zelle saß, wurde ihm dann klar, daß das Päckchen, das er mitgenommen hatte, ihn derart belastete, daß er mit Sicherheit innerhalb weniger Monate am Galgen enden würde.

Ich glaube, daß die Mörder in dem Augenblick, als ich an die Straßentür kam und die Worte auf dem Zettel las, den sie noch nicht entfernt hatten, gerade dabei waren, dem alten Mann die Kleidung auszuziehen. Als sie mein Klopfen hörten, müssen sie entsetzt gewesen sein, denn sie waren gerade mit dem gefährlichsten Teil ihrer ganzen Unternehmung beschäftigt. Vermutlich schauten sie durch einen Türspalt von der Halle aus in die Wohnküche, und als sie sahen, daß ich nur ein Junge war, beschlossen sie zu warten, bis ich wieder gegangen war.

Als ich schließlich fortging, hatte ich eine Verzögerung von fast fünfzehn Minuten verursacht, so daß sie nicht mehr die Zeit hatten, den Toten durch den Korridor ins Eßzimmer zu ziehen, wie sie es eigentlich vorgehabt hatten. Deshalb beschlossen sie, ihn da liegen zu lassen, wo er war. (Das war der Grund, warum Fickling so entsetzt über den Gedanken war, ins Eßzimmer zu gehen, als Dr. Courtine den Wunsch äußerte, es zu sehen.) Inzwischen näherte sich Fickling mit Dr. Courtine dem Haus, aber als er das Signal nicht sah, daß ihm zeigen sollte, daß alles in Ordnung war, führte er ihn zu sich nach Hause.

Sobald ich gegangen war, zog Mrs. Stonex die Kleider ihres Bruders an und räumte das Abendessen weg, wobei sie die Teller beschmierte, damit es so aussehen sollte, als habe Mr. Stonex sie benutzt. Das Essen verpackte sie, damit sie es später mitnehmen konnte. Dann deckte sie den Tisch zum Tee und stellte die Kuchen hin, die sie in den frühen Morgenstunden gebacken hatte und deren Geruch Dr. Courtine zum Haus der Verschwörer geführt hatte. Unterdessen legte ihr Sohn im Studierzimmer seine Kleider ab, damit er das Gesicht seines Onkels zerschmettern konnte, ohne daß sie mit Blut befleckt wurden.

Die Verspätung mußte sie in Schrecken versetzt haben, weil Slattery nicht zu spät zur Chorprobe kommen durfte, denn seine Anwesenheit bei der Probe und dem Abendgottesdienst sollte ihn ja mit einem unanfechtbaren Alibi versorgen. Mein Auftauchen bedeutete auch, daß ihnen nur noch wenige Minuten blieben, um nach dem Testament zu suchen, was von ausschlaggebender Bedeutung war, wenn nicht die Chorschule statt ihrer selbst den Nutzen aus ihrem Verbrechen ziehen sollte. Deshalb durchwühlten sie nun die Wohnküche. Als sie das Dokument nicht fanden, kam die einfallsreiche Schauspielerin auf die Idee mit dem verlorenen Augenzeugenbericht über den Mord an Freeth, um einen Grund zu haben, ihre Suche direkt unter Dr. Courtines Nase fortzusetzen. In ihrer Eile unterlief ihnen nur ein kleiner Fehler: Sie vergaßen, die Nachricht von der Tafel zu wischen und die Tafel selbst zu verstecken.

Wenige Minuten nachdem ich gegangen war, eilte Slattery aus dem neuen Dekanat, ging vermutlich noch rasch in ein Wirtshaus, um schnell ein Glas Bier zu kippen, und kam, wie ich bemerkte, weil ich ja zum Fenster hineinspähte, mit nur geringer Verspätung zur Chorprobe. Erst jetzt entzündete seine Mutter die als Signal gedachte Kerze am Eßzimmerfenster, um Fickling zu verständigen, daß er nun mit Dr. Courtine kommen könne.

Am Ende der Scharade rettete Fickling die ganze Aktion für die Verschwörer, als er auf die Idee kam, daß die Großvateruhr deshalb falsch gehen könnte, weil der alte Mr. Stonex womöglich dasselbe raffinierte Versteck benutze wie er selbst. Auf diese Weise konnte das Testament vernichtet werden, und die Schwester des Opfers erbte das Vermögen.

Es gibt ein eigenartiges Postskriptum zu diesem Thema. Eine Schweizer Zeitung berichtete, daß die alte Dame, die alle Mitglieder ihrer wohlhabenden Familie überlebt und vermutlich auch den Anteil des Geldes von ihrem Sohn geerbt hatte, den dieser bei der Teilung der Beute erhalten hatte, ohne Testament gestorben war, so daß ihr Vermögen an die schweizerische Staatskasse fiel.

Am späten Sonnabend vormittag waren alle anderen Jungen nach Hause gegangen. Ich war allein. Bei all der Aufregung hatten Appleton und seine Frau vollkommen vergessen, daß ich existierte. Nach den Prügeln, die ich bezogen hatte, hatte ich zu große Schmerzen, um den Nachmittag über in der Stadt herumzulaufen, wie ich es sonst zu tun pflegte. So saß ich im Schulzimmer, starrte aus dem Fenster und dachte über die Ereignisse des letzten Tages nach. Seit ich von Perkins' Selbstmord erfahren hatte, waren zu meinen physischen Schmerzen auch noch Seelenqualen gekommen. Als ich in der kleinen Dachkammer unter der Bettdecke lag und versuchte, warm zu werden, weil ich für mich alleine kein Feuer anzünden durfte, dachte ich daran, was für einen trostlosen Weihnachtstag ich morgen erleben würde, anstatt mir die Landkarten von Mr. Stonex anzusehen und sein Weihnachtsessen mit ihm einzunehmen. Ich war traurig wegen des alten Mannes, aber am meisten taten mir Perkins, seine Witwe und seine Kinder leid. Immer wieder fragte ich mich, ob er wohl noch am Leben wäre, wenn ich den Mut besessen hätte, irgend jemandem zu erzählen, was ich gesehen hatte, und die

Schlüssel zu zeigen. Aber ganz hatte man mich doch nicht vergessen. Gegen Mitternacht hörte ich das wohlbekannte Knarren auf der Treppe und wußte, daß Dr. Sheldrick mit einem Einreibemittel für meine Blutergüsse die Treppe heraufschlich.

Philip Barthram, Thurchester, den 17. August 1919

Personenregister

Die Namen aller Personen, die vor der zweiten Hälfte des neunzehnten Jahrhunderts gelebt haben, sind kursiv gedruckt.

Adams: Sergeant

Alfred: König von Wessex im neunten Jahrhundert

Antrobus: Major, Polizeichef

Appleton: Leiter der Chorschule der Kathedrale

Attard: Coroner (Untersuchungsbeamter)

Barthram, Philip: Herausgeber des Courtine-Berichts

Beorghtnoth: Neffe König Alfreds, lt. »De vita gestibusque Alfredi regis« (»Leben König Alfreds des Großen«)

Bubbosh, Mrs.: Hausangestellte bei Mr. Stonex

Bullivant, Giles: Briefpartner des Sammlers und Herausgebers alter Urkunden Ralph Pepperdine

Bulmer: Architekt

Burgoyne, William: Domherr und Schatzmeister

Burgoyne, Willoughby: Offizier im Heer des Parlaments und Neffe des Domherrn.

Carpenter, Dr.: Arzt

Champniss: Domkustos

Cinnamon: Kantor

Claggett: Erster Küster

Courtine, Edward: Verfasser des Berichts

Fickling, Austin: Lehrer am Courtenay Institut, früher Kommilitone von Courtine in Cambridge

Freeth, Launcelot: Subdekan, später Dekan; wird ermordet

Gambrill, John: Steinmetz der Kathedrale

Gazzard: Erster Küster

Grimbald: Angeblich Verfasser von »De vita gestibusque Alfredi regis«

Hollingrake: Bibliothekar, später Schatzmeister

Leofranc: Bischof von Thurchester im frühen zwölften Jahrhundert

Limbrick, Alice: Mutter von Thomas

Limbrick, Robert: Vater von Thomas und stellvertretender Steinmetz der Kathedrale

Limbrick, Thomas: Gambrills Vorarbeiter

Locard, Mrs.: Frau des Bibliothekars

Locard, Robert: Bibliothekar

Napier, Miss: Autorin des Buches »Das Geheimnis von Thurchester«

Pepperdine, Ralph: Urkundensammler, der im Jahr 1663 in der Bibliothek das Dokument fand, nach dem Courtine sucht

Perkins, Eddy: Kellner im »Angel Inn«

Pomerance: Zweiter Hilfsbibliothekar

Quitregard: Erster Hilfsbibliothekar

Sheldrick: Kanzler

Sisterson: Domkustos

Slattery, Martin: Hilfsorganist und Lehrer an der Chorschule

Stonex: Alter Bankier, später ermordet

Stonex, Mrs.: Mutter von Slattery

Thorrold: Rechtsanwalt, der sowohl Stonex als auch die Stiftung der Kathedrale vertritt

Wattam: Leitender Angestellter in der Bank von Mr. Stonex

Wulflac: Bischof von Thurchester und Märtyrer, lt. »De vita gestibusque Alfredi regis«